Joy ist in L.A. groß geworden und hat es sich in den Kopf gesetzt, in Shanghai nach ihrem leiblichen Vater zu suchen. Dort erlebt sie die Umbrüche der Kulturrevolution, erkennt aber nicht, wie gefährdet ihr Vater ist. Ein Ausweg für ihn, den Kunstmaler, ist es, der Landbevölkerung Malunterricht zu geben. Joy begleitet ihn begeistert und verliebt sich in einen Bauernsohn. Ihrer Mutter ist bewusst, wie schwierig die Situation geworden ist, sie setzt deshalb alles daran, Joy wieder nach Amerika zu bringen, obwohl Mao Chinas Grenzen geschlossen hat.

Lisa See, Amerikanerin chinesischer Abstammung, ist Journalistin, Kuratorin mehrerer großer Ausstellungen und Autorin vieler internationaler Bestseller wie »Der Seidenfächer« und »Töchter aus Shanghai«. Sie lebt mit ihrem Mann und ihren beiden Söhnen in Los Angeles.

LISA SEE

Tochter des Glücks

Roman

Deutsch von Elke Link

btb

Für meinen Vater
Richard See

Der schrille Heulton einer Polizeisirene in der Ferne fährt mir durch alle Glieder. Grillen zirpen im Chor immer wieder dieselben Vorwürfe. Im Bett am anderen Ende der durch Fliegengitter abgeschirmten Veranda, die wir uns teilen, weint meine Tante leise vor sich hin – Nachwirkung des Elends und der Peinlichkeit der Geheimnisse, die sie und meine Mutter sich heute Abend im Streit an den Kopf geworfen haben. Meine Mutter kann ich nicht hören, ihr Zimmer ist zu weit weg. Diese Stille schmerzt. Ich klammere mich an die Laken, fixiere einen alten Riss an der Decke. Ich versuche verzweifelt, mich festzuhalten, aber seit dem Tod meines Vaters stehe ich an einem Abgrund, und nun habe ich das Gefühl, ich wäre über den Rand gestoßen worden und würde fallen.

Alles, was ich über meine Geburt, meine Eltern, meine Großeltern und mich selbst zu wissen glaubte, war eine Lüge. Eine dicke, fette Lüge. Die Frau, die ich für meine Mutter hielt, ist eigentlich meine Tante. Meine Tante ist in Wirklichkeit meine Mutter. Der Mann, den ich als meinen Vater liebte, war überhaupt nicht mit mir verwandt. Mein richtiger Vater ist ein Maler aus Shanghai, den meine Mutter und meine Tante vor meiner Geburt beide geliebt haben. Und das ist nur die Spitze des Eisbergs – wie Tante May sagen würde. Aber ich wurde im Jahr des Tigers geboren und will mich daher nicht von den quälenden Schuldgefühlen wegen des Todes meines Vaters und des Schmerzes über all diese Eröffnungen überwältigen lassen. Ich umklammere die Laken fester, recke das Kinn vor und versuche, diesen Gefühlen mit meiner Tigerwildheit beizukommen. Es funktioniert nicht.

Ich würde gerne mit meiner Freundin Hazel sprechen, aber es ist mitten in der Nacht. Noch lieber wäre ich jetzt wieder an der Universität von Chicago, denn mein Freund Joe würde verstehen, was ich gerade durchmache. Ganz bestimmt.

Um zwei Uhr morgens schläft meine Tante schließlich ein, und im Haus scheint alles still zu sein. Ich stehe auf und gehe in den Flur zum Wäscheschrank mit meinen Sachen. Jetzt höre ich meine Mutter weinen, und es bricht mir das Herz. Sie hat nicht die geringste Ahnung, was ich vorhabe, und selbst wenn, würde sie mich aufhalten? Ich bin nicht ihre Tochter. Warum also sollte sie mich daran hindern? Rasch packe ich das Nötigste zusammen. Dort, wo ich hinwill, werde ich Geld brauchen, und der einzige Weg, an Geld zu kommen, wird noch mehr Schande und Schmach über mich bringen. Ich husche in die Küche, schaue unter das Spülbecken und ziehe die Kaffeedose mit den Ersparnissen meiner Mutter heraus. Damit wollte sie mir das College finanzieren. Dieses Geld steht für all ihre Hoffnungen und Träume für mich, aber ich bin nicht mehr dieser Mensch. Sie war immer vorsichtig, und ausnahmsweise bin ich einmal froh darüber. Ihre Angst vor Banken und den Amerikanern finanziert nun meine Flucht …

Ich suche Papier und einen Stift, setze mich an den Küchentisch und schreibe:

> Mom, ich weiß nicht mehr, wer ich bin. Ich verstehe dieses Land nicht mehr. Ich hasse es dafür, dass es Dad umgebracht hat. Ich weiß, dass du jetzt glaubst, ich sei verwirrt und dumm. Das kann schon sein, aber ich muss Antworten bekommen. Vielleicht ist China doch meine wahre Heimat …

Ich schreibe weiter, dass ich meinen leiblichen Vater finden möchte und sie sich keine Sorgen um mich machen soll. Den zusammengefalteten Zettel bringe ich zur Veranda. Tante May rührt sich nicht, als ich den Zettel auf mein Kopfkissen lege. An der Haustür zögere ich. Mein behinderter Onkel liegt in seinem Zimmer im hinteren Teil des Hauses. Er hat mir nie etwas Böses getan. Ich sollte mich von ihm verabschieden, aber ich weiß schon, was er sagen wird: »Kommunisten taugen nichts. Sie werden dich umbringen.« So etwas will ich nicht hören, und ich will nicht, dass meine Mutter und meine Tante durch ihn auf mein Verschwinden aufmerksam werden.

Ich nehme meinen Koffer und trete hinaus in die Nacht. An der Ecke biege ich in die Alpine Street ein und gehe Richtung Union Station. Es ist der 23. August 1957. Ich möchte mir alles noch einmal genau einprägen, denn ich bezweifle, dass ich die Chinatown von Los Angeles jemals wiedersehen werde. Ich bin immer gerne in diesen Straßen herumgelaufen und kenne mich dort besser aus als sonst irgendwo auf der Welt. Hier kenne ich jeden, und jeder kennt mich. Die Häuser – es sind fast ausschließlich holzverschalte Bungalows – wurden chinafiziert, wie ich es nenne. Bambus wächst in den Gärten, auf den Veranden stehen Blumentöpfe mit Miniaturkumquatbäumen, und auf dem Boden liegen Holzbretter mit Reisresten für die Vögel. Nun sehe ich alles mit anderen Augen. Dafür genügten neun Monate im College – und die Ereignisse des heutigen Abends. In meinem ersten Studienjahr an der Universität von Chicago lernte ich viel und unternahm viel. Ich lernte Joe kennen und trat der Chinese Students Democratic Christian Association bei – dem Chinesischen Christlich-Demokratischen Studentenverband. Ich lernte alles über die Volksrepublik China und darüber, was der Vorsitzende Mao für das Land tut, und das alles läuft sämtlichen Vorstellungen meiner Familie zuwider. Was tat ich also, als ich im Juni nach Hause kam? Ich kritisierte meinen Vater und warf ihm vor, dass er immer noch den Eindruck erwecke, er komme »frisch vom Schiff«, und dass er in seinem Café so fette Gerichte koche und sich immer so dämliche Fernsehserien anschaue.

Diese Erinnerungen lösen einen Dialog in meinem Kopf aus, der seit seinem Tod in mir abläuft. Warum habe ich nicht bemerkt, was meine Eltern durchmachten? Ich wusste nicht, dass mein Vater illegal als Papiersohn in dieses Land gekommen war. Hätte ich das gewusst, dann hätte ich meinen Dad niemals gebeten, dem FBI gegenüber zu gestehen – als hätte er nichts zu verbergen. Meine Mutter macht Tante May für das Geschehene verantwortlich, aber sie hat unrecht. Sogar Tante May glaubt, es war ihre Schuld. »Als der FBI-Agent nach Chinatown kam«, hatte sie mir erst vor ein paar Stunden auf der Veranda gestanden, »habe ich mit ihm über Sam gesprochen.« Aber Agent Sanders war der rechtliche Status meines Dads ziemlich egal, denn als Allererstes fragte er nach mir.

Die Schlinge aus Schuldgefühlen und Kummer zieht sich immer enger zusammen. Woher hätte ich wissen sollen, dass die Gruppe, der ich beigetreten war, für das FBI als Tarnung für kommunistische Umtriebe galt? Wir demonstrierten vor Läden, in denen keine Schwarzen arbeiten oder Mahlzeiten einnehmen durften. Wir redeten darüber, dass die Vereinigten Staaten während des Krieges amerikanische Bürger japanischer Abstammung interniert hatten. Wieso machte mich das zu einer Kommunistin? Doch in den Augen des FBI tat es das, und deshalb versprach dieser schreckliche Agent meinem Dad eine Amnestie, wenn er jeden verriet, den er für einen Kommunisten oder einen Sympathisanten hielt. Wäre ich diesem Studentenverband nicht beigetreten, so hätte das FBI nichts in der Hand gehabt, um meinen Vater zu drängen, Namen zu nennen – insbesondere meinen. Mein Dad hätte mich nie verraten, und so blieb ihm keine andere Wahl. Solange ich lebe, werde ich nie vergessen, wie meine Mutter die Beine meines Vaters umklammerte in dem vergeblichen Versuch, das Seil um seinen Hals zu entlasten, und ich werde mir selbst nie meine Rolle bei seinem Selbstmord verzeihen.

Teil eins

Der Tiger springt

Joy

Life Savers

Ich biege in den Broadway ein, dann in den Sunset Boulevard. So komme ich an den Orten vorbei, die ich in Erinnerung behalten möchte. Die mexikanische Touristenattraktion in der Olvera Street ist geschlossen, aber die fröhlich-bunten Lichterketten werfen einen goldenen Schein auf die geschlossenen Souvenirstande. Rechts von mir liegt die Plaza, der Geburtsort der Stadt, mit dem schmiedeeisernen Musikpavillon. Gleich dahinter geht es in die Sanchez Alley. Dort wohnte meine Familie im ersten Stock des Garnier Building, als ich klein war, und mein Herz füllt sich mit Erinnerungen an meine Großmutter, wie sie mit mir auf der Plaza spielte, an meine Tante, die mir mexikanische Lutscher in der Olvera Street kaufte, an meine Mutter, die immer mit mir hier hindurchging, wenn sie mich nach Chinatown in die Schule brachte oder dort abholte. Das waren glückliche Jahre, und dennoch steckten sie so voller Geheimnisse, dass ich mich fragen muss, was in meinem Leben überhaupt echt war.

Die Palmen werfen perfekte Schatten auf die Fassade der Union Station vor mir. Der Uhrturm zeigt 2.47. Ich war gerade einmal ein Jahr alt, als der Bahnhof eröffnet wurde, daher war auch er ein fester Bestandteil in meinem Leben. Um diese Zeit fahren keine Autos oder Straßenbahnen, deshalb warte ich nicht, bis die Ampel umschaltet, sondern laufe einfach schnell über die Alameda Street. Ein einsames Taxi steht vor dem Bahnhof am Randstein. Drinnen im riesigen Wartesaal herrscht gähnende

Leere, und meine Schritte hallen vom Marmor und den Fliesen wider. Ich schlüpfe in eine Telefonzelle und schließe die Tür. Über mir geht ein Licht an, und ich sehe mein Spiegelbild in der Glasscheibe.

Meine Mutter mahnte mich immer, mich nie wie ein Pfau zu benehmen. »Du willst doch nicht wie deine Tante werden«, schalt sie mich stets, wenn sie mich bei einem Blick in den Spiegel erwischte. Doch jetzt weiß ich: Sie wollte nicht, dass ich zu genau hinsah. Denn wenn ich jetzt hinsehe, und zwar *richtig*, erkenne ich, wie sehr ich Tante May ähnele. Meine Augenbrauen haben die Form von Weidenblättern, ich habe einen hellen Teint, meine Lippen sind voll, und mein Haar ist schwarz wie Onyx. Meine Familie hat immer darauf bestanden, dass ich es lang trage, und früher konnte ich sogar darauf sitzen. Aber Anfang dieses Jahres ging ich in einen Frisiersalon in Chicago. Ich wollte einen Kurzhaarschnitt wie den von Audrey Hepburn. Die Friseuse bezeichnete das als Pixie-Schnitt. Jetzt trage ich die Haare kurz wie ein Junge, und sie glänzen selbst hier im schwachen Licht der Telefonzelle.

Ich schütte meinen Münzgeldbeutel auf der Ablage aus, wähle Joes Nummer und warte darauf, dass die Telefonistin mir sagt, wie viel die ersten drei Minuten kosten werden. Ich stecke die Münzen in den Schlitz. Es klingelt. In Chicago ist es kurz vor fünf Uhr morgens, ich wecke ihn also auf.

»Hallo?« Er klingt verschlafen.

»Ich bin's.« Ich bemühe mich, begeistert zu klingen. »Ich bin weggelaufen. Ich bin bereit, endlich zu tun, worüber wir bisher nur gesprochen haben.«

»Wie viel Uhr ist es?«

»Du musst aufstehen. Packen. Steig in ein Flugzeug nach San Francisco. Wir gehen nach China. Du hast gesagt, wir sollten Teil dessen sein, was dort passiert. Also los!«

Durch das Telefon höre ich, wie er sich umdreht und aufsetzt. »Joy?«

»Joy?«

»Ja, ja, ich bin's. Wir gehen nach China!«

»China? Du meinst die Volksrepublik China? Herrgott, Joy, es ist mitten in der Nacht. Ist alles in Ordnung? Ist irgendwas passiert?«

»Du hast mich extra einen Reisepass beantragen lassen, damit wir zusammen hinfahren können.«

»Spinnst du?«

»Du hast gesagt, wenn wir nach China gehen, arbeiten wir auf den Feldern und singen Lieder«, fahre ich fort. »Wir machen Gymnastik im Park. Wir helfen, das Wohnviertel sauber zu halten, und teilen die Mahlzeiten mit den anderen. Wir wären nicht arm, und wir wären nicht reich. Wir wären alle gleich.«

»Joy…«

»Chinese zu sein und das auf den Schultern und im Herzen zu tragen, kann eine Last sein, aber auch ein Quell der Hoffnung und der Freude. Auch das hast du gesagt.«

»Klar haben wir darüber geredet, was gerade in China passiert, aber ich habe hier eine Zukunft – das Zahnmedizinstudium, die Praxis meines Vaters… Ich hatte nie ernsthaft vor, wirklich hinzufahren.«

Als ich seinen spöttischen Tonfall höre, frage ich mich, worum es bei all den Treffen und dem ganzen Gerede eigentlich gegangen war. Waren die Gespräche über Gleichberechtigung, geteilten Wohlstand und die Vorzüge des Sozialismus gegenüber dem Kapitalismus nur ein Weg, um mir an die Wäsche zu gehen? (Nicht, dass ich ihn gelassen hätte.)

»Man würde mich umbringen, und dich genauso«, sagt er abschließend und verkündet damit dieselbe Propaganda wie Onkel Vern schon den ganzen Sommer.

»Aber es war doch deine Idee!«

»Hör mal, es ist mitten in der Nacht. Ruf mich morgen an. Nein, lieber nicht. Das ist zu teuer. Du bist doch in ein paar Wochen wieder hier. Dann können wir darüber reden.«

»Aber…«

Die Leitung ist tot.

Ich will mich auf keinen Fall durch meine Wut und Enttäuschung über Joe von meinem Plan abbringen lassen. Meine Mom hat immer versucht, meine besten Charaktereigenschaften zu fördern. Wer im Jahr des Tigers geboren wird, ist romantisch und künstlerisch veranlagt, aber sie hat mich immer gewarnt, dass es auch in der Natur des Tigers liegt, voreilig und impulsiv zu handeln, mit einem großen Satz davonzuspringen, wenn die Umstände widrig sind. Meine Mutter hat sich bemüht, diese Eigenschaften in mir nicht zum Vorschein kommen zu lassen, doch der Drang, zu springen, ist überwältigend, und ich lasse mich nicht von diesem Rückschlag aufhalten. Ich bin entschlossen, meinen Vater zu finden, selbst wenn er in einem Land mit über 600 Millionen Einwohnern lebt.

Ich gehe wieder nach draußen. Das Taxi steht immer noch da. Der Fahrer schläft auf dem Vordersitz. Ich klopfe ans Fenster, mit einem Ruck wacht er auf.

»Bringen Sie mich zum Flughafen«, sage ich.

Dort angekommen, gehe ich direkt zum Schalter der Western Airlines, denn sie hatten immer so schöne Werbespots im Fernsehen. Nach Shanghai kann ich nur über Hongkong fliegen. Nach Hongkong komme ich nur von San Francisco aus. Ich kaufe mir ein Ticket für den ersten Abschnitt meiner Reise und buche den ersten Flug des Tages nach San Francisco. Es ist noch frühmorgens, als ich dort lande. Am Schalter von Pan Am erkundige ich mich nach dem Flug 001, der rund um die Welt geht, mit Zwischenlandungen in Honolulu, Tokio und Hongkong. Die Frau in der feschen Uniform sieht mich misstrauisch an, als ich ein einfaches Ticket nach Hongkong bar bezahle, aber nachdem ich ihr meinen Pass gegeben habe, bekomme ich das Ticket.

Bis zum Abflug muss ich noch ein paar Stunden warten. Ich suche eine Telefonzelle und rufe bei Hazel an. Ich habe nicht vor, ihr zu erzählen, wo ich hinfliege. Joe hat mich bereits im Stich gelassen, und ich fürchte, Hazels Reaktion wird noch schlimmer sein. Sie hat mich schon gewarnt, dass Rotchina ein schlimmes Land sei und so – die übliche negative Einstellung, die wir beide von unseren Familien so gut kennen.

Die jüngste der Yee-Schwestern nimmt ab und reicht mich an Hazel weiter.

»Ich möchte mich verabschieden«, sage ich. »Ich verlasse das Land.«

»Wie bitte?«, fragt Hazel.

»Ich muss weg.«

»Du verlässt das Land?«

Ich merke, dass Hazel mir nicht glaubt – denn keine von uns hat bisher weitere Reisen unternommen als Wochenendausflüge nach Big Bear und San Diego mit der Methodistenkirche und den Flug zum College –, aber später wird sie schon kapieren. Doch da werde ich bereits irgendwo über dem Pazifik sein. Dann gibt es kein Zurück mehr.

»Du warst immer eine gute Freundin«, sage ich zu ihr. Mir kommen die Tränen. »Du warst meine beste Freundin. Vergiss mich nicht.«

»Ich vergesse dich nicht.« Nach einer kurzen Pause fragt sie: »Hast du denn Lust, heute Nachmittag zu Bullock's zu gehen? Ich würde gerne ein paar Sachen für Berkeley kaufen.«

»Du bist die Beste, Haz. Bye.«

Das Klicken des Hörers auf der Gabel klingt endgültig.

Als mein Flug aufgerufen wird, gehe ich an Bord und nehme meinen Platz ein. Ich taste nach dem Stoffbeutelchen, das ich um den Hals trage. Tante May hat es mir letzten Sommer geschenkt, bevor ich nach Chicago ging. Es enthält drei Sesamsamen, drei Mungobohnen und drei Kupfermünzen aus China. »Pearl und ich haben diese kleinen Säckchen von unserer Mutter bekommen, als wir aus Shanghai geflohen sind. Sie sollten uns beschützen«, erzählte sie mir gestern Nacht. »Ich habe dir meines am Tag deiner Geburt geschenkt. Als du noch ein Baby warst, wollte deine Mutter nicht, dass du es trägst, aber ich durfte es dir geben, als du aufs College gegangen bist. Ich freue mich, dass du es im vergangenen Jahr getragen hast.« Meine Tante … Meine Mom … Meine Augen füllen sich mit Tränen, aber ich dränge sie zurück, denn wenn ich anfange zu weinen, kann ich vielleicht nie wieder aufhören.

Doch wie konnte May mich aufgeben? Wie konnte mein leiblicher Vater mich gehen lassen? Und mein Vater Sam? Wusste er, dass ich nicht sein Kind war? May sagte, niemand wusste es sonst. Hätte er es gewusst, hätte er sich nicht umgebracht. Er wäre noch am Leben und könnte mich rauswerfen, weil ich ein respektloser, abscheulicher, arglistiger, Unruhe stiftender Bastard bin. Tja, jetzt bin ich ja draußen. Mom und meine Tante sind mittlerweile wahrscheinlich wach. Bestimmt sprechen sie immer noch nicht miteinander, aber sie werden sich allmählich fragen, wo ich bin. Ich bin froh, nicht dort zu sein und mich entscheiden zu müssen, welche Mutter ich lieben und zu welcher ich halten soll, trotz all ihrer hässlichen Geheimnisse, denn diese Entscheidung ist unmöglich. Schlimmer noch, es wird einen Moment geben, in dem sich alles beruhigt und meine Mom und meine Tante Frieden schließen – und sie werden alles noch einmal ganz genau unter die Lupe nehmen, wie immer –, und dann werden sie zwei und zwei zusammenzählen und daraufkommen, dass *ich* der wahre Grund für das bin, was mit meinem Vater Sam passiert ist, und nicht Tante May. Wie werden sie wohl reagieren, wenn sie allmählich begreifen, dass *ich* diejenige bin, an der das FBI interessiert war, dass *ich* diejenige bin, die Agent Sanders direkt zu uns nach Hause geführt und die ganze Katastrophe verursacht hat? Wenn das passiert, werden sie froh sein, dass ich weg bin. Vielleicht.

Ich lasse das Beutelchen los und wische mir die verschwitzten Hände am Rock ab. Ich bin verunsichert – wer wäre das nicht? –, doch ich darf mir jetzt keine Sorgen darüber machen, welche Auswirkungen mein Handeln auf meine Mom und meine Tante hat. Ich liebe sie beide, aber ich bin auch wütend auf sie und habe Angst davor, was sie vielleicht von mir denken – und für mich steht fest, dass ich immer »Tante« zu May sagen werde und Pearl für mich Mom bleiben wird. Sonst verwirrt mich das alles noch mehr als sowieso schon. Säße Hazel jetzt neben mir, würde sie sagen: »Ach, Joy, du bist so eine Chaotin.« Zum Glück ist sie nicht hier.

Eine Ewigkeit später landen wir in Hongkong. Ein paar Männer rollen eine Treppe ans Flugzeug, und ich gehe mit den anderen Passagieren von Bord. Von der Rollbahn steigen Hitzewellen auf, die Luft ist erstickend heiß, und die Luftfeuchtigkeit ist noch höher als bei meiner Abreise aus Chicago im Juni. Ich folge den anderen Passagieren in den Terminal und durch einen düsteren Gang in einen großen Raum, wo sich vor den Passkontrollen viele Schlangen gebildet haben. Als ich an der Reihe bin, fragt mich der Mann mit abgehacktem britischem Akzent: »Was ist Ihr endgültiges Reiseziel?«

»Shanghai in der Volksrepublik China«, antworte ich.

»Treten Sie auf die Seite!« Er telefoniert, und innerhalb von Minuten werde ich von zwei Wachen abgeholt. Sie bringen mich zum Gepäckbereich, wo ich meinen Koffer heraussuche, dann führen sie mich durch weitere finstere Korridore. Ich sehe keine anderen Passagiere, nur Männer in Uniform, die mich misstrauisch mustern.

»Wo gehen wir hin?«

Eine der Wachen beantwortet meine Frage durch unsanftes Zerren am Arm. Schließlich gelangen wir zu einer Doppeltür. Wir gehen hindurch und befinden uns wieder in der entsetzlichen Hitze. Ich werde hinten in einen fensterlosen Transporter geschoben, man sagt mir, ich soll still sein. Die Wachmänner steigen vorne ein, wir fahren los. Ich sehe überhaupt nichts. Ich verstehe nicht, was vor sich geht, und ich fürchte mich – ich bin starr vor Angst, um ehrlich zu sein. Mir bleibt nichts anderes, als mich festzuhalten, während der Transporter um scharfe Kurven und über holprige Straßen fährt. Nach einer halben Stunde hält er an. Die Wachmänner kommen zur Rückseite des Wagens. Sie unterhalten sich ein paar Minuten, während ich schwitzend im Inneren sitze und mir Sorgen mache. Schließlich werden die Türen geöffnet. Wir befinden uns an einem Kai, wo ein großes Schiff Fracht aufnimmt. Das Schiff fährt unter der Flagge der Volksrepublik China – fünf goldene Sterne auf einem roten Hintergrund. Derselbe unfreundliche Wachmann wie vorhin zerrt mich aus dem Wagen und auf den Landungssteg.

»Wir wollen nicht, dass ihr den Kommunismus hier verbreitet.« Er herrscht mich fast an, als er mir meinen Koffer reicht. »Machen Sie, dass Sie an Bord kommen, und steigen Sie bloß nicht aus, bevor Sie in China sind.«

Die beiden Wachmänner bleiben am Ende des Landungsstegs stehen, um sich zu vergewissern, dass ich auch an Bord gehe. Das alles ist eine Überraschung – eine verstörende Überraschung, die nichts Gutes verspricht. Am anderen Ende des Landungsstegs steht ein Matrose. Nein, so würde man wohl nicht sagen. Ich glaube, er ist ein Besatzungsmitglied. Er spricht schnell auf Mandarin mit mir, der offiziellen Sprache Chinas, eine Sprache, in deren reiner Form ich mich nicht ganz sicher fühle. Meine Mutter und meine Tante haben sich immer im Shanghaier Wu-Dialekt unterhalten – mein ganzes Leben lang. Ich glaube, ich beherrsche ihn gut, aber lange nicht so gut wie das Kantonesische, das üblicherweise in Chinatown gesprochen wurde. Mit meiner Familie habe ich immer ein bisschen Kantonesisch, ein bisschen Shanghaier Dialekt und ein bisschen Englisch gesprochen. Englisch werde ich von jetzt an wahrscheinlich gänzlich aufgeben.

»Könnten Sie das noch einmal sagen, und ein bisschen langsamer, wenn möglich?«, frage ich.

»Kehrst du ins Land deiner Vorfahren zurück?«

Ich nicke, ziemlich sicher, dass ich ihn richtig verstanden habe.

»Gut, willkommen! Ich zeige dir dein Quartier. Dann bringe ich dich zum Kapitän. Bei ihm zahlst du deine Fahrkarte.«

Ich drehe mich zu den beiden Wachmännern um, die immer noch am Kai stehen und mich beobachten. Ich winke ihnen, wie eine Idiotin. Dann folge ich dem Besatzungsmitglied. Als ich jünger war, spielte ich mit meiner Tante in vielen Filmen als Komparsin mit. Einmal hatte ich eine Rolle in einem Film über chinesische Waisenkinder, die während des Krieges mit einem Schiff aus China evakuiert wurden, aber hier ist es völlig anders als am Set. Alles ist rostig. Die Treppen sind schmal und steil. Die Gänge sind schwach beleuchtet. Wir liegen noch im Hafen, aber ich spüre das Wogen des Wassers unter den Füßen, was darauf schließen lässt, dass dieses Schiff nicht sonderlich seetüchtig ist. Man sagt mir, ich bekomme eine Einzelkabine, aber diesen klaustrophobisch engen Verschlag, in den ich geführt werde, könnte man sowieso nicht mit jemand anderem teilen. Draußen ist es heiß, hier drinnen womöglich noch heißer.

Später werde ich dem Kapitän vorgestellt. Seine Zähne haben Tabakflecken, seine Uniform ist mit Speiseresten und Öl verschmiert. Er sieht genau hin, als ich meine Geldbörse aufmache und meine Fahrkarte bezahle. Das Ganze ist ziemlich unheimlich.

Auf dem Rückweg zu meiner Kabine rufe ich mir in Erinnerung, dass ich das alles wollte. Weglaufen. Abenteuer. Meinen Vater suchen. Ein freudiges Wiedersehen. Auch wenn ich gerade erst herausgefunden habe, dass Z. G. Li mein Vater ist, hatte ich schon zuvor von ihm gehört. Er hat meine Mom und meine Tante immer gemalt, damals in Shanghai, als sie ihm Modell saßen. Die Plakate habe ich nie gesehen, aber einige seiner Illustrationen für *China Reconstructs*, eine Propagandazeitschrift, die mein Großvater im Tabakladen unter der Theke kaufte. Es war schon seltsam, die Gesichter meiner Mutter und meiner Tante auf dem Titelblatt einer Zeitschrift aus *Rot*china zu sehen. Z. G. Li hatte sie aus dem Gedächtnis gemalt, und zwar sehr oft. Da hatte er seinen Namen schon in Li Zhi-ge geändert, wahrscheinlich gemäß den politischen Veränderungen in China, wie meine

Mom meinte. Meine Tante hängte sich die Titelblätter mit seinen Illustrationen gerne an die Wand über ihrem Bett, deshalb glaube ich, ein bisschen über ihn als Maler zu wissen. Bestimmt wird Z. G. – oder wie auch immer ich ihn nennen soll – sehr überrascht sein und sich freuen, mich zu sehen. Diese Gedanken lindern vorübergehend meine Sorgen wegen der Sicherheit des Schiffs und wegen des merkwürdigen Kapitäns.

Sobald wir aus dem Hafen von Hongkong ausgelaufen sind, gehe ich in die Kombüse zum Essen. Wie sich herausstellt, sind hauptsächlich heimkehrende Überseechinesen auf dem Schiff. Jeden Tag verlässt ein anderes Boot Hongkong, erzählt man mir, und bringt Leute wie mich nach China. Zwanzig Passagiere – allesamt männliche Chinesen – aus Singapur, Australien, Frankreich und den Vereinigten Staaten wurden von anderen Flügen und Schiffen direkt zu diesem Boot gebracht. (Was glaubt man in Hongkong wohl, was passieren würde, wenn einer von uns über Nacht oder eine ganze Woche bliebe?) Während der Mahlzeit wird mir auf einmal komisch. Bevor das Dessert serviert wird, muss ich den Tisch verlassen, weil mir schlecht ist. Ich schaffe es kaum in meine Kabine. Der Geruch nach Öl und der Latrine, die Hitze, die emotionale und körperliche Anstrengung der letzten Tage setzen mir stark zu. Die nächsten drei Tage verbringe ich damit, Brühe und Tee möglichst bei mir zu behalten, zu schlafen, in der Hoffnung auf eine kühle Brise auf dem Deck zu sitzen und mich mit den anderen Passagieren zu unterhalten, die mir alle möglichen nutzlosen Ratschläge gegen die Seekrankheit geben.

Ich liege in meiner Koje, als in der vierten Nacht das Rollen des Schiffs endlich nachlässt. Wahrscheinlich befinden wir uns an der Mündung des Yangtze. Angeblich dauert es noch ein paar Stunden, bis wir in den Whangpoo einfahren und Shanghai erreichen. Kurz vor Sonnenaufgang stehe ich auf und ziehe mein Lieblingskleid an – ein weiß gefüttertes, hellblau getupftes Musselinkleid. Ich statte dem Kapitän einen Besuch ab, reiche ihm einen Brief, den er abschicken soll, wenn er nach Hongkong zurückkehrt, und frage ihn, ob er mir ein paar von meinen Dollars in chinesisches Geld wechseln kann. Ich gebe ihm fünf Zwanzigdollarscheine. Vierzig Dollar steckt er ein, dann gibt er mir chinesische *yuan* im Gegenwert von sechzig Dollar. Ich bin zu verblüfft, um Einwände zu erheben, aber in Anbetracht seines Verhaltens wird mir bewusst, dass ich keine Ahnung habe, was mich erwartet, wenn ich an Land gehe. Werde ich behandelt wie in Hongkong? Werden die Leute, denen ich begegne, einfach mein Geld nehmen wie der Kapitän? Oder wird etwas völlig anderes geschehen?

Meine Mutter sagte immer, China sei korrupt. Ich dachte, solche Dinge hätten sich mit der Machtübernahme der Kommunisten erledigt, aber offenbar nicht ganz. Was würde meine Mom tun, wenn sie hier wäre? Sie würde ihr Geld verstecken, wie zu Hause. Als ich wieder in der Kabine bin, nehme ich alles Geld, das ich ihr aus dem Versteck unter dem Spülbecken gestohlen habe, teile es in zwei Stapel, wickle den höheren Betrag in ein Taschentuch und stecke ihn an meiner Unterwäsche fest. Den Rest – 250 Dollar – schiebe ich in meinen Geldbeutel, zusammen mit dem neuen chinesischen Geld. Dann verlasse ich mit meinem Koffer die Kabine und gehe von Bord.

Es ist acht Uhr morgens, und die Luft ist dick, schwer und heiß wie Kartoffelsuppe. Mit den anderen Passagieren werde ich in einen stickigen Raum gedrängt, in dem Zigarettenrauch steht und es penetrant nach Essen riecht, das bei diesem Wetter zu lange ungekühlt herumstand. Die Wände sind in einem scheußlichen Erbsengrün gestrichen. Die Luft ist so feucht, dass die Fenster beschlagen. In Amerika würden die Leute ordentliche Schlangen bilden. Hier drängen sich meine Mitreisenden in einer pulsierenden Masse zu dem einen Abfertigungsschalter. Ich halte mich am Rand, denn nach meiner Erfahrung mit der Passkontrolle in Hongkong bin ich nervös. Es geht sehr langsam voran, immer wieder kommt es zu Verzögerungen, aus Gründen, die ich weder sehen noch erahnen kann. Es dauert drei Stunden, bis ich vor dem Schalter stehe.

Ein Inspektor in einer schlecht sitzenden graugrünen Uniform fragt: »Was ist der Grund für deinen Besuch, Genossin?«

Er spricht Shanghaier Dialekt. Darüber bin ich froh, dennoch sollte ich ihm wohl nicht die Wahrheit sagen – dass ich gekommen bin, um meinen Vater zu suchen, aber keine Ahnung habe, wo genau er sich aufhält oder wie ich ihn ausfindig machen soll.

»Ich möchte beim Aufbau der Volksrepublik China helfen«, antworte ich.

Er verlangt meine Papiere und bekommt große Augen, als er meinen amerikanischen Pass sieht. Er sieht mich an und dann wieder das Foto. »Du hast Glück, dass du dieses Jahr gekommen bist und nicht letztes. Der Vorsitzende Mao sagt, dass Überseechinesen keine Einreiseerlaubnis mehr beantragen müssen. Ich brauche nur einen Identitätsnachweis, und den hast du mir gegeben. Würdest du dich als staatenlos bezeichnen?«

»Als staatenlos?«

»Es ist illegal, als amerikanischer Staatsbürger durch China zu reisen«, sagt er. »Du bist also staatenlos?«

Ich bin neunzehn. Ich möchte nicht den Eindruck erwecken, eine uninformierte und unwissende Ausreißerin zu sein. Ich möchte nicht zugeben, dass ich nicht genau weiß, was *staatenlos* bedeutet.

»Ich bin nach China gekommen, um dem Aufruf an patriotische Chinesen aus den Vereinigten Staaten zu folgen, dem Volk zu helfen.« Ich sage auf, was ich in meiner Gruppe in Chicago gelernt habe. »Ich möchte der Menschheit einen Dienst erweisen und beim nationalen Aufbau helfen!«

»Na dann«, sagte der Inspektor.

Er lässt meinen Pass in eine Schublade fallen und verschließt sie. Das beunruhigt mich.

»Wann bekomme ich meinen Pass wieder?«

»Gar nicht.«

Ich bin nie auf die Idee gekommen, dass ich meine Rechte aufgeben würde, sollte ich China jemals wieder verlassen und in die Vereinigten Staaten zurückkehren wollen. Ich habe das Gefühl, hinter mir ist eine Tür zugefallen und verschlossen worden. Was soll ich später tun, wenn ich wegwill und den Schlüssel nicht habe? Die Gesichter meiner Mutter und meiner Tante blitzen vor mir auf, und all das Gefühlsdurcheinander und die Traurigkeit unserer letzten gemeinsamen Tage kommen an die Oberfläche. Ich werde nie zurückkehren. Niemals.

»Das persönliche Gepäck von Überseechinesen muss durchsucht werden«, verkündet der Inspektor und zeigt auf ein Schild, auf dem steht: BEVORZUGTE ZOLLABFERTIGUNG VON ÜBERSEECHINESEN. »Wir suchen nach Konterbande und versteckten Devisen.«

Ich öffne den Koffer, und er wühlt den Inhalt durch. Er konfisziert meine BHs, was man lustig finden könnte, wäre ich nicht so überrascht und ängstlich. Mein Pass und meine BHs?

Er sieht mich streng an. »Wäre die Aufseherin hier, würde sie dir auch den wegnehmen, den du gerade trägst. Reaktionäre Kleidung hat keinen Platz im Neuen China. Wirf das anstößige Stück so bald wie möglich weg.« Er macht meinen Koffer wieder zu. »So, und wie viel Geld hast du mitgebracht? Du wirst einer Arbeitseinheit zugeteilt, aber momentan können wir dich nicht einreisen lassen, außer du kannst dich selbst versorgen.«

Ich reiche ihm meinen Geldbeutel. Er nimmt die Hälfte meiner Dollars und steckt sie ein. Ich bin froh, dass ich den größten Teil des Geldes in der Unterwäsche habe. Dann mustert mich der Inspektor genau, besonders mein getupftes Musselinkleid, was vielleicht ein Fehler war, wie mir jetzt klar wird. Ich soll hierbleiben, bis jemand kommt. Als er geht, fürchte ich, dass sich nun wiederholt, was in Hongkong passiert ist, aber wo sollten sie mich diesmal hinschicken? Vielleicht hatten Joe und mein Onkel doch recht. Vielleicht wird mir wirklich etwas Schlimmes zustoßen. Schweiß läuft mir den Rücken hinunter.

Der Inspektor kehrt mit mehreren Männern zurück, die die gleichen tristen grünen Uniformen tragen. Sie lächeln begeistert. Sie nennen mich *tong chi*. Das bedeutet *Genossin*, aber gleichzeitig schwingt mit, dass man die gleiche Gesinnung, die gleichen Ziele, die gleichen Ambitionen hat. Ich fühle mich gleich viel besser. *Siehst du*, sage ich mir, *du hättest dir gar keine Sorgen machen müssen*. Sie nehmen mich in die Mitte und drängen sich zusammen, damit wir fotografiert werden können, die Erklärung für die Verzögerungen von vorhin. Danach zeigen sie mir eine Wand mit gerahmten Aufnahmen von Leuten, die, wie sie sagen, durch dieses Büro nach China eingereist sind. Hauptsächlich Männer, ein paar Frauen und auch ein paar Familien. Und nicht alle sind Chinesen. Auch Weiße sind darunter. Ich kann nicht sagen, woher sie kommen, allerdings sehen sie ihrer Kleidung nach zu urteilen nicht aus wie Amerikaner. Vielleicht stammen sie aus Polen, Ostdeutschland oder einem anderen Land im Ostblock. Bald wird auch das Bild von mir an der Wand hängen. Wie schön.

Dann fragen mich die Inspektoren, wo ich wohnen werde. Ich weiß nicht recht, was ich antworten soll. Sie bemerken meine Unsicherheit und werfen einander besorgte – argwöhnische – Blicke zu.

»Du musst uns sagen, wo du wohnen wirst, sonst dürfen wir dich hier nicht weglassen«, sagt der Oberinspektor.

Ich lege den Kopf schräg und sehe sie von unten an, was mich unschuldig und hilflos wirken lässt. Diesen Ausdruck habe ich vor Jahren bei Filmaufnahmen von meiner Tante gelernt.

»Ich suche meinen Vater«, vertraue ich ihnen an, in der Hoffnung, ihr Mitleid zu erregen. »Meine Mutter hat China vor meiner Geburt verlassen. Jetzt bin ich dahin zurückgekehrt, wo ich hingehöre.« Bisher habe ich nicht gelogen, doch ich brauche ihre Unterstützung. »Ich möchte bei meinem Vater leben und ihm helfen, das Land aufzubauen, aber meine Mutter wollte mir nicht sagen, wo ich ihn finde. Sie ist zu amerikanisch geworden.« Beim letzten Satz verziehe ich das Gesicht, als wäre es das Verabscheuenswerteste auf Erden.

»Was für eine Art von Arbeiter ist er?«, fragt der Inspektor.

»Er ist Kunstmaler.«

»Aha, gut«, sagt er. »Ein Kulturarbeiter.« Die Männer diskutieren rasch die Möglichkeiten durch. Dann sagt der Chefinspektor: »Geh zum Nationalen Chinesischen Kulturarbeiterverband. Ich glaube, jetzt heißt er nur noch Künstlerverband, Niederlassung Shanghai. Sie betreuen alle Kulturarbeiter. Sie werden genau wissen, wo man ihn finden kann.«

Er schreibt mir den Weg auf, zeichnet eine einfache Karte und erklärt mir, dass ich den Künstlerverband leicht zu Fuß erreichen kann. Die Männer wünschen mir Glück, dann verlasse ich den Abfertigungsbereich, trete hinaus auf den Bund und reihe mich in ein Meer von Menschen ein, die alle aussehen wie ich. Die Chinatown von Los Angeles war eine kleine Enklave, und an der Universität von Chicago gab es nicht viele Chinesen. Hier sind mehr Chinesen, als ich in meinem ganzen Leben gesehen habe. Ein Hochgefühl erfasst mich.

Ich stehe auf einem Fußweg, der beinahe wie ein Park am Fluss entlangführt. Die Straße vor mir ist voll mit Fahrradfahrern. Es ist Mittagszeit, vielleicht machen deshalb gerade alle Pause, aber ich bin nicht sicher. Auf der anderen Straßenseite säumen hohe Gebäude – massiger, prächtiger und breiter als alles, was ich von Los Angeles gewohnt bin – den Bund und folgen der Biegung des Whangpoo. Als ich mich zurück zum Fluss wende, sehe ich chinesische Marineschiffe und Lastkähne jeder Form und Größe. Zahllose Sampans tanzen auf dem Wasser wie eine ganze Schar Wasserläufer. Dschunken mit gesetzten Segeln gleiten vorbei. Tausende Männer, wie es mir vorkommt – mit nacktem Oberkörper und leichten Baumwollhosen, die bis zu den Knien hochgerollt sind –, schleppen Baumwollbündel, mit Obst und Gemüse gefüllte Körbe und riesige Kisten zu den Booten hin oder an Land. Es ist ein einziges Kommen und Gehen.

Ich werfe einen Blick auf die Karte, um mich zu orientieren, nehme den Koffer wieder auf, bahne mir einen Weg durch die Menschenmenge zum Randstein und warte, dass die Fahrräder anhalten, um mich über die Straße zu lassen. Sie halten aber nicht an. Und es gibt keine Ampel. Unaufhörlich werde ich von dem unendlichen Strom der Fußgänger gestoßen und geschoben. Ich beobachte, wie sich andere mitten zwischen die Fahrräder hineinwagen und mutig die Straße überqueren. Als das nächste Mal jemand vom Randstein auf die Straße tritt, hefte ich mich ihm an die Fersen, in der Hoffnung, hinter ihm sicher zu sein.

Während ich die Nanking Road entlanggehe, stelle ich unwillkürlich Vergleiche zwischen Shanghai und Chinatown an, wo die meisten Leute aus Kanton in der Provinz Kwangtung im Süden Chinas stammten. Auch meine Familie kommt ursprünglich aus Kwangtung, aber meine Mutter und meine Tante wuchsen in Shanghai auf. Sie haben immer gesagt, in Shanghai sei das Essen süßer und die Kleidung modischer. Die Stadt sei aufregender – mit Clubs und Tanzlokalen, nächtlichen Spaziergängen am Bund entlang, und noch etwas: Es wurde gelacht. Als ich klein war, hörte ich meine Mutter nur selten lachen, aber sie erzählte immer davon, wie sie mit Tante May in ihrem Zimmer saß und kicherte, wie die beiden mit gut aussehenden jungen Männern Witze rissen und wie sie lachten, nur weil sie sich freuten, genau am richtigen Ort zu sein – im Paris Asiens –, und zwar genau zum richtigen Zeitpunkt, bevor die Japaner einmarschierten und meine Großmutter, Mutter und Tante fliehen mussten, um ihr Leben zu retten.

Was ich nun vor Augen habe, ist sicherlich nicht das Shanghai, von dem mir meine Mutter und meine Tante erzählten. Ich sehe keine schicken Frauen auf den Straßen, die in den Schaufenstern nach der neuesten Mode aus Paris oder Rom Ausschau halten. Ich sehe keine Ausländer, die sich benehmen, als gehörte alles ihnen. Überall sind nur Chinesen. Sie haben es alle eilig, und modisch ist nichts an ihnen. Die Frauen tragen Baumwollhosen und kurzärmelige Baumwollblusen oder einfache blaue Anzüge. Ein Stück weg vom Fluss sind die Männer besser gekleidet als die Hafenarbeiter. Sie tragen graue Anzüge – die mein Vater abschätzig als Mao-Anzüge bezeichnete. Niemand sieht zu dünn oder zu dick aus. Niemand sieht zu reich aus, und ich sehe keinen der Bettler oder Rikschafahrer, über die sich meine Mutter und Tante immer beklagten.

Es gibt nur ein Problem. Ich finde den Künstlerverband nicht. Shanghai besteht aus einem Gitterwerk von Straßen, und ich bin bald völlig verwirrt. Ich biege in Seitenwege und kleine Sträßchen ein. Ich lande in Höfen und Sackgassen. Ich frage nach dem Weg, aber die Leute drängen an mir vorbei oder glotzen mich an, weil ich hier fremd bin. Ich glaube, sie haben Angst, mit jemandem zu sprechen, der so fehl am Platz wirkt. Ich betrete ein paar Läden, um Hilfe zu bekommen, aber niemand hat jemals vom Künstlerverband gehört. Als ich ihnen meine Wegskizze zeige, schütteln sie den Kopf und schieben mich unfreundlich zur Tür hinaus.

Nachdem ich, wie es mir vorkommt, stundenlang abgewiesen, bewusst ignoriert oder von den vielen Menschen herumgeschubst wurde, stelle ich fest, dass ich mich völlig verlaufen habe. Außerdem habe ich richtigen Hunger, und mir ist schwummrig von der Hitze. Langsam bekomme ich Angst. Richtig Angst, denn ich bin in einer mir fremden Stadt, eine halbe Welt entfernt von allen, die mich kennen, und die Leute starren mich an, weil ich in meinem blöden getupften Kleid und den weißen Sandalen so fremdartig aussehe. Was mache ich hier?

Ich muss mich zusammenreißen. Unbedingt. *Denk nach!* Ich werde ein Hotel brauchen. Ich muss zum Bund zurückkehren und noch einmal von vorne anfangen. Aber zuerst brauche ich etwas zu essen und zu trinken.

Ich finde zurück zur Nanking Road, und bald komme ich zu einem riesigen Park, in dem ich einige Imbisswagen entdecke. Ich kaufe mir einen pikanten Kuchen, der mit Schweinehack und klein geschnittenem Blattgemüse gefüllt und in Wachspapier gewickelt ist. An einem anderen Wagen hole ich mir einen Tee in einer dicken Keramiktasse und setze mich damit auf eine Bank in der Nähe. Der Kuchen schmeckt köstlich. Der heiße Tee bringt mich mehr zum Schwitzen, als ich es sowieso schon tue, aber meine Mom hat immer behauptet, an einem heißen Tag würde eine Tasse Tee den Körper abkühlen. Es ist Spätnachmittag, doch die Hitze hat nicht nachgelassen. Noch immer ist es so feucht – ohne die Spur einer Brise –, dass ich gar nicht sagen kann, ob der Tee kühlt oder nicht. Trotzdem beleben mich das Essen und die Flüssigkeit.

In so einem Park war ich noch nie. Er ist ganz flach und scheint sich über mehrere Blocks zu ziehen. Ein Großteil davon ist gepflastert, er ist offenbar eher für Massenveranstaltungen als zum Spiel und zur Erholung gedacht. Dennoch sind hier viele Großmütter, die auf kleine Kinder aufpassen. Die Babys tragen sie auf dem Rücken, festgebunden mit einer Schlinge. Die Kleinkinder tapsen in Hosen herum, die im Schritt einen Schlitz haben. Ein kleines Mädchen hockt sich hin und pinkelt einfach auf den Boden! Ein paar ältere Kinder – keines ist älter als vier oder fünf – spielen mit Stöcken. Auf einer Bank mir gegenüber sitzt eine Großmutter. Ihre Enkeltochter ist ungefähr drei Jahre alt und wirklich niedlich. Die Haare sind in Kringeln hochgebunden und sprießen ihr wie kleine Pilze aus dem Kopf. Die Kleine sieht ständig zu mir her. Ich muss ihm wie ein Clown vorkommen. Ich winke. Sie versteckt den Kopf im Schoß ihrer Großmutter. Dann schaut sie wieder zu mir her, ich winke, und sie vergräbt wieder das Gesicht im Schoß der Großmutter. Wir wiederholen das ein paarmal, bis das kleine Mädchen mit den Fingern in meine Richtung zeigt.

Ich bringe die Keramiktasse dem Teeverkäufer zurück, und als ich wieder zur Bank komme, um meinen Koffer zu holen, verlässt das Mädchen den sicheren Bereich bei der Großmutter und nähert sich mir.

»*Ni hao ma?*«, frage ich.. »Wie geht es dir?«

Das kleine Mädchen kichert und läuft zu seiner Großmutter. Ich sollte wirklich los, aber das Kind ist so reizend. Darüber hinaus gibt es mir das Gefühl, hierher zu gehören, wenn ich mit der Kleinen spiele, und die Zuversicht, dass alles gut wird. Sie deutet auf mich und flüstert ihrer Großmutter etwas zu. Die alte Frau öffnet eine Tasche, kramt darin herum und legt dann ihrer Enkelin etwas in die winzige Hand. Gleich darauf steht das kleine Mädchen mit ausgestrecktem Arm vor mir und bietet mir einen Krabbencracker an.

»*Shie-shie.*«

Die Kleine lächelt, als ich mich bedanke. Dann klettert sie neben mir auf die Bank, lässt die Beine baumeln und plappert über alles Mögliche. Ich dachte ja, ich würde den Shanghaier Dialekt recht gut beherrschen, aber ich verstehe sie lange nicht so gut, wie ich gehofft hatte. Schließlich kommt die Großmutter zu uns herüber.

»Du hast unsere Enttäuschung kennengelernt«, sagt sie. »Mein Mann und ich hoffen beim nächsten Mal auf einen Enkelsohn.«

Solche Sachen habe ich mein ganzes Leben lang gehört. Ich tätschle dem kleinen Mädchen das Knie, eine Geste der Solidarität.

»Du siehst nicht aus, als kämst du aus Shanghai«, fährt die alte Frau fort. »Bist du aus Peking?«

»Ich komme von weit her«, antworte ich, denn ich will nicht meine ganze Geschichte erzählen. »Ich bin hier, um meinen Vater zu suchen, aber ich habe mich verlaufen.«

»Wo musst du denn hin?«

Ich zeige ihr die Wegbeschreibung.

»Ich weiß, wo das ist«, sagt sie. »Wir können dich hinbringen, wenn du willst. Es liegt auf unserem Heimweg.«

»Dafür wäre ich sehr dankbar.«

Sie nimmt ihre Enkelin an die Hand, ich meinen Koffer.

Einige Minuten später stehen wir vor dem Gebäude des Künstlerverbandes. Ich bedanke mich bei der alten Frau. Ich durchsuche meine Handtasche, finde noch eine letzte Rolle Life Savers und schenke die Pfefferminzbonbons dem kleinen Mädchen. Die Kleine weiß nicht, was sie damit anfangen soll.

»Das sind Bonbons«, erkläre ich. »Genauso süß wie du.« Meine Tante hat das oft zu mir gesagt, und ein stechender Schmerz durchfährt mich bei der Erinnerung daran. Ich bin so weit gekommen, und immer noch sind meine Mutter und meine Tante bei mir.

Nachdem wir uns ausgiebig gegenseitig bedankt haben, wende ich mich ab und betrete das Gebäude. Ich hoffte auf eine Klimaanlage, aber im Foyer ist es genauso drückend heiß wie auf der Straße. Eine Frau mittleren Alters sitzt hinter einem Schreibtisch mitten im Raum. Sie lächelt und winkt mich zu sich.

»Ich suche einen Maler namens Li Zhi-ge«, sage ich.

Das Lächeln verschwindet aus dem Gesicht der Frau und verwandelt sich in einen finsteren Blick. »Zu spät. Die Besprechung ist fast vorbei.«

Ich sehe sie verblüfft an.

»Ich lasse dich aber nicht da rein«, blafft sie und deutet verärgert auf eine hohe Doppeltür.

»Heißt das, er ist da drinnen? Jetzt?«

»Natürlich ist er da drinnen.«

Meine Mutter würde es Schicksal nennen, dass ich meinen Vater so schnell gefunden habe, doch vielleicht ist es nur ein glücklicher Zufall. Was es auch sei, ich bin froh darüber, auch wenn es nur blindes Glück ist. Aber ich verstehe immer noch nicht, warum die Frau vom Empfang mich nicht hineinlassen will.

»Ich muss ihn sehen«, bitte ich sie.

In diesem Moment gehen die Türen auf, und eine Gruppe Menschen strömt heraus.

»Da ist er«, sagt die Empfangsdame verächtlich.

Sie deutet auf einen großen Mann mit einer Drahtgestellbrille. Seine Haare sind ziemlich lang und fallen ihm locker über die Stirn. Er hat auf jeden Fall das richtige Alter – etwa Mitte vierzig –, und er sieht auffallend gut aus. Er trägt einen Mao-Anzug, aber seiner unterscheidet sich von den anderen, die ich auf der Straße gesehen habe. Seiner ist elegant und gut geschnitten, der Stoff sieht fester aus. Mein Vater muss sehr berühmt und mächtig sein, denn die anderen folgen ihm dichtauf und drängen ihn quasi zur Straße hinaus.

Als sie das Gebäude verlassen, laufe ich ihnen rasch hinterher. Sobald sie auf dem Gehsteig sind, verlieren sich die anderen und vermischen sich mit dem Strom der Fußgänger. Z. G. bleibt einen Augenblick stehen und blickt zwischen den Häusern hindurch nach oben auf ein Stück weißen Himmel. Dann seufzt er, schüttelt die Hände, als wollte er eine Last abschütteln, und geht los. Ich folge ihm, immer noch mit dem schweren Koffer. Was würde wohl passieren, wenn ich zu ihm ginge und ihm eröffnete, dass ich seine Tochter bin? Ich kenne ihn nicht, dennoch spüre ich, dass jetzt gerade kein guter Moment ist. Ganz abgesehen davon habe ich viel zu große Angst. Irgendwann bleibt er an einer Kreuzung stehen, und ich stelle mich neben ihn. Er muss mich doch bemerken, so anders, wie ich aussehe – immerhin bin ich ja allen anderen auch aufgefallen –, aber er wirkt völlig in Gedanken versunken. Ich sollte etwas sagen. *Hallo, du bist mein Vater*. Es geht nicht. Er streift mich mit einem kurzen Blick, nimmt aber immer noch nichts wahr und überquert dann die Straße.

Er biegt in eine ruhigere Straße ein. Bürogebäude weichen Wohnungen und kleinen Läden. Er geht ein paar Straßen weiter, dann biegt er in einen Fußweg ein, der auf beiden Seiten gesäumt ist von hübschen zwei- und dreistöckigen Häusern im westlichen Stil. Ich bleibe an der Ecke stehen, um zu beobachten, wo er hinwill. An den ersten drei Häusern geht er vorbei, dann öffnet er ein Tor in einem niedrigen Lattenzaun, betritt einen Garten, steigt die Stufen zur Veranda hinauf und verschwindet durch den Eingang. Ich gehe ein paar Schritte weiter. In den Gärten sehe ich Rasenflächen, blühende Cymbidien, Kletterwein. An den Veranden lehnen Fahrräder, Wäsche hängt an Stangen, die aus den

Fenstern herausragen. Die Häuser selbst sind hübsch – mit Ziegeldächern, nett bemalten Fassaden und schmiedeeisernem Gitterwerk mit Art-déco-Ornamenten vor den Fenstern, als Durchblick für die Türen und als Dekoration an den Dachvorsprüngen und um die Briefschlitze.

So haben Joe und meine Dozenten Rotchina nicht beschrieben. Ich habe kommunistische Zweckbauten erwartet oder sogar nur ein Wohn-Schlaf-Atelier. Doch mein Vater wohnt in einem eleganten Art-déco-Haus mit einem hübschen Garten. Was sagt das wohl über ihn aus?

Ich hole tief Luft, steige die Stufen hinauf und drücke auf die Klingel.

Joy

Zwei länger werdende Schatten

Eine junge Frau öffnet die Tür. Sie trägt eine weite schwarze Hose und eine leichte blaue Tunika mit geflochtenen Knebelverschlüssen am Hals, quer über der Brust und unter dem Arm.

»Ja bitte?«, sagt sie.

Ist sie Z. G.s Tochter? Meine Halbschwester?

»Ich möchte zu Li Zhi-ge.«

»Worum geht es?« Ihre melodiöse Stimme klingt plötzlich irritiert, vielleicht ängstlich.

»Ich bin von weit her gekommen.« Ich hebe meinen Koffer etwas an. Abgesehen davon muss sie doch sehen, dass ich nicht aus der Gegend stamme. »Es geht um eine Privatangelegenheit, und es ist sehr wichtig, dass ich mit ihm spreche.«

Das Mädchen tritt zur Seite, und ich gehe ins Haus. Der Vorraum ist groß. Der lange Gang ist mit polierten Mahagonidielen ausgelegt. Rechts befindet sich ein Wohnzimmer mit Möbeln aus der Ming-Dynastie. Links liegt das Esszimmer, ähnlich eingerichtet. Da ich in Chinatown aufgewachsen bin, kann ich das Echte vom Nachgemachten unterscheiden, und was ich hier sehe, ist echt und von guter Qualität. Doch was da an der Wand hängt, erschüttert mich. Jedes einzelne der Plakate zeigt meine Mutter und meine Tante. Sie sind jung und strahlend, hübsch gekleidet und mit allen möglichen Aktivitäten beschäftigt – wollen in einen Pool springen, steigen aus einem Flugzeug und winken oder trinken Champagner bei einem Tanztee. Meine Mutter und meine Tante schwelgten oft in Erinnerungen an ihre Zeit als »Kalendermädchen«. Und nun sehe ich sie hier, gerahmt und ausgestellt wie in einem privaten Museum. Ich bin hin- und hergerissen, denn einerseits bin ich noch wütend auf sie, andererseits verleiht es mir Mut, ihre Gesichter zu sehen.

»Bitte«, sagt die junge Frau. Ich nehme Platz, und sie tappt leise aus dem Raum. Kurz darauf kommt eine andere junge Frau herein, in identischer Hose und Tunika. Ohne ein Wort schenkt sie mir eine Tasse Tee ein und zieht sich wieder zurück. Mein Vater hat Dienstmädchen! So habe ich mir sein Leben allerdings nicht vorgestellt.

»Was gibt es?«, fragt ein Mann.

Er ist es. Plötzlich zittere ich so sehr, dass ich Angst habe aufzustehen. Ich habe einen so weiten Weg zurückgelegt und so viele Verbindungen durchtrennt…

»Ich würde gerne mit Ihnen sprechen.« Meine Stimme bebt. »Sind Sie beschäftigt?«

»Um ehrlich zu sein, ja«, antwortet er kurz angebunden. »Ich gehe aufs Land. Das musst du doch wissen, Genossin. Ich würde jetzt gerne in Ruhe packen. Ich habe noch viel zu erledigen…«

»Sind Sie Li Zhi-ge?«

»Natürlich bin ich das!«

»Vor langer Zeit hatten Sie einen anderen Namen. Man nannte Sie Z. G. Li…«

»Damals hatten viele Leute andere Namen. Zu der Zeit folgte ich dem Wind und nahm westliche Gepflogenheiten an. Ich habe meinen Fehler eingesehen. Ich habe mich mit der Zeit verändert und verändere mich immer noch.«

»Sind Sie derselbe Maler, der früher Kalendermädchen gemalt hat?«

Er sieht mich ungeduldig an und deutet auf die Wände. »Das siehst du doch. Auch diese Zeit bereue ich…«

»Haben Sie jemals Pearl und May Chin gemalt?«

Er antwortet nicht – wieder hängt die Antwort an den Wänden –, aber sein Gesicht wird grau und seine Haltung schlaff. »Wenn du hier bist, um mich noch mehr zu bestrafen, kannst du dir die Mühe sparen, Genossin«, sagt er steif.

Wovon redet er da?

»Pearl Chin ist meine Tante«, fahre ich fort. »May Chin ist meine Mutter. Ich bin neunzehn Jahre alt.« Ich beobachte ihn genau, während ich spreche. Sein abwehrendes Grau wird zu einem geisterhaften Weiß. »Ich bin deine Tochter.«

Er lässt sich in den Sessel mir gegenüber fallen und starrt mich an. Kurz blickt er auf die Poster an der Wand hinter mir, dann sieht er wieder mich an.

»Das könnte jeder behaupten.«

»Aber aus welchem Grund?« erwidere ich schroff. »Sie haben mir den Namen Joy gegeben.« Ich sage »sie« und hoffe, er fragt nicht nach dem Grund. Ich bin nicht darauf vorbereitet, ihm alles gleich jetzt zu erzählen.

»Ich habe gehört, Pearl und May seien gestorben …«

»Nein.«

Ich suche in meiner Handtasche nach meinem Geldbeutel und zeige ihm ein Foto, das Anfang dieses Sommers aufgenommen wurde, als wir zum ersten Mal in Disneyland waren. Meine Mutter und meine Tante fanden, wir müssten entsprechend gekleidet sein. Tante May trug ein Baumwollkleid mit einem Gürtel um die Taille, einem weiten Rock und einem Petticoat darunter. Mom trug einen Faltenrock und eine taillierte Hemdbluse. Beide waren vorher beim Friseur gewesen und hatten sich Seidenschals um den Kopf gebunden, um ihre Frisuren zu schützen. Zur Abrundung trugen sie Schuhe mit hohen Absätzen. Natürlich waren wir uns heftig darüber in die Haare geraten, was ich anziehen sollte. Wir hatten uns schließlich auf einen engen, knielangen Rock, eine ärmellose weiße Bluse und Ballerinas geeinigt. Mein Dad hat das Bild von uns drei vor der Peter-Pan-Bahn gemacht.

Meine Augen füllen sich mit Tränen. Ich blinzle sie weg. Z. G. betrachtet das Foto mit einem Ausdruck, den ich nicht deuten kann. Verlust? Liebe? Reue? Vielleicht begreift er einfach allmählich, dass ich ihm die Wahrheit gesagt habe.

»May.« Er zieht die eine Silbe ganz lang. Dann wird ihm bewusst, dass ich ihn ansehe, und er setzt sich gerade auf. »Und, wo sind sie? Warum sind sie nicht mit dir gekommen? Warum sollten sie dich alleine herschicken?«

Auch er spricht von ihnen im Plural, und ich werde ihn auf keinen Fall korrigieren.

»Sie sind in Los Angeles.« Damit es besser klingt, füge ich »*Haolaiwu* – Hollywood« hinzu.

Ihm scheint nicht aufzufallen, dass ich seine andere Frage gar nicht beantwortet habe, denn er sagt: »May wollte immer nach *Haolaiwu.*«

»Hast du sie in den Filmen gesehen? Sie spielt in vielen Filmen mit. Ich auch. Wir haben zusammen gearbeitet. Erst waren wir Komparsen, und dann … Hast du uns gesehen?«

Er sieht mich an wie ein Wesen von einem anderen Stern.

»Joy, so heißt du, oder? Das hier« – er macht eine ausholende Armbewegung – »ist China. Wir sehen hier keine Hollywood-Filme.« Dann fragt er: »Wo kommst du her? Wie bist du hergekommen?«

»Entschuldigung, ich dachte, ich hätte dir das gesagt. Ich komme aus Los Angeles. Ich bin gekommen, um dich kennenzulernen und den revolutionären Kampf zu unterstützen!«

Er lässt den Kopf zurückfallen, als wollte er die Decke betrachten. Als er wieder mich ansieht, fragt er: »Was hast du getan? Bist du von Sinnen?«

»Was meinst du damit? Ich musste dich kennenlernen«, sage ich. »Willst du mich nicht?«

»Bis vor ein paar Minuten wusste ich noch nicht einmal, dass es dich gibt.«

Er wirft einen Blick über die Schulter in die Diele. Beim Anblick meines Koffers runzelt er die Stirn. »Was hast du vor? Dein Wu-Dialekt klingt nicht ganz richtig. Er ist einigermaßen passabel, aber die meisten Leute werden gleich merken, dass du nicht von hier bist. Selbst wenn du den Shanghaier Dialekt perfekt beherrschen würdest, mit deiner Frisur und deiner Kleidung siehst du immer noch so aus, als gehörtest du nicht hierher.«

Warum muss er das alles so negativ klingen lassen?

»Deine Mutter und deine Tante können unmöglich damit einverstanden gewesen sein, dass du herkommst«, fügt er hinzu. Er will mehr Informationen aus mir herauslocken, aber dazu bin ich immer noch nicht bereit.

»Eure Regierung hat Leute wie mich aufgerufen herzukommen.« Ich versuche die Begeisterung durchklingen zu lassen, die ich seit Monaten verspüre. »Ich möchte helfen, die Neue Gesellschaft aufzubauen.« Aber es ist, als hätte man den Deckel von einem Reistopf genommen. Der ganze Dampf ist zu schnell entwichen. Warum ist er nicht glücklicher, mich zu sehen? Warum hat er mich nicht umarmt oder geküsst? »Und ich bin da nicht die Einzige.«

»Du bist die Einzige, die… die…« Er schluckt. Ich warte darauf, dass er die Worte ausspricht, die ich hören muss. »Die meine Tochter ist.« Er verstummt und knetet sich das Kinn. Hin und wieder schaut er mich an, überlegt, denkt nach. Offenbar sucht er nach einer Lösung für ein schwieriges Problem, aber wo liegt das Problem? Er hat mich schon als seine Tochter anerkannt. Schließlich fragt er: »Bist du Künstlerin? Kannst du malen?«

Eine seltsame Frage. Als Künstlerin würde mich wohl niemand bezeichnen. Deshalb lüge ich. »Ja! Das wurde immer behauptet.«

»Erzähl mir von den vier Arten der Kunst.«

Soll das eine Prüfung sein? Ich beiße mir auf die Unterlippe, um meine Enttäuschung zu verbergen, und versuche mich zu erinnern, was ich in Chinatown gesehen habe. Zum chinesischen Neujahr gab es immer Kalender. Sogar Pearls Café hat einen Kalender machen lassen, den wir unseren treuesten Kunden geschenkt haben.

»Es gibt Neujahrskalender«, sage ich zögernd.

»Stimmt. Das ist eine von vier anerkannten Kunstformen. Sie sind für Bauern bestimmt – wie Volkskunst – und deshalb gut für die breiten Massen. Politische Porträts und Propagandaplakate würden ebenfalls in diese Kategorie fallen.«

Ich erinnere mich an etwas, das ich an der Universität von Chicago gelernt habe, und sage es auf: »Mao hat gesagt, die Kunst soll Arbeitern, Bauern und Soldaten dienen. Sie soll eng mit der revolutionären Praxis verbunden sein.«

»Du bist mit den vier Arten der Kunst noch nicht fertig. Was ist mit dem sozialistischen Realismus?«

Daran erinnere ich mich genau, vom College her. »Er gibt die echte Welt beinahe wissenschaftlich genau wieder, wie ein Spiegel: die Volksmassen, die einen Damm bauen, junge Frauen, die in einer Fabrik Stoff weben, Traktoren und Panzer, die Seite an Seite über eine Landstraße rollen und Arbeiter und Soldaten vereinen. So ähnlich wie das, was du für *China Reconstructs* gemacht hast. Meine Mutter und meine Tante« – ich spezifiziere weiterhin nicht, wer von beiden wer ist – »haben die Ausgaben mit deinen Bildern immer aufgehoben.«

»May hat sie gesehen?«

Wieder May. Er scheint mehr über sie wissen zu wollen als über mich.

»Ja, sie hat sie an die Wand über ihrem Bett gehängt.«

Sein Mund verzieht sich zu einem leichten Lächeln. Das schmeichelt ihm.

»Was noch?«, fragt er.

Über May? Über die Kunst? Ich bleibe bei der Kunst.

»Es gibt Karikaturen. Gut für die Politik …«

Er nickt, aber ich sehe ihm an, wie sehr er sich nach wie vor darüber freut, dass jemand weit weg in einem anderen Land noch Sehnsucht nach ihm empfindet.

»Und die vierte?«, fragt er.

Ich laufe rot an. Es kommt mir vor, als wäre alles, was ich

je gelernt oder gesehen habe, urplötzlich wie weggeblasen. Ich gehe im Geiste alle Wände in unserem Haus in Chinatown sowie in den Cafés und in den Andenkenläden durch, in denen ich in meinem Leben je gewesen bin, in den Werkstätten und Läden …

»Landschaften! Blumen und Schmetterlinge! Hübsche Damen, die in einen Teich blicken oder in einem Pavillon sitzen. Kalligrafie!« Eines davon muss richtig sein.

»Traditionelle chinesische Malerei«, sagt er zustimmend. »Das ist das genaue Gegenteil der Neujahrskalender. Die traditionelle Malerei ist weit entfernt vom Leben der Soldaten, Arbeiter und Bauern. Manche finden sie zu elitär, dennoch wird sie als Kunstform akzeptiert. Welches ist dein Spezialgebiet?«

»In Chinatown haben immer alle gesagt, meine Kalligrafie sei makellos …«

»Zeig mal.«

Jetzt soll ich für diesen Mann – meinen Vater – Kalligrafien malen? Warum sind meine künstlerischen Fertigkeiten wichtig? Soll das eine Prüfung sein, um zu sehen, ob ich wirklich seine Tochter bin? Was ist, wenn ich nicht bestehe?

Z. G. steht auf und winkt mir, ihm zum Schreibtisch zu folgen. Er holt die vier Schätze des Studierzimmers hervor: Papier, einen Reibstein, einen Tuschestab und einen Pinsel. Er ruft eines seiner Dienstmädchen, ihm Wasser zu bringen. Dann sieht er mir zu, wie ich die Tusche auf dem Stein reibe und Wasser dazumische, bis ich die gewünschte Schwärze erreicht habe, und dann, wie ich den Pinsel halte und über das Papier führe, während ich einen Zweizeiler schreibe. Ich möchte keinen gewöhnlichen Spruch schreiben wie zum Beispiel: »Möge dir das kommende Jahr Frieden und Sicherheit bringen.« Ein guter Zweizeiler verlangt Symmetrie – Satz um Satz, Nomen um Nomen, Adjektiv um Adjektiv. Ich erinnere mich an einen, den ich vor ein paar Jahren für unsere Nachbarn geschrieben habe. Im ersten Teil schreibe ich die Zeichen *Vorüber der Winter, klare Berge, glitzerndes Wasser.*

Sobald ich damit fertig bin, fange ich mit dem zweiten Teil an, der auf der anderen Seite der Tür hängen würde: *Bald kommt der Frühling, duftende Blumen, singender Vogel.*

»Dein *ch'i yun* – die Dynamik – ist gut«, sagt Z. G., »aber wie der große Führer selbst bemerkt hat, kann diese Art der Kunst nicht mehr sich selbst genügen. Benutzt du also die Tradition, um der Gegenwart zu dienen? Keine Frage. Du bemühst dich gerade sehr, das sehe ich. Wenn ich mir deine Arbeit anschaue, weiß ich nicht, ob ich hier Überreste des Feudalismus oder duftende Blumen vor mir sehe, aber du könntest von mir lernen.«

Ich verstehe nicht die Hälfte dessen, was er sagt. Wie erkennt er Überreste des Feudalismus oder duftende Blumen in meinem Zweizeiler? Aber das ist jetzt eigentlich nicht wichtig, denn ich habe seine Prüfung bestanden.

»Es ist gut, dass du heute gekommen bist, denn ich gehe aufs Land und soll den Bauern Malunterricht geben«, verkündet er. »Du begleitest mich als meine Assistentin. Ich habe genügend Reisbezugsscheine für meine … Reise, um sie mit dir zu teilen. Die Menschen auf dem Land werden nicht merken, wie unwissend du bist.«

Aufs Land? Jede Entscheidung, die ich treffe, bringt mich weiter weg von allen Menschen und Dingen, die ich kenne. Ich habe Angst, aber ich finde es auch spannend … und ich fühle mich geehrt.

Eine Stunde später reicht Z. G. seinem Fahrer zwei Gepäckstücke der Marke Langer Marsch. Der Chauffeur verstaut die Reisetaschen zusammen mit meinem Koffer und mehreren anderen Kästen und Schultertaschen, die mit Künstlerutensilien gefüllt sind, in dem Kofferraum einer Luxuslimousine »Rote Fahne«. Dann fährt er uns zum Hafen, wo wir eine Fähre nach Hangchow besteigen. Sobald wir das Gepäck in die Kabinen gebracht haben, gehen wir ins Restaurant. Z. G. bestellt für uns; das Essen ist ziemlich gut. Während der Mahlzeit versucht er mir ein bisschen von dem zu erklären, was wir tun werden, und ich bin eifrig bemüht, mich als kenntnisreich zu erweisen.

»Wir befinden uns am Ende der sogenannten Hundert-Blumen-Bewegung …«

»Lasst hundert Blumen blühen, lasst hundert Schulen miteinander wetteifern«, zitiere ich. »Ich weiß alles darüber. Mao hat Künstler, Schriftsteller, naja, eigentlich jeden dazu ermutigt, die Regierung zu kritisieren, damit die Revolution lebendig bleibt und weiterwächst.«

Wieder wirft er mir einen Blick zu, den ich nicht deuten kann.

»Im Zuge dieser Bewegung wurden Maler wie ich gebeten, unsere Ateliers zu verlassen, uns unter die Volksmassen zu mischen und das echte Leben kennenzulernen«, fährt er fort. »Wir fahren ins Gründrachendorf in der Provinz Anhwei. Es ist eines der neuen Kollektive. Das sind …«

»Auch das weiß ich!«, rufe ich. »Darüber habe ich in *China Reconstructs* gelesen. Erst gab es die Landreform, als die Grundherren ihre Besitzungen dem Volk geschenkt haben ….«

»Konfisziert und umverteilt trifft es eher.«

»Das stand aber nicht so da«, entgegne ich. »Du solltest stolz auf diese Leistung sein. Nach mehr als zweitausend Jahren wurden die Eigentumsverhältnisse des Feudalismus zerstört …«

»Und die Klasse der Grundherren eliminiert …«

Ich ignoriere seinen unwirschen Kommentar. »Dann sollten die Volksmassen zusammenhelfen, und fünf bis fünfzehn Haushalte sollten die Arbeit gemeinsam verrichten. Vor zwei Jahren wurden die Kollektive gegründet. Jetzt teilen sich ein- bis dreihundert Haushalte die Arbeit und den Gewinn.«

»Das ist eine ziemlich vereinfachende Betrachtungsweise.« Wieder fällt mir sein trockener Ton auf. »Aber im Großen und Ganzen hast du recht. Jedenfalls fahre ich ins Gründrachendorf. Danach müssen wir sehen, wie das Klima ist, wenn die Zeit kommt.«

Er wendet sich ab und schaut aus dem Fenster. Ich versuche

mich zu erinnern, ob ich irgendetwas über die Provinz Anhwei weiß. Spielt dort nicht der Film *Die gute Erde*? Ich bin in Wangs nachgebautem Bauernhaus quasi aufgewachsen. Es gehörte zu China City, der Touristenattraktion, in der meine Eltern gearbeitet haben. Ein Bauernhaus wird mir vertraut sein: Hühner, die vor der Tür Körner picken, hölzerne Gerätschaften, ein einfacher Tisch, ein paar Stühle.

In Hangchow übernachten wir in einem Gästehaus – es ist recht sauber, hat jedoch eine Hocktoilette auf dem Gang, die von allen gemeinsam benutzt wird. Z. G. führt mich in ein Restaurant am See. Wir plaudern über das Essen: Fischsuppe mit Reisnudeln, Blattgemüse und Reis. Er nennt mich Joy, und ich sage Z. G. zu ihm. Zum Nachtisch bestellen wir frittierte Küchlein aus frischem Mais, mit Puderzucker bestreut. Nach dem Essen gehen wir am See spazieren. Mein Magen und mein Herz sind voll, während ich neben meinem leiblichen Vater herlaufe. Hier bin ich, in China, an einem See, der rosa schimmert, während die Sonne untergeht. Trauerweiden tauchen ihrer fedrigen Zweige ins Wasser. Ich weiß gar nicht, wo ich hinschauen soll oder was mich glücklicher macht – unsere beiden immer länger werdenden Schatten vor uns oder sein Gesicht in dem sanften Licht.

Joy

Ein Bambuszweig

Am nächsten Morgen, es ist mein erster Sonntag in China, ist mir nicht ganz klar, wie der Tag ablaufen wird. Mein ganzes Leben lang bin ich entweder in der Methodistenmission oder in der Kirche zur Sonntagsschule und zum Gottesdienst gegangen. Selbst in Chicago ging ich zum Gottesdienst. Aber heute? Z. G. sieht völlig verändert aus, als er aus seinem Zimmer kommt. Er trägt nicht mehr seinen elegant geschnittenen Anzug, sondern weite Hosen, ein kurzärmliges weißes Hemd und Sandalen. Ich trage eine pinkfarbene Caprihose mit einer ärmellosen weißen Bluse, die Tante May letztes Jahr bei Bullock's im Ausverkauf für mich erstanden hat. Sie fand, die Zusammenstellung sehe »flott, frisch und jung« aus, aber Z. G. scheint das egal zu sein.

Nach einem Frühstück, bestehend aus Reisbrei, mit würzigem Blattgemüse gefüllten Reisküchlein, frischen Loquats und starkem Tee, fahren wir mit einem anderen Schiff auf einem kleinen Fluss nach Tun-hsi, wo wir eine Fahrradrikscha zum Busbahnhof nehmen. Tun-hsi ist im Vergleich zu Shanghai winzig und verglichen mit der Schönheit Hangchows ziemlich nichtssagend. Die Gebäude in der Stadt sind mäßig groß, und es scheint hier keine nennenswerte Industrie zu geben. Offenbar bringen die Leute aus der Umgebung ihre Feldfrüchte und andere hausgemachte Waren hierher, um sie zu verkaufen und zu tauschen. Als wir den Busbahnhof erreichen, treffen wir auf eine Menge Reisender und Waren. Manche Leute tragen die traditionelle Kleidung ihrer ethnischen Gruppe – blaue Tuniken, bunten Kopfputz aus Stoff und handgearbeiteten Silberschmuck. Manche Dialekte verstehe ich nicht, was mich wundert, weil wir noch so nahe an Shanghai sind. Die Leute starren mich an, aber statt sich abzuwenden wie viele in Shanghai, begrüßen sie mich mit einem breiten – oft zahnlosen – Grinsen.

Wir besteigen einen klapprigen Bus. Die Passagiere – die nach Knoblauch und zunehmend nach Schweiß riechen – haben weinende Babys, lebende Hühner und Enten, Beutel mit Obst und Gemüse sowie Gläser mit eingelegten und eingesalzenen Dingen dabei, die stinken, tropfen und den ganzen Bus mit immer mehr Gestank erfüllen, je weiter der Tag voranschreitet. Ich schaue aus dem Fenster über Felder, die unter der brütend heißen Sonne liegen. Bald wird die Straße schmaler, dann ist sie unbefestigt. Wir fahren sanfte Hügel hinauf. Ich frage Z. G., wie weit es noch zum Gründrachendorf ist.

»Keine Ahnung. Ich war noch nie da. Man hat mir erzählt, früher sei es ein wohlhabendes Dorf gewesen. Wir werden in einem Hofhaus wohnen.« Er reckt das Kinn vor. Mein Vater Sam machte das immer, statt mit den Schultern zu zucken. »Was das genau heißt, weiß ich nicht.«

Z. G. sagt, das Gründrachendorf liegt 400 Kilometer von Shanghai entfernt. Die Straße – wenn man sie überhaupt so nennen kann – ist in einem so schlechten Zustand, dass wir nur schleichend und holpernd vorankommen. Nach ein paar Stunden hält der Bus an. Der Fahrer ruft die Namen einiger Dörfer aus, auch das Gründrachendorf ist dabei. Wir zwei sind die Einzigen, die aussteigen. Ich habe meinen Koffer, Z. G. seine Reisetaschen und Kästen. Wir stehen auf einem staubigen Weg mitten im Nirgendwo. Irgendwann kommt ein Junge auf einem Eselskarren vorbei. Z. G. spricht mit dem Jungen. Auch diesen Dialekt verstehe ich nicht, nur einzelne Wörter. Z. G. hilft mir, hinten auf den Karren zu steigen. Dann wirft er unser Gepäck hinein und klettert neben den Jungen, der nun den Esel peitscht. Auf der rechten Seite arbeiten Männer und Frauen auf Reisfeldern. In der Ferne zieht ein Wasserbüffel einen Pflug durch ein überflutetes Feld. Das hier ist eine so andere Welt, und einen kurzen Augenblick frage ich mich, ob ich das alles schaffe – auf dem Land zu leben, Feldarbeit zu erlernen, sogar Z. G. zu helfen.

Es ist etwa siebzehn Uhr, als der Junge den Esel zügelt und uns aussteigen lässt. Z. G. hängt erst mir ein paar Schultertaschen um, dann sich selbst. Wir nehmen unser Gepäck und machen uns langsam auf den langen Fußweg, erst über einen kleinen Hügel, dann hinunter in ein enges Tal, wo Ulmen Schatten spenden. Wir kommen an einem handgemalten Schild vorbei, auf dem steht:

RÄUME DIE HINTERLASSENSCHAFTEN
DEINER TIERE WEG.
SEI HARMONISCH.
ACHTE DAS VOLK UND DAS LAND.

Wir kommen in das Gründrachendorfkollektiv. Weiden schwanken sanft im Wind. Ein öffentlicher Platz – ein offener Bereich mit einem einzelnen großen Baum in der Mitte – liegt vor uns. Auf einem Felsblock am Rand des Platzes sitzt ein junger Mann und hält Ausschau, die Ellbogen auf die Knie gestützt. Er ist barfuß. Seine Haare sind so schwarz, dass sie in der Sonne blau glänzen. Als er uns sieht, springt er auf und läuft uns entgegen.

»Bist du Genosse Li?«, fragt er.

Z. G. nickt. »Und das ist meine Tochter.«

Der junge Mann hat ein offenes Gesicht. Seine Zähne sind weiß und ebenmäßig. Die Schultern unter dem Baumwollhemd sind breit und stark. »Ich bin Feng Tao«, sagt er. »Und ich bin bereit zu lernen.«

»Ich bin es, der hofft, von dir zu lernen«, antwortet Z. G. förmlich.

Z. G. spricht denselben derben ländlichen Dialekt, den er bei dem Jungen mit dem Karren benutzt hat, doch während ich dieser einfachen Unterhaltung lausche, fange ich langsam an, die feinen Nuancen bei den Tönen und in der Aussprache wahrzunehmen, die dieses Sprachmuster vom Shanghaier Wu-Dialekt und dem höhersprachlichen Mandarin in der Region unterscheidet.

Tao nimmt mir die Schultertaschen ab und führt uns über den Platz zum Schatten des Baums. Die duftenden weißen Blüten erinnern an Wicken. Ich entdecke keinen einzigen Strom- oder Telefonmast. Es gibt keine Autos oder Motorroller, aber dennoch riecht die frische, gründuftende Luft ein klein wenig nach Benzin. Hühner picken am Boden, ganz wie ich es erwartet habe. Hohe, dünne Bäume säumen einen Bach zu meiner Rechten. Die Blätter bewegen sich in der leichten Brise. Auf der anderen Seite des Bachs führt ein Weg einen Hügel hinauf, auf dem vereinzelte kleine – winzige – Häuser stehen. Sie sind wahrscheinlich die echte Version von Wangs Bauernhaus. Links von mir ist eine hohe graue Mauer.

Tao führt uns weiter auf einem Weg an der Mauer entlang zu einem kunstvollen Tor mit einem Spiegel über einem geschnitzten Fries. Durch das Tor treten wir in einen Hof. An der Wand – es ist eine Außenwand – hängen getrocknete Schweinsfüße und eine Schnur mit getrocknetem Fisch.

Tao ruft: »Kumei, komm schnell! Sie sind da.«

Eine junge Frau tritt durch eine Tür. Sie ist etwa so alt wie ich und trägt einen ungefähr vierjährigen Jungen auf der Hüfte. Die Haare hat sie rechts und links mit scharlachroter Wolle zu zwei Zöpfen gebunden. Ihre Wangen sind rot. Sie ist kleiner als ich, aber ihr Körper ist viel fester und stärker. Sie ist ein hübsches Mädchen, abgesehen von den erhabenen Narben, die ihr über den Hals und auf die linke Schulter und den Arm laufen.

»*Huanying! Huanying!* Willkommen! Willkommen!«, ruft sie. »Ich bin Feng Kumei. Ihr wohnt hier bei mir. Habt ihr schon gegessen?«

Ja, ich hätte gerne etwas zu essen, Tee, eine Dusche. Doch das geht nicht, denn Tao sagt: »Aber alle warten schon.«

»Dann bring uns bitte gleich dorthin, wo wir arbeiten sollen«, antwortet Z. G.

Wir lassen das Gepäck mit der Kleidung im Hof stehen. Kumei stellt den kleinen Jungen auf den Boden und sagt ihm, er soll nach drinnen gehen. Zu viert machen wir uns auf den Weg an der Mauer entlang zum Platz und in ein angrenzendes, ziegelgedecktes Gebäude, dessen Dachvorsprünge nach oben gebogen sind.

»Das war früher der Ahnentempel für die Familie des Grundherrn und der übrigen Dorfbewohner, denn alle hier tragen den gemeinsamen Familiennamen Feng«, erklärt Tao. »Seit der Befreiung nutzen wir den Tempel für Versammlungen. Kommt, kommt.«

Er winkt mir. Irgendetwas an der Art, wie er mich mit den Fingern lockt, bringt mich dazu, dicht hinter ihm zu bleiben. Das Dach wirkt von außen zwar sehr massiv, aber innen ähnelt der Tempel eher einem Lichthof, in den die letzten Sonnenstrahlen dringen. Gewaltige hölzerne Säulen, blutrot gestrichen, stützen die Teile des Dachs, die den Hof umgrenzen. Der Boden ist in der Mitte abgesenkt und mit Wasser gefüllt. Ein paar Karpfen schwimmen ziellos darin umher. Die Steine sind von grünem Moos überzogen. Der Teich vermittelt Frische, auch wenn die Luft kein bisschen kühler oder weniger feucht ist als sonst überall. Trotz des offenen Daches riecht es immer noch ein wenig nach Benzin, aber ich habe seit meiner Ankunft keine Autos, Motoren oder Maschinen gesehen.

Am Rand der Halle sitzen Leute – junge, alte, Männer, Frauen und Kinder – auf dem Steinboden. Die Frauen sind beinahe identisch gekleidet, sie tragen weite blaue Hosen und kurzärmlige Blusen mit aufgedruckten Blümchen. Ein paar haben Tücher über die Haare gebunden. Die meisten haben Zöpfe. Auch die Männer tragen weite blaue Hosen, nur mit ärmellosen Unterhemden – wie sie mein Vater und meine Onkel trugen, wenn sie an heißen Sommerabenden um den Esstisch saßen. Meine

Freundinnen in Chicago sagten aber immer, daran erkenne man die bösen Jungs, solche wie Marlon Brando in *Endstation Sehnsucht*.

Ein wohlgenährter Mann tritt vor und streckt uns die Hand entgegen. Er ist schätzungsweise um die fünfunddreißig, unter den Augen hat er aufgedunsene Fetthalbmonde. »Ich bin Parteisekretär Feng Jin, der höchstrangige Kader im Dorf«, sagt er. Nachdem er uns die Hand geschüttelt hat, deutet er auf seine Gattin, eine pummelige Frau, die breitbeinig wie ein Mann auf einer Steinbank hockt. »Das ist Sung-ling, meine Frau. Sie ist der zweithöchste Kader. Wir sind zuständig für sämtliche Aktivitäten im Kollektiv.«

Z. G. tippt zum Gruß an die Stirn. »Es ist meiner Tochter und mir eine Ehre, hier zu sein …«

»Von einer Tochter hat niemand etwas gesagt«, unterbricht Parteisekretär Feng grob.

»Sie hat die Erlaubnis, mich zu begleiten«, versichert ihm Z. G. Bisher war mir nicht klar, dass ich vielleicht nicht mit Z. G. hätte mitkommen sollen, beziehungsweise dass ich ein Problem für ihn darstellen könnte, und ich bemühe mich, genauso ausdruckslos zu schauen wie er. »Sie möchte ebenfalls das echte Leben beobachten und daraus lernen.«

Der Parteisekretär beäugt mich misstrauisch – ich muss mir wirklich andere Kleidung besorgen –, aber nach einem langen Augenblick wechselt er das Thema und den Ton. Seine Worte scheinen weniger für uns als für die Dorfbewohner gedacht zu sein. »Nach der Befreiung hat unser großer Vorsitzender die Schließung aller Tempel, Schreine und Klöster angeordnet. Wahrsager wurden verbannt oder festgenommen. Volkslieder, Opern und Liebeslieder wurden verboten. Festessen und Feiern sollten nicht mehr stattfinden. Es ist meine Pflicht, dafür zu sorgen, dass diese Regeln eingehalten werden, aber ich richte mich dabei immer nach der Regierung. Wenn man mir sagt, ich soll den Tempel für Dorfversammlungen wieder öffnen, gehorche ich. Wenn es wieder erlaubt ist, Lieder zu singen, dann soll es so sein. Nun wurde mir mitgeteilt, dass wir Kunstunterricht bekommen.« Er winkt in Richtung der Bauern, die dasitzen und warten. »Wir haben unsere Arbeit auf den Feldern geleistet und sind bereit zu lernen.«

Er führt uns weiter in den Tempel hinein, an einer Wand entlang, an der lauter Plakate hängen, die den Zeitablauf im Gründrachendorf von der Befreiung bis jetzt darzustellen scheinen. Das erste zeigt Soldaten der Roten Armee, die Bauern lächelnd dabei helfen, einen gebrochenen Damm zu reparieren. Auf dem nächsten Plakat halten Menschen Zettel in der Hand. Das muss gewesen sein, als das Land umverteilt wurde. Ein weiteres Plakat illustriert das alltägliche Leben: ein Mann mit einem Sack Weizen über der Schulter, ein anderer, der gerade eine Glühbirne einschraubt, ein weiterer, der telefoniert, während zu ihren Füßen pummelige Kinder spielen. Die Parole, die darunter steht, ist direkt: DIE KOLLEKTIVIERUNG MACHT JEDERMANN WOHLHABEND UND ZUFRIEDEN.

»Es ehrt mich, dass einige meiner Arbeiten den Weg in dein Kollektiv gefunden haben, Parteisekretär Feng«, sagt Z. G. »Ich hoffe, sie waren eine Inspiration.«

»Die hast du gemalt?«

»Nicht alle«, antwortet Z. G. bescheiden.

Die Leute, die in der Nähe sitzen, holen bewundernd Luft. Ein paar rufen und klatschen. Es spricht sich schnell herum. Das ist nicht nur irgendein Maler. Dieser Maler hat ihr Leben mitgestaltet.

Z. G. ist nicht schüchtern oder unsicher wie mein Vater. Er steigt ein paar Steinstufen hoch, stellt sich mitten in den Tempel und spricht zu den Dorfbewohnern. Doch kaum hat er angefangen, ruft eine alte Frau in der ersten Reihe: »Und was soll ich tun? Ich weiß, wie man im Sommer Reis und im Herbst Kohl anbaut. Ich weiß, wie man einen Korb flicht und einem Baby den Po abwischt, aber malen kann ich nicht.«

»Ich kann dir beibringen, wie du einen Pinsel hältst und eine Rübe malst, aber du hast etwas in dir, das noch wichtiger ist, um ein gutes Bild entstehen zu lassen«, antwortet Z. G. »Du bist durch und durch rot. Richtig, ich bin hier, um euch zu unterrichten, aber ich möchte auch von euch lernen. Gemeinsam werden wir die rote Gesinnung in unserer Arbeit finden.«

Tao und Kumei helfen mir, Papier, Pinsel und kleine Schälchen mit bereits angerührter Tusche zu verteilen. Dann sagt Z. G., wir sollen uns hinsetzen und uns darauf vorbereiten, zu arbeiten. Ja, er meinte, ich sei seine Gehilfin und wisse vielleicht mehr als die Bauern, aber ich würde mich darauf freuen, mit den anderen zu lernen. Gleichheit und Gemeinschaft, genau davon habe ich gehört, und das hatte ich mir erhofft. Z. G. zeigt uns, wie man einen Bambuszweig malt. Die Aufgabe gefällt mir, denn ich habe das schon oft in der chinesischen Schule in Chinatown gemacht. Ich tauche die Spitze meines Pinsels in die Tusche und lasse die Borsten über das Papier gleiten. Dabei bemühe ich mich um leichte Striche, ohne die Kontrolle zu verlieren. Tao sitzt neben mir und ahmt nach, wie ich meinen Pinsel halte. Mit entschlossenem Blick beugt er sich über sein Papier.

Einen Bambuszweig zu malen, scheint eine einfache Aufgabe zu sein, und die Leute arbeiten schnell. Z. G. wandert durch die Halle und gibt Kommentare ab wie »Zu viel Tusche« oder »Alle Blätter sollten genau gleich aussehen«. Dann kommt er zu Tao und mir. Zuerst sieht er sich meine Zeichnung an. »Man kann dir nicht vorwerfen, dass du das tiefere Wesen des Bambus nicht erfasst hättest, aber du musst aufpassen, dass du dein eigenes Ich nicht zu sehr ausdrückst und nicht zu viel mit der Tusche spielst. Mit nur wenigen einfachen Strichen kannst du das Spirituelle an diesem Thema erwecken. Du sollst die Natur heraufbeschwören, nicht kopieren.«

Ich bin enttäuscht, dass ich ihn nicht beeindruckt habe, und schäme mich, dass er mich vor den anderen kritisiert. Meine Wangen glühen, und ich halte den Blick gesenkt.

Z. G. geht weiter zu Tao. »Im *hsi-yi*-Stil der freihändigen Pinselführung bist du sehr gut«, sagt er. »Hattest du schon einmal woanders Unterricht, Genosse Feng?«

»Nein, Genosse Li. Ich benutze zum ersten Mal einen Pinsel.«

»Sei nicht so bescheiden, Tao!«, ruft wieder die alte Frau aus der ersten Reihe. Sie winkt Z. G. zu sich. »Schon als kleiner Junge hat uns Tao mit dem erfreut, was er in die Erde gemalt hat.«

»Als er dann älter wurde«, fügt jemand anders hinzu, »haben wir ihm Papier und eine Tasse Wasser zum Üben gegeben. Der Finger diente ihm als Pinsel. Wenn das Wasser das Papier tränkte, sahen wir für ein paar Sekunden Berge, Flüsse, Wolken, Drachen, Felder …«

»Und sogar das Gesicht des Metzgers!«, ruft noch ein anderer begeistert. »Dann hat sich das Wasser verflüchtigt, und Tao hat von Neuem angefangen.«

Z. G. steht da, betrachtet Taos Bild, knetet sein Kinn mit Daumen und Zeigefinger und scheint dem Gekrähe der Dorfbewohner gar nicht zuzuhören. Nach einer langen Weile blickt er auf. »Das reicht für heute.« Als die anderen aufstehen und der Reihe nach hinausgehen, klopft Z. G. Tao anerkennend auf die Schulter. Ich bin in einem Haushalt aufgewachsen, in dem man sich nur selten berührte, deshalb verblüfft mich Z. G.s Geste. Als Reaktion auf dieses überraschende Lob verzieht Tao den Mund zu dem gleichen breiten und strahlenden Lächeln, mit dem er uns bei unserer Ankunft begrüßt hat.

Ich sammle alle Bilder ein. Sie sind fürchterlich, mit großen Tuscheklecksen und ohne jedes Feingefühl. Ich fühle mich gleich viel besser wegen meines Bilds, bis mir Z. G.s hartes Urteil wieder einfällt. Warum musste er so gemein sein, und auch noch vor allen anderen?

Die Sonne geht hinter den Hügeln unter und färbt alles golden, während wir mit Tao und Kumei zurück zum Hofhaus gehen. Am Eingangstor verabschiedet sich Tao. In diesem Dorf tragen zwar alle denselben Clannamen, aber ich dachte, Kumei und Tao wären vielleicht verheiratet. Irgendwie bin ich erleichtert, ja, es kribbelt sogar ein bisschen, als ich erfahre, dass sie es nicht sind. Z. G. folgt Kumei durch das Tor, aber ich bleibe noch kurz stehen, um Tao nachzublicken, wie er den Weg weitergeht, eine Steinbrücke überquert und den Hügel hinaufläuft. Dann drehe ich mich um und betrete das Hofhaus. Mein Koffer steht immer noch im vorderen Hof. Ich nehme ihn und folge den anderen tiefer in das Anwesen hinein. Zum ersten Mal wird mir wirklich bewusst, was Hofhaus bedeutet. Ich war noch nie in so einem Gebäude. Vor ein paar hundert Jahren muss es schön und modern gewesen sein, aber mir – einem Mädchen aus Los Angeles – kommt es relativ primitiv vor. Schmale gepflasterte Wege und Korridore verbinden eine Reihe von Höfen, die von zweistöckigen Holzgebäuden umrahmt werden. Das ist ziemlich verwirrend, und ich verliere sofort die Orientierung.

Wir folgen Kumei in die Küche, aber so eine Küche habe ich noch nie gesehen. Es ist eine Freiluftküche ohne Dach, was an diesem stickigen Abend sehr angenehm ist. An der einen Wand befindet sich ein großer, aus Ziegeln gemauerter Herd, eine weitere Mauer ist nur hüfthoch. Ich werfe einen Blick darüber. Dahinter sind ein leerer Trog, etwas schmutziges Heu und eingetrockneter Schlamm.

»Wir mussten unsere Schweine dem Kollektiv übereignen«, erklärt Kumei, als sie bemerkt, dass ich mich dafür interessiere.

Schweine in der Küche? In einem Hofhaus? Ich versuche, schlau zu werden aus dem, was ich sehe. Das ist alles ganz anders als in China City. Werden wir hier essen? Es sieht ziemlich schmutzig aus – wie es draußen unter freiem Himmel eben ist. Wir sind praktisch im Freien, und ich habe noch nie in meinem Leben gezeltet.

Z. G. und ich setzen uns auf Bänke, die aussehen wie Sägeböcke. Sie stehen vor einem groben Holztisch. Kumei schöpft Schweinefleischreste und mit Chili gewürzte Gemüsesuppe in unsere Schalen. Es schmeckt köstlich. Danach essen wir lauwarmen Reis, der aus einem Blechbehälter ausgegeben wird.

Die ganze Zeit über schwatzt Kumei. Der kleine Junge, den wir zuvor mit ihr gesehen haben, ist ihr Sohn. Er heißt Ta-ming. Eine alte Frau namens Yong lebt ebenfalls hier. Sie hat den Kunstunterricht nicht besucht, denn während des Feudalismus hat man ihr die Füße gebunden, und sie kann nicht weit laufen.

Nach dem Essen führt uns Kumei zurück durch das Labyrinth von Wegen und Höfen. Sie erzählt uns, dass das Hofhaus neunundzwanzig Zimmer hat.

»Warum wohnen hier nicht mehr Menschen?«, frage ich. Wenn das Gründrachendorf ein Kollektiv ist, sollten sich dann nicht noch mehr Leute dieses große Haus teilen?

»Egal, egal«, sagt Kumei und winkt ab. »Ich kümmere mich für die Leute darum.«

Womit sie meine Frage nicht beantwortet.

Im dritten Hof bringt uns Kumei in ein Gebäude. Wir betreten eine Art Wohnzimmer, die hölzernen Wände haben die Farbe von Ahornsirup. Auf der anderen Seite befinden sich zwei Fensteröffnungen hinter geschnitzten Holzgittern. Darüber hängen kunstvoll aus Holz geschnitzte und vergoldete Eichhörnchen, die sich in einer mit schweren Trauben behängten Laube vergnügen. In der Mitte des Raumes steht ein Tisch. Ein paar Stühle sind mit der Lehne an die Wand gerückt. Es gibt zwei Türen auf der rechten Seite und zwei Türen auf der linken.

»Hier schlaft ihr«, sagt Kumei. »Ihr dürft euch eure Zimmer aussuchen.«

Z.G. wirft rasch einen Blick in die Zimmer, bevor er sich für das zweite auf der linken Seite entscheidet. Ich nehme das Zimmer daneben. Es ist klein, kommt mir aber noch kleiner vor, weil der größte Teil des Raumes von einem antiken Ehebett eingenommen wird, mitsamt Gestell und geschnitztem Baldachin. Ich kann es gar nicht fassen, dass ich in etwas so Luxuriösem schlafen soll. Andererseits habe ich weder ein Badezimmer noch elektrisches Licht gesehen, und die Küche war ziemlich rückständig. Ist das ein Hofhaus oder das Haus eines Bauern?

Ich stelle meinen Koffer ab und wende mich an Kumei. »Wo ist das Badezimmer?«

»Das Badezimmer?«

Kumei wirkt verwirrt. Ich sage das Wort für »Toilette«, aber selbst das scheint sie zu verblüffen.

»Sie möchte wissen, wo sie sich das Gesicht waschen und ihr Geschäft verrichten kann!«, ruft Z. G. aus seinem Zimmer.

Kumei kichert. »Ich zeige es dir.«

»Wenn du fertig bist«, fügt Z. G. hinzu, »könntest du mir eine Thermosflasche mit abgekochtem Wasser und eine Schüssel in mein Zimmer bringen?«

Ich würde ihn gerne daran erinnern, dass wir jetzt in der Neuen Gesellschaft leben und Kumei nicht seine Bedienstete ist, aber ihr scheint es nichts auszumachen.

Mit meinem Kulturbeutel folge ich Kumei zurück durch das Anwesen, zum Tor hinaus und einen Weg entlang zu einem Wassertrog. Ich werfe einen Blick auf den Trog, dann auf Kumei. Durch Gesten deutet sie an, sich das Gesicht zu waschen. Na gut, sie muss ja wissen, was sie tut. Also tauche ich meine Zahnbürste in den Trog und putze mir die Zähne. Als ich mir Wasser ins Gesicht spritze, tut sie es auch. Bei meiner Abfahrt aus Los Angeles habe ich kein Handtuch eingepackt, deshalb folge ich Kumeis Beispiel, wische das Wasser mit den Unterarmen ab und lasse den Rest von der Hitze der Nacht trocknen.

Als wir zum Anwesen zurückgehen, nehme ich Kumei am Ellbogen. »Wolltest du mir nicht auch den Ort zeigen, wo ich mein Geschäft verrichten kann?«

Sie führt mich zurück zu meinem Zimmer und zeigt auf ein Ding, das aussieht wie das Butterfass, das eine meiner Grundschullehrerinnen einmal mit in den Unterricht gebracht hat, als wir die Pionierzeit durchnahmen. Es besteht aus Holz, ist knapp einen halben Meter hoch, unten breiter als oben und wird mit einem Deckel verschlossen. *Das soll ich benutzen? Das kann ja wohl nicht dein Ernst sein!*

Als sie meinen Gesichtsausdruck sieht, fragt Kumei: »Habt ihr so etwas in Shanghai nicht?« Ich habe keine Ahnung, ob es diese Dinger in Shanghai gibt, aber ich schüttle den Kopf. Kumei kichert wieder. »Das ist dein Abortkübel. Du nimmst den Deckel ab, setzt dich darauf und machst dein Geschäft.« Nach einer kurzen Pause fügt sie hinzu: »Vergiss nicht, ihn wieder zuzumachen, wenn du fertig bist, sonst stinkt es, und du ziehst eine Menge Fliegen an!«

Diese Information finde ich nicht sonderlich begeisternd, und mir fällt ein, dass ich bei meiner Abreise kein Toilettenpapier eingesteckt habe, ganz zu schweigen von einem Vorrat für das, was meine Mutter und Tante immer den Besuch der kleinen roten Schwester genannt haben. Was soll ich jetzt tun?

Kumei wünscht mir Gute Nacht, und ich schließe die Tür zu meinem Zimmer. Ich setze mich auf den Bettrand – Hartholz mit Federpolster und einer Steppdecke – und versuche immer noch, mit all dem klarzukommen. Ich wünsche mir ein vollkommenes China und eine bereichernde Zeit hier, aber vieles, was ich heute gesehen habe, ist entweder primitiv oder macht mir irgendwie Angst. Ich atme tief ein, um mich zu beruhigen, und sehe mich um. Das einzige Fenster ist lediglich eine Öffnung, ebenfalls ausgefüllt von einem geschnitzten Holzgitter. Es wird jetzt schnell dunkel, und die Zikaden machen einen Heidenlärm. Auf dem Tisch steht ein Öllämpchen, aber ich habe keine Streichhölzer, um es anzuzünden. Ich hätte aber auch gar nichts zu lesen dabei. Die Wände erdrücken mich. Es ist unfassbar heiß. Ich starre den Abortkübel an. Ich dachte, ich würde es schaffen, aber ich kann mich einfach noch nicht überwinden, dieses Ding zu benutzen. Ich höre Z. G. im mittleren Raum vor der Tür und gehe zu ihm hinaus.

»Wie war dein Tag?«, fragt Z. G.

Seine Frage stellt mich vor ein Dilemma. Ich möchte mich einfügen, aber ich sehe nicht so aus, als würde ich hierhergehören, und ich benehme mich sicherlich auch nicht so. Ich möchte, dass Z. G. mich mag, doch mir ist klar, dass ich für ihn völlig überraschend kam und eine unerwartete Last bin. Vor allem möchte ich China lieben, aber alles ist so fremd.

»Es ist genau, wie ich es mir vorgestellt habe, nur besser«, sage ich, will es ihm mit meiner Antwort recht machen. Wie kann ich es ihm erklären? Ich bin weit entfernt von den Annehmlichkeiten, mit denen ich aufgewachsen bin, doch das ist genau das, worüber Joe und ich mit den anderen Studenten in Chicago geredet haben. »Meine Mutter und meine Tante haben immer gesagt, man erkennt den Luxus erst, wenn man ihn nicht mehr hat. Sie haben viel verloren, als sie China verließen, aber ich habe ihre Gefühle nie verstanden. Wer braucht Luxus, wenn man Ziele, Herzensgüte und Leidenschaft besitzt?«

»Du lebst dieses Leben doch gar nicht richtig.« Z. G. erkennt meine falsche Begeisterung. »Du weißt nicht, wie der Alltag ist.«

»Das stimmt, aber das bedeutet nicht, dass ich nicht froh bin, hier zu sein«, entgegne ich. Ich bin sehr hellhörig gegenüber dem, was mein neuer Vater sagt. »Und ich glaube, die Leute hier freuen sich auch, dass wir da sind.« Ich halte inne, dann korrigiere ich meine Aussage. »Dass *du* hier bist. Sie werden eine Menge von dir lernen.«

»Das bezweifle ich«, antwortet er, und wieder frage ich mich, warum er so pessimistisch ist. »Wir verbringen die vorgeschriebene Zeit hier, aber diese Bauern werden überhaupt nichts von mir lernen. Du wirst schon sehen. Und ich würde Pearl und May zustimmen. Menschen wie wir sind in Shanghai besser aufgehoben.« Kurz darauf fügt er hinzu: »Selbst so, wie es heute ist.« Aus seiner Tasche zieht er ein Bündel, das wie beigefarbenes Krepppapier aussieht. »Für deinen Abortkübel.«

Er zieht sich in sein Zimmer zurück, ich gehe in meines. Die Wände des Raums sind aus dem gleichen dünnen, dunklen Holz wie alle Bauteile des Hofhauses, die ich bisher gesehen habe.

Dünn, damit meine ich richtig dünn, denn ich höre Z. G. im Nebenzimmer pinkeln und furzen. Ich ziehe mich aus, schlüpfe in mein Nachthemd und benutze zum ersten Mal den Kübel. Wenn sich mein neuer Vater nicht schämt, muss ich meine Scham auch überwinden. Nichtsdestotrotz setze ich mich auf die Kante, beuge mich vor und versuche, den Strahl möglichst geräuschlos fließen zu lassen.

Ich lege mich hin. Es ist viel zu heiß, um mich zuzudecken. Durch die Öffnung, in der sich normalerweise eine Fensterscheibe befinden würde, kommt kein frischer Lufthauch. Über das Kratzen und Trippeln der Mäuse in den Dachsparren schlafe ich ein.

Pearl

Eine Witwe sollte …

Ich sitze in einem Flugzeug nach Hongkong. Dort war ich nicht mehr, seit meine Schwester und ich China vor zwanzig Jahren verlassen haben. Auf dem schmalen Sitz rast mir meine Vergangenheit durch den Kopf. Meine Schwester – eine selbstsüchtige Frau, die ich zu beschützen versuchte, seit sie ein Baby war, und die mir das damit vergolten hat, mich immer und immer wieder zu betrügen – geht mir nicht aus dem Sinn. Meine Tochter erfüllt mein Herz mit Sorge. Mein Mann Sam … Ach, Sam.

Jetzt bin ich Witwe. Meine Mutter sagte immer, eine Witwe sei der unglücklichste Mensch auf Erden, weil sie entweder in einem früheren Leben ein unverzeihliches Verbrechen begangen oder weil ihre mangelnde Hingabe an ihren Ehemann dessen Tod verursacht habe. So oder so, sie muss ihr Leben ohne die Liebe eines anderen Mannes weiterführen, denn keine gute Familie wird eine Witwe in ihr Haus aufnehmen. Und selbst wenn eine Familie bereit wäre, eine Witwe aufzunehmen, würde die das wohlweislich nicht annehmen, denn die Welt weiß, dass eine anständige Frau niemals einen zweiten Mann haben sollte. Als Witwe muss man sich auf ein Dasein im Elend einstellen und es akzeptieren.

Eine Witwe sollte beten, fasten und Sutras rezitieren. (Ich werde die Sutras weglassen und mich auf Gebete beschränken.) Sie soll dort, wo sie betet, Gutes tun. (Das könnte mir zwischenzeitlich nur im Herzen möglich sein, denn ich habe keine Ahnung, was eine Methodistin wie mich in der Volksrepublik China erwartet.) Sie sollte den Rest ihres Lebens in Keuschheit verbringen. (Wenn ich ehrlich bin, bricht mir das nicht gerade das Herz.) Sie sollte ihren materiellen Besitz aufgeben und sich anderen wie mir widmen: jenen, die gesellschaftlich gesehen bereits gestorben sind. (Stattdessen fliege ich um die Welt, um meine Tochter zu suchen.) Man hat mir oft erzählt, dass eine Witwe durch das Leiden ihre Eitelkeit und ihre Bindungen überwindet. (Eitel war ich nie – das habe ich meiner Schwester überlassen –, aber meine Bindungen kann ich nicht aufgeben, wenn das bedeutet, meine Tochter aufgeben zu müssen.) Eine anständige Witwe sollte sich auf dunkle Farben und vielleicht ein wenig Jadeschmuck von guter Qualität beschränken. Aber wieso denke ich überhaupt über diese Dinge nach, während ich doch auf einer verzweifelten und sehr spontanen Suche nach Joy bin?

Man kann mit Fug und Recht behaupten, dass ich nicht weiß, was ich tue. Normalerweise plane ich gerne mein Leben, und die Schritte, die ich unternehme, sind wohldurchdacht. Aber das Leben folgt nicht immer einem Plan. Als junge Frau habe ich Z. G. geliebt, wurde jedoch zu einer arrangierten Ehe gezwungen, damit mein Vater seine Schulden bezahlen konnte. Wenn ich jetzt daran denke, wie ich Mays Tochter als meine eigene aufgezogen habe, ohne zu wissen, dass Z. G. Joys Vater ist, zieht sich meine Brust vor Kummer und Scham bei der Vorstellung von May und Z. G. als Paar zusammen. Sie ist ein Schaf, er ist im Jahr des Hasen geboren. Das ist eine der idealsten Kombinationen überhaupt, und doch glaubte ich damals, dass Z. G. und ich füreinander bestimmt waren. Die Offenbarung ist niederschmetternd und bricht mir das Herz, aber derzeit muss ich mir über andere Dinge Sorgen machen.

Wir überqueren die Datumsgrenze, es ist nun also siebzehn Tage her, seit Sam Selbstmord begangen hat, dreizehn Tage, seit er beerdigt wurde, und zwei Tage, seit Joy weggelaufen ist. Es stand nie außer Frage, dass ich diejenige sein würde, die Joy nachreist. Ein wohlwollender Mensch würde sagen, dass May Vern nicht allein lassen wollte, ihren behinderten Ehemann, der nie ganz richtig im Kopf war, aber ich kenne sie. Sie würde ihr Geschäft nicht gerne sich selbst überlassen oder sich in Gefahr bringen wollen. Wie sagt sie immer? Sie wolle sich keinen Fingernagel abbrechen. Joy mag vielleicht nicht meine leibliche Tochter sein, aber sie gehört zu mir, und ich würde alles für sie tun. Ich muss an meine Mutter denken, die mich stets ermahnte, mich vor dem Charakterzug in Acht nehmen, den ich mit allen im Jahr des Drachen geborenen Menschen gemein habe: Ein Drache, der sich im Recht glaubt, landet oft kopfüber in einer Katastrophe. Meine Mutter hatte in vielen Dingen recht.

»Sie sind sehr tapfer«, sagt die Frau neben mir, während das Flugzeug durch Luftlöcher holpert. Sie ist weiß vor Angst und klammert sich an den Armlehnen fest. »Sie haben sicher Erfahrung.«

»Ich sitze zum ersten Mal in einem Flugzeug«, sage ich nach einer Weile. Ich bin so gelähmt von der Trauer um meinen Ehemann und der Angst um meine Tochter, dass ich beim Start des Flugzeugs keine Angst hatte, und die Turbulenzen, die anfingen, nachdem wir in Tokio aufgetankt hatten, sind mir kaum aufgefallen. Ich wende mich zurück zum Fenster und starre in die Dunkelheit. Später höre ich, wie sich die Frau in eine Tüte übergibt.

Schließlich beginnt das Flugzeug den Landeanflug auf den Flughafen Hongkong-Kai Tak. Kleine Inseln ragen aus dem Meer, Fischerboote schaukeln auf den Wellen, Palmen biegen sich im Wind. Dann fliegen wir mitten in die Stadt hinein, zwischen Wohnhäusern hindurch, so nahe, dass ich durch die Fenster Männer in Unterhemden beim Teetrinken sehen kann, Wäsche, die über Stuhllehnen hängt, Frauen beim Kochen. Nach der Landung rollen Männer mit nacktem Oberkörper eine Treppe ans Flugzeug. Ich suche meine Sachen zusammen und folge den anderen Passagieren zum Ausgang. Der Geruch von Kohlenrauch, gegrillter Ente und Ingwer, vermischt mit der schweren, feuchten

Luft, erfüllt meine Lungen. Ich bin zwar erst in Hongkong, einer britischen Kolonie, aber für mich riecht das wie China.

Ein Beamter der Einwanderungsbehörde fragt mich nach meinem endgültigen Reiseziel. Als Drache möchte ich am liebsten sofort direkt nach China, möchte auf kürzestem Weg durch das Land, mit meinen langen Klauen Türen aufreißen, um meine Tochter zu finden, aber zuerst habe ich noch einiges zu erledigen. Und dafür muss ich in die Stadt.

»Hongkong«, antworte ich.

Der Flughafen liegt auf der Seite von Kowloon. Als es dunkel wird, schlängelt sich mein Taxi durch die verkehrsreichen Straßen in Richtung Star Ferry Terminal. Grelle Neonlichter umranden nach oben gebogene Traufen, verkünden auf Englisch und in chinesischen Schriftzeichen die Namen von Restaurants und preisen alles Mögliche an, von kostenlosen Drinks über Tänzerinnen für amerikanische Seeleute bis hin zu Kräutern und Elixieren, um kräftige, gesunde Söhne zu gebären. Erinnerungen überfluten mich. Vor zwanzig Jahren war die Stadt die Durchgangsstation bei Mays und meiner Flucht aus China und auf das Schiff nach Amerika. Ja, es ist eine britische Kolonie, dennoch bin ich verblüfft, wie chinesisch sie ist. Die Grenze zu China ist etwa zwanzig Meilen entfernt, und Kanton liegt ungefähr achtzig Meilen dahinter.

Ich gehe an Bord der Star Ferry und fahre damit über die Bucht auf die Seite von Hongkong, wo hohe, weiße Gebäude aus den grünen Hügeln wachsen. Ich schlage mich zu demselben billigen Hotel durch, in dem May und ich vor zwanzig Jahren gewohnt haben. Nach der Anmeldung gehe ich auf mein Zimmer und schließe die Tür. Es ist, als würde mich plötzlich all die Trauer, die ich als Witwe hätte empfinden sollen, mit einem Schlag überkommen, während die Angst, die ich um Joy empfinde, überwältigend ist. Mir ist in meinem Leben viel Schreckliches widerfahren, aber das Weglaufen meiner Tochter ist das Schlimmste. Ich habe Angst, dass ich nicht die starke Mutter sein kann, die ich sein muss. Vielleicht war ich nie eine starke Mutter. Vielleicht war ich nie gut genug, um Joys Mutter zu sein. Weil ich natürlich nicht Joys Mutter bin.

Mein Geist springt von einer Schreckensvision zur nächsten, bevor er sich eine noch schlimmere ausmalt. Die Scham, die ich empfinde, weil ich meinen Ehemann und meine Tochter enttäuscht habe, brennt mir auf der Haut. Ich habe niemanden. Nicht einmal meine Schwester. Ich werde ihr kaum je vergeben können, dass sie Sam an das FBI verraten hat. Sie hat sich bei mir entschuldigt, und als wir am Flughafen standen, sagte sie: »Wenn unsere Haare weiß geworden sind, bleibt uns immer noch unsere Schwesternliebe.« Ich hörte mir das an, aber ich glaubte ihr nicht. Ich schwieg, denn ob es mir gefiel oder nicht, wir mussten als Schwestern zusammenhalten, um Joy zu finden. Wenn ich es zulasse, über die Dinge nachzudenken, die mir May in jener Nacht vorgeworfen hat, muss ich zugeben, dass sie in vieler Hinsicht recht hatte. Sie wies mich darauf hin, dass ich in Shanghai auf dem College war, aber nie etwas daraus gemacht habe. Ich habe auch nie irgendwelche Gelegenheiten ergriffen, die sich mir in Los Angeles boten. May behauptete, ich gefiele mir in der Opferrolle und würde mich in meinem Verzicht suhlen. Sie warf mir vor, ich hätte Angst und liefe vor der Vergangenheit weg. Aber May sagte auch stets: Alles kehrt immer zum Anfang zurück. Sie würde lachen, wenn sie mich jetzt sehen würde, denn ich bin so angestrengt und so lange gelaufen, dass sich der Kreis geschlossen hat und ich nun mitten im Herz meiner Vergangenheit gelandet bin.

Man muss mich nur ansehen! Ich habe Angst, genau wie May gesagt hat. Ich war immer hoffnungslos und mitleiderregend ängstlich, aber meine Schwester hat nie aufgegeben. Als wir vor zwanzig Jahren aus Shanghai flohen, ließ sie mich nicht in der Hütte zurück, nachdem ich von japanischen Soldaten vergewaltigt und fast zu Tode geprügelt worden war. Stattdessen lud sie mich – bewusstlos – auf einen Schubkarren und schob mich über das Land, bis ich in Sicherheit war. Sie verkümmerte nicht, als sie mir die Tochter geben musste, die sie neun Monate lang in sich getragen und geliebt hatte. Neunzehn Jahre lang zögerte sie nicht ein einziges Mal, Joys Tante zu spielen. Sie behielt das Geheimnis für sich. Durch das Bewahren dieses Geheimnisses hat sie ihre Tochter und mich geehrt. Sie würde jetzt nicht die ganze Nacht in einem Hotelzimmer weinen und trauern.

Kurz vor Sonnenaufgang stehe ich auf, gehe unter die Dusche und ziehe mich an. Ich schaue in den Spiegel. Ich bin einundvierzig, und habe trotz allem, was ich durchmachen musste, kein einziges graues Haar. Ich war nie wie meine Schwester, deren ganzes Vermögen ihr Gesicht ist. Doch trotz der Widrigkeiten der vergangenen Wochen sind meine Wangen noch rosa. Nur in meinen Augen sehe ich den Abgrund meines gequälten Herzens, einen Mahlstrom aus Trauer und Verlust.

Ich gehe nach unten und bestelle eine Schale Reisbrei und eine Kanne Jasmintee. Die Mahlzeit ist so einfach wie möglich. Ich bin eine Witwe, die alles verloren hat. Wie könnte ich ein englisches Frühstück zu mir nehmen, das aus Eiern, Speck, geschmorten Tomaten und Toast besteht?

Nach dem Frühstück frage ich am Empfang nach der Adresse der Soo-Yuen-Wohltätigkeitsorganisation, denn ich hoffe, man kann mich dort wegen der Reise nach China beraten und mir außerdem sagen, wie ich mit meiner Schwester Post austauschen kann, wenn ich dort bin. Die Organisation wurde gegründet, um Familien wie den Louies, den Fongs und Kwongs zu helfen. Mein Schwiegervater nahm ihre Dienste jahrelang in Anspruch. Vater Louie hielt Kontakt zu seinem Heimatdorf Wah Hong, obwohl er fast sein ganzes Leben in Amerika verbrachte. Er schickte Teegeld an seine Verwandten, selbst wenn das für uns bedeutete, dass wir Opfer bringen mussten. Als China geschlossen wurde, musste er die Organisation in Anspruch nehmen, um Geld über die Grenze zu seiner Familie zu bringen. Nachdem Vater Louie gestorben war, schickte Sam weiterhin Geld nach Wah Hong, und das betrachteten die Agenten des FBI und des INS als sein größtes Verbrechen. Fast höre ich noch, wie Sam zu ihnen sagte: »Wir tun für unsere Verwandten, die in diesem schlimmen Land gefangen sind, was wir können.« Das war den Agenten offenbar egal. Wenn May mir also Briefe und Geld direkt nach Rotchina schickt, wird das FBI ihr vorwerfen, sie sei eine Sympathisantin der Kommunisten, genau wie Sam. Gleichzeitig habe ich keine Ahnung, was mich auf der anderen Seite der Grenze erwartet. Es hieß, dass Post häufig geöffnet, gelesen und zensiert oder gleich in den Müll geworfen wird. Ich weiß auch, dass Chinesen, die es wagen, Briefe ins Ausland zu schicken oder Post aus dem Ausland zu empfangen – so unschuldig der Inhalt auch sein mag – als heimliche Kapitalisten oder Spione gelten können.

Draußen auf den Straßen Hongkongs tobt das Leben: Blumen- und Vogelhändler, Straßenmärkte, britische Geschäftsleute in Dreiteilern, schön gekleidete Frauen, die sich mit Schirmen vor der Sonne schützen. Ich könnte behaupten, Hongkong sei nur eine größere, grellere, reichere, kosmopolitischere Version von Chinatown, aber dann müsste ich auch zugeben, dass es meiner angenommenen Heimat gar nicht so sehr ähnelt, bis auf das Essen, die Ströme von weißen Touristen und die chinesischen Gesichter. Ich könnte sagen, dass Hongkong dem Shanghai näherkommt, das ich in Erinnerung habe, mit dem belebten Hafenviertel, käuflichem Sex, dem sündigen Leben, dem Geruch von Parfüm, Kohle und Köstlichkeiten, die direkt auf der Straße zubereitet werden, außer dass es weder so prachtvoll noch so wohlhabend ist wie die Stadt meiner Kindheit.

Eine Stunde später bin ich im Büro der Soo-Yuen-Wohltätigkeitsorganisation. Ich gehe auf einen etwa fünfzigjährigen Mann in einem billigen Anzug zu, der hinter einem Tresen steht und Tee trinkt. »Mein Name ist Pearl Louie, und ich komme aus Los Angeles«, platze ich heraus. »Meine Tochter wurde in Amerika geboren. Äußerlich sieht sie chinesisch aus, aber sie ist Amerikanerin. Meine Tochter…« Tränen treten mir in die Augen, doch es gelingt mir, sie zurückzuhalten. »Sie ist erst neunzehn und ist weggelaufen, nach China, um ihren Vater zu suchen – ich bin mir ziemlich sicher, dass sie in Shanghai ist. Sie hält sich für klug und ist sehr begeistert von dem, was dort vor sich geht, aber sie hat keine Ahnung davon.«

Wie komme ich dazu, einem völlig Fremden all das zu erzählen? Weil ich nicht erwarten kann, dass der Mann mir hilft, wenn ich nicht völlig ehrlich zu ihm bin.

»Haben Sie vor, in die Volksrepublik China zu fahren?«, fragt er unbeeindruckt.

»Sie sagen das, als wäre es nichts, aber China ist ein kommunistisches Land. Es ist geschlossen.«

»Ja, ja, ja«, sagt er gelangweilt. »Der Bambusvorhang und so.«

Ich verstehe sein Verhalten nicht. Ich habe gerade meine Sorgen und Probleme vor ihm ausgebreitet, und er benimmt sich, als wäre das alles völlig unwichtig.

Ich klopfe auf den Tresen, um seine Aufmerksamkeit zu erregen. »Helfen Sie mir nun oder nicht?«

»Hören Sie, meine Dame. Das ist ein Bambusvorhang, kein eiserner Vorhang. Die Grenze zu China wird ständig überquert. Das ist keine große Sache.«

»Wie meinen Sie das?«, frage ich ungeduldig. »China ist geschlossen ...«

»Die Volksrepublik China ist in Propagandadingen sehr gut, aber Ihr Land ist das auch. Ihr Amerikaner denkt, die Volksrepublik China sei völlig abgeriegelt. Das gehört zur Kampagne Ihrer Regierung, um China zu isolieren – keine diplomatische Anerkennung, Handelsembargo, keine Familienzusammenführungen ...«

Mir ist durchaus bewusst, dass die Vereinigten Staaten China für seine Rolle im Koreakrieg und für die Unterstützung der Sowjetunion im Kalten Krieg bestrafen. Und dazu kommen noch der ständige Ärger mit Taiwan und die Drohung der Ausbreitung des Kommunismus.

»Aber die Briten machen noch immer Geschäfte dort.« Er beugt sich vor, um seinen Worten Nachdruck zu verleihen. »Sämtliche osteuropäischen Länder sind dort zugange. Sogar Amerikaner – Journalisten, die von Mao und der Regierung eingeladen wurden – gehen in China ein und aus. Vor allem aber setzen wir Chinesen unsere Geschäfte dort fort. Hongkong und Festlandchina verbindet seit Jahrhunderten eine besondere Geschäftsbeziehung, lange bevor Hongkong zur Kolonie wurde. Wie sollen wir zum Beispiel ohne die chinesische Kräutermedizin leben?«

Als ich ihn verständnislos ansehe, beantwortet er seine Frage selbst. »Das können wir nicht. Wir brauchen die Wirkstoffe gegen alle möglichen Krankheiten – Mumps, Fieber, Probleme unterhalb der Gürtellinie ... Und bedenken Sie: In vierzig Jahren fällt Hongkong wieder an die Volksrepublik China zurück. Glauben Sie nicht, die Kommunisten würden nicht schon jetzt versuchen, ihre Hände ins Spiel zu bringen. Das Regime kann über Hongkong Devisen laufen lassen, Materialien kaufen, die woanders schwer zu bekommen sind, und bestimmte Waren in andere Länder exportieren. Nicht, dass es völlig unkompliziert wäre, Menschen und Dinge über die Grenze zu bekommen, und zwar in beiden Richtungen ...«

»Meine größte Sorge ist, dass meine Tochter nach China gefahren ist und man sie sofort abgefangen und erschossen hat. Wollen Sie behaupten, so was passiere nicht?«, frage ich, denn nichts, was er mir erzählt, passt zu dem, was ich bisher über die Vorgänge in der Volksrepublik China gehört habe.

»Propaganda«, sagt er und betont dabei jede Silbe. »Noch mal, Sie ahnen ja nicht, wie viele Chinesen jeden Tag nach China zurückkehren. Seit der Befreiung sind allein nach Fukien über sechzigtausend Überseechinesen gegangen. Weitere neunzigtausend sind aus Indonesien in ihr Vaterland heimgekehrt. Glauben Sie, die Regierung würde alle diese Menschen umbringen?«, spottet er. »Doch wenn Sie solche Bedenken haben, sollten Sie vielleicht nicht hinfahren.«

»Ich muss aber meine Tochter finden.« (Und es ist mir egal, was er sagt. Ich habe die Zeitungen gelesen. Ich habe die Nachrichten gesehen. Es ist *Rotchina*, Herrgott noch mal.)

Er mustert mich von Kopf bis Fuß, erkennt, dass ich Witwe bin. Dann sagt er: »Wie Sie sagen, sie ist eine Tochter. Vielleicht ist sie es nicht wert. Wäre sie ein Sohn, wäre das etwas anderes.« Hongkong mag eine britische Kolonie sein, aber die alten chinesischen Bräuche und Traditionen sitzen noch tief. Ich bin so wütend, dass ich ihn am liebsten schlagen würde. »Vergessen Sie das dumme Mädchen«, fügt er hinzu. »Sie können noch mehr Kinder bekommen. Sie sind noch jung genug.«

»Ja, ja«, stimme ich zu, denn was hätte es für einen Sinn, über den Wert einer Tochter zu diskutieren oder den Mann zurechtzuweisen, weil er das Gelübde einer Witwe beleidigt? »Ich fahre trotzdem nach China, und ich brauche Hilfe.«

»Ah! Alles von vorne! Welche Art von Hilfe brauchen Sie?«

»Nur zwei Dinge. Ich muss Briefe und Geld von meiner Schwester erhalten und ihr zurückschreiben können.«

»Haben Sie das schon einmal gemacht? Nach China geschrieben?«

»Mein Schwiegervater hat mit Hilfe dieser Organisation Geld in sein Heimatdorf geschickt«, antworte ich.

»Nennen Sie mir noch mal Ihren Familiennamen.«

»Ich bin eine geborene Chin. Mein Ehename ist Louie.«

Der Mann geht weg, sucht ein paar Akten durch und kommt mit einer Karteikarte wieder. »Ihre Familie in Los Angeles hat bis zu diesem Monat Geld ins Dorf Wah Hong geschickt.« Mit dieser Information scheint sich seine Haltung zu ändern. »Soll ich Ihnen Geld nach Wah Hong schicken?«

»Da fahre ich nicht hin.«

»In Ordnung. Wir können Ihnen trotzdem Post zustellen, solange Sie irgendwo in der Provinz Kwangtung sind. Unsere Verbindungen reichen bis kurz hinter die Grenze, wie seit über hundert Jahren.«

»Aber ich fahre nach Shanghai.« Joy hat gesagt, sie wolle ihren Vater kennenlernen. Dort muss sie sein.

»Shanghai.« Er verzieht das Gesicht. »Direkt nach Shanghai, das geht nicht. Dorthin haben wir keine Verbindung.«

»Wenn Sie Post an unsere Verwandten in Wah Hong schicken, könnten die sie dann an mich weiterleiten?«

Er nickt, aber ich muss herausfinden, was genau möglich ist.

»Wie funktioniert das?«

»Sie lassen uns von jemandem Geld schicken ...«

»Meine Schwester wird Briefe und Geld schicken, vielleicht sogar Pakete. Wir müssen sehen, wie viel Geld das kostet ...«

»Und Zeit. Ein Luftpostbrief von den Vereinigten Staaten nach Hongkong geht schnell und ohne Probleme, aber ein Paket mit Luftpost ist quasi unerschwinglich.«

»Das ist mir klar. Ich schreibe meiner Schwester, sie soll Pakete nur per Schiff aufgeben.«

»Wie auch immer. Ich stecke jedenfalls alles, was hier eintrifft, in einen neuen Umschlag – oder eine neue Verpackung – und adressiere es an Ihren Verwandten« – er wirft einen Blick auf die Karte in seiner Hand – »Louie Yun. Ich gebe es einem meiner Männer, der nimmt es mit in den Zug nach Kanton. Von dort aus fährt er nach Wah Hong und überbringt den Brief an Louie Yun, der den Brief dann in einen ganz neuen Umschlag steckt und Ihnen nach Shanghai schickt. Sie müssen Ihren Cousin auf jeden Fall kontaktieren, um ihm zu sagen, was er tun muss ...«

Ich möchte eigentlich auf direktem Weg nach Shanghai, sage aber: »Ich kümmere mich darum.« Dann frage ich noch: »Muss das so kompliziert sein?«

»Wenn Sie nur Post bekommen wollen, ist es ziemlich einfach, allerdings kann es sein, dass sie gelesen, zensiert oder sogar ganz konfisziert wird. Wenn Sie Geld empfangen möchten ...«

»Ich möchte nicht, dass irgendjemand im Dorf in Schwierigkeiten gerät«, unterbreche ich ihn. »Vor einer Weile bekamen wir einen Brief von einem Verwandten in Wah Hong. Darin stand, dass sie das Geld nicht mehr bräuchten. ›Im neuen China mangelt es uns an nichts‹, schrieb er. Später wurde er bei einem Fluchtversuch getötet …«

Der Mann hinter der Theke schnaubt. »China ist unberechenbar, und die Situation dort ändert sich von Woche zu Woche. Im Moment wollen die Kommunisten sogar, dass die Leute Geld schicken. Sie brauchen das Geld. Sie wollen ausländische Investitionen. Glauben Sie mir, Ihr Geld werden die gerne nehmen.«

»Ich will nicht, dass sie mein Geld nehmen, und ich will auch nicht investieren«, sage ich. »Ich möchte nur sichergehen, dass die Briefe, die abgeschickt werden, auch die beabsichtigten Adressaten erreichen – auf beiden Seiten.«

Ungeduldig hebt er die Hände. »Denken Sie doch nach, Frau Louie! Wenn Sie wollen, dass die einen Teil oder alles von Ihrem Geld nehmen, müssen Sie den Umschlag von Ihrer Schwester einfach nur an Sie direkt schicken lassen und dann nachschauen, was ankommt. Ihre Schwester kann das Geld aber auch in einem Paket verstecken und es über uns an Sie weiterleiten lassen. Wir – und andere Familien- und Bezirksverbände – machen das seit langer Zeit. Wir wissen, was wir tun.«

»Sie schwören, dass meine Verwandten die Briefe meiner Schwester wirklich bekommen und dadurch nicht in Schwierigkeiten geraten?«

»Wenn sie erwischt werden, kommen sie allerdings in Schwierigkeiten!« Das trifft genauso auf May zu, wenn sie Post direkt nach China schickt oder von dort empfängt. »Also sorgen wir dafür, dass niemand erwischt wird.«

Sehr überzeugt bin ich nicht von alledem, aber was bleibt mir anderes übrig? Es ist vielleicht keine perfekte Lösung, aber zumindest habe ich jetzt eine Möglichkeit, in China Post zu bekommen: von May an die Soo-Yuen-Wohltätigkeitsorganisation, dann an die Familie von Vater Louie in Wah Hong und schließlich weiter zu mir nach Shanghai. Das Gleiche funktioniert umgekehrt, wenn ich meiner Schwester etwas schicken will. Mir wäre es lieber, May und ich hätten einen Mittelsmann, der mit uns blutsverwandt ist, aber den gibt es nicht. May und ich sind zwar mit allen Bewohnern unseres Heimatdorfs Yin Bo verwandt, doch als wir das Dorf verließen, war ich drei und May noch ein Baby. Meine Mutter ist tot. Was aus meinem Vater geworden ist, haben wir nie erfahren. Ich bin mir sicher, dass er tot ist – ermordet von der Grünen Bande, umgekommen bei den Bombenangriffen auf Shanghai oder getötet von den japanischen Soldaten, nachdem er uns im Stich gelassen hatte. Die Leute in Yin Bo würden sich vielleicht gar nicht an mich, May oder unsere Eltern erinnern. Und selbst wenn, könnte man ihnen vertrauen?

»Darf ich Ihnen einen Rat geben?«, fragt der Mann vom Familienverband. »Ich habe Ihnen doch erzählt, dass viele Leute nach China zurückkehren. Das ist auch so. Ins Land hineinzukommen ist einfach, aber wieder herauszukommen, ist schwierig. Sie sollten nicht einreisen, wenn Sie keinen Plan haben, wie Sie wieder ausreisen können.«

»Ich bin bereit, in China zu bleiben, bis …«

Er hebt die Hand, um mich zu unterbrechen. »… Sie Ihre Tochter gefunden haben, ich weiß.« Er kratzt sich am Hals und fragt: »Haben Sie einen Plan, wie Sie wieder hinauskommen?«

»Ich habe an nichts weiter als an die Suche nach meiner Tochter gedacht«, gebe ich zu. »Ich kann sie dort nicht allein lassen.«

Er schüttelt den Kopf über meine Verbissenheit. »Wenn es einen Weg aus China hinaus gibt, dann über Kanton. Wenn Sie und Ihre Tochter es nach Kanton schaffen, sind Sie nur zwei von Hunderten, die jeden Tag von dort aus das Land verlassen.«

»Hunderte? Sie sagten, Zehntausende würden nach China zurückkehren.«

»Ebendarauf will ich hinaus. Es ist nicht leicht, auszureisen, aber manchen gelingt es. Manchmal habe ich das Gefühl, die Hälfte dessen, was ich hier tue, besteht darin, Geld zurück in Heimatdörfer zu schicken, damit die Häuser derer instand gehalten werden, die ausgereist sind. Gleich hinter der Grenze liegen ganze Dörfer, die verlassen sind. Geisterdörfer nennen wir sie. Manche Leute lassen ihre Häuser genau so zurück, wie sie am Morgen noch waren – Möbel, Kleidung, Schränke mit Eingemachtem – sodass sie bei ihrer Rückkehr alles genau so vorfinden, wie es vorher war …«

»Wann kann ich abreisen?«, unterbreche ich ihn.

»Wann sind Sie so weit?«

Nachdem wir alles arrangiert haben – und dazu gehört sogar, dass mich jemand am Bahnhof von Kanton abholt und nach Wah Hong bringt –, gibt er mir noch einen letzten Rat. »Die Volksrepublik China ist fast acht Jahre alt. Sie verändert sich ständig. Das Land ist nicht so, wie Sie es in Erinnerung haben oder wie Sie es erwarten, und ganz bestimmt ist es nicht so, wie man es Ihnen in Amerika erzählt hat.«

Nachdem ich in mein Hotel zurückgekehrt bin, bitte ich die Frau an der Rezeption um ein Formular für ein Telegramm. Dann suche ich mir einen Sessel im Foyer und schreibe an May: IN HONGKONG ANGEKOMMEN. MORGEN NACH WAH HONG. SCHICKE AUS SHANGHAI GENAUE ANWEISUNGEN WG. POST.

Am nächsten Tag ziehe ich die Bauernkleidung an, die meine Schwester vor zwanzig Jahren bei unserer Flucht aus China für mich gekauft hat. Ich gehe zum Bahnhof, kaufe eine einfache Fahrkarte für die Kowloon-Kanton-Bahn und steige in den Zug. Wenige Minuten nachdem er sich in Bewegung gesetzt hat, haben wir schon die Stadt verlassen und fahren durch die New Territories, die noch zur Kolonie gehören.

Wie Joy wohl eingereist ist? Was, wenn sie nach China gefahren ist und man sie dort abgewiesen hat? Man hätte sofort gemerkt, dass sie nicht aus Shanghai ist. Wir fanden ihr Chinesisch im Vergleich zu dem der anderen Jugendlichen in Chinatown immer ziemlich gut, aber ihr Akzent … Und ich weiß nicht, wem oder was ich glauben soll – dem Mann vom Familienverband oder das, was ich in Los Angeles über Rotchina gehört habe. Ist Joy schon tot? Was, wenn man sie für eine Spionin hielt? Was, wenn sie in dem Moment getötet wurde, in dem sie einen Fuß auf chinesischen Boden gesetzt hat? Das ist meine größte Angst, und mein Herz ist schwarz vor Verzweiflung. Was nützt es, wenn ich ihr folge? Wieder würde jemand sterben – ich selbst. Auch andere Fragen quälen mich: Wenn ich Joy finde, in was für einer körperlichen und emotionalen Verfassung wird sie sein? Wird sie mich überhaupt sehen wollen? Schaffen wir es, unser Verhältnis, das immerhin auf einer Lüge basierte, wieder zu kitten? Wird sie mit mir nach Hause kommen, angenommen, wir finden eine Möglichkeit, das Land zu verlassen?

Die zwanzig Meilen bis zur Grenze – eine Brücke über den Sham-Chun-Fluss – sind schneller zurückgelegt als erwartet. Die Flagge der Volksrepublik China flattert im Wind. Grenzbeamte patrouillieren durch den Zug. Sie überprüfen die Ausweise derer, die geschäftlich in Hongkong zu tun hatten oder Verwandte besucht haben und nun zurückkehren. Es sind viele, und das bestätigt, was mir der Mann vom Familienverband erzählt hat. Hier scheint es ähnlich zuzugehen wie an der Grenze zwischen Kalifornien und Mexiko, die täglich von vielen Menschen aus geschäftlichen Gründen überquert wird.

Als ich dem Grenzbeamten erkläre, dass ich eine heimkehrende Überseechinesin bin, muss ich gemeinsam mit ein paar anderen aus dem Zug steigen. Erinnerungen an unsere Ankunft in Amerika gehen mir durch den Kopf: wie meine Schwester und ich von den anderen Passagieren getrennt und in das Auffanglager auf Angel Island geschickt wurden, wo man uns monatelang befragte. Wird das jetzt auch so ablaufen?

Man führt mich in ein Zimmer. Die Tür wird hinter mir geschlossen und verriegelt. Ich warte, bis ein Inspektor hereinkommt. Er ist ein ganzes Stück kleiner als ich, aber drahtig und zäh.

»Bist du staatenlos?«, fragt er.

Hm … Gute Frage. Ich habe keinen Pass. Ich habe nur einen Identitätsnachweis, der von den Vereinigten Staaten ausgestellt wurde. Ich zeige ihn dem Inspektor, der nicht weiß, was er damit anfangen soll.

»Bist du amerikanische Staatsbürgerin, Genossin?«, fragt er.

Wenn das hier wirklich wie Angel Island ist, muss ich mich genauso verhalten wie May und ich damals – ich muss Verwirrung stiften, um die Bürokratie auszubremsen.

»Ich durfte nicht Staatsbürgerin werden«, antworte ich. »Ich war ihnen nicht gut genug. Sie behandeln die Chinesen sehr schlecht.«

»Was ist der Zweck deiner Rückkehr in die Volksrepublik China?«

»Ich möchte beim Aufbau der Nation helfen«, antworte ich pflichtbewusst.

»Bist du Wissenschaftlerin, Ärztin, Ingenieurin? Kannst du uns helfen, eine Atombombe zu bauen, eine Krankheit zu heilen oder einen Damm zu entwerfen? Besitzt du Flugzeuge, eine Fabrik oder sonstiges Eigentum, das du der Regierung überlassen willst?« Als ich den Kopf schüttle, fragt er: »Was sollen wir dann mit dir anfangen? Wie willst du uns helfen?«

Ich halte die Hände hoch. »Damit will ich helfen.«

»Bist du bereit, die verderbten, stinkenden amerikanischen Ideale aufzugeben, an denen du innerlich festgehalten hast?«

»Auf jeden Fall!«, antworte ich.

»Bist du eine heimkehrende Studentin? In Kanton haben wir eigens für heimkehrende Studenten eine Empfangsstation. Sie sollen dort offen ihre Gründe für ihre Rückkehr nach China, ihre Vorstellung von Ruhm und Profit und alle antikommunistischen Gedanken, die sie womöglich hegen, darlegen.«

»Verzeihung, aber sehe ich aus wie eine Studentin?«

»Du siehst aus wie jemand, der etwas verbirgt. Du kannst mich nicht hinters Licht führen, nur weil du die Kleidung des Volkes trägst.« Sein Stuhl kratzt unheilvoll über den Betonboden, als er aufsteht. »Bleib hier.« Er verlässt den Raum und schließt wieder ab.

Ich bin verwirrt und habe Angst. Der Mann vom Familienverband meinte, das würde einfach sein, aber danach sieht es nun nicht aus. Hat Joy das auch durchgemacht? Hat sie sich für staatenlos erklärt und ihren Pass abgegeben? Hoffentlich nicht.

Die Tür geht auf, und eine Frau kommt herein. »Zieh dich aus.«

Das ist jetzt wirklich viel zu sehr wie Angel Island. Damals gefiel es mir schon nicht, untersucht zu werden, und jetzt möchte ich es auch nicht. Seit der Vergewaltigung habe ich vor jeder Berührung Angst, selbst wenn es jemand ist, den ich liebe oder der mich liebt, sogar bei meiner eigenen Tochter geht es mir so.

»Ich muss noch mehr Leute durchsuchen. Los!«, befiehlt sie.

Ich ziehe mich bis auf die Unterwäsche aus.

»Ein Büstenhalter ist ein Zeichen für westliche Dekadenz«, sagt sie verächtlich. »Gib ihn mir.«

Ich gehorche und verschränke die Arme über der Brust.

»Du kannst dich wieder anziehen.«

Der Inspektor kehrt zurück, und ich werde eine weitere Stunde verhört. Mein Gepäck wird durchsucht, und einige Gegenstände, zum Beispiel mein zweiter BH, werden konfisziert. Ich steige wieder in den Zug. Wenige Augenblicke später überqueren wir die Grenze zu Festlandchina. Ich bekomme jedoch keine Gelegenheit, sie zu sehen, denn ein Wachposten betritt unseren Wagen und befiehlt, dass alle Jalousien geschlossen werden.

»Immer wenn wir an einer Brücke, einer Industrieanlage oder einer militärischen Einrichtung vorbeifahren, müsst ihr die Blende herunterziehen«, verkündet er. »Ihr steigt erst aus dem Zug aus, wenn das Ziel, das auf eurer Fahrkarte steht, erreicht ist.«

Pearl

Für immer schön

Ich verlasse den Bahnhof von Kanton in der Erwartung, das Auto vorzufinden, das mich ins Dorf Wah Hong bringt, aber es ist nicht da. Auf dem Parkplatz stehen gar keine Privatautos, ganz zu schweigen von Taxis. Ich sehe nur Fahrräder und beinahe identisch gekleidete Fußgänger. Alle sehen arm aus. Kanton war früher eine wohlhabende Stadt, deshalb sind die Veränderungen erschreckend. Als einige der anderen Fahrgäste – die von Übersee zurückkehrenden chinesischen Studenten – auf dem Weg zu ihrem speziellen Einreiseschalter an mir vorbeigedrängt werden, wende ich mich ab und gehe rasch in die entgegengesetzte Richtung. Ich bin zwar keine Studentin, aber ich möchte auch nicht zufällig in etwas hineingeraten, was mit Behörden zu tun hat. Ich gehe über den Parkplatz zum Gehsteig. Die Straße wimmelt von Fahrrädern, aber Taxis gibt es auch hier nicht. Nur sehr wenige Autos oder Lastwagen sind unterwegs. Ein paar Busse rumpeln vorbei, aber ich weiß nicht, wohin sie fahren. Ich frage einen Passanten, wie man nach Wah Hong kommt. Er hat noch nie davon gehört. Auch die nächsten nicht, die ich frage. Ich stehe da, knabbere an der Nagelhaut eines Fingernagels und habe keine Ahnung, was ich tun soll. Wenn der Mann vom Familienverband das nicht hinbekommen hat, wie soll ich mich dann in Sachen Post auf ihn verlassen?

Das ist kein guter Anfang.

Ich kehre zum Bahnhofseingang zurück und setze mich auf

meinen Koffer. Ich bemühe mich, ruhig zu bleiben, doch ich bin es keineswegs. *Panisch* trifft es eher. Aber ich nehme mir vor, noch eine halbe Stunde zu warten, und wenn mich dann noch niemand abgeholt hat, muss ich mir ein Hotel suchen. Schließlich hält ein verbeulter Ford vor mir, ein Überbleibsel aus besseren Tagen. Der Fahrer – eigentlich ist es noch ein Junge – kurbelt das Fenster herunter und fragt: »Pearl Louie?«

Bald schon haben wir Kanton hinter uns gelassen und befinden uns auf einer erhöhten, unbefestigten Straße, die uns während der, wie ich erfahre, eine Dreiviertelstunde dauernden Fahrt nach Wah Hong durch überflutete Reisfelder führt. Kanton erweckte den Anschein, als wäre es unter dem Kommunismus in der Zeit zurückgefallen, aber jetzt habe ich das Gefühl, ich würde ein ganzes Jahrhundert oder noch mehr zurückspringen. Wir kommen an kleinen Dörfern vorbei, die aus ein paar wenigen Bauernhütten bestehen. Mich schaudert. In einer solchen Hütte wurde ich vergewaltigt und meine Mutter umgebracht. All die Jahre sehnte ich mich nach den fröhlichen, bunten Straßen von Shanghai zurück, aber das ländliche China habe ich nie vermisst. Trotzdem bin ich nun da. Ich setze mentale Scheuklappen auf, wegen der schrecklichen Erinnerungen. Ich bin hier, doch ich tue mein Möglichstes, es nicht wahrzunehmen.

Als wir nach Wah Hong kommen, frage ich den Erstbesten, der mir begegnet, ob er Louie Yun kennt. Wah Hong ist eines dieser kleinen Dörfer mit höchstens dreihundert Einwohnern, die alle den Clannamen Louie tragen und die alle mit meinem Schwiegervater verwandt sind. Man bringt mich zum Haus von Louie Yun. Sie sind sehr überrascht über meinen Besuch! Tee wird eingeschenkt, Knabbereien werden gereicht. Andere Verwandte drängen herein, um mich kennenzulernen. Doch sosehr ich mich bemühe, nicht zu sehen oder zu fühlen, dass ich in einer Hütte bin – ich bin es doch, und alle möglichen Erinnerungen stürzen auf mich ein.

Als ich am Ende der Weltwirtschaftskrise nach Los Angeles

kam, waren meine Schwiegereltern und alle Leute, die ich dort kennenlernte, ärmer als alle, die ich in Shanghai gekannt hatte. In Chinatown mochten wir zusammengepfercht gewohnt haben – zu siebt in einer Drei-Zimmer-Wohnung –, aber das war geradezu geräumig im Vergleich zu dieser Hütte mit den zwei Zimmern, in der zehn oder mehr Angehörige der Louies leben. Sie erzählen schreckliche Geschichten darüber, was während der sogenannten Befreiung denjenigen Mitgliedern der Familie Louie zustieß, denen das von uns geschickte Geld zugute kam. Man beschimpfte sie als Schoßhunde des Imperialismus, sie wurden geschlagen oder mussten sich auf dem Dorfplatz in Glasscherben knien. Manchen wurde ein noch schlimmeres Schicksal zuteil. Diese Geschichten bestätigen genau das, was ich mir vorgestellt hatte, und sie erfüllen mich mit Schrecken. Doch andere loben den Vorsitzenden Mao und danken ihm für sein Geschenk: Nahrung und Land.

Normalerweise müsste ich nun ein Festmahl ausrichten, aber so lange möchte ich nicht bleiben. Ich nehme Louie Yun zur Seite, gebe ihm etwas Geld und verspreche ihm noch mehr, wenn er sich um meine Briefe kümmert. Ich erkläre, wie es funktioniert, und am Ende sage ich: »Ich will dich nicht anlügen. Es könnte für dich und den Rest der Familie gefährlich werden.«

Ich weiß nicht, ob es Dankbarkeit für Vater Louies Geschenke über all die Jahre, der Wunsch, die Armut zu überwinden, oder Gleichgültigkeit gegenüber der politischen Gefahr ist, aber er fragt: »Wie viel willst du für diesen Dienst bezahlen?«

»Was verlangst du?«

Wir verhandeln, bis wir uns auf einen fairen Preis einigen – wir wiegen die Gefahren in amerikanischen Dollars auf –, und May wird ihm das Geld jeden Monat schicken. Dann geht es zurück nach Kanton. Man bringt mich zum Hafen. Dort gibt es ein Schiff nach Shanghai, das geht schneller als mit der Bahn und ist billiger als Fliegen. Ich rede mir ein, Louie Yuns Loyalität erkauft zu haben, aber ich habe keinerlei Gewähr dafür, ob es tatsächlich so ist.

Vier Tage später stehe ich morgens auf dem Deck. Shanghai kommt in Sichtweite. Vor einer Woche bin ich in Hongkong aus einem Flugzeug gestiegen und wurde von Gerüchen umgeben, die ich in dieser besonderen Kombination jahrelang nicht mehr gerochen hatte. Während ich nun warte, bis ich von Bord gehen kann, atme ich den Geruch von Zuhause ein – Wasser, das mit Öl und Abwasser vermischt ist, Reis, der auf einem vorüberziehenden Sampan gekocht wird, verrottender Fisch, der auf dem Kai vermodert, Gemüse, das weiter oben am Fluss angebaut wurde und hier in der Hitze und Feuchtigkeit verwelkt. Doch was ich da erblicke, sieht aus wie eine schlechte Zeichnung von Shanghai. Die Gebäude am Bund – die Hongkong und Shanghai Bank, der Shanghai Club, das Cathay Hotel und das Zollhaus – sehen grau aus, vernachlässigt und schäbig. Es hilft nichts, dass an den Fassaden Netze hängen wie Trampoline. Kulis erwarte ich nicht zu sehen. Ist das nicht das Neue China? Doch da sind welche auf der Kaimauer, spärlich bekleidet huschen sie mit schweren Lasten auf dem Rücken hin und her.

Der erste Eindruck dämpft meine Stimmung nicht. Ich bin zu Hause! Ich kann es kaum erwarten, von Bord und durch die Straßen zu gehen. Kurz wünsche ich mir, May wäre auch hier bei mir. Wie oft saßen wir zusammen, plauderten über dieses und jenes Café oder Geschäft und wünschten uns dabei immer, alles wäre noch genauso wie damals, als wir Kalendermädchen waren.

Gemeinsam mit den anderen Fahrgästen werde ich in eine Abfertigungsbaracke geschleust. Ich reiche meinen Identitätsnachweis einem Inspektor, der ihn sich erst prüfend ansieht und dann mich mustert. Ich trage einen Baumwollrock und eine pinkfarbene Bluse, denn es war für mich unvorstellbar, wie eine Landpomeranze gekleidet nach Shanghai zu kommen. Dennoch unterscheide ich mich klar von allen anderen. Dadurch scheine ich besondere Aufmerksamkeit auf mich zu ziehen. Ein Inspektor durchsucht mein Gepäck, während mir ein anderer Fragen danach stellt, warum ich nach China zurückgekehrt bin, ob ich gewillt bin, meine kapitalistischen Ansichten aufzugeben, und ob ich hier bin, um dem Volk zu dienen. Verglichen mit der Kontrolle an der Grenze dauert das hier nur kurz. Vielleicht erkennen sie an meinem Wu-Dialekt, dass ich wirklich aus Shanghai stamme. Sobald die Befragung beendet ist – ich habe wiederholt gelogen –, holt einer der Männer eine Kamera hervor.

»Wir machen gerne ein Foto von den heimkehrenden Patrioten«, sagt er und winkt mich zu den gerahmten Bildern, die an der Wand hängen.

Rasch gehe ich zu der Fotowand, in der Hoffnung, meine Tochter auf einer Aufnahme zu finden. Da ist sie! Meine Tochter lebt, und sie ist hier! Auf dem Foto ist sie umringt von Männern in grünen Uniformen und grünen Kappen mit roten Sternen. Sie lächelt strahlend. Ich frage die Männer nach ihr. Sie erinnern sich an sie. Wie sollte es auch anders sein? Immerhin kommen ja nicht täglich hübsche junge Mädchen aus Amerika durch ihre Baracke.

»Wo ist sie hin?«, frage ich.

»Ihr Vater ist Kulturarbeiter«, sagt ein hilfsbereiter Inspektor. »Wir haben sie zur Künstlervereinigung geschickt, damit sie ihn findet.«

Ich lächle für die Kamera. Das fällt mir nicht schwer. Ich bin glücklich. Joy hat Z. G. gefunden, und das bedeutet, ich sollte die beiden ebenfalls sehr schnell ausfindig machen können. Das wird viel weniger kompliziert als befürchtet.

Ich zahle eine symbolische Gebühr dafür, dass ich mein Gepäck in der Baracke lassen darf, dann laufe ich den Bund entlang, eile über die Boulevards, achte nicht auf die Umgebung. Im Empfang der Künstlervereinigung gehe ich auf eine Frau zu, die hinter einem Schreibtisch sitzt.

»Ich suche Li Zhi-ge. Wo kann ich ihn finden?«

»Hier ist er nicht«, sagt sie barsch.

Bürokraten sind auf der ganzen Welt gleich.

»Wo wohnt er denn?«, frage ich.

Sie beäugt mich misstrauisch. »Was willst du von ihm, Genossin? Du solltest dich besser nicht mit Li Zhi-ge treffen. Er ist negativ aufgefallen.«

Das beunruhigt mich. Der Inspektor hätte das doch bestimmt erwähnt.

»Was hat er getan?«

»Wer bist du?« Sie spricht lauter. »Was hast du mit ihm zu schaffen?«

»Das ist eine persönliche Angelegenheit.«

»In China gibt es keine persönlichen Angelegenheiten. Wer bist du?«, fragt sie noch einmal. »Willst du auch Unruhe stiften?«

Unruhe stiften? Was hat Z. G. getan? Bitte, lieber Gott, sag mir, dass er meine Tochter da nicht mit hineingezogen hat.

»War da ein Mädchen …«

»Wenn du noch mehr Fragen stellst, hole ich die Polizei«, warnt sie mich.

Kurz hatte ich gedacht, das würde einfach werden, aber nichts im Leben ist einfach, überhaupt nichts. Und ich bin nicht ich selbst. Das ist meine Heimatstadt, doch im neuen Shanghai komme ich mir tollpatschig und unzulänglich vor. Trotzdem, ich muss es noch einmal versuchen.

»Hast du ein Mädchen gesehen? Sie ist meine Tochter …«

Die Frau schlägt mit der flachen Hand auf ihren Schreibtisch und sieht mich wütend an. Dann greift sie zum Hörer und wählt.

»Egal«, sage ich und ziehe mich langsam zurück. »Ich komme ein andermal wieder.«

Ich gehe zur Tür hinaus, die Stufen hinunter und zwei Blocks weiter, bevor ich stehen bleibe. Ich schwitze vor Hitze, Feuchtigkeit und Angst. Ich lehne mich an eine Mauer, verschränke die Arme über dem Bauch, hole mehrmals tief Luft und versuche so, meine Angst unter Kontrolle zu bringen. Obwohl ich so problemlos von Bord gehen konnte, muss ich an die Schwierigkeiten an der Grenze denken. Ich muss vorsichtig sein, darf meine Suche nicht beenden, bevor sie begonnen hat.

Mir fällt noch etwas anderes ein, wo ich hingehen könnte. Ich laufe in Richtung Französische Konzession. Früher war das eine belebte Gegend – mit Bordellen, Nachtclubs und russischen Bäckereien –, aber irgendwie sieht alles düster und trostlos aus. Auch viele Straßennamen haben sich geändert, doch nach all den Jahren erinnere ich mich trotzdem an den Weg zu Z. G.s alter Wohnung, in der May und ich damals Modell saßen. Seine Vermieterin ist immer noch da und genauso bösartig und zänkisch wie früher.

»Du!«, ruft sie, als sie mich sieht. »Was willst du denn schon wieder?«

Und das, nachdem sie mich zwanzig Jahre nicht gesehen hat.

»Ich suche Z. G.«

»Immer noch? Er will dich nicht. Wirst du das denn nie begreifen? Nur deine Schwester, verstanden?«

Ihre Worte stechen mir wie Nadeln in die Augen. Warum sagt sie mir das jetzt, während sie es damals nie erwähnt hat?

»Sag mir nur, wo er ist.«

»Hier nicht. Und selbst wenn, jetzt bist du zu alt. Schau doch in den Spiegel. Dann siehst du es.«

Die ganze Zeit über starrt sie mich an – Kleidung, Gesicht, Hände, Frisur. Wahrscheinlich hat sie mich auch gerochen, denn in meinem Schweiß riecht man die jahrelange westliche Ernährung mit Rindfleisch und Milch. Sie mag eine grausame alte Frau sein, aber dumm ist sie nicht. Sie kann unschwer folgern, dass ich aus dem Ausland komme.

»Er ist nach der Befreiung nach Shanghai zurückgekehrt«, erzählt sie. »Er hat die Miete gezahlt, die er mir schuldete, und mir noch Geld für die Sachen gegeben, die ich für ihn aufbewahrt hatte – Farben, Pinsel, Kleidung und den ganzen Rest. Meinem Enkel hat er Geld gegeben, damit er alles zu ihm in sein neues Haus bringt. Dann hat er mir noch mehr Geld gegeben …«

Das ist ein deutlicher Wink mit dem Zaunpfahl. Vielleicht funktioniert manches doch noch wie im alten China.

»Was kostet seine Adresse?«

Sie glaubt wahrscheinlich, sie fordert eine astronomisch hohe Summe, aber es ist umgerechnet kaum mehr als ein US-Dollar.

Z. G. wohnt nicht weit von hier an einem hübschen Fußgängerweg, gesäumt von eleganten Häusern im westlichen Stil, die in den Zwanzigerjahren erbaut wurden. Ich bleibe stehen, um Lippenstift aufzutragen und mir mit dem Kamm durch die Haare zu fahren. Dann streiche ich mit den Händen über meine Hüften, um sicherzugehen, dass alle Nähte gerade liegen und der Rock perfekt sitzt. Ich kann nichts dafür, ich möchte schön aussehen.

»Er ist nicht da«, sagt das hübsche Dienstmädchen, das die Tür öffnet.

»Darf ich hereinkommen? Ich bin eine alte Freundin.«

Das Dienstmädchen sieht mich neugierig an, aber es lässt mich eintreten, was mich zunächst überrascht, doch als ich hineingehe, verschlägt es mir den Atem, und ich bleibe wie angewurzelt stehen: An den Wänden hängen alte Plakate von meiner Schwester und mir. Sie wurden vor den Augen der Öffentlichkeit verborgen und vor dem Schmutz der Straße geschützt. Sie sind nur für die Augen von Z. G. bestimmt. Nichts davon habe ich erwartet – weder die Plakate noch den Wohlstand, die Eleganz oder die drei Dienstmädchen, die sich nervös vor mir aufreihen und auf ihre gefalteten Hände hinunterblicken.

Ich zeige auf die Plakate an der Wand: »Da seht ihr, dass euer« – was wäre wohl im Neuen China das richtige Wort? – »Arbeitgeber und ich uns vor vielen, vielen Jahren kannten. Bitte sagt mir, wo er ist.«

Die Mädchen treten von einem Fuß auf den anderen, weigern sich entweder meinen Blick zu erwidern oder mir meine Frage zu beantworten. Es ist lange her, seit ich mit Dienstmädchen umgehen musste. Ich mache es genauso wie bei Z. G.s früherer Vermieterin. Ich hole den Geldbeutel aus meiner Handtasche.

»Wo ist er?«, frage ich.

»Er wurde aufs Land geschickt«, erklärt das Mädchen, das meiner Meinung nach das Sagen hat. Sie scheint die Älteste zu sein, allerdings ist sie wohl kaum älter als fünfundzwanzig. Die beiden anderen Mädchen zappeln weiter herum.

Ich kann mich nicht erinnern, dass Z. G. Verbindungen aufs Land hatte. Ich habe auch gelesen, dass es im Neuen China eine übliche Strafe ist, jemanden aufs Land zu schicken.

»Weil er so wohnt? Oder …« Ich betrachte noch einmal die jungen Gesichter vor mir. Gab es ein Problem, weil er mit diesen drei Frauen zusammenlebt? In der Vergangenheit galt alles Mögliche als unschicklich. Ich überlege gerade, wie ich dieses Thema am besten anspreche, da liefert mir das Dienstmädchen mit dem kurzen Bubikopf eine neue Information.

»Auf den Leitvogel wird zuerst gezielt«, sagt sie leise. »Herr Li ist in Schwierigkeiten.«

»Alles verändert sich ins Gegenteil«, piepst die dritte.

»Heute Hund, morgen Katze«, fügt das Mädchen mit dem Bubikopf hinzu. »Vielleicht haben sie ihn in ein Arbeitslager geschickt.«

»Oder ihn umgebracht«, sagt das dritte Dienstmädchen und blickt ängstlich zu mir auf.

»Ist er denn festgenommen worden?«, frage ich. Als die Mädchen nicht antworten, dränge ich: »Ich möchte die Wahrheit wissen. Die ganze Wahrheit.«

»Er ist aus freien Stücken aufs Land gegangen, um sich reinzuwaschen, von den Bauern zu lernen, demütiger zu werden, und um sich an die Ziele der sozialistischen Kunst zu erinnern«, spult das vorgesetzte Mädchen schnell herunter, bevor die anderen beiden wieder mit ihrem Geplapper anfangen.

»Wann kommt er nach Hause?«, frage ich.

»Die Frage ist eher, ob er nach Hause kommt«, meint das Mädchen mit dem Bubikopf. »Immerhin fängt ein großer Baum den Wind.«

Die Ranghöchste zwickt ihre Untergebene, damit sie still ist. Offenbar mag sie es nicht, wenn die untergeordneten Dienstmädchen sich zu viel herausnehmen.

»Ich bin weiterhin voller Hoffnung«, sagt die Vorgesetzte. »Ansonsten hätte er mir kein Geld dagelassen, damit ich mich um das Haus kümmere.«

»Und damit wir zu essen haben«, murmelte das stille Mädchen.

Ich betrachte die Mädchen nacheinander. Sie alle sind etwa so alt wie Joy. Was für ein Mann ist Z. G.? Kann er immer noch keinem hübschen Gesicht widerstehen?

»Kam in letzter Zeit Besuch?«, frage ich. »Vielleicht eine junge Frau?«

»Es kommen ständig welche«, fiepst das Mädchen mit dem Bubikopf.

Ich beiße die Zähne zusammen. Lange Zeit hatte ich das Gefühl, wie ein Dienstmädchen zu leben, aber ich war keines. Ich war nicht vorlaut …

»Ich suche meine Tochter«, sage ich ernst und schicke mich an, meine Geldbörse wegzustecken.

»Die kennen wir!«

»Ja! Das stimmt!«

»Erzählt«, sage ich.

»Sie kam an dem Tag, an dem Herr Li aufgebrochen ist. Sie hat gesagt, sie sei seine Tochter. Sie kam von woanders …«

»Wie du.«

»Wo ist sie jetzt?«, frage ich.

»Sie ist mit ihm aufs Land gefahren.«

Das ist nicht die schlimmste aller Nachrichten, aber auch nicht die beste.

»Wisst ihr, wohin? In welches Dorf?«

Sie schütteln den Kopf. Sie können mir nicht helfen, nicht einmal, als ich ihnen mehr Geld anbiete.

Nachdem sie mich hinausbegleitet haben, bleibe ich noch eine Weile draußen stehen. Ich bin gegen eine weiße Wand gelaufen und habe keine Ahnung, wie es weitergehen soll. Ich bin verzweifelt und habe entsetzliche Angst um meine Tochter. Sie ist mit jemandem zusammen, der in so großen Schwierigkeiten steckt, dass er offenbar die Verbannung einer Verhaftung vorgezogen hat. In meiner Hoffnungslosigkeit spreche ich unwillkürlich mit May, als könnte sie mich im weit entfernten Los Angeles hören. *Ich habe unser Mädchen noch nicht gefunden. Sie ist bei Z. G., und dadurch könnte sie Schwierigkeiten bekommen – an so etwas haben wir überhaupt nicht gedacht.*

Ich schüttle den Kopf, als Shanghai langsam wieder in mein Bewusstsein dringt. In der Ferne höre ich eine Straßenbahn und das Rumpeln eines Busses oder Lastwagens, aber ansonsten gibt es nur sehr wenige Verkehrsgeräusche. All die eleganten, tief liegenden Autos der Vergangenheit wurden durch Fahrradrikschas, Fahrräder, Eselskarren und Ziehwagen ersetzt. Ein Verkäufer preist seine Leckereien an. »Knackige, würzige Oliven! Frische Oliven! Kauft meine Oliven!« Seit zwanzig Jahren habe ich keine Oliven aus Shanghai mehr gegessen. Ich folge den Rufen zur Straßenecke und biege dann nach links. Dort ist ein Mann mit einem Korb auf der Schulter. Als ich näher komme, setzt er den Korb ab und hebt das feuchte Tuch, das darüber liegt. Er hat drei Sorten – dicke, dünne und braune. Ich nehme ein paar von den dicken. Noch bevor ich bezahle, stecke ich mir eine in den Mund. Genießerisch schließe ich die Augen, als sich aus dem laugenartigen Geschmack auf der Zunge etwas Leichtes, Erfrischendes und Belebendes entwickelt. Sofort werde ich in die Zeit zurückversetzt, als ich mit May und unseren Freunden Oliven gegessen habe – mit Tommy, Betsy und Z. G.

Die Geschmacksexplosion bewirkt irgendwie, dass ich einen klaren Kopf bekomme. Ich muss zurück zur Künstlervereinigung, um noch mehr Fragen zu stellen, aber zuerst muss ich herausfinden, wie ich am besten an Informationen von der Frau am Empfang herankomme oder sie umgehe. Zuerst brauche ich aber eine Unterkunft. Bestimmt finde ich jemanden, der mir ein Zimmer vermietet, wenn ich das Doppelte oder Dreifache des Normalpreises zahle, doch das will ich nicht.

Zu Hause. Jetzt bin ich in Los Angeles zu Hause – und das ist seltsam, nach dem Heimweh, das ich in all den Jahren nach dieser Stadt verspürt habe –, aber das Wort erinnert mich daran, das ich auch hier ein Zuhause hatte. Um dorthin zu kommen, muss ich über den Soochow Creek in das Hongkew-Viertel gehen. Rikschas sehe ich keine, aber ich bezweifle sowieso, dass ich nach meiner Ehe mit Sam noch in einer Rikscha fahren könnte. Würde ich jetzt eine sehen, ich würde vergehen vor Gram. Dennoch frage ich mich, wo die Rikschafahrer sind. Was ist aus ihnen geworden?

Ich eile zurück zum Bund und spreche noch einmal mit dem Inspektor, der Joy geholfen hat. Ich schiebe ihm sogar Geld zu, aber er beharrt darauf, dass er nicht mehr weiß, diese Ausgabe war also völlig überflüssig. Dann muss ich auch noch die Gebühr dafür zahlen, dass er mein Gepäck über Nacht aufbewahrt. Ich nehme nur meine Reisetasche und frage nach einer Bushaltestelle. Bei meiner Ankunft herrschte reger Betrieb auf den Straßen. Nun ist Feierabend, und auf den Gehsteigen drängen sich die Menschen, die Straße ist eine wogende Masse aus Fahrrädern. Das Klingeln der Fahrräder ist beinahe beruhigend, wie Zikaden in einer heißen Sommernacht. Ich steige in den Bus nach Hongkew. Im Lauf der Jahre hat May immer wieder amerikanische Ausdrücke aufgeschnappt und uns andere damit fast in den Wahnsinn getrieben. Einer dieser Ausdrücke hieß »eng wie in einer Sardinenbüchse«. Jetzt verstehe ich, was sie damit gemeint hat. Von allen Seiten werde ich bedrängt. Die vertraute Panik steigt in mir auf, ich zwinge mich, sie zu unterdrücken und mit der knochigen Menschenmasse mitzuschwanken, wenn der Bus beschleunigt oder anhält.

In meinem alten Wohnviertel steige ich aus. Alles wirkt ganz vertraut und doch völlig anders. Straßenhändler und kleine Läden bieten auf engem Raum Waren und Dienstleistungen an: Man kann sich Fahrradreifen reparieren, die Haare schneiden oder Zähne ziehen lassen, es gibt Orangen, Eier und Erdnüsse, Eingangstor-Herrenunterwäsche, Rote-Fahne-Monatsbinden, Weißer-Elefant-Batterien. Ich biege in die Straße ein, in der ich früher wohnte. Die Häuser in meinem Block stehen noch alle. Früher wurden sie von unseren Nachbarn jedes Frühjahr in satten Erdfarben gestrichen: Dunkelviolett, Dunkelgrün oder Dunkelrot – Farben, auf denen man nicht so leicht den Staub und das Moos sieht, das im feuchten Klima von Shanghai so schnell wächst. Aber die Häuser sehen aus, als wären sie schon jahrelang nicht mehr gestrichen worden. Die Farbe ist fast völlig abgeblättert, und darunter kommt schmutziggrauer Putz zum Vorschein.

Doch das Treiben an den Sommerabenden hat sich nicht allzu sehr geändert, seit ich zuletzt hier war. Kinder spielen auf der Straße. Frauen sitzen auf den Stufen und putzen Erbsen, enthülsen Maiskolben oder verlesen Reis. Männer sitzen gemütlich auf Stühlen oder hocken auf umgedrehten Kisten, rauchen Zigaretten und spielen Schach. Man sieht mir nach. Ich traue mich nicht, die Blicke zu erwidern. Erkennen sie mich?

Das Haus meiner Familie kommt in Sicht. Der Magnolienbaum ist mittlerweile riesig, dadurch wirkt das Haus kleiner, als ich es in Erinnerung habe. Ich komme näher. Das geschnitzte Holzgitter, das böse Geister vom Haus fernhielt, hängt immer noch über der Tür, aber der Jasmin und die Zwergkiefern, die unser Gärtner früher gepflegt hat, sind verschwunden. Die Kletterrosen meiner Mutter umranken den Zaun, sie sind noch nicht abgestorben, aber welk und verwildert. Hauptsächlich »wächst« hier Wäsche, die über Büsche drapiert und an Leinen aufgehängt ist. Im Haus müssen viele Leute wohnen, andererseits wohnten auch schon viele hier, als May und ich fortgegangen sind. Auf den Eingangsstufen sitzt ein Mann. Er steht auf, als ich näher komme. Ich hätte mir zur Begrüßung ein paar Worte zurechtlegen sollen, aber offenbar ist das gar nicht nötig.

»Pearl? Du bist doch Pearl? Pearl Chin?« Er ist groß, dünn, etwa so alt wie ich. Er ist höflich und vornehm, aber schäbig gekleidet.

»Das war mein Mädchenname«, antworte ich unsicher. Wer ist das?

Er nimmt mir die Tasche ab und öffnet die Tür. »Willkommen zu Hause«, sagt er. »Wir haben lange auf dich gewartet.«

Meine Schritte hallen auf dem Parkettboden. Der Salon sieht noch genauso aus, wie wir ihn zurückgelassen haben. Ein Blick durch den Korridor und die Treppe hinauf zeigt mir, dass sich auch dort nichts verändert hat. Der Mann, der mich eingelassen hat, ruft die Namen anderer Leute, und sie kommen aus Zimmern, die Treppe hinunter, wischen sich die Hände ab, während sie aus der Küche gelaufen kommen. Genau wie im Bus bin ich von allen Seiten umringt. Sie schauen mich erwartungsvoll an. Unsicher erwidere ich die Blicke und habe keine Ahnung, was ich tun oder sagen soll.

»Weißt du nicht, wer wir sind?«, fragt eine Frau mittleren Alters.

Als ich den Kopf schüttle, stellen sie sich vor. Es sind genau die Leute, denen meine Eltern Zimmer vermietet haben, nachdem mein Vater das Geld unserer Familie verloren hatte: die zwei Tänzerinnen, die auf den Dachboden gezogen sind (allerdings sehen sie in ihren Arbeiteranzügen aus tristen, weiten blauen Hosen und weißen Blusen nicht mehr wie Tänzerinnen aus), der Schuster, der unter der Treppe wohnte (genauso drahtig und verhutzelt, wie ich ihn in Erinnerung habe), die Frau, die mit ihrem Mann, einem Polizisten, und zwei Töchtern den hinteren Teil des Hauses bewohnte (nur ist sie jetzt Witwe, und ihre Töchter sind verheiratet), der Student, der im Wintergarten im ersten Stock wohnte (der galante Mann, der mir die Tür geöffnet hat, ist jetzt Professor). Ich habe noch vage in Erinnerung, dass er früher den westlichen Namen Donald benutzt hat. Er stellt sich jetzt als Dun-ao vor.

»Wie kommt es, dass ihr alle noch hier wohnt?«, frage ich verwundert. »Was ist mit der Grünen Bande? Die wollte doch das Haus übernehmen.«

»Das hat sie auch«, antwortet der Professor. »Aber der Pockennarbige Huang« – nach all den Jahren läuft es mir immer noch kalt über den Rücken, wenn ich diesen Namen höre – »ist ins Exil nach Hongkong gegangen. Vor sechs Jahren ist der König der Unterwelt dort gestorben.« Der Professor schnaubt verächtlich. »Zu diesem Zeitpunkt hatte die Regierung sowieso schon seinen gesamten Besitz konfisziert.«

»Wir dürfen hier wohnen bleiben, weil wir schon immer hier waren«, erklärt die Witwe.

Mir steigen Tränen in die Augen. May und ich dachten, wir wären allein auf der Welt, aber hier sind Menschen, die uns kannten, und sie haben überlebt. Es ist wirklich ein Wunder.

Plötzlich machen sie Platz, um jemanden durchzulassen. Kurz hoffe ich, dass es mein Vater ist. Ich weiß ehrlich nicht, was ich empfinden würde, wenn er es wäre. Babas Spielschulden haben unser Leben ruiniert, und er war ein großer Feigling. Aber es ist nicht Baba. Es ist Koch. Sosehr ich auch dagegen ankämpfe, mir laufen Tränen über die Wangen. Er war schon ein alter Mann, als ich ein Kind war. Wahrscheinlich ist er mittlerweile über achtzig. Er wirkt gebrechlich, und die anderen begegnen ihm mit Respekt. So sollte es sein. In China wurden die Alten schon immer geehrt.

»Darf ich hierbleiben?«, frage ich.

»Hast du einen Wohnberechtigungsschein?« Die Witwe wendet sich an Koch und sagt unterwürfig: »Keiner von uns will in Schwierigkeiten geraten, Direktor Koch.«

»Niemand kommt in Schwierigkeiten«, sagt Koch. »Das war das Haus ihrer Familie, und wir haben ihr Zimmer frei gehalten.« Er dreht sich um und spricht mich direkt an. »Du darfst hierbleiben, aber du musst die Regeln des Hauses und der Straße befolgen, ansonsten werde ich dich bei den Behörden anzeigen.«

Da begreife ich, dass die Mieter Koch nicht wegen seines Alters respektieren. Sie haben Angst vor ihm. Damals, nachdem mein Vater alles verloren hatte, behielten wir ihn bei uns, da er sonst nirgendwohin konnte. In der Neuen Gesellschaft wird er nun respektiert und gefürchtet, weil er zur roten Klasse gehört. Direktor Koch. Sie nennen ihn nicht Direktor Wang, Lu oder Eng, weil er nie einen Namen hatte. Wir nannten ihn »Koch«, weil das so üblich war. Jetzt verwaltet er mein Elternhaus.

Der Professor nimmt mich sanft am Ellbogen und führt mich die Treppe hinauf.

»Bilde dir ja nicht ein, alles wäre gleich geblieben, nur weil du nach zu Hause zurückgekehrt bist«, ruft Koch mir nach. »Diese Zeiten sind vorüber, kleines Fräulein!«

Aber vielleicht doch nicht ganz so sehr, wie er meint, sonst würde er nicht meinen alten Kosenamen verwenden und sich nicht mehr »Koch« nennen lassen. Er hätte einen neuen Namen angenommen – »Auf ewig rot« oder »Rot für immer« – passend zur Neuen Gesellschaft.

»Du machst deinen Nachttopf selbst sauber und kochst selbst«, fährt er fort. »Du wäschst deine Kleidung und übernimmst Pflichten im Haushalt. Du …«

Heute hat mich ja schon einiges überrascht, aber als Dun-ao die Tür zu meinem Zimmer öffnet, stellt das alles in den Schatten. Es sieht noch genauso aus, wie May und ich es zurückgelassen haben – zwei Einzelbetten unter weißen, mit Glyzinien bestickten Stoffhimmeln, und an den Wänden hängen unsere Lieblings-Kalendermädchenplakate.

»Das verstehe ich nicht«, sage ich. »Wie kann es sein, dass alles unverändert ist?«

»Wir wussten, dass eure Eltern nicht zurückkommen würden. Direktor Koch schläft jetzt in ihrem Zimmer. Aber wir haben vermutet, dass ihr beide eines Tages zurückkehren würdet, und hier bist du nun. Allerdings ohne May …«

Wahrscheinlich erwartet er, dass ich etwas über meine Schwester sage, aber ich kann es nicht. Ich wende mich von seinem freundlichen Gesicht ab und werfe einen Blick ins Badezimmer. Die Fliesen, die Wanne, der Spiegel … alles genau wie früher.

»In vielen Häusern der Stadt gibt es Zimmer, die genauso aussehen«, sagt Dun-ao. »Die chinesische Regierung ist nicht immer gut, doch die chinesische Kultur ist beständig, und sie respektiert die Familie. Wir alle warten darauf, dass diejenigen, die weggegangen sind, wiederkehren. Nach Shanghai kommt jeder zurück.«

Vermutlich hat er recht. Z. G.s Vermieterin hat seine Sachen aufbewahrt, bis er wiederkam und sie abholte. In den »Geisterdörfern« hinter der Grenze zu Hongkong, von denen mir der Mann vom Familienverband erzählt hat, lief es wahrscheinlich genauso ab. Aber dass mein Haus und das Zimmer über all die Jahre unberührt blieben? Ich wünschte, May könnte das sehen.

»Du siehst aus, als bräuchtest du etwas Ruhe«, sagt er. »Bestimmt hast du irgendwo dein Gepäck untergestellt. Wenn du so weit bist, begleite ich dich, um es abzuholen. Und mach dir nicht zu viele Sorgen wegen Koch. Er führt sich wie ein Tyrann auf, aber von denen gibt es jetzt viele. Du wirst sehen, im Herzen ist er immer noch einfach nur Koch, der Mann, der dich als kleines Mädchen so gernhatte.« Er lächelt. »Ich weiß das, denn er hat es mir oft erzählt.«

Nachdem der Professor gegangen ist, setze ich mich auf den Bettrand. Um mich herum wirbelt Staub auf. Ich streiche die Tagesdecke glatt und schiebe den Staub mit der Hand zusammen. Dieses Zimmer ist anscheinend nicht mehr sauber gemacht worden, seit May und ich fort sind. Ich stehe auf und gehe zum Wandschrank. Ich erinnere mich an den Tag, an dem mein Schwiegervater dieses Zimmer durchstöberte, auf der Suche nach Kleidern, die May und ich bei der Arbeit in China City tragen sollten. Unsere Kleider im westlichen Stil hat er dagelassen, und sie sind alle immer noch hier, genau wie die Schuhe, Pelze und Hüte.

Mein Blick fällt auf einen hermelingefütterten schwarzen Brokatmantel. Er gehört mir. Mama ließ May und mir die gleichen Mäntel schneidern, doch eigentlich wollte nur ich so einen. Ich hielt meinen für elegant, aber May fand ihren zu trist und behauptete, er lasse sie alt aussehen. (Das war natürlich eine verschleierte Kritik an mir.) May verlor ihren Mantel in dem Winter, in dem sich alles änderte. Ich höre noch, wie Baba May für ihre Vergesslichkeit ausschimpfte und wie er mich anschrie, weil ich keine bessere *jie jie* war, die ihre kleine Schwester daran erinnern sollte, an ihren Mantel zu denken. May war achtzehn! Warum sollte ich dafür verantwortlich sein, sie zu ermahnen, ihren Mantel nicht auf einer Party oder an der Garderobe eines Clubs zu vergessen? Dann wollte Baba, dass ich May meinen Mantel gab. Meine Schwester hätte den Mantel genommen, obwohl er ihr nicht gefiel, aber ich war etwas größer, und sie mochte es nicht, dass er ihr bis zu den Knöcheln reichte.

Ich schließe die Tür des Wandschranks, wende mich ab und gehe zu unserer Kommode. In den Schubladen finde ich Unterwäsche, Kaschmirpullover, Seidenstrümpfe und Badeanzüge. Ich ziehe ein Nachthemd heraus: hautfarbene Seide, besetzt mit handgearbeiteter Spitze. Eigentlich kann es kaum sein, aber es passt noch. Ich betrachte mein Spiegelbild, umgeben von den Bildern meiner Schwester und mir. Innerlich habe ich mich sehr verändert. Ich bin nicht mehr das Mädchen auf diesen Plakaten, aber ich bin noch so schlank wie damals, und offenbar werde ich meine alten Sachen anziehen können. Wo ich sie allerdings im kommunistischen China jemals tragen soll, kann ich mir nicht vorstellen.

Ich bin erschöpft, aber ich setze mich hin und schreibe zwei Briefe: einen an Louie Yun in Wah Hong mit meiner jetzigen Adresse, und den anderen, den er May schicken soll. Darin steht, dass ich angekommen bin, Joy nicht gefunden habe und in unserem alten Zuhause wohne. Außerdem erkläre ich ihr, wie sie mir Post schicken kann. Dann stehe ich auf und gehe zum Bett. Vorsichtig schlage ich die Tagesdecke zurück und versuche, den Staub in den Falten zu sammeln. Ich strecke mich auf den kühlen Laken aus und werfe einen Blick auf das andere Bett – Mays Bett, bevor ich mich umdrehe. Ich bin hergekommen, um meine

Tochter zu suchen, aber ich bin auch vor meiner Schwester weggelaufen. Trotzdem ist May hier bei mir, sie blickt mich freundlich von den Wänden an. Ich schaue ihr in die Augen und sage: *Ich* bin zu Hause. *Ich bin in* unserem *Zimmer. Kannst du dir das vorstellen? Wir dachten, wir würden diesen Ort hier niemals wiedersehen. Und stell dir vor, May, es ist genau wie früher.*

Ich gehe noch mehrmals zur Künstlervereinigung. Selbst nachdem ich der Frau am Empfang Schmiergeld gegeben habe, behauptet sie weiterhin beharrlich, nicht zu wissen, wo Z. G. ist. Schließlich verrät sie mir immerhin, dass die Mitglieder der Vereinigung ihn öffentlich kritisiert haben und er die Stadt verlassen hat. Ich bin versucht, noch einmal nach Joy zu fragen, aber ich weiß ja schon, dass sie bei Z. G. ist, und ich möchte keine unnötige Aufmerksamkeit auf sie lenken. Nachdem ich der Frau noch mehr Geld zugesteckt habe, verschafft sie mir einen Gesprächstermin beim Direktor der Künstlervereinigung – ein rundlicher Mann mit grauen Schläfen. Ich zahle ihm ebenfalls Schmiergeld, und er erzählt, dass Z. G. aufs Land gegangen ist, »um das echte Leben zu beobachten und daraus zu lernen« – was auch immer das bedeutet.

»Aber wo auf dem Land ist er?«

»So genau hat man mir das nicht gesagt«, antwortet er.

»Weißt du, wann er zurückkommt?«, frage ich.

»Es ist nicht an mir, das zu entscheiden«, antwortet der Direktor. »Der Fall liegt nicht länger in meiner Hand. Dafür sind jetzt Leute in Peking zuständig.«

Voller Sorgen und enttäuscht verlasse ich die Künstlervereinigung. Was hat Z. G. angestellt, dass er sich so offensichtlich in Schwierigkeiten befindet, und warum musste er meine Tochter da mit hineinziehen? Ich habe alles getan, was mir einfiel. Jetzt kann ich nur noch warten, denn eines Tages werden sie zurückkommen. Sie *müssen* zurückkommen. Jeder kehrt nach Shanghai zurück, wie mir alle ständig sagen. Auch ich habe das getan.

Ich putze und schrubbe mein ganzes Zimmer. Niemand hilft mir dabei. Wieso auch? Unseren ehemaligen Mietern sind die Zimmer hier zugewiesen worden. Sie zahlen monatlich umgerechnet einen Dollar zwanzig Miete, und sie möchten nicht, dass jemand denkt, sie würden einer Angehörigen der Bourgeoisie helfen. Und Koch? Ich habe Z. G.s Dienstmädchen kennengelernt und andere Dienstmädchen auf dem Markt oder bei Besorgungen für ihre Herrschaft gesehen, aber Koch hat sich in meinem Elternhaus einen Platz als Angehöriger der neuen Elite und der verehrten Massen geschaffen – um respektiert zu werden, nicht, um seinem ehemaligen kleinen Fräulein hinterherzuräumen. Außerdem ist er sowieso zu alt. Er kann keine Teppiche mehr klopfen, kann den Boden nicht wischen, die Fenster putzen oder mein Bettzeug waschen und bügeln. Ich mache das alles allein, und Mays und mein Zimmer sieht jetzt fast so aus wie damals bei unserer Abreise. Es ist unheimlich und zugleich ein Trost.

Eines Abends, eine Woche nach meiner Ankunft in Shanghai, hämmert jemand an meine Zimmertür. Ein Polizist. Mein Magen zieht sich vor Angst zusammen.

»Bist du die heimgekehrte Überseechinesin, die geborene Chin Zhen Long?«

»Ja«, antworte ich zögerlich.

»Du musst auf der Stelle mitkommen.«

Ich werde die Treppe hinuntergeführt und durch den Gang zur Haustür, vorbei an den anderen Mietern, die gaffen, mit dem Finger zeigen und tuscheln. Hat mich einer von ihnen gemeldet? Hat mich Koch angezeigt?

Man bringt mich zu einem Haus nicht weit von hier, das in eine Polizeiwache umgewandelt wurde. Ich soll mich auf eine Holzbank setzen und warten. Mehrere Leute kommen an mir vorbei, um Geburten, Todesfälle, eine Ankunft oder eine Abreise zu melden. Sie starren mich neugierig und misstrauisch an. Schon wieder fühle ich mich nach Angel Island zurückversetzt, wo May und ich in einem eingezäunten Bereich auf unsere Befragungen warten mussten. Ich habe Todesangst und hole tief Luft. Ich muss einen ruhigen Eindruck machen. Immerhin habe ich nichts angestellt.

Schließlich werde ich in ein Büro geführt. Ein junger uniformierter Beamter sitzt hinter einem zweckmäßigen Schreibtisch. Der Raum hat keine Fenster. Ein Ventilator wirbelt heiße Luft herum.

»Ich bin Inspektor dritter Klasse Wu Baoyu«, stellt er sich vor. »Ich bin mit deinem Fall betraut.«

»Mit meinem Fall?«

»Du bist der Künstlervereinigung mehrfach zur Last gefallen. Weshalb hast du dich nach Li Zhi-ge erkundigt?

Ich sage lieber nichts über meine Tochter, denn ich weiß nicht, was das nach sich ziehen könnte.

»Ich kannte ihn vor Jahren«, antworte ich. »Ich wollte unsere Bekanntschaft wieder auffrischen.«

»Du solltest aufpassen, mit wem du dich da verbündest, Genossin. Dieser Li Zhi-ge musste sich einer öffentlichen Kritik stellen. Du bist erst seit Kurzem hier, deshalb lasse ich das für dieses eine Mal durchgehen, aber ich muss dich darauf hinweisen, dass Schmiergelder nicht mehr erlaubt sind.«

Mein Magen zieht sich noch mehr zusammen, und ich bekomme feuchte Hände.

»Also, fangen wir an«, fährt er fort. »Wo wurdest du geboren?«

Die nächste Stunde geht er eine Frageliste auf einem Klemmbrett durch. Welche Verwandte leben noch in meinem Heimatdorf, welcher Arbeit gehen sie nach, wer sind meine Freunde in China, wie oft treffe ich sie? Plötzlich kommt eine Durchsage über Lautsprecher. Inspektor Wu steht auf, sagt, ich soll mich nicht von der Stelle rühren, und verlässt das Zimmer. Kurz darauf ertönt lauter Gesang. Ich linse aus der Tür. Eine Gruppe uniformierter Männer und Frauen, Maos kleines Rotes Buch in der Hand, skandieren Parolen. Ich schließe die Tür und nehme wieder Platz. Eine halbe Stunde später kehrt Kommissar Wu zurück. Seine Fragen gelten jetzt nicht mehr meiner Familie und meinem Leben, sondern meiner Rückkehr.

»Weshalb hast du dich nicht bei der Kommission für Belange von Überseechinesen gemeldet?«

»Von der hatte ich bisher noch gar nicht gehört und wusste deshalb nicht, dass man sich dort melden muss.«

»Jetzt weißt du es und gehst hin. Dort lernst du, patriotisch zu denken. Dort werden deine Geldanweisungen aus dem Ausland bearbeitet.«

»Ich erwarte keine Geldanweisungen.« Das ist eine Lüge. Ich möchte nicht, dass mein Geld eine Regierungsbehörde durchläuft. Was, wenn sie es mir nicht vollständig auszahlen, wie der Mann vom Familienverband gesagt hat? »Ich will lieber arbeiten.«

»Um zu arbeiten, brauchst du eine *danwei* – eine Arbeitseinheit«, sagt er. »Um eine Stelle zu bekommen, brauchst du einen *hukou* – einen Wohnberechtigungsschein. Um einen Wohnberechtigungsschein zu bekommen, musst du dich bei der örtlichen Regierungsbehörde anmelden. Warum hast du dich bisher nicht angemeldet?«

All das macht mir Angst. Ich bin erst eine Woche hier, und schon haben sie mich erwischt und es auf mich abgesehen. Jetzt wissen die Behörden von mir, und damit wird es viel schwerer, mich zu bewegen. Falls sie mich nicht gleich in eine Zelle stecken.

»Kannst du mir denn dabei helfen, Genosse?« Ich versuche, meine Angst zu verbergen.

»Du bekommst einen Wohnberechtigungsschein für dein altes Zuhause, aber ich muss betonen, dass es nicht mehr dir gehört. Es gehört jetzt dem Volk. Verstanden?«

»Ich verstehe.«

»Außerdem brauchst du Bezugsscheine«, fährt er fort. »Die Regierung hat die Verteilung aller lebensnotwendigen Güter in die Hand genommen. Die Regierung kauft direkt von Bauern und Erzeugern, und die Stadtbewohner im ganzen Land müssen alles, was man zum Leben braucht, mit Bezugsscheinen in von der Regierung betriebenen Läden kaufen – Öl, Fleisch, Zündhölzer, Seife, Nadeln, Kohle und Stoff. Bezugsscheine für Reis sind natürlich am wichtigsten. Sobald du Arbeit gefunden hast, kommst du wieder her, und ich helfe dir, die Bezugsscheine zu besorgen.«

»Danke.«

Er hebt die Hand. »Ich bin noch nicht fertig. Bezugsscheine für Reis sind nur regional gültig. Wenn du auf Reisen bist, musst du besondere national gültige Scheine beantragen. Wenn du die nicht hast, musst du bei deinen Mahlzeiten ohne Reis auskommen. Als heimgekehrte Überseechinesin darfst du zwar reisen, aber du darfst nicht ohne meine Erlaubnis die Stadt verlassen. Du bist nach China zurückgekehrt. Du musst tun, was wir sagen. Verstanden?«, fragt er noch einmal.

»Ja, ich verstehe.« Ich habe das Gefühl, um mich herum würden Mauern hochgezogen.

»Du hast Glück, Genossin«, fährt der Polizist mit falscher Freundlichkeit fort. »Für Bauern ist es nämlich kein Zuckerschlecken, wenn sie nach China heimkehren. Sie werden in ihr Heimatdorf in ihrer ursprünglichen Provinz geschickt, wo sie in einem Kollektiv landwirtschaftliche Arbeit verrichten müssen, selbst wenn sie genug Geld aus Amerika mitgebracht haben, um sich gemütlich zur Ruhe zu setzen. Aber es könnte auch schlimmer kommen. Einige unglückliche Heimkehrer werden weit in den Westen geschickt, um dort Ödland urbar zu machen und zu bestellen.«

In dem Zimmer ist es heiß und stickig, doch mir ist kalt vor Entsetzen. Sie können mich doch nicht auf irgendeinen Bauernhof schicken!

»Ich bin keine Bäuerin«, sage ich. »Ich weiß nicht, wie man diese Arbeit verrichtet.«

»Das wissen die anderen auch nicht, aber sie lernen es.« Er sieht auf seine Liste. »Bist du bereit, deine Verbindungen zu den Nationalisten in Taiwan zu gestehen?«

»Ich habe keine.«

»Warum hattest du freundschaftliche Beziehungen zu den amerikanischen Imperialisten?«

»Mein Vater hat mich verkauft und zwangsverheiratet«, sage ich. Das ist die Wahrheit, sagt aber wenig darüber aus, was wirklich geschehen ist.

»Zum Glück ist die Zeit des Feudalismus vorbei. Du wirst einige Öffentliche-Kritik-Sitzungen hinter dich bringen müssen, um deinen bourgeoisen Individualismus abzulegen. Sehen wir mal.« Wieder schaut er auf seine Liste. »Bist du eine heimgekehrte Wissenschaftlerin?« Er mustert mich kurz von Kopf bis Fuß und befindet, dass ich das nicht bin. »Falls ja, müsstest du unterschreiben, dass der chinesische Mond größer ist als der amerikanische.« Er legt sein Klemmbrett auf den Tisch. »Tatsache ist, du fällst in eine andere Kategorie. Du bist wohlhabend.«

Er hält mich für reich, und mit meinen US-Dollars bin ich das im Neuen China wohl auch.

»Überseechinesen, die der Oberklasse angehören, werden alle möglichen Vorteile zugestanden«, fährt er fort. »Du bekommst das Privileg der Drei Garantien. Du darfst das Geld, das dir überwiesen wird, empfangen und behalten, solange das von der Kommission für Belange von Überseechinesen bearbeitet wird. Du darfst deine Geldanweisungen gegen besondere Gutscheine eintauschen, damit kannst du für Lebenshaltungskosten, Reisen und Beerdigungen aufkommen. Du darfst auch in besonderen Geschäften einkaufen, mit den Gutscheinen, die du im Austausch für die Überweisungen bekommst.«

»Und wenn ich diese Gutscheine gar nicht will?« Ich möchte die Kontrolle über mein Geld behalten, aber das sage ich nicht.

»Du musst das überwiesene Geld nicht bei einer Bank deponieren, wenn du das nicht willst.« Das beantwortet meine Frage allerdings nicht. »Und deine Geheimnisse werden gewahrt.« Das alles hört sich nach mehr als drei Garantien an, doch das behalte ich für mich. »Du kommst jeden Monat zu einem Gespräch hierher. Du erstattest auch regelmäßig der Kommission für Belange von Überseechinesen Bericht. Falls du das nicht tust, erfahre ich davon. Ich werde auch deinem Wohnsitz einen Besuch abstatten und die Genossen befragen, die dort wohnhaft sind. Glaub ja nicht, dass du deine bourgeoisen Gewohnheiten vor ihnen oder vor mir verbergen könntest.«

Er klopft mit dem Stift auf den Tisch und blickt mich streng an. »Nach China heimzukehren, ist gut und schön, aber du musst auch unsere Regeln befolgen. Ich hoffe, du hast deine Lektion gelernt und verhältst dich dementsprechend.« Er steht auf, geht zu einem Beistelltisch und kehrt mit ein paar Flugblättern zurück, die er mir in die Hand drückt. »Nimm die und lies sie vor unserem nächsten Treffen. Darin findest du die Früchte der Denkreform. Ich werde dich bitten, deine Vergangenheit von einem revolutionären Standpunkt aus neu zu betrachten. Ein nicht überzeugendes Geständnis akzeptiere ich nicht. Du musst ehrlich sein. Du musst dich der harten Prüfung des sozialistischen Aufbaus und der patriotischen Umerziehung stellen.«

Wenige Minuten später verlasse ich das Gebäude. Ich atme tief ein und langsam wieder aus. Ich hatte nicht damit gerechnet, von der Polizei abgeholt und verhört zu werden. Das hat mir einen Heidenschreck eingejagt, und ich bin panisch.

»Alles in Ordnung?«, fragt jemand. Ich blicke auf, und da steht Dun-ao. Ich freue mich sehr, ihn zu sehen, und staune darüber, dass er für mich ein solches Risiko eingeht. »Ich bin dir hierher gefolgt. Ich wollte sichergehen, dass du auch wieder herauskommst.«

Er spricht genau das aus, wovor ich Angst habe – festgenommen zu werden. Wenn das passierte, würde keiner je erfahren, was aus mir geworden ist. Schlimmer noch, ich würde Joy niemals finden.

»Gehen wir nach Hause«, sagt er. »Trinken wir einen Tee. Vielleicht kann ich helfen.«

Als wir zu Hause sind, mache ich uns beiden Tee. Ich erzähle Dun-ao, dass Joy weggelaufen ist, ich ihr gefolgt bin, von Z. G.s Problemen, dass ich warten muss, bis sie zurückkommen, und von all den Regeln, die ich laut dem Polizeibeamten befolgen muss. Ich bin so redselig, weil man mich eingeschüchtert hat und ich Angst habe und nicht richtig denken kann. Dun – so möchte er genannt werden – erklärt mir, dass ich eigentlich Glück hatte.

»Du wirst an Denkreform-Sitzungen teilnehmen müssen, wie wir alle«, sagt er, »doch solange du nicht als schwarzes Element giltst, hast du viele Vorteile. Du bekommst deine speziellen Bezugsscheine. Du kannst sofort eine Ausreisegenehmigung bekommen, ohne Verzögerung oder Fragen.«

»Aber was ist mit meiner Tochter?«, frage ich. »Ohne sie gehe ich nicht.«

»Auf jeden Fall ist es besser, dass ihr beide hier seid«, antwortet er. »Es ist allgemein bekannt, dass das Regime die Familien von Überseechinesen als Geiseln benutzt, um Geldsendungen aus dem Ausland zu erpressen. Das ist der ganze Sinn und Zweck der Kommission für Belange von Überseechinesen. Sie beuten die Leute hier aus, damit ihre Verwandten ihnen mehr Geld schicken, mit dem sie dann den Aufbau des Landes finanzieren. Aus diesem Grund erlauben sie Familienmitgliedern nur ungern, China zu verlassen.«

»Aber du hast mir doch gerade erzählt, dass Überseechinesen ganz leicht Ausreisegenehmigungen bekommen.«

»Ja, das ist ein guter Einwand. Anträgen für Ausreisegenehmigungen, die sich nachteilig auf die Interessen des Regimes auswirken, wird nicht stattgegeben.«

»Und in welche Kategorie gehören wir dann?«

»Vielleicht in beide«, sagt er unsicher.

»Jedenfalls«, fahre ich rasch fort und versuche, zuversichtlich zu klingen, »ist die Forderung nach den Überweisungen Erpressung. Trotzdem, wenn ich in Los Angeles wäre und Joy hier, würde ich ihr jeden Dollar schicken, den ich habe, in der Hoffnung, sie herauszubekommen. Jetzt muss ich mir überlegen, wie ich uns beide herausbekomme. Man kann nicht behaupten, dass ich reich wäre, aber als arm kann man mich auch nicht bezeichnen. Ich muss in Shanghai bleiben, damit ich auf die Rückkehr von Z. G. und meiner Tochter warten kann, wo auch immer sie jetzt sein mögen. Um zu leben, brauche ich Bezugsscheine, und unterdessen muss ich möglichst unsichtbar bleiben.«

Doch die Polizei weiß von mir, und in wenigen Tagen wird auch die Kommission für Belange von Überseechinesen von mir erfahren. Ganz abgesehen davon will ich mich auf keinen Fall wie eine typische Witwe verhalten, die sich unsichtbar macht oder sich als Feigling oder Opfer gibt. Warten geht wider die Natur eines Drachen, aber mir bleibt nichts anderes übrig. Ich muss eben ein hinterlistiger, stiller und vorsichtiger Drache sein.

»Du solltest dir Arbeit suchen«, rät mir Dun.

»Ich habe Kommissar Wu schon gesagt, dass ich arbeiten möchte. Vielleicht könnte ich mit den Tänzerinnen zusammenarbeiten. Sie machen Füller nach dem Modell des Parker 51.« Ich zitiere den Werbespruch der Fabrik, den die Tänzerinnen skandieren, wann immer sich eine Gelegenheit bietet. »Wir holen Parker ein!«

»Ich habe eine bessere Idee. Du solltest Papiersammlerin werden.«

»Ich weiß nicht, was das ist.«

»Wir hatten schon immer Ehrfurcht vor beschriftetem Papier«, erklärt er professoral. »In der Song-Dynastie sammelten die Mitglieder der Gesellschaft für beschriebenes Papier alles, auf dem etwas geschrieben stand. Sie verbrannten das Papier bei Zeremonien und bewahrten die Asche rituell auf. Alle drei Jahre brachten sie die Asche zu einem Fluss oder ans Meer und verstreuten sie im Wasser, damit sie als neue Wörter und Bilder wiedergeboren wurde. Erinnerst du dich an die Bambuskörbe, die früher hier in Shanghai an den Straßenecken standen? Die Leute konnten dort ihr beschriftetes Papier sachgemäß entsorgen.«

Dunkel erinnere ich mich an diese Körbe, aber meine Schwester und ich hatten nicht die mindeste Achtung vor beschriebenem Papier, denn wir waren ja Modelle für Werbeplakate, beschriftetes Papier der allerkommerziellsten Sorte.

»Früher war das ein ehrenwerter Beruf«, fährt Dun fort, »heute gilt er kaum mehr als der eines Müllsammlers. Trotzdem bekommst du dadurch alles, was du brauchst – Anonymität, Zugang zu allen Ecken der Stadt, du hältst die Regeln ein, die du befolgen sollst, und du bekommst Bezugsscheine und bist beschäftigt, bis deine Tochter zurückkehrt.«

Joy

Das echte Leben beobachten und daraus lernen

Es ist noch dunkel, als die ersten Hähne krähen. Ich bleibe noch ein paar Minuten liegen und lausche dem Gezwitscher der Singvögel, dem Knarzen der Dielen im Nachbarzimmer, als mein Vater aufsteht, und den Leuten draußen vor dem Hofhaus, die sich einen guten Morgen wünschen. Wegen der Holzbretter auf dem Boden, den Schiebetüren und den dünnen Wänden gibt es hier keine Geheimnisse. Man hört jeden Schritt, jedes Schnarchen, jedes Husten, Seufzen und Geflüster. Ich stehe auf und ziehe mir rasch eine weite Hose und ein ausgeblichenes, mit Blumen bedrucktes Baumwollhemd an – beides ist oft getragen und gewaschen worden und daher ganz weich, ein Geschenk von Kumei. Ich kämme mir die Haare, wünsche, sie wären lang genug, um sie zu Zöpfen zu flechten, wie es die anderen Mädchen im Dorf tun. Stattdessen binde ich mir ein Tuch um den Kopf und knote es im Nacken zusammen. Rasch werfe ich einen Blick in den kleinen Spiegel. Andere hier im Dorf haben mir gesagt, wie ähnlich ich meinem Vater sähe und dass wir viele Angewohnheiten gemeinsam hätten, zum Beispiel, wie ich mir manchmal das Kinn knete, wenn ich nachdenke, oder wie ich fragend die Augenbrauen hebe. Das mag schon sein, aber das bedeutet nicht, dass wir uns ähnlich sind. Wie dem auch sei, zumindest sehe ich jetzt eher wie eine Bäuerin aus als bei meiner Ankunft vor einem Monat.

Ich schiebe die Tür auf und eile durch die Gänge und Höfe zur

Küche. Kumei hat bereits den Herd angeschürt, und im Teekessel kocht Wasser. Ich gieße etwas in eine Tasse, nehme sie mit hinaus zum Trog, wo ich am ersten Abend war, putze mir mit dem heißen Wasser die Zähne und wasche mir das Gesicht.

Wie dumm ich doch damals war! Ich fand es spaßig und abenteuerlich, mir mit dem Wasser aus dem Trog das Gesicht zu waschen und die Zähne zu putzen, aber danach war mir hundeelend. Die ersten Tage im Gründrachendorf verbrachte ich mit schlimmem Durchfall und Erbrechen. Z. G. hatte wenig Mitleid mit mir.

»Was hast du denn erwartet?«, fragte er. »Wir sind hier in einem Dorf. Diese Leute wechseln wahrscheinlich nur alle drei oder vier Tage das Wasser. Und bestimmt schrubben sie sich auch die Füße und waschen sich unter den Armen damit.«

Da wurde mir gleich wieder schlecht. Meine Vorbehalte gegenüber dem Abortkübel – auch noch in Hörweite von Z. G. – waren völlig verschwunden, nachdem ich wieder ganz gesund war. Aber ich habe daraus gelernt, und ich lerne jeden Tag dazu. Ich weiß jetzt, dass die Schnitzereien mit dem Muster aus Eichhörnchen und Trauben im Wohnraum der vier Schlafzimmer in diesem Teil des Anwesens den Wohlstand symbolisieren, auf den man für zukünftige Generationen hofft. Die Holzgitter vor den Fenstern haben ein Löwenmuster und stehen für den Reichtum des Besitzers. Der Spiegel über dem Haupttor wehrt böse Geister ab, während der getrocknete Fisch an der Wand im vorderen Hof dort hängt, weil *yu*, das Wort für Fisch, im Chinesischen so klingt wie *Überfluss*. Die getrockneten Schweinsfüße im vorderen Hof? Die sind zum Essen da. Der Benzingeruch in der ersten Nacht? Mit Benzin entfernen die Leute Flecken von ihrer Kleidung, wenn sie nicht das ganze Stück mit der Hand waschen wollen. Der Baum in der Mitte des Platzes mit den Blüten, die wie Wicken aussehen? Man nennt ihn Pagodenbaum. Seine Blüten sind jetzt zu Früchten geworden, die in langen, gelblichen Schoten wie Perlenketten herabhängen. Und als ich meine Periode bekam, zeigte mir Kumei, was die Frauen im Dorf machen: Sie wickeln Sand in ein Stück Stoff und klemmen es sich in die Unterhose. Das sind nur ein paar der Dinge, die ich gelernt habe.

Ich helfe Kumei, das Essen und das Geschirr in das Esszimmer des Hofhauses zu tragen. Z. G. und Yong, die alte Frau, die auch in dem Hofhaus wohnt, sitzen am Tisch, Ta-ming zwischen ihnen. Yong hat gebundene Füße, die wirklich grausig sind. Sie sind winzig und schauen wie kleine Schokoriegel unter ihrer Hose heraus. Als ich eines Morgens in die Küche kam, hatte sie ein Hosenbein hochgezogen, um sich ihre dünne weiße Wade zu massieren. Hinter dem Knöchel war eine Masse aus zusammengedrücktem Fleisch und Knochen – die Teile ihres Fußes, die nicht durch den speziellen Schuh für gebundene Füße »anmutig« gemacht worden waren. Inzwischen schaue ich absichtlich nicht mehr auf Yongs Füße. Ich glaube, deshalb mag sie mich nicht. Oder sie denkt, ich mag sie nicht. Wie dem auch sei, wir haben uns noch kaum unterhalten.

Das Frühstück heute besteht aus Reisbrei, hart gekochten Eiern, eingelegten Rüben und Teigtaschen aus Reismehl, die mit einer Wasserpflanze von hier grün gefärbt und mit pikantem Gemüse und gepökeltem Schweinefleisch gefüllt sind. Alles ist köstlich, aber ich esse nicht mehr, als mir zusteht. Ich stecke den Löffel in meinen Brei und lausche Kumei und Yong. Die Feinheiten des lokalen Dialekts habe ich mir schon angeeignet und spreche ihn viel besser.

Ich bin froh, dass Z. G. und ich bei Kumei einquartiert wurden. Sie ist zu einer guten Freundin geworden, obwohl wir in vielerlei Hinsicht noch Fremde sind. Woher hat sie ihre Narben? Warum wohnt sie im Hofhaus? Wer war ihr Ehemann? Ich würde ihr diese Fragen nur zu gerne stellen, aber ich möchte nicht neugierig wirken. Doch im Geiste habe ich mir eine Geschichte zurechtgelegt. Wahrscheinlich hat Kumei einen Soldaten geheiratet, der durch diese Gegend kam. Er muss während der Befreiung gefallen sein. Da ihr Mann ein Held war, erlaubten ihr die Dorfbewohner, im Hofhaus zu wohnen, wo sie sich um ihren Sohn und Yong kümmert, die ebenfalls Witwe ist, denn in der Neuen Gesellschaft wurde das Hofhaus in ein Witwenheim umgewandelt. Vielleicht stimmt gar nichts davon, aber mir gefällt die Geschichte. Und ich mag Kumei. Ihr Name bedeutet *Bittere Schwester*, aber mir kommt sie gar nicht bitter vor. Sie kann nicht lesen und schreiben, doch die Bürden der Vergangenheit konnten sie nicht entmutigen. Nachmittags besucht sie gemeinsam mit vielen anderen Bauern Kurse, um sich zu bilden.

Kumei lässt ihren Sohn bei Yong, und zusammen machen wir uns auf den Weg zu den Feldern. Z. G. bleibt im Hofhaus. Ich bin von weit her gekommen, um ihn kennenzulernen, und ich bin nun schon einen Monat da, aber er ist mir immer noch ein Rätsel. Er hat kaum Fragen nach May oder gar nach mir gestellt, und auch ich habe mich zurückgehalten, obwohl ich ihn eigentlich gerne besser kennen würde. In seiner Gegenwart bin ich schüchtern und weiß nie so recht, was ich sagen soll. Vielleicht ist er ebenfalls schüchtern. Oder er ist einfach noch nicht daran gewöhnt, eine Tochter zu haben. Vielleicht kann er nie so für mich empfinden, wie es mein Vater Sam getan hat.

Es ist Ende September. Die Luft ist noch warm, aber nicht so drückend wie bei meiner Ankunft. Wir gehen an Reisfeldern vorbei, die Rispen haben sich braun gefärbt. Dann steigen wir den kleinen Hügel gegenüber vom Hofhaus hinauf. Ich halte den Kopf gesenkt und tue so, als hielte ich nach Furchen oder Steinen auf dem Weg Ausschau, während ich immer wieder verstohlen nach oben zum Hügel blicke, wo Taos Haus steht. Es sieht aus wie viele andere Häuser – klein, aus irgendwelchen Quadern gebaut und mit Lehm bedeckt –, nur ist es das einzige, das nach Norden ausgerichtet ist. Die Fenster sind nur Öffnungen, genau wie im Hofhaus. Das Schindeldach ist flach und krumm. Ein paar Felsbrocken bilden eine Stützmauer, sodass gleich vor der Eingangstür eine kleine Terrasse liegt. An eine der Außenwände ist ein Holzofen angebaut, was es Taos Mutter nicht leichtmacht, bei Regen zu kochen. Eine Holzleiter mit gebrochenen Sprossen liegt schief auf dem Boden, aber seit meiner Ankunft hat sich niemand die Mühe gemacht, sie zu reparieren. Am Hofhaus hängen der getrocknete Fisch und die Schweinsfüße geschützt im ersten Hof; hier ist alles einfach kreuz und quer an eine Außenwand genagelt, gerade hoch genug, dass es sicher vor Hunden und Nagetieren ist. Tropfende Wäsche hängt an einer Leine: Taos Unterhemden, die weiten Hosen seines Vaters, die dunklen Tuniken seiner Mutter, die Kleidung seiner acht kleinen Geschwister. Das Haus wirkt sehr ländlich und romantisch auf mich. Meine Mutter wäre entsetzt; sie würde es als erbärmliche Hütte bezeichnen.

»Tao wurde im Jahr des Hundes geboren«, sagt Kumei, der aufgefallen ist, dass ich zu dem Haus schaue. »Jeder weiß, dass der Hund und der Tiger ideal zusammenpassen.«

»Ich suche niemanden, der zu mir passt.«

»Nein, natürlich nicht. Du doch nicht. Deshalb müssen wir ja jeden Morgen genau zur gleichen Zeit hierherauf laufen. Du willst ja niemanden im Besonderen treffen.«

»Nein.«

Aber das stimmt nicht. Wenn May mich so einfach aufgeben konnte und wenn Z. G. kein Interesse daran hat, mich richtig kennenzulernen, dann vielleicht Tao … Vielleicht finde ich doch jemanden, der mich der Liebe für wert befindet …

»Einen Hund mag jeder«, fährt Kumei fort. »Ein Hund weiß, wie er gut mit anderen zurechtkommt und wie er ihnen die Hand leckt. Er ist treu, selbst wenn er seiner Ehefrau gehorchen muss. Jeder weiß, dass er sich als Retter eignet. Musst du gerettet werden?«

Wenn sie nur wüsste.

»Was ist mit dir?«, frage ich. »Du bist doch ein Schwein, nicht wahr? Vielleicht solltest du Tao heiraten.« Nichts von dem, was ich sage, meine ich ernst, aber vielleicht lenken meine Fragen sie ab.

»Ja«, stimmt sie mir zu und überlegt. »Das könnte funktionieren. Aber ich bin Witwe und habe ein Kind. Mich wird jetzt niemand mehr heiraten wollen.«

»Aber wir sind doch im Neuen China, und es gibt das neue Ehegesetz. Witwen …«

Als wir uns Taos Haus nähern, tritt er hinaus in den Sonnenschein. Es sieht fast so aus, er hätte er im Schatten auf uns gewartet. Ich bin nicht die Einzige, der das auffällt.

Kumei spricht leiser. »Vergiss mich, denken wir lieber an die Küsse für dich. Ein Tiger braucht einen praktisch denkenden und braven Hund. Wirklich, ein ideales Paar.« Sie seufzt theatralisch und bekräftigt damit nur, dass sie mich hänselt. »Du könntest es aber auch mit der freien Liebe probieren, immerhin leben wir in der Neuen Gesellschaft.« Dann wendet sie sich an Tao: »Guten Morgen, Tao. Gehst du zu den Feldern? Möchtest du uns begleiten? Genossin Joy ist heute Morgen sehr still. Sie lebt wahrscheinlich noch nach der Stadtzeit. Vielleicht kannst du sie aufwecken.«

Ich werde rot. Das passiert jedes Mal, wenn ich Tao sehe, aber auch seine Wangen färben sich rot.

Er fährt sich durch die stacheligen Haare und grinst. »Ich könnte unserer Genossin aus der Stadt vielleicht helfen.«

In diesem Moment tritt Taos Mutter zu ihrem Sohn auf den fest gestampften Boden vor dem Hauseingang. Die Ärmel ihres geflickten Hemdes sind bis zu den Ellbogen hochgekrempelt, als wollte sie gleich wieder Wäsche waschen oder Gemüse einsalzen. Auf den Rücken hat sie ein Kind gebunden, und drei weitere Kinder drängen sich wie kleine Küken um ihre Beine. (Der Vorsitzende Mao hat die Massen ermutigt, viele Nachkommen zu zeugen, damit China viele Überlebende hat, um die Bevölkerung im Fall eines Atomangriffs durch Amerika rasch wieder aufzustocken. Außerdem hat er gesagt: »Jeder Magen bringt auch zwei Hände mehr.« China braucht diese Hände zum Aufbau der Neuen Gesellschaft, und Taos Eltern haben das Ihre dazu beigetragen.) Taos Mutter sieht mich gereizt an und sagt zu ihrem Sohn: »Komm nach Hause, sobald du fertig bist. Ich habe eine einfache Mahlzeit für dich vorbereitet. Einfach, denn das genügt unserem Geschmack.«

Irgendwie ist Taos Mutter zu den Schluss gekommen, dass ich

anspruchsvoller bin. Vielleicht wegen des Kleides, das ich am ersten Abend hier getragen habe. Oder sie hat Angst, dass ich ihr Tao wegnehme und ihn nach Shanghai bringe. Wir leben vielleicht im Neuen China, aber für diese Leute hat Shanghai etwas Geheimnisvolles, Dekadentes und Sündhaftes.

Tao springt von der Terrasse herunter und läuft voran. Ich habe festgestellt, dass im Dorf immer die Männer vorausgehen und die Frauen dahinter. Mir ist das egal, denn dann kann ich das anmutige Spiel seiner geschmeidigen Arm- und Beinmuskeln beobachten, während er den Hügel hinaufläuft.

Wie gut, dass Kumei meine Gedanken nicht lesen kann.

Wir erreichen die Kuppe des Hügels. Von hier aus sind zwischen den Hügeln oder an den Hängen fünf andere Dörfer zu sehen – jedes mit seinem eigenen Kollektiv. Auf Terrassen wachsen Teesträucher in säuberlich angelegten Reihen. Im Tal liegt schachbrettförmig vor uns ausgebreitet Nahrung im Überfluss: Reisfelder, Getreide, Hirse, Sorghumhirse, Süßkartoffeln und Heuweiden. Wir schlendern den Pfad hinunter und gesellen uns zu anderen aus unserer Arbeitsgruppe, die auch auf dem Weg zu den Feldern sind.

An manchen Tagen arbeiten wir auf den Teeterrassen, pflücken Blätter und kümmern uns um die wichtigste Kulturpflanze des Gründrachendorfs. Oder wir klauben Süßkartoffeln auf, die dann getrocknet, gelagert und an das Vieh verfüttert werden. Wir haben auch schon im Wasser gearbeitet und Bewässerungsgräben gebaut, Brunnen und Teiche angelegt. Wir Frauen haben dabei mehr Glück als die Männer. Die Regierung hat eine Verordnung erlassen, die besagt, dass Frauen nicht bis zum Bauch im Wasser stehend arbeiten dürfen. Das ist irgendwie unheimlich, wenn man darüber nachdenkt, aber es sollen keine Infektionen über den Intimbereich in die Frauen eindringen. Doch heute arbeiten wir nur auf einem Maisfeld. Da alle Werkzeuge dem Kollektiv übereignet wurden, lassen wir uns Hacken und andere Gerätschaften vom Leiter der Arbeitsgruppe aushändigen.

In Gegenwart der anderen achte ich sehr auf meinen Umgang mit Tao. Wenn er direkt in das uns zugeteilte Feld hineinmarschiert, bleibe ich noch ein wenig am Rand stehen und setze mir einen Strohhut auf das Kopftuch, um mich vor der Sonne zu schützen, bevor ich in die Reihen mit reifenden Maisstauden hinausgehe. Kumei ist vor mir. Sie wählt eine Furche neben Tao, aber ich gehe noch fünf Furchen weiter und treibe meine Hacke in den Boden, um Unkraut zu jäten.

Vor einem Monat wusste ich noch nicht, wie das geht. Ich gab mein Bestes, aber ich war nicht gut und völlig erschöpft. Mir fiel einer meiner Professoren ein, der behauptet hatte, der chinesische Bauer sei »der Zwillingsbruder des Ochsen«. Ich war alles andere als ein Ochse. Ich kam mit Rückenschmerzen, Muskelkater und Blasen an den Händen von der Feldarbeit zurück. Die heiße Sonne war grausam, und ich begriff nicht, warum ich den ganzen Tag abgekochtes Wasser und Tee trinken sollte. Aber hier sagt man: »Einmal etwas zu sehen, ist besser, als es hundertmal zu hören. Einmal etwas zu tun, ist besser, als es hundertmal zu sehen.« Ich habe beobachtet und vom echten Leben gelernt. Ich bin immer noch weit davon entfernt, eine der Frauen von Maos »Stoßmannschaften« zu werden, aber ich habe das entdeckt, was die Dorfbewohner als eisernen Willen bezeichnen.

Um mich herum höre ich Leute arbeiten: das Rascheln, wenn sie sich zwischen den Maisstauden bewegen, das Hacken, wenn sie die Ackerfurchen auflockern, und die Melodie eines vor Kurzem autorisierten Erntelieds, das aus der Wiese neben uns aufsteigt. Genau so habe ich mir das Neue China vorgestellt: rotwangige Bauern, die einander helfen und die Früchte ihrer Arbeit teilen, die warme Sonne auf dem Rücken, das Zirpen der Zikaden und Zwitschern der Vögel, die unsere Lieder begleiten.

Um elf kommen ein paar verheiratete Frauen aus dem Dorf. Sie tragen Blechbehälter an einer Stange über der Schulter. Es gibt Reis und Gemüse – Gurken, Auberginen, Tomaten und Zwiebeln, alles vom Kollektiv angebaut –, danach machen wir uns wieder an die Arbeit. Kurz nach Mittag kommt Z. G. Er trägt einen breitkrempigen Strohhut und hat eine Schultertasche und eine Staffelei dabei. Eine Stunde lang arbeitet er auf dem Feld mit, dann setzt er sich unter einen Baum, um zu malen. Niemand erhebt Einwände. Er hält unsere Arbeit fest.

Um vier, zur heißesten Zeit des Tages, kehren die verheirateten Frauen mit Tee in Thermosflaschen und noch mehr Reis zurück. Während der Pause versammeln sich alle um Z. G.s Skizzen. Die Leute lachen und staunen, wenn sie sich und andere erkennen.

»Schaut mal, da ist Genosse Dus fledermausförmige Narbe!«

»Sind meine Beine wirklich so krumm?«

»Auf dem hier sieht man die Mädchen von der Bewässerungsgruppe. Wenn diese Mädchen zusammenstecken, lachen sie ständig. Sie glauben, das Leben ist völlig sorgenfrei.«

Für Tao ist es sicher nicht leicht, diese Komplimente mit anzuhören, denn früher hat er sie selbst bekommen. Aber er weiß, dass nun ein viel besserer Künstler hier ist.

Nach der Pause kehren wir zu den Ackerfurchen zurück. Der Tag ist schon fast zu Ende, da ertönt der gellende Schrei einer Frau. Der Gesang verstummt, aber die Zikaden zirpen weiter, während wir in der warmen Luft nach der Ursache des Schreis suchen. Wir hören laute Rufe und die Schmerzensschreie einer Frau. Kumei und ich laufen durch die Maisstauden auf die Heuweide nebenan. Auf dieser Weide hat das Mähen schon begonnen, und am anderen Ende ist bereits ein Heuschneider mit scharfer Klinge im Einsatz. Dort, auf dem gemähten Bereich, drängen sich Leute zusammen. Wir rennen hin und drängeln uns durch. Ein blutbespritzter Mann steht über einer Frau. Er sieht blass und verzweifelt aus. Die Frau hat eine offene Wunde am Hals, und ihr Arm ist fast ganz vom Körper abgetrennt. Blut spritzt heraus und sammelt sich in einer Pfütze. Drei Frauen haben ihre Kopftücher abgenommen und versuchen damit die Blutung zu stillen, aber es scheint nicht zu helfen.

Der Blutgeruch klebt mir in der heißen Sonne dick in der

Kehle. Mir wird übel, und der Anblick stößt mich ab, doch Fliegen und andere Insekten werden vom Geruch angezogen und umschwirren die Frau, wollen ihr Blut trinken. Ich habe die Frau schon gesehen – im Dorf, bei unserem abendlichen Malunterricht und auf dem Weg zu den Feldern –, aber ich weiß nicht, wie sie heißt.

»Ich kann nichts dafür«, sagt der blutbespritzte Mann mit zittriger Stimme. »Ich habe auf meinem Abschnitt gearbeitet. Genossin Ping-li war neben mir. Und dann hat sie sich plötzlich vor den Heuschneider geworfen – ganz flach, sodass ich nicht ausweichen konnte. Offenbar hat sie mich nicht gesehen. Aber wie kann das sein?« Er sieht uns fragend an, doch keiner von uns hat eine Antwort. »Sie muss mich gesehen haben. Wir arbeiten jeden Tag nebeneinander.«

»Du bist nicht verantwortlich dafür, Genosse Bing-dao«, sagt jemand aus der Menge. »So etwas passiert.«

Zustimmendes Gemurmel ertönt. Aber ich überlege: *So etwas passiert? Wer wirft sich denn vor eine Mähmaschine?* Dann stelle ich mir praktischere Fragen: *Wo ist der Rettungsdienst? Wo ist das Krankenhaus?* Aber hier gibt es meilenweit keinen Rettungsdienst und auch kein Krankenhaus. Und es gibt keinen Traktor, keinen Lastwagen und kein Auto für den Transport, selbst wenn es ein Krankenhaus gäbe. Doch das spielt sowieso keine Rolle mehr. Die Frau liegt im Sterben. Ihre Haut glänzt wächsern. Die Blutpfütze ist größer geworden, aber es spritzt nicht mehr so stark. Sie hat glasige Augen und scheint ihre Umgebung nicht wahrzunehmen. Die knienden Frauen trösten sie, so gut sie können.

»Das Kollektiv kümmert sich um deine Kinder«, sagt eine. »Im Neuen China gibt es keine Waisen.«

»Wir sorgen dafür, dass deine Kinder dich in Erinnerung behalten«, verspricht eine andere.

»Rotes Blut ist das Zeichen für sozialistische Reinheit«, fügt die dritte hinzu. »Und dein Blut ist sehr rot.«

Wieder erklingt zustimmendes Gemurmel.

Ich wende den Blick ab, als der Toten die Augen geschlossen werden, und bemerke Z. G. Die Kohle in seiner Hand fährt schnell über ein Blatt Papier in seinem Skizzenheft.

Später suche ich im vorderen Hof des Hauses die Malutensilien für den heutigen Unterricht zusammen, als Tao um das Tor herumguckt. Er fragt, ob es mir gut geht. Ich antworte mit Ja, obwohl es mir sehr zugesetzt hat, die Frau sterben zu sehen. Tao nickt mitfühlend, dann sagt er: »Ich will dir etwas zeigen. Kommst du mit?«

»Ich muss die Sachen für den Unterricht vorbereiten.«

»Nur ein paar Minuten. Bitte.«

Ich schaue mich um, ob uns jemand beobachtet. Niemand ist zu sehen, aber das bedeutet nicht, dass uns niemand hören kann, so wie sich der Klang hier überträgt.

»Genosse Tao«, sage ich förmlich für alle Fälle. »Ich komme mit. Ich möchte für jeden im Dorf nützlich sein.«

Er grinst, als ich durch das Tor zu ihm komme. Er wendet sich nach links, und ich folge ihm über den Weg, der neben der hohen Mauer des Hofhauses verläuft. Dann geht er über einen kleinen steinernen Steg und biegt wieder links ab auf einen Pfad parallel zu dem schmalen Flüsschen vom Gründrachendorf. Falls Tao nach Benzin riecht, fällt es mir nicht auf, denn ich rieche jetzt selbst danach. Ich trage diesen Geruch mit Stolz, da ich weiß, dass ich nun wirklich am Dorfleben teilhabe.

Wir sind noch nicht weit gegangen, da nimmt Tao meine Hand und zieht mich weg vom Weg. In Chinatown waren Berührungen tabu, aber hier herrschen sogar noch strengere Regeln. Ich kann es kaum fassen, dass Tao mich überhaupt berührt und ich ihm eine steile Steintreppe hinauf folge, die in den Hügel gehauen ist. Er lässt meine Hand nicht los. Weiter oben auf dem Hügel, beinahe unsichtbar in einem Bambuswäldchen, steht ein etwa drei Meter breiter Pavillon. Als wir ihn erreichen, bin ich außer Atem. Rote Säulen, von denen die Farbe abblättert, ragen zu den Dachsparren auf. Der Pavillon ist auf drei Seiten von zartem, grünem Bambus umgeben. Ein niedriges Steingeländer schützt uns vor einem tiefen Fall in das Tal darunter. Vor uns erstrecken sich Hügel, Dörfer und Felder.

»Das ist schön«, sage ich, wende mich von der Aussicht ab und blicke in Taos dunkle Augen. Plötzlich lastet die Luft schwer auf mir. Ich spüre, was gleich passieren wird. Vielleicht will ich sogar, dass es passiert. Als Tao mich in seine Arme zieht, leiste ich keinen Widerstand. Sein Mund schmeckt frisch – wie weißer Tee. Sein Herz schlägt direkt an meinem. Er drückt mich an sich und sieht mir wieder in die Augen. Mir kommt es vor, als würde ich in seine Seele blicken. Ich sehe Freundlichkeit, Mitgefühl und Großzügigkeit. Ich sehe einen Künstler.

Dann lässt er mich los und tritt einen Schritt zurück. Ich gebe nichts auf das, was Kumei gesagt hat. In China gibt es keine »freie« Liebe. Es gibt sie nicht einmal bei uns in Amerika. Jede Liebe hat ihren Preis, das musste meine Tante May lernen. Tao und ich haben uns nur geküsst, aber was wir getan haben, ist im Neuen China mehr als verboten. Was sage ich? Es war auch im alten China verboten! Und seien wir doch ehrlich. Ich bin ein braves chinesisches Mädchen, das in Chinatown aufgewachsen ist. Ich mache solche Sachen nicht.

»Wo sind wir hier?«, frage ich, heftig bemüht um etwas Abstand zwischen dem, was ich tun möchte, und dem, was wir tun sollten.

»Das ist der Pavillon der Wohltätigkeit«, antwortet Tao. Seine Stimme ist kräftig. Sie zittert kein bisschen. »Er wurde vom Großvater des Grundherrn erbaut, dem einst das Hofhaus gehört hat, in dem du wohnst. Das war alles sein Grund und Boden. Ihm gehörten der Pavillon, das Hofhaus, jedes Gebäude im Gründrachendorf und die Felder, auf denen wir arbeiten.« Er zeigt auf die welligen grünen Hügel. »Daher hat unser Dorf seinen Namen. Es ist wie ein grüner Drache, der durch das Land läuft.«

Wenn er so geradeheraus sein kann, dann sollte ich das auch

sein. Ich sehe mich im Pavillon um. Auf die drei Dachsparren sind Zweizeiler aufgemalt: SEI FREUNDLICH UND WOHLTÄTIG. GÖNNE DIR EINE PAUSE AUF DEM UNENDLICHEN WEG IN DIE ZUKUNFT, UND BEFREIE DEN KOPF VON ALLEN SORGEN.

»Gönne dir eine Pause auf dem unendlichen Weg in die Zukunft«, lese ich laut vor. »Machen wir das gerade?«

Tao wirft mir einen Blick zu, den ich nicht verstehe.

»Tun wir das gerade?«, wiederhole ich.

»Aber warum sollten wir aufhören?«

Das höre ich als Amerikanerin. Ich wurde bisher nur von drei Jungen geküsst. Einmal von Leon Lee, dem Sohn von Violet und Rowland Lee, Freunde meiner Eltern. Seit unserer Kindheit planten unsere Eltern, dass wir eines Tages heiraten sollten. Dazu sollte es nie kommen. Leon war zu ernst für mich, und ich wollte nie mein Leben damit verbringen, dem amerikanischen Traum nachzujagen, ein Haus zu kaufen, eine Spülmaschine und einen Rasen zu haben. Joe Kwok und ich haben uns ein paarmal im College geküsst, und ich dachte, wir meinten es beide ernst miteinander. Doch ich musste einsehen, dass es ihm mit nichts ernst war außer mit seiner eigenen Zukunft. Und nun Tao. Ich bin Jungfrau, aber ich kenne die Gefahren. Weiter gehen werde ich auf keinen Fall.

»Das Schicksal wollte es, dass du in mein Dorf kommst«, sagt Tao. »Das Schicksal wollte es, dass dein Vater Maler ist und mich unterrichtet. Vielleicht will es das Schicksal, dass wir beide zusammen sind.«

»Ich muss zurück«, murmele ich. »Ich muss meinem Vater helfen.«

Als ich mich zum Gehen wende, zieht er mich wieder zu sich. Es hat überhaupt nichts Schüchternes, wie er mich hält oder wie er mir mit der Hand unter die Bluse fährt und meine Brust berührt. Das ist mir noch nie passiert, und mein Kopf wird ganz leer. Es fühlt sich gut an. Die Sehnsucht und das Verlangen, die das erweckt, überraschen und beunruhigen mich. Er liebkost meinen Nacken, schiebt das kleine Beutelchen, das mir meine Tante geschenkt hat, mit den Lippen zur Seite. Seine Zunge schießt hervor, schmeckt mein Fleisch, schickt mir kalte Schauer vom Hals bis in die Brustspitzen. Woher weiß er, wie das geht?

»Besser, du gehst zuerst zurück«, sagt er. Er klingt überraschend heiser. »Ich komme ein bisschen später zur Versammlung, damit niemand Verdacht schöpft.«

Ich nicke und löse mich von ihm.

»Wir müssen vorsichtig sein«, sagt er. »Niemand darf es wissen … fürs Erste.«

Ich nicke noch einmal.

»Geh jetzt«, sagt er, und ich gehorche.

Der Politikunterricht und die Malstunde in der Ahnenhalle beruhigen mich nicht, so aufgewühlt bin ich innerlich. Auf der einen Seite ist Dunkelheit in mir, weil ich eine Frau sterben sah, auf der anderen Seite ist das Licht von Taos Berührung. Meine Gefühle sind ein einziges Chaos, aber das erklärt nicht die Aufregung um mich herum. Heute Abend bilden die Männer eine Gruppe. Mit gesenkten Köpfen sitzen sie zusammen und unterhalten sich leise, während sich die Frauen auf der anderen Seite der Halle versammelt haben, die Köpfe hoch erhoben und die Zungen messerscharf.

»Während der Feudalzeit mussten Frauen ihren Ehemännern folgen, ganz egal, was das hieß«, verkündet eine Frau so laut, dass die Männer es hören können. »Die Ehemänner haben gesagt: ›Eine Ehefrau ist wie ein gekauftes Pony. Ich reite und peitsche sie, wie es mir gefällt.‹ Genossin Ping-lis Mann hat vergessen, dass wir jetzt in der Neuen Gesellschaft leben.«

»Ping-li war eine Frau, aber zuallererst war sie ein Mensch.«

»Man erzählt uns, wir würden selbst unser Geschick bestimmen, aber Ping-li war die Sklavin ihres Mannes.«

Ich bin verblüfft über ihre Wut und all die Anschuldigungen.

»War das heute kein Unfall?«, frage ich Z. G., als wir die Pinsel und das Papier sortieren, das Kumei und ich nach dem politischen Treffen austeilen werden.

Als er mich gereizt ansieht, flüstert mir Kumei zu: »Alle sagen, es war Selbstmord. Genossin Ping-lis Mann hat sie geschlagen. Er hat sie sehr schwer arbeiten lassen. Sie hat oft um die Scheidung gebeten, aber daraufhin hat er sie noch mehr geschlagen. Was blieb ihr anderes übrig?«

Unwillkürlich fasse ich mit der Hand an meinen Hals, weil mir Bilder von meinem Vater Sam durch den Kopf schießen. Niemand im Gründrachendorf weiß, was ich zurückgelassen habe, um hierherzukommen. So beiläufig wie möglich nehme ich die Hand wieder herunter und versuche mir meine Gefühle nicht anmerken zu lassen. Aus den Augenwinkeln bekomme ich mit, wie Z. G. mich ansieht – er schätzt mich ab, wie er es immer zu tun scheint – und erkennt, dass ich dem Ganzen irgendwie nicht gewachsen bin.

»Vielleicht ist dein Neues China letztendlich doch nicht so perfekt«, sagt er auf Englisch zu mir. Kumei reißt überrascht die Augen auf.

»Ihr sprecht Russisch!«, strahlt sie. Alle – vom Vorsitzenden Mao bis hin zu diesem ungebildeten Dorfmädchen – wollen der Sowjetunion nacheifern, die sie Lao Da Ge nennen, »Alter großer Bruder«. »Was die Sowjetunion heute ist, sind wir morgen!« Sie sagt den beliebten Spruch auf. Wir korrigieren sie beide nicht. Besser, sie denkt, ich verstehe Russisch, als dass sie vermutet, ich käme aus Amerika. Selbst hier, am Ende der Welt, hassen die Menschen die amerikanischen Imperialisten, wie sie sie nennen.

Ich werfe einen verstohlenen Blick hinüber zu Tao auf der anderen Seite der Halle. Beinahe das gesamte Dorf ist da, doch die Art, wie er mich ansieht, gibt mir das Gefühl, wir wären ganz allein in einem Raum. Schon die Vorstellung, allein mit ihm zu sein, hat etwas Verbotenes, und es lenkt mich ab von den Gedanken an die tote Frau und der Erinnerung an meinen Vater, wie er im Wandschrank hängt. Tao lächelt mich aufmunternd an, als wollte er mir sagen, dass alles gut wird.

»Zur Zeit der Kollektivierung haben wir unsere Häuser verlassen«, schimpft eine der Frauen laut. »Man hat uns gesagt, wir bekämen gleiches Geld für gleiche Arbeit. Man hat uns gesagt, das neue Ehegesetz würde uns nützen. Aber wo ist die Hilfe, wenn wir sie brauchen?«

Sung-ling, die korpulente Frau des Parteisekretärs, marschiert zu einem alten Altartisch hoch und stützt sich mit den Fäusten darauf. »Es ist schwer, die Traditionen des Feudalismus zu ändern«, sagt sie mit schriller Stimme. »Als die Achte Marscharmee während des Befreiungskriegs durch unser Land kam, haben uns die Soldaten beigebracht, unsere Bitternis kundzutun. Wir Frauen wurden ermutigt, uns über die Erniedrigungen zu beschweren, die wir ertragen mussten – Vergewaltigungen, Schläge, lieblose Ehen und das Leben unter der Fuchtel herzloser Schwiegermütter. Wir lenkten unsere traurigen Geschichten von Kummer und Leid in die kollektive Wut über das Feudalsystem. Wenn uns ein Ehemann verspottete oder herabsetzte, haben wir ihn gemeinsam auf dem Dorfplatz verprügelt, bis er sich nicht mehr rühren konnte wie ein toter Hund, Mund, Augen und Nase voller Schlamm und seine Kleider in Fetzen gerissen.«

Die Rede feuert die Frauen eher an, statt sie zu beruhigen, aber Sung-ling ist noch nicht fertig.

»Doch wenn wir jammern und klagen wie schwache Frauen, bringen wir die Männer nicht dazu, uns zuzuhören. Einen Mann auf dem Dorfplatz zu verprügeln, macht ihn auch nicht zu einem besseren Ehemann, Vater oder Genossen. Die Zeiten haben sich geändert. Eure Rückständigkeit lässt mich nicht gut aussehen. Wir müssen uns angemessen um diese Themen kümmern. Ich werde den Bezirk bitten, uns eine Propagandamannschaft ins Dorf zu schicken. Sie werden mit uns ein Theaterstück aufführen, um jeden an die Regeln zu erinnern. Ich brauche Freiwillige.«

Da ich Schauspielerfahrung habe, hebe ich die Hand. Daraufhin melden sich auch Tao und Kumei.

»Gut«, sagt Sung-ling. »Und was den Rest des Abends betrifft: Ich möchte heute kein Wort mehr über Genossin Ping-li hören. Sie ist tot. Mehr können wir dazu nicht sagen.« Sie sieht sich in der Halle um, als würde sie quasi zum Widerspruch auffordern. »Dann beginnen wir jetzt mit unserer politischen Diskussion. Bitte nehmt die üblichen Plätze ein.«

Die getrennten Gruppen in der Halle kommen widerwillig zusammen, und Tao sitzt schließlich neben mir. Trotz Sung-lings eindringlichem Appell – wenn es das denn war – bleiben die Leute unruhig. Parteisekretär Feng Jin folgt den Anweisungen seiner Frau und erwähnt die Tote nicht. Stattdessen teilt er Lob an ausgewählte Modellarbeiter aus. Dann erzählt er von einigen der größten Heldentaten der Roten Armee, so wie jeden Abend. Ich finde sie allmählich unterhaltsamer als die Folgen von *Rauchende Colts, Sky King* und *Highway Patrol*, die meine Familie immer anschaute.

In der ersten Geschichte heute Abend geht es um die tapferen Funkerinnen während des Befreiungskriegs. »Sie mussten unter ständigem Beschuss arbeiten«, betont Parteisekretär Feng Jin, »von einem Granatentrichter in den nächsten. Sie übermittelten wichtige Botschaften, bei denen es um Leben und Tod ging. Wenn sie die Verbindung verloren, verwandelten sie den eigenen Körper in einen elektrischen Leiter, indem sie mit den Zähnen fest auf den Draht bissen. Diese Frauen waren Schwestern im Widerstandskrieg!«

Es ist nicht das geeignetste Lehrstück und in vielerlei Hinsicht auch seltsam, dass er genau dieses ausgesucht hat, denn ich wette, kaum einer der Anwesenden hat schon mal ein Funkgerät oder ein Telefon gesehen, aber alle wirken ruhiger. Ich jedoch nicht. Taos Bein ruht an meinem. Die Hitze seines Körpers brennt sich durch zwei Schichten Stoff in meine Haut. Ich halte den Blick nach vorne gerichtet, starre die Hinterköpfe vor mir an, aber das Herz klopft mir bis zum Hals.

»Was hat uns die Befreiung gebracht?«, fragt Parteisekretär Feng Jin, um gleich darauf Mao zu zitieren: »›Alle arbeiten, damit alle zu essen haben.‹ Was bedeutet das? Heute arbeiten dieselben tapferen Frauen in Kraftwerken. Sie klettern auf Masten, um die Porzellanisolierungen auszutauschen, damit die Hochspannungsleitungen weiterhin funktionieren. Eines Tages werden sie Telefone und Strom hierherbringen. Andere Frauen arbeiten in Baumwollspinnereien und Mühlen, oder sie bedienen Maschinen, erkunden Bodenschätze, schweißen, schmieden, sind Pilotinnen oder Navigatorinnen. Frauen werden ausgebildet – ob in einem Lese- und Schreibkurs, wie wir ihn hier in unserem Kollektiv haben, oder auf einer Universität.«

Es folgt eine Diskussion, und mehrere Männer melden sich zu Wort. Wieder werden wir an die Versprechungen des Vorsitzenden Mao für die Neue Gesellschaft erinnert: Frauen stützen die Hälfte des Himmels. Jeder – Männer, Frauen und Kinder – müsse sich in den politischen Kampf stürzen, um Stürmen zu widerstehen und der Welt gegenüberzutreten. Wir müssen uns an das Ehegesetz halten. Parteisekretär Feng Jin beendet die Sitzung mit einem Lied. Im ganzen Raum herrscht gute Stimmung, als die Stimmen des Gründrachendorfkollektivs mit einfallen.

Später, während des Malunterrichts, spüre ich immer noch, dass Tao neben mir sitzt – wie sollte das auch anders sein, wo ich doch seinen Geschmack noch im Mund und seine Berührung auf Lippen, Hals und Brust fühle? Ich will ihn nicht direkt ansehen, aber ich betrachte seine Hand und versuche sie zu malen.

»In dir hat sich etwas geöffnet, Joy.« Als ich aufblicke, steht Z. G. vor mir. Ich laufe rot an. »Deine Technik muss noch verfeinert werden, aber ich glaube, die Kalligrafiestunden haben dir Feingefühl vermittelt.« Er tritt einen Schritt zurück, verschränkt die Arme und betrachtet meine Arbeit mit echtem Wohlgefallen. »Die Hand ist am schwierigsten zu malen«, fügt er hinzu. »Ich glaube, du könntest gut werden, wenn du wirklich zu lernen bereit bist.«

Ich lächle. Was für ein seltsamer, wunderbarer Tag das doch geworden ist!

Als der Unterricht vorbei ist, geht Tao mit den anderen Dorfbewohnern davon. Z. G., Kumei und ich sammeln die Malutensilien zusammen und kehren zum Hofhaus zurück. Kumei wünscht uns eine gute Nacht, und Z. G. und ich gehen durch die Höfe zu unseren nebeneinanderliegenden Zimmern. Z. G. verschwindet in seinem, während ich noch die Sachen wegräume. Ein paar Minuten später kommt er mit einem Skizzenheft wieder heraus.

»Das ist für dich«, sagt er. »Du brauchst viel Übung, wenn du jemals eine Hand richtig malen willst. Du musst immer die innere Welt des Herzens und des Denkens darstellen. Danach strebt die chinesische Kunst in ihrem Kern. Du könntest das erreichen, glaube ich.«

Ohne ein weiteres Wort kehrt er in sein Zimmer zurück. Und ich habe jetzt meine ersten zwei Geschenke von meinem Vater – seine Worte und das Skizzenheft.

Nach diesem Abend wache ich weiterhin frühmorgens auf und arbeite wie zuvor auf den Feldern. Nachmittags arbeitet Z. G. immer noch allein für sich am Feldrand mit Kohle, Bleistift und Skizzenheft oder mit Pinseln, Farben und Papier. Die Leute bleiben stehen, um sich seine Bilder anzusehen, aber er verbirgt sie immer öfter, legt schnell ein anderes Blatt darüber, vor allem, wenn ich mich nähere, damit ich nicht sehen kann, woran er arbeitet. Das kränkt mich, aber was soll ich tun?

Wenn der Tag sich neigt, bleiben Tao und ich noch etwas zurück. Wir sammeln die Werkzeuge auf und verstauen sie für die Nacht. Dann machen wir uns auf zum Gründrachendorf. Wir halten nicht Händchen und berühren uns nicht, denn wir wollen nicht, dass uns jemand sieht, der zufällig gerade aus einem Fenster oder einer Tür schaut. Wir gehen zum Eingangstor des Hofhauses, dann daran vorbei, über den kleinen Steg, und eilen den Pfad entlang, der parallel zum Bächlein verläuft, bis wir die Abzweigung zum Pavillon der Wohltätigkeit erreichen. Ich bin kräftiger geworden. Wenn ich jetzt oben am Hügel ankomme, habe ich immer noch genug Atem, um Tao sofort zu küssen. Später gehen wir getrennt auf die politische Versammlung und zum Kunstunterricht in die Ahnenhalle. Wir sitzen nicht mehr nebeneinander, aber ich spüre seine Nähe und weiß, dass wir uns am nächsten Tag heimlich am Pavillon der Wohltätigkeit treffen werden.

Ich habe zwar den einen Mann in meinem Leben verloren, der mir wichtig war, dafür aber zwei neue und ganz besondere Männer gewonnen. Sie lenken mich ab. Sie faszinieren mich, doch natürlich auf unterschiedliche Weise. Und ein paar Minuten lang, sogar über Stunden, gelingt es mir, die Gedanken an meinen Vater Sam aus meinem Kopf zu vertreiben. Doch einfach ist das nicht. Wenn ich an meinen Dad denke, ist mir klar, dass er nicht froh wäre, mich hier zu sehen. Er würde nicht wollen, dass ich auf dem Feld arbeite, meinen Abortkübel auswasche, mir die Haut von der heißen Sonne verbrennen lasse, oder – und dagegen hätte er die meisten Einwände gehabt – dass ich Zeit mit Tao verbringe, nur zu zweit und über Stunden. Mein Dad hätte das niemals ausgesprochen – er hätte es meiner Mutter überlassen –, aber er wäre sehr enttäuscht von mir gewesen. Er hätte befürchtet, dass ich meine Chancen auf ein echtes amerikanisches Leben, wie er es nannte, zunichte gemacht habe.

Ich bereue das eher weniger. Irgendwie habe ich das Gefühl, das grelle Sonnenlicht würde meine Vergangenheit wegbrennen und die harte Arbeit meine früheren Fehler ausmerzen. Jede Nacht, wenn ich ins Bett gehe – schmutzig und mit müden Muskeln –, fühle ich mich reingewaschen, und ich kann schlafen. Morgens, wenn die dunkle Bürde der Schuld in meinem Brustkorb – die mich nicht eine Minute losgelassen hat, seit ich gesehen habe, wie mein Vater in seinem Wandschrank an einem Seil hing – aufsteigt und mich zu überwältigen droht, schlüpfe ich in meine Kleider und geselle mich mit einem Lächeln auf den Lippen zu den anderen. Ich kann nicht vergessen, wie mich meine Mutter und meine Tante angelogen und wie sie sich um mich gestritten haben, auch wenn ich mich ihrer Sorgen und Zuneigung letztlich als so unwürdig erwiesen habe. Ja, ich bin den vorwurfsvollen Blicken meiner Mutter und den tadelnden Blicken meiner Tante entflohen, aber vor mir selbst kann ich nicht fliehen. Um mich zu retten, bleibt mir nur, auf dem Feld Unkraut zu jäten, mich von meinen Gefühlen für Tao gefangen nehmen zu lassen und Z. G.s Anweisungen zu folgen, was ich mit Pinsel, Bleistift, Kohle oder Pastell anstellen soll.

Teil zwei

Der Hase schlägt Haken

Joy

Gegen Wind und Wellen

Wir haben viele Tage geprobt und sind nun so weit, unser Stück über Frauen, das Ehegesetz und das richtige Denken in der Neuen Gesellschaft aufführen zu können. Trommeln, Becken und Hörner rufen die Leute aus ihren Häusern. Knallende, blitzende Feuerwerkskörper verkünden, dass gleich ein Fest stattfindet. Es ist später Sonntagnachmittag. Die meisten Leute hatten den Tag frei und konnten sich ausruhen, ihre Kleider flicken oder mit ihren Kindern spielen. Jetzt kommen alle Bewohner des Gründrachendorfs zu dem Platz, der gleich vor dem Hofhaus liegt, um unsere Vorstellung anzusehen. Fünf kleine Mädchen – sie tragen alle die gleichen Blusen, haben rosa Schleifen im Haar und ziehen lange Papiergirlanden hinter sich her – rennen zwischen den Grüppchen hindurch, die sich gebildet haben. Jungen verteilen Papiertüten mit Erdnüssen oder Wassermelonenkernen, die die Dorfbewohner mit den Zähnen knacken.

Die improvisierte Bühne im chinesischen Stil hat keinen Vorhang und ist nach allen Seiten hin offen. Die Musiker spielen ihre lärmende Melodie weiter, während einige Männer aus der Akrobatentruppe der Propagandamannschaft über die Bühne springen und purzeln. Das Programm beginnt mit der Schilderung von ein paar der größten Triumphe Maos und der Roten Armee während des Befreiungskriegs. Dann führen die Schauspieler der Propagandamannschaft eine kurze Szene auf, um die Zwölf-Punkte-Maßnahmen zu demonstrieren, mit denen die landwirtschaftliche Produktion gesteigert werden soll. Der Inhalt ist mir nicht neu. Ich weiß, dass die Bewohner des Gründrachendorfs diese Maßnahmen bereits ergriffen haben, weil ich das beobachtet und auch selbst gemacht habe. Ich habe Wassereimer an einer Stange über den Schultern zu den Feldern getragen, mit der Hand Dünger verteilt und Kohlköpfe mit Odel besprenkelt. Jeden Tag kommen Tao und ich an einem Wasserbüffel vorbei, der immer wieder über Steine geführt wird, damit er sie zertritt und den Boden auflockert, sodass ein neues Feld angelegt werden kann. In den ersten Tagen nach meiner Ankunft machte ich mir Gedanken über das Tier. Es trug Scheuklappen und war so oft über die spitzen Steine gestolpert, dass es blutige, verschorfte Beine hatte. Mein westliches Mitleid überkam mich, und ich fragte Tao, warum niemand dem Wasserbüffel die Scheuklappen abnahm, damit er sehen konnte, wo er hintrat.

»Ohne Scheuklappen würde er den Steinen ausweichen«, antwortete Tao. »Das ist seine Strafe für das, was er in einem früheren Leben angestellt hat.«

Ich kann immer noch kaum glauben, dass Tao so rückständige Vorstellungen hat, andererseits dreht sich ja dieser ganze Abend um die Bildung der Bauern.

Der landwirtschaftlichen Lektion folgt eine weitere Einlage der Akrobaten, was die Stimmung im Publikum deutlich hebt. Als der letzte Akrobat mit einem Salto die Bühne verlässt, nehmen Kumei, Sung-ling und ich einander an der Hand und treten vor. Ich werde heute Abend zwei unterschiedliche Rollen spielen. Da ich als Einzige von uns dreien schon einmal professionell aufgetreten bin, habe ich die größten Rollen. Für meinen ersten Part als Soldatin trage ich eine grüne Jacke, eine Hose und eine Mütze mit einem roten Stern. Kumei tritt zu meiner Linken als Mädchen vor der Befreiung auf. Sie trägt einen kunstvollen Kopfputz mit Quasten und Perlen, eine Brokatjacke und einen langen Seidenrock mit Dutzenden winzig kleiner Fältchen. Sung-ling rechts von mir hat das Alltagsgewand der Frauen hier auf dem Land an:

eine Baumwollbluse mit Blumenmuster, weite blaue Hosen und selbst gemachte Schuhe.

»Wir drei Frauen haben im Neuen China ein neues Leben gefunden«, sage ich zum Publikum gewandt. »Wir haben gegen die feudalen Ordnungen der politischen Autorität, der Autorität der Clans, der Autorität der Religion und der Autorität der Ehemänner gekämpft. Wir haben gegen die Unterdrückung der Klassen und gegen ausländische Aggression gekämpft.«

»Ich bin ein Mädchen aus der Feudalzeit«, verkündet Kumei nervös. Als wir mit den ersten Proben anfingen, bestand Sung-ling darauf, dass Kumei diese Rolle spielte. Es fällt nicht leicht, sich Kumei – mit ihren roten Wangen und der lauten Stimme – als gesittetes Mädchen vorzustellen. Ich wäre in dieser Rolle viel besser gewesen, da ich als Komparsin in einem Film schon einmal die Tochter eines Kaisers gespielt habe. Außerdem hat meine Tante immer gesagt, man soll die Rolle mit dem besseren Kostüm nehmen.

»Mit fünf Jahren wurde ich von meinen Eltern an den Grundherrn verkauft«, fährt Kumei fort. »Bald verkleidete er mich als Geschenk und öffnete mich jede Nacht. Ich weinte bitterlich. Ich hatte einen Mund, aber nicht das Recht, zu sprechen. Ich hatte Beine, aber nicht die Freiheit, wegzulaufen.«

Kumei bewegt die Arme eher unbeholfen, und sie hat überhaupt keine Bühnenpräsenz. Dennoch bin ich überrascht von ihrer Leistung. Sie ist Analphabetin, daher konnte sie auch den Text nicht lesen. In der vergangenen Woche habe ich ihr geholfen, den Text zu lernen, aber Sung-ling hat immer wieder gesagt, Kumeis Version sei gut so.

»Die Kuomintang-Soldaten taten nichts, um das Volk gegen die japanischen Soldaten oder die Elemente zu schützen. Vor fünfzehn Jahren trocknete eine Dürre die Felder aus. Vor elf Jahren überkam eine Hungersnot unser Land. Millionen von Menschen hungerten.«

Kumei zögert und verhaspelt sich. Dann bleibt sie stocksteif stehen. Die Leute im Publikum kichern und zeigen mit dem Finger auf sie. Ich hatte gedacht, das würde Spaß machen, aber ich wünschte, sie hätte sich nie freiwillig gemeldet. Sung-ling zischt ihr die nächste Zeile zu, und Kumei spricht sie nach.

»Mein Besitzer hortete seinen Reis. Die Menschen verließen unser Dorf, um zu betteln. Sie verkauften ihre Kinder. Zu viele sind gestorben. Als der Krieg gegen die japanischen Aggressoren beendet war, kam der Befreiungskrieg.«

Das Publikum jubelt laut. Kumei geht ein paar Schritte über die Bühne und legt die Hände zusammen wie zum Gebet. Sie spricht den Text amateurhaft, fährt jedoch bestärkt fort. »Nachdem unser großer Führer die Volksmassen befreit hatte, beschuldigten die Leute meinen Besitzer schrecklicher Verbrechen. Sie brachten ihn um und befahlen mir, mich selbst zu kritisieren. Ich tat das vor dem versammelten Dorf. Und ihr« – an dieser Stelle breitet sie die Arme aus, um das gesamte Publikum mit einzuschließen – »habt euch an meine rote Vergangenheit als Tochter einer Bauernfamilie erinnert. Ihr habt mich leben lassen!«

Das Publikum ist gefesselt, aber ich hätte den Monolog viel besser präsentieren können. Ich hätte genau den Text gelernt, den die Regierung geschickt hat, und nicht so frei gesprochen.

Nun schreitet Sung-ling über die Bühne. Sie spielt eine Modelldorfbewohnerin. »Unser großer Vorsitzender hat Leute geschickt, die uns unterrichten sollten. Die erste Lektion lautete: Zähne putzen! Ich gehorchte. Später führte er die Landreform ein. Jeder bekam ein Stückchen Land. Selbst die Namen von Frauen wie ich standen auf den Besitzurkunden. Endlich waren wir frei von der Unterdrückung durch Feudalherren.«

Für Sung-ling ist diese Rolle nicht gerade schwer zu spielen, weil sie solche Sätze täglich von sich gibt. Nun beugt sie sich vor, um den anderen ihr Wissen anzuvertrauen. »Aber der Vorsitzende Mao war noch nicht fertig. Er hat uns auf den Weg vom Sozialismus zum Kommunismus geführt, und wir gehorchten. Vor fünf Jahren bildeten wir Gruppen, die sich gegenseitig halfen. Vor zwei Jahren haben wir unser Land, die Tiere, das Saatgut und das Werkzeug dem Kollektiv übereignet.«

Ich kenne das alles, aber zum ersten Mal begreife ich es wirklich. Die Menschen waren nur drei Jahre lang im Besitz von eigenem Land? Doch keiner der Anwesenden beschwert sich. Alle lieben das Kollektiv, denn …

»Wir leiden keinen Hunger mehr«, verkündet Sung-ling. »*Ohne die Blutsauger von Grundherrn* sind die Erträge aus der Landwirtschaft gestiegen, und selbst unsere Kinder sehen wohlgenährt aus.«

Sie verbeugt sich und erhält großen Applaus. Danach hebt sie den Kopf und fährt fort. »Die Landreform und das Ehegesetz sind gleichzeitig zu uns gekommen. Das ist etwas anderes, als zu lernen, dass man sich die Zähne putzen oder die Ohren sauber machen soll. Ihr werdet sehen, dass wir immer noch auf viel Widerstand stoßen …«

In der nächsten Szene stellen Tao und ein Mädchen aus der Propagandagruppe ein junges Paar dar. Sie gehen gemeinsam über die Bühne, ohne sich zu berühren. Taos Text besteht nur aus acht Zeilen, aber in der Probe hat er es kein einziges Mal richtig hinbekommen.

»Ich sollte meinen Vater bitten, eine Ehe für uns zu arrangieren«, rezitiert Tao in dumpfem, monotonem Tonfall. Ich habe versucht, ihm bei seinem Vortrag zu helfen, aber offensichtlich erfolglos. »Unsere Väter werden den Brautpreis und die Mitgift aushandeln. Dann wirst du zu mir nach Hause ziehen.«

Das Mädchen tritt sittsam einen Schritt von ihm weg und wackelt verneinend mit dem Zeigefinger. »Nein, nein, das können sie nicht machen. Ich lasse mich nicht kaufen oder verkaufen.«

Tao verhunzt seine nächste Zeile, die eigentlich lauten sollte: »Aber ich habe dir doch gesagt, dass ich dich gerne zu meiner zweiten Frau machen will.«

Das Mädchen, das seinen Gegenpart spielt, sorgt dafür, dass die Show weitergeht, wie Tante May es ausdrücken würde. »Keine

Vielweiberei mehr, keine Kinderbräute, keine Konkubinen.« Sie klingt strenger, als sie wiederholt: »Und Frauen werden nicht mehr gekauft.«

Tao, der unschickliche Verehrer, versucht es weiter und zeigt unbeholfen auf seine Zukünftige, so lasch wie ein ausgelutschtes Bonbon. »Bei mir bist du sicher. Du musst Haus und Hof niemals verlassen. Du kennst doch die alte Redensart« – und nun strahlt Tao, denn er ist froh, wieder bei etwas angelangt zu sein, mit dem er sich auskennt –, »›Die Männer gehen auf den Markt, um ihre Waren zu verkaufen, aber eine Frau gehört ins Haus, zu ihrer Schwiegermutter und ihren Kindern!‹«

An dieser Stelle geht zustimmendes Gemurmel durch das Publikum, was mich in Anbetracht der Tatsache überrascht, wie rückhaltlos die Leute die Geschichte der Landreform angenommen haben. In diesem Moment wird mir klar, dass in vielen Familien hier – wie auch in Taos – die Ehefrauen, Mütter, Schwestern und Großmütter das Haus immer noch nicht verlassen. Ich bin so in Gedanken, dass Sung-ling mich von hinten anstupsen muss, um mich auf die Bühne zu schicken.

Ich soll Taos Schwester spielen, die gerade vom Militärdienst zurückgekehrt ist. Ich hebe den Arm zum Himmel, auf die gleiche mitreißende Weise, wie ich es auf den Propagandaplakaten gesehen habe. »Bruder, es wird Zeit für dich zu begreifen, dass Frauen nicht mehr unterdrückt oder ausgebeutet werden können. Schau mich an. Ich habe mit der Armee gekämpft. Heute bin ich aus den vier Wänden meines Heims befreit.«

Ich muss einen langen Monolog sprechen, und ich habe mich sehr angestrengt, ihn auswendig zu lernen. Bis jetzt bin ich sehr zufrieden mit meiner Vorstellung.

»Bruder«, fahre ich fort, »bitte deine Braut, aus eigenem Willen mit dir zu den Parteiführern unseres Dorfs zu gehen, um eine Heiratserlaubnis zu bekommen. Wenn sie einverstanden ist, wird meine Schwägerin in deinem Haus gleichberechtigt sein. Wenn du eine kleine Tochter bekommst, heiße sie willkommen. Das Töten neugeborener Mädchen ist streng verboten! Denk daran, du baust die Neue Gesellschaft auf. Wenn du nach eurer Heirat weiterhin nach den alten Traditionen leben willst, werde ich meine Schwägerin persönlich zum Gericht begleiten, um die Scheidung zu verlangen. Das Volk wird dich öffentlich schmähen. Man wird dich streng wegen deiner konterrevolutionären Ansichten kritisieren und ihr gerne die Scheidung gewähren, wenn du weiterhin auf dem Pfad der Bourgeoisie wandelst.«

Die Leute von der Propagandamannschaft bestanden darauf, dass ich diesen Ausdruck benutze, aber ich frage mich, ob diese Dorfbewohner – so gerne ich sie mag – wohl wissen, was der Pfad der Bourgeoisie ist.

Der Direktor der Propagandamannschaft tritt nach vorne auf die Bühne, um die Lektion zu verkünden. »Der Bräutigam hat seinen Fehler eingesehen und verspricht, nun den rechten Weg zu beschreiten«, erklärt er. »Unser junges Paar wird sich um seine eigenen Belange kümmern und strahlend von der Bestellung des Aufgebots zurückkehren.«

Als die Dämmerung in Dunkelheit übergeht, stellen die Mitglieder der Truppe kleine Schüsselchen mit Bohnenöl am Fuß der Bühne auf und zünden Baumwolldochte an. Diese eher düstere Atmosphäre passt gut zum nächsten Programmpunkt. Genosse Feng Rui, der Mann der toten Frau, wird zur Selbstkritik auf die Bühne gebracht. Er hält den Kopf gesenkt und weigert sich, das Publikum anzusehen. Er trägt die übliche Bauernkleidung. Seine Haare hängen strähnig und dünn herunter.

»Denk daran«, warnt ihn Sung-ling, »Nachsicht gegenüber denen, die gestehen, Strenge gegenüber denen, die sich weigern.«

Genosse Feng Rui fängt leise an zu sprechen. »Ich war ein schlechter Ehemann. Ich bin nicht dem roten Weg gefolgt.«

Weiter kommt er nicht, da johlen die Leute schon.

»Wir haben dich immer für reaktionär gehalten!«, ruft jemand.

»Deine Frau hat dich als übles Element bezeichnet, und sie hatte recht«, beschuldigt ihn ein anderer.

Sung-ling hebt Schweigen gebietend die Hand, damit sie sich direkt an Genosse Feng Rui wenden kann. »Deine Gattin war eine Frau, aber sie war auch ein Mensch. Trotzdem hast du sie wie einen Hund behandelt. Du hast sie geschlagen und beschimpft. Du hast zugelassen, dass deine Mutter sie tyrannisiert. Was hast du dazu zu sagen? Erzähle uns deine schlimme Geschichte, damit wir wissen, wer du bist.«

Feng Rui murmelt etwas Unverständliches. Ein bisschen tut er mir leid, so vor dem Kollektiv gedemütigt zu werden. Doch dann sehe ich wieder das Bild von den Verletzungen seiner Frau und ihrer im Tode wächsernen Haut vor mir. Er hat Glück, so glimpflich davonzukommen.

»Du hast dich deiner Frau gegenüber so schlecht benommen«, fährt Sung-ling fort, »dass sie sich vor Genosse Bing-daos Heuschneider geworfen hat. Was glaubst du, wie er sich jetzt fühlt? Er hat jemandem das Leben genommen, aber es war nicht seine Schuld.«

»Deine war es!«, rufen die Leute aus dem Publikum.

Ich stehe neben der Bühne. Ich habe mir mein nächstes Kostüm angezogen und soll mich auf unser großes Finale vorbereiten. Stattdessen beteilige ich mich an den Rufen der anderen, die Genossin Ping-lis Ehemann schmähen. Adrenalin schießt mir in die Adern, als Genosse Feng Rui eine weiße Schleife an die Brust gesteckt wird.

»Von nun an wirst du diese Schleife der Anklage tragen«, erklärt Sung-ling. »Jeder, der dich sieht, weiß sofort, was für ein rechtsgerichtetes Element du bist.«

Damit wird Feng Rui weggeführt, und die öffentliche Schmähung ist beendet. Ich bin aufgeregt, bereit für meine Starrolle. Rasch zwicke ich mir noch in die Wangen, damit sie Farbe bekommen, denn niemand von uns ist geschminkt. Wir müssen den Abend positiv beenden, und dafür wird unsere letzte Szene sorgen.

Ich nehme meinen Platz an einem Tisch mit einem der Schauspieler ein, die der Bezirk geschickt hat. Er heißt Sheng. Ich muss gar nicht so genau hinsehen, um zu merken, dass er die Lektion über das Zähneputzen nicht allzu ernst genommen hat, und es ist auch ziemlich offensichtlich, dass er sich in letzter Zeit nicht gewaschen hat. Wir spielen Mann und Frau in einer unglücklichen Ehe. Wir sind beide Fischer. Wir streiten darüber, wer die Hausarbeit erledigt, wer auf die Kinder aufpasst, wer näht und wer die Wäsche macht. Dann gehen die Vorwürfe vom Privatleben auf das öffentliche Leben über.

»Du möchtest also zur See fahren, um zu zeigen, wie stark du bist«, spottet Sheng über mich. »Das ist fast so, als würde man von einem Küken verlangen, eine Sojabohne zu schlucken. Irgendwann wirst du daran ersticken.«

»Aber ich bin nicht erstickt! Ich fahre genauso auf dem Meer der Revolution wie das gesamte chinesische Volk. Ich trotze Wind und Wellen und öffne den Frauen einen neuen Weg! Meine Genossinnen und ich haben Mao-Zedong-Ideen auf die Fischerei übertragen. Mein Boot hat über siebenhundert Tonnen Fisch gefangen. Alle arbeiten, damit alle zu essen haben!«

Mein Mann ist nicht zufrieden mit meiner Antwort, und mit mir ist er noch weniger zufrieden. Ich habe ihn vielleicht beim Fischfang geschlagen, aber nun schlägt er mich körperlich. Er will mir nichts zu essen geben. Er sperrt mich aus dem Haus aus, damit ich draußen schlafen muss. Auf den Filmsets wurde ich als Mädchen immer gelobt, dass ich auf Befehl weinen konnte, wenn der Regisseur »Action!« rief. Jetzt lasse ich die Tränen fließen. Ich bin so traurig, so bedauernswert, offenbar gibt es keinen Ausweg für mich. Ich nehme ein Fleischermesser und will es mir ins Herz stoßen. Selbst die Männer im Publikum weinen aus Mitleid mit meinem kläglichen Leben.

In dem Moment blicke ich auf und sehe ein Plakat zum Thema Ehegesetz. Ich betrachte die Bilder und erkläre, was ich sehe: »Eine überstürzte Heirat ist keine gute Grundlage für eine Ehe. Selbstmord ist keine Lösung, wenn man unglücklich ist. Die Scheidung wird bewilligt, wenn Mann und Frau es beide wollen.«

Als ich mich umdrehe, sitzt eine Jury bei mir am Küchentisch. Ich erzähle ihnen meine unglückliche Geschichte. Mein Mann gibt seine Version zum Besten. Schließlich wird mir entsprechend dem Ehegesetz die Scheidung gewährt. Mein Mann und ich gehen als Freunde auseinander. Ich gehe zu meinem Fischerboot zurück und er zu seinem.

»Die dunklen Wolken des Elends wurden vertrieben«, verkünde ich dem Publikum. »Der blaue Himmel trat zutage. Die Harmonie wurde wiederhergestellt.«

Nach diesem Schlusswort verbeugen wir uns. Unsere kleine Vorstellung war nicht so professionell wie ein Film oder eine Fernsehsendung, aber das Publikum war begeistert. Ich bin froh und euphorisch – wie nach jeder Vorstellung. Während sich die Dorfbewohner auf den Heimweg machen, helfen Tao, Kumei, Sung-ling und ich noch der Truppe vom Bezirk, ihre Kostüme und Requisiten auf den Karren zu laden, der dann zur nächsten Straße ein paar Meilen entfernt geschoben wird. Sobald sie den Platz verlassen haben, geht Kumei mit ihrem Sohn die paar Schritte zurück zum Hofhaus.

»Danke für deine Hilfe«, lobt mich Sung-ling.

»Danke, dass ich dabei sein durfte«, antworte ich. »Ich bin froh, dass ich die Chance hatte, zu …«

»Plustere dich nicht zu sehr auf«, fällt mir Sung-ling ins Wort. »Einzelne sollten niemals den Ruhm für sich beanspruchen, wenn etwas gut gelungen ist. Das Lob geht an unsere Mannschaft und an unser Kollektiv.«

Sie nickt energisch und wendet sich zum Gehen. Außer Tao und mir ist kaum jemand auf dem Platz. Ich würde jetzt gerne irgendwo auf dem Weg eine Cola trinken oder ein Eis essen, so wie zu Hause, denn ich möchte noch nicht zurück zum Hofhaus. Ermutigt durch das Adrenalin, das noch durch meinen Körper fließt, frage ich Tao, ob er noch ein bisschen spazieren gehen will. Es ist zu dunkel, um den Hügel zum Pavillon der Wohltätigkeit hinaufzusteigen, deshalb bleiben wir auf dem Fußweg, der entlang des Bachs verläuft. Nach einer Weile halten wir an und setzen uns auf Felsen am Ufer. Ich schlüpfe aus Schuhen und Socken und stecke die Füße ins kühle Wasser. Tao zieht sich die Sandalen aus und taucht seine Füße neben mir ein. In der Grundschule haben sich Hazel und ich immer über andere Mädchen lustig gemacht, wenn sie mit irgendwelchen Jungs füßeln wollten. Es war ein alberner Spott von kleinen Mädchen, die keine Ahnung von Sex, Jungs oder Romantik haben. Doch nun streiche ich mit den Zehen – die weich und nass sind – über den Spann von Taos rechtem Fuß. Was ich dabei empfinde, sitzt jedoch nicht in den Füßen. Die Aufführung hat auch Tao mutig werden lassen, denn er nimmt meine Hand und legt sie sich in den Schoß. Ich bin verblüfft, wie hart er ist, aber ich ziehe die Hand nicht weg.

Als ich später zum Hofhaus zurückkehre, sitzen alle im vordersten Hof. Ta-ming hat den Kopf in Kumeis Schoß gelegt und schläft. Yong sitzt auf einer Blumenbank aus Keramik, ihre gebunden Füße berühren kaum den Boden. Und Z. G. hockt auf einer Stufe, die Ellbogen auf den Knien, den Kopf nach vorne gereckt. Ich bin noch ganz beschwingt, aber er sieht verärgert aus, und das irritiert mich.

»Du kommst von weit her, und jeder versucht, deine fremdartigen Gewohnheiten zu verstehen.« Sein Ton ist streng und barsch. »Aber niemand in diesem Haus kann sich deine bourgeoisen Anwandlungen leisten.«

»Was für bourgeoise …«

»Dass du mit Tao das Dorf verlässt und wer weiß was anstellst. Das muss ein Ende haben.«

Meine erste Reaktion ist Entrüstung. *Für wen hältst du dich? Für meinen Vater?*, möchte ich ihn fragen, aber er ist ja mein Vater. Gut, er mag mein Vater sein, doch er kennt mich nicht. Er kann mir nicht vorschreiben, was ich zu tun oder zu lassen habe. Hilfesuchend blicke ich Kumei und Yong an. Wir haben gerade einige Szenen über die Befreiung der Frau gesehen. Kumei und

Yong sollten eigentlich auf meiner Seite sein, aber ihre Gesichter sind weiß, offenbar vor Angst.

»Wir leben im Neuen China, doch eines hat sich nicht geändert«, fährt Z. G. fort. »Was du tust, fällt auf uns alle zurück.«

Was ich tue? Ich denke daran, was Tao und ich gerade getan haben. Scham, Verlegenheit und die Erinnerung an das Vergnügen dabei lassen mich erröten. Dennoch antworte ich trotzig. »Es ist nichts passiert!«

»Wenn man euch erwischt«, erklärt Z. G. weiter, »werdet nicht nur ihr bestraft. Wir werden alle öffentlich geschmäht und müssen Selbstkritik üben.«

»Das glaube ich nicht«, sage ich bockig, so wie früher, wenn ich mit meinem Dad aneinandergeriet. Also wirklich. Als ich hier hereinkam, schwebte ich wie auf Wolken – wegen der Aufführung, wegen der Reaktion des Publikums auf meinen Auftritt und weil ich mit Tao noch einen Schritt weiter gegangen bin. Warum muss Z. G. mir das verderben?

»Du hast doch von nichts eine Ahnung. Was du tust, ist gefährlich für unsere Gastgeber«, sagt er. »In den letzten zwei Jahren wurden über zwei Millionen Menschen gewaltsam in den äußersten Westen verschleppt, um dort Ödland zu kultivieren. Das war die Strafe, weil sie die Regierung kritisiert haben, weil sie gesellschaftliche Außenseiter waren oder wegen ihres konterrevolutionären Verhaltens. Einige dieser Leute waren Bauern wie Kumei, Yong und Ta-ming, die mit irgendetwas den örtlichen Parteikader verärgert haben. Was glaubst du, wie lange die drei dort draußen durchhalten würden? Sie wären ziemlich schnell tot, meinst du nicht?«

»Du hörst dich an wie mein Onkel«, entgegne ich. »Immer Panik machen. Ich habe bisher noch nichts Schlechtes gesehen.«

»Und was war mit Ping-lis Ehemann?«

»Das hat er verdient!«

Z. G. schüttelt den Kopf. Wir kennen uns noch nicht lange, aber ganz offenbar enttäusche ich ihn, und das ärgert mich sehr.

»Ich sage das noch einmal.« Er bemüht sich um einen etwas freundlicheren Tonfall. »Was du tust, ist gefährlich – nicht nur für dich selbst, sondern auch für unsere Gastgeber.«

»Ich weigere mich, das zu glauben. Warum sollte das, was ich tue, für sie oder für sonst irgendjemanden Konsequenzen haben?«

»Auch für mich ist es gefährlich«, gesteht Z. G. ein. »Was glaubst du wohl, was Parteisekretär Feng Jin der Künstlervereinigung darüber berichten wird, wen ich ins Gründrachendorf mitgebracht habe und wie du die Massen verdirbst?« Er wechselt ins Englische. »Du bist Ausländerin. Ich weiß immer noch nicht, wie ich dich weiterhin schützen soll, wenn wir nach Shanghai zurückkehren.«

»Vielleicht will ich ja gar nicht zurück ...«

Mit einer ungeduldigen Handbewegung tut er meine Bemerkung ab. Er atmet tief durch, um sich zu beruhigen, ehe er fortfährt. »Ich möchte dir begreiflich machen, dass ich nicht immun gegen die Liebe bin. Gerade du solltest das wissen. Ich weiß, dass es unmöglich ist, junge Leute voneinander fernzuhalten, wenn sie zusammen sein wollen. Immerhin dauert das Ganze ja nur ein paar Minuten.«

Seine Derbheit und Deutlichkeit schockieren mich. Ich kann mir nicht vorstellen, dass mein Vater Sam jemals so etwas zu mir gesagt hätte.

»Mir fällt nur eine Lösung ein«, sagt Z. G. »Ihr beide müsst in meiner Nähe bleiben. Von jetzt an wird dich Kumei zu den Feldern und wieder nach Hause begleiten. Und du gehst nicht mehr mit Tao zum Pavillon der Wohltätigkeit.«

»Woher weißt du ...«

»Das hier ist ein kleines Dorf. Es gibt keine Privatsphäre. Jeder sieht alles. Hast du das noch nicht gemerkt?« Er hält inne, damit ich das auch wirklich begreife. »Abends gehst du mit mir in die Ahnenhalle zum Politikunterricht und unseren Kunststunden. Du teilst selbstständig das Papier und die Pinsel aus. Du brauchst keine Hilfe.«

»Dann sehe ich ihn doch nie mehr …«

»Am nächsten Samstagabend«, fährt Z. G. einfach fort, »gibt es eine Ausstellung der besten Arbeiten. Tao und du werdet eure Bilder vom Pavillon der Wohltätigkeit zeigen.«

»Aber ich habe dort doch gar keine Bilder gemalt«, gebe ich zu. »Und Tao auch nicht.«

»Das ist mir bewusst«, sagt er trocken. »Ihr beide müsst sofort damit anfangen. Nach dem Unterricht in der Ahnenhalle kommt ihr beide mit mir ins Hofhaus.«

»Ich möchte nicht, dass jemand denkt, ich hätte eine Sonderstellung …«

»Sie werden nicht denken, du wärst etwas Besonderes, wenn sie sehen, wie ich mit dir umgehe. Ich werde dir beibringen, wie man malt, und du wirst es lernen. Ich gebe dir Hausaufgaben, und du erledigst sie. Ich werde nicht nett sein. Jeder erkennt Taos Talent an. Aber bei dir? Ich bin mir nicht so sicher, ob du besonders talentiert bist, aber du bist besser als alle anderen hier. Deshalb halten wir drei von nun an Privatstunden im vordersten Hof ab. Das Tor lassen wir offen, damit uns jeder sehen kann. Bald werden die Leute verstehen, dass es bei euren Besuchen des Pavillons der Wohltätigkeit nur um Malen und Zeichnen ging. Nichts anderes. Wenn ihr Glück habt, seid ihr in ein, zwei Tagen vergessen. Wenn es so weit ist und ich einmal ein paar Minuten verschwinden muss …«

Vielleicht wird das gar nicht so schlimm. Vielleicht wird das sogar eine gute Sache. Tao und ich können tagsüber auf den Feldern arbeiten und abends unseren Sonderunterricht bekommen. Wir werden etwas von Z. G. lernen, aber auch zusammen sein, ohne dass es allzu gefährliche Folgen haben könnte. Ich bin neunzehn, und ich bin nicht dumm. Mit Tao ist alles sehr schnell gegangen. Und wie Z. G. schon bemerkt hat, weiß ich ganz genau, wo das hinführen kann.

»Und was passiert nach dem Samstag?«, frage ich.

»Das sehen wir dann. Denk daran, ein Mensch ist seine Geschichte. Wenn deine Geschichte nicht gut ist, bist auch du nicht gut. Jemand, der als Fünfjähriger ein Rebell war, wird auch als junger Mann ein Rebell sein und als Rebell sterben. Was bist du, Joy? Was hast du für eine Geschichte, und was wird aus dir werden?«

Und so beginnt mein Kunstunterricht. Wie angekündigt, ist Z. G. nicht sonderlich nachsichtig mit mir. »Die Umrisse gelingen dir gut, aber der Ausdruck geht noch nicht tief genug«, urteilt er. »Unser großer Vorsitzender hat gesagt, es darf keine Kunst um der Kunst willen geben. Du musst die Gedanken und die Gefühle der Menschen ausdrücken. Es muss realistisch sein!«

Ich arbeite härter als jemals zuvor in meinem Leben. Z. G. urteilt streng, aber durch seinen Unterricht kann ich mit Tao zusammen sein. Seine Anwesenheit zeigt denjenigen, die sich abends im Hof unseres Hauses um uns drängen, dass der Lehrer seine Tochter nicht bevorzugt.

»Tao hat Talent«, sagt Z. G. zu den Dorfbewohnern. »Meine Tochter … Sie lernt gerade, dasselbe Bambusblatt immer wieder zu malen. In der Ming-Dynastie haben die Maler die Technik perfektioniert, genau dasselbe Bambusblatt immer wieder zu malen.«

Das ist richtig. Er lässt mich immer noch Bambuszweige malen, genau wie am Abend unserer Ankunft. Ich verstehe nicht, warum, in Anbetracht dessen, was er sonst über meine Bilder sagt.

»Die Künstler der Ming-Dynastie haben versucht, mit ihren einfachen Strichen das Wesen des Bambus wiederzugeben«, fährt er fort. »Jetzt seht euch an, wie meine Tochter den Bambus gemalt hat, der den Pavillon der Wohltätigkeit umgibt. Das ist hübsch, aber seht einmal genauer hin. Ihre Striche sagen nichts aus. Ich habe sie angewiesen, sich selbst völlig zurückzunehmen, um den Kern ihrer Gefühle zu finden.«

Pearl

Staub und Erinnerungen

Mein Tag beginnt um halb sieben Uhr morgens. Rhythmisches Stampfen weckt mich – die Mieter machen ihre Turnübungen zu einer Radiosendung, die alle jeden Tag anhören und bei der sie mitmachen sollen. Bis ich angezogen und nach unten gegangen bin, sind die Mieter schon in der Küche und streiten sich wie gewöhnlich um den Platz dort.

»Jetzt bin ich dran am Herd«, schnauzt eine Tänzerin die Polizistenwitwe an.

Die Witwe versucht es mit Vernunft. »Ich möchte mein Teigbällchen doch nur neben deinen Topf legen. Dann wird es von der Hitze des Ofens warm.«

»Du kennst die Regeln. Geh weg da!«

Die Witwe weicht zurück und rempelt dabei den Schuster an. Ein bisschen von seinem Reisbrei schwappt auf den Boden, und er schreit: »Heh! Pass doch auf, du fetter Wasserbüffel!«

»Was brüllst du mich an!«, keift die Witwe. »Du bist doch schuld daran. In der Neuen Gesellschaft muss jeder Platz machen.«

Der Schuster grummelt, dann setzt er die Schale wieder an die Lippen und schlürft laut. Mit der anderen Hand kratzt er sich am Hintern. Niemand macht Anstalten, den weißen Fleck vom Boden aufzuwischen. Allerdings sieht es so aus, als hätte seit der Befreiung niemand mehr den Boden geputzt, vielleicht sogar noch länger nicht. Ich erhebe mich von meinem Platz am Tisch, schütte etwas heißes Wasser von der Thermoskanne auf ein Tuch und wische den Brei auf. Schichten von Schmutz lösen sich, und darunter kommt das Muster der Fliesen zum Vorschein, die an zersprungenes Eis erinnern und die meine Mutter so geliebt hat. Tausende fettiger Mahlzeiten, gekocht von den vielen Menschen, die im Haus meiner Familie leben, und vielleicht wurde nicht ein einziges Mal gewischt, doch die schöne Fliese ist noch da. Ich falte das Tuch zusammen und schrubbe meine saubere Stelle noch etwas mehr frei. Das frühmorgendliche Gezänk lässt nach, und es wird still im Raum. Sechs Augenpaare starren mich an: die Polizistenwitwe voller Verachtung, der Schuster voll Zorn, die beiden Tänzerinnen amüsiert, Koch besorgt und der Professor teilnahmsvoll. Ich stehe auf, wasche das Tuch aus und kehre zu meiner Tasse Tee zurück.

Nach dem Frühstück steige ich die Treppe wieder hinauf. Bei genauerem Hinsehen stelle ich fest, dass der Teppich wahrscheinlich nicht gesäubert wurde, seit May, meine Mutter und ich das Haus verlassen haben. Ich gehe in mein Zimmer und schließe die Tür. Dann putze ich mir die Zähne, binde mir einen Schal um die Haare, schiebe meinen Jadearmreif hoch, bis er von selbst hält, ziehe eine leichte Jacke über, gehe wieder hinunter und mache mich auf den Weg zur Arbeit. Niemand verabschiedet sich von mir oder wünscht mir einen schönen Tag. So geht das nun seit sechs Wochen. An manchen Tagen zweifle ich, ob Z.G. und Joy überhaupt nach Shanghai zurückkehren oder ob ich jemals von May hören werde. Einmal pro Woche habe ich meiner Schwester geschrieben, aber noch keine Antwort erhalten. Hat sie meine Briefe überhaupt bekommen? Oder hat der Mann vom Familienverband nur Unsinn geredet, als er behauptete, meine Schwester und ich könnten uns über ihn und Louie Yun im Dorf Wah Hong Post zuschicken? Mir bleibt nichts anders übrig, als zu warten, von einem Tag auf den anderen.

Heute ist der Oktoberhimmel blau, und die Luft ist klar. Die Kakiverkäufer des Herbstes haben die Wassermelonenmänner des Spätsommers ersetzt. Ein Händler mit hoher, dünner Stimme preist seine in Lebertran gebratenen Küchlein aus Rettich und Kohl an. Ein Tofuhersteller schiebt einen Holzkarren vor sich her und singt ein Loblied auf seine vollkommenen kleinen weißen Würfel. Die Frauen verbringen – selbst in der Neuen Gesellschaft – mindestens drei Stunden pro Tag damit, Essen zuzubereiten, auf zahlreiche Märkte zu gehen, zu schneiden, zu kochen und sauber zu machen. Um diese Zeit tragen sie Thermoskannen zum Heißwasserladen oder Körbe zu den von der Regierung betriebenen Geschäften, um frische Sojamilch und Schmalzgebäck zu holen. Ich sehe viele Dienstboten: Bauernmädchen – Mädchen vom Lande, die man leicht an ihren geblümten Blusen, den mit einer Schnur zusammengebundenen Baumwollhosen und selbst gemachten Schuhen mit Papiersohle erkennt – stehen in langen Schlangen, die Lebensmittelmarken ihrer Herrschaft in der Hand.

Als mein Bus kommt, quetsche ich mich mit den anderen Arbeitern hinein – die meisten von uns tragen monotone Blau- und Grautöne, nur selten leuchtet einmal Rot oder Gelb heraus, wenn sich jemand ein Tuch um den Hals oder die Haare gebunden hat. Der Bus biegt wieder in ein Meer von abertausenden Radfahrern auf Rädern der Marke Eternal ein. Wir fahren durch Hongkew, über die Waibaidu-Brücke und auf den Bund. An meiner Haltestelle steige ich aus und eile an meinen Arbeitsplatz. Es ist wichtig, nicht zu spät zur Arbeit am sozialistischen Aufbau zu kommen.

Ich melde mich bei meinem Vorgesetzten, hole meinen Korb und die anderen Gerätschaften ab und trete wieder hinaus auf den Bund. Jetzt weiß ich, warum die einst prächtigen Häuser im westlichen Stil mit Netzen behängt sind. Sie sollen Leute auffangen, die Selbstmord begehen wollen. Ich wende den Blick ab und schaue hinaus auf den Whangpoo. Jeden Morgen und jeden Abend sehe ich mir die Schiffe an, die auf dem Fluss verkehren. Vor zwanzig Jahren haben May und ich China mit einem

Fischerboot verlassen, aber das wäre jetzt unmöglich. Kontrollboote können jedes Fahrzeug auf dem Fluss oder auf See anhalten, und auch die Kriegsschiffe im Hafen machen mich nervös.

Nun denn, an die Arbeit. Ich bin ein kleines Rädchen in der großen Maschine, die von den Kommunisten »Grundsäuberung« genannt wird. Wenn alles reibungslos funktioniert, wird bald alles, was als westlich, »sündhaft und korrupt« oder individualistisch, einzigartig und schön galt, vom Erdboden verschwunden sein. Heute wurde mir der Bereich zugeteilt, der früher die Französische Konzession war. All die alten Namen – die Französische Konzession, die Internationale Siedlung, sogar die chinesische Altstadt – sind verschwunden. Jetzt heißt es einfach nur Shanghai. Ich werde die nächsten Stunden damit zubringen, durch Straßen und Gassen zu ziehen und Papier vom Boden aufzuheben oder alte Plakate und Werbung von Haus- und Ladenwänden abzureißen.

Es heißt, wenn man in sein Heimatland zurückkehrt, sei das, als würde man zu seiner Mutter zurückkehren, aber ich empfinde es nicht so. Diese Arbeit gab mir Gelegenheit, die Veränderungen in meiner Heimatstadt zu sehen – von den intimsten Einzelheiten des Alltags bis hin zu den größeren Auswirkungen des Kommunismus auf das, was einst als das Paris Asiens galt. Ich sehe Straßenkehrer, Müllwagen und Menschen wie mich – Sammler aller Art –, und dennoch liegt jeden Tag wieder neues Papier und anderer Müll auf den Straßen. Es scheint, als hätten die Leute Angst, alles auf einmal wegzuwerfen. Ich habe alte Etiketten und Verpackungen von Produkten und Firmen entdeckt, die es in der Stadt gar nicht mehr gibt – Flaubert's Furs, Lion Brand Tooth Powder und British American Tobacco. Ich habe alte politische Bekanntmachungen und Anschläge von Wänden und Türen abgerissen. Ich habe längst weggeworfene Liebesbriefe, Tempelopfergaben und Fotografien gefunden. Ich habe sogar Hochzeitssprüche aufgesammelt, die aus übervollen Mülleimern auf die Straße gefallen waren. Während ich die Sprüche in meinen Korb stopfte, habe ich mich oft gefragt, ob die Ehe in der Neuen Gesellschaft nur noch ein Wegwerfartikel ist, ohne Rücksicht auf Bräuche, Tradition, Liebe oder gute Wünsche. Heute finde ich eine Quittung von einer Fabrik, die Waagen herstellt. Ein Stück weiter wehen einzelne Briefbögen der Overseas Banking Company über die Straße wie Staub.

Gegen zehn komme ich an einen regierungseigenen Freiluftmarkt. Der erste morgendliche Ansturm ist vorüber, und außerhalb des Marktes häufen sich weggeworfene Kohlblätter, faules Obst, Fischgräten und -innereien. Ein Müllwagen hält an und lädt alles auf. Als er losfährt, ist die Straße wieder sauber. Für mich steht das sinnbildlich für das neue Shanghai. Aus der Stadt wurde das *Leben* weggesäubert. Die Ausländer, die einst in Shanghai vorherrschend waren, sind verschwunden. Die einzige Ausnahme bilden sowjetische Fachleute oder die wenigen Amerikaner, Franzosen oder Deutschen, die sich – aus purer Dummheit, anders kann ich es nicht bezeichnen – entweder dafür entschieden, in China zu bleiben, als die Grenzen geschlossen wurden, oder alles verließen, was sie im Westen besaßen, um hierherzukommen.

Die Clubs, die ich früher mit May besuchte, sind verschwunden. Wo sind die Taxigirls, die Musiker, die Kellner und die Barkeeper jetzt? Tot, zur Landgewinnung ins Landesinnere verfrachtet, oder sie arbeiten in einer Fabrik wie die ehemaligen Tänzerinnen aus dem Haus meiner Familie. Die Weißrussen, die in der Avenue Joffre lebten, sind ebenfalls verschwunden, allerdings gibt es auch die Avenue Joffre nicht mehr. Sie heißt jetzt Huaihai-Straße, zur Erinnerung an den zweiten großen Feldzug im Jahr 1949, als Maos Soldaten vom Fluss Huai bis ans Meer vorrückten, um Shanghai einzunehmen. Der Race Club an der Avenue Edouard VII in der Internationalen Siedlung, wo mein Vater so viel Geld verlor, wurde in den Platz des Volkes umgewandelt und liegt an der Yen'an-Straße, wie sie nun heißt.

Auf den Gehsteigen liegen keine toten Babys mehr. Früher war dieser Anblick so gewöhnlich, dass ich noch weiß, wie ich an einem, zwei, drei pro Tag vorbeigegangen bin, ohne stehen zu bleiben oder darüber nachzudenken. Ich habe keine Rikschafahrer gesehen und auch keine Bettler, die verhungert oder über Nacht erfroren sind. Der Tod ist dennoch präsent: Ein Mann – wahrscheinlich ein unreformierter Kapitalist – sprang von einem Gebäude, das weit genug vom Bund entfernt ist, sodass dort keine Schutznetze gespannt wurden, und ein anderer Mann – bekanntermaßen »beourgeoises Ungeziefer« – wurde von seinen früheren Angestellten mitten auf der Straße zu Tode geprügelt.

Früher zierten die Prostituierten die Stadt wie Blumen. Heute kleiden sich die Leute so gleichförmig und unauffällig – Hosen, Hemden, graue Kappen –, dass man manchmal gar nicht weiß, ob es ein Mann ist oder eine Frau. Überraschenderweise hängen allerdings in den Schaufenstern immer noch Kleider im westlichen Stil – Überbleibsel aus besseren Zeiten. In Läden habe ich Pond's Creme und Lippenstift von Revlon entdeckt. Die Sachen sind abgelaufen und werden nicht aufgefüllt, aber ich kaufe sie immer, wenn ich sie sehe, denn vielleicht bekomme ich keine weitere Gelegenheit dazu. Wenn sie mir ausgehen, muss ich russische Toilettenartikel benutzen, die allerdings manchmal scheußlich riechen.

Wie kommt es, dass ich nostalgische Gefühle für Prostituierte und Bettler empfinde? Aber ich vermisse einfach alles – die schnurrenden ausländischen Wagen, die eleganten Herren mit ihren maßgeschneiderten Anzügen und den kecken Hüten, das Gelächter, den Champagner, das Geld, die Ausländer, den Duft der französischen und russischen Bäckereien und schließlich einfach den Spaß, in einer der großartigsten Städte dieses Planeten zu leben. Ich wünschte, ich hätte meine Kamera mitgebracht, damit ich May Fotos schicken könnte. Ich könnte das niemals so lebhaft oder glaubwürdig darstellen, wie sie es mit ihren Augen wahrnehmen würde.

Nicht verschwunden allerdings sind die Ratten. Sie sind überall. Eines verstehe ich nicht: Das alte Shanghai, *mein* Shanghai, hatte viel Sünde an der Oberfläche, aber darunter befand sich dank der Ehrbarkeit der Bankgeschäfte und des Reichtums durch den Handel stets ein festes Fundament. Nun sehe ich die sogenannte Ehrbarkeit des Kommunismus an der Oberfläche, und darunter liegt der Verfall. Sie können fegen, abreißen und wegkarren, so viel sie wollen, doch das ändert alles nichts an der Tatsache, dass meine Heimatstadt verrottet, verfault und sich in ein Skelett verwandelt. Irgendwann sind nur noch Staub und Erinnerungen übrig.

Wie gewöhnlich finde ich auf der mir zugeteilten Strecke kleine Stückchen von May und mir. Ich weiß nicht, ob andere Papiersammler diese Werbeplakate an den Wänden einfach ignoriert haben oder ob sie noch nicht bis zu diesen Straßen und Gassen vorgedrungen sind, aber es ist ein merkwürdiges Gefühl, unsere Nasen, unsere lächelnden Gesichter, adretten Frisuren oder die Kleider abzureißen. Diese kleinen Fetzen – manchmal ist es nur ein Auge oder ein Finger – stecke ich in meine Tasche. Es gelingt mir, ein Plakat im Ganzen abzureißen. Ich rolle es zusammen und verberge es unter meiner Jacke. Am Ende jedes Tages soll ich eigentlich alles, was ich gesammelt habe, abgeben, aber ich behalte das Plakat und die anderen Stücke von meiner Schwester und mir in der Tasche, um sie bei den anderen, die ich bereits zu Hause habe, zu verstecken.

Ich biege um eine Ecke und betrete ein kleines Sträßchen. Plötzlich schießen mir Bilder durch den Kopf: wir am Neujahrstag, wie wir Anstandsbesuche abstatten, meiner Mutter wird aus einer Rikscha geholfen, mein Vater tupft sich mit einem Stofftaschentuch den Schweiß von der Stirn. Ich kenne diese Straße. Hier hat die Familie Hu gewohnt. Madame Hu war Mamas beste Freundin. Mama und Madame Hu wollten immer eine Ehe zwischen May und Tommy arrangieren, dem geliebten Sohn der Hus. Aus heutiger Sicht ist klar, dass es nie dazu gekommen wäre, aber damals fand ich, Tommy und May wären ein nettes Paar. Ich erinnere mich auch noch an den Tag, an dem Bomben auf die Nanking Road fielen und Tommy starb. Im Rückblick erkenne ich viele Augenblicke, die mein Leben verändert haben. Der Tag, an dem Tommy starb, gehört auch dazu. Seltsam, dass wir das damals nicht als schlechtes Omen wahrgenommen haben, denn das war es: Am selben Abend kamen die Schläger der Grünen Bande des Pockennarbigen Huang, um meinen Vater zu bedrohen.

Wieso ist es mir nicht früher eingefallen, hierherzukommen? Ich muss herausfinden, ob von den Hus noch jemand lebt. Die Häuser in der kleinen Straße sehen ganz anders aus als viele, die ich sonst gesehen habe. Ich habe mich daran gewöhnt, dass die Wäsche an aus den Fenstern ragenden Stangen hängt, dass sie wie Decken aus schmutzigem Schnee über Büsche drapiert oder über Zäune und Mauern gehängt wird. Im Neuen China gibt es keine Geheimnisse. Jeder kennt jeden, einfach durch das Vorbeigehen an der Wäsche – man weiß, wie alt die Menschen sind, die in dem Haus leben, welches Geschlecht sie haben, ob sie arm sind oder ein wenig wohlhabender. Doch vor dem Haus der Hus sehe ich keine wattierten Hosen, geflickten Jacken, ausgeleierten Unterhosen oder schlaffe Socken, was darauf hindeuten würde, dass hier jemand lebt. Es gibt überhaupt keine Wäsche. Stattdessen haben die Rosensträucher noch ein paar Blüten, und ein Maulbeerbaum spendet Schatten.

Ich gehe über den Gartenweg zur Tür und klingle. Eine elegante Frau mit gebundenen Füßen öffnet. Ich würde sie überall erkennen. Es ist Madame Hu. Ich habe schon von den Leuten gehört, die geblieben sind – sie hatten sowohl das Geld als auch die Möglichkeit zu gehen, als sich die Gelegenheit bot, taten es aber nicht. Madame Hu ist eine von ihnen. Zwanzig Jahre sind vergangen, aber sie erkennt mich ebenfalls sofort. Wir beide stehen da und lachen und weinen, weil das alles so unglaublich ist.

»Komm rein, komm rein.« Sie winkt mich herein und führt mich in den Salon. Es ist, als würde ich in der Zeit zurückreisen. Die Besitztümer der Familie Hu sind immer noch da und gut gepflegt. Niedrige, samtbezogene Sessel und Sofas bilden das Mobiliar des Raums. Der geometrisch gemusterte Fliesenboden ist sauber und glänzend poliert.

Madame Hu schwankt auf ihren gebundenen Füßen zu einem Sessel. Mir stockt der Atem, denn mich überkommen Erinnerungen an meine Mutter. Als Madame Hu läutet, kommt ein Hausmädchen herein. »Wir brauchen Tee«, bestellt Madame Hu. Dann wendet sie sich mir zu. »Magst du immer noch Chrysanthementee, oder hättest du lieber etwas anderes?«

Daran erinnert sie sich natürlich. Als May noch ein Baby war, hat mich Mama immer zum Teetrinken mit hierhergenommen. Ich hörte zu, wie die beiden Frauen schwatzten, und durfte etwas von ihrem Tee trinken, der mit zwei Löffeln Zucker gesüßt war. Wenn ich bei ihnen war, fühlte ich mich sehr erwachsen.

»Ich hätte sehr gerne einen Chrysanthementee«, sage ich.

Das Hausmädchen geht rückwärts aus dem Zimmer. Tante Hu, wie May und ich sie aus Höflichkeit nannten, als wir noch klein waren, und ich sehen einander lange an. Was fühlt sie, wenn sie mich anschaut? Enttäuschung darüber, dass ich meine gewöhnliche Arbeiteruniform trage? Oder sieht sie durch die Kleidung hindurch den Menschen, der ich geworden bin? Wenn ich sie ansehe – und ich gebe es zu, ich schaue ganz genau hin, ich sauge sie ein –, dann ist es, als würde ich meine Mutter sehen, wenn sie noch am Leben wäre. Tante Hu ist nicht so klein, weil sie alt ist oder so viel durchgemacht hat, sondern weil sie, genau wie Mama, einfach zierlich ist. (Ich weiß noch, wie die beiden sich sorgten, als ich immer weiter wuchs und schließlich größer wurde als sie beide, größer gar als mein Vater. Damals gab es sorgenvolle Gespräche, ob ich mit meiner unschönen und unweiblichen Größe wohl jemals einen Mann finden würde.)

Tante Hu war immer mode- und stilbewusst, wieder genau wie Mama, und sie ist auch jetzt schön gekleidet. Sie trägt eine dunkelblaue Seidentunika mit kunstvollen Knebelverschlüssen am Hals, über der Brust und an der Seite. Ihr Schmuck ist erlesen –

fein gearbeitete Ohrringe aus Jade und Gold, eine Brosche und eine einfache Kette. Ich werfe einen Blick auf ihre Füße, und auch sie sind genau so, wie ich sie in Erinnerung habe – makellos gepflegt stecken sie in bestickten Seidenschuhen. Den Geruch, der von diesen zierlichen Gliedmaßen ausgeht – eine ganz eigene Mischung aus verwesendem Fleisch, Alaun und Parfüm –, habe ich seit zwanzig Jahren nicht mehr gerochen. Am meisten erstaunt mich, dass Tante Hu jung aussieht, zumindest jünger, als ich mir vorgestellt hätte. Dann wird mir bewusst, dass Mama erst siebenundfünfzig wäre, wenn sie noch lebte.

»Du hättest nicht zurückkommen sollen«, sagt Tante Hu. »Es ist gefährlich für dich.«

»Ich musste es tun.« Ich erzähle ihr von meiner Tochter und dass ich nach Shanghai zurückgekehrt bin, um sie zu suchen.

Tante Hu schüttelt den Kopf. »So viel Kummer und Leid, nicht wahr? Und doch müssen wir weiterleben.«

»Und du, liebste Tante, warum bist du geblieben?«

»Das ist unser Zuhause«, antwortet sie. »Ich wurde hier geboren. Mein Mann wurde hier geboren. Unsere Eltern und Großeltern wurden hier geboren. Und natürlich wurde Tommy hier geboren und auch hier begraben. Ich kann ihn doch nicht verlassen! Und auch nicht meinen Mann!«

»Wie geht es Onkel Hu?«

Sie antwortet nicht direkt. »Als Mao und seine Kumpanen die Macht ergriffen, machten sie es sich zum Ziel, jeden zu enteignen. Aber nicht alles ging sofort in Staatseigentum über. Es war ein langer, quälender Prozess, bei dem sie Menschen wie uns durch hohe Steuern unserer Existenz beraubten. Wir mussten unseren Besitz Stück um Stück aufgeben. Schließlich übernahm die Regierung unsere Fabrik. Onkel musste in der Fabrik, die sein eigener Großvater gebaut hatte, den Boden wischen. Doch diese Missgeburten einer Schildkröte hatten keine Ahnung. Die Produktion ging zurück. Arbeiter wurden verletzt. Sie baten meinen Mann, seinen früheren Posten als Fabrikdirektor wieder einzunehmen, aber mit derselben Bezahlung, die er als Reinigungskraft erhalten hatte.« Sie hält inne und holt Luft. »Innerhalb von zwei Jahren war er tot. Jetzt gehört die Fabrik der Regierung, aber ich besitze noch mein Haus.«

»Das tut mir leid, liebste Tante. Es tut mir leid wegen Onkel.«

»Am Schicksal kann man nichts mehr ändern, und wir alle haben Menschen verloren.«

Das Hausmädchen kehrt zurück und schenkt den Tee ein. Ohne zu fragen, gibt Tante Hu zwei Löffel Zucker in meine Tasse, bevor sie sie mir reicht. Ich habe seit Jahren keinen Tee mit Zucker mehr getrunken. Der Geschmack, zusammen mit dem Chrysanthemenduft und dem Geruch, der von Tante Hus gebundenen Füßen aufsteigt, ist ein bisschen widerlich, und doch versetzt er mich in die Sicherheit, den Luxus und die Behaglichkeit meiner Kindheit zurück.

»Wie kommt es, dass du immer noch so lebst?«, frage ich geradeheraus und vergesse dabei ganz meine Manieren.

»Es ist gar nicht so schwierig, das alte Leben aufrechtzuerhalten«, gibt sie zu. »Das tun viele von uns. Ich habe Hausmädchen, weil wir sie nach der Befreiung nicht gehen lassen durften.« Sie gestattet sich ein zartes Kichern. »Der Vorsitzende Mao wollte nicht, dass wir die Arbeitslosigkeit noch zusätzlich erhöhen.«

Das könnte auch die Hausmädchen von Z. G. erklären, allerdings wären sie vor acht Jahren noch kleine Mädchen gewesen.

»Ich habe immer noch meine Schneiderin«, fährt sie fort. »Ich könnte dich zu ihr bringen, wenn du möchtest. Deiner Mutter würde das gefallen.« Aber damit beantwortet sie meine Frage nicht, und das weiß sie. »Ich halte die Vorhänge geschlossen, so wissen die Leute nicht, wie ich lebe. Wenn du in dieser Straße in irgendein Haus guckst, entdeckst du Haushälterinnen, Hausdiener, Hausmädchen, Köche, Gärtner und Fahrer. Auch in der Neuen Gesellschaft müssen wir dafür sorgen, dass unsere Häuser sauber und aufgeräumt sind.«

Tante Hu verzieht sarkastisch das Gesicht. »Sie nennen es

alle die Neue Gesellschaft und das Neue China, aber es ist wie in der alten Zeit, von der mir meine Großmutter erzählt hat, als die Wohlhabenden das Äußere ihrer Anwesen einfach und farblos gestalteten, damit die umherziehenden Banditen oder Neider nichts von dem Wohlstand ahnten, der sich hinter den Mauern verbarg. Unsere Vorfahren mögen sich innerhalb ihrer Anwesen vielleicht prachtvoll in bestickten Brokat und Seidenstoffe gekleidet haben, aber wenn sie auf die Straße gingen, trugen sie einfache, schmucklose Sachen, damit sie nicht entführt und gegen Lösegeld als Geisel genommen wurden. Genau das machen wir jetzt! Nur« – sie schnaubt schalkhaft – »wir in Shanghai haben unser *hai pah* nicht verloren.«

Das stimmt, in Shanghai hatte man immer einen ganz eigenen Sinn für Stil.

»Ich schicke immer noch mein Hausmädchen aus, um Pfingstrosen zu kaufen, wenn sie in Blüte stehen. Ich muss sie irgendwo hineinstellen. Warum nicht in diese Vase?«, fragt Tante Hu und deutet auf eine Art-déco-Glasvase, in die eine nackte Frau eingraviert ist. Sie sieht mich wieder an. »Wo wohnst du?«

»In meinem alten Haus, aber so sieht es dort nicht mehr aus.«

»Ich weiß.« Mitleidig schüttelt sie den Kopf. »Nach den Bombardements von 1937 – es ist jetzt so lange her – gingen wir zu euch, nachdem ich nichts von deiner Mutter gehört hatte. Wir trafen dort auf Mieter. Eher Hausbesetzer. Sie erzählten uns von der Grünen Bande. Onkel dachte, ihr wärt alle vier tot, aber ich kannte deine Mutter. Sie hätte es nie zugelassen, dass euch beiden Mädchen etwas zustößt.«

»Ich weiß nicht, was aus Baba geworden ist, aber Mama, May und ich haben Shanghai gemeinsam verlassen.« Ich lange unter meinen Ärmel und ziehe den Armreif meiner Mutter herunter. Tante Hus Augen blitzen, als sie den Reif erkennt. Ich muss ihr die schrecklichen Einzelheiten nicht erzählen. Ich beschränke mich auf die einfache Version. »Sie hat es nicht bis Hongkong geschafft.«

Tante Hu nickt düster, spricht mir jedoch kein Beileid aus. Wie sie vorher schon sagte, wir alle haben Menschen verloren.

»Wie auch immer«, fährt sie fort, »ich war alle paar Jahre bei eurem Haus. Ich habe gesehen, wie diese Mieter damit umgegangen sind. Aber es könnte schlimmer sein. Euer Haus wurde vor der Befreiung aufgeteilt. Man hat es keinen neuen Leuten zugeteilt. Rechne nur nicht damit, dass diese Nägel jemals herausgehen.«

»Nägel?«

»Die Leute, die in deinem Haus wohnen. Sobald sie einmal drin sind, kann man sie nie mehr herausziehen. Aber es muss nicht unbedingt so aussehen«, schimpft sie in mütterlichem Tonfall. »Geh ins Leihhaus. Bestimmt findest du ein paar Dinge, die früher deiner Familie gehörten, und du kannst sie zurückkaufen.«

»Ich bezweifle, dass sie nach all der Zeit noch da sind.«

»Du wärst überrascht. Wer sollte während des Kriegs mit den Japanern oder später während des Bürgerkriegs etwas kaufen? All die Arbeiter, die du auf der Straße siehst? Woher sollten sie wissen, was sie kaufen sollen, selbst wenn sie das Geld hätten? Sie sind keine echten Shanghaier. Sie haben kein *hai pah*. Du solltest dich nicht davor fürchten, so zu leben, wie du früher gelebt hast.«

»Wenn das stimmt, was du sagst, wo sind dann die Nachtclubs? Wo ist die Musik? Wo geht man tanzen?«

»In einem Club die Nacht durchzutanzen ist etwas völlig anderes, als etwas zu besitzen. Außerdem spielen manche Leute – von sehr hohem Rang – westliche Instrumente, tanzen zu westlicher Musik … Die Kommunisten behaupten, sie seien rein und dem Volk zugetan, aber wenn man hoch genug hinaufgeht, sind sie sehr korrupt. Doch das ist alles egal.« Sie beugt sich vor und tätschelt mir das Knie. »Du musst dein Haus herrichten, auch wenn diese Nägel dort sind.«

»Und wie soll ich das anstellen? Wird das niemand melden?«

»Mich hat keiner gemeldet.«

»Du lebst allein.«

Sie zuckt zusammen, und ich bereue meine Bemerkung sofort. Doch sie ist eine Frau der alten Traditionen. Sie beschließt, meine Unhöflichkeit zu ignorieren, als wäre ich bloß ein unerzogenes Kind.

»Vergiss nie, dass wir hier in Shanghai sind. Vergiss nie, dass du aus Shanghai stammst. Vergiss nie dein *hai pah*. Das trägst du in dir, ganz egal, welche Kampagne dieser fette Vorsitzende lostritt.«

Später bringt sie mich zur Tür. Sie nimmt meine Hand und betrachtet den Armreif meiner Mutter. »Deine Mama hatte dich immer am liebsten.« Dann legt sie die Finger um den Armreif und schiebt ihn mir unter den Ärmel meiner Jacke. »Bitte komm mich wieder besuchen.«

Ich sammle noch eine Stunde lang Papier auf, bevor ich zurück ins Büro gehe und den Großteil dessen, was ich gesammelt habe, abgebe. Es ist jetzt dunkel, und ich habe noch ein paar letzte Dinge zu erledigen, bevor ich nach Hause gehe. Zuerst begutachte ich die Schiffe und die Sicherheitsmaßnahmen entlang des Bunds. Der Vorsitzende Mao befehligt keine große Marine: Wäsche hängt an Leinen, über Geschützen hängen Kappen und Kleidungsstücke, Matrosen sitzen an Deck und essen Nudeln aus Schalen. Die Suppe muss kräftig und schmackhaft sein, denn der Duft von Ingwer, Frühlingszwiebeln und frischem Koriander weht zu mir herüber. Eines steht fest: Die Matrosen achten auf wenig außer ihrem Essen.

Ich nicke vor mich hin und statte dann wie jeden Abend dem Haus von Z. G. einen Besuch ab. Vorige Woche wurden die Dienstmädchen schließlich sehr ärgerlich, weil ich so spät noch klingelte, daher tue ich das nun nicht mehr. Ich stelle mich hinter einen Busch auf der anderen Seite des Gehwegs und beobachte, welche Lichter im Haus angehen. Irgendwann werde ich dabei meine Tochter sehen, aber nicht heute Abend.

Dann geht es weiter zur Methodistenmission, die ich als Mädchen besuchte. Ich komme jeden Tag hierher. Wie viele andere traue ich mich nicht hinein. Ich setze mich auf den Randstein auf der anderen Straßenseite. Ich bleibe nicht lange allein. Ein paar Frauen nähern sich, und es scheint, als würden sie große Schatten der Erinnerung hinter sich herziehen. Sie setzen sich neben mich auf den Randstein.

Der Vorsitzende Mao ist gegen jegliche Religion, ob chinesisch oder westlich, aber das bedeutet nicht, dass es sie nicht gibt. Menschen wie ich, die an einen einzigen Gott glauben, sollen »den Weg des Sozialismus beschreiten«, »rechte Elemente bloßstellen, die sich hinter dem Schleier des Christentums verbergen«, und »entschlossen gegen antikommunistische, antisozialistische Aktivitäten von Reaktionären, Vagabunden und üblen Elementen angehen, die Kirche und freies Predigen als Fassade benutzen.« Sie können mir befehlen, was ich zu tun habe, aber vom Beten können sie mich nicht abhalten.

Ich erzähle Gott, wie sehr ich Orte und Menschen vermisse, die ich verloren habe. Ich frage nach Joy. Vermisst sie Chinatown, so wie ich als junge Frau in einem neuen Land Shanghai vermisst habe? Vermisst sie ihre Großeltern, ihre Tante und ihren Onkel, ihre Mutter und ihren Vater, so wie ich meine Eltern, meine Schwester und Sam vermisse? Ich lasse es zu, dass die Trauer um Sam in mir hochkommt. Ich lasse den Kopf sinken, die Schultern hängen nach unten, mein Rücken ist gebeugt.

Vielleicht ist es besser, dass ich nun in Shanghai bin. Zu Hause hätte mich alles an ihn erinnert: der Fernsehsessel, seine Lieblingsschüssel, seine Kleidung, die immer noch in dem Wandschrank hängt, in dem er Selbstmord begangen hat. Ginge ich in Chinatown aus dem Haus, würde ich die Orte sehen, die wir gemeinsam besucht haben, das Café, in dem wir gearbeitet haben, den Strand, an dem wir zum Picknick waren. Auch den Fernseher würde ich nicht einschalten, denn ich würde keine der Sendungen sehen wollen, die wir immer gemeinsam angeschaut haben. Und was wäre, wenn ich eines unserer Lieblingslieder im Radio hören würde? Das alles wäre nicht zu ertragen. Aber jetzt bin ich in Shanghai. Ich kann die Uhr nicht zurückdrehen, die Gegenwart verändern oder die Zukunft beeinflussen.

Ich beende mein Gebet mit einer besonderen Bitte an Gott, über meine Tochter und Z. G. zu wachen. Ich habe keine Sekunde vergessen, dass seine Hausmädchen sagten, er stecke in Schwierigkeiten, ich hoffe also, er beschützt die beiden, wo auch immer sie sein mögen. Ich bete das Vaterunser und stehe auf. Ein Messerschleifer rollt seinen Karren durch eine Gasse zu meiner Rechten, schüttelt metallene Rasseln und ruft: »Lasst eure Scheren schleifen, und schneidet alles Unglück damit ab. Schärft eure Hackbeile, damit ihr sämtliche Katastrophen mit einem Hieb loswerdet.«

Im Bus herrscht das übliche Gedränge. Ich steige an meiner Haltestelle aus und eile zur politischen Versammlung unseres Viertels. Man hat mir gesagt, ich hätte mich durch meine »aktive Teilnahme« gut gemacht. Doch ich kann diese Versammlungen nur als Gehirnwäsche bezeichnen. Ich lausche den Vorträgen, skandiere Parolen und mache mit, wenn die anderen einen Nachbarn wegen seines bourgeoisen Benehmens kritisieren oder eine Frau wegen ihrer rechten Tendenzen. Was ich eigentlich denke, behalte ich für mich. In meinem eigenen Viertel kann ich mich nicht als ungebildete Papiersammlerin tarnen. Meine Nachbarn wissen um meine dekadente Vergangenheit und meinen langen Aufenthalt im Westen. Ich gelte als Person mit »einem historischen Problem«. Jeden Augenblick kann es passieren, dass ich angegriffen werde, aber Dun hat mir geraten, möglichst bei allem mitzumachen, was mir eingedrillt wird, umso besser sei ich dran. Je mehr ich gestehe – und das fällt mir wirklich nicht schwer –, desto mehr traut man mir.

Als ich nach Hause gehe, sind die Straßen so gut wie menschenleer. Wenn ich ein einziges Beispiel dafür nennen müsste, wie sehr sich Shanghai verändert hat, dann wäre das die Tatsache, dass die Stadt um neun Uhr abends schläft. Nicht einmal Autos dürfen nach neun noch fahren, außer sie haben eine Sondererlaubnis. Zu Hause angekommen, werfe ich einen Blick auf den Tisch am Eingang, um zu sehen, ob Post gekommen ist. Ich habe so lange darauf gewartet, von May zu hören, dass ich schon fast alle Hoffnung aufgegeben habe. Aber heute Abend liegt da ein Päckchen mit einer Handschrift, die ich nicht kenne. Der Poststempel verrät, dass es aus dem Dorf Wah Hong kommt. Das Päckchen wurde geöffnet und nachlässig wieder verschlossen. Ich schnappe es mir, laufe nach oben in mein Zimmer und schließe die Tür.

Ich reiße die Verpackung auf. Die Schachtel enthält einige Kleidungsstücke und ein paar andere Gegenstände. Obenauf liegt ein Umschlag mit Mays Handschrift. Ich öffne den Brief und lese nur die erste Zeile – »Gute Nachrichten! Joy hat einen Brief geschickt« –, bevor ich rasch die Schachtel nach einem anderen Umschlag mit der Handschrift meiner Tochter durchsuche. Ich finde ein paar Pullover, ein Päckchen Damenbinden und den Hut mit Federn, den ich vor vielen Jahren trug, als ich China verließ. Diesen Winter werde ich dankbar sein für die Pullover, wenn ich dann noch da bin. Die Binden sind eine Wohltat, verglichen mit dem, was es hier zu kaufen gibt. Aber Joys Brief finde ich nicht. Ich nehme den Hut zur Hand. Als wir damals auf Angel Island angekommen sind, habe ich das Handbuch mit unseren Anweisungen im Futter versteckt, und später Geld. Ich brauchte einen Augenblick, aber nur ich würde die Bedeutung dieses besonderen Hutes verstehen. Vorsichtig ziehe ich das Futter zurück. Ein Zwanzig-Dollar-Schein und zwei weitere Umschläge kommen zum Vorschein, beide sind nicht beschriftet.

Ich öffne einen der Umschläge, und da sehe ich die akkurate Handschrift meiner Tochter. Der Brief beginnt mit: »Liebe Pearl und May«, als wären wir Freundinnen und nicht ihre Mutter und ihre Tante. Ihre Förmlichkeit bohrt sich mir wie ein Messer ins Herz.

Ich schreibe dies auf dem Schiff nach Shanghai. Der Kapitän soll den Brief aufgeben, wenn er nach Hongkong zurückkehrt. Sicher macht Ihr euch Sorgen um mich. Vielleicht seid Ihr auch böse auf mich. Wie auch immer, Ihr sollt wissen, dass es mir gut geht. Wirklich. In Chinatown habe ich mich nie zu Hause gefühlt. Jetzt gehe ich in meine richtige Heimat. Ich weiß, dass Ihr an mir zweifelt, und ich kann Onkel Vern geradezu hören, wie er über den Kommunismus schimpft. Bitte seid Euch sicher, dass ich weiß, was ich tue. Ich bin Euch dankbar für alles, was Ihr für mich getan habt, aber von nun an wird der Vorsitzende Mao meine Mutter und mein Vater sein. Wenn ich falsch denke – doch das tue ich nicht –, werde ich mit den Folgen leben. Ihr beide habt mich gelehrt, wie das geht – mit den Folgen zu leben. Ich war selbst eine Folge. Das weiß ich jetzt.

Es tut mir leid, dass ich Euch beiden zur Last gefallen bin. Es tut mir leid, dass ich ein Fehler war, unter dem Ihr so lange Jahre leiden musstet. Macht euch darüber jetzt keine Gedanken mehr. Ich werde Euch beide immer lieben.

Alles Liebe, Joy

Ich fahre mit dem Finger über Joys Worte und versuche sie mir beim Schreiben vorzustellen. Hat sie geweint, so wie ich jetzt? Sie ist so selbstsicher, aber mit neunzehn ist das normal. Wie kann sie behaupten, sie habe sich in Chinatown nie zu Hause gefühlt? Wir haben alles – *alles* – getan, um ihr ein gutes Heim zu bieten, deshalb wird meine Freude über den Brief meiner Tochter durch Enttäuschung gedämpft. Mit diesem Gefühl öffne ich den anderen Umschlag.

Liebe Pearl,

wenn Du dies liest, weißt Du, dass unsere Post funktioniert. Ich habe Geld in den Hut und in die Schachtel gesteckt. Wenn etwas davon fehlt, hat sich irgendjemand unterwegs

daran bedient. Die Verwandten in Wah Hong? Die Zensoren?
Ich werde Dir weiterhin Kleidung schicken. Darin wirst Du versteckte Botschaften und Geld finden. Hast Du Joys Brief schon gelesen? Manches von dem, was sie schreibt, bricht mir das Herz. Vielleicht hast Du sie mittlerweile gefunden. Hoffentlich.
Ich bemühe mich nach Kräften, das Café zu führen. Es wird noch da sein, wenn Du zurückkehrst. Vern ist sehr traurig und einsam. Die Menschen, die er am meisten auf der ganzen Welt liebte – Sam, Joy und Du –, sind nicht mehr da.
An seiner Verwirrung merke ich, wie groß sein Kummer ist. Ich mache mir Sorgen um seine Gesundheit.
Alle in Deiner Kirche beten für Dich und Joy, Pearl. Auch ich bete für Dich, und ich denke jeden Tag an Dich. Die Hauptsache ist, dass wir von Joy gehört haben. Ich hoffe, Du bist genauso erleichtert darüber wie ich.
Du bist sehr mutig, Pearl. Wenn unsere Joy Dir auch nur ein bisschen ähnelt – und wie sollte es anders sein? –, dann wird sie überleben. Du hast im Lauf der Jahre viel für mich getan, aber ich war noch nie so stolz darauf, Dich zur Schwester zu haben, wie jetzt. Ich empfinde das als Ehre.
Pass auf Dich auf, alles Liebe
May

Ich suche Mays Paket nach ihrem offiziellen Brief durch. Er ist so geschrieben, dass er die Zensur unbeanstandet passieren kann. Es geht darin um unverfängliche Neuigkeiten aus Chinatown, das Wetter und eine Essenseinladung, bei der die Gastgeberin grünen Wackelpudding mit Bananen servierte. In beiden Briefen erwähnt May mit keinem Wort Hollywood, ihr eigenes Geschäft oder irgendetwas über sich selbst. Ich betrachte das nicht als Anzeichen dafür, dass sie sich wie durch ein Wunder geändert hätte.

Dann widme ich mich wieder Joys Brief und lese ihn mehrmals durch. Er enthält keine Angaben, wo ich sie finden könnte, dennoch bin ich beschwingt, weil ich von ihr gehört habe, froh, dass May und ich miteinander kommunizieren können, und unglaublich glücklich, auch Tante Hu gesehen zu haben. Was für ein Tag, nach der wochenlangen Monotonie!

Ich stehe vom Bett auf und verstecke das Plakat, das ich gerettet habe, bei den anderen im Wandschrank. Die Fragmente der Augen, Ohren und Lippen meiner Schwester und mir lege ich in ein Kistchen aus Birnenholz unter meinem Bett. Diese Erinnerungen an die Vergangenheit aufzubewahren, ist riskant, aber ich kann nicht anders. Wenn Z. G. sich gerahmte Plakate an die Wand hängen kann, warum soll ich diese Sachen dann nicht in meinem Zimmer aufbewahren? Ich kenne die Antworten nur zu gut: Z. G. steckt vielleicht in Schwierigkeiten, aber er ist trotzdem wichtig, und dieses Zimmer hier gehört nicht einmal mehr mir. Wohin also mit Joys und Mays Briefen? Ich stecke sie erst einmal wieder in den Hut zurück und lege ihn auf ein Regalbrett oben im Wandschrank.

Der heutige Besuch bei Tante Hu und der kleine Hoffnungsschimmer, den ich von meiner Tochter erhielt, haben mir neuen Schwung verliehen. Ich schlüpfe aus den Arbeitskleidern, lasse den Haufen einfach auf dem Boden liegen und gehe in die Badewanne. Angeregt suche ich noch einmal den Wandschrank und die Kommode durch. Ich wähle einen maßgefertigten Büstenhalter mit einem Slip aus weicher rosafarbener Seide, eingefasst mit handgearbeiteter französischer Spitze. Darüber ziehe ich ein Kleid aus purpurroter Wolle, das Madame Garnett für mich gemacht hat, einst eine der besten Schneiderinnen der Stadt. Das Kleid sitzt perfekt, aber was vor zwanzig Jahren elegant und schön gearbeitet war, ist nun längst aus der Mode. Ich schlüpfe in Pumps aus Alligatorenleder, denen das Alter einen weichen Bernsteinton verliehen hat. Die Seide und die Wolle fühlen sich weich an, nach den rauen Arbeitssachen. Der Jadearmreif hängt kühl und schwer an meinem Handgelenk.

Als ich wieder nach unten gehe, versuche ich alles aus Joys

Perspektive zu betrachten. Ich weiß zwar immer noch nicht, wo sie ist, aber ich bin wieder zuversichtlicher, dass sie hierher zurückkommt, und das bald. Und wenn es so weit ist, soll das Haus gut aussehen. Tante Hu hatte recht; ich hatte es zuvor nur nicht richtig durchdacht. Die Mieter wohnen seit zwanzig Jahren hier, doch von den Habseligkeiten meiner Familie haben sie nichts verkauft oder weggeworfen, soweit ich das sehen kann. Das heißt aber noch lange nicht, dass sie sich gut um alles gekümmert hätten. Die Tapete ist fleckig, schmutzig und an manchen Stellen zerrissen. Die Teppiche, Vorhänge und Polster sind in einem fürchterlichen Zustand. Aber jetzt bin ich zurück, und ich werde Tante Hus Ratschlag befolgen. An meinem nächsten freien Tag will ich in ein Pfandhaus und auf einen Flohmarkt gehen. Ich will ein paar Sachen für das Haus kaufen und mir eine Kamera besorgen. Mir fällt ein, wie streng die Wachmänner im Zug waren, sie schlossen die Jalousien, damit man keine Brücken oder militärischen Anlagen sehen konnte. Ich habe keine Ahnung, was passieren würde, wenn ich zum Beispiel versuchen würde, die am Bund vor Anker liegenden Kriegsschiffe zu fotografieren, aber das habe ich auch nicht vor. Wenn möglich, möchte ich die Bilder irgendwo entwickeln lassen, damit ich sie May schicken kann. In der Zwischenzeit wird es mir Freude bereiten, wieder einmal durch ein Objektiv zu blicken. Ich werde auch beenden, was ich an diesem Morgen durch einen Zufall begonnen habe: Ich will das Haus putzen. Ich werde behutsam vorgehen, wenn die Gemeinschaftsräume leer sind. Vielleicht merken es die Mieter. Vielleicht auch nicht.

Das Gezänk, das an diesem Morgen in der Küche losging, setzt sich bei der Zubereitung des Abendessens fort. Der Professor steht am Herd und kocht einen Topf Nudeln.

»Du brauchst zu lange«, beschwert sich eine der ehemaligen Tänzerinnen.

»Und du hast zu viel für eine Person gekocht«, bemerkt ihre Mitbewohnerin. »Du solltest nicht so verschwenderisch sein.«

»Ich bin nicht verschwenderisch«, entgegnet er, während er die Suppe in zwei Schüsseln schöpft und sie mit zwei Paar Essstäbchen und zwei Suppenlöffeln aus Porzellan auf ein Tablett meiner Mutter stellt. Er sieht mich an und fragt: »Hättest du Lust, mit mir im Wintergarten im ersten Stock Nudeln zu essen?«

Das Schweigen am Morgen, als sie mir dabei zusahen, wie ich den Fleck auf dem Boden wegwischte, ist nichts, verglichen mit dem Schweigen, in dem jetzt alle erstarren. Dann schimpfen sie gleichzeitig los.

»Der Wintergarten im ersten Stock ist dein Schlafzimmer!«

»Mit uns teilst du nie Nudeln!«

»Du hast keinen sozialistischen Geist!«

Koch unterbricht das Gezeter mit einer strengen Ermahnung, die an mich gerichtet ist. »Kleines Fräulein, schlechtes Benehmen wird in diesem Haus nicht geduldet.«

Ich sage kein Wort, als ich Dun zur Tür hinaus und nach oben in den Wintergarten folge. Ich war nicht mehr in diesem Raum, seit meine Eltern das Haus aufteilten, um die Zimmer zu vermieten, aber hier ist eine weitere Oase im Meer des kommunistischen Grau, zu dem Shanghai geworden ist. Meiner Mutter muss ihr armer studentischer Mieter leidgetan haben, denn hier stehen einige Möbelstücke, von denen ich dachte, sie seien längst verkauft worden. Das Bett ist gemacht, und die Regale sind mit Büchern gefüllt. Er besitzt auch eine alte Schreibmaschine mit englischer Tastatur und einen Phonographen, an den ich mich noch aus unserer Kindheit erinnere.

Dun stellt das Tablett auf den Tisch, der ihm auch als Schreibtisch dient. Er bedeutet mir, mich auf den Stuhl zu setzen, und zieht sich selbst einen Hocker heran.

»Ich hoffe, wir bekommen keine Schwierigkeiten«, sagt er. »Ich möchte nicht, dass du beim Blockkomitee gemeldet wirst.« Was er als Nächstes sagt, ist noch beunruhigender. »Du siehst schön aus heute Abend.«

Ich bin vor Kurzem Witwe geworden. Ich sollte sofort aufstehen und in mein Zimmer gehen. Doch ich beschließe, anders zu reagieren. Dun und ich sind Freunde. Mehr kann nicht daraus werden.

»Danke.« Ich nehme sein Kompliment an, als wäre es von Tante Hu oder gar Koch gekommen. »Und danke für die Einladung zum Abendessen.«

»Hättest du gerne ein Glas Wein?«

Er öffnet das Fenster und holt eine Flasche Lotuswein herein, die er draußen auf dem Fensterbrett kalt gestellt hat. Das Aroma des Weins liegt leicht auf der Zunge, verbreitet aber sofort Wärme in meiner Brust. Wir essen schweigend. Dun ist ein freundlicher Mann – würdevoll und einfühlsam. Er besitzt eine Eleganz, die mich überrascht, wo doch so vieles in der Stadt gleichförmig und trist geworden ist. In einem anderen Leben – wenn alles anders gelaufen wäre – hätte ich vielleicht jemanden wie ihn geheiratet.

Als die anderen Hausbewohner das Radio im Wohnzimmer einschalten, um die abendliche Russischlektion anzuhören, schiebe ich meinen Stuhl zurück, um zu gehen. Russisch zu lernen, interessiert mich genauso wenig, wie in einem der Kinopaläste, in denen May und ich uns in *Haolaiwu* verliebt haben, einen russischen Film anzusehen. Doch alle sollen vom Älteren großen Bruder lernen – Kunst, Wissenschaft und so weiter –, deshalb gibt es abends Russischunterricht aus dem Radio. Wenn wir danach noch Zeit haben, können wir uns politischen Studien widmen, Briefe schreiben oder Kleider flicken.

»Bevor du gehst«, sagt Dun, »wollte ich dich noch fragen, ob du mir vielleicht Englischunterricht geben könntest.«

»Englischunterricht? Wäre das nicht noch schlimmer, als eine Frau in deinem Zimmer zu haben?«

Er ignoriert meine Frage. »Deine Mutter hat mir erzählt, dass du früher Englisch unterrichtet hast. Ich habe englische Literatur studiert. Jetzt unterrichte ich die Literatur des Sozialismus und Kommunismus – *Früchte des Zorns* und solche Bücher. Leider ist mein Englisch nicht mehr so gut wie früher.«

»Warum ist das wichtig?«

»Weil es mir beim Unterrichten helfen wird und weil ich gerne ein guter Lehrer bin.« Er gestattet sich ein kleines Lächeln. »Und ich hoffe, eines Tages nach Amerika zu kommen.«

Ich sehe ihn skeptisch an. Wie sollte es ihm jemals gelingen, von hier wegzugehen?

»Träumen ist ja wohl erlaubt, oder?«, fragt er.

»Dann sagen wir doch Dienstag- und Donnerstagabend«, schlage ich vor. »Aber ohne Wein.«

Joy

Rote Gesinnung, geschickte Pinselführung

Ich sage dir doch schon die ganze Zeit, du sollst den Pinsel so halten, Deping«, mahnt Z. G. »Konzentriere dich! Deine Rübe sieht ganz anders aus als die auf dem Tisch. Sieh sie dir an! Sieh sie dir genau an! Was siehst du?«

Es fiel uns schwer, Z. G.s Ungeduld nicht zu beachten, aber selbst ich bin verzweifelt und enttäuscht. Vor ein paar Tagen wurden wir von Parteisekretär Feng Jin darüber informiert, dass er aus der Hauptstadt die Nachricht erhalten hat, unsere Zeit im Gründrachendorf sei vorbei. Z. G. und ich sollen morgen früh in Richtung Süden nach Kanton aufbrechen, wo irgendeine Messe stattfindet. Er ist froh, hier wegzukommen. Wir sind nun seit zwei Monaten hier, und die Dorfbewohner weigern sich immer noch, ihre Pinsel richtig zu halten. Sie ignorieren Z. G.s Anleitungen, wie viel Tusche sie mit dem Pinsel aufnehmen sollen, und die Bilder, die dabei herauskommen, sind recht unbeholfen.

»Alle sollten sich genau ansehen, was Tao gemalt hat«, sagt Z. G. »Er benutzt den Pinsel, um zu malen, was er sieht. Man kann die Wolken geradezu über den Himmel ziehen sehen. Man *sieht*, wie sich der Mais im Wind biegt. Man *sieht* eine Rübe!«

Wir alle wissen, dass Tao in eine andere Kategorie fällt als der Rest von uns. Er ist nicht auf schwarze Tusche beschränkt. Z. G. hat Tao (und vor Kurzem auch mir) einen Kasten mit Pastellfarben gegeben. Das Ergebnis sind satte, lebhafte Bilder, in denen die Grün-, Blau-, Gelb- und Rottöne sehr tief und leuchtend wirken.

»Wenn ihr euch sein Bild anseht«, fährt Z. G. fort, »fühlt ihr euch angeregt, aber auch beruhigt. Tao glaubt an das, was er malt, und er bringt uns ebenfalls dazu, es zu glauben.«

Tao richtet sich auf und strahlt vor Freude. Seine Kleider sind so oft gewaschen worden, dass sie von der Sonne und dem vielen Schrubben fast weiß gebleicht sind. Diese Farbe würde ich gerne in einem Bild heraufbeschwören können – die Blau- und Grautöne, die noch im Stoff verborgen sind.

»Nun wollen wir die Arbeiten meiner Tochter begutachten«, fährt Z. G. fort und wendet sich mir zu. Jetzt kommt … schon wieder … die übliche vernichtende Kritik. »Wie ihr wisst, arbeitet sie seit Längerem an einem Porträt unseres großen Vorsitzenden. Sie ist ihm nie begegnet, aber sie glaubt an ihn.«

»So wie wir alle«, ruft einer der Schüler.

»Als wir in eurem Dorf ankamen«, sagt Z. G., »war meine Tochter schwach in der Technik und hatte Angst vor dem Einsatz von Farben. Doch was ihr an Fertigkeit mangelte, glich sie durch ihre Begeisterung für das Neue China aus. Wer kann mir sagen, was an ihrem Porträt am besten gelungen ist?«

»Sie hat seinen Leberfleck nicht zu groß und nicht zu klein gemacht.« Das kommt von Deping, der für seine Rübe so arg kritisiert wurde.

»Mir gefällt sein blauer Anzug. Er sitzt perfekt«, fügt Kumei hinzu.

»Ja, und sie hat ihn ein bisschen dünner gemacht, als er wirklich ist«, fügt Z. G. schmunzelnd hinzu, und die anderen lachen mit.

»Hast du uns nicht gesagt, die beste Kunst preist Parteivorsitzende, Parteigeschichte und Parteipolitik?«, fragt Tao.

»Auf jeden Fall«, stimmt Z. G. ihm freundlich zu. »Das stellt das Rückgrat des Neuen China dar.«

»Die zweitbeste Kunst ehrt Arbeiter, Bauern und Soldaten«, fügt Tao hinzu.

»Sie sind das Fleisch unseres Landes«, pflichtet Z. G. ihm bei, aber er ist noch nicht fertig mit mir. »Meine Tochter hat das gut gemacht. Ich glaube,« – er wendet den Blick von den anderen ab und sieht mich direkt an – »meine Tochter ist nicht schlecht. Sie ist überhaupt nicht schlecht.«

Da habe ich das Gefühl, ich hätte etwas gelernt – endlich.

Als der Unterricht zu Ende ist, hilft Tao uns, die Malutensilien zurück zum Hofhaus zu bringen. Ich weiß, dass Tao und ich nicht mehr allein sein dürfen, aber ich möchte noch ein bisschen Zeit mit ihm verbringen, bevor ich das Gründrachendorf verlasse. Ich überlege gerade, wie ich es am besten anstelle, Z. G. um Erlaubnis zu bitten, als er sagt: »Seid in einer Stunde wieder da.«

Tao und ich eilen durch das Tor hinaus, wenden uns nach links und folgen dem Bach bis zu dem Pfad, der hinauf zum Pavillon der Wohltätigkeit führt. Wir haben den Pavillon kaum betreten, da zieht mich Tao in seine Arme. Ich küsse ihn, er küsst mich, alles ist sehr hektisch, übereilt, verzweifelt. Zu lange durften wir einander bei unseren Privatstunden nur über einen Tisch hinweg ansehen, getrennt durch meinen Vater. Bei Z. G.s Malunterricht in der Ahnenhalle mussten wir auf entgegengesetzten Seiten sitzen. Absichtlich sind wir zu unterschiedlichen Zeiten zu den Feldern gegangen, und wir haben uns unterschiedliche Tätigkeiten ausgesucht: Mais ernten oder enthülsen, Reis schneiden und dreschen, Körbe mit Tomaten füllen oder tragen.

Ich spüre Taos Lippen am Hals, und er macht sich an den Knebelverschlüssen meiner Bluse zu schaffen, doch da weiche ich zurück. Ich atme ein, dann noch einmal. Auch Tao versucht, sich wieder zu fassen. Ich hole noch einmal tief Luft, atme langsam aus und wende mich um, damit ich die Aussicht betrachten kann. Als ich zum ersten Mal hier war, breiteten sich die Felder vor uns aus wie grüner Satin. Jetzt sieht es aus wie Los Angeles um diese Jahreszeit, wenn sich Unkraut, Gras und Gärten hellbraun färben. Ich werde das hier vermissen. Ich werde den Geruch der Erde, die Sonnenuntergänge und die ruhigen Pfade vermissen, die sich durch die Hügel und in die Täler schlängeln. Aber am allermeisten werde ich Tao vermissen. Er steht hinter mir, die Hände auf meinen Schultern, den Mund an meinem Ohr, sein Körper an meinem Rücken.

»Darf ich dich *Ai-jen* nennen – Geliebte?«, fragt er. Er hört sich weder ängstlich noch dreist an, ist einfach nur offen und ehrlich. Ich habe schon öfter gehört, wie sich jüngere Ehepaare mit diesem Kosenamen ansprechen. Kann ich wirklich Taos Geliebte sein?

»Willst du das wirklich?«, frage ich.

»Ich wusste es schon am Abend deiner Ankunft. Der Vorsitzende Mao sagt, Frauen stützen die Hälfte des Himmels. Wollen wir nicht gemeinsam den Himmel tragen? Mein Haus ist klein, und wir würden bei meiner Familie leben müssen …«

»Warte!« Ich schüttle den Kopf, denn ich bin mir sicher, dass ich ihn falsch verstanden habe. »Was sagst du da?«

»Du bist im richtigen Alter. Ich bin im richtigen Alter. Wir sind bis zum dritten Grad nicht blutsverwandt. Keiner von uns hat irgendwelche Krankheiten. Lass uns zum Parteisekretär und seiner Frau gehen und um eine Heiratserlaubnis bitten.«

Heiraten? Sein Antrag, so es einer war, bewirkt etwas Wunderbares. All meine Sorgen und Erinnerungen sind wie weggeblasen.

»Wir kennen uns doch kaum«, gebe ich zu bedenken.

»Wir kennen uns viel besser als die Leute früher während des Feudalismus. Damals begegneten sich Jungen und Mädchen erst an ihrem Hochzeitstag.«

Doch ans Heiraten habe ich bisher überhaupt nicht gedacht. Trotzdem, hier zu bleiben, eine Million Meilen und eine Million Leben von der Chinatown in Los Angeles entfernt, wo niemand mich oder meine Vergangenheit kennt, das wäre ein Heilmittel gegen die Schuldgefühle und die Scham, die ich mit mir herumtrage, wo auch immer ich hingehe.

»Wir wollen beide dasselbe – malen, Ackerbau betreiben, die Neue Gesellschaft mit aufbauen«, fährt Tao fort.

»Das stimmt, ja, aber liebst du mich denn?« Ich bin in Tao verschossen, gar keine Frage. Ich denke unablässig an ihn. Und die Tatsache, dass er für mich in den vergangenen Wochen tabu war, macht ihn nur noch begehrenswerter.

»Ich würde dich nicht fragen, ob du mich heiraten willst, wenn ich dich nicht lieben würde.« Er lacht mich an. »Und du liebst mich auch. Das habe ich gleich bei unserer ersten Begegnung gesehen.«

Ich möchte Ja sagen. Ich möchte, dass wir uns lieben. Ich möchte, dass wir zusammen sind. Aber so sicher ich mir über meine Gefühle für ihn bin, ich bin noch nicht bereit dazu. Ich habe gerade erst meinen leiblichen Vater kennengelernt, und ich kenne ihn noch immer kaum. Dann ist da auch noch China. Ich bin neunzehn und habe die Chance, etwas zu tun, was nur wenige andere Mädchen tun können. Ich würde gerne Kanton, Peking, Shanghai und das restliche China sehen, so lange ich kann.

»Ja, ich liebe dich«, sage ich, und das glaube ich auch. Ich bin mir sogar sicher. »Aber sollen die Leute im Kollektiv glauben, wir hätten uns zusammen davongeschlichen? Was ist mit deiner Mutter und meinem Vater? Ich glaube nicht, dass deine Mutter bereit ist, mich in ihrem Haus zu haben.« (Das ist eine Untertreibung. Seine Mutter kann mich ganz offensichtlich nicht leiden.) »Und ich bezweifle, dass mein Vater jetzt schon bereit ist, sich von mir zu verabschieden.«

»Wir brauchen ihre Erlaubnis nicht.«

»Ich weiß, aber es wäre wunderbar, wenn wir ihren Segen hätten.«

Er bringt noch ein paar weitere Argumente vor, warum wir sofort handeln sollten, doch nach einer Weile gibt er nach.

»Na gut«, sagt er. »Ich werde warten.«

Dann küsst er mich noch einmal, und ich bin glücklich – richtig glücklich.

»Ich wünschte, du könntest mit mir kommen«, flüstere ich ihm ins Ohr. »Wir könnten uns China gemeinsam anschauen.«

»Ich möchte nur zu gerne weg von hier.« Er klingt hoffnungsvoll und begierig. »Aber ich bräuchte einen Inlandspass, und den habe ich nicht. Vielleicht kann mir dein Vater einen besorgen.«

Der Vorsitzende Mao hat erst im vergangenen Jahr den Inlandspass eingeführt. Die Regierung möchte die Bauern davon abhalten, in die Städte zu strömen, aber der neue Pass verbietet auch Hausierern, Ärzten und Unterhaltungskünstlern – abgesehen von denen, die von der Regierung zugelassen wurden – das Reisen. So bleiben die Dörfer unberührt, doch sie sind auch isoliert. Das gefiel mir mit am besten hier.

»Vielleicht«, sage ich. »Vielleicht.«

Als wir später zurück zum Dorf gehen, sagt Tao: »Ich verspreche dir, dich nicht zu vergessen, aber du musst versprechen, zu mir zurückzukommen.«

Am nächsten Morgen verlassen Z. G. und ich das Gründrachendorf, laufen ein paar Meilen zur Haltestelle und fahren mit dem Bus nach Tun-hsi. Von hier aus geht es nach Huangshan, wo mich die hoch aufragenden Berge und die Kiefern, die kreuz und quer aus den Felswänden wachsen, sehr beeindrucken. Wie viele Künstler vor mir werde ich an die Bedeutungslosigkeit des Menschen im Angesicht der Natur erinnert. Wir kehren nach Hangchow zurück und spazieren um den Westsee herum, so wie auf dem Hinweg ins Gründrachendorf. Doch diesmal nehmen wir uns die Zeit, die zehn Ansichten zu malen, die Kaiser K'ang-hsi vor so langer Zeit genossen hat. Z. G. erklärt mir, dass Hangchow die romantischste Stadt Chinas ist, und das spüre ich. Ich sehne mich nach Tao, und wenn ich male, spüre ich seinen Atem auf der Haut. Aber ich spüre auch, dass sich etwas in mir öffnet … als Künstlerin. Ich weiß, dass ich jeden Tag besser werde.

Anfang November kommen wir in Kanton an, um die Chinesische Exportwarenmesse zu besuchen, die eine Woche dauert. Die Künstlervereinigung möchte, dass Z. G. die Arbeiten vorstellt, in denen er sich so auszeichnet: Propaganda, die China an

Chinesen und andere in der Außenwelt verkauft, die dem Regime freundlich gegenüberstehen. Wir schlendern durch die Gänge und sehen uns die Waren an: in China hergestellte Stoffe, Radios, Thermoskannen, Grußkarten und Reiskocher. Ich gehe an 170 unterschiedlichen Traktortypen vorbei. Aus aller Welt sind Menschen gekommen, um Dampfbagger, Autoteile und Füller zu kaufen. Es gibt einfach alles: Haarnetze, Schminke und Spiegel. Aber ist es denn nicht besser, sich die Haare zu praktischen Zöpfen zu flechten, sich von der Sonne die Wangen röten zu lassen und sein Spiegelbild in einem Teich, einem Bach oder einem Wassertrog zu betrachten? Braucht man Plastikknöpfe oder Gummiband, wo doch selbst gemachte Knebelverschlüsse so viel hübscher sind und man sich mit einer einfachen Schnur die Hose ebenso gut um den Bauch binden kann wie mit Gummi? Und ganz ehrlich, wozu braucht man einen Traktor, wenn man Seite an Seite mit den Genossen die gleiche Arbeit per Hand erledigen kann? Es heißt, über zweitausend ausländische Geschäftsleute und Überseechinesen besuchen die Messe, und sie kaufen wie verrückt. Zum ersten Mal seit zwei Monaten sehe ich Nichtchinesen, und das berührt mich sehr.

Ich kann es kaum erwarten, vom Messegelände wegzukommen, aber ich war so lange auf dem Land, dass mich das hektische Treiben von Kanton überrascht. Geschäfte – Buchläden, Friseure, Banken, Fotostudios, Schneider und Kaufhäuser – kämpfen um Platz. Es gibt Krankenhäuser, Kliniken, Badehäuser und Theater. Musik, Bekanntmachungen und Nachrichten dröhnen aus Lautsprechern, die es an jeder Ecke zu geben scheint. Der Verkehr ist ein bisschen so, wie ich ihn von meinem kurzen Besuch in Shanghai in Erinnerung habe: Fahrräder, Fahrräder, Fahrräder. Ganze Familien – Mutter, Vater und zwei oder drei Kinder – balancieren auf Lenkstangen und Schutzblechen. Man benutzt auch Fahrräder, um Blechfässer, Pakete und Kisten, Schweine in Körben und große Heuballen zu transportieren, die manchmal den Kopf des Radfahrers um mehr als einen Meter überragen und bis über drei Meter Durchmesser haben können, je nachdem, von wie vielen Bambusstangen sie gestützt werden. Am besten gefallen mir die Fahrräder, auf denen die Mitgift für eine Braut durch die Straße gefahren wird, damit alle sie bewundern können – auch wenn es im Neuen China wohl angemessener wäre, sie als Hochzeitsgeschenke zu bezeichnen. Eine ganze Schlafzimmereinrichtung samt Kopfbrett, Nachttischen, Schminktisch und Kommode ist sehr beliebt, und das alles auf einem einzigen Fahrrad zu sehen, ist ein Spektakel.

An unserem letzten Abend in Kanton klopft Z. G. an die Tür meines Hotelzimmers. (Für mich war es völlig ungewohnt, in den letzten Tagen fließendes Wasser, ein Spülklosett, eine Badewanne und sogar einen Fernseher zu haben.) Er tritt ein, zieht den Stuhl vom Schreibtisch zurück und setzt sich.

»Ich habe jetzt Order bekommen, nach Peking zu fahren«, sagt er. »Ich soll meine Arbeiten bei einem nationalen Kunstwettbewerb einreichen.« Er hält inne. Ich merke, dass er etwas loswerden will. Schließlich spricht er. »Wir sind sehr nahe an Hongkong. Das ist deine Chance, dank der vielen anderen Ausländer hier das Land verlassen zu können. Du könntest versuchen, eine Ausreiseerlaubnis zu bekommen und dann mit der Fähre oder dem Zug mit einer der Delegationen nach Hongkong zu fahren. Von dort aus kannst du nach Hause fliegen.«

Fast breche ich in Tränen aus.

»Willst du mich denn nicht?«

Das hatte ich ihn gefragt, als ich bei ihm zu Hause ankam. Immer noch kenne ich die Antwort nicht. Er ist mein leiblicher Vater, aber wir haben nicht darüber gesprochen. Ich nenne ihn nicht *baba* oder Dad, und bis auf ein gelegentliches Lob für meine Bilder hat er auch für mich keine freundlichen Worte. Ich bin nicht sein kleines Teigtäschchen, wie mein Vater Sam manchmal zu mir sagte, nicht einmal *Pan-di* – Hoffe-auf-einen-Bruder –, wie mein Großvater mich genannt hat. Aber ich bin dennoch enttäuscht, dass Z. G. mich wegschicken will.

»Es geht nicht darum, ob ich dich will oder nicht«, erklärt er. »Niemand, der irgendwie wichtig ist, weiß bisher, dass du hier bist. Wenn du mit nach Peking kommst und die Leute von dir erfahren, wirst du nicht mehr nach Hause zurückkehren können.«

Ich denke an alles, was ich gesehen und erfahren habe – das Singen auf den Feldern mit Kumei, die Küsse von Tao im Pavillon der Wohltätigkeit, der Aufbau der Neuen Gesellschaft –, und wäge alles ab gegen das Geheimnis, das meine Mutter und Tante May vor mir verborgen haben, wie sie sich über mich streiten werden, meinen Onkel Vern, der als körperlich und geistig Behinderter für immer an das hintere Schlafzimmer gefesselt sein wird, und das Gesicht meiner Mutter, wenn sie mich ansieht und an den Selbstmord meines Vaters denkt.

»Ich will nicht dorthin zurück«, sage ich. »Mein Platz ist hier.«

Z. G. bemüht sich sehr, mir das auszureden, aber ich will nicht auf ihn hören. Ein Tiger kann stur sein, und ich bin fest entschlossen. Trotzdem ist mir bewusst, dass ich fast weggeschickt worden wäre. Ich muss Z. G. besser kennenlernen, und er muss schätzen lernen, dass er eine Tochter hat.

Als wir am nächsten Tag in den Zug nach Peking steigen, setzt sich Z. G. mir gegenüber, die langen Beine übereinandergeschlagen. Er hat seine bäuerlichen Sachen ausgezogen und trägt nun einen Mao-Anzug, in dem er ziemlich elegant aussieht. Ich habe mein Skizzenbuch auf dem Schoß und zeichne die Bruchstücke des Lebens, die wie Postkarten am Fenster vorbeiziehen: ein Schubkarren, der an einer Wand lehnt, ein Kumquatbaum in einem Kübel, ein kleiner Garten, der bis an die Gleise reicht, Leute, die auf Reisfeldern arbeiten. Ich habe nicht viel über zu Hause nachgedacht, seit ich nach China gekommen bin. Ich habe mich sogar sehr darum bemüht, *nicht* an zu Hause zu denken. Doch während der Zug so über Land tuckert, erinnert mich vieles an Chinatown und all die Menschen, die mich aufgezogen haben.

Ich räuspere mich. Z. G. blickt auf.

»Als ich ein kleines Mädchen war«, beginne ich mit zitternder Stimme, »lebten wir in einer Wohnung.« Er sagt nichts. Ich verstehe das als Aufforderung, weiterzusprechen. »Wir hatten keinen Garten, und ich spielte nicht mit anderen Kindern. Als ich in den Kindergarten kam, besuchte ich dann andere Mädchen zu Hause. Wir lebten in Chinatown, deshalb waren die Gärten klein, aber sie waren voller Cymbidien, Bambus, und hin und wieder gab es eine Pappelfeige. In den Gärten lag auch aller möglicher Unrat herum: gebrauchte Elektrokabel, Kehrschaufeln aus alten Sojasaucendosen und ölige Motoren. Ich dachte, so würden alle leben.«

Ich glaube – ich hoffe –, Z. G. versteht, warum ich ihm das alles erzähle. *Ich will dich kennenlernen. Ich will, dass du mich kennst.*

»Dann brachte mich meine Mutter immer zur United Methodist Church zum Chinesischunterricht«, fahre ich fort. Er bekommt große Augen. Wahrscheinlich ist es für ihn kaum vorstellbar, dass Tante May ihr Kind in eine Missionsschule schickte, aber ich weiß, was ich sagen muss. »Meine Mutter und meine Tante gingen selbst in der Methodistenmission in Shanghai zur Schule, weißt du nicht mehr? Deshalb hat sie mich dorthin geschickt. Um Chinesischunterricht nehmen zu können, musste ich jedenfalls auch sonntags zum Gottesdienst und in die Sonntagsschule gehen. Eines führte zum anderen, und schon bald luden die Frauen von der Kirche mich und andere Kinder zu sich nach Hause ein, also nach Hancock Park, Pasadena und Beverly Hills …« Als er mich fragend ansieht, erkläre ich es ihm. »Das sind gute Wohngegenden.«

»Was habt ihr denn dort gemacht?«, fragt er.

»Wir haben gesungen, an den Feiertagen gab es Geschenke – für uns arme Kinder – oder manchmal ein Klavierkonzert.«

»Reiche Leute.« Er schnaubt. »Amerika.«

»Dort bestanden die Gärten aus großen Rasenflächen und Rosenbüschen. Ich fand sie seltsam, aber man darf nie unterschätzen, wie merkwürdig die *lo fan* sein können.«

»Ich erinnere mich noch an sie aus ihrer Zeit in Shanghai«, stimmt er mir düster zu.

»Als ich vierzehn wurde«, fahre ich fort, »zogen wir in ein Haus. Es hatte einen verdorrten Garten, aber meine Mutter hat viel Zeit dort verbracht, hat das Gras entfernt und es durch das ersetzt, was unsere Nachbarn auch hatten: Cymbidien, Bambus, Gemüse und einen Haufen Unrat, den meine Eltern und Großeltern am Straßenrand aufgesammelt hatten.«

»Wenn du arm bist, weißt du nie, wann du vielleicht gebrauchte Elektrokabel oder einen alten Motor brauchen könntest«, sagt Z.G.

Ich sehe ihn an mit seinem schicken Anzug, seiner perfekt geputzten Brille, seiner geschliffenen Art. Woher will er das denn wissen?

»Als ich dann nach Chicago an die Universität gegangen bin…«

»Du warst auf der Universität?«, fragt er. Wohlgefallen, Zufriedenheit, vielleicht sogar Stolz klingen in seiner Stimme mit. Wie kann es sein, dass wir zwei Monate gemeinsam verbracht haben und immer noch so wenig voneinander wissen?

Ich nicke. »Mittlerweile war ich auf so vielen Filmsets gewesen, in all den Häusern bei den Kirchenausflügen und sogar bei ein paar *lo-fan*-Kindern von der Highschool, deren Eltern ›progressiv‹ waren, das bedeutete, es machte ihnen nichts aus, ein chinesisches Mädchen bei sich zu Hause zu haben. Damals kam ich zu dem Schluss, dass es nicht diese Häuser mit den gepflegten Rasenflächen waren, die mir seltsam vorkamen; seltsam waren vielmehr die Gärten meiner Familie und unserer Nachbarn.«

Z.G. sieht zum Zugfenster hinaus und betrachtet die kleinen Hütten, die direkt neben den Zuggleisen stehen. Er zeigt auf die kleinen Höfe und Gärten.

»So wie die?«, fragt er. »Dort gibt es den Bambus, das Gemüse, den Unrat. Allerdings keine alten Motoren oder gebrauchten

Elektrokabel. Hier hat niemand Zugang zu solchen Dingen, aber die Leute haben anderes gehortet.«

Er hat recht. Alles Mögliche – zerbrochene Tonkrüge, ein verbogener Fahrradreifen, Reissäcke aus Jute – wurde gesammelt und aufbewahrt. Ich hatte immer gedacht, die Leute in Chinatown würden alles aufbewahren, weil sie die Weltwirtschaftskrise erlebt hatten; jetzt erst sehe ich, dass Hazels Mutter und alle anderen versuchten, Südchina erstehen zu lassen. Z. G. hat mir geholfen, auf rein visuelle Weise etwas über mein Leben zu verstehen, was mir so noch nie zuvor bewusst geworden war.

»Genau so«, sage ich. »Ich hatte den Garten immer als die Domäne meiner Mutter betrachtet, aber sie kam aus Shanghai. Wieso wollte sie einen südchinesischen Garten?«

»Vielleicht war der Garten eine Spiegelung der Gemeinschaft, in der sie gelebt hat, eine Gemeinschaft mit südchinesischen Bauern.«

Wieder hat er recht. Meine Mutter und Tante May waren in Shanghai aufgewachsen, aber mein Vater Sam, meine Großeltern, Onkel und alle unsere Nachbarn waren südchinesische Bauern. Selbst diejenigen, die schon seit zwei oder mehr Generationen in Los Angeles lebten – und von denen manche gebildet waren, gut Englisch sprachen und sich wie Amerikaner kleideten –, waren im Herzen noch südchinesische Bauern. Irgendwie hatten sie eine Vorstellung davon aufrechterhalten, wie bestimmte Dinge aussehen sollten – sie wollten die Üppigkeit Südchinas in der Wüste von Los Angeles wiedererschaffen. Und was noch wichtiger war, sie besaßen immer noch ihre südchinesische Genügsamkeit.

»Ich stamme aus Shanghai«, sagt Z. G., »und May war auf jeden Fall ein Produkt von Shanghai. Du musst diese Gärten im Blut haben, aber du bist auch eine Tochter Shanghais.«

Er sagt das völlig überzeugt, und das macht mich irgendwie glücklich. Ich bin froh, dass ich beschlossen habe, mit ihm zu reden, muss jedoch ständig an die Frau denken, von der ich immer glaubte, sie sei meine Mutter. Ihrem Garten nach zu urteilen, muss sie Erinnerungen an ihr Heimatdorf gehabt haben. Oder ihr Heimatdorf war tief in ihrer Seele verborgen, so wie meine Liebe für das Ländliche durch meinen Vater Sam in mir. Wegen meiner leiblichen Eltern sollte ich durch und durch eine Tochter Shanghais sein, wie Z. G. sagt. Stattdessen fühle ich mich den Menschen draußen vor dem Fenster verbunden: den Bauern Chinas genauso wie den Menschen im Gründrachendorf, den Menschen in Chinatown, meinem Vater Sam, der mich so sehr geliebt hat. Jetzt, hier im Zug, verstehe ich ein bisschen, warum ich Tao liebe. Er erinnert mich an meinen Vater – nicht an den, der mir hier in seinem eleganten Anzug gegenübersitzt, sondern an den, der sich Sorgen machte, wenn ich krank war, der mir besondere Leckerbissen zubereitete, der mir Gutenachtgeschichten erzählte.

In Peking machen Z. G. und ich Ausflüge zur Großen Mauer, zum Sommerpalast und zur Verbotenen Stadt. Mein ganzes Leben schon kenne ich diese Orte aus der chinesischen Schule und von den Fotos und Bildern, die mein Großvater aus Zeitschriften ausschnitt, um sie an die Wand zu hängen. Die Sehenswürdigkeiten sind schön, aber bestimmt ist es im Frühjahr wesentlich angenehmer, wenn es nicht so bitterkalt ist. Abends gehen wir auf Gesellschaften. Z. G. bringt mir bei, wie ich wichtige Leute erkenne. »Ein gewöhnlicher Kader hat einen Füller in der Brusttasche«, erklärt er auf dem Empfang in einem Anwesen neben der Verbotenen Stadt, wo die wichtigsten Mitglieder der Kommunistischen Partei leben und arbeiten. »Ein Kader mit zwei Füllern ist wichtiger. Die wichtigsten tragen gleich mehrere in der Brusttasche. Das sind hohe Funktionäre.«

Z. G. scheint jeden zu kennen. Er hat gute *guan-hsi* – Beziehungen –, die wie ein Netz funktionieren, das Verbindungen zur Regierung, Familie, Einfluss und Macht miteinander verknüpft. Die Leute freuen sich, ihn zu sehen, besonders die Frauen, die ihm Getränke bringen, sich die Hand vor den Mund halten, um ihr Kichern zu verbergen, wenn er spricht, und sich überhaupt aufführen, als hätten sie noch nie einen Mann gesehen. Wir treffen viele Amerikaner, die nach den sowjetischen Fachkräften die größte Gruppe von Ausländern in Peking bilden. Wir nehmen sogar an einigen Feiern teil, bei denen der Vorsitzende Mao und Premierminister Chou En-lai im Raum ihre Runden machen. Sie nicken Z. G. ein paarmal zu, aber sie kommen nie zu uns. Das sind Menschen, über die ich gelesen habe und die mich inspiriert haben. Sie haben Geschichte geschrieben und ein Land verändert. Als kleines Mädchen habe ich bei der Arbeit an den Filmsets viele Kinostars kennengelernt. Einmal saß ich sogar bei Clark Gable auf dem Schoß. Aber keiner von ihnen hatte das Charisma der Anführer Chinas. Wenn sie den Raum betreten, verändert sich die Luft, lädt sich elektrisch auf, und zwar buchstäblich – sie funkelt und ist voller Kraft. Ich erstarre vor Ehrfurcht.

Alles ist wunderbar, nur zwei Dinge stören mich. Zum einen – und ich weiß, das ist nicht wichtig – ist es bitterkalt hier. Bei den Empfängen, zu denen wir gehen, wird kaum geheizt. Manchmal gibt es ein Kohlebecken oder einen klapprigen Heizkörper, allem Anschein nach tausend Jahre alt, der Wärme verströmt, aber in einem großen Saal oder einem zugigen Haus, das aus der Ming-Dynastie stammt, hilft das nicht viel. Ich ziehe mir jetzt immer Flanellunterwäsche unter die praktischen Wollkleider an, die mir Z. G. gekauft hat, und dazu einen Pullover, Schal, Mütze und Mantel. Das andere, was an mir nagt, müsste ich wohl als Scheinheiligkeit bezeichnen. Wir leben angeblich in einer klassenlosen Gesellschaft, trotzdem gehe ich auf Empfänge und Festessen mit den höchstrangigen Leuten Chinas. Es ist aufregend, in der Hauptstadt mit dem Vorsitzenden Mao im selben Raum zu sein, aber es ist weit entfernt von der Einfachheit – und Armut – im Gründrachendorf, und das verstehe ich nicht. Das soll nicht heißen, dass ich mich nicht amüsiere. Ich habe viel Spaß, aber mit diesem Aspekt Chinas habe ich nicht gerechnet.

Abgesehen von diesen schwierigen Fragen, jagt eine Besichtigung oder Feier die nächste. Tagsüber esse ich gedämpfte Teigtaschen, rote Datteln und kandierte Holzäpfel am Stiel von Straßenhändlern, und abends genieße ich bei den extravaganten Festessen Gang um Gang, aber nichts schmeckt für mich so gut wie das Essen im Gründrachendorf. Und ganz bestimmt ist mir niemand so ans Herz gewachsen wie Tao.

Am Tag des nationalen Kunstwettbewerbs – gefördert von der Künstlervereinigung und der Galerie für Chinesische Kunst, die beide von der Regierung kontrolliert werden – nehmen Z. G. und ich an der Eröffnungsfeier teil. Künstler aus ganz China und von unterschiedlicher Herkunft haben Werke für den Neujahrswettbewerb eingereicht. Gerade als der Vorsitzende der Jury seine Eröffnungsrede hält, betreten wir die Galerie. Während ich zuhöre, bemerke ich, dass auch der Vorsitzende Mao hier ist, ebenso wie mehrere andere wichtige politische Figuren. Einige lächeln in unsere Richtung, aber der Vorsitzende nickt wie gewöhnlich nur kurz herüber.

»Heute wählen wir das beste Bild zur Feier des bevorstehenden neuen Jahres aus«, wendet sich der Preisrichter an das Publikum. »Fällt die Wahl auf eure Arbeit, werden die Volksmassen sie bei sich zu Hause, in den Fabriken und den Kollektiven an die Wand hängen. Ihr dient den Menschen auf die bestmögliche Art und Weise, indem ihr sie anregt, beim Bau der Straße vom Sozialismus zum Kommunismus zu helfen. Die Juroren erinnere ich daran, dass alte Gewohnheiten und feudalistische Vorlieben im Neuen China keinen Platz haben. Fantasie, Aberglaube und andere reaktionäre Elemente werden nicht geduldet. Aber denkt daran, die Massen wollen im neuen Jahr auch nichts Geschichtliches an der Wand hängen haben!« Mit dieser verwirrenden Botschaft lädt er alle ein, die Ausstellung zu genießen.

Z. G. bleibt vor jedem Bild stehen. Er fragt, was ich davon halte, und danach sagt er mir, ob ich recht habe oder nicht. Er sieht ganz eindeutig Dinge, die ich nicht sehe, und versteht ihre tiefere Bedeutung, was für mich unergründlich ist. Wir bleiben vor einem Bild mit dem Titel *Der große Sieg im Volksbefreiungskrieg* stehen. Ich erkläre Z. G., dass das Bild meiner Meinung nach die Menschen ermutigen soll, sich an ihre Freude und an die Feiern in dieser Zeit zu erinnern.

»Schon«, pflichtet mir Z. G. bei, »aber ist das ein angemessenes Bild für das neue Jahr? Das Kultusministerium sagt uns Künstlern zwar, wir sollen Politik und Geschichte in unseren Werken darstellen, doch wie der Preisrichter eben gesagt hat: Die breiten Massen wollen das nicht auf ihren Neujahrsbildern sehen. Sie sehnen sich nach dem alten Stil, der ihnen ihre Hoffnungen auf Glück, Wohlstand und neue Söhne sowie ihre moralischen und religiösen Prinzipien in Erinnerung ruft.«

»Aber der Preisrichter hat auch gesagt …«

»Dass wir traditionelle Themen vermeiden sollten.« Er beugt sich vor und flüstert mir ins Ohr. »Diese Anweisung muss vom Vorsitzenden Mao kommen. Es ist an uns, zu deuten, was er will, während wir ihn davor bewahren, sein Gesicht zu verlieren. Wenn er das Gesicht verliert, müssen viele leiden.«

Ich weiche zurück, erschrocken darüber, dass Z. G. so etwas in der Öffentlichkeit sagt. Glücklicherweise ist der Lärmpegel bei den vielen Menschen hoch, und niemand kann Z. G. verstanden haben.

Er entfernt sich, und ich sehe mir die Ausstellung weiter an. Maos Wünsche und ihre Deutung durch Z. G. wurden von unterschiedlichen Malern auf unterschiedliche Weise umgesetzt. Manche haben sich für eine politische Botschaft durch Bilder aus der Vergangenheit entschieden: Türgottheiten in Militäruniformen oder Göttinnen in Bauernkleidung. Andere haben Politik und Geschichte gänzlich gemieden und sich stattdessen auf Glückssymbole verlegt.

Ich komme zu Taos Bild, das Z. G. eingereicht hat. Neben den Werken der professionellen Künstler wirkt sein Stil kindlich. Das Bild zeigt Bauern bei der Reisernte. Die Farben leuchten, sind aber flach, und es gibt wenig bis gar keine Perspektive. Dennoch hat das Bild etwas sehr Lebendiges. Ich spüre beinahe, wie ich auf den Feldern des Gründrachendorfs stehe, die heiße Sonne über mir, den Geruch der Erde in der Nase.

Z. G. hat mehrere Werke eingereicht. Mein Lieblingsbild zeigt den jungen Mao in einer langen Gelehrtenrobe. Er schreitet über ein Feld, gefolgt von Bauern und Soldaten, beinahe wie ein Gott, der seine Jünger anführt. Die Hügel um das Kollektiv des Gründrachendorfs bilden den Hintergrund. Dem Vorsitzenden wird das bestimmt gefallen, und ich frage mich, ob die Juroren sich auch davon beeindrucken lassen.

Ich hole Z. G. ein, der vor einem Bild mit dem Titel *Eine überreiche Ernte von Feldfrüchten* steht. »Du hast die meisten eingereichten Werke gesehen«, sagt er. »Welches, glaubst du, möchte der Vorsitzende Mao als Gewinner sehen?«

Bevor ich antworten kann, erhebt sich auf der anderen Seite der Galerie eine lautstarke Diskussion. Die Preisrichter haben sich um ein Bild versammelt. Wir eilen hinüber, mit anderen, die den Grund für den Aufruhr sehen möchten.

»Das hätte vor zwanzig Jahren gemalt werden können«, beschwert sich ein Mitglied der Jury. »Die Pose … Die Farben … Das ist kein sozialistischer Realismus.«

»Der Maler ist von ausländischen Elementen verdorben worden«, fügt ein anderer barsch hinzu. »Unser großer Vorsitzender hat uns erklärt, Kunst muss analysiert und in duftende Blumen und Überreste des Feudalismus aufgeteilt werden. Das hier sind die Überreste.«

»Die Rosen riechen nach kapitalistischer Ideologie«, lautet die Kritik eines dritten Preisrichters. »Seht ihr, wie sie die Hand hinter dem Kopf hält? Wir alle wissen, was das heißt. Sie verkauft sich, lockt uns mit ihrer sittlichen Verwahrlosung, wie eine Prostituierte.«

Abschätzig grummelnd bewegen sich die Preisrichter weiter. Als sich die Menge zerstreut, dränge ich mich nach vorne. Das

Bild zeigt eine junge Bäuerin, die in einem Rosenfeld steht. Sie hält einen Korb mit den Rosen, die sie gerade gepflückt hat, und ist dabei, sich eine der Blüten hinter das rechte Ohr zu stecken. Wer ist die zentrale Gestalt? Das bin ich! Z. G. hat mich gemalt! Immer wenn ich ihn mit seinem Skizzenheft am Rand der Felder des Gründrachendorfkollektivs gesehen habe, hat er mich gemalt. Genau wie Z. G.s Porträt von Mao ist auch dieses Bild eine Mischung aus Realität und Fantasie. Ich trage die Kleidung von Kumei – eine gelbe Bluse und eine leichte blaue Hose. Im Gründrachendorf war ich oft so gekleidet, aber meine Haare sind länger und zu Zöpfen geflochten, so wie bei vielen Bauernmädchen. Ich stehe in einem Feld pinkfarbener Rosen. Im Gründrachendorf habe ich keine einzige Rose gesehen.

»Du siehst aus wie deine Mutter«, sagt Z. G. mit sanfter Stimme.

Ich erröte. Tante May galt immer als schön. Ich habe von mir selbst nie so gedacht, aber wenn ich dieses Bild betrachte, scheint es doch so.

»Sie hat mir gefehlt«, fügt Z. G. hinzu. Unsere Blicke treffen sich, und einen Augenblick lang spüre ich die Liebe, die er immer noch für sie empfindet.

Dann steht der Vorsitzende Mao neben mir. Er ist ein bisschen untersetzt. Er hat Geheimratsecken. Sein Gesicht ist rund und glänzt. Er lächelt warm und einladend. Neben ihm zu stehen, ist wie neben der Geschichte zu stehen, und ich bin vor Verwunderung und Erstaunen ganz sprachlos.

»Dieses Bild gefällt mir sehr gut«, sagt er. »Das Mädchen ist hübsch, aber auch gesund. Ich nehme an, dieses Mädchen bist du.«

»Sie ist meine Tochter«, sagt Z. G. und verbeugt sich leicht.

»Ah, Li Zhi-ge, es ist lange her«, sagt Mao bedächtig. »Vor all den Jahren hatten viele von uns Frauen auf dem Lande. Ich wusste nicht, dass du auch dazugehörtest.« Er lächelt breiter. »Wie viele hübsche Töchter hast du denn noch in ganz China verteilt?«

Ich bin keiner solchen Liaison entsprungen, aber das scheint

Mao egal zu sein, der seine Aufmerksamkeit nun wieder mir zuwendet. »Hat dir dein Vater viel von mir erzählt? Wir waren zusammen in Yen'an, in den Höhlen. Erinnerst du dich noch, Genosse Li?« Z. G. nickt, und der Vorsitzende fährt fort. »Dein Vater war ein guter Kämpfer – für einen Hasen –, aber ich hatte das Gefühl, mit seinem Pinsel könnte er mehr Gutes tun und mehr Herzen erobern als mit dem Bajonett.«

Es wird behauptet, sobald der Vorsitzende Mao einmal angefangen hat zu reden, kann er nicht mehr aufhören. Andere Meinungen mag er nicht hören. Er möchte nicht einmal ein Gespräch führen wie die meisten anderen Menschen. Man muss einfach nur zuhören und versuchen zu verstehen, was er sagen will.

»Als Held der Befreiung hat dein Vater einen besonderen Platz in unserer Gesellschaft«, fährt Mao fort. »Nach der Befreiung wollte ich, dass er nach Peking kommt. Ich hatte Verwendung für seine besonderen Fähigkeiten. Er hätte mit mir und anderen vom Zentralkomitee leben können. Hier wäre er behandelt worden wie ein Fürst – ein roter Fürst, aber der Mann hat seine Heimat vermisst. Er wollte zurück nach Shanghai. Also habe ich ihn zum Vorstandsmitglied der Künstlervereinigung und zum Berater der Niederlassung in Shanghai gemacht. Bei nationalen Wettbewerben hat er Preise gewonnen, doch jeder hat schwache Momente. Jeder überschreitet gelegentlich eine Grenze.«

Z. G. räuspert sich. »Ich gebe zu, dass ich gelegentlich den falschen Weg eingeschlagen habe, aber ich bin kein Rechtsabweichler. Ich habe versucht, mich reinzuwaschen und meine Fehler zu korrigieren. Ich bin aufs Land gegangen …«

»Ja, ja«, sagt Mao und winkt ab. Er wirft mir einen kurzen Blick zu, das Gesicht erfüllt von Heiterkeit. »Wir mussten uns sogar in Yen'an mit dem Hasencharakter deines Vaters herumschlagen. So vorsichtig, so diskret, aber er hat uns nie zum Narren gehalten. Unter der weichen Decke der Hasenfreundlichkeit stecken ein fester Wille und ein fast individualistisches Selbstbewusstsein.« Er wendet sich wieder Z. G. zu. »Mach dir keine Sorgen mehr wegen dieser anderen Dinge. Wie heißt es noch? Der Hase springt immer über Hindernisse und Katastrophen und landet auf den Pfoten. Tja… Dein Porträt von mir gefällt mir. Es ist eine gute Entschuldigung. Ich glaube, wir können mit diesem und ähnlichen durchaus etwas anfangen. Doch lass mich das nächste Mal als Mann des Volkes auftreten – mit einfacher Hose, einfachem Hemd und Strohhut, und…«

»Einem simplen Hintergrund«, beendet Z. G. den Satz für ihn. »Damit die Leute nur dich sehen.«

Doch Mao hat das Interesse an diesem Gespräch verloren. Jetzt richtet er sich direkt an mich. »Du sagst nicht viel.«

»Ich habe noch gar nichts gesagt.«

Der Vorsitzende schmunzelt. Dann wird seine Miene zum Schein ernst. »Ich kenne die Akzente jeder Provinz, aber deinen kann ich nicht so recht einordnen. Woher kommst du? Ich frage nur, weil ich in ein paar Tagen ein neues und strengeres Gesetz vom Zentralkomitee verabschieden lasse – um die Abwanderung aus den Dörfern in die Städte aufzuhalten –, damit *alle* Bauern daran gehindert werden, in die Städte zu kommen. Wir werden die Eisenbahnlinien überprüfen, die Schnellstraßen, die Flusshäfen und alle Verbindungen zwischen den Provinzen. Also, Kleine, verrate mir doch, wo du aufgewachsen bist. Müssen wir dich jetzt dorthin zurückschicken?«

In meinen Augen ist er ein alter Mann – auf jeden Fall älter als meine Mutter und mein Vater –, aber versucht er nun, mit mir zu flirten, oder will er mir eine Heidenangst einjagen? Wie kann ich so antworten, dass er mich nicht wieder zurück nach Kalifornien, sondern aufs Land schickt?

»Ihre Mutter kommt aus Shanghai«, antwortet Z. G. für mich, »aber meine Tochter wurde in Amerika geboren. Sie ist vor Kurzem nach China gekommen.«

»Hast du Geld mitgebracht?«, fragt der Vorsitzende. »Geld von Überseechinesen ist hier äußerst willkommen. Mit den Devisen können wir unseren sozialistischen Staat aufbauen.«

Wieder springt Z. G. für mich ein, und zum ersten Mal höre ich ihn angeben. »Sie hat etwas noch Besseres getan. Sie ist persönlich zurückgekehrt, um dem Vaterland zu helfen.«

»Aha, aber gehört sie zu denjenigen, die morgen schon wieder eine Ausreiseerlaubnis wollen?«, fragt Mao. »Um unsere gemeinsame Front unter den Überseechinesen zu stärken, mussten wir die Kontrolle über diese Genehmigungen lockern. Zu viele verhalten sich wie Vögel im Käfig und warten auf die Gelegenheit, sich aus der Gefangenschaft zu befreien. Sie beschweren sich, dass ihre Reisrationen zu viel grobes Getreide enthalten. Sie behaupten, wir nähmen keine Rücksicht auf Alte, Kranke, schwangere Frauen oder neugeborene Babys. Der Westen hat sie verdorben, sodass sie die persönliche Freiheit über alles andere stellen, aber jetzt müssen sie der Partei gehorchen. Selbst ich muss der Partei gehorchen.« Er verstellt die Stimme und jammert wie ein unzufriedener Mann, der aus Übersee zurückgekehrt ist: »Mein Magen ist an Kuhmilch und Weißbrot gewöhnt. Er verträgt getrockneten Fisch und Gerste nicht.« Mao schnaubt. »Was ist das für ein Chinese? Ein Chinese *ist* sein Magen. Diese Überseechinesen können ihre kapitalistischen Wurzeln nicht vergessen, und sie passen sich nicht an die sozialistische Lebensweise an.«

Z. G. ignoriert das einfach. Stattdessen sagt er: »Meine Tochter hat mir auf dem Land geholfen. Wir haben das echte Leben beobachtet und daraus gelernt ...«

»Freiwillig aufs Land zu gehen, war ein kluger Schritt von dir, um den Schwierigkeiten zu entgehen, Genosse Li.«

Z. G. neigt fragend den Kopf.

»Du hast deine Sache dort gut gemacht«, fährt Mao fort, »aber dann brauchte ich dich in Kanton. Wieder hast du dich gut geführt, und so habe ich dich hierhergebracht. Als du in Peking ankamst, dachte ich, du wärst nur noch fünfzig Meter davon entfernt, als Rechter zu gelten. Dann habe ich das Bild gesehen, das dein Schüler gemalt hat, Feng Tao. Es entspricht den Dingen, über die ich mir Gedanken gemacht habe, seit ich aus Moskau zurückgekehrt bin. Dort sind sie der Meinung, sie hätten schnelle Fortschritte gemacht, und das ist richtig. Sie haben den Sputnik gestartet. Jetzt sagt Genosse Chruschtschow, dass die Sowjetunion die Vereinigten Staaten wirtschaftlich in fünfzehn Jahren überholen wird. Warum können wir Großbritannien nicht im gleichen Zeitraum überholen? Bald wird der Ostwind stärker wehen als der Westwind.«

Eine junge Frau in Uniform tritt zu uns. »Die Jury ist so weit«, sagt sie.

Der Vorsitzende verschränkt die Hände und schüttelt sie mit einer entschlossenen Geste. »Wir werden unser Gespräch später fortsetzen müssen.«

Er geht davon, und ich hole tief Luft. Ich kann es gar nicht fassen, dass ich mich mit dem Vorsitzenden Mao unterhalten habe, dass ich so nahe bei ihm stand, während er sich an die Vergangenheit erinnerte und über seine neuen Ideen sprach. Ein wenig wünsche ich mir, Joe hätte das sehen können. Doch dann verschwindet Joe wieder aus meinen Gedanken, denn Mao hat seine Beratung mit den Preisrichtern beendet und ist ans Rednerpult getreten.

»Ich hatte gerade einen kleinen Streit mit den Mitgliedern der Jury.« Er umschließt das Rednerpult mit den Händen. »Sie möchten nichts sehen, was zu populär ist oder nach westlichem Einfluss riecht. Ihnen gefallen die Kalendermädchen der Vergangenheit nicht. Ich habe da eine andere Meinung. Statt hübscher Kalendermädchen können wir doch hübsche Arbeiterinnen haben – die die Ernte einbringen, die Telefonmasten hinaufklettern oder … Blumen pflücken?«

Aufgeregt packe ich Z. G. am Arm, während überraschtes Gemurmel durch die Galerie dringt.

Mao lächelt. »Genosse Li Zhi-ge, bitte, tritt vor.«

Z. G. geht nach vorne zum Rednerpult und stellt sich in gebührendem Abstand neben den Vorsitzenden Mao. Kameras blitzen auf.

»Du bist von deinem westlichen Elfenbeinturm herabgestiegen«, sagt Mao. »Gleichzeitig hast du ausländische Techniken verwendet, um China zu dienen. Du hast mir deine rote Gesinnung mit Hilfe deiner geschickten Pinselführung bewiesen. Du hast den großen Preis gewonnen.«

Weihnachten kommt und geht, ohne ein einziges Weihnachtslied, ohne Dekorationen, ohne Geschenke, dennoch ist das Leben festlich und fröhlich. Überall hängt Z. G.s Plakat von mir. Plakate können innerhalb von zehn Stunden nach dem ersten Entwurf fertig gedruckt werden und dadurch sozusagen unmittelbare Anzeichen für die Stimmung, die Wünsche, die Strategie und die Positionen der Partei verbreiten. Nachdem Z. G. über Nacht berühmt wurde, werden wir zu Interviews und noch mehr Festessen eingeladen. Ich bekomme all die berühmten Delikatessen vorgesetzt – Affenhirn, Löwenkopf-Fleischbällchen, Schwalbennestersuppe, Haifischflossensuppe, Seegurke – und Reis, so viel ich essen kann. Wo wir auch hingehen, stellt mich Z. G. als seine Tochter und seine Muse vor. Ich widerspreche nicht, fühle mich jedoch immer noch nicht ganz wie seine Tochter und bin mir auch nicht sicher, ob ich seine Muse sein will. Seit der Ausstellung frage ich mich, ob ich Künstlerin sein könnte. Und wenn, was wäre dann die richtige Kunstform für mich – Maos Vorstellung, Z. G.s Vorstellung, die Dinge, die ich in westlichen Kunstbüchern gesehen habe? Wären hübsche Kalendermädchen wie meine Mutter und meine Tante dabei oder eher hübsche Arbeiterinnen, wie Mao vorgeschlagen hat? Und was wäre mein Thema? Kunst, die die Revolution verherrlicht, Helden preist oder die Parteipolitik unterstützt? Irgendwie passt das alles nicht so recht, ich bin meinen Emotionen ausgeliefert und kann nur an ein Thema denken: Tao.

Abends gehe ich lange aus und schlafe dann bis weit in den Tag hinein, aber ich habe immer Zeit – ich brauche die Zeit –, um über Tao nachzudenken. Ich verbringe Stunden damit, ihn aus dem Gedächtnis zu zeichnen, versuche, mir nur einen einzigen

Finger in Erinnerung zu rufen. Immer wieder denke ich an die Maler der Song-Dynastie, die wussten, wie man das Wesen von etwas mit so wenigen Strichen wie möglich einfängt. Skizze um Skizze, Pinselstrich um Pinselstrich bringt mich näher zu Tao. So sehr liebe ich ihn. Währenddessen fällt mir auf, dass sich meine Technik verfeinert hat.

Im Januar fährt der Vorsitzende Mao nach Nan-ning, um eine Rede zum Beginn des Großen Sprungs nach vorn, wie er es nennt, zu halten. Seine Worte, die ich im Radio höre, erkenne ich als Fortführung dessen, was er Z. G. und mir auf der Ausstellung gesagt hat. »Es gibt zwei Methoden, etwas zu tun«, verkündet Mao, »die eine bringt langsamere und schlechtere Ergebnisse hervor, die andere schnellere und bessere.« Er will ab sofort die Wirtschaft kontrollieren. Er sagt, China kann binnen fünfzehn Jahren die britische Stahlproduktion übertreffen, genau wie er es an dem Abend in der Galerie behauptet hat, aber wenige Wochen später ändert er seine Meinung und setzt sich ein ehrgeizigeres Ziel. China wird es in sieben Jahren schaffen. Bald darauf richtet er sein Augenmerk auf Amerika. Er behauptet, China könne innerhalb von fünfzehn Jahren die Stahlproduktion *und* die landwirtschaftliche Produktion der Vereinigten Staaten überholen. »Wir müssen uns anstrengen«, verkündet er. »Ein paar Jahre harte Arbeit, tausend Jahre Glück.« Niemand versteht, was das bedeuten soll, aber wir sind alle begeistert.

Im Februar, nach gut drei Monaten in Peking, besteigen wir einen Zug Richtung Süden nach Shanghai, denn Z. G. möchte zum chinesischen Neujahrsfest zu Hause sein. Bei meiner Abreise aus Shanghai war es unglaublich heiß und feucht. Als wir nun aus dem Zug steigen, ist es nicht so eisig wie in Peking, aber dennoch ziemlich kalt. Die Kinder tragen so viele Schichten wattierter Kleidung, dass ihre Arme waagrecht abstehen. Die Erwachsenen sehen nicht viel besser aus.

Bei Z. G. zu Hause sehe ich wieder die Plakate von meiner Mutter und meiner Tante darauf im Salon. Ich hatte sie ganz vergessen. Dann begrüßen uns die drei Dienstmädchen, alle in schwerer, wattierter Kleidung. Sie bringen mich in mein Zimmer. Zur Straße hinaus hat es große, stahlgerahmte Fenster. Es ist Winter, deshalb kann die Sonne durch die kahlen Bäume ins Zimmer scheinen – das ist gut, denn das Haus von Z. G. hat ansonsten keine Heizung. Zum ersten Mal in meinem Leben habe ich einen Schminktisch, einen Spiegel, ein Doppelbett, einen eigenen Wandschrank und ein Bad. Aber es ist kalt! Ich ziehe meine Flanellunterwäsche, dicke Socken und einen zusätzlichen Pullover unter den Mantel, den mir Z. G. in Peking gekauft hat. Um den Hals wickle ich mir einen dicken Schal und ziehe auch noch meine Handschuhe an. Ich werde sie wohl im Haus tragen müssen, um warm zu bleiben.

Als ich wieder nach unten gehe, wirft Z. G. einen Blick auf mich und sagt: »Das passt hier nicht. Du bist jetzt in Shanghai. Komm bitte mit.«

Ich weiß nicht, was an meinen Sachen nicht in Ordnung sein soll, denn er selbst trägt noch seine Reisekleidung und hat sich genauso wie ich gegen die Kälte im Haus eingepackt, aber ich folge ihm nach oben und dann eine weitere Treppe hinauf zum Dachboden. Ein paar Bilder von ihm lehnen an der Wand. Kisten und Truhen sind planlos auf dem Boden gestapelt, aber er weiß genau, wonach er sucht. Er hockt sich hin, öffnet eine Truhe und winkt mich zu sich.

»Ich hatte früher ein Atelier, in dem ich deine Mutter und deine Tante gemalt habe«, erklärt er. »Als ich nach der Befreiung nach Shanghai zurückkehrte, bin ich dorthin gegangen. Meine Vermieterin hatte alles aufgehoben. Die Menschen gehen weg – in den Krieg, in andere Länder, um dem Klatsch zu entfliehen –, aber wir Chinesen kommen immer nach Hause zurück … wenn wir können. Meine Vermieterin wusste, ich würde irgendwann wiederkommen.«

Er zieht einen pelzgefütterten schwarzen Brokatmantel heraus.

»Hier, probier den mal an. Er gehörte deiner Mutter. Sie hat ihn irgendwann in meinem Atelier liegen lassen.«

Ich ziehe das schwere deckenartige Ding aus grauer Wolle aus, das mich in Peking warm gehalten hat, und schlüpfe in Tante Mays Mantel.

»Großartig«, sage ich, »aber ist der nicht zu auffällig?«

»Mach dir darüber keine Sorgen«, beruhigt mich Z. G. »In Shanghai haben die Frauen schon immer pelzgefütterte Mäntel getragen.«

Neugierig schaue ich nach, was sonst noch in der Truhe sein mag. Z. G. reicht mir eine lange rote Satinrobe mit einem daraufgestickten fliegenden Phönixpaar. »Das hat deine Mutter getragen, für ein Plakat, auf dem ich sie als Göttin porträtiert habe. Sie sah wunderschön darin aus. Schau, hier ist noch mehr.«

Ich möchte seine Gefühle nicht verletzen, aber ich muss doch sagen, was auf der Hand liegt. »Das sind Kostüme.«

»Zu besonderen Gelegenheiten konnte man sie tragen. Du hättest deine Mutter sehen sollen, wenn sie als Mulan gekleidet war, die Kriegerin ...«

Ich verstehe alte Leute nicht. Denkt er, ich wäre wie May, wenn ich eines dieser alten Kostüme anziehe? Sieht er denn nicht, dass ich ihr gar nicht ähnlich bin? Ich starre die Robe in meinem Schoß an. Der Stoff liegt weich und füllig in meinen Händen. Ich blicke zu Z. G. auf. Noch immer habe ich ihm nicht die Wahrheit über meine Kindheit erzählt, über meinen Vater Sam oder über die Wut, die ich auf meine Mutter und meine Tante in mir trage.

»Für Kinder ist es nicht leicht, sich ihre Eltern vorzustellen, als sie jung waren«, sagt Z. G. »Aber wir hatten sehr viel Spaß, deine Mutter und ich. Auch deine Tante Pearl war wunderbar, aber May gehörte zu den Menschen, denen das Schicksal immer ein Lächeln schenkt. Komm, ich will dir noch etwas zeigen.«

Vom Dachboden aus führt er mich in sein Schlafzimmer. Ich war bisher noch nie im Schlafzimmer eines Mannes. Das Zimmer meines Onkels Vern glich dem eines kleinen Jungen, voller Modellboote und -flugzeuge. Das Zimmer meiner Eltern trug den Stempel meiner Mutter – Lampen mit Rüschenschirmen, eine geblümte Tagesdecke und Spitzenvorhänge. Dieses Zimmer hier unterscheidet sich grundlegend davon: Es wird von einem schweren Bett mit vier Pfosten in dunklem Holz beherrscht (eindeutig ein Überbleibsel des Kolonialherrn, der hier vor der Befreiung wohnte). Schwerer Stoff in dem tiefen Rot der Wände der Verbotenen Stadt liegt über der daunengefüllten Steppdecke. Alles ist ordentlich und warm, bis auf die Wand über dem Kamin, wo das Porträt von Tante May hängt. Sie ist in irgendeinen durchsichtigen Stoff gewickelt, aber nichts wird verborgen. Sie ist völlig nackt. Ich kenne Tante May schon mein ganzes Leben. Sechs Jahre lang habe ich mit ihr gemeinsam auf der Veranda geschlafen. Ich habe gesehen, wie sie von ihren Geschäftsessen spätabends nach Hause kam – sie roch ein bisschen nach Alkohol, und ihre Kleider saßen nicht mehr perfekt –, aber so habe ich sie nicht ein einziges Mal gesehen.

»Das ist deine Mutter, schön wie nie«, sagt Z. G.

Ich muss an meine Mutter Pearl denken: *Lass dir nichts ansehen. Zeige ihm nicht, wie erschrocken du bist. Tu so, als wäre das auch nur ein Bild.* Ich nicke, versuche munter zu wirken, glücklich auszusehen, aber mir ist zum Kotzen. Aufs Land zu fahren, die Sehenswürdigkeiten zu besuchen und in Peking zu feiern, das war schön und gut, aber jetzt bin ich in Shanghai, in einem Haus, das auf vielerlei Weise ein Schrein für meine Mutter und meine Tante ist. Ich bin erst wenige Minuten hier, und schon habe ich einen Einblick, wie ihr Leben gewesen sein muss, wie die beiden waren. Das waren nicht die Menschen, mit denen ich aufwuchs. Und meine Tante May hatte bestimmt kein großartiges Schicksal – sie lebte in Chinatown, war mit Vern verheiratet und gab nie zu, dass ich ihre Tochter bin.

»Das ist wunderbar«, sage ich. »Alles ist wunderbar.« Wieder überkommt mich eine Welle der Übelkeit. »Ich kann es kaum erwarten, mehr über diese Zeit zu hören, aber ich habe Shanghai noch nicht gesehen. Hast du etwas dagegen, wenn ich einen Spaziergang mache? Ich bin bald wieder da. Wir haben so viel Zeit, nachdem ich jetzt hier bin.«

»Natürlich. Soll ich mitkommen?«

»Nein, nein. Ich möchte nur ein kleines bisschen spazieren gehen nach der langen Zugfahrt.«

Ich eile nach unten und trete hinaus in die Nacht. Es ist kalt, aber die frische Luft tut gut. Ich setze ein Lächeln auf. Ich bin hierhergekommen, um glücklich zu sein, und ich werde glücklich sein. Wenn ich lächle, kann ich meinen Körper vielleicht davon überzeugen, wie glücklich ich bin. Ich schaue in beide Richtungen und entscheide mich für rechts. Ich habe keine Ahnung, wohin ich gehe. Ich muss einfach nur laufen und weiterlächeln.

Pearl

Narben auf der Brust

Ich bin unterwegs zu Z. G.s Haus, wie gewöhnlich, wenn der Tag sich neigt. Im westlichen Kalender ist es der 15. Februar, drei Tage vor dem chinesischen Neujahr. Ich bin Christin, glaube nur an einen Gott, aber den Geist der Weihnacht konnte ich nur im Herzen tragen. Am Valentinstag dachte ich an nichts als Joy und die Karten, die sie immer für ihre Klassenkameraden gebastelt hat, als sie noch in der Grundschule war. Jetzt sind alle Leute um mich herum mit den Vorbereitungen für das Neujahrsfest beschäftigt: Sie kaufen Kleider, kehren die Eingangsstufen, besorgen besondere Zutaten. Überall sehe ich Joy. Ich war völlig überwältigt, als ich Z. G.s Neujahrsplakat mit Joy zum ersten Mal sah. Nun klebt es in Cafés, Läden, Arztpraxen und Schulen an der Wand. Angeblich sind fast zehn Millionen Drucke verkauft worden. Ich hoffe, dass jedes Stückchen Papier, das ich einsammle und abgebe, wiederverwertet und zu einem weiteren Plakat mit meiner Tochter darauf gemacht wird, denn wenn ich ihr lächelndes Gesicht sehe, weiß ich, dass es ihr gut geht.

Dann sehe ich sie wirklich.

Joy!

Festen Schrittes kommt sie auf mich zu, hat keine Angst im Dunkeln, als wäre sie gerade aus einem Plakat herausgestiegen und würde sich in der Stadt auskennen. Sie trägt Mays Mantel, denjenigen, den meine Schwester damals absichtlich irgendwo liegen gelassen hat. Z. G. muss ihn über all die Jahre aufbewahrt haben. Bei diesem Gedanken gerät mein Magen in Aufruhr, aber ich achte gar nicht darauf, denn meine Tochter ist nach Shanghai zurückgekehrt! Sie sieht mich direkt an, unsere Blicke treffen sich für den Bruchteil einer Sekunde, dann geht sie weiter. Sie erkennt mich nicht. Habe ich mich so sehr verändert? Weigerte sie sich zu sehen, was sie direkt vor Augen hatte, weil es für sie unvorstellbar war, dass ich hier sein würde? Vielleicht konnte sie mich auch in den vielen Schichten wattierter Kleidung nicht erkennen, und dazu noch mit einer Strickmütze über Haaren und Ohren und einem Schal um den Hals bis zur Nase.

Ich mache kehrt und folge ihr in sicherem Abstand. Eigentlich würde ich am liebsten zu ihr laufen und sie in die Arme schließen. Aber das lasse ich lieber bleiben. Ich habe einen ganzen Arbeitstag hinter mir und sehe aus wie eine richtige Papiersammlerin, was ich ja auch bin. Sie soll mich so nicht sehen. Auch Z. G. soll mich so nicht sehen. Genau. Ich habe den weiten Weg gemacht, um meine Tochter zu finden, und nun sehe ich sie und bin erfüllt von Eitelkeit. Wie wird mich Z. G. nach all dieser Zeit ansehen? Viele Jahre lang wusste ich, dass er irgendwo in China lebte. Ich hätte nie gedacht, dass ich ihm jemals wieder begegnen würde, aber Joy zu sehen, das bedeutet, dass ich auch Z. G. wiedersehen werde. Am liebsten möchte ich mich hinter dem Gebüsch gegenüber von seinem Haus verstecken, die beiden durch die Fenster beobachten, wie sie durch die Zimmer gehen, und warten, bis ich meine Gedanken und Gefühle so weit geordnet habe, dass ich anklopfen kann. Aber das geht auch nicht. Z. G.s Dienstmädchen kennen mich. Ich möchte nicht, dass Joy durch sie von mir erfährt. Doch das ist nicht der einzige Grund. Ich weiß plötzlich nicht, was ich zu ihr sagen soll.

Wir erreichen die Huaihai-Straße. Joy biegt rechts ab und geht auf den Whangpoo zu. Ich weiß natürlich, was ich am liebsten zu ihr sagen würde – du kommst jetzt sofort mit mir nach Hause –, aber mir ist auch klar, dass das völlig verkehrt wäre. Ich war neunzehn Jahre lang Mutter und weiß ein paar Dinge über das Muttersein und meine Tochter. Ich bin enttäuscht von ihr, weil sie so dumm war, derart überstürzt hierherzukommen, aber als sie an mir vorbeilief, sah sie weder traurig noch entmutigt aus. Im Gegenteil. Welche Taktik wenden wir als Mütter also bei unseren Kindern an, wenn wir wissen, dass sie gleich einen furchtbaren Fehler begehen werden – oder ihn schon begangen haben? Wir nehmen die Schuld auf uns. In meinem Fall kann ich mir zu Recht vorwerfen lassen, dass ich sie all die Jahre angelogen habe. Ich werde ihr sagen, wie sehr ich es bereue, sie enttäuscht zu haben. Und dann, und dann … *Bitte komm nach Hause!* Aber auch diese Taktik wird nicht funktionieren.

Ich bleibe stehen und sehe zu, wie meine Tochter in der Menge verschwindet, dann gehe ich zu einer Bushaltestelle. Zu Hause angekommen, nehme ich ein Bad, stecke mir die Haare im Nacken zu einem Knoten zusammen, schminke mich und gehe zum Wandschrank. Ich betrachte meine Kleider, allesamt Erinnerungen an die Vergangenheit. Ich entdecke eine Fuchsstola. Ich sehe meinen pelzgefütterten schwarzen Brokatmantel. Es ist der gleiche, den Joy gerade trug. Damals wollte ich ihn so gerne haben und sollte ihn auf Babas Wunsch May geben. Ich ziehe ein Kleid heraus, das Madame Garnett für mich geschneidert hat, aus dunkelgrünem Wollkrepp und asymmetrisch geschnitten. An den Hüften sind zur Zierde Jettknöpfe angenäht. Vor zwanzig Jahren fand Mama das Kleid zu elegant für mich; jetzt ist es wohl genau richtig – bescheiden, ein bisschen altmodisch, und die Farbe betont meine schwarzen Haare. Z. G. würde mich vielleicht gerne in dem Brokatmantel sehen, aber so weit kann ich nicht gehen. Ich rede mir ein, dass es mir egal ist, wie ich nach zwanzig Jahren aussehe, doch das stimmt natürlich nicht. Ich sage mir, keine Frau sollte einem Mann gestatten, die Narben auf ihrer Brust oder in ihrem Herzen zu sehen.

Ich möchte etwas tun, womit ich Joy an zu Hause erinnere und das ihr zeigt, dass sie geliebt und vermisst wird. Ein Geschenk, das ist es. (Was wäre ich für eine Mutter, wenn ich sie an Weihnachten vergessen würde?) Ich nehme einen alten Parfümflakon vom Schminktisch und wickle ihn in einen meiner Seidenschals. Ich schlüpfe wieder in meine wattierte Jacke und stecke mir das Geschenk in die Tasche. Dann ziehe ich meine Arbeitshandschuhe an, schlinge mir aber einen roten Schal aus Babykaschmir aus meinem alten Leben um den Hals. Zum ersten Mal bin ich draußen auf der Straße so hübsch angezogen, das meiste ist allerdings unter der Jacke verborgen.

Mit dem Bus fahre ich zurück in Z. G.s Viertel, gehe zu seinem Haus und klingle. Eines der Dienstmädchen öffnet die Tür. Sie nickt, als hätte sie mich erwartet, und führt mich in den Salon. Ich ziehe Jacke und Handschuhe aus. Ein paar Minuten später betritt Z. G. den Raum. Ich finde, er sieht immer noch außergewöhnlich gut aus, und ich hoffe, er reagiert ähnlich auf mich. Doch als Erstes blickt er mir über die Schulter, um zu sehen, ob May bei mir ist. Um Fassung zu bewahren und mir keine Spur von Enttäuschung anmerken zu lassen, drehe ich mir den Jadearmreif am Handgelenk zurecht.

»Meine Dienstmädchen haben mir schon erzählt, du seist in der Stadt«, sagt er, und seine Stimme rinnt über mich hinweg wie Wasser über Felsen. Ein Hase ist immer vornehm und ruhig.

»Ich bin gekommen, um meine Tochter zu holen«, platze ich heraus.

»Deine Tochter?«

Seine Frage verrät mir, dass Joy nicht ehrlich zu ihm war.

»Joy«, sage ich. »Sie gehört mir. Ich habe sie aufgezogen. May hat sie mir gegeben.«

»Das hätte May nie getan, und Joy hat nichts davon gesagt …«

»Du wärst überrascht, was May alles tun würde.« Das hört sich bitterer an, als ich beabsichtigt hatte. Ich bemühe mich zu lächeln, um ihm zu zeigen, dass ich hier nicht die Böse bin. »Joy glaubte ihr ganzes Leben lang, ich sei ihre Mutter und mein Ehemann ihr Vater. Als sie die Wahrheit herausfand, ist sie weggelaufen und hierhergekommen, um dich zu suchen und … ich weiß nicht, was.«

»Joy hat mich angelogen – ihren eigenen Vater?«

Es ist befremdlich, die Fassungslosigkeit in seiner Stimme zu hören. Er kennt Joy überhaupt nicht.

»Sam Louie, mein Mann, war ihr Vater. Er ist jetzt tot.«

Z. G. lässt das auf sich wirken, denkt nach und sagt: »Trotzdem bin ich ihr Vater.«

»Diese Ehre hast du vor langer Zeit vertan.« Das hört sich sarkastisch an, aber ich kann nicht an mich halten. Zu viele Jahre voller Kummer und Leid sind vergangen, als dass er noch die Vaterschaft beanspruchen könnte. Trotzdem sieht er mich verständnislos an. »Als ich in der Nacht damals zu dir kam, um dir zu sagen, dass May und ich arrangierte Ehen eingehen müssten, mit Männern, die wir nicht kannten, hast du nicht versucht, mich, uns aufzuhalten. Warum hast du nichts unternommen? Warum hast du überhaupt nichts gesagt?«

Zwanzig Jahre des Zorns und der Enttäuschung kommen in mir hoch, aber er scheint immer noch nichts zu begreifen. Das Schlimmste ist, dass ich nicht aufhören kann, ihn anzustarren. Meine alten Leidenschaften – trotz allem, was ich jetzt über ihn und meine Schwester weiß – lassen mich flach und schnell atmen. Mein Herz klopft so sehr, dass es mir gleich durch die Brust zu springen droht. Und obwohl ich Witwe bin, obwohl ich Sam geliebt habe, spüre ich weiter unten eine Wärme, die ich für meinen Ehemann nie empfunden habe. Ich dachte immer, die Vergewaltigung sei der Grund dafür, aber jetzt wird mir klar, dass das nicht stimmt. Ich schäme mich, habe Gewissensbisse und bin immer noch wütend.

»May wusste, dass du etwas für mich empfindest«, sagt er schließlich. »Sie hat mich gebeten, dir nichts von uns zu erzählen. Sie wollte dir nicht wehtun. Ich wollte dir auch nicht wehtun. Ich wollte mich einfach nur um May kümmern.«

»Sie ist ein Schaf«, sage ich bitter. »Alle wollten sich um sie kümmern.«

Bei unserem letzten Streit sagte May, sie und Z. G. hätten immer darüber gelacht, wie ich mich in seiner Gegenwart benahm. Welche Geschichte soll ich nun glauben? Ich habe den weiten Weg unternommen, um Joy zu finden, doch nun spukt mir die Frage durch den Kopf, ob ich vielleicht mit diesem Mann, den ich über all die Jahre in meinem Herzen trug, noch Liebe finden könnte oder nicht. Sam ist erst sechs Monate tot, aber ist es möglich, dass ich eine zweite Chance verdient habe?

Moment mal!

»Was meinst du damit, du wolltest dich *um May kümmern*? Du hast sie geschwängert, und dann hast du überhaupt nichts, rein gar nichts unternommen, um ihr zu helfen. Du hast sie in eine arrangierte Ehe ziehen lassen. Du hast die Stadt verlassen. Du …«

»Sie hat mir nie gesagt, dass sie schwanger ist.«

Das verblüfft mich. Wie kann das sein?

»Als du sie gemalt hast und sie« – ich schließe die Augen, um die Erinnerung daran abzuwehren – »und sie nackt war, hast du es da nicht gemerkt?«

»Hast du es denn gemerkt?«

»Nein, aber ich habe auch nicht mit ihr geschlafen. Was dachtest du denn, was passiert?«

»Ich habe nichts gedacht«, gibt er zu. »Ich habe zumindest nicht richtig nachgedacht. Damals war ich von der Bewegung gefangen. Ich war erfüllt von *ai kuo* – der Liebe für unser Land und das Volk. Ich dachte, ich könnte helfen, China zu verändern. Ich habe nicht genug über *ai jen* nachgedacht – die Liebe, die ich für May empfunden habe. Wir alle waren jung. Keiner von uns hat über die Konsequenzen von irgendetwas nachgedacht, das wir gemacht haben.«

Es klingelt an der Tür. Wir wissen, wer es sein wird. Ich streiche mir das Kleid glatt und stecke mir ein paar lose Haarsträhnen in den Knoten. Z. G. reckt die Brust vor und verschränkt die Hände hinter dem Rücken. Wir stehen da wie zwei Statuen, während eines der Dienstmädchen zur Tür eilt.

Joy saust ins Zimmer, voller Energie, die Wangen rosa gefärbt von der Kälte. Obwohl Februar ist, sehe ich, dass sie der Sonne ausgesetzt war. Sie zieht die Mütze vom Kopf, und ihre schwarzen Haare sind zerzaust und ungekämmt. Seit sie aus Los Angeles weggelaufen ist, hat sie sich nicht mehr die Haare schneiden lassen.

Joy nimmt Z. G.s mürrischen Blick wahr und sucht nach der Ursache dafür. Ihre feinen Augenbrauen, die hübsche Nase und die vollen Lippen drücken völliges Erstaunen aus, als sie mich sieht. Sie bekommt große Augen, die sogar noch heller leuchten. Doch ich erkenne darin nicht Glück und Freude, Traurigkeit, ja nicht einmal Wut darüber, dass ich da bin. Es ist schlimmer. Die kühlen Schatten der Gleichgültigkeit fallen über ihre Gesichtszüge. Sie starrt mich an, sagt aber kein Wort.

Ich lächle und sage: »Hallo, Joy.« Als sie nicht antwortet, fahre ich rasch fort. »Ich habe dir ein Weihnachtsgeschenk mitgebracht.« Ich gehe zu meinem Mantel, krame in der Tasche nach dem eingewickelten Parfümflakon und halte ihn ihr hin.

»Ich feiere Weihnachten nicht mehr.«

Auf diese Erklärung folgt ein langes Schweigen. Sie weiß, dass ich Christin bin und dass mich das kränkt.

»Joy.« Ich bitte sie flehentlich. Sie wird reagieren müssen.

»Ich will nicht, dass du hier bist. Du machst alles kaputt.«

»Sprich nicht so mit ihr«, sagt Z. G. so ruhig wie möglich. »Sie ist immerhin deine Tante.«

Ich grabe mir die Nägel in die Handfläche, damit mich der Schmerz nicht überwältigt.

»Und du bist mein Vater«, gibt meine Tochter zurück. »Das ist viel wichtiger.«

Alles, was ich ihr sagen wollte – dass sie undankbar, grausam, verwöhnt und egoistisch ist, *genau wie deine leibliche Mutter* –, drängt aus mir heraus. Z. G. tritt einen Schritt vor. Ich hebe die Hand, damit er nicht weitergeht oder etwas sagt.

»Ich liebe dich, Joy. Können wir darüber reden, warum du

weggelaufen bist?« Ich kenne natürlich den Grund dafür – sie wollte sich nicht mit zwei Müttern herumschlagen, die sie angelogen hatten –, aber ich muss sie dazu bringen, dass sie sich öffnet. »Wir hatten an jenem Abend keine Gelegenheit, miteinander zu sprechen. Wenn du mir sagst, was du empfunden hast, geht es dir danach vielleicht besser. Und vielleicht kann ich sogar helfen.«

Und damit ist meine Tochter wieder fünf Jahre alt. Sie schiebt die Oberlippe zwischen die Zähne und beißt fest zu, um ihre Gefühle zu kontrollieren.

»Sag es mir, Schatz. Damit ich es verstehen kann.«

Als sie den Kopf schüttelt, weiß ich, dass ich die Sache richtig angehe. Dieses Muster haben wir als Mutter und Tochter häufig durchlaufen.

»Es tut mir leid, dass ich nicht mehr für dich getan habe, nachdem dein Baba gestorben ist«, sage ich. »Dafür will ich mich entschuldigen. Wir haben ihn beide geliebt.« Tränen rollen Joy über die Wangen. »Wir hätten uns aneinander festhalten sollen.«

Doch was sie nun sagt, verblüfft mich.

»Es war richtig von dir, mich links liegen zu lassen, nach dem, was ich getan habe.«

»Was hast du denn getan?«, frage ich verwirrt. Wieder kommt alles anders, als ich dachte. Ich versuche verzweifelt zu begreifen.

»Ach, Mom, das war alles meine Schuld. Tante May und ich haben uns nach eurem Streit unterhalten. Sie hat mir erzählt, dass Dad ein Papiersohn war …«

»May schiebt immer jemand anderem die Schuld zu.«

»Nein, Mom, hör mir zu. Das FBI und der INS hätten unsere Familie nie unter die Lupe genommen, wenn ich nicht dieser Gruppe in Chicago beigetreten wäre. Agent Sanders hat sich nur wegen mir an Tante May gewandt. Sie hat versucht, unserer Familie zu helfen. Sie hat versucht, eine Amnestie für dich und Dad zu bekommen. Ihr war nicht klar, dass ich das eigentliche Ziel war. Hättest du mir die Wahrheit über Dad gesagt, wäre ich vorsichtiger gewesen. Ich hätte mich nicht diesem Studentenverband angeschlossen, und wir wären der Regierung nicht aufgefallen.«

Sie hat recht. Wäre Joy nicht Mitglied dieser Gruppe gewesen, hätte alles ganz anders ausgesehen. Trotzdem …

»Das ändert nichts an der Tatsache, dass meine Schwester uns verraten hat.«

»Aber Tante May hat euch nicht verraten! Sie hat versucht, euch zu helfen, so gut sie konnte. Amnestie, Mom. Weißt du überhaupt, was das bedeutet?«

Einerseits denke ich: *Selbst hier noch, nach allem, was passiert ist, stellt sich Joy auf Mays Seite.* Andererseits höre ich jedoch auch genau, was meine Tochter gesagt hat. Ich habe May die Schuld an allem gegeben, aber was, wenn sie gar nichts dafür kann?

»Der Selbstmord deines Vaters war nicht deine Schuld, Schatz. Das darfst du nie denken. Vielleicht hat dich das FBI ja als Pfand eingesetzt, aber sie hätten das Spiel immer gewonnen.«

»Nichts, was du sagen oder tun kannst, ändert etwas an dem, was passiert ist, was ich getan habe oder wo ich gelandet bin. Du kannst mich nie so hart bestrafen wie ich mich selbst.«

»Ist das der Grund, weshalb du hergekommen bist?«, frage ich. »Um dich zu bestrafen? Aber diese Strafe ist doch viel zu hoch, für jeden.«

»Mom, du begreifst überhaupt nichts. Ich möchte daran teilhaben, etwas Größeres zu erschaffen, als es meine eigenen Probleme sind. Ich möchte Wiedergutmachung leisten für alles, was ich zerstört habe – Dads Leben, unsere Familie. Das ist meine Art der Sühne.«

»Das Beste, was du tun kannst, ist, nach Hause zu kommen. Onkel Vern vermisst dich. Und« – es kostet mich Überwindung, das zu sagen – »möchtest du May nicht auf eine neue Art kennenlernen? Selbst wenn du recht haben solltest – aber das hast du nicht –, ist Rotchina nicht der Ort, um das alles wiedergutzumachen.«

»Pearl hat recht«, sagt Z. G. »Du solltest nach Hause zurückkehren, denn du verstehst nicht, was du siehst und was du erlebst. Lu Shun hat geschrieben: ›Der Erste, der von einem Krebs kostet, muss auch von einer Spinne gekostet und gemerkt haben, dass sie nicht schmeckt.‹ Du hast nur von dem Krebs gekostet.« Er wirft mir einen Blick zu und sieht dann wieder Joy an. »Ich habe deine Mutter zum letzten Mal vor zwanzig Jahren gesehen. Ich wusste nichts von dir. Ich wusste nicht, wie es deiner Mutter und Tante ergangen ist. Warum? Weil ich mich Mao angeschlossen habe. Ich habe in Schlachten gekämpft. Ich habe Menschen getötet.«

Er zählt seine Entbehrungen während der letzten beiden Jahrzehnte auf, denn offenbar denkt er, hier geht es um ihn. Wir sollen wohl glauben, dass er uns seine Lebensgeschichte erzählt, aber ich kannte Z. G. einmal sehr gut und weiß genau, dass er vieles nicht preisgibt. Wieso auch? Er hat Joy gerade erst kennengelernt. Es ist schön, eine Tochter zu haben, die einen voller Liebe und Respekt anblickt, aber ich mag keine Lügen mehr hören.

»Du bist abgehauen«, werfe ich ihm vor. »Du wurdest als Maler berühmt, und du hast mein und Mays Leben zerstört.«

»Zerstört? Wie denn?«, fragt Z. G. »Ihr konntet das Land verlassen. Ihr habt geheiratet. Ihr hattet eine Familie. Ihr hattet Joy in eurem Leben. Manche sagen vielleicht, ich sei im Regime erfolgreich gewesen, aber andere würden behaupten, ich hätte meine Seele verkauft. Lass mich dir eins sagen, Pearl. Man kann verkaufen und verkaufen und verkaufen, doch manchmal ist das nicht genug.« Er wendet sich an Joy. »Möchtest du den wahren Grund erfahren, weshalb ich aufs Land gegangen bin?«

»Um die Massen zu unterrichten«, antwortet sie pflichtschuldig.

»Ich kann versuchen zu unterrichten, so viel ich will, aber den Ungebildeten kann ich nichts beibringen.«

Habe ich vergessen zu sagen, dass ein Hase auch eingebildet ist?

»Vielleicht bist du ein schlechter Lehrer«, sage ich.

Z. G. wirft mir einen Blick zu. »Ich habe meine Tochter unterrichtet, und sie hat eine Menge gelernt.«

»Und du hast auch Tao unterrichtet«, fügt Joy hinzu.

Als sie den Namen ausspricht, klingt ihre Stimme plötzlich ganz hell.

»Ich habe ihn gelobt, weil ich irgendjemanden loben musste«, sagt Z. G. »Er ist nicht besonders gut. Das siehst du doch sicher auch.«

»Nein«, widerspricht sie zornig.

Sie sieht ihn voller Empörung an. Diesen Blick kenne ich noch von ihr als kleinem Mädchen, wenn man ihr etwas sagte, was sie nicht hören wollte. Aufgrund ihrer Reaktion möchte ich wissen, wer dieser Tao ist, aber Z. G. hakt noch einmal nach: »Willst du wissen, weshalb ich aufs Land gegangen bin?« Diesmal wartet er nicht auf eine Antwort. Wir werden es zu hören bekommen, ob wir wollen oder nicht. »Shanghai war im letzten Jahr völlig anders als jetzt. Jazzclubs hatten wieder geöffnet, für Leute wie mich – Künstler und, na ja, die Angehörigen der alten Elite. Es gab Tanzabende, Opern und Akrobaten. Dann startete Mao die Hundert-Blumen-Bewegung.«

Ich erinnere mich, wie begeistert Joy davon war und dass sie mit ihrem Onkel Vern darüber in Streit geriet, der glaubte, die Kampagne würde »kein gutes Ende nehmen«.

»Es hieß, wir könnten sagen, was wir wollten, ohne Angst vor Repressalien haben zu müssen«, fährt Z. G. fort. »Wir kritisierten alles, von dem wir glaubten, dass es in den ersten sieben Jahren des Regimes nicht funktioniert hatte, beschwerten uns über alles Mögliche und taten unsere Ansichten ohne Vorbehalte kund: Dass es in der Regierung ein Rotationsprinzip geben sollte, dass es ein Fehler war, sich bei der Sowjetunion einzuschmeicheln, und dass die Kontakte zu den Vereinigten Staaten und dem Westen wiederaufgenommen werden sollten. Künstler und Schriftsteller hatten eigene Beschwerdelisten. Wir wollten die Kunst und die Literatur von der Partei loslösen. Wir waren nicht der Meinung, dass alle Kunst und Literatur Arbeitern, Bauern und Soldaten dienen sollte. Ab Mai wollte der Vorsitzende Mao dann keine Kritik mehr hören. Im Sommer gefiel ihm das alles gar nicht mehr, kein bisschen. Als er eine Rede darüber hielt, wie man ›Schlangen aus ihren Höhlen lockt‹, wussten wir, dass die Anti-Rechts-Kampagne begonnen hatte. Der Speer trifft den Vogel, der den Kopf herausstreckt.«

Ich weiß nicht, warum Z. G. so weit vom Thema abgewichen ist, aber Joy ist fasziniert. Sie setzt sich und hört hingebungsvoll zu. Irgendwo tief drinnen packt diese Geschichte sie, an der Stelle, die ich bisher nicht erreichen konnte. Erzählt er Joy, die unter ihren eigenen Tragödien, Sorgen und Schuldgefühlen – ob berechtigt oder nicht – leidet, wie er gerade erfahren hat, nun seine Leidensgeschichte, um ihr eine Perspektive zu geben? Ich setze mich zu Joy auf das Sofa und zwinge mich, genauer zuzuhören.

»Als die Säuberung begann, wurden einige Kader in entlegene Gebiete ›hinauf in die Berge und hinab in die Dörfer‹ geschickt, wo sie unwichtige Posten einnehmen oder Feldarbeit leisten sollten. Für Schriftsteller und Künstler war es noch schlimmer. Wisst ihr, was Ministerpräsident Chou En-lai gesagt hat, als er nach dem Grund dafür gefragt wurde?«

Keine von uns beiden antwortet.

»Er hat gesagt: ›Wenn Intellektuelle keinen Mist schaufeln, vergessen sie ihren Ursprung, werden eingebildet und verlieren die Fähigkeit, den Arbeitermassen mit ganzem Herzen zu dienen.‹ Aber Mist zu schaufeln, ist nicht Strafe genug für diejenigen, die man als Konterrevolutionäre, Rechtsabweichler, Spione, Taiwan-Sympathisanten oder Verräter bezeichnet hat …«

»Ich verstehe nicht, was das alles damit zu tun haben soll, dass ich Joy mit nach Hause nehme« sage ich.

»Sie sieht nur, was sie sehen will, und ich möchte, dass sie es auch versteht«, erklärt Z. G. »Als sich alles änderte, warf man mir vor, ich sei ein giftiges Unkraut und keine duftende Blüte mehr. An dem Tag, an dem Joy in Shanghai ankam, wurde ich bei der Künstlervereinigung öffentlich kritisiert. Meine Freunde warfen mir vor, meine Einstellung sei zu westlich, ich würde bei meinen Bildern westliche Techniken der Schattierung und der Perspektive anwenden, und meine Pinselstriche seien zu individualistisch. Ich bin nicht aufs Land gegangen, um den Massen Kunstunterricht zu geben. Ich war nicht dort, um das echte Leben zu beobachten und daraus zu lernen. Ich war dort, damit ich nicht zur Umerziehung in ein Arbeitslager musste.«

»Das kann doch nicht sein«, sagt Joy unsicher.

Wie leid sie mir tut. Sie muss alles mit ganz anderen Augen sehen … schon wieder. Sie muss begreifen, dass der Mensch, zu dem sie sich geflüchtet hat, ebenfalls auf der Flucht war.

»Denk mal nach, Joy«, sagt er. »Sie haben uns im Hofhaus des Grundherrn untergebracht, in das sie die anderen unliebsamen und fragwürdigen Leute im Gründrachenkollektiv gesteckt haben.«

»Das stimmt nicht.« Sie bleibt weiterhin stur.

»Das stimmt schon. Kumei, Yong und Ta-ming waren die Konkubine des Grundbesitzers, eine seiner Ehefrauen mit gebundenen Füßen und sein einziger überlebender Sohn.«

»Kumei kann doch keine Konkubine gewesen sein …«

»Du dachtest, die Dorfbewohner würden uns eine besondere Behandlung zukommen lassen, aber ich sage dir, es war eine Strafe, dass sie uns im Hofhaus haben wohnen lassen.«

»Aber wir haben doch dem Volk gedient«, argumentiert Joy. »Wir haben bei der Kollektivierung geholfen.«

»Durch das freiwillige Angebot, in das Dorf zu gehen, wollte ich Einfluss auf meine Strafe nehmen«, sagt Z. G. »Ich hatte damit gerechnet, mindestens sechs Monate lang im Gründrachendorf bleiben zu müssen, aber das wäre noch besser gewesen als die vielen Jahre im Arbeitslager … falls ich überhaupt jemals herausgekommen wäre. Als du plötzlich bei mir auf der Schwelle standest, wurde alles noch komplizierter. Wie konnte es sein, dass ich eine Tochter aus Amerika habe – unserem ultraimperialistischsten Feind? Wenn jemand nach deiner Mutter fragen würde, was sollte ich sagen? Dass sie ein Kalendermädchen war? Jeder hätte den Schluss gezogen, dass sie nationalistische Verbindungen hatte, sonst hätte sie China nicht verlassen. Das wäre wieder ein Minuspunkt für mich gewesen.«

»Aber der Vorsitzende Mao mag dich«, jammert Joy geradezu. »Er hat mir alles über eure gemeinsame Zeit in den Höhlen von Yen'an erzählt.«

»Damals waren wir Genossen«, bestätigt Z. G. und schließt den Kreis zur Vergangenheit wieder. »Ich habe mich mit ihm getroffen und wurde im Winter 1937 Mitglied der Lu-Shun-Kunstakademie. Ich habe alle ausgebildet, die sich unserer Sache angeschlossen haben, um kulturelle Propaganda zu betreiben. Wer sollte das besser können als jemand, der viele Jahre lang Werbeplakate gemalt hat? Es ist nicht schwierig, von schönen Mädchen in erfundenen Landschaften auf Bilder von Mao, Chou und anderen Parteiführern umzusteigen, die in erfundenen Situationen mit lächelnden Arbeitern, Soldaten und Bauern posieren.«

»Das ist nicht erfunden …«

»Nein? Hast du den großen Steuermann jemals mit Bauern durch die Felder gehen sehen?«, fragt Z. G. Er wartet auf eine Antwort, und als keine kommt, fährt er fort. »Er hat es ja schon erzählt: Als wir nach Peking einmarschiert sind, hat er mir einen wichtigen Posten angeboten, aber ich war mittlerweile desillusioniert. Während des Feudalismus sagten die Leute: ›Dem Kaiser zu dienen, ist das Gleiche, wie wenn eine Ehefrau oder Konkubine ihrem Ehemann oder Herrn dient. Die größte Tugend ist es, loyal und unterwürfig zu sein.‹ Das möchte Mao von uns, aber ich fürchte, ich kann nur dann loyal und unterwürfig sein, wenn Arbeitslager oder Tod die Alternativen darstellen. Glücklicherweise kam meine Rehabilitation schon nach wenigen Monaten. Sie begann, als Mao mich nach Kanton geschickt hat.«

Als ich das Wort *Rehabilitation* höre, muss ich an Sam denken.

Auch er wurde von der Regierung verfolgt, aber für ihn gab es keine Rehabilitation. Joy scheint das nicht aufzufallen.

»Aber der Vorsitzende Mao mag dich«, beharrt sie leise.

»Dich mag er«, antwortet Z. G. »Es hat ihm gefallen, dass ein so hübsches Mädchen Amerika verlässt, um hierherzukommen. Danke, dass du mir bei meiner Rehabilitation geholfen hast.«

»Rehabilitation?«, wiederholt Joy, die das Wort nun mitbekommen hat.

»Erinnerst du dich nicht mehr an sein Gespräch mit uns auf der Ausstellung?«, fragt Z. G.

Ich weiß nicht, wovon sie reden, doch Joy nickt zustimmend.

»Warum hast du mir das nicht erzählt?«, fragt sie.

»Ich habe es ja versucht, aber du wolltest mir nicht zuhören. Als wir in Kanton waren, wollte ich, dass du das Land verlässt.«

»Das stimmt«, gibt Joy zu.

»Na, offensichtlich hast du dich nicht genug bemüht«, mische ich mich ein. Beide wenden sich mir zu, als würden sie sich erst jetzt wieder erinnern, dass ich ebenfalls da bin.

»Die Wahrheit ist, ich wollte nicht, dass sie geht«, gesteht Z. G.

»Sie ist deine Tochter! Du hättest sie schützen müssen!«

»Sie ist meine Tochter«, sagt Z. G. »Ich wusste nicht, dass es sie gibt. Ich war egoistisch. Ich wollte sie kennenlernen.« Nun wendet er sich an Joy. »Das bedeutet aber nicht, dass du hierbleiben solltest.«

»Ich will auch gar nicht hierbleiben. Ich will zurück ins Gründrachenkollektiv.«

Z. G. wirkt besorgt. Ich kenne diesen Ort nicht, aber ich weiß, dass meine Tochter nicht in ein Kollektiv gehört.

»Die Menschen werden von der Erde und dem Wasser um sie herum geprägt«, sagt er. »Du bist Amerikanerin. Du kennst keine Not, du musstest nie ums Überleben kämpfen. Wenn du zurück ins Gründrachendorf gehst, gibst du das Großstadtleben auf. Du wirst nicht nach Shanghai zurückkehren können. Und du wirst China ganz sicher nicht verlassen können.«

»Ich will China auch nicht verlassen«, sagt Joy stur. »Das ist jetzt mein Zuhause.«

»Wie erkläre ich ihr das so, dass sie es versteht?«, fragt mich Z.G. Joy erstarrt, und ich bleibe still. Er wendet sich wieder an Joy. »Ich habe Mao und Chou mit meinen Bildern um Vergebung gebeten, aber wer weiß, was morgen passiert? Mao wird es nicht zugeben, wenn er sich getäuscht hat. Er entledigt sich jeder Person, die nicht seiner Meinung ist. Seit dem zurückliegenden Klassenkampf wurden alle, die entweder Hirn oder Rückgrat hatten, ins Arbeitslager geschickt oder umgebracht. Wer blieb, so wie Chou En-lai, hat Angst, sich gegen Mao zu stellen, aber das ist auch egal, denn er hört sowieso niemandem mehr zu. Wer wird China vor schlechten Ideen schützen?«

Als ich das hübsche Gesicht meiner Tochter betrachte, sehe ich ihr an, dass es ihr völlig egal ist, was Z.G. sagt. Er hat es mit Vernunft versucht – so ichbezogen das auch gewesen sein mochte –, doch meine Tochter leidet an etwas, das mit Logik nichts zu tun hat. Die Toten können die Lebenden einfordern, und Schuldgefühle und Kummer fordern mein Mädchen ein.

»Joy«, sage ich sanft, »kommst du mit zu mir nach Hause? Du hast noch nie das Haus gesehen, in dem May und ich aufgewachsen sind.«

»Warum sollte ich?«

»Weil ich deine Mutter bin und die weite Reise zu dir unternommen habe.«

»Niemand hat dich gebeten herzukommen.«

»Joy!« Die Strenge in Z.G.s Stimme kommt überraschend. Joy blinzelt heftig, denn sie schämt sich und kämpft gegen Tränen an. Zu mir sagt er dann: »Das geschah alles sehr plötzlich. Wir brauchen Zeit, um uns daran zu gewöhnen. Lass Joy ein paar Tage hier, dann bringe ich sie zu dir.«

Pearl

Das Leid des Lebens

15. Februar 1958

Liebe May,
unser Mädchen ist endlich nach Shanghai zurückgekehrt. Sie ist gesund und unversehrt. Das ist erst einmal das Allerwichtigste. Ich war so darauf fixiert, sie zu finden, dass ich nicht genug darüber nachgedacht habe, wie sie reagieren wird, wenn sie mich sieht, oder wie es weitergehen soll. Ich kann nur sagen, wie es ist. Joy möchte nicht nach Hause zurück. Sie glaubt – und das schmerzt mehr, als ich je ausdrücken könnte –, dass sie die Schuld an Sams Tod trägt. Sowenig ich das auch wahrhaben möchte, sie hat zumindest zum Teil recht. Wäre sie nicht Mitglied dieser Studentenvereinigung geworden, hätte das FBI uns niemals näher unter die Lupe genommen.
Wie Du weißt, habe ich Dir die Schuld an allem gegeben, was geschehen ist. Dass Joy weggelaufen ist und ich Deine Hilfe brauchte, war der einzige Grund, weshalb ich überhaupt Kontakt zu Dir gehalten habe. Du hast versucht, mir Deine Gefühle verständlich zu machen – am Flughafen und in Deinen Briefen – aber ich habe Dir nicht zugehört und wollte Dich nicht ernst nehmen. Einerseits bin ich immer noch böse auf Dich, aber als Joy genau dieselben Worte ausgesprochen hat wie Du, da habe ich sie anders gehört. Amnestie. Glaubst Du, sie hätten Sam und mir wirklich Amnestie gewährt? Als Du

mir erzählt hast, was Du getan hattest, habe ich Dir Deine Gründe dafür nicht abgenommen. Ich dachte, Du würdest einfach alles sagen, um Dich zu schützen. Aber ich habe mich geirrt. Du hast uns nicht angezeigt, um uns zu schaden. Du hast uns angezeigt, weil Du Sam schützen wolltest, mich und vor allem wahrscheinlich Joy.
Amnestie. Ich wiederhole das Wort immer wieder, und mit jedem Mal bestrafe ich mich ein bisschen mehr. Wenn ich mich getäuscht habe, dann muss sich auch Sam getäuscht haben. Hätten wir gestanden, wäre Sam noch am Leben, und die Familie wäre noch zusammen. Ach, May, Du hättest Joys Gesicht sehen sollen, als sie von Sam gesprochen hat. Es hat mir einen Stich ins Herz versetzt. In all den Jahren wurden so viele Fehler begangen, die in ebenso vielen Tragödien endeten, und nun stehen wir hier. Sam ist tot, und Joy wird so sehr von Schuldgefühlen geplagt, dass sie sich weigert, nach Hause zu kommen – nicht nach Los Angeles und noch nicht einmal in unser altes Haus in Shanghai. Sag mir, was ich tun soll.
Pearl

Ich habe nichts von Z. G. geschrieben, denn ich möchte nicht, dass diese alte Geschichte wieder zwischen uns schwärt. Ich habe das Gründrachenkollektiv nicht erwähnt, Joys politische Ansichten nicht und auch Tao nicht, der wahrscheinlich ein junger Mann ist, den sie auf ihren Reisen kennengelernt hat. Wenn ich an diesen Tao denke, fallen mir lauter Beispiele für das schlechte Urteilsvermögen meiner Tochter ein. In dieser Beziehung gleicht sie ihrer leiblichen Mutter zu sehr. Aber was bringt es, ihr darüber zu schreiben? Ich falte den Brief zusammen, stecke ihn in einen Umschlag und versehe ihn mit unserer Adresse in Los Angeles. Dann stecke ich diesen Umschlag in einen größeren Umschlag, der an den Cousin aus der Familie Louie im Dorf Wah Hong adressiert ist, zusammen mit der Bitte an den Mann vom Familienverband in Hongkong, meinen Brief per Luftpost zu schicken.

Am nächsten Tag kommt ein Brief von May. Er wurde vor zwölf Tagen aufgegeben. Seit dem ersten Päckchen im letzten Oktober habe ich regelmäßig Pakete mit verstecktem Geld von meiner Schwester bekommen. Heute erhalte ich zum ersten Mal einen einfachen Brief. Bestürzt stelle ich fest, dass er bereits geöffnet wurde. Glücklicherweise ist kein einziges Wort durchgestrichen worden.

4. Februar 1958

Liebe Pearl,
ein trauriges Ereignis folgt auf das andere. Vern starb letzte Woche. Nach Sams Tod und nachdem Du und Joy weg wart, war er nie mehr derselbe. Ich glaube, er hat aufgegeben, aber Dr. Nevel sagt, ich sollte nicht so denken. »Knochentuberkulose nimmt nie ein glückliches Ende.« Das hat er gesagt. »Außerdem hatte er noch die mentalen Probleme.« Ja, Vern ist geistig immer ein kleiner Junge geblieben, aber er hat nie jemandem etwas zuleide getan. Er war freundlich. Er hat seine Leiden und Schmerzen still ertragen. Und wir wissen beide, wie großzügig er sein konnte.
In den vergangenen Tagen habe ich mein Leben mit völlig anderen Augen betrachtet. Ich war Vern nie eine gute Ehefrau. Ich war ständig nur weg. Ich habe mich darauf verlassen, dass Du Dich um ihn kümmerst, und das hast Du auch getan, so wie Du Dich um so vieles für mich gekümmert hast. Ich habe nie etwas von Schuldgefühlen oder Reue gehalten. Ich habe es Dir immer übel genommen, wie Du am Unglück festhältst. Doch nun hat es mich eingeholt. Als ich zusah, wie der Bestatter und seine Helfer Vern aus dem Haus trugen … Alles, was von meinem Mann noch übrig ist, sind die Gerüche seiner Krankheit, die immer noch im Raum hängen, und ein paar seiner Modellflugzeuge und -boote, die in der schrecklichen Nacht, in der Joy weglief, nicht zu Bruch gingen. Wenn ich daran denke, wie ich mich wegen der Modelle

über ihn lustig gemacht habe … Wenn ich daran denke, wie ich es immer Dir und Sam überlassen habe, euch um Verns Windeln, wundgelegene Stellen und den Geruch zu kümmern … Seit Du und Joy weg seid, hatte er nur noch mich und gelegentlich Besuch von den Onkeln und ihren Familien. Ach, Pearl, jetzt verstehe ich, wie es Dir ging, nachdem Sam gestorben war, und er war so viel mehr Mann und Ehemann, als es mein Vern jemals war.

Ich habe die Bestattungszeremonie für Vern in Deiner Kirche organisiert. Der Pfarrer hieß mich willkommen und äußerte nicht ein einziges Mal Kritik, weil ich nie im Gottesdienst war. Die Frauen – Violet und die anderen – behandelten mich wie ein Mitglied ihrer Gemeinde und nicht wie jemanden, der sich immer wegen ihrer schlechten Kleidung und altmodischen Frisuren über sie lustig gemacht hat. Ich bin allen so dankbar, denn wer hätte Vern sonst ins Jenseits begleitet? Beim Leichenschmaus fanden sich nur wenige ein – nur zwei Tische waren besetzt. Als ich nach Hause kam, habe ich Räucherwerk am Hausaltar angezündet. Ob er im chinesischen Himmel oder in Deinem Himmel ist, ich hoffe jedenfalls, er ist bei Vater Louie, Yen-yen und Sam. Er wird wieder von der Liebe umgeben sein, die er verdient hat.

Ich versuche mir vorzustellen, wie Du diesen Brief liest. Denkst Du: Was für eine nutzlose, egoistische und ichbezogene Frau meine Schwester doch ist? Das ist alles richtig. Kann ich mich noch ändern, oder ist es zu spät?

Pearl, auch wenn Du weit weg bist, Du sollst wissen, dass ich jeden Tag an Dich denke. Warum habe ich so lange gebraucht, um zu begreifen, was im Leben wichtig ist? Ich habe mich immer darauf verlassen, dass sich andere um mich kümmern. Jetzt bin ich allein in diesem Haus und in meinem Leben. Bitte komm zurück, Pearl. Bitte. Ich brauche meine Schwester.

Alles Liebe, May

Ich weine über all das Leid des Lebens. Ich bete für Vern und hoffe, dass er endlich von den Schmerzen erlöst wurde, die er all die Jahre ertragen musste. Es tut mir weh, wenn ich mir vorstelle, dass er in seinen letzten Tagen nur May um sich hatte. Offenbar hat sie endlich den Mann verstanden, mit dem sie verheiratet war, und begriffen, welch ein guter Mensch er war. Doch Vern? Er muss sie als exotischen Vogel wahrgenommen haben, der spätnachts oder frühmorgens in sein Zimmer gerauscht kam, nur um gleich wieder zu verschwinden. Seine einzigen wirklichen Gefährten waren Sam und ich. Ich mag nicht mehr weinen. Ich mag keinen Kummer mehr empfinden. Ich habe Joy gefunden, aber werde ich jemals wieder Freude im Herzen tragen?

Ich nehme Papier und Stift zur Hand und schreibe:

> Wir haben uns bemüht, so gut es ging, aber manchmal ist das nicht genug. Vern hat länger gelebt, als seine Ärzte jemals gedacht hätten. Ich wünschte, ich wäre jetzt bei Dir, denn ich verstehe Deinen Schmerz nur zu gut.

Aus Z.G.s »paar Tagen« werden mehrere Wochen. Ich nehme meine tägliche Routine wieder auf: Ich fahre mit dem Bus zur Arbeit, betrachte den Hafen und sammle Papier. Ich stelle mich in den diversen Läden an, um mit meinen Bezugsscheinen Öl, Fleisch und Reis zu besorgen. Ich nehme mir Zeit, um zu beten, melde mich einmal im Monat bei Inspektor Wu auf der Polizeiwache und besuche regelmäßig die politischen Versammlungen. Ein- bis zweimal am Tag gehe ich bei Z.G. vorbei, immer zu einer anderen Zeit. Wenn ich als Papiersammlerin gekleidet bin, falle ich Joy und Z.G. nicht auf.

Durch die Fenster beobachte ich das Kommen und Gehen der Dienstmädchen und erfahre viel. Joy schläft lange, frühstückt im Bett, badet ausgiebig, zieht sich an. Gegen Mittag verlässt sie dann mit ihrem Vater das Haus. Sie steigen in eine Limousine des Typs »Rote Fahne«, deren blaue Vorhänge zugezogen sind, damit sie keinen neugierigen Blicken ausgesetzt sind, wenn sie zu Partys oder wohin auch immer gebracht werden. Manchmal sehe ich Joy in Kleidern, die ich kenne. Es sind Kostüme, die May und ich früher bei Sitzungen mit Z. G. getragen haben.

Z. G. und Joy sind nahezu unübersehbar. Sie scheint die Aufmerksamkeit zu genießen. In Los Angeles hing es Sam ewig nach, früher einmal Rikschafahrer gewesen zu sein. In Shanghai ist Joys Vater eine Berühmtheit. Es bedrückt mich, wenn ich sehe, wie sie leben, und ich verstehe nicht, warum Joy nicht gegen die Privilegien rebelliert. Schlimmer noch, sie haben gar kein Interesse daran, mich öfter zu sehen. Doch am meisten tut es weh, dass sie mich offenbar absichtlich ausschließen. Meine Gedanken kreisen ständig um meine Tochter. Ich sehe sie jeden Tag, und doch ist sie in vielerlei Hinsicht immer noch sehr weit weg.

Dann geschieht etwas, wovon ich May berichten muss. Ich mache mir Sorgen, dass es die Behörden auf den Plan ruft, wenn ich so viel Post nach Wah Hong schicke. Doch May muss das hören.

20. März 1958

Liebe May,
heute ist Joys zwanzigster Geburtstag. Ich habe sie eingeladen, bei uns zu Hause zu feiern. Ich habe Koch sogar gebeten, ein paar unserer Lieblingsgerichte von früher zuzubereiten – gedämpften Aal, Garnelen mit Wasserkastanien und Acht-Schätze-Gemüse. Aber das Ganze war eine einzige Katastrophe. Du und ich, wir haben unser Haus immer geliebt, doch es sieht nicht mehr so aus wie früher. Wie ich Dir schon schrieb, habe ich in den vergangenen Monaten einige unserer alten Möbel aus Leihhäusern zurückgekauft. Jedes Mal, wenn ich etwas entdecke, habe ich das Gefühl, ich würde alles wiedergutmachen. Aber wie hat Joy sich das alles angesehen? Ich fühlte mich geistig sehr arm. Und was habe ich mir dabei gedacht, als ich Koch bat, für uns zu kochen? Das Essen war verkocht und geschmacklos. Wie soll

ein mittelmäßiges Mahl in unserem alten Esszimmer es mit den Banketten aufnehmen, an denen Joy teilgenommen hat? Ich muss Dir noch einmal sagen, dass sie gut aussieht. Sie durfte zur besten Schneiderin der Stadt gehen. Die Frau ist keine Madame Garnett, aber was sie für Joy genäht hat, ist weit eleganter als die übliche Kleidung, die ich hier auf der Straße sehe. Vielleicht kann sie doch noch ein bisschen von dem Shanghai erleben, das wir geliebt haben, zumindest von dem, was noch davon übrig ist.

Es ist kaum mehr als ein Monat vergangen, aber ich warte immer noch auf den Moment, in dem Joy sagt: »Mom, bring mich nach Hause.« Ich fürchte, davon sind wir weit entfernt. Es hilft nichts, dass ich glaube, sie ist verliebt. Sie hat mir nicht viel von diesem Tao erzählt, aber wenn sie von ihm spricht, färben sich ihre Wangen hübsch rosa, und ihre Augen glänzen. Bestenfalls kann ich sagen, dass Joy und ich einen Waffenstillstand geschlossen haben, der uns beiden nicht ganz geheuer ist.

Liebe Grüße, Pearl

Wieder schreibe ich ihr nichts von Z. G. Ich erzähle May nicht, wie sorgsam er Joy am Ellbogen gehalten hat, als er sie durch mein Haus führte. Ein paarmal sah es aus, als würde sie gleich fliehen – zum Beispiel, als sie den Schmutz in der Küche bemerkte, den ich immer noch nicht wegputzen konnte, als sie Plakate von meiner Schwester und mir im Schlafzimmer hängen sah und als sie Koch kennenlernte. Z. G.s Knöchel färbten sich weiß, während er sie festhielt. Ich frage mich, was er wohl vorher zu ihr gesagt hat und danach, als sie gegangen waren.

Von May erhalte ich keine Antwort auf meine letzten beiden Briefe. Wurden sie abgefangen? Wird man mich verhaften? Hatte May zu viel zu tun, um zu schreiben? Oder wird sie zermürbt von Gram, Trauer und Schuldgefühlen? Das kenne ich. Ich warte einen Monat, dann schreibe ich ihr eine kurze Nachricht:

Ist alles in Ordnung? Hast Du meine Briefe erhalten? Falls nicht: Ich habe Joy gefunden, und ich bin sehr traurig wegen Vern. Bitte schreib so bald wie möglich.

Dann warte ich auf Antwort. Es kommt keine, und das bedeutet, ich muss May nichts über das Plakat mit Joy schreiben, was wiederum zurück zu Z. G. führen würde. Ich muss auch nichts über den Tag schreiben, an dem Joy unangekündigt und zum ersten Mal allein zu Besuch kam. Ich saß da und schaute aus dem Fenster, und da sah ich sie. Sie betrachtete die erste Rose, die am Zaun blühte. Ich freute mich sehr, sie zu sehen, denn ich war überzeugt, in Joy hätte ein grundlegender Wandel stattgefunden. Ich kochte Tee, und wir setzten uns in den Salon. Mit ihrem Besuch wollte Joy mir die Hand reichen, dessen bin ich mir sicher, dennoch plauderte sie nur über Unwichtiges. Sie erzählte mir, sie habe sich bei der Polizei und beim Blockkomitee in Z. G.s Wohnviertel gemeldet. »Das war keine große Sache«, sagte sie. Sie war auch bei der Kommission für Belange von Überseechinesen gewesen und bekam die gleichen speziellen Gutscheine, die auch ich erhalte. »Aber die brauche ich gar nicht«, sagte sie achselzuckend. »Bei Z. G. bekomme ich, was ich will.«

Während sie sprach, war ich den Tränen nahe, denn manchmal ist es verdammt schwer, Mutter zu sein. Wir müssen warten, warten, warten, bis unsere Kinder uns ihre Herzen öffnen. Und wenn das nicht funktioniert, müssen wir uns die Zeit vertreiben bis zu dem Moment der Schwäche, in dem wir uns wieder in ihr Leben stehlen können und sie uns entdecken und sich erinnern, dass wir die Menschen sind, die sie bedingungslos lieben.

Ich habe meine Sorgen, aber anderswo geht das Leben weiter. Z. G. hat ein neues Plakat gemalt. Es zeigt Mao – der Vorsitzende hat es sich laut Joy persönlich so gewünscht – in einfachen Hosen und weißem, am Kragen offenem Hemd vor einem simplen Hintergrund. Er sieht aus wie ein wohlwollender Gott – aus dem Volk und für das Volk. Ehrlich, man kann nirgendwohin gehen und nichts tun, ohne sein Gesicht zu sehen. Er ist buchstäblich überall – an Häuserwänden, in Restaurants, in privaten Räumlichkeiten. Angeblich ist dieses Plakat im ganzen Land 40 Millionen Mal verkauft worden. In jedem anderen Teil der Welt würde das Z. G. zu einem äußerst wohlhabenden Mann machen. Hier bekommt er für sich und Joy Privilegien und Einladung zu Partys (der Partei!).

Und immer noch kein Brief von May. Soll ich ihr noch einmal schreiben oder besser eine Weile gar nichts mehr schicken? Ich weiß nicht, worin das Problem liegt. Für den Fall, dass es mit dem Inhalt meiner Briefe zu tun hat, beschließe ich, etwas Positives über den Großen Sprung nach vorn zu schreiben. Dennoch bin ich vorsichtig, aber das ist einfach. Ich muss nur den Enthusiasmus wiedergeben, den ich über Lautsprecher höre, auf Plakaten sehe oder in den Zeitungen lese. May und ich sind Schwestern. Ich gehe davon aus, dass sie zwischen den Zeilen liest.

15. Mai 1958

Liebe May,
der Vorsitzende Mao, unser oberster Führer, lässt uns wundervollen Zeiten entgegengehen. Er hat sich einen Wahlspruch ausgedacht, den wir alle freudig wiederholen: Ein paar Jahre harte Arbeit, tausend Jahre Glück. Weißt Du noch, wie die Menschen in China Hunger litten? Jetzt wird China ein Land des Überflusses und des Wohlstands. Andere Nationen werden nicht länger auf uns herabblicken. Das werden wir mit Hilfe von »zwei Generälen« erreichen: Landwirtschaft und Stahl. Wenn wir alle hart arbeiten, wird sich bald jeder in Satin und Seide kleiden. Wir werden in Wolkenkratzern wohnen – mit Heizung, Klimaanlage, Telefonen und Aufzügen. Wir werden Freizeit haben, die wir mit unseren Familien verbringen können.
Ich kann kein Getreide pflanzen, aber jeden Tag helfe ich meinen Nachbarn vor und nach der Arbeit, Stahl herzustel-

len. Wir sind zufrieden damit, kein Geld dafür zu bekommen, denn wir bauen die Nation auf. In jedem Block steht mindestens ein Hochofen aus grauem Ziegelstein. Die Genossen in unserem alten Haus waren alle einverstanden, unseren letzten Heizkörper zu dem Hochofen unserer Straße zu bringen. Du solltest mich sehen, May. Drei Abende in der Woche arbeite ich am Blasebalg, damit der Ofen weiterbrennt. Kannst Du Dir vorstellen, wie ich Eisen schmelze? So stark bin ich für die Volksrepublik China. Wenn ich nicht am Blasebalg stehe, gehe ich mit gesenktem Blick durch die Straßen. Ich suche alte Nägel, rostige Zahnräder, jedes Stück Metall, das von anderen übersehen wurde. Der Vorsitzende Mao sagt, Stahl ist der Oberbefehlshaber der Industrie!

Ich schreibe ihr nicht, dass das, was wir geschmolzen haben und dann auf Trockenbretter gießen, gar nicht aussieht wie der Stahl, den ich aus der Wochenschau kenne. Was stattdessen herauskommt, sind stumpfe, rötliche, sandige Klumpen. Abgekühlt sehen sie dann aus wie *nui-shi-ge-da* – Kuhfladen. Ich kann mir nicht vorstellen, was man daraus machen soll. Bestimmt keine Traktoren, T-Träger oder Textilmaschinen, denn dafür ist das Material nicht stark genug. Soweit ich das beurteilen kann, ist es reine Verschwendung von Zeit, Energie und Schweiß – und alles ohne Entlohnung. Doch wenn ich das laut äußerte, würde ich für meine zu kapitalistische Denkweise öffentlich von den anderen Mietern und dem Blockkomitee kritisiert werden.

Die größte Neuigkeit ist, dass letzten Monat die erste Volkskommune gegründet wurde. Sie umfasst 40 000 Menschen! Der Vorsitzende Mao sagt: »Die Volkskommune ist großartig!« Ich war noch nicht auf dem Land und kann mich nur darauf verlassen, dass der Vorsitzende Mao erzählt, was er mit eigenen Augen gesehen hat. Er sagt, auf dem Land reichen die Getreidesäcke bis zum Himmel. Ja, wir sind auf dem

Weg, die Vereinigten Staaten zu überholen. Bald wird China Getreide zu Euch exportieren!

Alles Liebe, Pearl

Schließlich kommt ein Brief, aber es ist keine Antwort auf meine Nachricht über den Großen Sprung nach vorn. Er ist auf den 1. März datiert, und May muss ihn geschickt haben, nachdem sie meinen Brief mit der Nachricht erhalten hat, dass Joy nach Shanghai zurückgekehrt ist. Ein guter Teil davon wurde geschwärzt. Übrig geblieben sind hauptsächlich Fragen, auf die nicht nur May, sondern offenbar auch die Zensoren und Inspektor Wu eine Antwort möchten. »Wo war Joy die ganze Zeit über? Wenn Joy nicht bei Dir wohnt, wo lebt sie dann? Wer hat ihr etwas zum Anziehen gekauft? Wer es dieser Tao, den Du erwähnt hast? Das hört sich nicht gut an. Sie ist kein Mädchen, das man für ein paar Meter Stoff kaufen kann.« Die Zeile verrät mir mehr als jede andere, dass May keine Ahnung hat, was hinter dem Bambusvorhang vor sich geht. Es gibt keine unzüchtigen Mädchen mehr. Dann stellt sie die Frage, die ich schon seit geraumer Zeit erwarte. »Hast Du Z. G. gefunden? Es wird Dir nicht leichtfallen, aber Du musst versuchen, ihn zu finden. Wir alle waren damals gut miteinander befreundet. Er muss uns helfen.«

Diesen letzten Teil lese ich mehrmals. Jämmerliche Eifersucht steigt in mir hoch, aber wie kann es denn sein, dass ich eifersüchtig bin – nach all den Jahren? Ich bin hier, um meine Tochter mit allen Kräften dazu zu bringen, sich zu erinnern, wer oder was sie ist, doch irgendetwas in mir hängt immer noch unwichtigen Dingen von vor zwanzig Jahren nach. Ich rufe mir all die Briefe ins Gedächtnis, die ich seit meiner Ankunft in Shanghai von May bekommen habe. Hat sie zuvor schon einmal nach Z. G. gefragt? Nein, aber er war in jedem ihrer Briefe präsent: »Triffst Du Leute aus der Vergangenheit? Wie ist es unseren damaligen Freunden ergangen?« Wie oft habe ich ihre Fragen ignoriert, habe sie noch mehr geschwärzt als die Zensoren? Sicher, hie und da habe ich geantwortet: Soundso ist im Krieg gestorben, war ein Held, wurde erschossen oder ist geflohen … Aber Z. G. habe ich mit keinem Wort erwähnt. Warum? Ein verbitterter Teil von mir wollte das geheim halten. War das meine Rache für die Rolle, die May bei Sams Tod spielte? Wie kann das sein, denn jetzt weiß ich doch, dass sie gar keine Schuld daran trägt?

Keiner von uns ist vollkommen. Ich bin nicht die Gute, für die ich mich immer hielt. Ich schäme mich zu sagen, dass ich nicht zurückschreibe, weil ich Dinge sagen könnte, die ihr richtig wehtun würden. Seit Joy mich hier allein besucht hat, führen mich Z. G. und sie einmal die Woche zum Essen aus. Ich könnte May erzählen, dass Z. G., Joy und ich erst gestern Abend gedämpften Krebs mit klarer Brühe, Dreierlei von der Ente und Fisch mit Mandarinsauce – alles Spezialitäten aus Shanghai – in einem Restaurant am Bund gegessen haben. Ich könnte darüber schreiben, wie schön Joy aussah und dass sich die Spannung zwischen uns zu lösen scheint, dass mich Z. G. aber anstarrte in dem roten Kleid, das May selbst vor langer Zeit so geliebt hat. Ich könnte schreiben, dass wir drei manchmal im Yu-Garten spazieren gehen. Oder dass wir entweder bei mir oder bei Z. G. im Viertel gemeinsam an den Hinterhofhochöfen gearbeitet haben. Wir haben uns gut unterhalten, und ich möchte den Bann nicht dadurch brechen, dass ich alles meiner Schwester erzähle. Doch obwohl ich nicht vollkommen bin, ginge es zu weit, meiner Schwester nicht zu schreiben. Das wäre brutal und unnötig, und sie würde sich zu viele Sorgen machen. Ich halte mich wieder an die Politik.

20. Juni 1958

Liebe May,
es ist fast drei Monate her, seit die erste Volkskommune gegründet wurde. Eine Kommune wird gebildet, wenn mehrere Kollektive oder Dörfer zusammmengefasst werden, um sich die Arbeit und den Profit zu teilen. Jetzt gibt es überall Kommunen! Manche haben 4000 Mitglieder, manche sogar

50 000. Wir in Shanghai helfen unseren Genossen auf dem Land. Wir haben schon immer unsere Fäkalien auf Lastkähnen zu den Bauern geschickt. Jetzt warten wir alle auf diese Augenblicke des Tages, wenn wir mit unseren Körperausscheidungen den Aufbau des Sozialismus und das Erreichen unserer Ziele unterstützen können. Wir empfinden eine unglaubliche Freude, Aufregung und Stolz, wenn die Fäkalienschiffe den Bund verlassen und flussaufwärts zu den Kommunen fahren.

Der Stahl, den die Leute produzierten, hat dem Vorsitzenden Mao großes Vertrauen in unsere Fähigkeiten gegeben. Zuerst sollten wir die Stahlproduktion Großbritanniens in fünfzehn, dann in sieben und dann in fünf Jahren übertreffen. Jetzt sollen wir das in zwei Jahren schaffen! Gleichzeitig hat er verkündet, dass wir unsere Getreideernte verdoppeln werden. Der Vorsitzende Mao sagt, die Kommunen sind das Tor zum Himmel. China wird den Sozialismus überspringen und direkt zum Kommunismus übergehen können. Ich wünschte, Du wärst hier, um all die Veränderungen zu sehen. Du würdest vor Glück gleichzeitig lachen und weinen.

Es ist ein Segen, dass Joy niemals Heimweh nach dem Land ihrer Geburt hat. Sie genießt das Land ihres Blutes. Sie begreift, dass sich das wahre freie Denken entwickelt, wenn jeder der Kommune gehorcht. Ihr geht das Herz über vor Idealismus.

Du solltest an Dein Vaterland denken und Geld schicken, um die Nation aufzubauen.

Liebe Grüße, Pearl

Ich bin sicher, May wird die nicht allzu verborgenen Botschaften über den Wahnsinn dieser Kommunen, die Lächerlichkeit der Ziele des Großen Sprungs nach vorn und meine Angst um Joy verstehen.

Am 28. Juli bekomme ich ein Päckchen aus Wah Hong. Darin

finde ich einen Rock und eine Bluse. Ich schneide die Naht am Kragen auf und finde zwanzig Dollar darin sowie eine kurze Nachricht von May.

> Ich setze großes Vertrauen in meine Schwester, aber Du musst dich mehr anstrengen, Joy zu überzeugen, nach Hause zu kommen. Und Du hast mir immer noch nichts von Z. G. erzählt. Hat Joy ihn gefunden?

Ich habe ihr verschlüsselte Briefe geschickt – und Dinge weggelassen, die ihr sicherlich auffallen würden –, und dann schickt sie mir eine Nachricht, von der sie wissen muss, dass sie mich verletzt! Ich muss mich »mehr anstrengen, Joy zu überzeugen«, China zu verlassen, als hätte ich nicht mein Leben aufgegeben, um hier zu sein, als würde ich nicht jeden einzelnen Tag kämpfen, um mich stark zu machen für den Moment, in dem ich zu ihr durchdringen kann? Und natürlich ist dann da noch die Sache mit Z. G.

Ich verstecke den Brief mit den anderen, die ich bekommen habe, und schreibe im Plauderton zurück.

> Wenn ich von der Arbeit nach Hause komme, kocht Dun – erinnerst Du Dich an den Studenten, der den Wintergarten im ersten Stock gemietet hat? – oft Tee für mich. Wir setzen uns zusammen in den Salon und reden über Bücher. Neulich habe ich in einem Leihhaus eine von Mamas Ätzglasvasen entdeckt. Ich habe sie gekauft, und nun steht sie auf unserem Frisiertisch. Ich habe Rosen aus dem Garten hineingestellt, deren Duft den Raum erfüllt.

Ich schreibe nichts von den Dingen, die den Zensoren nichts sagen, meine Schwester jedoch verletzen würden. Doch sie ist ungeduldig mit mir geworden. Ihr nächster Brief ist der kürzeste:

Hast Du Z. G. gesehen? Triffst Du Dich etwa mit ihm? Sag es mir doch einfach, denn wir haben einander genug wehgetan.

Ich starre auf ihre Wörter. Wahrscheinlich hat meine Schwester das spätnachts geschrieben, sonst wäre sie nicht so direkt gewesen. Ob sie wohl ins Innere des Hauses gezogen ist? Weg von der Veranda mit dem Fliegengitter? Schläft sie in Verns Bett? In dem von Vater Louie? In meinem? Unser Haus war nicht groß, aber jetzt ist sie allein, und es muss ihr riesig vorkommen.

Drei Tage später kommen Z. G. und Joy mit Neuigkeiten zu mir. Beim Großen Sprung nach vorn geht es nicht nur um Stahl und Getreide, erzählen sie mir. Alle 600 Millionen Chinesen müssen »hinausgehen, sich hohe Ziele stecken und größere, schnellere, bessere und wirtschaftlichere Ergebnisse dabei erzielen, den Sozialismus aufzubauen«. Um diesen Auftrag zu erfüllen, wird Z. G. zurück aufs Land geschickt, wo er mehrere Dörfer besuchen soll. Beunruhigt stelle ich die naheliegende Frage.

»Wird Joy dich begleiten?«

»Ja, wir gehen aufs Land«, antwortet Joy für ihn.

Ich möchte nicht, dass sie zurück aufs Land geht. Sie kann nicht dorthin, wenn Z. G. hierbleibt. Ich wende mich an ihn. »Du bist berühmt. Du musst das nicht tun, oder?«

Z. G. sieht mich streng an. »Ich habe die Wahl«, sagt er. »Alle Kunststudenten und Künstler müssen drei bis sechs Monate auf dem Land verbringen und die Massen dazu bewegen, Kunst hervorzubringen, ansonsten können sie auch drei bis sechs Monate in einer Fabrik arbeiten.«

Er erklärt weiter, dass die Fabriken sich neue Herausforderungen gestellt haben. Sie wollen in einer Woche mehr Taschenlampen, Radios oder Thermoskannen produzieren als bisher in einem Monat. Baumwollspinnereien haben die Menge an Stoff, die sie pro Jahr produzieren, heraufgesetzt. Z. G. möchte lieber Kunst herstellen – das entspricht mehr seinem Wesen –, als sich in einer Fabrik verlieren, aus der er vielleicht nie mehr herauskommt.

»Ich versuche, das als Ehre und als Privileg zu betrachten. Die Regierung möchte, dass besonders viel Kunst entsteht«, erklärt Z. G. »Dafür brauchen wir zusätzliche Hände. Diese Hände sind dort, wo sie schon immer waren. Auf dem Land.«

»Aber Bauern sind keine Künstler.«

Ich versuche, ihn mit Logik dazu zu bringen, nicht aufs Land zu gehen – und meine Tochter mitzunehmen –, aber Joy hält das für eine politische Auseinandersetzung.

»Du hast Z. G. nicht unterrichten sehen«, sagt sie. Ihre Augen funkeln genauso, wie wenn sie über die Revolution spricht. Sie zitiert mehr oder weniger Mao: »Solange wir Begeisterung und Entschlossenheit zeigen, können wir alles erreichen!«

Wie schon zu der Zeit, als wir jung waren, nimmt Z. G. einen pragmatischeren Standpunkt ein. »Taiwan und die Vereinigten Staaten sind Verbündete. Sie versuchen eine Allianz mit Japan und Südkorea zu bilden. Das gefällt dem Vorsitzenden Mao nicht, und er will der Welt unsere Stärke zeigen.«

»Aber wie soll ein Haufen schlechter Bilder – gar nicht zu reden von Tausenden billiger Taschenlampen – der Welt dort draußen irgendetwas beweisen?«

»Seit Jahren wird die rote Gesinnung dem Können übergeordnet«, antwortet Z. G. »Es kommt auf Quantität an, nicht auf Qualität, wenn wir uns dieser neuen Herausforderung stellen wollen. Joy und ich fangen jedenfalls im Gründrachendorf an, wo wir im letzten Sommer waren. Es gehört jetzt zu einer Kommune. Wenn wir dort fertig sind, geht es weiter Richtung Süden in andere Kommunen. Anfang November soll ich auf Wunsch der Künstlervereinigung zur Messe nach Kanton. Danach kehren wir nach Hause zurück.« Er hält inne, bevor er hinzufügt: »Hoffe ich.«

Das ist eine lange Zeit, und ich möchte nicht wieder von meiner Tochter getrennt sein.

»Willst du wirklich so lange wegbleiben?«, frage ich Joy vorsichtig.

»Ach, Mom, kapierst du denn gar nichts? Wir sind hier, weil wir dich bitten wollen, mit uns zu kommen. Z. G. hat eine Genehmigung für uns alle.«

Mom. Sie hat mich Mom genannt.

»Ich will dir alles zeigen«, fährt Joy fort. »Nimm deine Kamera mit, dann kannst du Bilder machen. Bitte sag Ja.«

Seit ich hier bin, hat mich Joy zum ersten Mal um etwas gebeten. (Die Abendessen zu dritt waren allesamt Z. G.s Idee.) Sie möchte wirklich, dass ich mitkomme, das merke ich. Und das gibt den Ausschlag für mich, mit ihnen aufs Land zu fahren, auch wenn mir bei der Vorstellung nicht ganz wohl ist.

Nach einem ausführlichen Gespräch mit Inspektor Wu bekomme ich eine Reiseerlaubnis. Ich rechne zusammen und tausche ein paar meiner Dollars bei der Kommission für Belange von Überseechinesen gegen Sondergutscheine. Bevor ich Shanghai verlasse, schreibe ich ein letztes Mal meiner Schwester. Ich weiß, es wird ihr wehtun. Ich wollte ihr irgendwann die Wahrheit sagen, aber ich hätte nicht gedacht, dass es so aussehen würde.

Z. G. und ich fahren mit Joy aufs Land.

Ich stelle mir vor, wie May bei uns zu Hause diese Zeile liest. Sie wird das Schlimmste von mir annehmen. Das weiß ich, denn ich würde das auch tun. (Und wenn ich ehrlich bin, wird sie recht haben. Eine solche Gelegenheit, mit ihm zusammen zu sein, hatte ich nie. Ja, Joy wird auch dabei sein, aber wer weiß, was passieren könnte … Ich sollte nicht voreilig sein.) May hatte immer schon nah am Wasser gebaut. Diesmal werden die Tränen aus einer alten, dick vernarbten Wunde kommen. Ihre ältere Schwester hat sich gerächt. Kein Stich ins Herz tut mehr weh als von jemandem, der behauptet, er liebt einen am allermeisten. Ich weiß das, denn meine Schwester hat mir dieses Messer oft ins Herz gestoßen.

Es tut mir leid, dass ich Dir nicht vorher von Z. G. erzählt habe. Verzeih mir. Es ist nichts passiert. Ich bin immer noch einfach Deine *jie jie*, und ich wünschte, ich hätte etwas, was Dir gehört, das ich aber nie haben konnte und sicherlich nicht verdient habe. Ich werde Dir aus dem Gründrachendorf schreiben, das ist unsere erste Station, aber ich weiß nicht, wie gut die Post von dort aus funktioniert. Ich liebe Dich sehr, May. Vergiss das nie.

JOY

Ein kleiner Rettich

Ein Bus bringt uns von Tun-hsi zum Ausstieg für das Gründrachendorf. Körbe voller Feldfrüchte und Töpfe mit gekochten Speisen wurden an den Straßenrand gestellt, um kundzutun, dass der Große Sprung nach vorn ertragreich war und die Nahrung an alle verschenkt werden kann, die vorbeikommen. *Esst! Wir haben genug!* Ich sehe auch viele kleine Kinder – ein weiteres Geschenk des Vorsitzenden Mao. *Bekommt Kinder! Zeugt mehr Kinder!*

Z.G. und meine Mutter sitzen zusammen auf einer Bank auf der anderen Seite des Gangs. Meine Mutter sitzt angespannt und zusammengekrümmt da, als schützte sie das vor den anderen Passagieren, den Hühnern und Enten, den Gerüchen und dem Zigarettenrauch. Immer wieder spielt sie an dem kleinen Lederbeutelchen herum, das sie am Hals hängen hat. Es ist identisch mit dem, das mir Tante May geschenkt hat, bevor ich ans College ging, und das ich trug, als ich nach China kam. Ich wünschte, meine Mutter hörte auf, dauernd daran herumzufummeln und sich aufzuführen, als wäre das Ende nah. Ich lasse mir mein Glück nicht von ihr verderben, denn …

… wir kehren ins Gründrachendorf zurück, und ich sehe Tao wieder!

Shanghai war ganz anders, als es meine Mutter und meine Tante beschrieben haben, aber der Lebendigkeit dort kann man kaum widerstehen. Z. G.s Haus war wunderbar. Ich mochte seine drei Dienstmädchen, auch wenn sie mich manchmal seltsam ansahen und untereinander über Dinge gestritten haben, die ich nicht mitbekam. Aber abgesehen von diesem kleinen Ärgernis – das ich, wie Z. G. meinte, einfach herunterschlucken soll, denn Dienstmädchen kann man nun einmal nicht am Schwatzen hindern – war das Leben dort gut, besser als alles, was ich in Chinatown erlebt hatte.

Mein Vater ist sehr wichtig. Seine Position – in Kombination mit ein paar an den richtigen Mann gebrachten Schachteln Zigaretten – hat dafür gesorgt, dass ich ganz vorne in die Warteschlange der Arztpraxis durfte, als ich im Frühjahr Halsschmerzen hatte, und dass wir die besten Tische bei Banketten bekamen. Ich hörte vertraute Lieder von Jazzbands: »You Are My Sunshine«, »My Old Kentucky Home« und »My Darling Clementine«. Ja, sonderlich kommunistisch oder sozialistisch hört sich das nicht an. Und es stimmt, alles, was ich gemacht habe, seit Z. G. und ich vor Monaten aus dem Gründrachendorf abgereist sind, stellt einen Verrat an meinen Idealen dar. Aber um China zu helfen, musste ich mehr darüber erfahren. Die Mahlzeiten – ob sie zu Hause von Z. G.s Dienstmädchen zubereitet oder bei einem Bankett serviert wurden – waren köstlich. In Shanghai isst man gerne süß. Meine Mutter mochte immer gerne Zucker und hat ihn auf die verrücktesten Sachen gestreut, zum Beispiel auf in Scheiben geschnittene Tomaten. Jetzt ist mir klar, wo sie das herhat. Selbst bei den schicksten Festessen gibt es immer einen Teller Pommes frites, die mit feinem weißem Zucker bestäubt wurden. Es gab so vieles zu schmecken, zu sehen und zu lernen. Es hat Spaß gemacht.

Nur an der Tatsache, dass Shanghai früher das Zuhause meiner Mutter und meiner Tante war, konnte ich nicht vorbei. Ich möchte nicht sie sein, nicht wie sie sein und nicht an sie erinnert werden, und trotzdem kam ich um all das nicht herum. Allein schon Z. G.s Bitte an mich, die Kleider von seinem Dachboden zu tragen. Sie waren natürlich schön und so, aber das Ganze war trotzdem unheimlich. Und außerdem war meine Mutter ja auch in Shanghai. Z. G. bestand darauf, dass wir uns einmal die Woche mit ihr trafen. Wie oft haben Mom und Tante May davon geschwärmt, wie groß und elegant ihr Haus war, doch so toll fand ich es nun auch wieder nicht. Groß war es schon, aber schmutzig, und es waren zu viele Leute dort. Und was ist mit Koch und dass er zu meiner Mutter ständig *kleines Fräulein* sagte? So sollte sich eigentlich niemand mehr ausdrücken, aber ihm war das egal.

Meine Mutter? Sie hat sich nach Kräften bemüht – das weiß ich –, aber ich bin nach China gegangen, um mich von ihr zu lösen. Ich möchte nicht an die Vergangenheit erinnert werden. Ich möchte nicht an meinen Vater Sam denken. Wenn mich meine Mutter mit ihren traurigen Augen ansieht, wenn ich ihre vorwurfsvolle Stimme höre, wenn sie mich zögerlich am Arm berührt, wenn ich sehe, wie sie mich aus dem Schatten heraus beobachtet, will ich so weit wie möglich von ihr weg. Dann bot sich schließlich die Gelegenheit, aus Shanghai herauszukommen, aber nicht so, wie ich gehofft hatte, denn Z. G. bestand darauf, dass wir meine Mutter bitten mitzukommen. Andererseits wollte ich auch, dass sie mitkommt, und zwar umso mehr, je mehr sie sich sperrte. Ich will ihr zeigen, wie falsch sie denkt. Ich will, dass sie den Erfolg des Großen Sprungs nach vorn sieht. Wenn sie merkt, wie glücklich ich im Gründrachendorf bin, lässt sie mich vielleicht gehen – lässt sie mich vielleicht los, wie damals, als ich ans College gegangen bin.

Ich schaue aus dem Fenster, während sich der Bus dem Ausstieg zum Gründrachendorf nähert. Weiter vorne steht eine Gruppe von Menschen, sie halten Reisbündel in den Armen oder heben Willkommensschilder hoch. Aus der Ferne winkt Kumei. Ihr kleiner Junge steht neben ihr. Ta-ming ist im vergangenen Jahr ganz schön gewachsen. Parteisekretär Feng Jin und Sungling nehmen aufrechte, würdevolle Posen ein. Da stehen auch noch andere Leute, die ich jedoch nicht kenne. Derjenige, nach dem ich Ausschau halte – Tao –, hat sich vor die Gruppe gestellt, damit ich ihn auch sehe.

Holpernd kommt der Bus zum Stehen. Jemand hilft meiner Mutter beim Aussteigen. Sie bedankt sich, streicht sich das Haar glatt, faltet die Hände und wartet. Unser Gepäck wird ausgeladen. Ich grinse idiotisch. Tao sieht genauso gut aus wie bei meiner Abreise – stark, sonnengebräunt, mit strahlendem Lächeln. Am liebsten würde ich ihm gleich um den Hals fallen, aber das geht natürlich nicht.

Ein mir unbekannter glatzköpfiger Mann tritt vor. »Ich bin Brigadeführer Lai«, sagt er. »Der Bezirk hat mich hierhergeschickt, um die Volkskommune Löwenzahn Nummer acht zu leiten.«

Er ist ein Ein-Füller-Kader, das ist allenfalls mittelmäßig für jemanden, der so um die vierzig zu sein scheint. Andererseits ist er bereits kahlköpfig, was als Zeichen für Weisheit gilt. Alles in allem kann sich die Kommune glücklich schätzen, wenn jemand von seinem Format dafür sorgt, dass die Ziele des Großen Sprungs nach vorn eingehalten werden.

»Kommt«, sagt er. »Wir haben einen Rundgang und ein Essen für euch vorbereitet.«

Er geht voran, und wir folgen ihm. Es ist glühend heiß. Wir haben ein paar Meilen zu gehen. Meine Mutter holt einen Regenschirm hervor, um sich vor der Sonne zu schützen. Die anderen betrachten sie amüsiert. Schließlich kommen wir zu dem Hügel, der die natürliche Grenze zum Gründrachendorf bildet. Mit entschlossener Miene packt meine Mutter ihren Koffer und marschiert energisch weiter. Als wir oben am Hügel sind, breitet sich das Gründrachendorf unter uns aus. Am Wegrand steht ein neues Schild.

WILLKOMMEN IM GRÜNDRACHENDORF

MITGLIED DER VOLKSKOMMUNE LÖWENZAHN NUMMER ACHT

1. PFLANZT MEHR.
2. PRODUZIERT MEHR.
3. ABHÄNGIG VON DER KÖRPERLICHEN VERFASSUNG UND DEM GESUNDHEITSZUSTAND WERDEN ARBEITSPUNKTE VERGEBEN.
4. PRIVATES HANDWERK UND PRIVATUNTERNEHMEN SIND VERBOTEN.
5. DREI MAHLZEITEN AM TAG SIND KOSTENLOS.

Brigadeführer Lai spult alle Veränderungen herunter, die während des vergangenen Jahres im Gründrachendorf vonstatten gegangen sind. »Ein Stromgenerator versorgt Lautsprecher, die in den Bäumen hängen«, sagt er, »und in jedem Haus in allen dreizehn Dörfern der Volkskommune Löwenzahn Nummer acht. Unsere Kommune ist klein, wir haben nur etwas mehr als viertausend Mitglieder. In der Führungshalle habe ich ein Telefon.«

»Ich habe das Telefon nicht nur gesehen«, prahlt Kumei, »sondern auch gehört, wie Brigadeführer Lai hineinspricht. Er wohnt im Hofhaus, und ich durfte es eines Tages anschauen.«

Wir kommen an Hochöfen vorbei, und ich erkenne mehrere Frauen aus Z. G.s Kunstunterricht, die jetzt das Feuer schüren.

»Kumei, erzähl unseren Gästen von den Frauen in unserem Dorf«, ordnet der Brigadeführer an.

»Wir Frauen sind aus den engen Grenzen unserer Häuser befreit worden.« Sie klingt begeistert wie immer. »Durch den Großen Sprung nach vorn müssen wir nicht mehr die harte Arbeit als Ehefrauen und Mütter leisten. Wir leben nicht mehr als Parasiten in unserem Zuhause. Wir wurden von unserem frustrierenden und ichbezogenen Leben befreit.«

»Alles, was man den Leuten versprochen hat, seit ich zuletzt hier war, ist verwirklicht worden – von dem Telefon über das Essen für alle bis hin zur wirklichen Befreiung der Frauen«, sage ich.

Der Brigadeführer lächelt mir anerkennend zu, aber meine Mutter muss natürlich wieder nach dem Haar in der Suppe suchen.

»Entschuldigung, aber darf ich fragen, wer sich dann um die Kinder kümmert?«, fragt sie. »Wer macht die Wäsche? Wer bereitet die Mahlzeiten zu? Wer pflegt die Alten und die Kranken?«

Meine Mutter kann einem wirklich auf die Nerven gehen, doch der Brigadeführer antwortet mit leutseligem Gelächter.

»Für eine Frau deines Alters ist es sicherlich nicht leicht, Veränderungen zu akzeptieren«, sagt er. (Das kommt bei meiner Mom gar nicht gut an.) »Die Volkskommune bietet Kinderbetreuung, eine Wäscherei und eine Kantine ...«

»Wunderbar«, sagt meine Mutter. »Das würde ich mir gerne ansehen. Werden diese Einrichtungen von Männern geführt?«

Der Brigadeführer prahlt: »Die Kantine bedeutet Freiheit für die Frauen. Sie sind befreit von Tretmühle und Wok ...«

»Jedenfalls ist jetzt alles besser gelöst«, sagt Sung-ling und tritt zwischen meine Mutter und den Brigadeführer. Sie nimmt meine Mutter am Ellbogen und führt sie in das Hofhaus. Unser Gepäck lassen wir im vordersten Hof, genau wie an meinem ersten Abend hier. Dann machen wir uns wieder auf, über den Weg, der an die Mauer des Hofhauses angrenzt. Große Plakate kleben an der Mauer. Sie zeigen das Leben in der Kommune, die Stahl- und Eisenproduktion, den Fischfang und die neuen Straßen auf dem Land. Wir überqueren die kleine Brücke und gehen weiter den Pfad entlang, der parallel zum Bach verläuft. Ich würde gerne mit Tao einen Umweg über den Pavillon der Wohltätigkeit machen, aber er ist vorne bei Z. G. Die beiden stecken die Köpfe zusammen und unterhalten sich angeregt.

»Wenigstens können wir dieselbe Arbeit verrichten und dasselbe Essen genießen wie unsere Väter, Männer, Söhne und Brüder«, fährt Sung-ling fort. »Es gibt nicht mehr nur Reste für uns. Wir werden nach unserer Arbeitsleistung bezahlt. Je mehr wir leisten, desto mehr bekommen wir. Jetzt kann ich mein Geld ausgeben, wie ich will. Kein Mann kann mir Befehle erteilen. Jede Frau ist ihr eigener Herr – und Meister. Das ist doch gut, findest du nicht?«

»Doch«, gibt meine Mutter zu. »Das sind alles gute Errungenschaften.«

Ich lächle. Endlich hat Mom etwas gehört, das ihr gefällt.

»Die Volkskommune ist wirklich eine gute Sache«, fügt Sung-ling hinzu. »Man kann die Vorteile gar nicht auf einer einzigen Liste aufführen.«

»Die Volkskommune ist groß!«, schreit Kumei geradezu. Als die Leute zu ihr hinsehen, wird sie rot, senkt den Blick und bedeckt ihre Narbe mit der Hand.

»Kumei hat recht.« Nun spricht Tao. »Das Glück lächelt auf uns alle herab!«

Obwohl es so brennend heiß ist, läuft mir ein Schauer über den Rücken, so aufgeregt bin ich. Ich bin glücklich, wieder hier zu sein. Dies sind meine Freunde, hier gehöre ich her.

Nach etwa zehn Minuten kommen wir über eine weitere Steinbrücke. Rechts breiten sich Reisfelder aus. Wir halten uns links und kommen an Kürbis-, Mais- und Süßkartoffelfeldern vorbei. Vor uns stehen mehrere Gebäude. Außer einem sind alle aus getrockneten Maisstauden gebaut. Die Maisstauden wurden zusammengebunden zwischen Bambusrahmen gesteckt und dienen als Wände und Dächer.

Brigadeführer Lai streckt theatralisch den Arm aus. »Die Volkskommune Löwenzahn Nummer acht! In diesem Gebäude ist unser Kindergarten untergebracht. Wir haben auch den Glücksgarten – ein Heim für die Alten …«

»Besteht das auch aus Maisstauden?«, fragt meine Mutter.

Brigadeführer Lai ignoriert sie. »In einem anderen Dorf haben wir einen Hof für Wöchnerinnen, aber hier gibt es eine Klinik und eine Krippe für Kinder, die noch zu jung für die Schule sind. Das Gebäude dort drüben ist die Kantine. Ja, sie besteht aus Maisstauden. Nichts wird verschwendet.«

»Wo soll ich unterrichten?«, fragt Z. G. »Wir müssen für den Vorsitzenden Mao viel Kunst produzieren.«

Parteisekretär Feng Jin runzelt die Stirn. »Ich dachte, du willst das weiterhin in der Ahnenhalle vom Gründrachendorf machen.«

»Nein, die gesamte Kommune muss beteiligt werden. Jeder muss Kunst schaffen. So lautet der Auftrag.«

»Was ist mit der Stahlproduktion?«, fragt der Brigadeführer. »Wir haben ein Soll zu erfüllen ...«

»Noch wichtiger, was ist mit der Ernte?« Der Parteisekretär schaut weiterhin besorgt drein.

»So lauten meine Anweisungen«, sagt Z. G. nicht ohne Mitgefühl. »Wir alle müssen unser Bestes geben, um den Wünschen des Vorsitzenden Mao nachzukommen.«

»Dann tun wir das! Du wirst uns gleich hier auf diesem Feld anführen.« Brigadeführer Lai ballt die Hand zur Faust und reckt sie in die Luft. Daraufhin beginnen Sung-ling, Tao, Kumei und die anderen, die uns gefolgt sind, rhythmisch zu skandieren: »Die Volkskommune ist groß! Lang lebe der Vorsitzende Mao!« Auch ich mache mit, hebe die Faust und rufe. Z. G. und meine Mutter tun das Gleiche, und alle sehen zu ihnen hin. Ich bin so froh, dass wir meine Mutter mitgenommen haben, denn endlich beginnt sie zu sehen, was ich sehe, und zu fühlen, was ich fühle.

Brigadeführer Lai nimmt Z. G., meine Mutter und mich zur Seite und führt uns in ein Haus aus Betonsteinen. Er nennt das die Führungshalle, aber er lädt Feng Jin und Sung-ling nicht ein, mit uns zu kommen. Ich werfe einen Blick zurück zu Kumei, Tao, Feng Jin und Sung-ling, die im Schatten eines Gingkobaums in die Hocke gehen. In der Führungshalle gibt es drei großzügige Räume – ein Esszimmer, eine Küche und einen großen Lagerraum – sowie fünf weitere Zimmer, die aussehen, als könnten sie als Schlafzimmer oder Kasernenstuben dienen. Ein Tisch ist für vier Personen gedeckt. Bäuerinnen kommen eilig aus der Küche gehuscht, um ein aufwendiges Mahl aufzutischen, bestehend aus acht Gerichten. Die Mahlzeit ist köstlich – das Gemüse schmeckt frisch, die Chilis machen das Ganze pikant, das zarte Fleisch löst sich mühelos von dem im Ganzen gebratenen Fisch, und das gepökelte Schweinefleisch mit den gesalzenen schwarzen Bohnen schmeckt würzig – aber ich möchte mit Tao und meinen anderen Freunden essen. Selbst wenn dieses Essen nur für wichtige Persönlichkeiten ist, warum wurden dann Feng Jin und Sung-ling nicht dazu eingeladen?

Nach dem Mittagessen treten wir wieder hinaus in das helle Sonnenlicht. Ich zwinkere und versuche, die schwarzen Flecken aus meinen Augen wegzublinzeln. Tao, Kumei und die anderen springen auf, als sie uns sehen. Auf dem Rückweg zum Gründrachendorf und zum Hofhaus lassen Tao und ich uns zurückfallen. Als wir die Abzweigung zum Pavillon der Wohltätigkeit erreichen, biegt Tao ab. Ich zögere keinen Moment. Ich renne ihm nach, sause, so schnell ich kann, den Weg hinauf. Als ich den Pavillon erreiche, werfe ich mich ihm in die Arme. Unsere Küsse sind süß und doch wild. So viele Monate sind vergangen. Meine Gefühle für Tao sind nicht abgekühlt, sie sind im Gegenteil noch stärker geworden. Ich merke, dass auch seine Gefühle für mich stärker geworden sind.

Am nächsten Morgen wache ich um fünf Uhr auf. Aus einem Lautsprecher im Hofhaus dröhnen Bekanntmachungen, im Hintergrund spielt Militärmusik: »Bringt eure Woks. Bringt eure Bleche. Bringt eure Schlösser.« Ich ziehe mich rasch an und gehe in das Wohnzimmer, das zu den vier Schlafzimmern in diesem Teil des Hofhauses gehört. Meine Mutter sitzt am Tisch. Sie hat die Augen geschlossen und massiert sich die Schläfen.

»Alles in Ordnung?« Ich erinnere mich an meinen ersten Morgen hier, vor einem Jahr, als mir so hundeelend war.

Sie öffnet die Augen, die vor Schmerz ganz matt sind. »Mir geht es gut«, sagt sie. »Es wird schon. Nur …«

Sie kann den Satz nicht beenden, denn Z. G. kommt aus seinem Zimmer. Er schaut mürrisch. »Was ist das für ein Lärm?«

Wir gehen zur Küche, wo Kumei, Ta-ming und Yong die Schränke durchstöbern. Brigadeführer Lai ist schon weg. Er muss jeden Morgen sehr früh zur Führungshalle aufbrechen. Auf dem Tisch in der Mitte des Raums, der immer zur Zubereitung der Speisen benutzt wurde, liegt kein Gemüse, stehen keine Gläser oder Eingemachtes. Stattdessen sind dort Kochutensilien oder andere metallene Gegenstände fein säuberlich der Größe nach aufgereiht.

Ich stelle Yong meiner Mutter vor – zumindest versuche ich es, denn ich muss gegen das Getöse aus dem Lautsprecher anreden, der an einem Dachbalken hängt. Meine Mutter betrachtet Yongs gebundene Füße und sieht ihr dann ins Gesicht.

»Es ist mir eine Ehre«, sagt meine Mom.

»Es ist lange her, seit ich zuletzt einer richtigen Dame aus Shanghai begegnet bin«, antwortet Yong.

»Kennst du die Stadt?«, fragt meine Mutter.

»Ich wurde dort geboren«, antwortet Yong und wechselt in den Wu-Dialekt. Kumei und ich werfen uns einen Blick zu. Yong hat bisher nie im Wu-Dialekt mit mir gesprochen. Ich frage mich, ob sie mit Z. G. in der Sprache ihrer gemeinsamen Stadt gesprochen hat, wenn ich nicht dabei war.

Meine Mutter und Yong haben den gleichen Gesichtsausdruck. *Wie sind wir bloß hier gelandet?*

»Bringt eure Beile«, trompetet es weiterhin aus dem Lautsprecher. »Bringt eure Türangeln. Bringt eure Scheren.«

»Wir müssen uns beeilen«, sagt Kumei. Sie zeigt auf die Gegenstände auf dem Tisch. »Du kannst den Wok nehmen, wenn du möchtest.«

»Für den Hochofen?«, fragt meine Mutter.

Kumei nickt.

»Einen Wok? Braucht ihr den nicht?«

»Es ist unser letzter«, antwortet Kumei. »Die anderen mussten wir der Kantine geben.«

»Womit wollt ihr dann kochen?«, fragt meine Mutter erschrocken.

»Wir bekommen alle Mahlzeiten in der Kantine.«

»Das ist aber weit weg von hier.« Meine Mutter deutet auf Yongs Füße. »Wie kannst du dort zum Essen hingehen?«

»Kumei und der Junge dürfen mir das Essen mitbringen«, antwortet Yong.

»Kommt schon«, drängt Kumei. »Nehmt etwas. Wir müssen los.«

Ich nehme eine Suppenkelle. Die anderen nehmen die kleinstmöglichen Gegenstände – einen Löffel im westlichen Stil, ein Metallkörbchen, mit dem man Kleingeschnittenes aus dem Feuertopf fischt, Haarnadeln. Mit unseren Spenden in der Hand versammeln wir uns am Dorfplatz. Jeder hat etwas Metallenes dabei – ein altes landwirtschaftliches Werkzeug, die Klinge eines Beils, ein paar Nägel und weitere Küchenutensilien. Wir reichen unsere Sachen einer Frau, die sie an jemanden weitergibt, der sie in den Hochofen steckt.

»Das erinnert mich an die Zeit während des Krieges, als wir Alufolie, Speckfett und Gummibänder sammeln sollten«, sage ich zu meiner Mom. »Es hat Spaß gemacht, das alles zu sammeln, weißt du noch? Das hat uns geholfen, den Krieg zu gewinnen.«

Meine Mutter starrt in die Ferne. Ich merke ihr an, dass sie noch Kopfschmerzen hat, aber was sie denkt, bleibt ein Geheimnis. Dann zieht sie die Schultern nach hinten, tritt vor und sagt zu der Frau, die das Metall einsammelt: »In Shanghai habe ich den Blasebalg für den Hochofen bei mir in der Straße bedient. Darf ich hier mithelfen?«

»Alle arbeiten, damit alle zu essen haben«, antwortet die Frau. »Deine Hilfe ist gerne gesehen, Genossin.«

In dem Moment ziehen ein paar Leute rote Fahnen hervor und

halten sie hoch. Die Dorfbewohner reihen sich systematisch hinter den Fahnenträger ein. Erneut kommt Militärmusik aus den Lautsprechern. Tao zupft mich am Saum meiner Bluse – er achtet darauf, in der Öffentlichkeit meine Haut nicht zu berühren – und zieht mich in die Reihe, die von Z. G. angeführt wird. Dann marschieren alle bis auf diejenigen, die am Hochofen arbeiten, hinter den roten Fahnen her und strömen wie Ameisen in unterschiedliche Richtungen.

Unsere Gruppe ist unterwegs zum Zentrum der Kommune. Wir bleiben vor der Führungshalle stehen, in der wir gestern zu Mittag gegessen haben. Unser Projekt ist einfach und dennoch ehrgeizig. Wir haben eine Woche Zeit, um 7000 Plakate herzustellen. Auch wenn es einfach und schnell geht, Plakate zu drucken, möchte Mao der Welt zeigen, was die Kommunen zustande bringen, wenn die Menschen ihre Hände benutzen, um gemeinsam am Großen Sprung nach vorn zu arbeiten. Die Darstellung wurde von der Künstlervereinigung gebilligt. Das Bild zeigt die Massen bei der Ernte. Rechts und links am Rand stehen auf jedem Plakat die gleichen Zweizeiler. Auf einer Seite heißt es: »Je länger es die Kommunen gibt, desto wohlhabender werden sie.« Auf der anderen Seite steht: »Je höher die Sonne steigt, desto heller wird sie scheinen.« In der Kommune leben zwar viertausend Menschen, aber nicht alle können bei unserem Projekt mitmachen. Jedes der dreizehn Dörfer der Kommune hat uns etwa dreißig Helfer geschickt. Jedes Mitglied unseres Teams wird in sieben Tagen ungefähr zwanzig Plakate malen müssen. Und bis auf ein paar Leute, die ich vom letzten Sommer wiedererkenne, hatten die meisten unserer Helfer keinen Malunterricht, und fast keiner von ihnen kann lesen und schreiben.

Z. G. hängt das Musterplakat an die Wand des Betonsteingebäudes. Ich verteile Papier, Pinsel und Farbe. Die Dorfbewohner tun ihr Bestes, das Bild auf dem Musterplakat zu kopieren, und wenn sie fertig sind, schreibe ich den Zweizeiler darauf. Wir arbeiten bis elf Uhr, dann machen wir Frühstückspause in der Kantine, dem größten der aus Maisstauden errichteten Gebäude, das einen großen Teil des gerodeten Grundstücks einnimmt. Wir bekommen eine reichhaltige, sättigende Mahlzeit – Haferbrei, mit Fleisch gefüllte Teigtaschen und eine herzhafte Suppe. Dann treten wir wieder hinaus, in die schlimmste Hitze des Tages. Trotzdem arbeiten wir, so hart und so schnell wir können. Wir feuern einander an. Wir lachen. Wir tragen unseren Teil bei, so gut wir können. Um drei machen wir Mittagspause. Wir sitzen auf langen Bänken im gesprenkelten Schatten, den das Dach aus getrockneten Maisstauden wirft. Danach arbeiten wir weiter, bis die Militärmusik aus den Bäumen verkündet, dass es Zeit ist, nach Hause zu gehen.

Ich sammle die Plakate ein und reiche sie Z.G. Er sieht sie durch und bemerkt trocken: »Eine Rekordernte mit solchen Arbeiten ist nichts anderes als eine Ernte von missgebildeten Bäumen und hässlichem Unkraut in einem Garten, in dem keine einzige wertvolle Pflanze oder schöne Blume wächst.« Was soll ich dazu sagen? Er hat recht.

Ich gehe zum Hofhaus, um meine Mutter zum Essen abzuholen. Da sie lieber bei Yong bleiben möchte, kehre ich wieder zum Zentrum der Kommune zurück und setze mich zu den anderen in die Kantine. Familien sollen sich beim Essen aufteilen. Es gibt Tische nur für Kinder. Frauen sitzen mit Frauen zusammen. Auch junge Männer bilden gerne eine Gruppe. Manche essen gemeinsam mit ihrer Arbeitseinheit – die Leute, die den Reis säen, ihn schälen und ihn verpacken, dann diejenigen, die den Tee pflanzen, ihn pflücken und ihn trocknen, die Frauen, die den Kindergarten betreiben, die Metzger, die Tierzüchter, die Schneider und Schuhmacher und die Künstler wie wir. Die Luft ist erfüllt von den Klängen eines guten gemeinsamen Mahls – Geplauder, Lachen, Geschnatter. Wieder gibt es reichlich zu essen – Ochsenschwanzsuppe, gepökeltes Schweinefleisch mit Gemüse, eingelegte Bambussprossen und große Behälter mit gedämpftem Reis auf jedem Tisch. Als Nachspeise gibt es Wassermelone. Nach dem Essen packen wir etwas zum Mitnehmen für meine Mutter und Yong ein, dann gehen Tao, Kumei, Z.G. und ich zurück zum Hofhaus.

»Warum schlafen deine Mutter und dein Vater nicht im selben Zimmer?« flüstert Kumei, während Z.G. vor uns hergeht. »Macht man *es* anders in den Städten?«

Auch Tao sieht mich neugierig an. Wie viele Leute in der Kommune wissen wohl über die Bettenverteilung zwischen meiner Mutter und Z.G. Bescheid, nach nur einer Nacht? Warum haben wir nicht vor unserer Ankunft darüber nachgedacht? Alle müssen davon ausgehen, dass meine Mutter und Z.G. verheiratet sind. Ich muss eine Erklärung dafür liefern und Kumeis Frage so beantworten, dass nicht nur sie, sondern alle in der Kommune zufriedengestellt sind. Dass sie zu alt sind, kann ich nicht sagen, denn Taos Eltern zeugen immer noch Kinder.

»Der Vorsitzende Mao hat in manchen Kommunen darum gebeten, dass Männer und Frauen in unterschiedlichen Zimmern schlafen«, antworte ich leichthin. Das ist wahr, aber es hat rein gar nichts damit zu tun, weshalb meine Mutter und Z.G. in getrennten Räumen untergebracht sind.

»Ich hoffe nur, dass diese Vorschrift hier nie eingeführt wird«, sagt Tao so traurig, dass Kumei zu kichern anfängt.

Z.G. wartet am Eingangstor des Hofhauses auf uns. Tao winkt uns zum Abschied und geht dann den Hügel hinauf zu sich nach Hause. Ich bin müde, aber glücklich. Als wir uns der Küche nähern, hören wir Yong und meine Mutter verschwörerisch lachen.

»Der Mann ist ein kleiner Rettich – eine unbedeutende Person«, hören wir meine Mutter sagen. »Der und Brigadeführer! Wie lächerlich. Was soll der denn anführen?«

Ich muss meiner Mutter sagen, dass sie vorsichtiger sein soll. Brigadeführer Lai wohnt auch hier im Hofhaus, und der Schall trägt weit.

»Er ist besser als Feng Jin und seine Frau.« Yong schnaubt verächtlich. »Die beiden führen das Dorf seit der Befreiung. Früher hat sie für meinen Mann als Dienstmädchen gearbeitet. Er war Bauer und hat bei uns an der Tür gebettelt.«

»Wahrscheinlich können beide weder lesen noch schreiben.«

»Natürlich nicht, doch sie haben das Sagen.«

»Ach, aber dieser Tao!« Wieder spricht meine Mutter. Ich höre Humor durch, jedoch auch eine Spur Verachtung. »*Hsin yan*«, spuckt sie aus, gerade in dem Moment, als Z. G. und ich die Küche betreten.

Yongs Lachen verstummt. Kumei wirft mir einen Blick von der Seite zu. Z. G. stellt das Essen auf den Tisch. Betretenes Schweigen tritt ein, und ich weiß, dass meine Wangen knallrot geworden sind. Wörtlich übersetzt bedeutet *hsin yan* so viel wie *Herz Auge*, aber es bedeutet *Entschlossenheit* oder *Begeisterung*. Man kann es positiv interpretieren – *gutherzig* – oder negativ, dann bedeutet es, dass jemand etwas angestellt hat oder verschlagen ist. Ich kenne meine Mutter, deshalb weiß ich genau wie alle anderen, wie sie es interpretiert.

»Wir haben euch was zu essen gebracht«, sage ich mit einem sicherlich sehr steifen Lächeln. »Ich hoffe, ihr genießt eure Mahlzeit.« Dann nickte ich allen zu, verlasse die Küche und gehe hinaus auf den Gang. Ich atme die feuchte Luft ein und langsam wieder aus.

Die nächsten drei Tage laufen nach dem gleichen Muster ab: vor Sonnenaufgang aufwachen, wenn die Bekanntmachungen und die Militärmusik über die Lautsprecher ertönen, etwas zum Hochofen bringen, unserem Anführer mit der roten Fahne folgen, den ganzen Tag malen, in der Kantine essen und mich heimlich mit Tao davonstehlen. Unsere gemeinsamen Augenblicke sind immer intensiver geworden. Den ganzen vierten Tag hindurch merke ich, wie er mich beobachtet. An diesem Abend hilft Tao, das Essen für meine Mutter und Yong einzupacken. Er reicht Kumei die Behälter, die sich mit Ta-ming und Z. G. auf den Weg macht. Wir folgen ihnen, aber bei dem Pfad biegen wir ab und steigen den Hügel hinauf zu unserem geheimen Treffpunkt. Wir küssen uns. Wir tun andere Dinge. Wir küssen uns wieder, dann wenden wir uns der Aussicht zu. So weit das Auge reicht, leuchten die Hinterhofhochöfen in der Landschaft – eine Galaxie roter Sterne.

Ich weiß, was als Nächstes kommt, und ich bin bereit dazu. Ich bin mittlerweile zwanzig. Ich kenne mich, und ich weiß, was ich will. Aber Tao möchte den letzten Schritt nicht gehen, zumindest nicht jetzt sofort.

»Genossin Joy«, sagt er, »letzten Sommer habe ich dich schon gefragt, und jetzt frage ich dich noch einmal. Möchtest du mit mir zu Parteisekretär Feng und seiner Frau gehen und um eine Heiratserlaubnis bitten?«

Diesmal zögere ich nicht. »Ja!« Es ist ein Ja zu allem – zum Neuen China, zu der Kommune, zum Gründrachendorf, zu Tao und dem, was Eheleute tun – wie meine Mutter es immer so vornehm ausdrückte –, ohne dass wir uns Sorgen machen müssten, in Schwierigkeiten zu geraten.

Tao führt mich direkt zu den Fengs.

»Es wird aber auch Zeit!«, ruft Sung-ling.

Sie und ihr Mann sind hocherfreut. Wir erfüllen alle Kriterien, deshalb füllen sie gleich die Formulare für uns aus, die sie im Bezirksamt abgeben werden.

»Soll ich euch gleich für verheiratet erklären?«, fragt Feng Jin.

Das wäre uns beiden sehr lieb, aber Tao möchte es erst seiner Familie sagen, und ich muss es meiner Mutter und Z. G. erzählen. Hand in Hand gehen wir zum Hofhaus. Nie mehr müssen wir uns Sorgen machen, dass uns jemand sieht, auch wenn Zärtlichkeiten in der Öffentlichkeit nicht gerne gesehen sind, nicht einmal bei Ehepaaren. Tao wünscht mir am Eingangstor eine gute Nacht. Ich gehe durch die diversen Höfe zu dem Gebäude, in dem ich mit meiner Mutter und Z. G. wohne. Sie sind wach und sitzen in dem gemeinsamen Wohnraum. Das Licht der Öllampe flackert. Schatten tanzen an der Wand. Z. G. hat den gleichen Gesichtsausdruck wie damals im letzten Sommer, als er mir Vorhaltungen wegen Tao machte. Meine Mutter hat die Hände fest im Schoß verschränkt und sitzt aufrecht, aber ich merke, dass sie versucht, ihre Gefühle zu verbergen, wie üblich.

»Wo warst du?«, fragt sie leise. Die Ruhe in ihrer Stimme verrät mir, wie aufgebracht sie ist.

»Ich war mit Tao zusammen. Er hat mich gefragt, ob ich ihn heiraten will, und ich habe Ja gesagt.«

Sie nickt beinahe unmerklich. »Ja, damit habe ich gerechnet.«

»Das kommt gar nicht infrage«, sagt Z. G. zu meiner Mutter. »Du musst es ihr verbieten.«

Sie achtet überhaupt nicht auf ihn. »Ich wollte natürlich immer nur, dass du glücklich bist«, fährt sie genauso ruhig fort. »Das weißt du doch, Joy, nicht wahr?«

»Ja«, antworte ich unsicher.

»Darf ich dir ein paar Fragen stellen?«

Ich weiß, was sie vorhat. Sie will mich zu einem Punkt bringen, an dem ich einsehe, dass ich einen Fehler gemacht habe, aber ich habe keinen Fehler gemacht. Ich bin glücklich und tue das Richtige. Nichts, was sie sagt oder fragt, wird etwas an meiner Meinung ändern.

»Glaubst du nicht, du bist zu gut für dieses Dorf? Siehst du nicht, dass du etwas Besseres bist als dieser Junge? Du warst auf der Universität, er kann weder lesen noch schreiben. Du musst dich nicht mit einem kleinen Rettich zufriedengeben. Du hast schon genügend Fehler in deinem Leben gemacht. Begeh nicht noch einen.«

»Dad konnte auch nicht lesen und schreiben«, sage ich. In dem Punkt kann ich ihr Kontra geben.

Meine Mutter zuckt zusammen. Ich habe ihr wehgetan, aber sie weiß genau, was sie sagen muss, um es mir heimzuzahlen. »Das ist richtig. Dein Vater konnte nicht lesen und schreiben. Er war ein Bauer. Weißt du noch, wie du dich über ihn lustig gemacht hast? Wegen des fetten Essens, seinem schlechten Englisch und seiner hinterwäldlerischen Art? Weißt du noch, wie du ihn verspottet hast, weil er die Namen der amerikanischen Präsidenten nicht wusste? Glaubst du, Tao kennt die Namen aller Kaiser?«

Das bezweifle ich, aber darüber mache ich mir keine Gedanken, denn mir ist ein neues Argument eingefallen. »Großvater Louie wollte immer, dass ich wieder nach China gehe. Er wollte, dass wir alle zurückkehren. Du selbst hast mich in die chinesische Schule geschickt, damit ich die Traditionen, die Regeln und die Sprache lerne. Du wolltest, dass ich ein richtiges chinesisches Mädchen werde, denn auch du hast dich hierher zurückgesehnt. Wie oft hast du mir erzählt, das Leben in China sei besser?«

»In Shanghai …«

»Richtig, in Shanghai. Nun ja, ich war dort. Das Gründrachendorf ist mir lieber.«

»Du meinst die Volkskommune Löwenzahn Nummer acht«, korrigiert sie mich, aber weshalb? Dann sagt sie: »Deine Haut war immer durchsichtig wie Reismilch. Möchtest du dein Glück aufs Spiel setzen?«

Stellt sie mir diese Frage stellvertretend für May? Ich weiß es nicht, aber ich antworte: »Ich war zuvor schon hier, und meiner Haut hat es nichts ausgemacht.«

»Du bist noch jung, und du warst nur ein paar Wochen hier. Denk doch, was ein Jahr, ein ganzes Leben mit dir anstellen wird. Mit einem Zentimeter Gold kannst du keinen Zentimeter Zeit kaufen.«

»So etwas ist mir egal. Ich bin nicht Tante May.«

»Aber du bist genauso stur wie sie«, entgegnet sie. »Wenn du hierbleibst, wirst du von der Hand in den Mund leben.«

»Du hattest schon immer Vorurteile gegen die Landbevölkerung und das Land.«

Das streitet meine Mutter nicht ab.

»Was ist denn mit den speziellen Bezugsscheinen, die du als Überseechinesin bekommst?«, fragt sie. »Und die Sonderbehandlung, die du als Tochter von Z. G. erhalten hast?«

»Ich will keine Sonderbehandlung«, antworte ich. »Ich will eine richtige Chinesin sein, keine Überseechinesin. Und ich brauche auch keine Sondergutscheine. Ich habe alles zu essen, was ich mir je wünschen könnte. Wir pflanzen es hier selbst an.«

»Tao will dich nur heiraten, weil er das Dorf verlassen will. Aus keinem anderen Grund«, wirft Z. G. plötzlich ein. »Er sieht vielleicht aus wie ein Bauernjunge, aber er will hoch hinaus. Er möchte nach Shanghai oder nach Peking. Doch das wird nicht funktionieren.«

»Ich weiß. Du hast mir selbst gesagt, er darf das Dorf nicht verlassen, und ich auch nicht, wenn ich ihn heirate. Du verstehst bloß nicht, dass ich hierbleiben *will*. Ich liebe Tao.«

Meine Mutter beugt sich vor. Sie verzieht den Mund zu einem kleinen, wissenden – ja, ich spreche es aus, einem boshaften – Lächeln. »Liegt das Problem nicht eigentlich darin, dass du schwanger bist?«

Pearl

In einer Blumensänfte

Das hätte ich nicht sagen sollen. Ich hatte mir vorgenommen, auf dieser Reise anders zu sein. Das sollte eine Chance sein, meine Tochter wieder zurückzugewinnen und Zeit mit Z. G. zu verbringen. Ich hatte mir vorgenommen, umgänglich zu sein, keinen Streit anzuzetteln und Joy zu zeigen, dass ich ihren Standpunkt verstehe und dem, was sie sucht, eine Chance gebe. Ich weiß genau, was ich alles hätte und nicht hätte tun sollen, aber diese Worte sind mir einfach herausgerutscht, denn es ist nicht hinnehmbar, was Joy vorhat. In den vergangenen paar Tagen – nein, schon in den vergangenen Monaten – habe ich mich sehr bemüht, im Gespräch mit meiner Tochter aufmerksam und wachsam zu sein, damit ich ihre Gefühle nicht verletze und sie nicht verscheuche. Gerade eben wollte ich sie mit Fragen dazu bringen, ihren Fehler selbst zu erkennen. Ich hätte niemals durchblicken lassen dürfen, was ich wirklich dachte oder fühlte. Wie alle Mütter musste ich meine Trauer, meine Wut und meinen Kummer verbergen, aber was ich dachte – dass sie (genau wie ihre Mutter) schwanger geworden war –, das entschlüpfte mir einfach so.

»Natürlich bin ich nicht schwanger«, sagt Joy mit blitzenden Augen. »Wie auch? Wir sind erst seit einer Woche hier.«

»Eine Frau merkt das …«

»Ich habe aber nichts dergleichen gemacht!«

Na, immerhin, denke ich, spreche es jedoch nicht aus. Stattdessen frage ich sie: »Aber gleich heiraten, Joy? Wieso?«

»Weil wir uns lieben.«

Sie liebt ihn wirklich. Das sehe ich in ihren Augen. Ich höre es in ihrer Stimme. Ja, ich wusste es, seit sie in Shanghai zum ersten Mal Taos Namen ausgesprochen hat. Doch das bedeutet noch lange nicht, dass diese Ehe eine gute Idee ist. Mein Leben war voll von schlechten Entscheidungen, und ich habe zu lange mit den Folgen gelebt. Ich kann nicht noch mehr Leid ertragen, und ich brenne vor Scham, weil ich als Mutter versagt habe. Ich hole tief Luft, in der Hoffnung, ein Engel setzt sich auf meine Schulter und macht aus mir die Mutter, die ich sein sollte. Z. G. ist keine Hilfe, so viel ist klar. Man kann das wohl auch nicht erwarten. Ja, es war schön, dass er in dem Zimmer neben meinem geschlafen hat. Es tat mir gut, seine Schritte zu hören, sein Pfeifen, wenn er dachte, niemand hört zu, seine tiefen Seufzer, wenn er sich die Kleider abstreifte und zu Boden fallen ließ, und wenn er rülpste und andere Männergeräusche machte. Aber ich weiß, ein Hase wird nie sein Letztes für dich geben, dich verteidigen oder für dich kämpfen. Darüber hinaus hat Z. G. nicht die leiseste Ahnung, was es bedeutet, ein Kind zu haben. Was würde Sam zu Joy sagen?

Ich räuspere mich. »Dein Vater glaubte an perfektes Zusammenpassen«, beginne ich. »Auch meine Mutter hielt viel davon. Genau wie Yen-yen und Großvater Louie. Dein Vater und ich waren sehr glücklich, obwohl ein Ochse und ein Drache keine perfekte Kombination darstellen. Trotzdem haben Drache und Ochse großen Respekt voreinander. Sie arbeiten gemeinsam, um gemeinsame Ziele zu erreichen. Selbst ich als Drache könnte mich niemals über die Ehrenhaftigkeit eines Ochsen beklagen. Du bist ein Tiger. Du hast nie erwähnt, was Tao für ein Sternzeichen ist.«

»Er ist ein Hund«, antwortet Joy.

»Natürlich«, gebe ich zurück. »Der Hund ist das liebenswerteste Sternzeichen.« Joy lächelt. Aber sie sollte mich nicht unterschätzen, ich bin nämlich noch nicht fertig. »Ein Hund kann eine lächelnde Miene aufsetzen, aber von Natur aus ist er pessimistisch. Geld ist ihm nicht wichtig…«

»Mir auch nicht«, ruft Joy.

»Ein Hund kann gewalttätig werden …«

»Aber doch nicht Tao …«

»Ist er ein Hund, dem man vertrauen und den man lieben kann, oder wird er dich beißen? Ist er ein fauler Hund, der gerne am Ofen liegt und nichts tut?«

»Du zählst nur die negativen Eigenschaften auf«, sagt Joy. »Das machst du, weil du ein Drache bist. Kein Hund wird sich je deiner Selbstgefälligkeit beugen.«

»Deine Tante May würde sagen, dass Hund und Tiger immer impulsiv reagieren …«

»Tante May ist ein Schaf«, unterbricht mich Joy. »Tao ist viel zu praktisch veranlagt, um sich so eigennützigen Gedanken wie sie hinzugeben.« Sie wirkt verzweifelt, als sie sich an Z. G. wendet und versucht, ihn auf ihre Seite zu ziehen. »Sag ihr, dass Hund und Tiger zu den bestmöglichen Kombinationen gehören. Wir glauben an starke Verbindungen zu anderen Menschen. Das bedeutet, wir teilen die Liebe zu den Massen und zu dem, was hier in der Kommune geschieht.«

»Ja, euch beide motiviert der Idealismus«, stimmt Z. G. ihr zu. »Das ist eine wichtige Eigenschaft eurer beiden Sternzeichen.«

Herrgott, Männer – Väter – können wirklich weich und sentimental werden.

»Schön und gut, doch das ist keine gute Idee«, sage ich zu ihm. »Das weißt du auch. Du hast gerade gesagt, es kommt nicht infrage.«

»Ich weiß, aber denk doch daran, wie viel Kummer allen erspart geblieben wäre, wenn May und ich unseren Herzen gefolgt wären«, sagt er.

Werde ich mich für alle Zeiten als die Betrogene fühlen? Wird er je verstehen, dass alles völlig anders verlaufen wäre, wenn er *meinem* Herzen gefolgt wäre?

»Aber du und May, ihr habt euch geliebt.« (Selbst nach all den Jahren schmerzt es mich noch, das auszusprechen.) »Joy kann

Tao unmöglich lieben. Sympathie und Mitleid werden häufig mit Liebe verwechselt. Sie locken die Menschen in unglückliche Ehen, in ein unglückliches Leben. Woher wollen wir wissen, dass Tao kein blinder Hund ist, der einfach nur zufällig über eine gute Mahlzeit gestolpert ist?«

»Denkst du so über deinen Mann?«, fragt Z. G. Bevor ich antworten kann, fügt er hinzu: »Joy verspürt jedenfalls kein Mitleid mit Tao.« Er wendet sich an Joy. »Oder?«

»Ich liebe ihn«, sagt sie, und ich muss an May denken, als sie in diesem Alter war – stur, unvernünftig und romantisch.

Z. G. wendet sich wieder an mich. »Eine Frau ist wie eine Ranke. Ohne einen Baum, der sie stützt, kann sie nicht überleben. Hattest du das nicht in deiner Ehe?«

»Tao ist kein Baum«, widerspreche ich, aber Z. G.s Worte treffen mich hart. Ich hielt Sam für sehr robust. Ich dachte, er könnte mich, Joy, uns alle für immer stützen.

»Und Joy«, fährt Z. G. fort, »bewundert Tao als Künstler.«

Das verblüfft mich. »Aber du hast doch gesagt, er ist nicht sonderlich gut.«

»Trotzdem ist er ein Künstler«, sagt Z. G. achselzuckend.

Dieser egoistische Kommentar ist typisch für Z. G., aber seine Worte über meine Ehe haben mir einen Stich versetzt. Wer bin ich denn, dass ich sagen könnte, wie das Herz funktioniert? Sam war ein einfacher Rikschafahrer, als wir uns kennenlernten, und ich habe ihn sehr geliebt.

Ich begreife, dass ich den Kampf gegen diese Heirat nicht gewinnen kann, doch ich versuche, die Sache durch den Vorschlag hinauszuzögern, dass wir eine angemessene Feier in Shanghai abhalten. »Ich miete eine Blumensänfte, die dich zur Zeremonie bringt. Ich bestelle ein Bankett mit den besten Speisen. Du solltest die Hochzeit bekommen, die ich nicht hatte.«

»Mom, ich will diese Art von Hochzeit nicht. Wir sind im Neuen China. Du füllst ein paar Formulare aus, und schon bist du verheiratet. Das ist alles.«

»Du kommst hier nicht mehr weg. Du sitzt fest.« Ich wiederhole das für mich wichtigste Argument gegen diese Heirat.

»Ich will nicht zurück nach Shanghai«, beharrt Joy.

»Schatz, du kommst nicht aus Shanghai, aber du gehörst auch nicht ins Gründrachendorf. Du bist aus Los Angeles«, erinnere ich sie. »Das ist dein Zuhause.«

Daraufhin seufzen Z. G. und Joy alle beide. Offenbar haben Brautmütter überhaupt keine Ahnung.

Als Mädchen träumte ich von meiner Hochzeit – dem Kleid, dem Schleier, dem Festmahl, den Geschenken –, und nichts davon kam dann so, wie ich es mir vorgestellt hatte. Als Mutter träumte ich von der Hochzeit meiner Tochter – einer Zeremonie in der Methodistenkirche in Chinatown mit all unseren Freunden, von Joys Kleid, meinem Kleid, den Blumen, dem Empfang im Soochow Restaurant – aber das wird nun auch ganz anders. Joy hatte recht damit, dass es offiziell überhaupt keine Zeremonie oder Feier geben soll, aber als Fremde und als jemand, der etwas Geld hat, kann ich die Vorschriften ein bisschen umgehen. Brigadeführer Lai nimmt das Bestechungsgeld nur zu gerne – einige meiner Bezugsscheine für Überseechinesen im Wert von weniger als zwanzig Dollar –, sodass ich meiner Tochter eine Hochzeit ausrichten kann, die der Vergangenheit huldigt und trotzdem dem Neuen China entspricht.

Die Zeremonie findet zwei Tage später bei Sonnenuntergang auf einem Hügel statt, von dem aus man die grünen Felder des Gründrachendorfs überblickt. Der Wind weht den Duft der Teesträucher von den Terrassen herüber. Die Braut trägt Hochzeitsrot – Yong hat das Kleid in einer Mitgifttruhe im Hofhaus gefunden. Joy hat das Beutelchen um den Hals, das May ihr geschenkt hat, und ich trage meines – Symbole dafür, wie Joy mit meiner Schwester und mir und wir drei mit meiner Mutter verbunden sind. Joys Haare sind in diesem Jahr gut fünfzehn Zentimeter gewachsen. Sie hängen ihr in zwei Zöpfen über die Schultern.

Rote Wollfäden sind mit eingeflochten und wurden zu schweren Schleifen zusammengebunden. Ihre Wangen glänzen vor Glück und Hitze. Die Nägel hat man ihr mit Balsamsaft rötlich gefärbt. Der Bräutigam ist gekleidet wie immer – blauer Kittel, weite blaue Hose, Sandalen. Seine Haare sind gekämmt, und er sieht sauber aus.

Brigadeführer Lai spricht ein paar Worte: »Der Kommunismus ist das Paradies. Die Volkskommunen werden uns dorthin führen. Mit Hilfe von Tao und Joy – Genossen auf ewig – wird unser Land die höchsten Höhen erklimmen. Wenn Tao über die Weltmeere fährt, wird Joy im selben Boot sitzen. Wenn Joy einen Berg besteigt, wird Tao an ihrer Seite sein.«

Z.G. nimmt meine Hand. Bei dieser Berührung – seiner freundlichen Geste –, in diesem Moment, möchte ich weinen. Bis jetzt hatte ich gedacht, dass meine Tochter den größtmöglichen Fehler begangen hatte, weil sie nach China gekommen war, aber im Vergleich zu dieser Hochzeit war das gar nichts. Mütter leiden; Kinder tun, was sie wollen. Ich schaue hinüber zu Taos Familie. Sie sehen auch nicht sonderlich glücklich aus. Die Mutter muss in etwa so alt sein wie ich, aber sie sieht eher aus wie sechzig oder sogar noch älter. So kommt das, wenn man neun Kinder hat, die am Leben sind, und wer weiß, wie viele schon gestorben sind, und dazu bettelarm ist. Der Vater ist einfach eine ältere Version seines Sohnes – dünn, drahtig, aber so ausgetrocknet und runzlig, wie es mein Schwiegervater war, bevor ihm der Krebs das Leben nahm.

Brigadeführer Lai kommt zum Ende der Zeremonie. Tao wendet sich an alle Gäste und verkündet: »Genossen, ich bin glücklich.«

»Auch ich bin glücklich«, echot Joy.

»In schweren Zeit werden wir uns dieselbe eingelegte Rübe teilen«, verspricht Tao.

»Wir werden aus derselben Tasse trinken«, fügt Joy hinzu. »Ich werde an der Seite meines Mannes in der Kommune arbeiten. Ich werde mit euch allen arbeiten.«

Ich mache ein paar Schnappschüsse vom Brautpaar, während Taos junge Freunde Feuerwerkskörper steigen lassen. Dann machen wir uns auf den Weg zur Kantine. Im Neuen China sind keine großen Hochzeitsbankette erlaubt – selbst die Zeremonie war schon mehr als das, was noch als angemessen gilt –, aber dennoch entdecke ich bei genauerer Betrachtung Zutaten in unserem Essen, die Glück bringen. Man serviert uns Hühnerfleisch, das eine gute Ehe und Eintracht in der Familie symbolisiert, aber es gibt keine Hühnerfüße oder Hummer, was typischerweise zusammen gereicht wird, da es den Drachen und den Phönix repräsentiert. Statt der westlichen Hochzeitstorte mit vielen Schichten, die ich mir immer für Joy gewünscht hatte, wird ein Teller mit aufgeschnittenen Pampelmusen gebracht, für Überfluss, Reichtum und viele Kinder. Nach dem Essen – wir können nicht länger sitzen bleiben oder tanzen, weil andere Mitglieder der Kommune noch essen müssen – brechen wir auf zu Joys neuem Zuhause. Wieder knallen Feuerwerkskörper. Früher sollten die Kracher Fuchsgeister, Gespenster und Dämonen vertreiben. Im Neuen China sollen wir nicht mehr abergläubisch sein, deshalb symbolisiert ein Feuerwerk nun Glück.

Joys neues Zuhause – das mit ihrer Ankunft zwölf Personen beherbergt – ist eine einfache Hütte mit zwei Räumen, gebaut aus Lehm und Stroh. Sie ist nach Norden ausgerichtet. Alle – offenbar außer meiner Tochter – wissen, dass nur die Allerärmsten ihre Häuser dort bauen, wo die Sonne im Winter nicht wärmen kann. Links von der Tür liegt aufgestapeltes Bettzeug. Taos Eltern und all die Brüder und Schwester müssen heute Nacht wohl vorhaben, entweder draußen im Freien oder im Hauptraum zu schlafen.

Um mich herum feiern die Leute, sie stoßen mit Reiswein an, aber ich bekomme kaum Luft. Als ich den Raum betrete, werde ich zurückversetzt in eine Hütte außerhalb von Shanghai, auf dem Weg zum Großen Kanal. Meine Schwester versteckt sich im anderen Zimmer, und meine Mutter und ich werden von japanischen Soldaten wiederholt vergewaltigt und geschlagen. Ich zittere, und mein Atem geht ganz flach. Der Geruch der Feuerwerkskörper und all die zotteligen, schmutzigen kleinen Geschwister machen mich körperlich krank.

Ich gehe nach draußen, um frische Luft zu schnappen. Etwas Schweres lastet mir auf der Brust, und es fühlt sich an, als würde mein Herz gleich zerspringen. Schon als kleines Mädchen, lange vor der Vergewaltigung und dem Tod meiner Mutter, hasste ich alles Ländliche. Als mein Vater May und mich ins Sommerlager nach Kuling schickte, sah ich etwas Böses darin, wie sich Wege und unbefestigte Straßen durch das Land wanden wie Schlangen. Auch der Reiz von Elend, Schmutz und Armut hat sich mir nie erschlossen. Jetzt versetzt mir das Ländliche einen weiteren schweren Schlag.

Joy kommt nach draußen, um mich zu suchen. Ihre Wangen sind gerötet, sie strahlt Triumph und Freude aus. Die Worte entströmen ihrem Mund wie blubbernde Luftblasen. »Mom, möchtest du nicht reinkommen zu allen anderen?«

Meine Tochter und ich sind wirklich wie *yin* und *yang* – die eine düster, traurig und verschlossen, die andere strahlend, glücklich und offen für ihr neues Leben. Aber ganz egal, wie sehr mich das Geschehen auch getroffen hat, ich liebe sie immer noch.

»Natürlich möchte ich mitfeiern«, sage ich. »Ich wollte nur kurz die schöne Nacht genießen. Schau dir das an, Joy. Der Himmel, der Mond, die Glühwürmchen. Behalte es immer in Erinnerung.«

Joy umarmt mich. Ich drücke sie fest, präge mir die Wärme ihres Körpers, ihren Herzschlag, den Druck ihrer jungen Brüste ein. »Ich weiß, ich war nicht immer die Mutter, die du dir gewünscht hast…«

»Das darfst du nicht sagen…«

»Und ich weiß, ich bin mit dieser Situation nicht gut umgegangen, aber du musst wissen, ich wollte immer nur, dass du glücklich bist.«

»Ach, Mom.« Sie umarmt mich noch einmal.

Ich sollte Joy sagen, was sie in der Hochzeitsnacht erwartet, doch mir bleibt gerade noch Zeit, ihr zuzuflüstern: »Erweise denjenigen, die du am wenigsten magst, die größtmögliche Freundlichkeit. Wenn du freundlich zu deiner Schwiegermutter bist, die wie alle Frauen dazu erzogen wurde, ihre Schwiegertochter zu hassen, schaffst du eine Verpflichtung, die sie nie vergelten kann.«

Joy befreit sich von mir und sieht mich überrascht an. Ich ziehe sie wieder zu mir. »Denk auch daran, was du in der Kirche gelernt hast. Ganz egal, was du empfindest oder wie verzweifelt du bist, du musst immer auf der Seite der Moral bleiben. Wenn du das tust, wird Gott über dich wachen.«

Leute kommen aus dem Haus, sie wollen die Braut holen und ziehen sie mit sich. Ich folge ihnen, denn ich möchte der Braut eine richtige Mutter sein, ganz egal, was ich im Inneren fühle oder welche Erinnerungen diese Hütte in mir wachruft. Jie Jie, Taos vierzehnjährige Schwester, hängt rote Zweizeiler vor die Tür des Raums, der für diese Nacht die Hochzeitskammer sein wird. Auf einer Seite steht: LIEDER FLIEGEN DURCH DIE LUFT. Auf der anderen Seite heißt es: GLÜCK ERFÜLLT DEN RAUM. Die Leute überreichen Geschenke. Einige haben auf den umliegenden Hügeln rote Azaleen gepflückt. Andere schenken Päckchen mit Tee, der auf den Hängen des Gründrachendorfs gewachsen ist, ein Glas mit eingelegtem Gemüse, ein Stück bestickten Stoff. Brigadeführer Lai überreicht ein Geschenk der Volkskommune Löwenzahn Nummer acht: dreißig Meter Baumwollstoff, aus dem Joy Hochzeitsdecken machen kann.

»Wenn eure Kinder geboren werden, bekommt ihr noch einmal vier Meter«, verkündet er.

Yong schenkt der Braut und dem Bräutigam einen Wecker der Marke Goldener Hahn. Tao und Joy werden keinen Wecker brauchen, nicht mit dem Lautsprecher und all den kleinen Kindern hier im Haus, aber das Geschenk ist gleichzeitig großzügig und geheimnisvoll. Wo hat Yong den her? Stammt er noch aus glücklicheren Zeiten mit ihrem Ehemann?

Es wird Zeit, die Brautkammer zu betreten. Der Raum wurde mit roten Papierfiguren geschmückt: Karpfen für Harmonie und Eheglück, Orchideen für zahlreiche Nachkommen und die Überlegenheit des Mannes, Pfirsiche für Ehe und Unsterblichkeit. Als Ausgleich dafür wurde ein Zweizeiler über das eine Gitterfenster geklebt: DURCH DIE GLEICHHEIT VON MANN UND FRAU GEHT DIE ARBEIT GUT VORAN. FREIE EHEN SIND GLÜCKLICHE EHEN. Ein weiteres Blatt rotes Papier wurde über das Podest geklebt, das dieser Familie als Bett dient. Früher hätte man das Zeichen für *Doppeltes Glück* auf das Papier gemalt. Z. G. hat stattdessen in seiner eleganten Kalligrafie etwas Zeitgemäßes daraufgeschrieben: DIE MANDARINENTE UND IHR GEFÄHRTE SCHWIMMEN IM OZEAN DER REVOLUTION. VERHEIRATETE PAARE SIND GENOSSEN.

Zwei rote Kerzen flackern, ihre Schatten tanzen an den Wänden. Ein paar junge Männer halten Reden, samt den üblichen anzüglichen Bemerkungen über Taos Fähigkeiten im Bett und das Erröten der Braut. Niemand bittet mich oder Z. G., etwas zu sagen, aber Kumei wendet sich mit ihrer üblichen Fröhlichkeit an die Versammlung.

»Was mochten wir an Hochzeiten? Wir feierten Hochzeiten, um am Glück der anderen teilzuhaben und selbst Freude zu empfinden.«

Dann schwankt Yong nach vorne. »Der Himmel hat die Welt erschaffen«, sagt sie, »aber er vergaß das Glück dabei. Das trifft besonders auf Frauen zu. Bei meiner Hochzeit stellte mein Vater Leute an, die weinten. Es sollten so viele Tränen vergossen werden, dass der Yangtze über die Ufer trat. Sieben Tage lang lebte ich nur von Brühe, damit ich weich und gehorsam wurde. Über meinem Gesicht hing ein Schleier. Als mein Ehemann ihn anhob, sah ich ein strenges Gesicht. Damit wollte man mir zu verstehen geben, dass ich mich fügen musste. Erst mit dem Vorsitzenden

Mao haben wir unser Glück gefunden. Ich wünsche Tao und Joy viel Freude.«

Es folgen weitere derbe Witze, unzüchtige Sticheleien und rüpelhaftes Gelächter aus den Reihen der Gäste. Noch mehr Reiswein wird getrunken. Dann ist es Zeit. Alle außer Tao und Joy verlassen den Raum. Die Tür wird geschlossen. Die jungen Männer gehen nach draußen. Sie klatschen, johlen und schlagen alles gegeneinander, was sie in die Hände bekommen, um Lärm zu machen – alles, um die Konzentration ihres Freundes zu stören und das, was Eheleute tun, zu verlängern. Die jungen Frauen stehen vor der Tür der Hochzeitskammer und lauschen – allen voran Kumei und Jie Jie. Sie fangen an zu kichern. Haben sie schon etwas gehört?

Am nächsten Tag endet Z. G.s Auftrag hier. Heute brechen wir nach Süden auf, in eine andere Kommune. Wir packen unsere Sachen, ich wickle meine Kamera und die paar Filmrollen, die ich mitgenommen hatte, in einen Schal. Ich gehe den Hügel hinauf zu dem Haus, in dem Joy nun lebt. Es ist noch früh, und die Bambusmatten und Bettdecken für den Großteil der Familie liegen noch auf dem Boden des Hauptraums. Die Kinder stehen herum, wie Gott sie schuf. Wenn sie nichts anhaben, wirken sie noch schmutziger.

Die Tür zum anderen Zimmer ist noch geschlossen. Ich möchte mir Joy und Tao da drinnen nicht vorstellen, scheue vor dem Gedanken zurück, was sie letzte Nacht dort getan haben. Joy kommt heraus. Ihren Gesichtsausdruck verstehe ich nicht. Zweifel? Verwirrung? Abscheu? Ich frage mich, ob Joys Schwiegervater wohl das Hochzeitslaken nach Blutspuren untersucht, wie es mein Schwiegervater vor vielen Jahren getan hat. Zumindest das bleibt ihr erspart. Entweder gibt es diese Tradition im Neuen China nicht mehr, oder diese Familie besitzt keine Laken.

Werden Joy und Tao heute Nacht mit den anderen Kindern im Hauptraum schlafen? Wenn Joy und Tao in Zukunft tun wollen, was Eheleute tun, werden sie sich dann aus dem Haus stehlen und sich eine Stelle auf dem Feld suchen? Ich sehe Joys Blick. Das Strahlen, das gestern noch in ihren Augen leuchtete, ist verschwunden. Ich erinnere mich an meine Enttäuschung nach meiner Hochzeitsnacht – darum macht man dieses ganze Theater? Aber bei mir waren die Umstände völlig anders. Joy hat darauf beharrt, dass sie verliebt ist. Vielleicht ist also das, was Eheleute tun, nicht das Problem. Vielleicht ist sie heute Morgen in einem kleinen Dorf am Ende der Welt im zweiten Zimmer einer Hütte aufgewacht, die zwölf Leute beherbergt, und hat endlich gemerkt, was sie getan hat.

Ich möchte sie gerne fragen, was los ist, aber ich traue mich nicht so recht. Stattdessen sage ich leise auf Englisch zu ihr: »Ich bitte dich ein letztes Mal, mit mir nach Hause zu kommen. Es ist nicht zu spät …«

Meine Tochter – zitternd und unsicher – starrt zur offenen Tür hinaus. Schweiß glänzt auf ihrer Oberlippe. Sie steht ganz still da.

»Komm mit, weg von hier, Joy«, fahre ich auf Englisch fort – eine Sprache, die mir an diesem klaustrophobischen Ort so offen und frei vorkommt. »Bitte.«

Als sie den Kopf schüttelt, gebe ich ihr meine Hochzeitsgeschenke – meine Kamera, die Filme und den Schal. »Mach ein paar Bilder«, sage ich. »Schick mir den Film, ich lasse ihn entwickeln. May bekommt dann ein paar von den Aufnahmen. Sie wird sehen wollen, wo du hier bist.«

Joy begleitet mich den Hügel hinunter zum Hofhaus. Z. G. und ich nehmen unser Gepäck. Dann bringt sie uns noch den Hügel hinauf, der hinaus aus dem Dorf führt. Über uns ziehen fischschuppenförmige Wolken über den Himmel. Zikaden zirpen. Beim Begrüßungsschild verabschieden wir uns. Mein Mädchen weint nicht, genauso wenig wie ich, aber als ich ihr ins Gesicht schaue, sehe ich nicht die triumphierend starke Braut des letzten Abends, sondern jemanden, der unsicher ist. Als Z. G. und ich die Hälfte des Hügels auf der anderen Seite hinuntergegangen sind, werfe ich einen Blick zurück. Ich rechne damit, dass meine Tochter noch da steht, aber sie ist bereits auf dem Weg zu ihrem Mann und ihrem neuen Leben.

Z. G. geht weiter. Er trägt schwer an dem Koffer und diversen anderen Beuteln. Die Malutensilien und all die Plakate, die in der Kommune gemalt wurden, sind bereits früher am Morgen mit einer Karawane von Schubkarren vorausgeschickt worden. Ja, ich bin hin- und hergerissen zwischen meiner Tochter und der Möglichkeit, die nächsten paar Wochen alleine mit Z. G. zu verbringen, aber letztlich fällt mir die Entscheidung nicht schwer.

»Z. G.«, rufe ich. Er bleibt stehen und dreht sich zu mir um. Ich setze meinen Koffer ab und laufe zu ihm. »Ich bleibe hier.« Auch er stellt sein Gepäck ab und scheint sich auf eine Diskussion gefasst zu machen. »Ich kann Joy nicht allein lassen«, fahre ich rasch fort. »Ich habe einen so weiten Weg gemacht, und ich liebe sie zu sehr.«

Er betrachtet mich mit klarem Blick. Er mag zwar nicht der beste Vater sein oder die besten Ratschläge geben, doch ich habe in den letzten fünf Monaten erkannt, dass er sich Joy verbunden fühlt.

»Ich würde gerne hier bei euch bleiben«, sagt er schließlich. »Aber dafür ist mein Status zu unsicher.«

»Du musst das nicht erklären. Heute Hund, morgen Katze«, zitiere ich sein Dienstmädchen von dem Tag, als ich in Shanghai ankam. Der Erfolg, den er mit dem Neujahrsplakat und seinen neuesten Mao-Porträts hatte, konnte ihm aus seinen politischen Schwierigkeiten heraushelfen, doch das könnte sich jederzeit aus einer Laune heraus wieder ändern.

»Ich komme in drei Monaten wieder und hole euch für die Messe in Kanton ab. Ich habe meine *guan-hsi* eingesetzt, um die Erlaubnis zu erhalten, dich und Joy mitzubringen. Joy wird wahrscheinlich nicht mitwollen. Sie kann es auch gar nicht, weil sie aufs Land geheiratet hat. Doch du wirst mich auf die Messe begleiten müssen.«

Ansonsten bekommt er wieder Schwierigkeiten.

»Ich verstehe«, sage ich, »aber vielleicht will ich dann gar nicht mehr weg.«

»Das sagst du jetzt, doch bis dahin wirst du wissen, ob Joy glücklich ist. Wenn sie dir das zeigen kann, wirst du mit mir kommen können.«

Zum ersten Mal empfinde ich so etwas wie Bewunderung für Z. G. Er hat endlich angefangen zu verstehen, was für eine Frau ich bin. Er legt mir die Hände auf die Oberarme und drückt sie. Er blickt mir fest in die Augen. Ich halte seinem Blick stand.

»Pearl.«

»Ja?«

»Du bist eine gute Mutter. Ich kann dir nie genug dafür danken.«

Er lässt meine Arme los, nimmt seine Taschen und geht weiter auf dem Weg zur Straße, wo er dann in den Bus steigen wird. Ich sehe ihm noch ein bisschen nach, drehe mich um, gehe zurück zu meinem Koffer und weiter ins Gründrachendorf.

Teil drei

Der Hund lacht

Pearl

Ein lächelndes Gesicht

Boing, boing, boing, boing.

Ich drehe mich auf die Seite und ziehe mir das Kissen über den Kopf. Wieder hatte ich eine unruhige Nacht, wurde mehrmals wach, als jemand zwischen den zum Hofhaus gehörenden Gebäuden herumstrich. Ein bisschen mehr Schlaf würde mir guttun.

Boing, boing, boing, boing.

Es hat keinen Sinn. Aus dem Lautsprecher kam noch nicht mal der Weckruf, aber die Ausrottung der vier Plagen – Spatzen, Ratten, Insekten und Fliegen (die aus irgendeinem Grund eine eigene Kategorie bilden) – ist nichts für Faulpelze. Die schlimmste Plage sind die Spatzen. Es heißt, sie fressen Saatgut und Getreide, und jetzt müssen sie ausgerottet werden. Wenn die Massen genügend Lärm machen – auf Trommeln schlagen, Stöcke aneinanderhauen, auf Töpfe und andere Kochutensilien klopfen, die noch nicht den Hochöfen zum Opfer gefallen sind –, fliegen die Spatzen weiter, ohne je Rast zu machen, bis sie vor Erschöpfung sterben und tot vom Himmel fallen. Ich setze ein Lächeln auf und verlasse mein Zimmer.

Kumei und ihr Sohn sind in der Küche. Ta-ming hat eine kleine Steinschleuder in der Hand und hüpft ungeduldig von einem Fuß auf den anderen. Kumei lächelt.

»Möchtest du heute Morgen mit uns kommen?«

Sie stellt mir immer dieselbe Frage, und immer antworte ich auf die gleiche Weise.

»Natürlich!«

Wir verlassen das Hofhaus, biegen links auf einen gepflasterten Weg, überqueren einen moosbewachsenen Steg, biegen wieder links und folgen dann dem im Schatten liegenden Bach. Nach etwa einer halbe Meile zweigt ein anderer Weg ab, der von Pappeln gesäumt ist. Die Sonne ist kaum aufgegangen, doch von den Hügeln um uns herum hören wir überall den Radau. Abgesehen von dem Lärm, der so störend ist, wie er sein soll, genieße ich diese frühmorgendlichen Spaziergänge am Bach entlang. Kumei ist eine nette junge Frau, und ihr Sohn ist ein liebes Kerlchen. Er ist erst fünf Jahre alt, aber sehr ernst. Er bückt sich, um einen kleinen Stein aufzuheben, den er in seine Steinschleuder steckt und in die Bäume schießt, in der Hoffnung, einen Spatz zu treffen.

»Wieder vorbeigeschossen, Tante Pearl!«

»Keine Sorge. Irgendwann triffst du einen. Du musst es einfach weiter versuchen.«

Wir holen uns in der Kantine etwas zu essen und gehen dann rasch zurück zum Hofhaus, wo Kumei noch schnell das Frühstück für Yong und Brigadeführer Lai abliefert. Im Nu ist sie zurück, und wir warten darauf, dass Joy, Tao, seine Eltern und seine acht Geschwister den Hügel herunterkommen. Gemeinsam gehen wir vom Dorf zum Hauptplatz der Kommune, auf dem uns die Arbeit für diesen Tag zugeteilt wird.

Mütter geben Babys und Kleinkinder im Kindergarten ab. Ältere Kinder nehmen jüngere Geschwister an die Hand und begleiten sie zur Schule. Ta-ming steckt seine Steinschleuder in die Tasche und gesellt sich zu seinen Schulkameraden. Alle anderen teilen sich auf, um ihren Gruppenführern mit der roten Fahne zu folgen, und marschieren mit Liedern, die den Großen Sprung nach vorn preisen, zu ihren Arbeitsstätten: manche in die Näherei, um Decken, Hosen und Blusen zu schneidern, andere in die Führungshalle, wo Briefe, Telefonanrufe und Telegramme bearbeitet werden, und die restlichen auf die Felder. Heute bekommen die Bauern eine Aufgabe, die ich kaum fassen kann: Sie sollen Glas, das aus Shanghai geschickt wird, zerkleinern und dann dem Boden als »Nährstoff« zufügen. Für mich klingt das absurd, aber die Bauern tun es, weil sich der Große Steuermann ja nicht irren kann.

Alle Mütter und Großmütter müssen inzwischen ebenfalls arbeiten. Taos Mutter darf nicht mehr zu Hause bleiben, um für ihre viel zu große Familie zu waschen, zu nähen und zu putzen. Nicht einmal Yong darf sich weiterhin im Hofhaus verstecken. Die meisten Frauen – und dazu zähle auch ich – bekommen Aufgaben in ihren eigenen Dörfern. Ich gehe beim Hofhaus vorbei, um Yong abzuholen, und stütze sie am Ellbogen, während sie schwankend zu unserem Arbeitsplatz trippelt.

Brigadeführer Lai hat die »Alten« – wie Yong, Taos Mutter und mich – dem Arbeitskommando Überholt Großbritannien zugeteilt. An manchen Tagen arbeiten wir von der Gruppe Graue Kraft an den Hochöfen – wir befeuern sie, stecken alles Metallene, was in der Kommune noch übrig ist, in den Schmelzofen oder tragen das abgekühlte Masseleisen zum Hauptplatz, wo Männer die Blöcke auf Schubkarren laden und die paar Meilen zur Hauptstraße schieben. An anderen Tagen enthülsen wir Mais, sortieren Reis oder legen Süßkartoffeln zum Trocknen aus. Ich bin nicht alt, und ich habe keine grauen Haare, aber ich setze ein Lächeln auf und tue, was mir aufgetragen wird. Viele der Aufgaben erinnern mich an Tätigkeiten, die ich mit meiner Schwiegermutter verrichtet habe, als ich vor Jahren nach Chinatown kam. Diese Arbeiten haben mich ihr damals näher gebracht, so wie mich diese hier Joys Schwiegermutter näher bringen. (Ich sage »Joys Schwiegermutter«, weil sie keinen richtigen Namen hat. Sie wurde in die Familie Fu hineingeboren. Namenlos verbrachte sie ihr Leben, bis sie mit vierzehn Jahren heiratete. Dann wurde *shee* an ihren Geburtsnamen angehängt, als Zeichen, dass sie nun eine verheiratete Frau aus dem Fu-Clan war – Fu-shee.) Wir sind eine kleine Gruppe – alles Frauen eines gewissen Alters, aber so alt nun auch wieder nicht. Heute sitzen wir zusammen, um Knoblauchzöpfe zu flechten, Geschichten zu erzählen und über Ehemänner, Hausarbeit und den Besuch der kleinen roten Schwester zu klagen, wie es Mütter, Schwestern und Freundinnen seit Jahrtausenden tun.

»Wir haben Glück, dass wir hier leben, wo es Sand gibt, mit dem wir das Blut auffangen können«, sagt eine der Frauen. »Wisst ihr noch, als ich mich der Achten Marscharmee anschloss, nachdem sie durch unseren Bezirk gekommen war? Wir haben Erde in Stoff gewickelt und uns zwischen die Beine gesteckt. Manchmal haben wir auch weiche Blüten und andere Pflanzen verwendet. Ganz oben im Norden in der Tundra haben uns die Frauen von dort gezeigt, dass man auch getrocknetes Gras benutzen kann.«

»Als ich jung war und noch in meinem Heimatdorf wohnte, haben wir Blätter von einem Baum genommen, der am Fluss wuchs«, erinnert sich Fu-shee. »Meine Mutter gab mir zehn getrocknete Blätter für mein ganzes Leben. Jeden Monat saugt sich das Blatt voll Blut. Es trocknet, und dann benutzt man dasselbe Blatt im nächsten Monat wieder. Mit jedem Monat deines Lebens werden die Blätter härter. Ich war glücklich, in dieses Dorf hier einzuheiraten.«

Ich fürchte, dass ich auch gefragt werde, was ich benutze. Würden sie glauben, dass ich mir in Hongkong Monatsbinden gekauft habe oder dass mir meine Schwester welche aus Amerika geschickt hat? Dass ich die Binden nach jeder Benutzung wegwerfe? Das würde sich nicht gut anhören. Es könnte sogar ein schlechtes Licht auf meine Tochter werfen. Aber da gibt es jemanden, der noch argwöhnischer gefragt wird als ich.

»Was ist mit dir, Yong?« fragt jemand. »Du hast doch im Hofhaus gewohnt. Es hieß immer, ihr würdet etwas Besonderes benutzen.«

»Ich bereue diese Zeit und gebe meine Fehler zu«, antwortet Yong zerknirscht. In anderen Kommunen müssen Frauen wie sie ihre gebundenen Füße in einem langwierigen Prozess von den Bandagen befreien, um emotionale und körperliche Schäden zu vermeiden – durch die sie endgültig zum Krüppel geworden wären –, sodass die Füße nach und nach wieder ihre ursprüngliche Form annehmen und die Frauen auf den Feldern arbeiten können. In unserer Kommune haben wir nur eine einzige Frau mit gebundenen Füßen, und bisher hat man ihre Füße in Ruhe gelassen. Trotzdem sind sie eine sichtbare Erinnerung an ihre privilegierte Vergangenheit. Die anderen beugen sich vor, um sich Yongs Geständnis anzuhören. »Die Frauen im Hofhaus haben die duftende Asche des Räucherwerks verwendet, das in der Ahnenhalle verbrannt wurde.«

»*Aiya!* Aus der Ahnenhalle?«

»*Bah!*«

Die Frauen schütteln ungläubig den Kopf. Wenn wir nicht unter uns wären, würde Yong wahrscheinlich bei einer der politischen Versammlungen angegriffen oder zur öffentlichen Selbstkritik gezwungen werden.

»Du hast der Klasse der Grundbesitzer angehört«, sagt jemand. »Du konntest tun und lassen, was du wolltest.«

»So mag es für euch ausgesehen haben«, antwortet Yong, »aber ich musste nicht nur meinem Mann gehorchen, sondern auch der ersten, zweiten und dritten Ehefrau. Sie waren grausam – schlimmer als die schlimmste Schwiegermutter.«

Mir ist es unangenehm, etwas über böse Schwiegermütter zu hören, denn Fu-shee hat meine Tochter nicht so aufgenommen, wie Joy es sich gewünscht hätte. Andererseits versteht Joy nicht, dass es tief verwurzelte und fundamentale Beziehungen gibt, die sich nicht ändern können, nur weil der Vorsitzende Mao das sagt. Sie weiß, dass sich Schwiegermütter seit Urzeiten mit ihren Schwiegertöchtern bis aufs Blut bekämpfen, aber sie begreift es nicht. Ich habe ihr erklärt, dass das Schriftzeichen für *Streit* zwei Frauen unter einem Dach darstellt. Ich habe das alte Sprichwort zitiert: »Eine verbitterte Ehefrau harrt aus, bis sie zur Schwiegermutter wird.« Das bedeutet, dass sich eine Ehefrau in der Familie Schritt für Schritt hocharbeiten muss, bis sie Respekt verlangen kann. Doch Joy meint, so eine Denkweise hat in der neuen gesellschaftlichen Ordnung keinen Platz mehr. Sie kann sagen, was sie will, aber Schwiegermütter werden noch dieselben sein, lange nachdem ich tot bin und Joy tot ist und der Vorsitzende Mao nur noch eine schlechte Erinnerung.

Um elf machen wir in der Kantine Frühstückspause, was mir sehr gefällt, denn in der Neuen Gesellschaft sind Frauen von der Last befreit, für ihre Familien kochen zu müssen. Alles wird für uns zubereitet. Manche murren, dass gemeinsame Speisesäle das Herz der chinesischen Familie zerstören. Immerhin gruppiert sich das Familienleben um Frühstück, Mittag- und Abendessen herum. Aber ich bin der Meinung, wir essen trotzdem noch gemeinsam. Seit meiner Ankunft ist die Kantine noch ausgebaut worden (dazu brauchte es nicht viel – lediglich noch mehr Maisstauden, die zu Wänden zusammengebunden und als windiges Dach über ein Bambusgerüst gelegt wurden). Nun fasst die Kantine etwa tausend Menschen. Wie bei jedem Essen laufen auch an diesem Vormittag Kinder zwischen den Tischen umher, alte Frauen schwatzen, und alle anderen reden über das Wetter und die bevorstehende Ernte. Dadurch bekommt jede Mahlzeit den Charakter eines Festmahls, nur werden das Geschwätz und das Gelächter von den Lautsprechern übertönt, aus denen Neuigkeiten aus der Hauptstadt dringen, patriotische Musik und Anfeuerungen, ein besseres China zu bauen.

Ich finde Joy, die vor ihrem Mann und ihrem Schwiegervater kniet und sich um deren übel zerschnittene Füße kümmert. Ich setze mich neben sie auf den Boden, um ihr zu helfen. Sie haben keine Lederschuhe. Sogar Sandalen tragen sie nur selten. Ihre Füße sind voller Hornhaut, aber nicht hart genug, um durch Felder mit Glasscherben zu laufen. Ich schaue Joy von der Seite an. Ihr Mund bildet eine entschlossene Linie, während sie ihrem Schwiegervater Glasscherben aus den schwieligen, rissigen und blutenden Füßen zieht. Begreift sie nicht, wie irrsinnig das ist? Sieht kein Mensch, was für Fehler hier begangen werden? Als sie meinen Blick spürt, schaut sie in meine Richtung. Sie verzieht den Mund zu einem Lächeln, und ich lächle automatisch zurück. Ist ihr Lächeln eine Entschuldigung oder Ausdruck ihrer Verlegenheit? Ich sage mir, dass ich nicht hier bin, um Kritik zu üben, auch wenn ich das sehr gerne tun würde. Ich sage mir, dass Joy glücklicher aussieht als an dem Morgen nach ihrer Hochzeit. Ich sage mir, dass sie sich mir anvertrauen wird, wenn ich ihr Zeit gebe.

Boing, boing, boing. Eine neue Woche, ein neuer Monat. Ich ziehe die gleichen Sachen an und setze mein immer gleiches Lächeln auf.

In der Kantine werden die Berichte über die außergewöhnlichen Aktivitäten in anderen Kommunen, die uns über den Lautsprecher erreichen, mit vielen Ooohs und Aaahs begrüßt. »Geht hinaus, steckt euch hohe Ziele, erreicht größere, schnellere, bessere und wirtschaftlichere Ergebnisse«, liest der Sprecher begeistert vor. »In Hunan wurden Rettiche gezogen, die groß wie Babys sind. In Hopei wuchsen Melonen größer als Schweine. In Kwangtung haben Schulkinder einen Kürbis mit einer Papaya, Bauern eine Sonnenblume mit einer Artischocke und Wissenschaftler der Regierung Tomaten mit Baumwolle gekreuzt, um rote Baumwolle zu produzieren!« Das kann unmöglich wahr sein, doch alle hören so etwas gerne. Wir können jegliche Art von Aufmunterung gebrauchen, wenn wir die beste Ernte seit Jahren einbringen wollen, wie alle sagen.

In der Kommune findet heute ein Wettbewerb statt. Welches Dorf – das Mondteichdorf, das Schwarzbrückendorf oder das Gründrachendorf – erntet am schnellsten? Ich werde zum ersten Mal einen ganzen Tag auf den Feldern verbringen, da jede Hand gebraucht wird, wenn das Gründrachendorf gewinnen soll.

»Du musst genügend Wasser trinken«, rät mir Joy. »In der Pause solltest du eingelegtes Gemüse essen, das hilft gegen den Salzverlust. Und leere dir bei jeder Gelegenheit die Schuhe aus, damit du keine Blasen bekommst. Das musste ich auf die harte Tour lernen!« Sie strahlt glücklich. »Bleib bei mir. Ich zeige dir, was du machen musst.«

Sie bindet mir ein Kopftuch um und drückt mir einen großen Strohhut auf den Kopf. Dann reicht sie mir eine Sichel. Ich hatte bisher noch nie eine in der Hand. Joy lässt ihre hin- und hersausen, um mir die Bewegung zu demonstrieren. Sie schnappt sich einen Korb, und wir nehmen mit den anderen aus dem Gründrachendorf die uns zugeteilten Arbeitspätze in einem Feld goldener Reispflanzen ein. Brigadeführer Lai bläst in eine Pfeife. Joy und ich arbeiten Seite an Seite, so schnell wir können. Wusch, wusch, wusch. Sauber arbeiten wir allerdings keineswegs, und viele Stängel werden gar nicht abgeschnitten.

»Was ist mit den Körnern, die auf den Boden fallen?«, frage ich.

»Kümmere dich nicht darum«, sagt Joy. »Beeil dich einfach.«

Das klingt zwar unsinnig, aber ich bin bei meiner Tochter, und sie spricht mit mir. Und jeder Schritt bringt mich ihr näher!

Den Reiserntewettbewerb gewinnt das Mondteichdorf. Als Nächstes sollen drei kleine Maisfelder abgeerntet werden. Die Leute vom Mondteichdorf stürmen durch ihr Feld – und fahren wieder einen Sieg ein, obwohl das Gründrachendorf und das Schwarzbrückendorf mehr Körbe voller Mais haben. Und schon geht es weiter. Wir machen Mittagspause. Die Stimmung in der Kantine ist ausgelassen. Ich sehe verschwitzte, schmutzige Gesichter vor mir. Der Raum ist erfüllt von Gelächter und gut gelaunten Anfeuerungsrufen. Wir alle haben Hunger, und es gibt reichlich: Melonensuppe, geschmortes Rindfleisch in roter Sauce, Tofu mit Pökelschinken, gedünstetes Blattgemüse mit Knoblauch und Chili und klein geschnittene frische Babybambussprossen.

»Du hast dich wirklich gut geschlagen, Mom«, flüstert mir Joy auf Englisch zu. Sie klingt stolz. Mein Lächeln ist diesmal ehrlich.

Dann geht es wieder zurück auf die Felder. Weitere Wettbewerbe stehen an: noch mehr Mais, noch mehr Reis, dann ein rascher Tempowechsel, um alte, zähe Blätter von Teesträuchern zu entfernen. Die Begeisterung des Vormittags verflüchtigt sich im Lauf des Nachmittags. Wir sind müde, aber fest entschlossen. Die Mannschaften des Schwarzbrückendorfs fallen zurück, aber Mondteich und Gründrachen gewinnen die gleiche Anzahl von Wettbewerben.

»Beim letzten Wettbewerb müsst ihr Süßkartoffeln ernten«, verkündet Brigadeführer Lai.

Es ist etwas unfair, das genau ans Ende des Tages zu legen. Ziemlich unfair, so einen Wettbewerb überhaupt mit einzuschließen! Süßkartoffeln? Das sind nicht die dicken, fetten, orangefarbenen Kartoffeln, wie es sie in Los Angeles gab. Selbst dort mochte ich sie nicht sonderlich gerne, ich habe sie nur einmal mit Minimarshmallows zubereitet, weil Joy meinte, das müsste man an Thanksgiving essen. Hier pflanzt man Süßkartoffeln als Futter für die Wasserbüffel und anderes Vieh. Weshalb soll ich mich für sie in der Sonne bücken und graben? Aber ich möchte Joy glücklich machen, deshalb hetzen wir von einem Ende des Feldes zum anderen, graben nach Süßkartoffeln, ziehen sie heraus und werfen sie in unsere Körbe. Viele bleiben jedoch im Boden stecken. Wir haben heute schon unsere Lektion gelernt. Geschwindigkeit zählt mehr als Menge. Unser Gründrachendorf wird zuerst fertig und gewinnt den Preis der Volkskommune Löwenzahn Nummer acht für die schnellste und beste Ernte. Was gewinnen wir? Reisgutscheine, die wir schon zur Genüge besitzen. Ich verstehe es nicht, aber meine Tochter ist begeistert. Sie umarmt mich, ich drücke sie. Über ihre Schulter sehe ich Gesichter, die unsere sichtbaren Zeichen der Zuneigung missbilligen. Ich erwidere die Blicke und lächle breit dabei. Was können sie mir schon anhaben?

»Möchtest du mit ins Hofhaus kommen und baden?«, flüsterte ich Joy ins Ohr.

Sie weicht zurück und wirft mir einen dieser Blicke zu, die ich einfach nicht deuten kann. Dann sagt sie: »Ja, gerne. Sehr gerne.« Sie senkt die Stimme und fügt auf Englisch hinzu: »Danke, Mom.«

Mir tut alles weh, und ich bin erschöpft, aber ich gehe zurück ins Hofhaus, hole Wasser, schüre den Herd an und erhitze das Wasser in unserem letzten großen Topf. Kumei hilft mir dabei, einen alten Waschzuber in die Küche zu ziehen, dann verlässt sie den Raum. Wir sind zwar alle Frauen, doch nackte Haut ist zu intim, selbst wenn wir unter uns sind. Joy zieht sich aus und steigt in die Wanne. Mir fällt auf, dass sie den kleinen Beutel nicht mehr um den Hals trägt. Sie sitzt mit angezogenen Beinen da, die Knie unter dem Kinn. Ihr Enthusiasmus verliert sich im heißen Wasser. Sie scheint gar nicht zu merken, dass sie sich in die Karten blicken lässt, während die Niedergeschlagenheit, die ich an dem Morgen nach ihrer Hochzeit gesehen habe, wieder hochkommt.

»Erinnerst du dich noch, als du klein warst und ich dich im Spülbecken in der Küche gewaschen habe?«, frage ich sie. Sie schüttelt den Kopf. »Wahrscheinlich warst du noch zu klein – du warst ja noch ein Baby. Dein Dad saß am Tisch und hat uns zugesehen. Deine Großeltern auch.«

Ich nehme ein Tuch, tauche es ins Wasser, schäume Seife damit auf und wasche meiner Tochter mit langen, rhythmischen Bewegungen den Rücken.

»Und wie du gekichert hast! Dabei ging mir das Herz über, und ich werde es nie vergessen. Du hast mit den Händen immer auf das Wasser gepatscht, bis ich völlig durchnässt war, und der Küchenboden auch!« Ich muss unwillkürlich lachen.

»Großvater Louie hat das nichts ausgemacht?«

»Du weißt doch, wie er war – Pan-di hier und Pan-di da. Er war knurrig, aber er hatte dich lieb. Deine Yen-yen genauso. Dein Baba hatte dich lieb. Und ich hatte dich am allermeisten lieb.«

Ein Schauer durchläuft sie. *Hör auf, bevor du zu weit gehst*, sage ich mir.

»Wenn wir schon dabei sind, kann ich dir auch gleich die Haare waschen.« Ich schöpfe Joy das warme Wasser über den Kopf. Ich wasche ihre Haare und spüle sie aus, wobei Joy das Wasser über den Rücken rinnt.

»Natürlich gab es auch schwere Zeiten«, fahre ich fort. »Aber wenn ich dich aus dem Spülbecken hob, Joy, ganz rosa und glitschig, dich in ein Handtuch wickelte und dich deinem Baba auf den Schoß setzte – in diesen Augenblicken war niemand auf der ganzen Welt glücklicher als wir.«

Ich möchte Joy etwas Frisches zum Anziehen geben. Stattdessen schlüpft sie wieder in dieselben schmutzigen, verschwitzten Sachen, die sie heute getragen hat und auch morgen wieder tragen wird. Wir gehen gemeinsam zum Eingangstor.

»Kommst du wieder?«, frage ich, fast als wäre sie eine Bekannte, denn als Joys Mutter weiß ich, dass es besser ist, ein wenig Abstand zu halten.

Sie nickt kaum wahrnehmbar.

Während meiner vierten Woche in der Kommune fragt Brigadeführer Lai eines Tages beim Mittagessen in der Kantine eine Gruppe von Bauern, wie viel Weizen sie pro *mu* produzieren können.

»Wir bauen keinen Weizen an«, antwortet Taos Vater. Mehrere Männer nicken bestätigend. »Wir haben noch nie Weizen angebaut. Wir pflanzen Reis auf den überfluteten Feldern, Tee auf den Terrassen und Baumwolle, Raps und Gemüse anderswo.«

»Ja, aber wie viel Winterweizen werdet ihr in diesem Herbst pro *mu* anpflanzen?«, möchte Brigadeführer Lai dennoch wissen.

Taos Vater bespricht sich mit den anderen, bevor er antwortet. »Vielleicht dreihundert *jin*.«

»Dreihundert *jin*? Macht achthundert oder tausend *jin* daraus!«

»Das ist unmöglich«, bemerkt Parteisekretär Feng, der von den Ideen des Stadtkaders nichts hält, obwohl es riskant ist, sich ihm zu widersetzen.

»Im Großen Sprung nach vorn ist nichts unmöglich!« Als er spürt, dass die Bauern nicht mitziehen, fragt Brigadeführer Lai: »Wie viel Reis braucht ihr zum Essen?«

»Wir hatten immer mindestens anderhalb *jin* Reis pro Tag.«

Das ist nicht viel. Ein einziges *jin* Reis reicht für ein gedämpftes Teigbällchen, eine Schüssel Reisbrei und Reis zum Mittag- und zum Abendessen.

»Ihr esst jetzt viel mehr als das«, bemerkt Brigadeführer Lai.

Und das stimmt. Zu jeder Mahlzeit gibt es mehr als genug Reis. Ich bin mir sicher, dass ich zugenommen habe, seit ich in der Kommune lebe.

»Mit unserer ersten Winterweizenernte machen wir Folgendes«, fährt der Brigadeführer fort. »Das nennt sich Dichtpflanzung. Man sät auf ein einziges Feld sechsmal so viele Körner aus.«

Die Männer stöhnen.

»Das funktioniert nicht«, sagt einer von ihnen. »Wenn man zu dicht sät, sterben die Pflanzen ab, weil sie zu wenig Sonne und Nährstoffe bekommen.«

»Da täuschst du dich«, entgegnet der Brigadeführer. »Der Vorsitzende Mao sagt, die Dichtpflanzung ist, als würde man die Massen im Krieg dazu bringen, eine stabile Flanke gegen das Vorrücken des Imperialismus zu bilden. Stellt euch nur vor, wie viel Weizen wir anbauen werden! Mehr als siebenhundert *jin* pro *mu*.« (Wenigstens ist er mit seiner Schätzung nach unten gegangen.) »Wir werden so viel Weizen haben, dass wir ihn verschenken müssen. Wir werden eine Modellkommune!«

»Wo sollen wir diesen Weizen denn anpflanzen?«

»Ihr reißt ein paar von den Teesträuchern aus und pflügt die Gemüsefelder um«, sagt Brigadeführer Lai barsch. »Unser großer Vorsitzender sagt, er will Weizen. Also geben wir ihm Weizen.«

Im Radio wird die Uhrzeit durchgesagt. Die Bauern erheben sich langsam und schütteln die Köpfe. Wie soll man mit jemandem, der sein ganzes Leben in der Stadt verbracht hat, über den Boden reden, den man beackert, und die Feldfrüchte, die man selbst schon seit Generationen geerntet hat? Selbst ich weiß dank meines kleinen Gartens in Los Angeles, dass es nicht funktionieren kann, was der Brigadeführer vorgeschlagen hat, aber alle haben Angst, zu viel Kritik oder Skepsis zu äußern. Niemand möchte Schwierigkeiten bekommen. Niemand möchte unangenehm auffallen. Wer wenig zu verlieren hat, will das wenige, was er hat, erst recht nicht verlieren. Wir alle setzen ein Lächeln auf, als wir zurück in die Sonne zu unseren Arbeitsgruppen gehen.

An diesem Nachmittag erzählen die Frauen von der Gruppe Graue Kraft Geschichten über Geburten. Eine erschütternde Geschichte nach der anderen. Ich erzähle ihnen, dass ich meinen Sohn bei der Entbindung verloren habe. Eine Tochter zu verlieren ist traurig, sagen sie. Einen Sohn zu verlieren, ist tragisch. Sie weinen mit mir, und ich fühle mich einer Gemeinschaft zugehörig, wie ich es bisher noch nie erlebt habe.

Als sich der Tag dem Ende zuneigt, trotten die Leute von den ihnen zugeteilten Aufgaben wieder ins Dorf zurück. Joy und Kumei treffen gemeinsam auf den Dorfplatz ein. Joy lässt die Schultern hängen, und sie wirkt gehetzt.

»Ich habe einen Brief aus dem Dorf von Vater Louie bekommen.« Joy hält mir einen ungeöffneten Umschlag hin und zeigt auf den Absender. »Warum sollte mir jemand von dort schreiben?«

»Wahrscheinlich ein Brief von May«, sage ich. »Ich habe ihr geschrieben, dass wir hier sind.«

Joy lässt sich das durch den Kopf gehen.

»Mach ihn doch auf«, schlage ich vor.

Joy reißt den Umschlag auf. Ein Foto fällt heraus. Ich hebe es auf. May ist darauf zu sehen, in unserem Garten, umgeben von der typisch südkalifornischen, üppigen Pracht der Cécile-Brunner-Rosen. Sie hat einen kleinen, wuscheligen Kläffer im Arm.

»Zeig mal«, sagt Joy.

Ich reiche ihr das Bild, und die anderen kommen näher, um ebenfalls einen Blick daraufzuwerfen. Die Frauen von der Gruppe Graue Kraft blicken die Aufnahme ungläubig an. Sie zeigen auf Mays Kleidung – ein Rock, aufgebauscht von einem voluminösen Petticoat, einen schmalen Gürtel um die Taille und Seidenschuhe mit Pfennigabsatz, die farblich zu ihrer Bluse passen. Die anderen machen Bemerkungen über Mays Make-up und fahren mit den Fingern über ihre Frisur.

»Warum hält sie einen Hund im Arm?«, möchte Fu-shee wissen.

»Wieso hat sie überhaupt einen Hund?«, fragt Kumei.

»Das ist ein Schoßhund«, erklärt Yong, die aus Shanghai stammt.

»Ein Schoßhund? Was ist das?«

»Ein Tier, das man sich zum Spaß hält«, sagt Yong weltläufig. »Man spielt damit.« Als sie die ungläubigen Mienen der anderen Frauen sieht, fügt sie hinzu: »Zum Spaß!«

Missbilligendes Schnauben ertönt.

»Was hat Tante May geschrieben?«, frage ich.

Joy überlässt das Foto den Frauen, die weiter ihre Kommentare darüber abgeben und es mit einer Mischung aus Abscheu, Verwunderung und Aufregung betrachten. Es ist, als würden sie einen Filmstar aus vergangener Zeit anschauen, nur dass diese Frauen (abgesehen von Yong vielleicht) noch nie einen Film gesehen haben, gar nicht zu reden von einem Filmstar. Joy drückt den Brief an ihre Brust, aber nicht, weil sie verhindern will, dass die Frauen aus dem Dorf sehen, was dort geschrieben steht. May hat chinesische Schriftzeichen noch nie sonderlich gut beherrscht, deshalb bin ich mir sicher, dass sie den Brief auf Englisch geschrieben hat. Joy möchte nicht, dass *ich* sehe, was dort steht.

»Liebe Joy«, übersetzt meine Tochter langsam. »Offenbar sind Glückwünsche angebracht. Ich hoffe, Du bist sehr verliebt. Das ist der einzige Grund für eine Ehe.« Joy runzelt die Stirn. Das sind wohl kaum gute Wünsche, die von ganzem Herzen kommen. »Ich habe ein Foto beigelegt. Der Hund heißt Martin. Meine Freundin Violet hat ihn mir geschenkt. Sie meint, der Hund hilft mir gegen meine Einsamkeit. Sie weiß nicht, dass ich dem Hund den Namen eines besonderen Freundes gegeben habe.«

Ach, May. Ich schüttele den Kopf. Sie schreibt von *ihrer* Freundin Violet. Violet ist meine Freundin! Abgesehen von meiner Schwester war sie meine einzige Freundin. Und dann die Stelle über den Hund. Ich rede mir ein, dass Violet einfach nur nett zu meiner Schwester sein wollte, und damit komme ich zurecht. Aber wer ist dieser Martin – der besondere Freund, nicht der verdammte Hund? Ist May nicht klar, dass sie Witwe ist?

Ich kenne den wahren Grund für diese Worte. Sie zielen auf mich. Ich habe May regelmäßig geschrieben, und sie hat absichtlich geschwiegen. Ich mache ihr keine Vorwürfe. Ich bin hier mit Z. G. zusammen, und sie nicht.

»Du musst mir von Deinem neuen Leben schreiben«, liest Joy weiter vor. »Erzähl mir von Deinem Vater. Ich möchte zu gerne wissen, was ihr zusammen macht.« Diesen Teil muss Joy nicht laut vorlesen, tut es aber trotzdem. Offenbar hat der Brief etwas von ihrer Wut auf May und mich wiedererweckt, und sie wusste schon immer, wie sie einen Keil zwischen uns treiben konnte. »Bitte schreib mir zurück …« Joy blickt von dem Brief auf, sieht in die Gesichter um sie herum und sagt: »Er endet mit Glückwünschen zu unserer Rekordernte.«

Ich habe keine Ahnung, was May geschrieben hat, bin mir jedoch ganz sicher, dass es nicht das war. Joys Miene bleibt verschlossen, als wir zur Kantine gehen, und während des Essens ist sie schweigsam. Nach dem Essen kommt Joy wieder mit ins Hofhaus, um zu baden. Diese Abende sind mittlerweile zu einem Ritual geworden, auf das ich mich freue. Manchmal setzen sich Kumei und Yong – seitdem sie ihre anfängliche Zurückhaltung überwunden haben – in der Küche zu uns, und wir plaudern zusammen, trinken Tee und entspannen uns von der harten Tagesarbeit. Ta-ming sitzt auf dem Boden und zupft an den Saiten einer Geige herum. Soviel ich gehört habe, war sein Vater gebildet. Die Geige – einer der wenigen persönlichen Gegenstände des Grundbesitzers, die während der Befreiung nicht zerstört oder konfisziert wurden – gehört jetzt Ta-ming. Manchmal zupft er an den Saiten, so wie jetzt, oder er hält sie wie eine *erhu* – aufrecht auf dem Schoß – und fährt mit dem Bogen über die Saiten. Es klingt schrecklich, aber nicht so schlimm wie einige der Militärmärsche, die aus den Lautsprechern dringen.

Wenn wir zusammen sind, baut Joy normalerweise die Mauern ab, die sie umgeben. In ihrem Inneren steckt immer noch diese Niedergeschlagenheit, aber an manchen Abenden lacht sie, erzählt Witze, sogar Klatsch. Dann fühle ich mich meiner Tochter näher denn je, als wären wir dazu übergegangen, nicht mehr Mutter und Tochter, sondern Freundinnen zu sein. Aber heute Abend belastet sie etwas. Ich scheuche Yong, Kumei und Ta-ming zur Tür hinaus. Dann setze ich mich in die Nähe der Wanne und sehe Joy zu, wie sie sich die Haut schrubbt, als könnte sie damit ihre Seele reinigen. Wenn ich es schaffe, über meine Fehler und mein Versagen zu sprechen, begreift sie vielleicht allmählich, dass sie sich selbst verzeihen muss. Meine größten Versäumnisse haben mit May zu tun, und Joy war stets dabei.

»Ich war nicht immer die beste Schwester«, beginne ich so beiläufig wie möglich. »Oft war ich ungeduldig mit May. Ich war nicht so verständnisvoll, wie ich es hätte sein können. Zwanzig Jahre lang stand außerdem Z. G. zwischen uns. Rückblickend ist mir klar, wie blind ich war. Ich habe ihn geliebt, aber er liebte May.«

»Du bist doch jetzt hier«, sagt Joy mit liebevoller Resignation. »Er kommt zurück, um dich zu holen. Ihr beide könnt immer noch zusammenkommen.«

Waa! Daran habe ich gar nicht gedacht. Z. G. kommt mich holen, wir fahren nach Kanton, wir wohnen in einem Hotel, wir … Aber dass Joy das sagt?

»Ich war keine gute Schwester«, wiederhole ich. »Seit ich nach China zurückgekehrt bin, hatte ich viel Zeit, darüber nachzudenken, wie schwer es May in all den Jahren gehabt haben muss …«

Joy schüttelt den Kopf, sie will das nicht hören.

»Das muss dir nicht gefallen, aber es ist die Wahrheit. Ich habe dich lieb, und du wirst immer meine Tochter sein. Für May muss das sehr schwer gewesen sein. Das verstehst du doch, oder?«

»Schon, aber warum solltet ihr mich wollen? Weshalb sollte mich überhaupt jemand haben wollen?«

Sie ist einfach noch so sehr Kind, sie braucht einen Beweis für meine Liebe und ihren Wert.

»Weil du klug bist. Du bist schön. Du hast viele Begabungen …«

»Zum Beispiel?«

»Du konntest schon sehr früh im Film auftreten. Du hattest Talent für die chinesische Sprache und Kalligrafie. Jetzt sehe ich, dass du mit einer Begabung geboren wurdest, die ich erst vor Kurzem erkannt habe – dein Geschick mit dem Pinsel. Es ist, als würde ich dich in den Pinselstrichen sehen.«

»Das sagst du alles nur, weil du musst. Nichts kann etwas daran ändern, dass mich meine leiblichen Eltern nicht wollten. Schon vor meiner Geburt wussten sie, dass ich ihrer Liebe nicht wert bin. Deshalb haben sie mich weggegeben.«

»Wie kommst du denn darauf?«, frage ich. Das ist schlimmer als ihre Schuldgefühle wegen Sams Selbstmord, denn es betrifft den Kern ihres Wesens, ihren Wert in unserer Familie und in der Welt. »Z. G. wusste nicht, dass May schwanger war. May hat dich so sehr geliebt, dass sie dich mir geschenkt hat, damit sie immer bei dir sein konnte. Und wenn wir ehrlich sind, wer hat mehr Zeit mit dir verbracht, als du klein warst – deine Tante oder ich?«

»Tante May.«

»Weil sie dich lieb hatte. Und ich habe dich auch lieb.«

»Aber verstehst du denn nicht? Das ist einer der Gründe, weshalb ich weggelaufen bin. Ihr habt immer über mich gestritten. Wenn ich geblieben wäre, hätte ich mich irgendwann zwischen euch entscheiden müssen.«

»Dich zwischen uns entscheiden? Ach, Süße, dass du das sagst, beweist doch nur, wie lieb wir dich hatten.«

»Aber ich habe es nicht verdient.«

»Natürlich hast du das. Deine Großeltern hatten dich lieb. Die Nennonkel hatten dich lieb. May und Vern hatten dich lieb. Dein

Dad hatte dich lieb. Du warst eine Perle in seiner Hand. Und ich…«

Merkt sie denn wirklich nicht, wie sehr ich sie liebe? Meine Tochter und ich schauen einander an. Ich sehe, wie Joys harte Schale brüchig wird und darunter etwas Weiches zum Vorschein kommt, Verständnis. Sie wurde und wird geliebt. Tränen laufen ihr über die Wangen.

»Ich habe bei so vielen Dingen versagt«, sagt sie. »Ich habe Dad entäuscht. Ich habe dich und Tante May enttäuscht. Und ich bin keine gute Ehefrau.«

»Du kannst dir nicht für alles die Schuld geben«, sage ich, aber innerlich mache ich mir Vorwürfe. Wie kann sie all ihr Selbstvertrauen verloren haben? Hat Mays und mein Geheimnis ihr das angetan? Sie muss begreifen, dass keiner von uns vollkommen ist. »Auch ich war nicht die beste Ehefrau, Schwester oder Tochter.«

»Für mich warst du vollkommen.«

»Du weißt doch, dass ich in vielem versagt habe. Ich habe dich angelogen. May und ich haben es beide getan. Ich habe nicht genug unternommen, um deinem Dad zu helfen.« Ich zögere. Dieses Thema ist für uns beide noch sehr schmerzhaft, aber ich will sie nicht anlügen, auch nicht, wenn sie sich dadurch jetzt sofort besser fühlen würde. Sie hat mehr als das verdient. »Wir sind alle mitverantwortlich für das, was deinem Vater passiert ist. Keiner von uns ist unschuldig, aber wir sind deshalb auch nicht böse oder schlecht oder rettungslos verloren.«

Ich ziehe meinen Hocker zur Wanne hinüber, tauche eine Tasse ins Wasser und gieße sie meiner Tochter über den Kopf. Ich schäume ihre Haare mit Seife ein. Ich lasse alle Liebe, die ich in mir habe, aus meinen Fingern in den schmerzenden Körper aus Fleisch und Knochen fließen, der meine Tochter ist, in der Hoffnung, dass sie ihre Sorgen loslässt, die Vergangenheit abwäscht und sich endlich vergibt. Nach diesem Abend ist Joy nicht mehr so niedergeschlagen, und dafür bin ich dankbar.

Pearl

Ein vollkommener Kreislauf

Geburt, Heranwachsen, Verfall, Tod. Alle chinesischen Feste erinnern uns daran, dass wir Teil dieses Kreislaufs sind. Es ist der fünfzehnte Tag des achten Mondmonats, Mitte September im westlichen Kalender. Die Rekordernte wurde eingefahren, aber über all den Bemühungen, Stahl herzustellen oder bei den Wettbewerben mitzumachen, blieben ganze Felder einfach liegen, und die Melonen, Kohlköpfe und Rüben verrotteten. Der Reis wurde geerntet, doch selbst dieses äußerst wichtige Getreide wurde an den Halmen auf den Reisfeldern stehen gelassen oder liegt noch am Hauptplatz auf der Erde, wo wir es gedroschen, sortiert und getrocknet haben. Wir werden aufgefordert, zu essen, zu essen, zu essen. Das ist das genaue Gegenteil des sonst üblichen Denkens, denn schließlich weiß man nie, wann harte Zeiten kommen. Doch wir gehorchen und genießen die Fülle.

Normalerweise ist dies die Zeit der Ruhe und des Feierns, heißt es, aber in diesem Jahr ist es anders. Brigadeführer Lai hat angeordnet, dass die Arbeitsgruppen alles unterpflügen, was noch auf den Feldern ist, damit die Bauern den Winterweizen aussäen können. Die Saat soll so dicht wie möglich ausgebracht werden – vierzig bis fünfzig *jin* Saatgut pro *mu* statt nur achtzehn. Einige von uns werden zurück auf die Maisfelder geschickt, um die Stauden abzuschneiden, mit denen die Wände und das Dach der Kantine verstärkt werden sollen, bevor der Winter kommt. Bäume müssen noch gefällt und von den Hügeln heruntergebracht werden, um die Hochöfen weiter zu befeuern. Das meiste Metall scheint mittlerweile in diesen Öfen gelandet zu sein, und doch ist schon vor Sonnenaufgang bis lange nach Einbruch der Dunkelheit immer noch das *boing, boing, boing* von Metall auf Metall zu hören, um auch die letzten Spatzen in ihren unsinnigen Tod zu treiben.

Auch wenn Traditionen nicht mehr viel gelten, haben manche Dinge ihren angestammten, festen Platz. Heute kommt der Mond der Erde näher als zu jeder anderen Zeit des Jahres. Man nennt es jetzt vielleicht Mittherbstfest, aber für mich wird es immer das Mondfest sein. Taos Familie hat Kumei, Ta-ming und mich eingeladen, mit ihnen die Zusammengehörigkeit der Familie, die Ernte und den Mond zu feiern. Die Kantine hat Mondkuchen gemacht, gefüllt mit einer süßen Paste aus Datteln, Nüssen und kandierten Aprikosen. Auf der Oberseite ist das Bild einer dreibeinigen Kröte und eines Hasen eingeprägt. Ich bringe eine Schachtel Kuchen mit zu Joy. *Tuanyuan*, das Wort für *Wiedervereinigung*, bedeutet wörtlich *vollkommener Kreislauf*, und genau den verkörpern der Mond, die Mondkuchen und unsere Familie an diesem Abend. Jie Jie und ein paar der Kinder legen sich auf den Boden oder sitzen in der Hocke und blicken zum Mond hinauf. Ich teile die Kuchen aus. Die Kinder sind noch nicht alt genug, um bittersüße Erinnerungen zu haben, aber die Erwachsenen schon. Wenn wir die Kuchen sehen, erinnern wir uns an die Vergangenheit – an Menschen, die von uns gegangen sind, an glückliche Festtage.

»Ich hoffe, wir können dieses Jahr neue Erinnerungen für die Zukunft schaffen«, sagt Joy.

Ich bin seit sechs Wochen hier. Joy kommt immer noch jeden Abend zum Baden ins Hofhaus. Sie hat aufgehört, sich über ihre Schwiegermutter zu beklagen, und sie scheint sich nie daran zu stören, auf derart beengtem Raum mit so vielen Menschen, hauptsächlich Kindern, zusammenzuleben. Ich habe ihr beim Malen zugesehen und eine Seite meiner Tochter entdeckt, von der ich nie wusste, dass es sie gibt. Ich habe sie auf den Feldern arbeiten sehen – mit einem Lächeln im Gesicht, selbst wenn ihr die Haut brannte. Sie ist über den Berg. Obwohl sie auch Tragödien erlebt hat, kann sie lachen, mit ihrer Ehe zufrieden sein und glücklich und begeistert an etwas arbeiten, das wirklich größer ist als sie. Daher werde ich, sosehr ich Joy auch liebe, Z. G. zur Chinesischen Exportwarenmesse in Kanton begleiten, wenn er mich abholt. Meine Tochter ist jetzt eine verheiratete Frau. Sie hat sich ein Leben ausgesucht, das ich für mich nicht wählen würde, aber es ist ihr Leben, und sie wird ihre Probleme selbst lösen müssen – als Frau. Sie loszulassen, tut mir entsetzlich weh, aber es ist das Beste und Einzige, was ich als ihre Mutter tun kann.

Als es Zeit wird, einige der Mondkuchen als Opfergabe auf den Boden zu legen, setzen wir – Mutter und Tochter – uns zusammen, umgeben von einem Gewusel von Kindern. Heute Nacht brauchen wir keine Bohnenöllampen. Der Mond sorgt für die Beleuchtung. Er strahlt hell, und Mondschatten tanzen um uns herum. Joy nimmt meine Hand in ihre und legt sie auf ihr Knie.

»Das ist eine ganz besondere Nacht«, erklärt sie den Kindern. »Die Dame im Mond wird sich eure Wünsche anhören und eure Bitten erfüllen, aber nur, wenn sie einzigartig sind und bisher noch nie gehört wurden.«

Joy blickt hinauf zum Mond, genau wie die Kinder. Auch ich schaue den Hasen im Mond an, der auf ewig das Elixier der Unsterblichkeit stampft. Ich habe einen ganz einfachen Wunsch. *Lass meine Tochter weiterhin glücklich sein.*

Ende Oktober kommt Z. G. ins Dorf zurück. Am selben Abend packe ich meine Sachen, danke Yong und Kumei für ihre Gastfreundschaft und verspreche Ta-ming, ihm Bücher und Papier zu schicken. Am Morgen begleitet uns Joy auf den Hügel hinauf. »Schreib mir«, sage ich. »Wenn die Messe in Kanton zu Ende ist, fahren wir direkt zurück nach Shanghai. Ich bin in der Nähe, wenn du mich brauchst.« Dann blickt uns Joy nach, wie Z. G. und ich den staubigen Weg Richtung Hauptstraße gehen. Ich drehe mich immer wieder um und winke, bis ich sie schließlich nicht mehr sehe.

Das ist einer der wenigen Momente in meinem Leben, in denen ich mit Z. G. völlig allein bin. Früher war immer May dabei. Seit ich nach China zurückgekehrt bin, hat Joy uns fast ständig begleitet. In den vergangenen Monaten haben Z. G. und ich uns neu kennengelernt. Er ist Joys Vater, und ich bin ihre Mutter, und das verbindet uns auf einer tiefgehenden Ebene. Jetzt, da wir allein sind, haben mir wohl beide ein wenig Angst davor, was passieren könnte. Ich habe mir eingeredet, nicht zu wollen, dass *irgendetwas* passiert. Ich liebe meine Schwester zu sehr, und ich möchte nicht, dass das Gleichgewicht, das Z. G. und ich mit Joy gefunden haben, ins Wanken gerät. Aber ich würde lügen, wenn ich bestreiten würde, dass eine erwartungsvolle Unsicherheit zwischen uns liegt – zunächst im Bus und danach auf dem Schiff nach Kanton. Ich weiß nicht, was ich sagen soll, und er weiß nicht, wohin er schauen soll.

In Kanton gehen wir in ein Hotel. Natürlich nehmen wir getrennte Zimmer. Wir treffen uns mit dem Rest der Delegation aus Shanghai zu einem zwanglosen Abendessen – Z. G. und mir sind alle anderen fremd. Man stößt mit *mao tai* an, einem starken Schnaps. Wir essen Nudeln und trinken noch mehr Schnaps. Alle lachen und erzählen Witze, was mich an die Zeit erinnert, als Z. G. und ich jung waren und jeder Abend so verlief. Als es Zeit wird, aufzubrechen, stelle ich überrascht fest, wie schwummrig mir ist. Z. G. ist in noch schlechterer Verfassung, er schwankt unsicher durch den Korridor zu unseren Zimmern. Wir erreichen seine Tür zuerst. Als er mich in sein Zimmer zieht, leiste ich keinen Widerstand. Ich rede mir ein, der *mao tai* hätte mich unvorsichtig gemacht, und ich würde gleich wieder gehen. Doch schon liege ich in seinen Armen, wir küssen uns, zerren an unserer Kleidung herum und schieben einander auf das Bett zu.

Ich weiß, ich weiß. Eine Witwe sollte nie wieder mit einem

Mann mitgehen. Man erwartet von ihr, dass sie den Rest ihres Lebens in Keuschheit verbringt. Aber ich habe in meinem Leben zwei Männer geliebt – Sam und Z. G. Die Liebe, die ich für Sam empfand, gründete auf Dankbarkeit, Vertrauen und Respekt. Meine Liebe zu Z. G. begann schon, als ich noch ein junges Mädchen war. Er war die große Liebe meines Lebens – die große Leidenschaft meines Lebens. May bezeichnete es als Vernarrtheit, und vielleicht hatte sie recht damit. Doch nun bin ich hier, und Z. G. ist hier, wir sind ein bisschen mehr als beschwipst und sehnen uns beide nach den Menschen, die wir wirklich lieben. Und ganz ehrlich gesagt, fühlen sich Männer von Frauen angezogen, die verrückt nach ihnen sind, so wie ich es in der Vergangenheit nach Z. G. war. Plötzlich ist alles so einfach – das Hotelzimmer, keine Abwehrmechanismen wegen des Alkohols, die Gelegenheit. Keiner kennt uns hier. Niemand wird es je erfahren. Außerdem, wäre es nicht seltsam, wenn es nicht passieren würde? Trotzdem haben wir noch so viel Verstand, Vorsichtsmaßnahmen zu ergreifen.

»Ich möchte nicht, dass du schwanger wirst«, sagt Z. G.

»Ich kann nicht schwanger werden«, antworte ich. Glücklicherweise fragt er nicht nach dem Grund.

Er denkt noch daran, aufzustehen und ein Handtuch aus dem Badezimmer zu holen. Das gibt mir einen Augenblick, um zu überlegen: *Was tue ich da?* Dann sehe ich ihm zu, wie er zurück zum Bett kommt. Er ist nackt und, ja, bereit. Eine anständige Frau würde wegschauen, aber ich starre ihn an, starre alles an. Er hat einen schönen Körper. Er schiebt das Handtuch unter mich, auf die Matratze, damit wir keine Flecken auf dem Bettlaken hinterlassen, was die Zimmermädchen womöglich der Etagenaufsicht melden könnten, die es wiederum an Höherstehende weitergeben könnte. Und dann … Und dann …

Er weiß genau, wo er mich berühren muss. Er sagt: »Ich kenne deinen Körper genau, weil ich ihn so oft gemalt habe.« Ich fühle mich sicher und vergesse zum ersten Mal, was mir bei der Vergewaltigung zugestoßen ist. Ich habe nicht das Gefühl, eine Pflicht erfüllen oder Dankbarkeit zeigen zu müssen, wie so oft bei Sam, obwohl er die Freundlichkeit in Person war. Ich will nicht behaupten, da unten sei alles perfekt, aber ich spüre etwas, das ich noch nie zuvor empfunden habe.

Als wir danach nackt nebeneinanderliegen, berührt Z. G. den kleinen Beutel, den ich um den Hals trage.

»Joy trägt auch so etwas«, sagt er. »Was ist das?«

»Meine Mutter hat einen May und einen mir geschenkt.« Als ich die Worte ausspreche, spüre ich, wie mir die Verbindung zu Z. G. entschlüpft. »May hat ihren Beutel Joy geschenkt, als sie geboren wurde.«

Ich setze mich auf und ziehe mir das Laken über die Brust. Plötzlich bin ich schüchtern und schäme mich. Ich liebe meine Schwester, und was ich gerade getan habe, war vielleicht nicht das Schlimmste auf der Welt, aber auch nicht besonders toll.

»Wir müssen an May denken«, sage ich.

»Stimmt.« Er klingt plötzlich viel nüchterner.

»Du hast lange ohne May gelebt, aber ich bin sicherlich nicht die einzige andere Frau, die du in deinem Leben hattest.« Warum sage ich das? Damit ich mich weniger schuldig fühle?

»Ich bin ein Mann, und es ist mehr als zwanzig Jahre her«, sagt er.

Ich nehme das schweigend auf.

Dann fragt er: »Hast du von Ku Hung-ming gehört? Er lebte am Ende der Ch'ing-Dynastie. Von ihm stammt der Ausspruch: ›Ein Mann ist wie geschaffen für vier Frauen, so wie eine Teekanne für vier Tassen Tee.‹« Er lacht verlegen. »Ich fand immer, wenn diese Philosophie gut genug für den Vorsitzenden Mao ist, dann ist sie auch gut genug für mich.«

»Das war sie aber nicht. Du liebst May.« Nach all diesen Jahren scheine ich endlich meinen Frieden damit geschlossen zu haben.

»Pearl …«

»Du musst dich für nichts entschuldigen.« Ich lege ihm die

Hand auf den Arm. »Du wirst nie begreifen, wie viel mir das« – ich zeige auf die zerwühlten Bettlaken – »bedeutet hat, aber es darf nie wieder dazu kommen.«

Als ich aus dem Bett aufstehe, nehme ich das Laken mit. Z. G. zieht sich die Bettdecke über, aber ich schaue bewusst nicht in seine Richtung. Ich hebe meine Sachen vom Boden auf, gehe ins Bad und ziehe mich an. Flüchtig schaue ich in den Spiegel. Meine Wangen sind noch gerötet vom *mao tai* und dem, was Eheleute tun, doch in meinen Augen sehe ich anders aus. Endlich habe ich Z. G. und meine Angst vor Sex überwunden. Diese beiden Kreise sind nun geschlossen. Es ist nicht klar, was das für mich – als Witwe – bedeuten wird, aber ich habe das Gefühl, mir stünden nun Möglichkeiten offen, die ich nicht mehr hatte, seit ich eine junge Frau war.

Wehmütig winke ich Z. G. zu, sehe nach, ob niemand im Korridor ist, schleiche mich aus seinem Zimmer und in mein eigenes. Am Morgen treffen wir uns zum Frühstück wie gute Freunde, dann gehen wir auf die Messe. Wir werden nie wieder über das Geschehene sprechen, aber bevor wir Kanton verlassen, schreibe ich einen Brief an May. Ich kann nicht auslöschen, was ich mit Z. G. getan habe, doch ich kann sie beruhigen. Hongkong liegt nahe. Ich wünschte, ich könnte von dort aus nach Hause fliegen und es ihr selbst sagen. Stattdessen wird mein Brief in das nicht weit entfernte Wah Hong geschickt, in einen neuen Umschlag gesteckt und wird die übliche Reise über die Grenze und weiter in die Chinatown von Los Angeles machen.

Es gibt etwas, das Du wissen solltest. Z. G. ist ein Hase, und Du bist ein Schaf. Z. G. liebt Dich und nur Dich.

Joy

Zwischen dem Gelb und dem Grün

»Wie viele Fliegen habt ihr heute getötet?«, fragt Brigadeführer Lai, als er zwischen unseren beiden Zimmern hin- und hergeht. Das gehört zu seiner neu eingeführten Reinlichkeitsinspektion. Taos kleine Brüder und Schwestern zeigen ihm einen Becher, in dem sie die toten Fliegen gesammelt haben. »Gut«, lobt er sie, »aber habt ihr auch Ratten oder Mäuse getötet?« Das haben wir nicht, und das ist nicht gut. »Und Spatzen?«, fragt er.

»Es gibt nicht mehr viele«, antwortet Taos Vater.

»Das höre ich auch von anderen in der Kommune«, knurrt Brigadeführer Lai. »Aber warum sehe ich sie noch am Himmel fliegen? Ihr müsst euch mehr anstrengen! Was hat eure Familie unternommen, um andere Insekten auszurotten?«

»Es ist Winter«, sagt Taos Vater. »Schau.« Er zeigt auf das Papier, das wir mit Reispaste über die Fensteröffnungen geklebt haben, um die Kälte abzuwehren. »Wir haben jetzt nicht viele Insekten.«

»Nehmt das Papier ab«, empfiehlt der Bridageführer. »Lasst im Hauptraum eine Laterne auf dem Tisch brennen. Morgens habt ihr dann viele tote Insekten.«

Ich würde mich ja mehr darüber aufregen, nur ist Reispapier einfach nicht dasselbe wie eine Glasscheibe, die vor Wind schützt.

»Sollen wir alles aufheben, was wir töten, um es dir zu zeigen?«, fragt Taos Vater.

»Auf jeden Fall. Schließlich wäre es keine Inspektion, wenn ich nicht sehen könnte, was ihr erwischt habt.«

Als Brigadeführer Lai gegangen ist, rollen die Kinder ihre Schlafmatten auf dem Boden aus. Taos Eltern gehen ins andere Zimmer. Sie versuchen, noch ein Kind zu zeugen. Meine Schwiegermutter erinnert mich jeden Tag an die Worte des Vorsitzenden Mao: »Mit jedem Magen kommen auch zwei neue Hände.« Sobald meine Schwiegereltern fertig sind, kommen Tao und ich dran.

Ist die Ehe so, wie ich erwartet hatte? Überhaupt nicht. Die erste Nacht? Alles andere als romantisch, und Tao war auch nicht sehr sanft. Wer er ist und wie er sich verhält, hat natürlich zum Teil damit zu tun, dass er hier aufgewachsen ist, aber mit ihm herumzuschmusen war doch etwas ganz anderes, als bis zum Ende zu gehen. Was mir jedoch zu schaffen macht, ist nicht auf Sex beschränkt. Vor dem Tag der Hochzeit war ich noch nie in Taos Haus gewesen, deshalb war mir nicht klar, wie bettelarm seine Familie ist. Ich hatte kein Ehebett wie im Hofhaus. Niemand brachte mir eine Schlafzimmereinrichtung auf dem Fahrrad, wie ich es in den Straßen von Shanghai, Kanton und Peking gesehen hatte. Im Hofhaus ohne Komfort zu leben, hatte mir gefallen, aber hier konnte ich nicht einmal allein sein, wenn ich den Abortkübel benutzen wollte, nicht mit zwölf Menschen in zwei Zimmern. Als ich mich in der Hochzeitsnacht auszog, wollte Tao, dass ich den kleinen Beutel von Tante May abnehme. Er meinte, ich sei hier sicher und bräuchte das Beutelchen nicht mehr zum Schutz. Ich gehorchte, weil er mein Mann ist. Ich redete mir ein, ich bräuchte kein Geld, keine Möbel und keinen Talisman, um zu lieben und geliebt zu werden. Trotzdem war das alles nicht so, wie ich es mir vorgestellt hatte. Ein paar Wochen Campingabenteuer in einem Hofhaus sind schön und gut, aber die Einsicht, dass ich den Rest meines Lebens so verbringen muss, ist doch etwas ganz anderes.

In drei Monaten Eheleben habe ich Folgendes gelernt: Auch

in der Neuen Gesellschaft müssen sich die Frauen um den Ehemann, die Kinder und die älteren Familienmitglieder kümmern. Sie müssen das Haus in Schuss halten, putzen, nähen und waschen. Zusätzlich zu all dem arbeiten sie auch noch außer Haus. Seit der Einführung der Kommunen wurden ein paar Änderungen vorgenommen. Für arbeitende Frauen gelten nun drei Regeln: Während des Besuchs der kleinen roten Schwester darf keine Frau im Wasser arbeiten. Werdende Mütter dürfen nur leichte körperliche Arbeiten verrichten. Mütter arbeiten in der Nähe ihres Heims. Es gibt auch ein paar ungeschriebene Gesetze. Am Ende des Tages sollen die Frauen bereit sein, noch ein Kind für die große sozialistische Nation zu empfangen. Dafür sollen wir uns mit ein paar Worten des Lobes oder einem Klaps auf den Arm zufriedengeben. An diesen Dingen halte ich mich fest, denn sie beweisen mir Taos Liebe und meinen Wert.

Die Alternative ist nicht so verlockend. »In jeder Ehe sollten Kritik und Selbstkritik geübt werden«, sagt mir Tao fast jeden Tag. »Einheit ist nur möglich, wenn die eine Seite den notwendigen und gebührenden Kampf gegen die Fehler führt, die der andere begeht.« Jetzt, wo wir verheiratet sind, begehe ich in Taos Augen viele Fehler.

Früher fühlte ich mich zu Tao hingezogen, aber der Sex ist eine gewaltige Enttäuschung. Selbst wenn mich Tao an den richtigen Stellen berühren würde und nicht so grob und schnell wäre, wie sollte ich bei zehn Menschen im Nebenraum nicht nervös werden und mich unbehaglich fühlen? Manchmal frage ich ihn, ob wir nicht zum Pavillon der Wohltätigkeit gehen können. Ich möchte fühlen, was ich vor unserer Hochzeit gefühlt habe. Ich stelle mir vor, was wir alles tun könnten, wenn wir ganz allein dort wären. Ein bisschen davon habe ich Tao sogar zugeflüstert. Ich spüre seine Reaktion in meiner Hand, aber er sagt: »Das ist jetzt nicht mehr nötig. Wir sind verheiratet. Du solltest dich nicht so wichtig nehmen.« Mit anderen Worten, ich bemühe mich, aber wozu? Es ist ihm egal.

Sex ist das eine, glücklich sein etwas anderes. Ich hasse diesen Ort, und ich bin mir nicht einmal sicher, ob ich Tao überhaupt mag, nachdem ich ihn richtig kennengelernt habe.

Kommt das plötzlich? Überhaupt nicht. Schon am nächsten Morgen wusste ich, und weiß es jeden Morgen wieder, dass es ein Fehler war, Tao zu heiraten. Aber auf meine sture Tigerart habe ich es als die Strafe akzeptiert, die ich, wie ich glaube, verdient habe. Andererseits mache ich mir ständig Vorwürfe, weil ich mich so leicht täuschen und beeinflussen lasse. Ja, ich bin so durcheinander wie immer.

Als meine Mutter hier war, konnte ich nicht mit ihr darüber sprechen, denn sie sollte sich keine Sorgen machen. Nach unserem Gespräch an dem Abend im Hofhaus versuchte ich ihr vorzuspiegeln, ich sei glücklich. Ich habe ihr gesagt, was sie wahrscheinlich hören wollte. Ich wollte, dass sie wirklich glaubt, ich sei glücklich, damit sie nach Shanghai zurückkehren konnte. In Wahrheit bin ich jedoch todunglücklich. Ich habe nicht nur mein Leben ruiniert, sondern auch ihres. Was ich getan habe, hat alles nur schlimmer gemacht, und ich kann nichts ändern oder geradebiegen. Jetzt, wo sie weg ist, umgeben mich die düsteren Gefühle, die mich seit dem Tod meines Vaters quälen, wieder mit ihrer öligen Schwärze.

Den ganzen November hindurch bin ich mit den typischen Arbeiten einer Bäuerin beschäftigt – ich flicke Kleider, lege Gemüse ein, lagere getrocknetes Gemüse. Schweine werden geschlachtet – was an sich schon ekelhaft ist –, dann einige Wochen in Salzlauge eingeweicht und schließlich mit Chilis bedeckt, um die Fliegen fernzuhalten. Da wir nun zu einer Kommune gehören, werden die Teile des Schweins außen an der Führungshalle aufgehängt und nicht mehr an den einzelnen Häusern, so wie früher. Wir essen weiter, so viel wir wollen, in der Kantine, aber als der Dezember kommt und die Temperatur unter den Gefrierpunkt sinkt – die zusätzlichen Maisstauden an der Wand der Kantine sind kein großartiger Schutz gegen das Wetter –, führt Brigadeführer Lai die Rationierung ein.

Tao sagt, ich soll mir keine Sorgen machen. »Das ist immer so zwischen dem Gelb und dem Grün. Auf den Feldern wächst nichts mehr, die Ernte geht zur Neige, und für die Saat, die mit dem Frühlingsfest beginnt, ist es noch zu früh.«

»Aber ich dachte, wir hätten eine Rekordernte«, sage ich. »Wie kann es sein, dass der Kommune das Essen ausgeht?«

»Zerbrich dir über solche Dinge nicht den Kopf«, tadelt mich mein Mann und versucht, wie ein Erwachsener zu klingen. Doch von anderen erfahre ich, dass Brigadeführer Lai der Regierung eine gewaltige Lieferung Getreide aus unserer Rekordernte versprochen hat. Er löste sein Versprechen ein, gleichzeitig sollten wir essen, so viel wir wollten, und nun ist der Getreidespeicher in der Führungshalle auf einem gefährlich niedrigen Stand.

Im Lauf des Monats wird es kälter und feuchter. Das Haus von Taos Familie ist nach Norden ausgerichtet, deshalb wärmt uns die Wintersonne kaum. Frost überzieht den Boden. Stehendes Wasser gefriert über Nacht. Manchmal fällt Schnee, aber er schmilzt schnell wieder. Durch Ritzen um die Tür und im Dach bläst es eiskalt herein. Meiner Meinung nach leistet das Fenster – über dessen Öffnung wir wieder das Reispapier geklebt haben – keinen Beitrag, um kalte Luft draußen oder warme Luft drinnen zu halten. Den ganzen Tag über sehe ich meinen Atem im Haus. Taos Familie hatte genug Zeit, sich darauf einzustellen. Sie ziehen mehrere Schichten wattierter Kleidung übereinander an. Das tue ich auch, aber warm wird mir nie.

Jeden Sonntag schreibe ich meiner Mutter, denn das ist der einzige Tag, an dem ich nicht für die Kommune arbeiten muss. Ich erzähle ihr von Yong, Kumei und Ta-ming. Ich erzähle ihr vom Wetter. Ich erzähle ihr, dass ich lerne, eine Ehefrau zu sein. Montags gehe ich dann zum Teich und warte auf den Postboten, der mit dem Fahrrad alle Dörfer abfährt, die zur Kommune gehören. Ich gebe ihm meinen Brief, den er zur Führungshalle bringt, wo die Post sortiert, gelesen und weitergeleitet wird. Heute gibt er mir einen Brief, den ich der gesamten Familie vorlese:

»Z. G. und ich waren bei Madame Sun Yat-sen zum Tee. Sie hat einen wunderschönen Garten mit dreißig Kampferbäumen. Wusstest Du, dass sie all ihre Reden auf Englisch schreibt? Ich wette, wenn Du hier wärst, könnte Dir Dein Vater einen Job bei ihr besorgen, denn Du hast genau wie sie in Amerika das College besucht. Auch Vertreter aus Burma, Nepal, Pakistan und Indien waren eingeladen. Du hättest die Frauen in ihren Saris sehen sollen. Sie waren so elegant im Vergleich zu den Russinnen. Dein Vater hat mich überredet, einen *cheongsam* von früher anzuziehen, aus roter Seide mit gelben Paspeln. Alle sagten, Dein Vater und ich seien von allen Gäste dort die bestaussehenden. Ich glaube, sie hatten recht, wenn ich das sagen darf.«

Eine Woche später schickt sie Weihnachtsgeschenke – einen roten Schal, eine Dose Kekse und Stoff, den sie für ihre Baumwollbezugsscheine bekommen hat. Ich schenke die Kekse Taos Geschwistern und die Baumwolle meiner Schwiegermutter, damit sie den Kindern Kleider daraus nähen kann. Den Schal behalte ich für mich. Ich erkläre ihnen nicht, was Weihnachten ist.

Zwei Wochen später berichtet meine Mutter von Neuigkeiten, die wir auch über den Lautsprecher gehört haben. Funktionäre in Peking haben den Bau von zehn Projekten in der Hauptstadt angekündigt, um im nächsten Jahr, am 1. Oktober 1959, den zehnten Geburtstag der Volksrepublik China zu feiern. »Das größte wird die Große Halle des Volkes genannt werden«, lese ich Tao und den anderen vor. »Sie wird größer und prachtvoller sein als alles, was bisher in China gebaut wurde, bis auf die Große Mauer vielleicht. Und was am wichtigsten ist, die Große Halle des Volkes wird nur von freiwilligen Helfern errichtet. Dein Vater hat mir versprochen, mich zu der Feier mitzunehmen. Da gibt es etwas zu sehen!« Ich glaube, mit ihrer falschen Begeisterung will sie eigentlich sagen: *Freiwillige Helfer? Ich bin froh, dass ich nicht in Peking lebe und an diesem oder einem der anderen neun pom-*

pösen Schreine für Maos Ego mitarbeiten muss. Was nicht dasteht, können die Zensoren nicht schwärzen.

Doch für meinen Mann und meine Schwiegereltern hört sich das alles fantastisch an, und sie rufen immer wieder erstaunt aus: Madame Sun Yat-sen! Die Große Halle des Volkes! Von Mays Briefen waren sie weniger beeindruckt, denn sie haben keine Ahnung von Fernsehern, Autos oder Filmstars. Trotzdem sehen sie sich die Fotos an, die May schickt, und stellen Fragen wie: »Warum zieht sie so etwas an? Ist ihr nicht kalt mit den nackten Schultern?« Manchmal betrachten sie wortlos die Bilder, auf denen May geschminkt ist und toupierte Haare hat. Sie haben vielleicht noch nie eine Prostituierte gesehen, aber eine Frau mit lockerem Lebenswandel erkennen sie sofort.

Meine Mutter und meine Tante stellen mir immer dieselben Fragen: *Bist du glücklich? Malst du?* Ich bin nicht glücklich, doch das möchte ich ihnen nicht sagen. Ich male auch nicht, aber Tao tut es. Nachdem er Z. G.s Erfolg mit dem Neujahrsplakat mitbekommen hat, möchte Tao nun auch beim nationalen Wettbewerb mitmachen. »Wenn ich gewinne, könnten wir nach Shanghai oder sogar nach Peking ziehen«, sagt er oft. Er arbeitet am Tisch, eingewickelt in wattierte Kleidungsstücke, mit einer Decke über den Schultern und einer zweiten über den Beinen. Er hat sich ein traditionelles Thema vorgenommen – Türgötter – und sie in zwei Bauern umgewandelt, die eine üppige Ernte einbringen. Mich verwendet er nicht als Motiv oder als Anregung, wie es Z. G. getan hat, was mich sehr verletzt. Immer wenn ich etwas darüber sage, meint Tao nur: »Hör auf, dich zu beschweren, und male deine eigenen Bilder. Niemand hält dich davon ab.« Er hat leicht reden. Ich wünschte, ich könnte ebenso locker mit dem Pinsel umgehen wie mein Vater und mein Ehemann. Mir geistert da etwas durch den Kopf – ich weiß es –, aber ich konnte es bisher nicht greifen, und niemand ermutigt mich dazu.

Nachts liegen Tao und ich auf Matten im Hauptraum. Die Kleider, die wir am nächsten Tag tragen, liegen unter unseren Matten, damit sie beim Anziehen warm sind. Die älteren Kinder rollen sich um uns herum zusammen. Tao nagt zärtlich an meinem Hals. Er schiebt eine Hand unter mein Nachthemd. Wenn wir ganz leise sind, kann die Nacht ihre eigene Wärme entwickeln.

»Wenn du das nächste Mal an deine Mutter und deinen Vater schreibst«, sagt Tao, während er mir die Finger zwischen die Beine schiebt, »dann frag sie doch, ob sie uns Genehmigungen besorgen können, damit wir sie in Shanghai besuchen dürfen.«

Ab Februar wache ich hungrig auf und gehe hungrig zu Bett. Ich rede mir ein, dass ich nicht so viel Hunger habe, wie ich denke, dass ich eine schlechte westliche Einstellung habe und dass alles, was ich sehe und fühle, nicht echt ist. Aber manche Leute sagen, so schlimm war es noch nie zwischen dem Gelb und dem Grün. Einige möchten die Kommune auflösen, behaupten, es sei ihnen besser gegangen, als sie noch selbst für ihr Land, das Getreide und die Familie verantwortlich waren. Ich halte den Mund, aber allmählich denke ich, dass die Kantine nicht mehr dazu da ist, uns zu ermutigen, kostenlos zu essen; sie ist da, um die uns zugeteilten Portionen einzuschränken.

All das führt zu neuen Inspektionen.

»Versteckt ihr irgendwo Getreide?«, fragt Brigadeführer Lai, während Parteisekretär Feng Jin und Sung-ling unsere Schränke durchsuchen.

Taos Mutter ist klein, aber couragiert. Sie sieht ihm ins Gesicht. »Wo sollten wir denn etwas verstecken?«

Darauf fällt ihm erst mal nichts mehr ein.

»Habt ihr euer gesamtes Kochgeschirr abgegeben?«, fragt Sung-ling – von Frau zu Frau. »Ihr solltet überhaupt kein Kochgeschirr mehr haben. Mittlerweile sollte alles in der Kantine abgegeben oder im Hochofen geschmolzen worden sein.«

»Willst du damit fragen, ob wir gekocht haben?«, entgegnet Fu-shee spitz. »Wir könnten gar nicht kochen, selbst wenn wir wollten. Wir haben nur noch unsere Teekanne.«

Ich hielt meine Mutter und meine Tante für gute Lügnerinnen, aber meine Schwiegermutter ist wahrscheinlich die allerbeste, und sie versteht es, für ihre Familie zu sorgen. Sie war mit den kleineren Kindern draußen auf den Feldern und hat Reis, Rüben und Erdnüsse gesammelt, die während der übereilten Ernte liegen geblieben waren. Sie hat auch noch genügend Gerätschaften aufgehoben – allesamt in einem Loch im Boden versteckt –, um Teigbällchen aus Maismehl zu machen, die wir mit getrockneten Chilistückchen essen.

»Es roch nach Essen, als ich hereingekommen bin«, sagt Sungling vorwurfsvoll.

»Das muss das heiße Wasser sein, das wir zum Trinken kochen, weil wir keine Teeblätter mehr haben.«

An diesem Abend schreibe ich meiner Mutter.

> Es heißt, Schwiegermütter seien schreckliche Wesen, die nur auf der Welt sind, um ihre Schwiegertöchter zu quälen, aber Fu-shee ist nicht so schlimm. Sie ist wieder schwanger. Ich bin es nicht. Ich hätte gerne ein Baby. Einen Sohn natürlich. Das würde Tao glücklich machen. Es würde meinen Schwiegereltern gefallen. Ich hoffe, Du wärst dann auch glücklich.

Im Chinesischen besteht das Wort *Schoß* aus den Zeichen für *Palast* und *Kinder*. Nachts, wenn ich neben Tao liege, schicke ich gute Wünsche an meinen Schoß. Wenn schon die Ehe meine Traurigkeit nicht kuriert, wird es vielleicht ein Baby tun.

Am chinesischen Neujahr werden bei einer Inspektion im Haus eines Nachbarn Nahrungsmittel gefunden. Das Haus wird abgerissen. Die Familie kann nirgendwohin, deshalb schläft sie in der Ahnenhalle. Aufgrund der Schlamperei unserer Nachbarn werden allen Bewohnern der Kommune die Schlösser weggenommen.

»Wenn ihr eure Schlösser nicht hergebt«, sagt Brigadeführer Lai, »nehmen wir euch die Türen weg.«

Doch das reicht noch nicht. In aller Hast werden Tore und Höfe abgerissen, die Anwesen voneinander trennen, damit niemand Lebensmittel versteckt oder hortet – und um alles und jeden sichtbar zu machen. Wenn die Sicht immer noch durch etwas verdeckt ist, wird das ganze Haus zerstört. »Unser Vaterland profitiert von unserer neuen Politik«, verkündet Brigadeführer Lai, »denn das letzte übrige Metall von den Türangeln und Schlössern kann nun geschmolzen werden, und wir können mit dem Holz der Häuser und den Möbeln die Hochöfen befeuern.« Das Hofhaus, in dem er lebt, bleibt indessen unangetastet.

Als wir drei Tage später von den Feldern nach Hause kommen, hockt Fu-shee in einer Ecke. Unter ihr steht ein Eimer mit Blut und kleinen Gewebestückchen. Ich soll den Eimer ausleeren. Das ist widerlich, und es dreht mir den Magen um. Ich versuche, auch anderweitig zu helfen, aber alle Gunst, die ich bei meiner Schwiegermutter gewonnen haben mag, ist verschwunden. Ihr Blick ist jetzt vorwurfsvoll. Bald weichen mir die anderen schwangeren Frauen in der Kommune aus oder wenden mir den Rücken zu. Es heißt, dass Frauen, die noch nicht geboren haben, ungeborenen und neugeborenen Babys Unglück bringen.

Meine einzigen Freundinnen sind Yong und Kumei, die mir immer wieder sagen, ich soll mir keine Gedanken machen. »Wir befinden uns zwischen dem Gelb und dem Grün«, sagen sie, als hätte ich dadurch weniger Hunger, als würden mich schwangere Frauen dann weniger missachten oder als würde sich meine Schwiegermutter dann weniger über mich ärgern. »Es ist schlimmer als gewöhnlich, aber es passiert jedes Jahr.«

Ich betrachte das Ganze mit amerikanischen Augen: Sollen wir etwas akzeptieren, nur weil es bisher immer so war? Ich bringe Ideen zur Selbsthilfe vor.

»Kaufen wir doch ein paar Küken, dann haben wir Hühner, die Eier legen«, schlage ich der Familie meines Mannes vor.

»Wo sollten wir die denn verstecken?«, fragt mein Schwiegervater. »Was ist, wenn der Brigadeführer seine Inspektion macht?«

»Wir könnten Tofu herstellen«, sage ich. »Als ich ein kleines Mädchen war, hat mein Großvater Tofu in unserer Badewanne gemacht.«

»Wo sollen wir Sojamilch herbekommen?«, fragt mein Mann.

»Was ist eine Badewanne?«, fragt Fu-shee.

»Vielleicht könnten wir ein Geschäft mit Schubkarren aufziehen«, versuche ich es noch einmal. »Es muss immer irgendetwas zur Hauptstraße gebracht werden.«

»Wo sollen wir das Geld dafür hernehmen?«, fragt mein Schwiegervater.

»Ich habe etwas Geld«, sage ich. »Wir sind eine Familie. Ich möchte helfen, so gut ich kann.«

Ich kaufe drei Schubkarren. Wir verdienen vier *yuan* – etwas weniger als zwei Dollar – pro Tag mit dem Transport von Kohle, Ziegelsteinen und Getreide, bis man uns sagt, dass wir das einstellen müssen. Der Dorfkader kritisiert uns und erinnert uns, dass Privatunternehmen nicht erlaubt sind. Als ich das nächste Mal einen Vorschlag mache, um unsere Situation zu verbessern, schnauzt Fu-shee: »Kauf uns doch etwas zu essen, statt mit deinem Geld zu prahlen!«

Aber ich kann nichts zu essen kaufen, denn es gibt nichts. Und selbst wenn, wo sollte ich meine amerikanischen Dollars wechseln? Ich müsste dafür nach Tun-hsi, vielleicht sogar nach Hangchow. Dafür würde mir der Brigadeführer nie die Erlaubnis erteilen.

Ich könnte das alles meiner Mutter schreiben, aber ich tue es nicht. Wie auch? Ich möchte von ihr nicht hören: »Ich hab's dir doch gesagt«, während mir selbst noch schlimmere Vorwürfe durch den Kopf gehen.

Joy

Gewand aus Glas

An einem Sonntagmorgen Ende März wache ich kurz nach Tagesanbruch auf. Das Erste, was ich sehe, ist unser neues Plakat des Vorsitzenden Mao an der Wand. Jedes Haus in der Kommune hat das gleiche Plakat – Mao, der über einem Meer aus roten Wolken schwebt. Ich stelle mir dasselbe Plakat in jedem Haus im gesamten Land vor. Nichts darf oberhalb von ihm hängen (das wäre eine Beleidigung), und nichts darf das Plakat verunstalten (das würde beweisen, dass der Haushalt nicht den angemessenen Respekt erweist). Ich setze mich auf. Die Babys und kleinen Kinder, die sich um mich herum zusammengekuschelt haben, bewegen sich im Schlaf. Ich lege mir die Hand auf den Bauch, um meine Übelkeit zu besänftigen. Ich muss etwas gegessen oder getrunken haben, das mir nicht bekommen ist. Leise stehe ich von meiner Schlafmatte auf und gehe nach draußen.

Die Frühlingsluft ist frisch, der Himmel strahlend blau. Von der Terrasse aus blicke ich über mehrere Rapsfelder. Die gelben Pflanzen stehen in voller Blüte und erinnern mich an den Ackersenf, der um diese Jahreszeit in Südkalifornien blüht. Aus den Schornsteinen im ganzen Gründrachendorf steigt Rauch auf. Ich hacke Holz und schüre den Herd draußen an. Dann gehe ich mit zwei Eimern hinunter zum Bach, um Wasser zu holen, schleppe sie wieder den Hügel hinauf und setze Wasser auf.

Meine Schwiegermutter kommt zu mir nach draußen. »Du putzt dir die Zähne immer noch mit abgekochtem Wasser?«, fragt sie mit unaufrichtigem Staunen. »Du wirst nie zu uns gehören, wenn du das Wasser nicht trinken kannst. Komm, ich mach dir Tee mit Ingwer, für deinen Bauch. Das hat meinen immer beruhigt.«

Da Sonntag ist und wir nicht für die Kommune arbeiten müssen, lässt sich jeder Zeit beim Anziehen. Ich sage Tao, dass ich schon in die Kantine vorgehe. Er hat nichts dagegen. Frühling umgibt mich – noch mehr Rapsfelder, üppig blühende Bäume, rosafarbene und weiße Blütenblätter, die wie Schnee durch die Luft wehen, und frische neue Triebe an den wenigen kostbaren Teesträuchern, die von Brigadeführer Lais Anordnung, auf dem gesamten Land Getreide anzupflanzen, verschont geblieben sind. Wir hatten zwar einen harten Winter, aber ich warte schon gespannt auf die Ernte des ersten Winterweizens der Kommune im Juni. Alles andere haben wir dicht gepflanzt – Tomaten, Pak Choy, Mais und Zwiebeln – ganz nach den Anweisungen von Brigadeführer Lai. Pro *mu* haben wir die doppelte bis dreifache Menge Samen ausgebracht. Wir reden uns ein, dass uns der Vorsitzende Mao bestimmt nicht in die falsche Richtung steuern würde. Ja, die längeren Tage und das wärmere Wetter haben meine Stimmung sehr verbessert. Vielleicht war das alles doch kein Fehler. Vielleicht war ich einfach nur ein Mädchen aus Los Angeles, dem zu viele Jahre der Bequemlichkeit und Verschwendung nachhingen.

Wenn ich jetzt das leuchtende Grün der Felder vor dem Himmel betrachte, würde ich mich gerne irgendwohin setzen und den Tag mit Malen und Zeichnen verbringen. Stattdessen nehme ich ein bescheidenes kleines Frühstück zu mir, gehe nach Hause und verbringe den restlichen Vormittag damit, meiner Mutter und meiner Tante Briefe zu schreiben. »Das Leben ist in Ordnung. Das Wetter ist besser.« Morgen werde ich am Teich auf den Postboten warten. Ich werde ihm die Briefe geben und hoffen, dass er welche für mich dabeihat.

Am späten Nachmittag erwacht plötzlich der Lautsprecher knisternd zum Leben.

»Alle Genossinnen und Genossen sofort zur Kantine!« Das ist die Stimme des Brigadeführers. »Alle Genossinnen und Genossen sofort zur Kantine!«

Eigentlich steht keine politische Kundgebung an, aber wir gehorchen. Als wir uns dem Gelände nähern, auf dem sich die Kantine, die Kinderkrippe und die Führungshalle befinden, stellen wir fest, dass es sich um ein kommunenweites Treffen handelt. Es kommt selten vor, dass wir alle gleichzeitig zusammen sind, aber nun sind hier an die viertausend. Vielleicht werden wir »einen Sputnik starten« – ein Vierundzwanzig-Stunden-Projekt, angeregt vom Alten großen Bruder, das die Teilnahme der gesamten Kommune verlangt. Früher in diesem Jahr startete das ganze Land einen Sputnik und verbrachte vierundzwanzig Stunden damit, mehr Eisen zu produzieren als die Vereinigten Staaten in einem Monat – zumindest sagte man uns das –, doch das Ergebnis war nicht nur wertlos, sondern Kommunen wie die unsere hatten fast keine Sicheln, Hämmer oder Eimer mehr. Aber nein, wir wurden nicht einbestellt, um einen Sputnik zu starten.

Brigadeführer Lai steht auf einem Podest. Die Hände hat er hinter dem Rücken verschränkt, er wippt auf den Fersen, seine Miene ist grimmig. Es zieht mir den Magen zusammen, als ich Yong auf Knien neben ihm entdecke, ihre gebundenen Füße unter ihr versteckt. Man hat ihr eine weiße Schleife angeheftet, zum Zeichen, dass sie denunziert wurde. Kumei und Ta-ming stehen am Rand des Podests. Kumei kann in jeder Situation lächeln, aber nicht jetzt. Ihr Gesicht ist bleich, und ihre Narben haben sich – wohl aus Angst – lavendelblau verfärbt. Was haben Yong und Kumei wohl angestellt, um den Mann, der in den vergangenen Monaten bei ihnen im Hofhaus lebte, so zu erzürnen? Parteisekretär Feng Jin und Sung-ling haben ebenfalls Plätze auf dem Podest. Sie scheinen dank der Aufregung geradezu aufzuleben. Das ist keine kleine Darbietung nur für das Gründrachendorf. Diesmal starren sie Tausende von Gesichtern erwartungsvoll an.

Brigadeführer Lai hält ein Megafon an den Mund. »Der Vorsitzende Mao hat gesagt, in der Neuen Gesellschaft gibt es keine Parasiten«, zitiert er. »Alle arbeiten, damit alle zu essen haben.«

Das kennen wir bereits, aber was er als Nächstes sagt, klingt nicht gut.

»Diese drei hier sind schwarze Elemente. Zwei haben mit dem Grundherrn das Bett geteilt. Einer ist die schwarze Brut des Grundherrn. Wenn das erst einmal an jemandem klebt, wird es von Generation zu Generation weitergegeben. Weder sie noch ihre Nachkommen werden das jemals wieder loswerden.«

Ein Schauder durchfährt mich.

Er zeigt auf Kumei und Ta-ming. »Die beiden tun ihr Bestes.« Dann schubst er Yong mit dem Schuh. »Doch die da ist eine tägliche Erinnerung an alles, was in der alten Gesellschaft schlecht war. Vor Jahren hat der Vorsitzende Mao angeordnet, dass alle Frauen sich die Füße aufbinden. Hat die vierte Frau des Landbesitzers gehorcht?«

Aus der Menge ertönt mehrfach ein »Nein«. Yong reagiert nicht. Sie hält den Blick gesenkt.

»Wir arbeiten alle auf den Feldern, aber was ist mit der da?«, fragt der Brigadeführer.

Missmutiges Gemurmel erklingt um mich herum. Alle scheinen vergessen zu haben, dass Yong das Hofhaus verlassen hat, um mit meiner Mutter, meiner Schwiegermutter und einigen anderen älteren Frauen aus dem Gründrachendorf im Arbeitskommando Überholt Großbritannien zu arbeiten.

»Es wird Zeit, dass du dir deine Bandagen entfernst und dich uns anschließt. Tu es jetzt!«, befiehlt ihr Brigadeführer Lai.

Ohne ein Wort des Widerstands setzt sich Yong auf. Sie nimmt die Beleidigung und Demütigung auf eine Weise hin, die jeder hier versteht, denn in der Vergangenheit saßen nur Sklaven, verurteilte Kriminelle, Kriegsgefangene und Diener auf dem Boden. Die Zuschauer verstummen, und die Leute recken die Hälse, als die langen Bandagen Schlinge um Schlinge gelöst werden. Die Mitglieder der Kommune waren wahrscheinlich zu arm, um

Frauen mit gebundenen Füßen in ihrer Familie zu haben, aber alle wissen, dass die gebundenen Füße die intimste Stelle einer Frau sind. »Noch intimer als der Bereich da unten«, sagte meine Mutter einmal zu mir, als sie mir von den gebundenen Füßen meiner Großmutter erzählte.

»Und jetzt aufstehen!«, brüllt Brigadeführer Lai Yong an.

Wie soll sie aufstehen, wenn ihr doch die Füße gebrochen und zerquetscht und seit mehr als vierzig Jahren zusammengedrückt wurden? Doch Befehl ist Befehl, und in der Zuschauermenge brodelt der Hass. Yong kommt wacklig auf die Beine. Ihre Miene ist starr, aber ihr Körper schwankt unsicher. Ta-ming möchte ihr helfen, doch Kumei ist so klug, ihn zurückzuhalten. Wie der Brigadeführer gesagt hat, der Junge ist und bleibt ein schwarzes Element. Wie er sich jetzt verhält, wird ihn vor Schikanen in der Zukunft bewahren.

»Lauf!«, herrscht Brigadeführer Lai Yong an. Als sie sich nicht bewegt, brüllt er noch lauter. »Lauf!«

Ich bin entsetzt, panisch und befinde mich ganz plötzlich dort, wo ich nie hinwollte – bei dem, was meinem Vater zugestoßen ist und welche Rolle ich bei seinem Tod spielte. Die Übelkeit, die ich in den letzten paar Tagen verspürte, kommt wieder hoch und brennt mir in der Kehle. Ich werde bestimmt gleich ohnmächtig.

»Lauf!« Rote Wut steigt dem Brigadeführer ins Gesicht. »Und morgen arbeitest du mit den anderen Genossen auf den Feldern. Es ist Pflanzzeit, und wir brauchen alle Hände … und Füße.«

Soll das ein Witz sein? Yong kann unmöglich Feldarbeit verrichten. Sie würde das keine Stunde durchhalten, und schon gar nicht einen ganzen Tag lang.

»Lauf!«, bellt er. »Lauf den ganzen Weg zurück zum Hofhaus!«

Die Menschenmenge fällt mit ein. »Lauf, lauf, lauf.«

Das ist viel schlimmer als die öffentliche Kritik von Genossin Ping-lis Ehemann, weil sich seine Frau umgebracht hatte, indem sie sich vor den Heuschneider warf. Damals machte ich bereitwillig mit, als er vom Pöbel angegriffen wurde, aber Yong, Kumei und Ta-ming sind meine Freunde. Sie haben nichts Unrechtes getan. Und Ping-lis Ehemann vielleicht auch nicht, wie ich jetzt erschreckt denke.

Kumei und Ta-ming bekommen die Erlaubnis, Yong die Stufen vom Podium herunterzuhelfen, dann treten sie zur Seite, damit Yong alleine weitergehen kann. Die Menge teilt sich, um sie durchzulassen. Tränen laufen ihr über das Gesicht, aber sie reißt sich zusammen und schreit nicht. Ich sehe mich in alle Richtungen nach Tao um, doch ich wurde von ihm und seiner Familie getrennt. Ich brauche ihn. Wo ist er? Im Kopf überschlage ich, wie weit es zum Hofhaus ist. Yong wird über den Fußweg entlang des Bachs gehen müssen, vorbei an der Abzweigung zum Pavillon der Wohltätigkeit, und dann noch weiter zum Hofhaus. Ich schaffe diese Strecke in etwa zehn Minuten, aber wie Yong sie überhaupt bewältigen soll, weiß ich nicht.

Die Leute aus den anderen Dörfern, die zur Kommune gehören, zerstreuen sich nun, um den Rest des Sonntags in Ruhe mit ihren Familien zu verbringen, aber die Bewohner des Gründrachendorfs weichen Yong nicht von der Seite, verspotten sie und spucken sie an. Da entdecke ich Tao. Ich greife nach seinem Arm, doch er schüttelt mich ab, als er sich zu mir umwendet. Sein Gesicht ist erfüllt von Wut und Hass. Wie konnte ich ihn nur heiraten?

Ich dränge mich an ein paar anderen Leuten vorbei. Weiter vorne wankt Yong. Als ich Brigadeführer Lai, Parteisekretär Feng Jin und Sung-ling erreiche, bitte ich sie, dem Ganzen ein Ende zu machen, aber sie skandieren weiter: »Lauf! Lauf! Lauf!« Ihre Gesichter sind ebenso wutverzerrt wie das meines Mannes. Mir kommt ein Bild meiner Mutter in den Sinn, von dem Tag, an dem die Agenten vom FBI und INS meinem Vater so viele schreckliche Dinge vorwarfen. Meine Mutter zeigte keine Furcht. Sie war stark wie ein Drache. Die Erkenntnis, dass Wahrheit, Vergebung und Güte wichtiger sind als Rache, Verdammung und Grausamkeit, verleiht mir Mut und Sicherheit. Mir ist schwindlig und schlecht, aber ich richte mich auf, gehe nach vorne und nehme Yong am Arm. Als sie sieht, was ich getan habe, nimmt Kumei Yong am anderen Arm. Die Leute beschimpfen uns. Ich erkenne die Stimme meines Mannes, seiner Mutter und seines Vaters, seiner Brüder und Schwestern. Schließlich gewinnt das Gefühl, das nun schon seit Monaten in mir schwelt, die Oberhand. Ich gehöre nicht hierher. Sobald das hier vorbei ist, werde ich nach Hause gehen, den Brief zerreißen, den ich vorhin meiner Mutter geschrieben habe, und einen neuen schreiben, in dem ich sie bitte, herzukommen und mich abzuholen. Ich will nach Hause, nach Los Angeles. Wenn ich nicht ganz nach Hause kann, dann wenigstens zu ihr nach Shanghai.

Kumei und ich helfen Yong über die erhöhte Schwelle des Hauses und in den ersten Hof hinein. Ich befürchte, dass uns die Dorfbewohner folgen, doch sie tun es nicht. Sie bleiben draußen, rufen aber immer noch Beschimpfungen. Wir schleppen Yong durch die Höfe und Gänge zur Küche, wo sie zusammenbricht. Ich muss mich übergeben und sehe mich verzweifelt nach einer Schüssel oder einem Topf um, aber alles wurde entweder der Kantine oder dem Schmelzofen übergeben. Normalerweise steht eine Waschschüssel auf dem Boden, heute jedoch nicht. In meiner Verzweiflung laufe ich zu der niedrigen Mauer zwischen der Küche und dem Stall, in dem früher Schweine gehalten wurden, beuge mich darüber und übergebe mich. Als mein Magen leer ist, lasse ich mich auf den Boden sinken, drehe mich um und sehe die anderen an. Yong ist weiß vor Schmerz, Kumei wirkt verängstigt, und Ta-ming zittert vor Schreck.

»Warum?«, bringe ich heraus.

»Essen«, antwortet Kumei schwach, aber das verwirrt mich noch mehr. »Wir brauchten etwas zu essen. Wir sind schwarze Elemente, deshalb wusste ich, dass wir weniger bekommen würden, als die Rationierung begann. Wir wohnen mit dem Brigadeführer im Hofhaus. Er hat zusätzliches Essen mit nach Hause gebracht, aber das hatte seinen Preis.«

»Du warst …« Ich werfe einen kurzen Blick auf Ta-ming, denn ich bin mir nicht sicher, wie offen ich sprechen kann.

»Diesen Preis habe ich nicht zum ersten Mal gezahlt«, sagt Kumei. »Es ist nicht so schlimm, wie du denkst, doch gestern Abend hatten der Brigadeführer und ich eine Meinungsverschiedenheit. Ich musste mich um Ta-ming kümmern, aber der Brigadeführer wollte, dass ich mich stattdessen um ihn kümmere.«

Ich schließe die Augen. Natürlich, das musste es sein. Der Brigadeführer brauchte nicht im Hofhaus zu wohnen, er hatte ja schon die Führungshalle – das sicherste und angenehmste Gebäude in der Kommune. Ich hatte nur wenige Tage gleichzeitig mit Brigadeführer Lai im Hofhaus gewohnt, nachdem ich ins Gründrachendorf zurückgekehrt war und bevor ich Tao heiratete, aber ich erinnere mich, dass meine Mutter manchmal darüber klagte, sie sei nachts aufgewacht, weil jemand herumschlich. Das musste der Brigadeführer gewesen sein, wenn er in Kumeis Zimmer ging oder von dort kam. In China gibt es keine Geheimnisse, nicht einmal in einem so großen Haus, doch warum hatte ich nicht vorher begriffen, was vor sich ging? Weil ich eine Idiotin bin.

»Hast du schon gegessen?«, fragt Yong. Ihre Stimme ist kaum ein Flüstern. »Möchtest du Tee?«

Diese beiden Fragen werden stets gestellt, wenn ein Gast zu Besuch kommt. Trotz all ihrer Qualen steht Yong noch weit über den Barbaren vor den Mauern des Hofhauses.

Kumei erinnert sich an ihre Rolle als Gastgeberin, erhebt sich und setzt Teewasser auf.

Später, nachdem die Bauern gegangen sind, hole ich Wasser aus dem Bach. Das kalte Wasser wird Yongs Füßen guttun. So etwas Verstörendes habe ich noch nie gesehen. Ihr wurden die Zehen und der Mittelfuß gebrochen und zusammengerollt, bis die Zehen an der Ferse anstießen. In dieser Haltung wurden die Füße dann jahrzehntelang einbandagiert. Jetzt sind sie gelöst, aber nur wenig. Sie sehen aus wie Bogenbrücken – nur die Zehen und die Fersenrückseite berühren den Boden. Die Kader zwangen sie, barfuß zu laufen, sodass ihre Haut, die babyzart aussieht, nachdem sie all diese Jahre vor der Welt verborgen war, aufgerissen und geplatzt ist. Die Farbe? Die gehört zu keinem Lebewesen. Ich möchte tapfer sein und helfen, aber mir dreht sich der Magen um. Was immer ich gegessen oder getrunken habe, ich wünschte, es würde schneller durch mich hindurchgehen, so wie damals bei meiner Ankunft mit Z. G.

Schon seit Langem mache ich mir Gedanken über Yong und Kumei. In der Vergangenheit habe ich mir romantische Geschichten ausgedacht, besonders über Kumei. Nun, da ich ihnen vor den Augen aller anderen geholfen habe, wird das wahrscheinlich auch auf mich ein schlechtes Licht werfen. Daher muss ich wissen, aus welchem Grund die ganze Kommune eine derartige Abneigung gegen sie hegt.

»Warum hassen sie euch so?«, frage ich.

Direkter und amerikanischer geht es nicht. Ich rechne damit, dass meine Unhöflichkeit sie verschreckt, doch stattdessen sehen sie mich an, als wäre ich schwer von Begriff.

»Mein Gebieter war der Grundherr«, antwortet Yong und betastet die weiße Schleife, die sie für den Rest ihres Lebens als Schandmal tragen wird. »Wusstest du das nicht?«

»Doch, aber ich verstehe immer noch nicht, was sie gegen euch haben.«

»Wir sind das Letzte, was von seinem Haushalt noch übrig ist«, sagt Kumei. »Die Leute glauben, wir hätten privilegiert gelebt, aber er war ein schlechter Mensch, und wir mussten viel ertragen …«

»Ich weiß, dass du so denkst«, unterbricht Yong sie. »Doch ich fand, er war ein guter Mensch. Er hat sich um die Leute hier gekümmert. Als die Achte Marscharmee kam und die Soldaten von ihm verlangten, sein Land umzuverteilen, hat er das ohne Widerrede getan.«

»Ich hatte noch nie das Wort *Grundherr* gehört, bevor die Armee gekommen ist«, sagt Kumei.

»Weil es dieses Wort nicht gegeben hat«, erklärt Yong mit vor Schmerzen verzerrter Stimme. »Alle nannten den Gebieter immer *en ren*, das bedeutet *Wohltäter*. Doch die Soldaten verliehen ihm einen neuen Titel – *dichu* – *Grundherr*. Nachdem die Soldaten weg waren, dachten wir, alles würde gut. Stattdessen traten die verborgene Wut und die Missgunst der Dorfbewohner zutage.«

Kumei hält einen Fuß von Yong in der Hand und lässt mit der anderen Hand kaltes Wasser über die lila und grün verfärbte Haut rinnen. Gebundene Füße zu waschen, gehörte immer zu den Dingen, die stets in völliger Zurückgezogenheit verrichtet werden sollten. Yong müsste sich eigentlich zu Tode schämen, aber sie wurde ja schon vor der Kommune so gedemütigt, dass es ihr nichts ausmacht, mich in diesem intimsten aller Momente dabeizuhaben.

»Alle Kriege sind grausam, besonders für Frauen«, fährt Yong stockend fort. »Doch für uns war das Leben auch vor dem Befreiungskrieg und der Landreform nicht gerade schön. Wir kamen in dieses Haus als Ehefrauen, als Spielzeug zur Unterhaltung und als Dienerinnen …«

»Meine Eltern waren arm«, wirft Kumei ein. »Ärmer als die Familie deines Mannes.« Sie lässt mir keine Zeit, etwas zu sagen. »Als ich klein war, gab es eine schlimme Hungersnot. Fandest du diesen Winter schlimm? Er war nicht annähernd so schrecklich wie damals, als ich fünf war. Als mein Bruder starb, hieß es, ich würde nun dem Gebieter gegeben, damit wir die Sterbesteuer bezahlen konnten. Sie sagten, ich würde ›zum Wohltäter gehen‹, aber ich wusste nicht, was sie damit meinten oder was von mir verlangt würde. Ich wurde in den zweiten Hof gebracht und sollte meine Stirn auf seine Füße und die der Frauen im Haushalt, die gebundene Füße hatten, legen. Er war fünfzig.«

Ich halte mir die Hand vor den Mund, um meine Überraschung zu verbergen, als mir klar wird, warum Sung-ling Kumei ausgewählt hat, in unserem Propagandastück die Jungfrau zu spielen, und warum der Kader so geduldig war, als meine Freundin den Text nicht auswendig konnte. Genossin Ping-lis Ehemann war nicht der Einzige, der an diesem Abend öffentlich kritisiert wurde. Auch Kumei wurde dazu gebracht, ihre Geschichte zu erzählen. Wie oft wurde sie seit der Befreiung in der einen oder anderen Form dazu gezwungen? Auch andere Situationen fallen mir ein: Als ich bei unserer Ankunft Kumei fragte, warum nicht mehr Leute in dem großen Haus wohnten, hatte sie sehr ausweichend geantwortet, und dann der Abend, an dem meine Mutter in Shanghai zu Z. G. kam und er sagte, wir hätten zur Strafe im Hofhaus gewohnt. Selbst wenn mir etwas erzählt wurde, habe ich die Ohren versperrt.

Ich konzentriere mich wieder auf Kumeis Geschichte, als sie sagt: »Ich habe die Ehefrauen und Konkubinen bedient und ihre gebundenen Füße versorgt. Yong war die jüngste und hübscheste Ehefrau …«

»Ich war auch die gemeinste«, gesteht Yong. »Ich kam aus Shanghai und sprach den Shanghaier Dialekt. Das Hofhaus war schön, aber das Gründrachendorf war nicht Shanghai. Außerdem war unser Gebieter nie zufrieden. Er hatte viele Ehefrauen und Konkubinen. Er hatte eine Menge Kinder. Sogar Söhne. Aber er wollte dem Dorf seine Stärke beweisen. Er war der Vorsteher, verstehst du?«

Ich verstehe das nicht, doch Kumei erklärt es mir weiter. »Er hatte die Kontrolle über uns, aber als Vorsteher musste er seine Stärke auch dem ganzen Gründrachendorf beweisen. Wie hätte er das besser tun können, als mich in sein Bett zu holen und zu zeigen, dass er mir einen Sohn schenken konnte? Damals war ich elf. Nach der ersten Nacht bin ich zu meinem Onkel und meiner Tante im Schwarzbrückendorf gelaufen. Ich flehte sie an, bei ihnen leben zu dürfen, aber sie drehten sich einfach um, gingen wieder ins Haus und schlossen die Tür. Ich kehrte ins Gründrachendorf zurück, zu dem Haus, in dem ich geboren wurde. Ich setzte mich davor und weinte. Ich rieb mir Erde über Gesicht und Arme, in die Kleider und in den Mund. Dann stand ich auf und lief zurück zum Hofhaus.«

»Warum haben deine Eltern dir nicht geholfen?«, frage ich.

»Sie sind in dem Winter, in dem sie mich weggegeben haben, verhungert«, antwortet sie. Nach einer kurzen Pause erzählt sie weiter. »Ich verstand nicht, was im Hofhaus vor sich ging. Ich war ein Dienstmädchen, aber ich war auch eine Konkubine.«

»Du warst ein kleines Mädchen!«

Yong hat gesagt, der Grundherr sei ein guter Mensch gewesen, doch wie ist das möglich?

»Wir haben Kumei schlechter behandelt als die niedrigste Dienerin, denn in der Bettkammer war sie der Liebling des Gebieters«, gesteht Yong. Dann richtet sie ihre Worte direkt an Kumei. »Du hattest keine richtige Stellung im Haushalt, und du konntest nie den Luxus genießen, den die anderen Ehefrauen und Konkubinen hatten. Ich weiß noch, wie Dritte Frau dich immer mit der spitzen Nadel ihrer Brosche gepiekst hat. Sie hat darauf bestanden, dass die Küchenmädchen dir nur Melonenschalen und verwelkte Gemüseblätter zu essen geben.«

»Wenigstens habe ich überhaupt etwas zu essen bekommen …«

Ziehen sie sich gegenseitig auf?

»Und was ist mit dieser Konkubine aus Hangchow?«, wirft Yong lachend ein. Trotz ihrer Schmerzen und ihrer Erniedrigung schafft es Yong, einer, wie ich finde, grausigen Geschichte noch Spaß abzugewinnen. »Sie hielt sich für etwas ganz Besonderes – eine große Schönheit! Wenn ihr Tee zu kalt war, hat sie ihn auf den Boden gegossen, und du musstest ihn mit deiner Kleidung aufwischen.«

»Wenn er zu heiß war, hat sie ihn mir ins Gesicht geschüttet!« Kumei kichert bei dieser Erinnerung. So muss sie sich ihre Narben zugezogen haben, aber bevor ich danach fragen kann, ruft sie: »Ach, ich hätte gerne mit jeder von euch getauscht! Was er alles getan hat! Was er alles von mir verlangt hat! Ich weiß nicht, wie richtige Eheleute es tun, und ich werde es auch nie herausfinden.«

Nun werfen Yong und ich uns verstohlene Blicke zu. War das, was Kumei damals getan hat, denn anders als das, was sie jetzt mit dem Brigadeführer machte? Soweit ich das beurteilen kann, hatte Sex für Kumei bisher nur aus Pflicht oder Notwendigkeit bestanden. Prägte das nicht die Erfahrung, besonders wenn sie nicht verliebt war, so wie ich einmal in Tao?

»Ich habe viele Arbeiten verrichtet«, fährt sie fort. »Ich habe den Ehefrauen und Konkubinen die Füße gewaschen, ihrem Gezänk zugehört, habe zugesehen, wie sie Puder auflegten, Seide und Jadeschmuck anzogen. Je mehr ich erduldete, desto schöner fand mich der Gebieter. Als ich dreizehn war, wurde ich schwanger. Ich begriff nicht, was passiert war. Ich war dauernd müde, und mir war schlecht.«

»Wir hielten dich für faul«, sagt Yong. »Aber aus heutiger Sicht kann ich sagen, dass du damals gelebt hast wie ein Tier.«

»Schließlich klärte mich eine Küchensklavin darüber auf, was los war.« Kumei wird blass bei der Erinnerung daran. »Schon bald spürte ich, wie dieses Ding da in mir heranwuchs, sich bewegte, als wäre ich von einem Dämon besessen. Ich wollte in den schwarzen Abgründen des Todes verschwinden. Ich wollte mich umbringen, wollte den Goldring verschlucken, den mein Gebieter mir geschenkt hatte, oder verdorbene Sachen essen, aber das versprach alles kein sicheres Ergebnis. Dann fiel mir die beste Methode dafür ein. Ich wollte Lauge trinken. Aber mein Gebieter hat mir den Becher aus der Hand geschlagen, als ich ihn an die Lippen setzte, und deshalb sehe ich jetzt so aus.« Sie fährt mit den Fingern über die Narben, die ihr am Hals entlanglaufen und unter den Kleidern verschwinden.

»Im Herzen hat sie genauso viele Narben wie am Körper«, sagt Yong. »Ihr Leben war dunkel, ohne einen einzigen Lichtstrahl.«

»Aber dein Leben kann auch nicht einfach gewesen sein«, sage ich zu Yong.

»Ich sollte ein glückliches Leben führen«, gibt sie zu. »Meine Mutter sagte, wenn ich mir die Füße binden ließe, würde mein schwankender Gang an Nebelschwaden erinnern, und ich würde in eine gute Familie mit mindestens fünf weiteren Frauen mit gebundenen Füßen einheiraten. Sie versprach mir, bei meiner Heirat würde ich einen Kopfputz tragen, der mehr als ein Dutzend Pfund wiegt. Ich würde nie mein Zuhause verlassen müssen, aber wenn ich das aus irgendeinem Grund wollte, würde man mich in einer Sänfte tragen, damit mich niemand sehen würde. Sie sagte, ich würde immer vier Dienstmädchen haben, um mir zu helfen, und eine Weile hatte ich sogar mehr. Sie sagte, ich würde nie Feldarbeit verrichten müssen …«

»Das wirst du auch nicht«, verspricht Kumei. »Ich sorge dafür, dass es nicht dazu kommt.«

Wir kennen den Preis, den Kumei dafür zu zahlen bereit ist. Dankbar ergreift Yong Kumeis Hand. Wir warten darauf, dass Yong weitererzählt. Doch sie schweigt, deshalb nimmt Kumei ihre Geschichte wieder auf.

»Der Gebieter wollte nicht, dass ich sterbe, aber mittlerweile war es bedeutungslos, was mit mir passiert war. Der Befreiungskrieg war gewonnen worden, und alles änderte sich.«

»Zwei Konkubinen sind mit Soldaten davongelaufen«, sagt Yong. »Ehefrau Nummer eins starb an einer Infektion. Zweite Ehefrau, die durch die Geburt von drei Töchtern in Ungnade gefallen war, fuhr mit ihnen nach Macao, um Verwandte zu besuchen, und kehrte nie zurück. Dritte Ehefrau schlich sich mitten in der Nacht davon. Diese letzten Tage waren sehr schwer, sehr traurig …«

»Nachdem die Soldaten abgezogen waren, plünderten die Dorfbewohner das Hofhaus. Sie suchten nach Gold, Jade und Geld«, erzählt Kumei weiter. »Sie trugen die Möbel weg und verbrannten die meisten der Bücher. Dann öffneten sie die Familiengräber, damit die Ahnen des Gebieters im Jenseits keinen Frieden finden würden. Unsere Betten durften wir behalten, die

Musikinstrumente des Gebieters, einige Decken, Kochgeschirr und ein paar andere Dinge. Aber die Dorfbewohner waren noch nicht fertig. Sie zerrten die Söhne des Gebieters auf den Platz und schlugen ihnen mit einem Beil die Köpfe auf, bis das Gehirn herausquoll. Danach waren in den neunundzwanzig Zimmern nur noch der Gebieter, Yong und ich übrig.«

»Was ist mit eurem Gebieter geschehen?«, frage ich und offenbare damit wieder meine amerikanische Seite.

»Sie überließen ihn noch vier weitere Jahre seinem Schmerz, doch dann kamen sie ihn holen«, erinnert sich Kumei. »Es war Winter. Er musste sich bis auf ein dünnes Baumwollgewand ausziehen. Dann banden sie ihn an den Pagodenbaum und übergossen ihn mit kaltem Wasser. Sie ließen ihn die ganze Nacht dort stehen. Am Morgen war er tot, und der Stoff war an seinem Körper zu Eis gefroren. Die Dorfbewohner lachten und sagten, er trage ein Gewand aus Glas.« Sie hält einen Augenblick inne, bevor sie weiterspricht. »Um die Wahrheit zu sagen, in mancherlei Hinsicht war er schon auf dem Weg in die Nachwelt. Er hatte sich ja bereits von allen verabschiedet, die er gekannt und geliebt hatte. In manchen Nächten, wenn wir allein in seinem Zimmer waren, wollte er, dass ich für ihn Kleider von früher anzog. Erinnerst du dich an das Kostüm, das Sung-ling mich bei der Theateraufführung tragen ließ? Es gehörte zu den Kleidern, die mir der Gebieter angezogen hat. Sie waren weich, glänzend und hatten schöne Farben.«

»Sie waren aus Seide, Satin und Brokat«, übersetzt Yong für sie.

Mir fällt ein, dass Z.G., meine Mutter und meine Tante das nicht viel anders gemacht haben – immer dachten sie an die Vergangenheit, verkleideten sich, verkleideten mich. Aber ich muss zugeben, dass ich in diesem Winter hin und wieder sehnlichst an meine Levi's gedacht hatte, an die schicken Kleider, die mir Tante May gekauft hat, die Kostüme von den Filmaufnahmen und das Cowgirl-Outfit, das ich als kleines Mädchen so liebte.

»Dann hat er mich angesehen, sein Instrument gespielt und geweint«, fährt Kumei fort.

»Die Violine«, fügt Yong erklärend hinzu.

»Nicht unsere chinesische Musik. Gefallen hat es mir nicht, aber es hat das Baby beruhigt.« Kumei schweigt, in Erinnerungen versunken. Schließlich spricht sie weiter. »Auch wenn ich so viel Blutvergießen mit angesehen hatte, auch wenn mir der gesunde Menschenverstand sagte, ich sollte weglaufen, meinen Gebieter konnte ich doch nicht allein lassen.«

»Ich konnte ihn auch nicht verlassen«, fügt Yong hinzu. »Die anderen Frauen im Hofhaus haben uns beide immer am schlechtesten behandelt, aber wir waren die treuesten.«

Kumei seufzt.

»Der Gebieter war kein schlechter Mensch«, wiederholt Yong, und diesmal nickt Kumei zustimmend.

Vielleicht wusstet ihr beide es bloß nicht besser, denke ich.

»Der Gebieter konnte seine Familie über dreißig Generationen zurückverfolgen«, sagt Yong. »Er hatte kaiserliche Gelehrte in der Familie, dadurch war er zu so viel Land gekommen. Er sorgte für die Leute im Gründrachendorf. Er war wirklich ein Wohltäter. Außerdem war er ein guter Musiker. Als ich noch ein Mädchen war, gaben mir meine Eltern in Shanghai Klavierunterricht. Mit gebundenen Füßen war das gar nicht so einfach! Ich habe den Gebieter auf einem Konzert kennengelernt.« Sie wendet sich an Kumei. »Habe ich dir das je erzählt?«

Kumei schüttelt den Kopf, aber ich bin mir ziemlich sicher, dass sie sowieso nicht weiß, was ein Konzert ist.

»Der Gebieter und ich haben immer zusammen gespielt«, fügt Yong wehmütig hinzu. »Wir waren gebildet, wie deine Mutter«, sagt sie zu mir.

Jetzt verstehe ich, warum sich Yong und meine Mutter so gut verstanden haben. Ihr Leben verlief unterschiedlich und doch ähnlich. Yong hat gebundene Füße; das Gesetz gegen das Füßebinden wurde nur vier Jahre vor der Geburt meiner Mutter erlassen. Yong heiratete einen wohlhabenden Mann, der sie aufs Land brachte; meine Mutter heiratete einen armen Mann vom Land, der sie von der Stadt, die sie liebte, wegbrachte. Beide hatten keine eigenen Kinder, doch Yong hat Kumei, und meine Mutter hat mich. Beiden wurde das Leben durch politische Umstände zerstört. Beide liebten die Männer, die sie geheiratet hatten, aus welchem Grund auch immer. Aber Moment…

»Bei meiner Hochzeit hast du darüber gesprochen, wie schwer für dich der Tag deiner Hochzeit war und wie streng der Gebieter geschaut hat, als er deinen Schleier anhob«, sage ich. »Doch jetzt hört sich das so an, als hättest du heiraten wollen.«

»Es war keine arrangierte Ehe«, erwidert Yong. »Meine Eltern hatten darauf bestanden, dass ich mir die Füße binde, aber ansonsten waren sie sehr modern. Sie wollten, dass ich aus Liebe heirate…«

»Aber bei meiner Hochzeit hast du gesagt…«

»*Aiya!* Muss ich dir denn alles erklären? Ich wurde mit dem Gebieter verheiratet, und ich komme aus Shanghai. Ich kann lesen und Klavier spielen. Ich bin nicht wie Kumei. Ich bin nicht von hier. Niemand wird hier jemals Verständnis für mich haben. Ich sage und tue, was zum Überleben nötig ist. Wenn das bedeutet, dass man in einem Raum voll kleiner Rettiche lügen muss…«

Sie verliert sich in Gedanken, und ich lasse ihre Worte auf mich wirken. Ich bin nicht von hier. Ich komme aus dem imperialistischen Amerika. Ich kann lesen und schreiben. Ich äußere meine Meinung zu unverblümt. Ich war nicht vorsichtig genug…

»Nachdem unser Gebieter getötet wurde, kamen neue Soldaten«, sagt Kumei plötzlich. »Sie fragten mich, ob ich etwas haben wolle. Warum nur, schließlich sollte man doch nichts Materielles begehren. Deshalb habe ich abgelehnt. Aber der Hauptmann sah mein Baby an und schenkte ihm die Geige.«

»Und du hast überlebt. Ihr drei seid alle noch am Leben.« Nach allem, was ich gehört habe, frage ich: »Wie kann das sein?«

»Es kam eine Zeit, in der ich nur noch den Gedanken hatte,

wie ich mich und Ta-ming retten könnte«, gibt Kumei zu. »Ich dachte, ich könnte mich vielleicht gegen Yong stellen. Ich überlegte, mich den anderen anzuschließen, wenn sie sie verhöhnten. Ich überlegte, von hier wegzulaufen, aber wo hätte ich schon hingehen sollen? Was konnte ich tun? Betteln? Meinen Körper verkaufen? Wer würde ihn kaufen? Und was ist mit Ta-ming? Hatte ich ihm gegenüber nicht eine Pflicht zu erfüllen? Er wurde hier geboren. Sein Vater wurde hier geboren. Das ist das Dorf von Tamings Ahnen. Und Yong?« Kumei reckt das Kinn vor.

»Sie besaß zu viel Herzensgüte, um mich zu verlassen«, erklärt mir Yong, als hätte ich das nicht längst verstanden.

»Ich nahm mir vor, genauer hinzuschauen«, sagt Kumei. »Die Soldaten waren einfach und höflich. Sie haben uns nichts gestohlen. Sie haben unseren Gebieter nicht umgebracht. Das waren die Dorfbewohner, mit Blut im Herzen, aber sie haben mir oder meinem Kind nie wehgetan. Weißt du, ich mag vielleicht als schwarzes Element gelten, doch ich stamme aus diesem Dorf, und alle haben jahrelang gesehen, wie ich behandelt wurde. Ich war eine von ihnen. Ich habe nie besondere Speisen verlangt oder dass die Leute Kotau vor mir machten, wenn ich durchs Dorf ging. Warum sollte jemand Kotau vor mir machen? Ich habe die Abortkübel aus dem Hofhaus gesäubert und auf den Feldern ausgeleert, so wie die anderen Frauen. Aber vor allem konnte ich nicht weg, weil hier das Zuhause meines Sohnes ist. Genau wie es das Zuhause deines Sohnes sein wird.«

»Ich habe keinen Sohn«, sage ich verblüfft.

Schon wieder werfen Kumei und Yong einander wissende Blicke zu.

»Du bekommst ein Baby«, sagt Yong. »Weißt du das nicht?«

Ich winke ab. »Nein, bestimmt nicht! Das kann nicht sein!«

Yong macht große Augen. »Hat dir deine Mutter nichts über diese Dinge beigebracht, bevor sie nach Shanghai zurückgekehrt ist?«

»Meine Mutter musste mir gar nichts erzählen«, antworte ich

entrüstet. »Ich weiß, wie Babys gemacht werden.« Aber ich habe ein ungutes Gefühl, denn, ja genau, ich weiß, wie Babys gemacht werden.

»Hattest du in letzter Zeit Besuch von der kleinen roten Schwester?«, fragt Kumei hilfsbereit. »Deine Schwiegermutter sagt Nein.«

Ich werde rot vor Scham, weil meine Schwiegermutter offen über etwas spricht, das für mich ein ganz privates Thema ist, und nun selbst Yong und Kumei alles über meine Periode wissen. Aber das erklärt, warum sie in letzter Zeit netter zu mir war.

»Nein, sie hat mich nicht besucht«, gebe ich zu. »Aber ich wette, euch – und selbst meine Schwiegermutter – auch nicht. Wir hatten weder was Richtiges noch genug zu essen.«

»Sie hat dich nicht besucht, Genossin Joy, weil du getan hast, was Eheleute tun.«

Und als würde ich nicht bereits wissen, dass sie recht hat, beweise ich es, indem ich aufspringe, zu der niedrigen Mauer renne und mich noch einmal in den ehemaligen Schweinestall übergebe.

Kumei wird wieder fröhlicher. »Du hast großes Glück! Ein Baby wird dich verändern. Einen Sohn zu haben, ist sogar noch besser. Das verleiht dir Wert und verschafft dir Geltung. Sung-ling bekommt auch ein Baby. Hast du schon gehört?«

Auch von diesem neuesten Klatsch habe ich noch nichts gehört. Das lässt in mir den Verdacht aufkommen, dass man mich im Gründrachendorf wirklich als Außenseiterin betrachtet – und das bereits, bevor ich Yong geholfen habe.

»Du und Sung-ling, ihr solltet Freundinnen werden, weil ihr beide schwanger seid«, schlägt Kumei vor. Als könnte sie meine Gedanken lesen, fügt sie verschwörerisch hinzu: »Sie wird dir helfen können nach dem, was du heute getan hast.«

Langsam dringt es in mein Bewusstsein. Ein Baby. Wie kann ich jetzt das Gründrachendorf verlassen? Ich schlage die Hände vors Gesicht.

»Mach dir einen Ingwertee«, empfiehlt mir Yong, und das bestätigt, dass meine Schwiegermutter über meinen Zustand Bescheid wusste. »Das beruhigt den Magen.«

»Du musst viel Fisch essen«, rät Kumei, »das ist gut für die Haare des Babys.«

»Und vergib deinem Mann und seiner Familie, was sie vorhin getan haben«, fügt Yong hinzu. »Sie haben nur an den Wurzeln ihrer Armut und ihres Elends gezerrt. Denk daran, dass sie früher keine Rechte als Menschen hatten.«

Widerwillig verlasse ich das Hofhaus und gehe den Hügel zum Haus meines Mannes hinauf. *Ich bin schwanger*. Das sollte mich eigentlich nicht überraschen, tut es aber. Plötzlich begreife ich etwas über meine Mutter und meine Tante, was mir noch nie so klar war. Sie blieben in arrangierten Ehen mit Männern verheiratet, die nicht aus ihrer gesellschaftlichen Schicht stammten – und Onkel Vern hatte zudem nicht mal alle fünf Sinne beisammen. Sie blieben in Chinatown, wo es ihnen überhaupt nicht gefiel. Sie blieben wegen mir. Mehr als alles andere zeigt mir das, wie groß ihre Mutterliebe ist. Sie liebten mich sehr und brachten Opfer für mich, so wie ich nun erfüllt bin von Liebe – und Angst – und fest entschlossen, was auch immer nötig ist, für mein Kind zu opfern. Keine zwei Stunden zuvor wollte ich weg von hier, aber wie soll das nun gehen? Mein Sohn – jede chinesische Mutter wünscht sich einen Sohn – gehört hierher. Seine Familie ist hier, und sein Vater ist hier. Das ist das Dorf seiner Vorfahren. Ich muss hierbleiben, um meinem Sohn zu zeigen, wie groß meine Mutterliebe ist. Aber wie soll das gehen, nach dem, was ich während der öffentlichen Kritik in Taos Gesicht gesehen habe, nach dem Minuspunkt, den ich heute bekommen habe, weil ich Yong half, und nachdem mir klar wurde, was für ein entsetzlicher Irrtum meine Einschätzung des Kommunismus, der Kommunen und der Ideale des Dorflebens war?

Auf der Terrasse des Hauses meines Mannes bleibe ich stehen und blicke hinaus über die Felder. Was an der bevorstehenden

Mutterschaft ist es, das mich alles mit neuen Augen sehen lässt? Ich weiß es nicht, aber das Gelb des Rapses leuchtet jetzt noch viel mehr als heute Morgen. Wenn ich hier überleben will – als Ehefrau und Mutter –, muss ich etwas für mich tun, so wie Tante May mit ihrer Arbeit in Hollywood und meine Mutter mit ihrem Einsatz für unser Zuhause, das Café und uns alle. Ich muss die Bilder festhalten, die mir durch den Kopf gehen. Eine Fotografie ist zu klein. Ein Plakat ist zu gewöhnlich. Vor meinem inneren Auge sehe ich etwas, das so groß und raumgreifend ist wie die Rapsfelder. Eine so große Leinwand gibt es zwar nicht, aber ich kenne den perfekten Ort, um zu malen, was ich empfinde: die Wände der Führungshalle, wo Brigadeführer Lai seine Mahlzeiten einnimmt und das Getreide für die Kommune lagert. Ich bekomme ein Baby. Ich starte einen Sputnik, ich bringe mit meinem Mann alles wieder in Ordnung, und währenddessen kann ich mich hoffentlich vor den Bauern schützen und mein wahres Ich finden.

Pearl

Die Lebensleiter

Es ist April – zwanzig Monate ist es her, seit ich Los Angeles verlassen habe, und fünf Monate, seit Z. G. und ich aus Kanton zurückgekehrt sind. Ich arbeite wieder als Papiersammlerin; Z. G. ist wieder in seinem Atelier. Man ignoriert mich, denn ich bin ja nur eine Straßenkehrerin; er wird genau beobachtet, um sicherzugehen, dass er nicht von den in Auftrag gegebenen Themen abweicht. Wir folgen unserer täglichen und wöchentlichen Routine; malen, Partys und politische Versammlungen für Z. G., arbeiten, am Leben in meinem Haus teilnehmen, Inspektor Wu auf der Polizeiwache besuchen, politische Umerziehung und ein bisschen Zeit in meinem Garten für mich. Z. G. und ich treffen uns immer noch ab und zu. Wir sind jetzt endlich das geworden, was wir immer hätten sein sollen – gute Freunde, wie Bruder und Schwester.

Im Moment sitze ich auf der Treppe vor dem Haus meiner Familie und lasse mir von den letzten Sonnenstrahlen des Tages das Gesicht wärmen. Die ersten Rosen des Jahres sind aufgeblüht. Dun und die anderen Mieter lachen drinnen. Ich halte zwei Briefe in der Hand: einen von May, einen von Joy. Zuerst mache ich Mays Brief auf und finde darin zwanzig Dollar. In ihrem Brief wurde nichts zensiert, und offenbar hat auch niemand das Geld genommen. Wir scheinen uns in einer Phase der Offenheit zu befinden, aber das könnte sich gleich morgen wieder ändern. Ich stecke den Geldschein in die Tasche und öffne Joys Brief – mein Bonbon an diesem Tag.

Ich bin schwanger.

Diese Nachricht nehme ich mit ausgesprochen gemischten Gefühlen entgegen. Ich freue mich wahnsinnig, dass ich Großmutter werde – wer würde das nicht tun? –, aber ich mache mir Sorgen um meine Tochter. Ist sie gesund? Wird sie eine Geburt in der Kommune gut überstehen? Doch am wichtigsten ist die Frage: Ist sie glücklich? Ich hoffe von ganzem Herzen, dass sie es ist. Aber das reicht mir nicht. Ich will sie sehen. Ich möchte Teil dieses wunderbaren Moments sein. Ich möchte Geschenke bringen, und ich denke schon darüber nach, was ich für Joy, das Baby und sogar all die anderen Kinder in ihrem Haushalt machen und kaufen kann. Morgen werde ich Inspektor Wu besuchen und um eine Reiseerlaubnis bitten, aber zuerst muss ich Z. G. die Neuigkeit überbringen.

Ich gehe in mein Zimmer, ziehe mich um und fahre mit dem Bus zu ihm. Ich rechne damit, warten zu müssen, bis er von irgendeiner Party zurückkehrt, aber er ist zu Hause – welch nette Überraschung!

»Joy bekommt ein Baby«, verkünde ich. »Ich werde Großmutter, und du wirst Großvater.«

Ich versuche, die Gefühle zu interpretieren, die sich in seiner Miene spiegeln, aber vergeblich.

»Ich bin gerade eine Sprosse auf meiner Lebensleiter hinaufgeklettert«, fahre ich fort. »Und du genauso.«

»Großvater? Ich bin doch erst seit Kurzem Vater.« Er versucht, es ins Lustige zu ziehen. Vielleicht fühlt er sich in Anbetracht dieser Nachricht auch unwohl. Großvater zu sein, passt womöglich nicht zu seinem Selbstbild als Junggeselle und Lebemann. Dann sagt er: »Wie wunderbar! Großvater!« Er lacht, und ich lache mit ihm.

Später fährt mich Z. G.s Fahrer in der Limousine »Rote Fahne« nach Hause. Ich verabschiede mich und betrete mein Haus. Ich hole mir Briefpapier und suche mir einen Platz im Salon, wo ich mich hinsetzen kann. Dun sitzt mir gegenüber, er liest Arbeiten von Studenten. Wie immer verblüfft mich die Würde, die er in diesen schweren Zeiten bewahrt. Seine gelassene, gesittete Art beruhigt mich. Die beiden ehemaligen Tänzerinnen lauschen einer Abendsendung im Radio, ohne sich bewusst zu sein, dass sie die Füße im Takt zur Musik bewegen. Koch döst in einem anderen Sessel. Der Schuster rumort in seiner Behausung unter der Treppe. Die Polizistenwitwe sitzt im Lotossitz auf dem Boden und strickt einer ihrer Töchter einen Pullover.

Ich schreibe Joy, wie erfreut und aufgeregt ich bin. Ich frage sie, ob sie etwas braucht und wann ein guter Zeitpunkt für einen Besuch wäre. Ich verschließe den Brief und lehne mich zurück, um nachzudenken, bevor ich May schreibe. Vor Kurzem bin ich dreiundvierzig geworden. In meinem Leben gab es viele schreckliche Tage, ich habe viel Leid erfahren und mich in all der Zeit sehr geändert, aber nun werde ich Großmutter. Ich lasse das Wort in mein Bewusstsein dringen und mein Herz erfüllen. Großmutter! Ich lächle vor mich hin, dann setze ich den Stift aufs Papier.

Liebe May,
ich werde yen-yen. Das bedeutet, auch Du wirst yen-yen. Morgen sehe ich mich in den Geschäften danach um, was ich Joy zur Vorbereitung schicken kann. Ich werde versuchen, etwas Babynahrung zu kaufen, wie das Milchpulver, das wir Joy nach ihrer Geburt gegeben haben. Vielleicht kannst Du ihr auch direkt welches schicken, und auch ein Babythermometer, Windelnadeln und Fläschchen.

Wird May begreifen, was ich da sage? Selbst nachdem Joy geheiratet hatte, glaubte ich irgendwie noch, sie würde am Ende vernünftig werden und nach Hause wollen. Jetzt wird sie nie mehr von hier weggehen, und das bedeutet, dass ich auch nicht mehr wegkann. Meine Tochter ist hier. Mein Enkelkind wird hier im Herbst geboren werden. Zum ersten Mal erscheint mir die Aussicht, den Rest meines Lebens in China zu verbringen, nicht mehr ganz so schlimm.

Ich falte den Brief zusammen, stecke ihn in einen Umschlag und räuspere mich. Die Mieter blicken auf. »Meine Tochter bekommt ein Baby. Ich werde Großmutter.«

Ihre guten Wünschen und Gratulationen schwappen über mir zusammen. Ich bin sehr glücklich.

Am nächsten Tag gehe ich auf die Polizeiwache. Nachdem ich lange gewartet habe, führt man mich in das Büro von Inspektor Wu. »Heute ist gar nicht unser üblicher Termin«, sagt er, als er mich sieht.

»Ich weiß, aber ich hoffe, du kannst mir helfen, Genosse. Ich würde gerne meine Tochter besuchen.«

Er kippt seinen Stuhl zurück. »Ah, ja, die Tochter, von der du mir leider nichts erzählt hast, als du nach Shanghai gekommen bist.«

»Ich habe mich bereits dafür entschuldigt, aber ich wusste nicht, wo sie war, deshalb gab es für mich nichts zu berichten.«

»Und jetzt willst du sie besuchen. Aber leider stellt die Regierung im Moment keine Reisegenehmigungen auf das Land aus.«

»Und wenn ich zur Kommission für Belange von Überseechinesen gehe? Du hast mir zuvor gesagt, dass ich als zurückkehrende Überseechinesin reisen darf, wohin ich will, solange ich dich vorher frage.«

Er wirft die Hände hoch. »Die Dinge ändern sich.«

»Meine Tochter bekommt ein Baby ...«

»Ich gratuliere. Ich hoffe, es wird ein Enkelsohn.«

Mittlerweile kenne ich diesen Mann schon länger. Er wurde vom Inspektor dritter Klasse zum Inspektor zweiter Klasse befördert. Seit unserer ersten Begegnung ist er ein bisschen aufgetaut, aber er hält sich immer noch pedantisch an die Regeln. Er würde niemals ein Schmiergeld annehmen, und er würde dafür sorgen, dass ich bestraft werde, wenn ich ihm welches anbieten würde.

Ihm ist also klar, als ich meine Frage stelle, dass ich eine praktische Antwort erwarte.

»Was muss ich tun, um eine Reiseerlaubnis zu bekommen?«

»Geh zu deinem Blockkomitee. Wenn du eine schriftliche Befürwortung bekommst, könnte ich dir vielleicht helfen. Aber hör genau zu, Genossin: Könnte.«

Trotz seiner Vorwarnung verlasse ich die Polizeiwache voller Optimismus. Koch ist der Direktor unseres Hauses und besitzt im Blockkomitee viel Einfluss. Bestimmt sorgt er dafür, dass ich eine positive Empfehlung bekomme.

Doch es kommt völlig anders. Die beiden ehemaligen Tänzerinnen beschuldigen mich, eine heimliche Kapitalistin zu sein. »Sie bewahrt Überreste ihrer dekadenten Vergangenheit bei sich im Zimmer auf«, erzählt eine von ihnen unseren Nachbarn. »Sie bringt Plakate von sich und ihrer Schwester aus vergangenen Zeiten mit nach Hause.«

»Sogar kleine Stückchen – ein Auge oder einen Finger«, fügt ihre Zimmergenossin hinzu.

Das verblüfft mich, denn es bedeutet, dass sie in meinem Zimmer waren, als ich nicht zu Hause war. Was haben sie noch gefunden?

»Sie trägt Kleider aus der Zeit vor der Befreiung«, steuert der Schuster bei. »Sie zieht sie an, wenn sie einem unserer Mieter Englischunterricht gibt!«

»Und sie versteckt Essen«, fällt die Witwe ein. »Sie teilt nur mit uns, wenn es ihr passt.«

Für meine Begriffe habe ich nichts Unrechtes getan. Immerhin gehört es zu meiner Arbeit, Plakate von Wänden abzureißen, ich trage meine alten Kleider aus Sparsamkeit auf, ich unterrichte Dun, weil er mich darum gebeten hat, und ich teile mein Essen, um eine gute Genossin zu sein. Ich habe gehört, dass andere sich verteidigen, wenn sie kritisiert werden, weil sie sich für unschuldig oder für moralisch, ethisch oder politisch im Recht halten. Auch ich möchte mich gerne verteidigen, aber das wird mir nicht helfen, eine Reiseerlaubnis zu bekommen, um meine Tochter zu besuchen.

Gemäß der Parole »Nachsicht gegenüber denen, die gestehen« beeile ich mich, alles zu offenbaren: »Ich habe in einem imperialistischen Land gelebt, ich bin zu sehr an die schwache westliche Lebensart gewöhnt, und meine Familie war schlecht.« Das scheint sie einigermaßen zufriedenzustellen, doch ich bin sicher, ich werde wieder kritisiert werden. So besorgt ich um Joy auch bin, ich bin froh, dass sie auf dem Land ist, wo man sie mag, wie sie ist, und sie nicht wegen ihrer Herkunft unter Verdacht steht.

Natürlich wird Inspektor Wu über alles Bericht erstattet. »Im Moment gibt es keine Hoffnung auf eine Reisegenehmigung«, sagt er mir, als ich ihn besuche. »Warte ab. Führe dich gut. Dann bekommst du vielleicht rechtzeitig zur Geburt deines Enkelkinds eine Erlaubnis.«

Ich bin unheimlich aufgebracht, aber was kann ich schon tun?

Es war dumm von mir, die Schnipsel von May und mir, die ich von den Wänden abgerissen hatte, in der Schachtel unter meinem Bett aufzubewahren, und ich muss sie auf eine Art und Weise loswerden, mit der ich nicht zu viel Aufmerksamkeit auf mich lenke. Als Joy noch klein war, habe ich für sie gestrickt und genäht, und nun bin ich auf etwas Neues gekommen: Ich will Schuhe für sie und ihre Familie machen. Damit werde ich den Mietern, die sich über mich beschwert haben, beweisen, dass ich dieses Papier als gute und genügsame Sozialistin gesammelt habe und unseren Genossen in den Kommunen eng verbunden bin. Ich habe zwei Freunde hier im Haus und beschließe, sie um Hilfe zu bitten. Am darauffolgenden Sonntag wende ich mich zuerst an Dun. Mittlerweile verlasse ich mich in vielen Dingen auf ihn, und er freut sich wie immer, mich an seiner Tür zu sehen.

»Wir beide verstehen uns wirklich gut«, beginne ich. »Du hast mir all die Orte gezeigt, an denen noch der Geschmack der Vergangenheit zu finden ist.«

Das stimmt: das letzte weißrussische Café in der Stadt, in dem es Borschtsch gibt, einen kleinen Laden, der Sahne verkauft, aus der ich Butter machen kann, einen Flohmarkt, auf dem es Backformen gibt, mit denen ich selbst Brot backen kann.

»Ich bin gerne mit dir zusammen«, sagt er. »Wenn du Lust hast, könnten wir gemeinsam noch mehr unternehmen.«

»Sehr gerne«, antworte ich. Dann erzähle ich ihm von meinem Projekt.

»Wunderbar!«, sagt Dun. »Aber weißt du denn, wie man Schuhe macht?«

»Nein, aber Koch weiß es.«

Obwohl Koch zuließ, dass ich vom Blockkomitee kritisiert wurde, liebt er mich sehr, das weiß ich. Wenn ich es mir recht überlege, hat er vielleicht die Kritik gegen mich vortragen lassen, damit ich nicht irgendwann zu einem späteren Zeitpunkt noch heftiger angegriffen würde, was womöglich gefährlicher wäre. Vielleicht hat Koch wegen der Geburt des Babys vorausgedacht. Denn wie viele Reisegenehmigungen kann eine Person schließlich bekommen?

Ich hole die Schachtel unter meinem Bett hervor, dann gehen Dun und ich hinunter in die Küche. Da es Sonntagnachmittag ist, sind die meisten Mieter ausgegangen – sie machen Schaufensterbummel, besuchen Freunde und Verwandte, gehen am Bund spazieren –, aber Koch ist zu Hause, denn er ist zu alt und gebrechlich für Ausflüge. Er schenkt mir ein zahnloses Lächeln und steht auf, um Teewasser für sein kleines Fräulein aufzusetzen.

»Direktor Koch.« Ich benutze die förmliche Anrede. »Als ich ein kleines Mädchen war, hast du hier auf dem Küchentisch Sohlen für Schuhe gemacht. Erinnerst du dich daran?«

»Ob ich mich erinnere? *Aiya!* Ich erinnere mich, wie böse deine Mama auf mich war. Die Unordnung hat sie gestört. Sie hat gesagt, sie würde mir ein Paar Schuhe von Herrn Chin schenken, wenn ich endlich aufhören würde, in ihrer Küche Reispaste anzurühren…«

»Könntest du uns vielleicht zeigen, wie man Sohlen macht? Ich würde gerne Schuhe machen, um sie Joy und den Kindern in ihrer Familie zu schicken. Die meisten von ihnen haben keine Schuhe.«

Ich öffne die Schachtel und schütte die Schnipsel von May und mir auf den Tisch. Wieder grinst mich Koch mit seinem zahnlosen Mund an. »Schlau, kleines Fräulein, sehr schlau.«

Koch steht auf und rührt eine Paste aus Reis an. Dann zeigt er Dun und mir, wie man das Papier Schicht um Schicht in einem zeitaufwendigen Prozess übereinanderklebt, um eine Sohle herzustellen. Zum Schluss muss man dann Stoff an die Sohlen annähen, das werde ich später in meinem Zimmer machen. Die Arbeit könnte sehr langwierig und mühsam sein, aber wir machen eine Art Spiel daraus: Wir raten, welche Münder, Augen, Ohren und Finger von May sind und welche von mir. Dun ist besonders geschickt darin, Teile von mir in dem Haufen zu entdecken, was mich sehr freut.

»Die Papiersammler aus der Feudalzeit wären sehr aufgebracht, wenn sie sähen, was wir hier machen«, sagt Dun. Ich beobachte seine Finger, während er eine meiner Nasen aufnimmt, sie mit Leim bepinselt und auf die Sohle klebt, die er für Jie Jie, Taos älteste Schwester, macht.

Lächelnd schüttle ich den Kopf. Er kann nichts dafür. Er ist durch und durch Professor. »Worüber denn?«, frage ich. »Dass wir Schuhe machen oder darüber, diese seltsamen Papierschnipsel zu verwenden?«

»Beides«, antwortet er. »Zeigt eine Papiersohle Achtung vor beschriftetem Papier? Keineswegs! Man sollte nie auf beschriftetes Papier treten.«

»Aber hier sind nicht überall Buchstaben darauf«, weise ich ihn hin. Das stimmt auch. Auf einigen der Schnipsel ist zwar Schrift, doch die Kalendermädchenplakate waren meistens unten oder an den Seiten beschriftet.

»Trotzdem war das Ganze als Werbung gedacht«, antwortet

Dun. »In früherer Zeit hätte das als bewusster Akt der Missachtung gegolten. Unser Leben hätte um fünf Jahre verkürzt werden können …«

»Zehn Jahre!«, verbessert ihn Koch.

»Weil wir ins Gefängnis gekommen wären?«, frage ich.

»Nichts so Banales«, entgegnet Dun. »Vielleicht würde dich der Blitz treffen. Vielleicht würdest du Triefaugen bekommen oder erblinden oder in deinem nächsten Leben blind geboren werden …«

»Ich erinnere mich an eine Frau in meinem Dorf, die Münzen in ihren Strümpfen versteckte«, erzählt Koch. »Auf den Münzen standen Wörter. Sie stolperte, fiel in einen Brunnen und war tot.«

»Und mir fällt eine Warnung meiner Mutter ein, die sie mir als Junge gegeben hat«, fügt Dun hinzu. »Sie sagte: ›Wenn du das Feuer mit beschriftetem Papier anschürst, bekommst du zehn Strafpunkte in der Unterwelt und Söhne mit Krätze.‹«

»Als Papier*sammlerin* sollte ich ja dann eine sehr hohe Belohnung verdient haben«, sage ich.

Dun nickt. »Meine Mutter hat immer gesagt, wer durch die Straßen streift und beschriftetes Papier sammelt, aufbewahrt, rituell verbrennt und dann ins Meer streut, bekommt fünfhundert Pluspunkte, zwölf Lebensjahre mehr und wird wohlhabend und geachtet. Seine Kinder, Enkel und Urenkel werden ebenfalls tugendhaft sein und ihren Eltern Respekt erweisen.«

Ich klebe mehrere Papierfinger über die Stelle, an die wahrscheinlich der Spann für Joys Schuh kommt. »Ich ziehe lediglich Papier von Wänden ab und säubere die Gassen davon«, gebe ich zu. »Vielleicht erweise ich also beschriftetem Papier gar keine Achtung. Trotzdem glaube ich, dass es gut ist, was wir gerade tun. Joy wird vielleicht nie erfahren, was hier übereinandergeklebt wird, aber sie wird hoffentlich meine Liebe spüren.«

Eine Weile arbeiten wir in einträchtigem Schweigen, bis Dun plötzlich sagt: »Ich habe eine Idee! Wofür ist Papier gut? Für Anzeigen natürlich.« Seine Hand verharrt über dem Tisch, auf dem die Augen, Münder, Nasen, Finger und Ohrläppchen von May und mir in kleinen Stapeln liegen. »Aber was noch?«

»Man kann es verbrennen, um sich warm zu halten«, sagt Koch vorsichtig. »Man kann darunter schlafen. Oder darauf.« Er ist wirklich durch und durch rot. »Man kann es essen, wenn man hungrig genug ist...«

»Man kann Zigaretten damit drehen«, unterbricht Dun und sieht mich dann erwartungsvoll an.

»Für Bücher«, sage ich zaghaft. »Man kann Bibeln daraus machen. Oder Geld drucken.« Ich bin mir immer noch nicht sicher, worauf er hinauswill.

»Aber was ist das Allerwichtigste?«, fragt er. »Warum soll man überhaupt Achtung vor beschriftetem Papier haben? Weil die Wörter als solche schon Ehrfurcht enthalten. Was meine Mutter mich gelehrt hat, brachte mich dazu, Bücher zu lesen, Professor werden und anderen beibringen zu wollen, das geschriebene Wort zu lieben. Für sie waren Wörter etwas Magisches...«

»Wie Gebete, die aufgeschrieben und dann verbrannt wurden«, sage ich. »Meine Mutter hielt das für die wirksamste Weise, mit ihren Göttern zu kommunizieren. In der Mission hat man uns natürlich beigebracht, dass diese Denkweise nur eine andere Form von Götzenverehrung ist.«

»Es hat deine Mutter sehr traurig gemacht, dass du zu diesen Leuten gegangen bist«, erinnert mich Koch.

Das ist wahr. Dass ich zur Methodistenmission ging, ärgerte meine Eltern, aber ich tat es trotzdem. Ich lernte Englisch und gutes Benehmen, aber vor allem lernte ich zu glauben. Das bereue ich keine Minute.

Dun ballt die Hand zu einer lockeren Faust und tippt sich damit an die Lippen. Er denkt nach. Dann sagt er: »Aber meint ihr nicht, dass wir immer noch an die Wirkungskraft von geschriebenen Zeichen glauben? Wir schreiben immer noch *Frieden*, *Wohlstand* und *Glück* auf rotes Papier, um es an Neujahr an die Türen zu hängen. Pearl, du hast gesagt, du hoffst, Joy wird deine

Liebe spüren, aber wie wäre es, wenn du ihr das schreibst und es in ihre Schuhe klebst?«

»Wozu denn? Sie wird nie wissen, dass es da steht.«

»Aber du.« Dun erhebt sich, zieht eine Schublade auf und nimmt Papier und Kugelschreiber heraus, damit die Wörter nicht verschmieren, wenn sie nass werden. »Lasst uns Botschaften an alle schicken, für die wir Schuhe machen. Du hast gesagt, die Schuhe, die ich mache, sind für Joys älteste Schwägerin, ein vierzehn- oder fünfzehnjähriges Mädchen.« Er beginnt zu schreiben und liest laut vor: »Du bist sehr hübsch. Ich hoffe, du wirst heiraten und ein glückliches Leben haben.«

Da Koch nicht lesen und schreiben kann, helfe ich ihm bei seinem Satz. Dann schreibe ich eine geheime Botschaft an Joy und klebe sie in die Mitte der Sohle. Ich spüre die Wärme von Duns Blick, als ich meine Worte rasch mit einem Augenpaar von mir überklebe.

Joy

Einen Sputnik starten

Ich habe alles so gut wie möglich vorbereitet: Ich habe den Vortrag meiner Bitte geprobt. Ich habe Skizzen gemacht und Pigmentproben gemischt. Ich habe mir die Haare gewaschen und saubere Sachen angezogen. Am liebsten würde ich gleich in die Führungshalle gehen, um mit den Dorfkadern über meine Idee zu sprechen, denn jetzt ist es noch kühl, und ich bin noch sauber, doch das geht nicht. Ich packe meine Schultertasche und schließe mich meinem Mann und seiner Familie an, als sie das Haus verlassen und den Hügel hinunterlaufen. Es ist wieder Sommer, schon am Morgen ist es heiß wie Reisbrei und auch genauso trüb. Ich schlage nach den Mücken, die mir um den Kopf schwirren und auf meinen Armen landen, aber wozu? Es gibt mehr Mücken, als ich je umbringen könnte.

Während die anderen auf dem Pfad zu unserem neuen Arbeitsplatz weitergehen, mache ich beim Hofhaus halt, um Kumei abzuholen. Glücklicherweise kommt Yong nicht mit uns. Nachdem Brigadeführer Lai vor der gesamten Kommune so ein Theater gemacht hatte, hat er Yongs Bandagen konfisziert und sie vor dem Hofhaus aufgehängt, wo sie nun wie Luftschlangen im Wind flattern. Er hat ihr auch die Schuhe für ihre gebundenen Füße weggenommen – allesamt winzig, leuchtend bunt und kunstvoll bestickt. Sie wurden an das Haupttor genagelt, wo sie in der Sonne und dem Regen ausbleichen. Nun kann Yong nur noch auf Händen und Knien kriechend von einem Zimmer ins andere gelangen. Das gute Leben in der Kommune ist nicht für jeden gut, und das half mir, mich stärker auf meinen Plan zu konzentrieren.

Auf unserem gemeinsamen Weg ist Kumei heute Morgen nicht sehr gesprächig, und ich bin wegen meines Plans zu nervös, um zu plaudern. Am Arbeitsplatz trennen wir uns. Als Brigadeführer Lai vor ein paar Wochen verkündete, wir würden – als Kommune – etwas gemeinsam bauen, da hoffte ich, es würde eine anständige Kantine sein. Doch stattdessen ordnete er an, vom ein paar Meilen entfernten Busausstieg eine Straße bis ins Zentrum der Kommune zu bauen. Unkraut jäten, den Boden auflockern und die Schädlinge entfernen, die die Feldfrüchte angreifen, all das wird vernachlässigt, damit wir große Steinbrocken ausgraben, Erde schaufeln und den Boden feststampfen können. Alle diese Arbeiten werden von Hand verrichtet, und wir müssen immer noch mit verminderten Rationen auskommen. Deshalb macht mich die Sonne schwindlig, und Schultern, Rücken und Beine werden von der Arbeit schnell müde. Ich bin besser dran als die meisten. Als schwangere Frau bekomme ich mehr zu essen. Zum Glück habe ich die morgendliche Übelkeit so gut wie überwunden und kann die Mahlzeiten bei mir behalten. Mein Bauch wird langsam dicker, doch unter der weiten Baumwollbluse sieht man das kaum. In der Kommune weiß aber jeder alles, und so bekomme ich viele Ratschläge.

»Du darfst keine Zaubervorführungen besuchen«, rät mir eine Frau, die sich gerade abmüht, einen Korb mit Erde hochzuheben, »denn wenn du einen der Tricks durchschaust, ist es dem Magier so peinlich, dass er dich mit einem Zauber belegt.«

»Klettere nicht auf Obstbäume«, rät mir eine andere, »sonst tragen sie im kommenden Jahr keine Früchte.«

Und so geht es weiter. Ich soll mich mit niemandem streiten (aber ich soll Kritik annehmen), nicht auf Reisen gehen (was ich ohne Pass sowieso nicht kann) und nicht auf Gänsedreck treten (das versuchte ich schon zu vermeiden, bevor ich schwanger wurde).

Ein Pfeifen kündet die Mittagspause an. Während sich die anderen für Reis und Gemüse anstellen, die am Straßenrand ausgegeben werden, schnappe ich mir meine Schultertasche und mache mich auf zur Führungshalle. Wie anders doch alles aussieht als damals, als ich zwei Sommer zuvor hier ankam. Der Mais sollte mir bis zu den Schultern reichen, und die Körner sollten die Luft mit einem warmen und wohlriechenden Duft erfüllen, doch ich sehe nur kleine, ungleichmäßig wachsende Stummel, als hätten die Felder an manchen Stellen eine schlimme Räude. Die Gründe dafür liegen auf der Hand und greifen ineinander.

Erstens: Obwohl Wissenschaftler erklärt haben, dass Spatzen mehr Insekten als Saatkörner fressen, hat der Vorsitzende Mao darauf bestanden, dass wir die Vögel weiterhin töten. Die Einzigen, die hier nun dick und fett werden, sind die Schwärme von Heuschrecken und anderen Insekten, die sich genüsslich an dem Gratisbuffet gütlich tun, zu dem unsere Felder geworden sind. Zum Zweiten die Dichtpflanzung. Wenn einer der Bauern, die in dieser Gegend aufgewachsen sind, Brigadeführer Lai nach dem Sinn dieser Maßnahme fragt, antwortet er: »Vertrau in die Volkskommune.« Drittens erwidert er auf die Frage, was er der Regierung in diesem Jahr versprochen hat: »Wir werden zehnmal so viel Getreide liefern wie sonst!« Und das macht uns Angst. Wie sollen wir denn so viel Getreide liefern, wenn unser Ertrag gesunken statt gestiegen ist? Wenn wir unsere Ernte abgeben, um dem «Wind der Übertreibung« des Brigadeführers gerecht zu werden, wird dieser Winter noch viel schlimmer als der letzte. Um uns zu schützen, haben wir bei der Frühernte so viel wie möglich in und auf dem Boden gelassen, für den Fall, dass wir nächsten Winter auf die Nachlese angewiesen sind.

Ich habe das Zentrum der Kommune erreicht und atme tief durch, um meine Nerven zu beruhigen und Mut zu sammeln. Dann marschiere ich entschlossen zur Führungshalle in dem Betonsteingebäude. Vor der Tür steht ein Wachmann.

»Kann ich zu Brigadeführer Lai?«, frage ich.

»Warum?«, antwortet der Wachposten, ein junger Bauer aus dem Mondteichdorf, mit einer Gegenfrage.

»Ich würde dem Brigadeführer sowie Parteisekretär Feng Jin und seiner ehrenwerten Frau gerne etwas vorstellen.«

Ich habe die Frage des Wachmanns nicht beantwortet, sondern nur meine Bitte erweitert. Er spannt die Wangenmuskeln an. Gibt man einem einfachen Mann eine Unze Macht, wirft er dir zehntausend Pfund Ziegelsteine an den Kopf. Er brüllt mich an. Als er sich etwas beruhigt hat, wiederhole ich meine Bitte. Er wird noch wütender. Brigadeführer Lai kommt an die Tür. In seinem Hemd steckt eine Stoffserviette.

»Was ist das für ein Lärm? Wisst ihr nicht, dass ich gerade esse?«

»Brigadeführer, ich möchte einen Sputnik starten«, verkünde ich.

»Du?«

Ich nicke kurz und zuversichtlich.

»Nein«, sagt er.

»Bitte hör mich an.« Ich gebe nicht nach. »Meine Idee wird wichtige Kader in die Volkskommune Löwenzahn Nummer acht bringen.«

Das ist eine kühne Behauptung, aber ich hoffe, dadurch eine positive Antwort vom Brigadeführer zu bekommen. Im Neuen China soll niemand nach persönlichem Ruhm streben, aber alle Kader wünschen sich individuelle Anerkennung. Er betrachtet mich von oben bis unten und überlegt: Sie ist eine rückwärts gewandte Imperialistin, aber auch die Tochter eines berühmten Malers, sie tritt geschäftsmäßig auf, sie hat eine Tasche über der Schulter, die … was enthält?

»Lass mich zu Ende essen.« Er hat eine Entscheidung getroffen. Er trägt dem Wachmann auf, Parteisekretär Feng Jin und Sung-ling zu holen. »Sie sollen in fünfzehn Minuten hier sein.« An mich gewandt, fügt er hinzu: »Warte hier.« Dann schließt der Brigadeführer die Tür und widmet sich wieder seiner Mahlzeit.

Fünfzehn Minuten später führt der Wachmann uns drei in das private Speisezimmer im Gebäude. Der Geruch von Essen – Fleisch – ist zwar verführerisch, ruft jedoch gleichzeitig schmerzliche Gefühle hervor. Ich werfe Sung-ling einen Blick zu. Wie Kumei vorgeschlagen hatte, sind Sung-ling und ich Freundinnen geworden. Wenn Sung-ling sagt, ihr Baby strampelt gerne, antworte ich ihr, dass meines noch viel mehr strampelt. Wenn ich sage, dass ich einen Sohn bekommen werde, entgegnet sie, dass sie Zwillingssöhne bekommt. Ich habe mich sehr bemüht, dieses freundliche Geplänkel aufzubauen, denn ich brauche Sung-ling, um mir zu helfen. Doch wenn ich sie jetzt so ansehe, frage ich mich, ob sie das kann. Sie war pummelig, als wir uns kennenlernten. Jetzt ist sie schwanger und nimmt ab dabei. Ihr und ihrem Mann stehen als Dorfkader die gleichen Privilegien zu wie dem Brigadeführer. Doch sie haben sich entschieden, gemeinsam mit uns anderen in der Kantine zu essen.

Der Brigadeführer bedeutet ihnen, sich zu setzen. Ich als Bittstellerin soll vor ihnen stehen.

»Nun gut«, sagt Brigadeführer Lai barsch. »Was willst du?«

»Wir sollten einen Sputnik starten, ein Wandbild, das unseren Stolz auf unsere neue Straße zeigt«, beginne ich. Sie sehen mich nur an, warten auf mehr. »Der Vorsitzende Mao sagt, mit Wandbildern kann man die Menschen erziehen. Es sind sichtbare Erinnerungen daran, was die Massen tun sollten und was nicht.«

»Wir haben kein Geld für das Material«, sagt Brigadeführer Lai.

Eine seltsame Antwort. Will er Schmiergeld?

»Das macht nichts, denn wir stellen unsere Pigmente selbst her.« Ich öffne meine Tasche und hole kleine Behälter mit Farbe hervor. »Dieses Gelb habe ich aus den Blüten des Pagodenbaums auf dem Hauptplatz des Gründrachendorfs gemacht. Das Rot hier kommt von dem roten Boden in den Hügeln. Das Schwarz ist Ruß aus den Schmelzöfen. Für Weiß können wir Kalk benutzen. Blau und Lila habe ich aus Blumen hergestellt. Grün ist einfach. Ich habe ein paar von unseren Teeblättern eingeweicht, um die Farbe zu gewinnen.«

Sung-ling lächelt anerkennend. »Du benutzt das, was es hier gibt.«

Allerdings nicht, weil ich irgendeine kommunistische Lektion umgesetzt habe. Ich tue vielmehr genau das, was mich meine sparsame Mutter und mein praktischer Vater in Chinatown gelehrt haben: Erhalten, umfunktionieren und benutzen, was andere als wertlos erachten.

»Gut, gut, aber was soll das Thema sein?«, fragt Brigadeführer Lai. »Die Genossin hat viele Minuspunkte. Woher sollen wir wissen, dass sie nichts Reaktionäres malt?«

»Ich möchte die Ruhmestaten der Volkskommune zeigen. Hier, schaut euch das an.« Ich reiche ihm meine Zeichnungen. »Das da ist unsere hervorragende Ernte und die Straße, die direkt dorthin führt. Und ich wollte ein Porträt von dir malen, Brigadeführer. Unsere Träume vom Sozialismus würden ohne deine Führung nicht wahr werden.«

Der Brigadeführer reckt die Brust vor, aber der Parteisekretär lebt schon sein ganzes Leben im Gründrachendorf. Er kennt sich aus.

»Tao ist der Künstler in deiner Familie«, bemerkt er. »Warum ist er nicht hier?«

Die kurze Antwort lautet: Weil er nicht weiß, was ich mache. Ich habe allein gearbeitet und mich zum Pavillon der Wohltätigkeit geschlichen, während ich eigentlich Wäsche im Fluss waschen oder andere Hausarbeiten erledigen sollte. Die Verkündung meiner Schwangerschaft brachte nicht die erhoffte glückliche Wendung in seiner Haltung mir gegenüber, mit der ich gerechnet hatte. Mein Mann und meine Schwiegereltern interessieren sich jetzt zwar für mich, weil ich, wie wir alle hoffen, mit einem Sohn schwanger bin, aber seit der öffentlichen Kritik an Yong sind sie auch misstrauisch. Sie bewegen sich auf einem schmalen Grat zwischen der Inbesitznahme von mir und dem

Baby und völligem Misstrauen und Abstand zu mir. Aber ich habe schon darüber nachgedacht und weiß, wie ich antworte.

»Mein Mann hat mich gebeten herzukommen. Er ist der bessere Maler, aber er kann auch härter arbeiten. Deshalb baut er an der Straße weiter, und ich stehe hier vor euch.«

Die drei nicken anerkennend, aber wie wird Tao auf das reagieren, was ich gerade gesagt habe? Ich wünsche mir, dass er mich als gute Ehefrau anerkennt, die ihn unterstützt. Vielleicht kommt das so, und vielleicht wird er sich das Wandbild gerne als seinen Verdienst anrechnen lassen, besonders wenn er glaubt, dass es anderen zu Ohren kommt, die noch höhergestellt sind als diejenigen, die hier im Raum sitzen. Aber das klingt jetzt bitter.

»Wo soll das Wandbild hin?«, fragt Brigadeführer Lai.

»Es gibt nur einen Ort«, antworte ich. »Die Außenwände dieses Gebäudes. Ihr habt vier Wände, die bald ein Lob auf unsere Kommune singen.«

»Denk an die Wirkung, die es auf die Mitglieder der Kommune ausüben wird«, sagt Sung-ling zaghaft. »Sie kommen jeden Tag daran vorbei, wenn sie zum Essen oder zum Arzt gehen, ihre Kinder zur Schule bringen …«

»Mehr als nur die Leute in unserer Kommune!«, unterbreche ich sie. »Jeder hier im Bezirk wird es sich ansehen! Sie werden auf unserer neuen Straße laufen und sehen, was unsere Kader hier Gutes geleistet haben.«

Ihr Gesichtsausdruck! Früher habe ich sie respektiert und gefürchtet. Jetzt sind sie in meinen Augen nur Clowns – sogar Sung-ling, meine angebliche Freundin.

»Einen Sputnik zu starten, ist ein ganz besonderes Vorhaben«, bemerkt Parteisekretär Feng Jin, der von den dreien am zurückhaltendsten ist. »Vierundzwanzig Stunden, das ist nicht sehr lange, um eine so außergewöhnlich große Menge an Arbeit zu verrichten. Wir wollen einen Sputnik starten« – er blickt die anderen unsicher an –, »keinen Ochsenkarren.«

Das braucht er uns nicht zu sagen. Jeder hier im Raum weiß,

wie sinnlos die Sputnik-Projekte waren – in vierundzwanzig Stunden wurde ein Brunnen gebaut, der beim ersten Regen wieder zusammenfiel, oder es wurden in vierundzwanzig Stunden für die gesamte Kommune Hosen genäht, bei denen dann die Beine nicht zusammenpassten.

Als er sich an die möglichen Fallen erinnert, äußert Brigadeführer Lai neue Bedenken. »Das darf kein individuelles Projekt sein. Für individuelles Denken oder Handeln gibt es in der Neuen Gesellschaft keinen Platz.«

Ich lächle nicht, aber mir ist sehr danach, denn genau diese Einwände habe ich erwartet.

»Aus diesem Grund bin ich hier«, sage ich. »Einen Sputnik zu starten, das bedeutet zu improvisieren, einzusetzen, was vor Ort vorhanden ist, aber man braucht auch viele Helfer. Ich bitte mit allem Respekt darum, dass ihr für das Projekt eine Arbeitsgruppe bestimmt. Ich schlage vor, dass wir vier Sputniks starten – für jede Seite des Gebäudes einen.«

»Das sind vier Tage!«, ruft der Brigadeführer. »Und du bist schwanger. Die Partei sagt, werdende Mütter sollen nur leichte Arbeiten verrichten.«

Ein Witz! Glaubt er denn, ein Wandbild zu malen, sei schwerer, als in der prallen Sonne eine Straße zu bauen? Glaubt er, es ist schlimmer, als dass mir die Schultern anschwellen, weil ich schwere Steine und Erde in Eimern an Tragestangen schleppen muss, um die Natur umzuarbeiten, und dabei nur wenig zu essen bekomme? Mein Optimismus war sehr schnell der Ernüchterung gewichen. Der Tiger springt, aber diesmal schaue ich geradeaus nach vorne.

»Tag und Nacht machen wir Revolution!«, rufe ich. »Wir arbeiten länger als vier Tage, wenn nötig! Wir wollen unsere Kommunenkader ehren!«

»Bist du sicher, dass es uns wirklich nichts kostet?« Das sagt der Brigadeführer, der im Hofhaus schläft und hier in diesem Gebäude ganz allein köstliche Mahlzeiten zu sich nimmt.

»Selbst wenn ich ein paar Materialien kaufe«, sage ich, »dann kostet das nicht mehr als zwei *yuan*. Denkt daran: ›Mehr, schneller, besser und billiger!‹«

Der Brigadeführer strahlt. Für weniger als einen Dollar wird er einen vermeintlichen Lobgesang auf seine Leistungen bekommen, so wie der Vorsitzende Mao seine riesigen Plakate im ganzen Land.

Vier Wände, vier Sputniks. Jeden Dienstag im Juli malen wir ein Wandbild, um die vier Wände der Führungshalle zu verschönern.

»Meine Genossin Ehefrau hat mir sehr dabei geholfen, meinen Sputnik zu planen«, erzählt Tao Kumei, Sung-ling und dem Rest der Arbeitsgruppe, die uns zugeteilt wurde. Er lächelt mit seinen großen weißen Zähnen, und alle erwidern sein Lächeln. Natürlich denkt er, das wäre sein Projekt, und übernimmt die gesamte Planung. Er skizziert ein paar neue Ideen, die den fünf genehmigten Themen für die Wandbilder entsprechen: die natürliche Schönheit des Vaterlands, wissenschaftlicher Fortschritt, technische Kenntnisse und Produktion, Babys, um das Bevölkerungswachstum anzuregen, und glückliche Familien. Es gefällt allen außer Sung-ling.

»Das sind festliche Bilder«, sagt sie, »aber nicht das, was das Komitee gebilligt hat.« Sie sieht mich fragend an. Sie kennt sich vielleicht nicht gut mit Kunst aus, aber offenbar erkennt sie den Unterschied zwischen meinen und Taos Zeichnungen. Meine Miene ist so ausdruckslos wie möglich. Ich mag ja eine Genossin mit zweifelhafter Vergangenheit sein, doch zuallererst bin ich Ehefrau. Das versteht Sung-ling. Sie ist immerhin selbst ein Kader, ihr Mann aber ist schließlich Parteisekretär. Mao mag zwar behaupten, dass Frauen die Hälfte des Himmels stützen, doch es ist die unbedeutendere. Dennoch muss Tao vorsichtig vorgehen. Um seinen sozialistischen Geist zu zeigen, teilt er die Wände gnädigerweise zwischen uns beiden auf. Jeder von uns bekommt eine schmale Wand und eine breite Wand, die wir nach Gutdünken bemalen können.

In der ersten Vierundzwanzig-Stunden-Phase malen wir das erste Wandbild von Tao. Während des Tages ist diese Arbeit brutal. Pulveriger Staub steigt von der verbrannten Erde auf. Die Luft ist erdrückend heiß. Wir haben das Gefühl, in einem Ziegelofen zu schuften, aber wenigstens müssen wir nicht die Straße bauen. Wir arbeiten mit Leuten zusammen, die wenig Sinn für Perspektive, Schattierung oder die richtigen Dimensionen haben. Das ist jedoch nicht schlimm, denn der Große Sprung nach vorn hat das Gespür dafür ebenfalls verloren. Auf Taos Wandbild rudern Fischer in Erdnussschalen so groß wie Sampans übers Meer (um zu zeigen, wie riesig die Erdnüsse in der Neuen Gesellschaft sind) und holen gewaltige Netze mit gigantischen springenden Fischen ein.

»Schnell, schnell«, ruft Tao uns zu. »Wir dürfen nicht in Rückstand geraten. Wir haben nur noch vier Stunden!«

Ich wusste nicht, dass er so ehrgeizig ist.

In der folgenden Woche leite ich die Gruppe an, einen Teich auf meine schmale Wand zu malen. Auf der Oberfläche das Teichs, im Zentrum des Wandbilds, schwimmt eine riesige Lotusblume. Über die Größe kann sich niemand beschweren, sie steht im Einklang mit den Übertreibungen des Großen Sprungs nach vorn. Der Lotus symbolisiert Reinheit, weil er aus dem Schlamm herauswächst, aber dennoch makellos wirkt. Doch die Lotusblüte, die ich male, hat Flecken und Druckstellen. Über allem fliegt Chang E, die Mondgöttin. Mit Tränen in den Augen blickt sie herab. Wenn jemand fragt, warum sie weint, erkläre ich, dass ihre Glückstränen den Teich füllen und den Lotus rein waschen. In meinem Inneren glaube ich, dass sie das chinesische Volk beweint.

Ich bin schwanger, lebe an einem bedrückenden Ort, versuche, das Beste aus einer schlimmen Situation zu machen, und hoffe, die Zusammenarbeit wird etwas zwischen Tao und mir verändern. Das ist unrealistisch, ich weiß, aber Taos Träume sind das auch. Für ihn ist das Wandbild ein Weg, die Kommune zu verlassen und nach Peking oder Shanghai zu kommen. »Die Leute werden den Künstler kennenlernen wollen«, erzählt er den hübschen Mädchen, die sich um ihn versammeln, wenn er malt. »Nicht alle werden hierherkommen. Ich werde zu ihnen fahren müssen.« Er flirtet mit den Mädchen, aber mich behandelt er zunehmend förmlicher – als gebrandmarkte Frau, die zufällig die Mutter seines ungeborenen Sohnes ist. Ich versuche so zu tun, als wäre mir das egal.

In der dritten Woche bemalt Tao die ihm zugeteilte breite Seite der Führungshalle. Das Motiv ist etwas, das wir alle gerne sehen würden: Reisfelder, die sich bis zum Horizont erstrecken, dicke Kinder, die Leitern zu Weizenähren hochklettern, Babys, die neben Tomaten sitzen, die größer sind als sie selbst. Das Porträt des Brigadeführers inmitten all dieses Glücks gelingt Tao gut.

Inspiriert von unserem Projekt, beschließt Brigadeführer Lai eine Woche später, einen ganz neuen Sputnik zu starten. Während ein paar von uns in der Vollmondnacht das letzte Wandbild malen – mein Bild –, arbeitet der Rest der Kommune an der Straße mit dem Ziel, bei Sonnenaufgang die Führungshalle erreicht haben.

Man sagt, in der Malerei liege Poesie, und in der Poesie liege Malerei. Ich möchte, dass mein Wandbild für sich selbst spricht, von unterschiedlichen Betrachtern jedoch auf unterschiedliche Weise gesehen werden kann. Ich habe über etwas nachgedacht, was Z. G. einmal zu mir gesagt hat: Die Menschen werden von der Erde und dem Wasser um sie herum geprägt. Mein Bild soll diese Vorstellung widerspiegeln. Ich zeichne den Umriss der zentralen Gestalt schwarz und bitte dann meinen Mann, sie auszumalen: der Vorsitzende Mao als Gott, der über dem Land und den Menschen aufragt, den Massen enthoben, und die Natur selbst herausfordert. Das ist meine heimliche Kritik, aber ich bin mir sicher, der Brigadeführer, der Parteisekretär und andere Mitglieder der Kommune nehmen es für bare Münze. Ich betraue Zweier- und Dreiergruppen mit der Arbeit am Himmel und am

Hintergrund, wo sich aus dem Erdboden Chinas Gestalten erheben – gefertigt aus dem roten Lehm dieses Landes, um zu gehorsamen Bauern geformt zu werden. Kumei gebe ich die wichtige Aufgabe, eine Gruppe zu leiten, die gigantische Rettiche malt, wodurch die Mitglieder der Kommune mein Bild wiederum als Kunstwerk des Großen Sprungs nach vorn erkennen. Maiskolbenraumschiffe voll lachender Astronautenbabys fliegen über den Himmel – vermeintlich ein Tribut an die landwirtschaftlichen und technischen Fortschritte Chinas, gedacht für die Menschen der Volkskommune Löwenzahn Nummer acht, die noch nie ein Flugzeug, geschweige denn ein Raumschiff wie den Sputnik gesehen haben.

In dieser Nacht erleuchtet der Vollmond die Felder um uns herum. Die Straße kommt immer näher. Meine Schwiegermutter bringt noch mehr rote Farbe, die hastig aus Erde hergestellt wurde. Zu viel Rot können wir gar nicht verwenden, und es scheint im Mondlicht fast zu leuchten.

Auf die linke Seite des Wandbilds male ich einen Baum, dessen Äste ein Kreuz bilden. In den Windungen der Rinde hängt ein abstrakter Jesus, den Kopf gesenkt, ein grüner Strich deutet die Dornenkrone an. Rechts davon male ich noch einen Baum, sodass das gesamte Wandbild von Ästen, Wurzeln und Blättern eingerahmt wird. Oben auf einem Ast sitzt eine Eule, die ein Auge geschlossen hat.

Was will ich damit ausdrücken, falls mich jemand fragt? Ich werde sagen, dass Chinas beste Leute aus dieser guten Erde kommen, während die Eule die Welt betrachtet und ihre Weisheit anbietet. Doch für mich gibt es noch eine tiefere Bedeutung, die mit Schuld, Toleranz und Vergebung zu tun hat. Ja, ich habe zu viel Schwarz als Kontrast zu dem falsch leuchtenden Rot auf dem Rest des Wandbilds aufgetragen. Ja, ich habe eine Eule gemalt, die alles sieht und die sich von nichts täuschen lässt. Und ja, ich habe ein Kreuz gemalt und daran Jesus, um das Leid der Menschen zu zeigen. Soweit ich weiß, sind noch nie Missionare in diese Gegend gekommen. Wenn also jemand fragt, sage ich einfach, ich hätte eine Baumgottheit gemalt.

Ich denke, das Wandbild wird auf magische Weise mein Leben ändern. Das tut es nicht. In die Volkskommune Löwenzahn Nummer acht kommen keine Würdenträger. Brigadeführer Lai gewinnt keine Preise als Vorzeigeführer, Tao mag mich nicht mehr als zuvor, und die Leute in den Arbeitsgruppen vergessen schnell, dass ich sie für ein paar Tage von der Straßenbaumannschaft weggeholt habe.

Pearl

Eine Rosenblättertorte

Der Nationalfeiertag – Chinas Unabhängigkeitstag – ist der 1. Oktober. In diesem Jahr – 1959 – wird auch das zehnjährige Jubiläum der Volksrepublik China gefeiert, deshalb wird es der größte und beste Festtag, den es je gegeben hat. Die Leute arbeiten Tag und Nacht an der Verschönerung Shanghais. Die ganze Stadt brummt, es wird geschaufelt, gehämmert, Militärmusik gespielt. Fahnen, Laternen, bunte Lichter und Stoffbahnen schmücken Häuser, Laternenmasten und Brücken. Natürlich ist alles rot. Am Bund wird ein riesiger Torbogen errichtet, flankiert von Bäumen und Blumenbeeten. Meine Arbeitseinheit verbringt doppelt so viel Zeit auf der Straße wie sonst, jedes Stück Papier, das wir finden, wird aufgesammelt oder abgerissen. Auch mich erfasst die Begeisterung um mich herum, und ich freue mich und empfinde ehrlichen Stolz auf mein Heimatland.

Doch es heißt ja, dass sich immer alles in sein Gegenteil verkehrt. Gerade als ich mich wirklich wohl damit fühle, in China zu sein, werden in der Stadt die Lebensmittel knapp. In meinem Haushalt bekommt jeder neunzehn Pfund Reis, ein paar Esslöffel Öl zum Kochen und ein halbes Schweinekotelett pro Monat, was unter anderem zu noch mehr Gezänk im Haus meiner Familie führt als sonst. Ich versuche, die Eifersüchteleien dadurch im Zaum zu halten, dass ich gelegentlich eine Tüte Reis oder braunen Zucker mitbringe, die ich zu einem völlig überteuerten Preis auf dem Schwarzmarkt oder im Laden für Überseechinesen gekauft habe. Dort kann ich meine Sondergutscheine einlösen, für die ich derzeit sehr dankbar bin.

Ich mache mir Sorgen um Joy. Leidet sie unter der gleichen Lebensmittelknappheit wie wir in Shanghai? Ich versuche mich zu beruhigen, denn wie könnte es sein, dass die Mitglieder einer Kommune nichts zu essen hätten? Schließlich pflanzen sie die Nahrungsmittel dort an! Doch ich bin Mutter und zermartere mir den Kopf. Ich schreibe Joy und frage, wie es ihr geht. »Wie fühlst du dich?« Ich schicke Süßigkeiten und getrocknete Früchte. »Taos Geschwister mögen das vielleicht.« Aber ich höre nichts von meiner Tochter. Ja, wir hatten keinen Kontakt mehr, seit sie mir vor fast fünf Monaten schrieb, dass sie schwanger sei. Das macht mir große Sorgen, und ich liege nachts deshalb lange wach. Ich sage mir, dass sie bestimmt mit Tao und den Vorbereitungen für das Baby beschäftigt ist. Ich ermahne mich, ruhig zu bleiben, aber ich bin nicht ruhig. Ich muss sie sehen. Um sie zu sehen, brauche ich eine Reiseerlaubnis, doch damit hatte ich bisher noch kein Glück.

Ich bitte Z. G. um Hilfe, aber selbst er bekommt keine Reisegenehmigung. Ich schreibe May von meinen Sorgen. Zwei Wochen später antwortet sie, dass sie von Joy gehört habe und es ihr gut zu gehen scheint. Das beruhigt mich ein bisschen, aber der Wunsch, in diesem besonderen Lebensabschnitt meiner Tochter bei ihr zu sein, vergeht nicht. In den folgenden Wochen suche ich mehrmals das Büro von Inspektor Wu auf. Ich erzähle ihm, dass ich immer noch nichts von meiner Tochter gehört habe, und bitte nochmals um eine Reisegenehmigung. Während eines meiner Besuche teilt er mir mit, dass derzeit so gut wie keine Genehmigungen erteilt werden.

»Es scheint fast, als würden sie verhindern wollen, dass jemand aufs Land reist«, sagt er.

»Wieso das denn?«

Inspektor Wu weiß es nicht. Aber schließlich erkundigt er sich – er weigert sich, mir zu sagen, wo – und kann mir mitteilen, dass es Joy gut geht.

»Gut?« Das hatte auch May gesagt, doch ich bin Joys Mutter, und ich habe irgendwie ein ungutes Gefühl. »Wenn es ihr gut geht, warum hat sie mir dann nicht geschrieben?«

Darauf weiß er auch keine Antwort. Ich fange an, die Zeit danach zu messen, wie viele Tage es noch bis zum Geburtstermin sind.

Der 1. Oktober – der Nationalfeiertag – ist endlich da. Es ist ein goldener Herbsttag, und ich versuche mir vorzustellen, wie meine Tochter im achten Schwangerschaftsmonat aussieht. Ich male mir aus, wie die Kommune diesen Feiertag mit Feuerwerkskörpern, einem großen Bankett und den über die Lautsprecher übertragenen Reden aus Peking begeht. Dieses Bild verschließe ich in meinem Herzen und mache mich fertig für die Feier hier. Vor Monaten hat mich Z. G. eingeladen, mit ihm nach Peking zu fahren und die dortigen Feierlichkeiten mitzuerleben. Er sagte, wir würden mit Mao auf dem Podium sitzen, um die Parade anzusehen und die Reden vor der Verbotenen Stadt zu hören. Das wäre allerdings ein einzigartiges Erlebnis gewesen, aber ich bleibe in Shanghai, um näher bei Joy zu sein, für den Fall, dass ich doch plötzlich eine Reisegenehmigung bekomme. Ich werde mit Dun, den anderen Mietern und Tante Hu feiern.

Unser gesamter Haushalt zieht rote Hemden und Blusen an, und dann machen wir uns auf den Weg. Wir winken mit kleinen roten Fähnchen, als die Parade an uns vorbeizieht. Wir sehen Scharen von Kindern in weißen Hemden, blauen Hosen oder Röcken und roten Tüchern um den Hals. Brigaden der Roten Volksarmee marschieren stramm und geordnet voran. Eine Kommune nach der anderen zieht in voller Zahl die Paradestrecke entlang, mit hochgereckten Fäusten oder mit roten Fähnchen winkend. Festwagen, die die wirtschaftlichen und militärischen Leistungen des Landes herausstellen, rollen stolz vorbei. Jeder Missstand hier, jeder Augenblick, in dem ich mein Zuhause in Los Angeles vermisse, wird durch Momente wie diesen aufgewogen, in denen ich großen Stolz darüber empfinde, was China in zehn Jahren erreicht hat.

Dun und ich gehen, bevor die Reden anfangen. Wir treffen uns mit Tante Hu bei ihr zu Hause, da sie sich mit ihren gebundenen Füßen nicht auf den vollen Straßen bewegen kann. Wir setzen uns in ihren Salon, und sie serviert uns Rosenblättertorte.

»Tante Hu, bei dir gab es immer das beste Backwerk«, sage ich, nachdem ich gekostet habe. »Wie kommst du denn trotz der Engpässe an so etwas heran?«

Tante Hu zwinkert vergnügt. »Ich versuche stets, in diesen schlechten neuen Zeiten die guten alten Zeiten zu finden. Komm, beug dich zu mir her, dann erzähle ich es dir.« Ich gehorche, und Madame Hu flüstert: »Erinnerst du dich an die russische Bäckerei in der Avenue Joffre, in der deine Mutter immer eure Geburtstagstorten gekauft hat? Einer der chinesischen Helfer bäckt nun nach diesen Rezepten Kuchen in seiner Wohnung. Er verkauft sie nur an besondere Kunden, die ein Geheimnis wirklich bewahren können. Sollen wir für Duns Geburtstag einen besorgen? Weißt du, wann das ist?«

Sie lehnt sich wieder zurück und blickt liebevoll auf Dun, der auf dem Samtsofa im Salon sitzt, ein Buch liest und so tut, als interessierte ihn das große Geheimnis gar nicht. Dun begleitet mich seit ein paar Wochen zu Tante Hu, nachdem ich ihm von ihrer Sammlung englischer Bücher erzählte. Tante Hu mochte Dun sofort und behandelte ihn wie den Sohn, den sie vor Jahren verlor. Ich war überrascht, wie glücklich es mich machte, dass sie Dun so ins Herz schloss; es war, als würde ich von meiner eigenen Mutter gelobt werden.

»Magst du Schokoladenkuchen oder lieber Vanille?«, fragt sie Dun unschuldig. »Oder magst du lieber exotische Torten – Grapefruit, Buttercreme oder Rum?«

»Ich habe noch nie Torte gegessen, bevor ich hierherkam, Madame Hu«, antwortet Dun. »Schon ein einziger Bissen ist etwas ganz Besonderes für mich.«

Derzeit ist ein Bissen von allem, was aus Zucker, Eiern, Milch und Mehl besteht, mehr als »etwas Besonderes«.

»Ob wir Joy wohl so einen Kuchen schicken können?«, fragt Tante Hu. »Eine schwangere Frau würde eine Rosenblättertorte doch sicherlich mögen.«

»Bestimmt würde sie sich freuen«, antworte ich, aber soll ich ihr erzählen, welche Sorgen ich mir mache?

»Pearl-ah, ich kenne dich zu gut«, bemerkt Tante Hu. »Du solltest nichts vor mir verheimlichen. Stimmt etwas nicht mit Joy?«

»Alles ist in Ordnung«, erwidere ich mit munterer Stimme und versuche, meine Besorgnis zu verbergen. »May hat mir erst vor Kurzem berichtet, dass Joy ihr geschrieben und um die seltsamsten Dinge gebeten hat.«

»May schreibt an Joy?«

»Natürlich, die ganze Zeit. Und Joy antwortet ihr.« Das tut zwar weh (warum schreibt Joy an May statt an mich?), aber es beruhigt mich gleichzeitig (Joy muss es wirklich gut gehen). »Joy hat ihre Tante gebeten, ihr Oreo-Kekse zu schicken, Hershey's-Schokoriegel und Bit-O-Honey-Kaubonbons. Kennst du diese Süßigkeiten?« Tante Hu kennt Hershey's noch von früher, die anderen jedoch nicht. »Nun, das beweist mir – mehr als alles andere –, dass Joy schwanger und glücklich ist.« Ich zitiere quasi aus Mays letztem Brief, in dem sie schrieb: »Was für Gelüste wir Frauen manchmal haben!« May schickte auch eine Erstausstattung, die sie bei Bullock's Wilshire gekauft hat. »Das ist einer der exklusivsten Läden von Los Angeles«, erkläre ich. »Mein Enkelkind wird das schickste Baby in der Kommune sein!«

Dun und Tante Hu lachen mit mir. Was fängt ein Bauernbaby mit Nachthemd, Schühchen, Mütze und Wickeldecke an?

»May.« Tante Hu seufzt nachsichtig. »Sie ging schon immer gerne einkaufen. Was macht sie sonst? Erzähl mir mehr.«

»May kümmert sich um mein Café«, antworte ich, froh, von Joy ablenken zu können. »Sie hat gerade eine Lizenz zum Ausschank von Bier und Wein bekommen. Sie sagt, wir hätten jetzt mehr Kundschaft.«

»Das ist gut. Wenn du nach Hause kommst, erwartet dich ein florierendes Unternehmen.«

»Ich habe dir doch schon erklärt, dass ich China nicht mehr verlasse. Mein Leben findet jetzt hier statt, mit meiner Tochter und ihrem Baby.«

Tante Hu runzelt die Stirn, und ich fahre eilig fort. »Das Wichtigste hat aber mit Mays eigenem Beruf zu tun. Sie verleiht immer noch Requisiten und Kostüme an Filmproduktionen, doch inzwischen kommen auch Leute vom Fernsehen zu ihr. Du wirst nicht glauben, was passiert ist. Sie wollen jetzt auch chinesische Gesichter in ihren Sendungen! May bekam eine Rolle, sie spielt eine Haushälterin in einer Arztserie. Wenn die nur wüssten, wie schlecht sie im echten Leben den Haushalt führt!«

Wir kichern. Dann steht Tante Hu auf, um das Radio einzuschalten, damit wir die Reden hören können, die aus der Hauptstadt übertragen werden. »Die Chinesen sind nun keine Sklaven mehr, die in einer Hölle auf Erden leben, sondern furchtlose Herren ihres eigenen Schicksals«, verkündet Premierminister Chou En-lai dem Land. »Die Imperialisten verunglimpfen unseren Großen Sprung nach vorn als Großen Sprung nach hinten. Doch lasst mich euch sagen: Die europäischen Imperialisten versuchen, uns zu zerschlagen. Die japanischen Aggressoren wollen uns verschlingen. Jetzt versuchen die Vereinigten Staaten, uns zu isolieren und von internationalen Angelegenheiten auszuschließen. Mit jedem Tag, der vergeht, erweist sich diese Politik als ein größerer Fehlschlag. Wir haben mit dreiunddreißig Ländern uneingeschränkte diplomatische Beziehungen, mit dreiundneunzig Ländern unterhalten wir wirtschaftliche Beziehungen, und mit einhundertvier Ländern stehen wir in kulturellem Kontakt und Austausch. Wie kann man diesen rasanten Fortschritt erklären?«

Tante Hu will die Antwort gar nicht hören. Sie steht gleich

noch einmal auf, um das Radio auszuschalten, und sagt: »Mir wäre es lieber, wenn uns Dun etwas vorliest.«

Den Rest des Nachmittags verbringen wir damit, Tee zu trinken, uns zu unterhalten und Dun zuzuhören, der uns aus *Sturmhöhe* vorliest – Tante Hus Lieblingsbuch. Hier ist es so friedlich, und ich finde es schön, dass Dun und ich zusammen sein können, ohne dass Koch oder die anderen Mieter uns ständig zusehen und zuhören.

Später trage ich, obwohl Tante Hu Dienstmädchen hat, unser Tablett mit Tassen und Untertassen in die Küche. Tante Hu trippelt mir schwankend auf ihren winzigen Füßen hinterher. Sie scheucht die Dienstmädchen aus der Küche und wendet sich mir zu. Ihre freundlichen Gesichtszüge sind erfüllt von Besorgnis. »Wie groß sind deine Sorgen um Joy?«

»Sehr groß. Ich verstehe nicht, warum ich keinen Brief von ihr bekommen habe. Selbst einer, in dem die Zensoren jedes Wort geschwärzt haben, wäre besser als nichts.«

»Du hattest schon einmal so eine Phase des Schweigens, als du darauf gewartet hast, dass Joy mit Z. G. nach Shanghai zurückkehrt.« Sie versucht mich zu beruhigen.

»Das war etwas anderes. Da wusste sie nicht, dass ich in China bin.«

Als Tante Hu mitfühlend nickt, stellte ich ihr die Frage, die in letzter Zeit an mir nagt. »Meinst du, Joy hat May – die ja ihre leibliche Mutter ist – lieber als mich, weil sie selbst bald Mutter wird? Ist das der Grund, weshalb Joy mir nicht schreibt?«

»Du bist doch wirklich ein Dummerchen! Natürlich nicht!«

»Aber was ist dann der Grund? Warum habe ich keinen Brief bekommen?«

»Wer weiß? Wir sind in China. Am einen Tag läuft alles glatt, am nächsten herrscht wieder Durcheinander.«

»Ich … ich habe nur so ein schlechtes Gefühl …«

»Dann schreib an May, und frage sie um Rat.«

»Sie hat keine Ahnung, wie es hier ist. Sie versteht das nicht.«

»May ist deine Schwester. Es mag ja sein, dass sie China nicht mehr kennt, aber sie kennt dich. Und du machst dir zu viele Sorgen. Dein Kopf führt dich an zu viele dunkle Orte. Sie wird sagen: ›Beruhige dich, Pearl-ah!‹«

»In einem Brief kann ich meine Gefühle nur schwer ausdrücken.«

»Dann solltet ihr euch sehen. Triff dich doch mit ihr in Hongkong!«

»Das hat May in ihrem letzten Brief sogar selbst vorgeschlagen.«

»Und?«

»Wenn ich keine Reisegenehmigung bekomme, um Joy zu besuchen, wie soll ich dann eine Ausreiseerlaubnis erhalten, um May zu sehen?«

»Das sind zwei unterschiedliche Dinge. Eine Reise führt dich aufs Land …«

»Und eine aus dem Land hinaus.«

»Und wenn du dich mit deiner Schwester auf der Messe in Kanton triffst?«

»Auch das hat May vorgeschlagen. Sie meinte, sie könnte vielleicht einen Tagespass für die Messe bekommen, um Kostüme für ihren Filmproduktionsverleih und Konserven für das Café einzukaufen. Ich glaube nicht, dass sie so eine Erlaubnis erhalten würde, aber selbst wenn, bräuchte ich immer noch eine Reisegenehmigung. Wenn ich von Inspektor Wu jemals eine bekäme, würde ich damit Joy besuchen.«

»Dann versuch es doch mit einer Ausreisegenehmigung für einen Tag. Und schau mal, was passiert.«

»Ich würde May wahnsinnig gerne sehen, und irgendwann werde ich vielleicht versuchen, so einen Tagespass zu bekommen. Aber nicht jetzt, wo doch das Baby nächsten Monat kommen soll.«

Wir gehen zurück in den Salon. Dann begleitet Tante Hu Dun und mich zur Tür, an der sie uns noch aufhält.

»Ich habe mir Gedanken gemacht«, sagt sie zu Dun. »Ihr beide solltet versuchen, China zu verlassen. Ich habe meinen Mann und meinen Sohn verloren, aber wenn sie am Leben wären, würde ich ihnen vorschlagen, gemeinsam von hier zu verschwinden.«

Seltsam, dass sie bei diesem Thema plötzlich so hartnäckig drängt, denn sie weiß doch, dass ich China ohne Joy nicht für immer verlassen werde.

»Madame Hu ist diejenige, die ins Ausland gehen sollte«, sagt Dun.

»Ja, ich habe darüber nachgedacht, und ich werde es versuchen«, vertraut sie uns leise an. »Ich habe eine Schwester in Singapur. Ich habe sie nicht mehr gesehen, seit sie vor vierzig Jahren dorthin geheiratet hat.«

Diese Eröffnung überrascht mich. »Das hast du nie erwähnt. Wie kannst du von hier weggehen?«

»Was sollte mich daran hindern? Deine Mutter war schlau. Sie hat dich und deine Schwester rechtzeitig von hier weggebracht.«

Ich ergänze nicht, dass das zwar stimmt, sie dabei aber auf entsetzliche Weise ums Leben kam.

»Vor mehr als einem Jahr habe ich angefangen, zur Polizei und ins Amt für auswärtige Angelegenheiten zu gehen, um die Ausreise zu beantragen«, fährt Tante Hu fort.

Ich bin verwundert, wie sehr mich das verletzt. »Wieso hast du mir das nicht erzählt?«

»Am Anfang gab es nichts zu erzählen. Ich dachte nicht, dass ich eine Chance hätte. Manche Leute warten eine Ewigkeit. Andere bekommen sehr schnell einen Tagespass nach Hongkong. Ich dachte, ich gehörte zu der Kategorie, die eine Ewigkeit warten muss. Nun sagen sie, ich bekomme vielleicht eine Ausreisegenehmigung, weil sie sicher sind, dass ich zurückkomme. Sie glauben, ich kann ohne Dienstboten nicht leben!« Sie kichert hämisch. »Die kennen mich nicht sehr gut.«

Ich glaube, die kennen sie besser, als sie sich selbst kennt. Tante Hu hat noch nie ohne Personal gelebt. Sie hat gebundene

Füße und ist in vielerlei Hinsicht genauso isoliert wie Yong im Gründrachendorf. Sie hat keine Ahnung, wie man putzt, wie man sich selbst die Kleider zurechtlegt (geschweige denn wäscht, bügelt oder sich alleine anzieht), wie man kocht (geschweige denn einkauft, irgendetwas außer Wasser aufsetzt oder Töpfe und Pfannen schrubbt) oder wie man arbeitet, um über die Runden zu kommen.

»In Wahrheit gibt es nur einen Grund, weshalb sie mich gehen lassen«, fährt sie fort, »nämlich, dass sie schon alles aus mir herausgesaugt haben, bis auf dieses Haus. Sollte ich je gehen, werden sie es sich nehmen.« Tante Hu berührt Dun am Arm. »Wir sehen uns nächsten Sonntag wieder, ja?« (Und das nach all ihrem Gerede vom Weggehen.)

Er legt die Handflächen zusammen und verbeugt sich. Das ist altmodisch und heutzutage völlig unangemessen, aber es macht Tante Hu glücklich. Trotz der vielen Veränderungen dürfen wir unsere Menschlichkeit nicht verlieren, und es gefällt mir, dass Dun so liebenswürdig ist. Auf dem Heimweg bin ich jedoch niedergeschlagen. Ohne Tante Hu würde sich die Stadt leer anfühlen, doch ich rede mir wieder ein, dass ich mir keine Sorgen machen muss. Ganz egal, was sie sagt, eine Ausreisegenehmigung wird sie niemals bekommen.

Die anderen Mieter sind immer noch nicht zurückgekehrt, daher öffnet Dun eine Flasche Pflaumenwein, und wir gehen mit unseren Gläsern hinaus, um auf das Feuerwerk zu warten. Er setzt sich auf die Stufen, während ich mir im Garten zu schaffen mache. Ich schneide die letzten Rosen der Saison ab, bringe sie zu den Stufen und setze mich neben Dun. In der Ferne hören wir das Feiern. Als Dun seine Hand auf meine legt, bin ich weder überrascht noch verängstigt. Ich lächle, und das Herz klopft mir in der Brust.

»Pearl Chin«, sagt er und spricht mich mit meinem Mädchennamen an, »ich kenne dich seit langer Zeit. Als ich in euer Haus gezogen bin, hast du mich wahrscheinlich nicht wahrgenommen, aber du bist mir sofort aufgefallen. Ich hoffe, du nimmst es mir nicht übel, wenn ich dir sage, dass ich dich schon damals aus der Ferne geliebt habe. Ich wusste, es gibt keine Hoffnung für mich, aber vielleicht komme ich jetzt für dich infrage.«

»Ich bin Witwe«, erinnere ich ihn.

Ansonsten muss ich nichts erklären. Er ist ein chinesischer Mann und hat ein gewisses Alter. Er kennt die ganzen alten Einschränkungen, die für Witwen gelten. Doch als die erste Salve Feuerwerkskörper über uns explodiert, drückt er meine Hand.

»Ich glaube nicht an arrangierte Ehen«, sagt er, »aber ich glaube auch nicht an die Art von Ehen, wie wir sie im Neuen China haben. Du weißt, wo ich herkomme. Du weißt, ich habe viele englische Bücher gelesen. Ich möchte um dich werben – auf westliche Art.«

Ich bin dreiundvierzig Jahre alt, und um mich hat noch nie ein Mann geworben.

Joy

Ein Jahr im Überfluss

Alle befürchteten, dass dieser Winter schlimmer würde als der im letzten Jahr, aber uns war nicht klar, in welchem Ausmaß. Es ist erst November – die schlimmste Zeit zwischen dem Gelb und dem Grün ist noch gar nicht da –, und Fu-shee und ich sind bereits zur Nachlese auf den Feldern. Die Dichtpflanzung hat nicht funktioniert. Die meisten Sämlinge sind eingegangen. Was überlebte, hat nur schwache und kleine Früchte getragen. Dann starteten wir Sputniks, brachten in Windeseile an einem einzigen Tag die gesamte Ernte an Rüben, Mais und Kohl ein. Bei der Arbeit bekamen wir kaum Wasser und nichts zu essen, bis wir ganz benommen und orientierungslos waren. Die Frauen, die ihre Periode hatten, durften sich nicht versorgen, ihre Hosen waren blutdurchtränkt. Und trotzdem war es kaum zu schaffen, die ganze Ernte in nur vierundzwanzig Stunden einzubringen. Das ging bloß, weil wir den oberen Teil der Rübenpflanzen abschnitten und die Knolle in der Erde stecken ließen, an Maiskolben vorbeiliefen oder Kohlblätter achtlos auf den Boden fallen ließen. Diese Reste wurden alle schon vor Monaten geplündert, daher sind meine Schwiegermutter und ich mittlerweile zu einem der nahezu brachliegenden Weizenfelder weitergezogen, auf dem wir mal hier, mal da ein Korn finden. Es hieß, wir sollten mehr Wert auf Quantität als auf Qualität legen, aber wir haben beides nicht. Unsere Reisrationen wurden auf ein halbes *jin* pro Person reduziert – das reicht für eine einzige Schale Reisbrei am Tag. Ich hebe ein Weizenkorn auf, stecke es mir in die Tasche und gehe zu Fu-shee hinüber.

»Ich glaube, das Baby kommt bald«, sage ich. »Heute haben frühmorgens die Wehen eingesetzt. Sie sind mittlerweile ziemlich stark. Wir sollten besser nach Hause gehen.«

Fu-shee hat ihre Kinder alle zu Hause auf dem Boden in der Ecke des Hauptraums bekommen. Wenn sie das kann, dann kann ich das auch, vor allem, wenn sie dabei ist und mir hilft. Aber sie schüttelt den Kopf.

»Im Wöchnerinnenhof bist du besser dran«, meint sie. »Wenn dein Kind dort geboren wird, bekommst du zusätzlich zu essen.«

Im Neuen China bekommen Mütter von Neugeborenen acht Wochen Mutterschaftsurlaub, fünfzehn Meter Baumwollstoff, zwanzig *jin* Weißmehl und drei *jin* Zucker. Das ist alles wichtig, aber Voraussetzung ist, dass ich im Wöchnerinnenhof entbinde.

»Ich habe Angst, dorthin zu gehen«, gestehe ich.

Wegen der Hungersnot gibt es zu viele Totgeburten. In der Kommune fürchtet man, dass der Wöchnerinnenhof von Dämonen heimgesucht wird, die den ersten Atemzug eines Babys stehlen wollen.

»Lass dich nicht von dem feudalistischen Glauben an Fuchsgeister und solche Sachen beeinflussen«, ermahnt mich Fu-shee, die nicht begreift, dass meine Gründe ganz praktischer Natur sind. »Sung-ling hat ihre Tochter letzte Woche auch im Wöchnerinnenhof bekommen. Die beiden leben noch. Jetzt könnt ihr vier dort zusammen sein.«

Fu-shee beugt sich vor, kratzt in der Erde und pickt noch ein paar Körner heraus. Sie legt sie sich auf die Handfläche, pustet sie sauber und streckt sie mir entgegen, als Erinnerung, dass diese kleinen Getreidekörnchen unseren zwölfköpfigen Haushalt am Leben halten. Das versprochene Mehl und den Zucker kann man nicht so einfach ablehnen.

Fu-shee bringt mich zum Wöchnerinnenhof, der im Mondteichdorf liegt. Die Wehen kommen nun öfter und so heftig, dass wir manchmal stehen bleiben müssen, damit ich mit dem Schmerz fertigwerde. Ich wünschte, meine Mutter wäre hier, und ich verstehe nicht, dass sie nicht da ist. Ich wünschte, in ihren Briefen würde sie auf meine Briefe an sie antworten. Ich verstehe auch nicht, was das bedeutet. Ich habe absichtlich nicht offen über die Hungersnot geschrieben, denn ich war mir sicher, dass das nicht an den Zensoren vorbeigehen würde. Stattdessen habe ich geschrieben, wie sehr ich die Küche meines Vaters vermisse. Ich habe sogar bestimmte Gerichte aus dem Familienrestaurant erwähnt und wie der Reis immer roch, in der Hoffnung, sie schickt ein paar Zutaten oder eine Tüte Reis. Vielleicht sind sogar diese Andeutungen schon zu viel, und die Zensoren schwärzen diese Zeilen. Vielleicht kommen meine Briefe auch gar nicht durch. Noch eine Wehe. Ich will meine Mutter bei mir haben, aber hier ist nur Fu-shee.

Wir kommen im Wöchnerinnenhof an – ein großes Haus, das bei der Gründung der Kommune konfisziert und dann seiner neuen Bestimmung entsprechend umgewandelt wurde. Meine Schwiegermutter erklärt der Hebamme, dass ich aus einer Großstadt komme und noch nie gesehen habe, wie ein Baby geboren wird. Die Hebamme sieht mich mitleidig an und führt mich in ein Zimmer. Ich soll die Hose ausziehen und mich in eine Ecke setzen, wo sie ein Tuch ausgebreitet hat. Ich hocke mich in die richtige Position und stütze mich an der Wand ab. Die Wehen kommen schneller und stärker. Ich würde am liebsten schreien, aber das gehört sich nicht. Doch selbst mit zusammengebissenen Zähnen entfährt mir manchmal von irgendwo tief in mir ein Stöhnen. Meine Schwiegermutter und die Hebamme sehen mich missbilligend an. Als ich nach unten schaue, sehe ich eine Wölbung zwischen meinen Beinen. Gerade als ich das Gefühl habe, dass da unten gleich alles aufreißt, greift die Hebamme unter mich und setzt einen Schnitt an.

Als sie endlich sagt, ich soll pressen, gehorche ich gerne. Das ist der leichteste Teil, zumindest für mich. Ich bekam in den vergangenen Monaten nicht viel zu essen, und das Baby ist klein und schlüpft heraus wie ein glitschiger Fisch. Es ist ein Mädchen, daher gibt es keine Glückstränen oder Gratulationen. Die Hebamme reicht mir das Baby. Die Kleine macht ruckartige Bewegungen mit den Armen. Auf dem Kopf hat sie schwarze Harrbüschel. Ihre Nase ist vollkommen. Sie hat einen hübschen Mund. Sie ist winzig und dünn, aber daran, wie sie meinen kleinen Finger packt, merke ich, dass sie stark ist. Sie ist im Jahr des Schweins geboren, genau wie mein Onkel Vern. Ich erinnere mich an eine Bemerkung meiner Mutter über ihn: »Wie alle Schweine wurde er mit einem außerordentlich starken Körper geboren. Er kann viel Schmerz und Leiden ertragen, ohne sich zu beklagen.« An diesen Worte klammere ich mich nun fest. Ich hoffe, mein Baby wird wie mein Onkel – mutig im Angesicht großer Schwierigkeiten. Segen und Sorgen, Glück und Furcht – das gehört zur Mutterliebe.

Als das Baby und ich gewaschen sind, werden wir in den Schlafsaal gebracht. Mir wird ein Bett neben Sung-ling zugeteilt, die mich mitfühlend ansieht. Sie hat auch eine Tochter geboren und bekam deshalb ebenfalls die Enttäuschung der Menschen um sie zu spüren. Meine Schwiegermutter geht nach Hause und kommt am nächsten Morgen mit einer besonderen Muttersuppe wieder, die mit Erdnüssen, Ingwer und Schnaps angereichert ist, damit mir die Milch einschießt, die Gebärmutter schrumpft und ich wieder zu Kräften komme. Ich weiß nicht, wo sie die Zutaten herhat, aber die Suppe hilft, und das Baby saugt gierig an der Brust. Zum ersten Mal empfinde ich Mitleid mit meiner Tante May. Was muss sie durchgemacht haben, als sie mich gleich nach der Geburt weggab. Ihre Brüste, ihre Gebärmutter, ihr ganzer Körper muss sich nach mir gesehnt haben.

Es ist gut, dass Sung-ling neben mir liegt, denn sonst wäre mir jämmerlich zumute. Wie viele Filme und Fernsehsendungen habe ich gesehen, in denen eine Frau ein Kind bekommt und der Mann mit Blumen und Küssen zu ihr eilt? Unzählige. Aber Tao besucht mich nicht. Jetzt weiß ich, dass ich ihn mit nichts zufriedenstellen kann, und das bricht mir das Herz. Doch ich scheitere nicht nur hier, es gibt noch mehr Grund, sich zu grämen. Sung-ling, die anderen frischgebackenen Mütter und ich sollen Sonderzuteilungen erhalten, aber die Vorräte der Kommune sind knapp. Wir bekommen keinen braunen Zucker, keinen Ginseng zur Blutbildung, kein Huhn und kein Obst, um wieder zu Kräften zu kommen. Ich ahne, dass zum einmonatigen Geburtstag meines Babys auch keine roten Eier gemacht werden. Trotzdem schenken mir drei Nachbarinnen Eier: Ein Ei ist faul, das zweite ist so alt, dass man den Dotter nicht vom Eiweiß unterscheiden kann, und in dem dritten steckt ein totes Küken. Die Frauen sind ein Risiko eingegangen, als sie die Eier versteckten. Wenn jemand dabei erwischt wird, Lebensmittel zu horten oder zu verstecken, ordnet Brigadeführer Lai die Prügelstrafe an.

Als ich nach Hause geschickt werde, bekomme ich nicht die versprochenen Lebensmittel und den Stoff. Mein Schwiegervater weigert sich, mich anzusehen. Meine Schwiegermutter ignoriert mich. Ich frage Tao, ob er unsere Tochter halten möchte, aber er will sie nicht mal anfassen, weil sie ein Mädchen ist. Jede Chance darauf, mit Tao besser zurechtzukommen, wurde durch ihre Geburt zunichte gemacht. Ich frage, welchen Namen wir ihr geben sollen.

»Dummkopf«, schlägt mein Mann vor.

»Schwein«, spuckt meine Schwiegermutter aus.

»Hund«, feixt einer von Taos Brüdern.

»Jie Jie«, meint Jie Jie, Taos älteste Schwester. Das ist eindeutig der netteste und großzügigste Vorschlag, denn wenn ich meinem Baby den Namen Älteste Schwester gebe, deutet das an, dass ich noch mehr Kinder bekommen werde. Es vermittelt mir auch das Gefühl, dass mir Jie Jie mit dem Baby helfen und darauf aufpassen wird.

»Namenlos wäre am besten«, sagt mein Schwiegervater, der damit gleichzeitig die Mutter seiner Kinder, mein Baby und mich beleidigt.

»Ich möchte, dass sie Samantha heißt, und werde sie Sam nennen.« Ich denke an meinen Vater Sam und dass dieses kleine Baby es verdient, nach jemandem benannt zu werden, der hochanständig und liebenswert war. Samantha Feng. Ich bin gerade erst Mutter geworden und lebe unter erschwerten Bedingungen, aber ich weiß schon jetzt, dass ich für sie kämpfen werde. Sam hat im lokalen Dialekt natürlich keine Bedeutung, und das ist gut so.

»Du kannst sie nennen, wie du willst«, sagt mein Mann herablassend. »Wir nennen sie Ah Fu.«

Das bedeutet *Glück*, aber eigentlich ist es eine grobe Beleidigung, denn weiblicher Nachwuchs gilt immer als Unglück. Das macht nichts. Mein Großvater hat mich Pan-di genannt – Hoffe-auf-einen-Bruder. Der Name, den er mir gab, hat mich nur stärker gemacht.

Ich schreibe Briefe an meine Mutter und meine Tante, erzähle ihnen von der Geburt meines Babys und nenne ihnen den Namen. Dann wickle ich Sam in ein Stück Stoff und binde sie mir vor die Brust. Gemeinsam gehen wir den Hügel hinunter und warten darauf, dass der Postbote kommt. Heute bringt er mir ein Paket von meiner Mutter. Aufgeregt trage ich es nach Hause, denn ich hoffe, dass etwas zu essen darin ist. Aber das Päckchen ist bereits geöffnet worden und halb leer, jemand in der Führungshalle hat sich also daran bedient. Übrig sind Babymilchpulver und selbst gemachte Schuhe. Ich verstecke die Babynahrung bei dem Päckchen mit dem Milchpulver, das mir Tante May geschickt hat. (Sie hat dazu geschrieben, dass ich dem Baby die Flasche geben soll, um eine vorzeitige Alterung und einen Hängebusen zu vermeiden.) Fu-shee lässt die Kinder die selbst gemachten Schuhe nicht tragen, obwohl es kalt ist, sie will sie für besondere Gelegenheiten aufbewahren.

Ich frage mich, was wohl schlimmer ist: zu erfrieren oder zu verhungern. Ich bin weit davon entfernt, zu verhungern, aber durch das Fenster zieht es erbarmungslos, und das muss aufhören, besonders mit einem Neugeborenen im Haus. Ich bitte eines der Geschwister von Tao, Wasser vom Bach zu holen, und ein anderes, Holz für das Feuer draußen nachzulegen. Als das Wasser kocht, holen sie mich. Taos kleine Brüder und Schwestern sehen mit großen Augen zu, wie ich Wasser in eine Schale schütte, nach drinnen trage und einen der Schuhe, die meine Mutter für mich gemacht hat, darin einweiche. Der Schuh fällt sehr schnell auseinander.

Der Lautsprecher im Haus schweigt selten. Momentan berichtet der Sprecher von Naturkatastrophen – Dürre, Überschwemmungen und Monsun. Während ich die einzelnen Papierschichten von den Sohlen abziehe, wird mir bewusst, dass wir keine dieser Katastrophen mit eigenen Augen gesehen haben. Aber wenn das über Lautsprecher verkündet wird, dann muss es wohl so sein. Ich ziehe die einzelnen Papierschichten von den Schuhen ab und streiche sie auf dem dünnen Reispapier glatt, das schon über der Fensteröffnung klebt, in der Hoffnung, dass der Wind dann nicht mehr durch jeden kleinen Riss zieht und ich mit den zusätzlichen Schichten die Naturgewalten in Schach halten kann. Vielleicht speichert das dunkle Papier auch mehr von der Sonnenwärme. Während ich vor mich hin arbeite, wird mir klar, was meine Mutter getan hat. Sie hat mir Schnipsel von sich und May geschickt: ihre Augen, Lippen, Finger. Als ich die Sohle des zweiten Schuhs halb aufgelöst habe, stoße ich auf anderes Papier. Ich löse es vorsichtig von der Sohle, falte es auseinander und sehe sechs Wörter, die meine Mutter in ihrer eleganten Schönschrift geschrieben hat.

Mein Herz ist immer bei Dir.

Ich werfe einen Blick auf die Collage, die ich über die Fensteröffnung geklebt habe, nehme meine kleine Tochter aus dem Tragetuch und halte sie hoch, damit sie es sehen kann. »Schau, das sind deine yen-yen und deine Großtante. Siehst du, wie lieb sie uns haben?«

Dann lege ich Sam wieder in das Tragetuch und widme mich dem Kleben. Taos kleine Brüder und Schwestern eilen hinaus, um unseren Nachbarn zu erzählen, was ich tue. Sie kommen, schauen sich das Ganze an und schütteln den Kopf.

Anfang Dezember holt Brigadeführer Lai Milizsoldaten aus Tunhsi, die unsere Häuser durchsuchen sollen, weil er seine schmutzige Arbeit nicht mehr selbst verrichten will. »Wo habt ihr euer Getreide versteckt?«, fragen die Männer grimmig. »Wir wissen, dass ihr es gestohlen habt.«

Wir haben nur eine geringe Menge versteckt – bloß ein paar Becher voll –, aber wir haben sie in unserem Zweizimmerhaus gut verteilt. Wir haben unsere wattierten Jacken aufgeschlitzt und kleine Päckchen mit Reis und Weizen, den wir von den bereits geernteten Feldern aufgelesen hatten, in das Baumwollfutter gesteckt. In einem Tiegel haben wir ein wenig Hirse unter der Schlafplattform vergraben. Gesammelte Erdnussschalen haben wir in einen alten Reissack gewickelt und zwischen einen Dachsparren und das Dach gestopft. Die Schalen mahlen wir, um sie unter den Reisbrei zu mischen. Parteifunktionäre haben uns angewiesen, wir sollten »das Jahr im Überfluss so leben, als wäre es ein karges«. Für mich leben wir in einem kargen Jahr, in dem wir alles tun, um über die Runden zu kommen, und trotzdem reicht es nicht.

Die Männer von Brigadeführer Lai kommen zwei Wochen lang jeden Tag ins Gründrachendorf. (Es ist so: Man sieht ganz leicht, wer gegessen hat, einfach an den Körpern der Leute. Der Brigadeführer und seine Milizsoldaten zeigen keine Anzeichen von Hunger. Sie haben nicht abgenommen, keine eingefallenen Bäuche und keine Wassereinlagerungen an Armen und Beinen.) Wenn Lais Männer ein Versteck finden, wird es sie davon abhalten, weitere Häuser im Dorf zu durchsuchen, hoffen die Leute, und die Strafe wird nicht zu hart ausfallen. Wer Glück hat, wird mit dem Stock geschlagen, oder man bindet dem Übeltäter die

Hände hinter dem Rücken zusammen und hängt ihn an den Handgelenken an einem Baum auf, bis er vor Schmerz schreit. Wer weniger Glück hat, darf nicht mehr in der Kantine essen. Und wer am wenigsten Glück hat, wird zu einem entlegenen Bewässerungsprojekt geschickt, aber niemand, der bei diesem Wetter in eiskaltem Wasser arbeitet, kann überleben. Diejenigen, die weggeschickt wurden, sind nicht zurückgekehrt, doch viele von denen, die geschlagen wurden, starben, und in der Kantine nichts zu essen zu bekommen, ist auch eine Art zu sterben, nur langsamer. Das Dorf, die Felder und die Kantine sehen langsam aus wie Filmsets – alles nur Kulisse. Die Leute um mich herum wirken auch nicht echt, sie setzen ein Lächeln auf und skandieren Parolen über Dinge, die sie nicht glauben. Alle tun noch so, als würden sie den Großen Sprung nach vorn offen, freudig und begeistert begrüßen, aber die Verstohlenheit der Leute erinnert mich an Ratten, die sich an Wänden entlangschleichen.

Wenngleich unsere erste Winterweizenernte dürftig war, beharrt Brigadeführer Lai auf dem Vorhaben, noch mehr Reis- und Gemüsefelder sowie Teeterrassen in Weizenfelder umzuwandeln. Nun sollen wir auch noch tiefpflügen. Wir sollen über drei Meter tief umgraben, um die Ackerfurchen ergiebiger denn je zu machen – zumindest sagt er das. Die Bauern wissen, dass der obere Mutterboden am wertvollsten ist und alles darunter nutzlos, aber der Brigadeführer lässt kein Nein gelten. Obwohl Winter ist, müssen wir wieder auf die Felder. Ein Mann zieht einen Pflug, zwei schieben ihn, und der Rest von uns vertieft die Furche mit Schaufeln und Hacken. Die Parole lautet: »Pflügt tief, um den amerikanischen Aggressor zu vergraben!« Wenn wir nicht die Parole nachsprechen, sollen wir skandieren: »Wir arbeiten den ganzen Tag! Wir arbeiten die ganze Nacht! Wir arbeiten den ganzen Tag! Wir arbeiten die ganze Nacht!« Das tun wir auch, manchmal hören wir nur kurz auf, um einen Moment am Feldrand zu schlafen oder unsere eine Schale Reisbrei zu schlürfen. Als jemand den Brigadeführer fragt, warum wir unseren eigenen

Körper für eine Arbeit hergeben müssen, die bisher immer von Zugtieren verrichtet wurde, antwortet er: »Ein Ochse oder ein Wasserbüffel kann nicht so tief pflügen wie Menschen.«

Ich denke an die Geschichte, die mir Tao über den Wasserbüffel erzählt hat und warum er Scheuklappen trägt. Er sagte, das Leiden des Tieres in diesem Leben sei die Strafe für Dinge, die es in einem vergangenen Leben getan hat. Jetzt ist mir ein anderer Grund eingefallen. Um einen Ochsen oder einen Wasserbüffel dazu zu bringen, so hart zu arbeiten, muss man ihn blind und unwissend machen. Das tut die Regierung derzeit mit den Volksmassen. Warum? Weil die Bauern die wahren Lasttiere Chinas sind. Trotzdem macht niemand dem Vorsitzenden Mao Vorwürfe. »Der Große Steuermann würde nichts tun, was uns schadet«, sagen meine Nachbarn. »Die Menschen um ihn herum sagen ihm einfach nicht die Wahrheit. Das ist nicht seine Schuld.« Das behaupten sie, obwohl sie dunkle Flecken auf Lippen und Gliedmaßen bekommen, die sich rasch in eitrige Wunden verwandeln. Ihnen ist schlecht, gleichzeitig sind sie hungrig, ihnen ist schwindlig, und sie können nicht aufhören zu laufen. Anscheinend werden wir alle für Dinge bestraft, die wir entweder in diesem oder in unseren früheren Leben getan haben. Die einzige gute Nachricht – wenn man das so nennen kann – ist, dass wir hin und wieder getrocknete Süßkartoffeln bekommen, wie früher die Zugtiere, als Ergänzung zu unserem halben *jin* Reis.

Ende Dezember verringert Brigadeführer Lai unsere Getreideration auf ein Viertel *jin* pro Person. Das sind gerade mal etwas mehr als hundert Gramm Reisstärke – etwa eine halbe Schale Reisbrei am Tag, obwohl wir immer noch wie Tiere arbeiten und die bitterkalten Felder tiefpflügen.

»Es gibt genügend Getreide«, versichert er uns, »aber ihr habt ein ideologisches Problem.«

Nein, der wahre Grund liegt darin, dass er zu viel von unserer geringen Ernte an die Regierung abgegeben hat. Modellkommunen sind diejenigen, deren Führer die besten und größten Lügen erzählen. Nun begreift sogar Brigadeführer Lai, dass die Verdoppelung der Getreideernte in einem einzigen Jahr nur auf dem Papier erreicht werden kann. Doch um sein Versprechen einzulösen, wurden unser Reis, Weizen, die Hirse und das Sorghum zu nationalen Silos transportiert, damit die Leute in den Städten ernährt werden können. Der Volkskommune Löwenzahn Nummer acht bleibt fast nichts. Unsere Mahlzeiten in der Kantine bestehen aus seltsamen Zutaten – aus Maisstängeln, Maiswurzeln, getrockneten Süßkartoffelblättern und Wildgräsern wird Suppe gekocht, oder Pulver aus getrockneten Erbsen, Sägemehl, Eicheln, Ulmenrinde und Bimsstein werden zu Mehl gemahlen und zu schweren Fladen gemacht, die in der Pfanne gebraten werden. Die Leute, die als schwarze Elemente gelten – wie Kumei, Ta-ming und Yong –, bekommen noch weniger als die ohnehin geringe Lebensmittelzuteilung. Meine Mutter und meine Tante scheinen überhaupt nicht zu begreifen, was hier vor sich geht. Sie schicken weiterhin Pakete mit Leckereien für die Kinder statt richtiger Nahrungsmittel. (Die Briefe meiner Tante kommen unversehrt an, aber in den Briefen meiner Mutter sind ganze Absätze geschwärzt.) Kekse und Bonbons sind mehr, als andere Leute haben, deshalb dürfen wir uns wohl glücklich schätzen. Trotzdem vergeht kein Tag, an dem ich nicht daran denke, wie hochmütig ich die Sondergutscheine zurückgewiesen habe, die mir als Überseechinesin zustanden. Was würde ich jetzt dafür geben.

Der schleichende Verlust an Körpermasse und Gewicht kommt zum Stillstand. Wir leiden an der sogenannten Schwellkrankheit, denn wegen des Eiweißmangels bekommen wir Ödeme an Armen, Beinen, am Hals und im Gesicht. Unsere neue Nahrung ist scheußlich, wenn wir sie zu uns nehmen, und noch schlimmer, wenn wir sie ausscheiden. Manche von uns leiden unter Verstopfung, andere haben Durchfall. Für die Säuglinge und die Kleinkinder, die es nicht zum Kübel schaffen, ist das nicht so schlimm. Die Zwischenräume zwischen den Brettern auf dem Boden sind breit genug, sodass ihre Ausscheidungen einfach durchrutschen können. Für uns Ältere ist es problematischer. Wir bewohnen ein Haus mit zwei Zimmern und teilen uns einen einzigen Abortkübel. Natürlich stellt das, was unsere Körper ausscheiden, für Brigadeführer Lai genauso ein Problem dar wie das, was wir aufnehmen. Nicht nur in unserem Haus gibt es Verdauungsprobleme, deshalb schickt er seine Männer aus, um die hygienischen Verhältnisse zu überprüfen.

»Putzt ihr euch noch die Zähne und wascht euch die Hände? Leert ihr jeden Morgen den Abortkübel und macht ihn sauber? Was ist das da in der Ecke? Warum habt ihr Fliegen, obwohl Winter ist?«

Alles geschieht sehr schnell. Die Mitglieder der Kommune leiden zuerst an Hunger, dann an Unterernährung, dann sterben sie. Doch nur wenige sterben, weil sie nichts zu essen bekommen. Sie erliegen einem Herzinfarkt, bekommen Fieber und Erkältungen, die eine Lungenentzündung nach sich ziehen, kleine Wunden entzünden sich und führen zu Blutvergiftungen, oder die Leute essen etwas Verkehrtes und verlieren wegen des Durchfalls alle Flüssigkeit. Weibliche Säuglinge sterben zuerst, gefolgt von kleinen Mädchen und Großmüttern. Söhne, Väter und Großväter sterben nicht. Ein altes Sprichwort erinnert uns daran, dass es sechsunddreißig Tugenden gibt, aber keinen Sohn zu haben, macht sie alle zunichte. Das bedeutet, alles, was zu essen da ist, bekommen zuerst die Männer.

»Wer soll denn sonst für die Familie sorgen?«, fragt Tao.

Am liebsten würde ich entgegnen: »Bei uns hieß es immer, dass Frauen und Kinder zuerst gerettet werden sollten. Mein Vater war Chinese, aber selbst er war davon überzeugt.« Doch es hat keinen Sinn, mit meinem Mann zu streiten, und ich möchte auch nicht über meinen Vater Sam sprechen. Angesichts des Opfers, das er gebracht hat, kommt mir mein Hunger nichtig vor.

Einige unserer Nachbarn versuchen, ihre Töchter zu verkaufen, aber niemand möchte Mädchen haben. Andere Familien –

unsere gehört auch dazu – schicken nachts kleine Kinder auf die Felder, um unreife Triebe von der neuen Winterweizensaat abzuschneiden. Eigentlich darf niemand die Kommune verlassen, aber Brigadeführer Lai stellt Bescheinigungen aus, die Männern – auch meinem Schwiegervater – erlauben, die Volkskommune Löwenzahn Nummer acht zu verlassen, um zu betteln oder Arbeit zu suchen. Wir wissen nicht, wie es ihnen ergehen wird, doch eines steht fest: Wenn weniger Mäuler zu stopfen sind, haben wir mehr zu essen.

Ich weiß nicht, was mich letztlich veranlasst, in die Führungshalle zu gehen und um die Scheidung zu bitten – dass mein Mann alles unternommen hat, um sich mein Wandbild als seinen Verdienst anrechnen zu lassen, dass er unser Baby nicht berühren will, dass er mich völlig ignoriert, in der Kantine Essen aus meiner Schale nimmt und es seinen Brüdern gibt oder angefangen hat, »seine Zeit zu teilen«, das bedeutet, er macht mit einigen der jungen Frauen in der Kommune herum. Früher in der Schule hatten die Mädchen einen Namen für Jungen und Männer wie meinen Mann: Hund. Tao ist ein Hund – mit den schlimmsten Eigenschaften dieses Sternzeichens. Wäre ich in einer Stadt, würde ich zum Bezirksvolksgericht gehen und meinen Fall vor einen Richter, einen Staatsanwalt, einen Protokollführer und einen Polizisten bringen. Aber ich befinde ich in einer entlegenen Kommune, was mit ein Grund dafür ist, dass Scheidungen auf dem Land so selten sind. Das Gericht besteht aus Brigadeführer Lai, Parteisekretär Feng Jin und Sung-ling, doch eine Privatveranstaltung wird das nicht. Gerade als das Essen beendet ist, komme ich zur Kantine. Die Mitglieder des Gerichts sitzen an einem der Tische, an denen sonst Essen ausgegeben wurde, und erinnern die anderen in diesem riesigen Raum aus Maisstauden daran, was wir alles nicht haben. Ohne Fernsehen, Filme, Bücher, Zeitschriften oder Zeitungen kann der Winter lang sein. Wenigstens stellt mein Antrag auf Scheidung eine Abwechslung von den

Lautsprecherdurchsagen dar. Ich stelle mich ein Stück entfernt vom Gericht auf. Samantha schläft in einem Tuch, das ich mir über die Brust gebunden habe. Tao und unser Publikum sitzen hinter mir.

»Worin besteht deine Beschwerde?«, fragt Sung-ling, die einzige Frau in diesem Gremium.

»Ich habe Tao aus den falschen Gründen geheiratet«, beginne ich und zeige auf ihn. »Ich wollte wissen, ob ich Liebe verdiene ...«

»In der Neuen Gesellschaft hat die Liebe keinen Platz«, verkündet Sung-ling.

Na gut.

»Als wir frisch verheiratet waren, kamen wir gut miteinander aus«, sage ich. »Dann fingen wir an zu streiten. Jetzt spricht er kaum noch mit mir.«

»So etwas passiert in einer Ehe«, sagt Sung-ling. »Du musst dich mehr bemühen.«

»Mein Mann will unsere Tochter nicht berühren«, gestehe ich. Damit wird den anderen sicher klar, was für ein Mensch Tao wirklich ist.

Als die Leute in der Kantine anfangen zu kichern, bittet Parteisekretär Feng um Ruhe und wendet sich dann an mich. »Niemand freut sich, wenn ein Mädchen geboren wird.« Er mag ja nicht lesen und schreiben können, doch seine Ansichten zu weiblichen Nachkommen sind so fest verankert, dass er aus Fu Hsüans berühmtem Gedicht zitieren kann: »Wie traurig ist es, Frau zu sein! Nichts auf der Erde gilt gleichermaßen als gemein.« Das Gedicht muss er von seinem Vater gelernt haben, der es wiederum von seinem Vater gelernt hat, wie wahrscheinlich alle Männer – und Frauen – in der Kommune und vielleicht im ganzen Land.

»Aber kleine Mädchen sind doch auch gleichberechtigt!«, erwidere ich.

Doch da mag mir niemand zustimmen.

»Du kommst deinen Pflichten als Genossin nicht nach«, tadelt mich Sung-ling. »Alles, was nicht mit der Revolution zu tun hat, ist Zeitverschwendung. Arme sollten darauf verwendet werden, für die Verbesserung des Landes zu arbeiten, nicht um Babys zu tragen.«

Trotzdem habe ich gesehen, wie Sung-ling ihre Tochter herzte. Wir saßen oft beim Stillen zusammen. Wir gingen am späten Nachmittag mit den Kleinen spazieren, wenn sie quengelten. Und – typisch Mütter – wir haben uns sogar ausgemalt, dass unsere beiden Mädchen ihr ganzes Leben lang die besten Freundinnen bleiben.

Ich möchte Tao nicht direkt vorwerfen, dass er mich betrügt, deshalb zähle ich meine anderen Gründe auf. »Ständig kritisiert er mich. Er ist misstrauisch, wenn ich mich verspäte. Er spricht kaum mit mir, obwohl wir nur zwei Zimmer haben. Eine Frau sollte in der Ehe nicht leiden.«

»Das sind ernste Vorwürfe, aber eine Scheidung ist keine Kleinigkeit«, bemerkt Brigadeführer Lai. »Wenn wir die Scheidung gewähren, was ist dann mit dem Baby? Soll deine Tochter bei deinem Mann bleiben? Wovon willst du leben? Wo willst du wohnen? Eine Frau ist wie eine Ranke, die von einem Baum gestützt werden muss. Was hast du vor?«

Ich erinnere mich, dass Z. G. etwas Ähnliches sagte, als ich ihm eröffnete, Tao heiraten zu wollen. Jetzt gefällt mir dieser Satz nicht besser als damals.

»Eine Frau ist wie eine Ranke? Ich habe gehört, Frauen stützen die Hälfte des Himmels«, antworte ich.

Bevor ich weitersprechen kann, mischt sich Parteisekretär Feng Jin ein. »Frauen sind wie Wasser, Männer sind wie Berge.«

»*Bah!*«, schnaubt Sung-ling. »Wenn ein Mann ein Berg ist und eine Frau Wasser, dann ist es die Frau, die die Existenz des Berges erst bestätigt. Als Wasser kann die Frau überallhin. Wasser schenkt Leben. Es nährt das Leben. Ein Mann spiegelt sich in ihrem Wasser.«

Kann es sein, dass Sung-ling auf mein Wandbild anspielt? Ich hatte die Idee, habe die Farben gemischt und Tao die Anerkennung dafür überlassen. Die anderen Richter – beides Männer – sehen aus, als hätten sie gerade Lebertran geschluckt. Als ich neu hier war, sah ich, dass die Leute aus dem Gründrachendorf Tao wegen seiner künstlerischen Begabung mochten und stolz auf ihn waren. Ich verließ mich auf diese positive Grundeinstellung, um mein Wandbild machen zu können. Es wird nicht gut gehen, wenn sie nun glauben, ich würde den Ruhm einheimsen wollen, der ihm zusteht.

»Eine übereilte Hochzeit ist keine Basis für eine gute Ehe«, fahre ich rasch fort, bevor die beiden Männer das zu Ende gedacht und ausformuliert haben. »Wir kannten uns zu wenig, um zu wissen, ob wir gut miteinander auskommen. Wir behandeln uns nicht wie Gleichberechtigte«, füge ich hinzu. Ich hoffe, wenn ich einen Teil der Schuld auf mich nehme, sind sie bei ihren Beratungen vielleicht mitfühlender.

»Lasst uns hören, was der Ehemann zu sagen hat«, meint der Brigadeführer.

Ich setze mich, und Tao steht auf. Ich rechne nicht damit, dass er sich zurückhält. Ich habe ihn dadurch beschämt, die Scheidung beantragt zu haben, und seine einzige Chance besteht darin, mich in ein schlechtes Licht zu rücken. Aber ich bin nicht darauf vorbereitet, wie aalglatt und honigsüß er spricht, als er da einsteigt, wo Sung-ling aufgehört hat.

»Für einen Mann ist es natürlich, nach oben zu streben, während es für das Wasser natürlich ist, nach unten zu fließen. Als meine Frau hierherkam, war sie beschädigte Ware.«

Er hat mich gerade als gemeine Prostituierte bezeichnet! Hinter mir rutschen die Leute auf ihren Sitzen herum und tuscheln. Ich drehe mich nicht um, aber ich stelle mir vor, wie sich Hunderte von Menschen plötzlich begierig vorbeugen, um zu hören, was Tao als Nächstes sagen wird. Ja, das ist auf jeden Fall unterhaltsamer als der Lautsprecher, doch ich mache mir Sorgen und habe Angst. Ich lege die Arme um Samantha, schütze sie, schütze mich.

»Wenn ihr diese Scheidung zulasst«, fährt er fort, »wird kein Mann sie mehr haben wollen, denn eine Braut muss frisch sein. Und sie wird das Baby bei mir lassen müssen. Ah Fu gehört mir, bis sie heiratet.«

Die Zukunft meines Babys interessiert den Brigadeführer kein bisschen, denn es gibt ja ein heikleres Thema zu behandeln. »Das ist eine schwere Anschuldigung«, sagt er. »Womit kannst du das schlechte Benehmen deiner Frau beweisen?«

»Sie hat mich im Pavillon der Wohltätigkeit geküsst, bevor wir verheiratet waren«, antwortet Tao wahrheitsgemäß. Wieder murren und flüstern die Leute in der Kantine. Der Brigadeführer bittet um Ruhe, und Tao fährt fort. »Sie hat mich mit nackten Füßen im Bach berührt.« Das ruft empörtes Staunen hervor. »Sobald wir verheiratet waren, wollte sie direkt neben meinen Geschwistern tun, was Eheleute tun.« Er wendet sich zu mir und spricht mich direkt an. »Und jetzt willst du es überhaupt nicht mehr.«

Ich springe auf. Alle Augen richten sich auf mich, doch was kann ich schon sagen? Alles, was er gesagt hat, stimmt. Ich darf nicht wütend werden, aber ich kann das auch nicht einfach so durchgehen lassen.

»Als Tao und ich uns kennenlernten, war ich Jungfrau«, sage ich. »Und nun beleidigt er mich, indem er behauptet, ich sei beschädigte Ware gewesen …«

»Ein Baby gehört nicht zu so einer Mutter – nicht einmal, wenn es ein Mädchen ist.« Tao spricht einfach über mich hinweg. »Ah Fu gehört zu meiner Familie und unserem Dorf, nicht zu einer Außenseiterin. Meine Frau setzt eine rote Maske auf, aber ich habe ihr reaktionäres Verhalten gesehen. Ich habe sie ermutigt, ihr Herz der Partei zu öffnen. Ich habe ihr gesagt, sie müsse ein Rädchen in der Revolutionsmaschine sein, aber sie weigert sich, die rituelle Selbstprüfung und Selbstkritik zu leisten.«

Alles, was meine Mutter über Tao gesagt hat, ist wahr. Er ist *hsin yan* – sowohl entschlossen als auch verschlagen. Er nutzt den Rückhalt, den ihm seine Umgebung bietet, um mich zu denunzieren, und will auf diese Weise davon ablenken, dass er mit Mädchen aus den Arbeitsgruppen schläft.

»Sie ist nicht rot«, betont er. »Sie ist schwarz, und sie hat versucht, diese Schwärze mit ihrem schwarzen Wandbild unter uns zu verbreiten! Es gibt Regeln für Bilder. Sie müssen *hong, guang, liang* sein – rot, leuchtend und strahlend –, aber was hat sie auf einer der Wände als Thema gewählt? Eine Eule. Die ganze Welt weiß, dass die Eule ein schlechtes Vorzeichen ist und für Dunkelheit und Unheil steht.«

»Du leidest an *hong yen bing* – an der Rote-Augen-Krankheit –, Neid«, schieße ich zurück. Aber seine Bemerkungen machen mir Angst, denn mit meinem Wandbild wollte ich in Wirklichkeit verkünden, dass der Große Sprung nach vorn eine einzige Katastrophe ist.

Dann sagt Tao etwas, das noch schlimmer ist und allen beweist, dass ich nicht nur eine schlechte Ehefrau bin, sondern auch das Gründrachendorf und die Kommune verraten habe.

»Sie will mich ständig überreden, das Dorf zu verlassen. Sie sagt, woanders kann ich ein besseres Leben führen.«

»Das ist gelogen!«, rufe ich. »Du bist derjenige, der mich ständig bittet, meinem Vater zu schreiben, ob er uns eine Reiseerlaubnis oder einen Inlandspass besorgen kann. Du hast mir deutlich zu verstehen gegeben, dass ich dir nur ein Klotz am Bein bin und dich daran hindere, das Dorf zu verlassen. Du bist derjenige, der nach Lob und Anerkennung strebt. Du hast versucht, das Wandbild als deines auszugeben.«

Doch wem werden die Leute in der Kantine glauben – jemandem, den sie schon ihr ganzes Leben kennen, oder mir? Ich habe Parteisekretär Feng Jin immer für einen ehrlichen und aufrichtigen Menschen gehalten. Mit flehend ausgestreckten Händen wende ich mich nun an ihn.

»Ihr müsst versuchen, das in Ordnung zu bringen«, sagt er. »Eine geschiedene Frau ist wie eine ausgetrocknete Seidenraupe – hässlich und völlig nutzlos für alle.«

»Aber Tao hat seine Zeit mit anderen geteilt ...«

»Genug!«, befiehlt Brigadeführer Lai. »Setzt euch, wir wollen jetzt eure Genossen anhören.«

So wird meine Scheidung zu einer öffentlichen Kritik, als einer nach dem anderen aufsteht, um mich als rechtsgerichtetes Element zu denunzieren. Sie sprechen leise, als hätten sie lange nichts Anständiges mehr gegessen, was ja auch der Fall ist. Dann tritt eine junge Frau, die ich von einer der Arbeitsgruppen kenne, vor das Tribunal. Wie sie Tao anschaut, verrät mir, dass sie eines von seinen Mädchen ist. Mein Körper spannt sich an. Samantha wacht auf und beginnt zu zappeln.

»Du wolltest die Hauptrolle in dem Theaterstück spielen, das die Propagandamannschaft inszeniert hat, als du ganz neu hier warst«, wirft mir das Mädchen vor. »Du hast dich immer vorgedrängt und wolltest eine Sonderbehandlung. Seither arbeitest du lieber auf individualistische Weise.«

»Ich bin gekommen, um der Volksrepublik China zu helfen«, sage ich standhaft. »Ich wollte dem Volk dienen, und das habe ich getan.«

»Du gebrauchst das Wort *ich* zu oft«, ruft jemand. »›Ich, ich, ich‹ – das klingt nach Selbstüberhöhung, Selbstdarstellung und Selbstverherrlichung des Individuums.«

»Du sprichst zu freimütig«, behauptet jemand anderer.

»Und du prahlst ...«

»Wie ein Ausländer.«

»Du bewegst dich zu übertrieben und ausdrucksvoll.« (Das stimmt. In dieser Beziehung bin ich eher amerikanisch als chinesisch.)

Der Brigadeführer bedeutet dem Publikum, ruhig zu sein, dann spricht er mich direkt an. »Deine Genossen sagen dir, dass du noch nicht ganz vom Individualismus reingewaschen bist. Du hast dich auch geweigert, dein Herz der Partei zu öffnen. Du musst wissen, dass unsere Kritik dir helfen soll.«

Zwei Armpaare ergreifen mich unter den Achseln und heben

mich auf einen Tisch, damit die Leute mich besser sehen können. Sie werfen mir noch mehr Beleidigungen und Anschuldigungen an den Kopf. Gleich wird es Zeit, Samantha zu stillen, und sie fängt an zu weinen. Sie ist ein winzig kleines Ding, aber das Geschrei, das sie ausstößt, ist gleichzeitig wütend und verzweifelt. Meine Brüste reagieren sofort, die Milch schießt ein. Wenn ich sie nicht bald stille, tropft die Milch heraus. Eigentlich sollte meine Lage ein wenig Mitleid erregen, doch davon ist nichts zu spüren.

»Du versteckst dich hinter banalen Schwächen und verbirgst dadurch schwerwiegende Fehler«, sagt Brigadeführer Lai nach einer weiteren halben Stunde der Kritik. »Hören wir mehr von den Menschen, die dich kennen.«

Taos Mutter erhebt sich. Unser Verhältnis war bestenfalls wechselhaft, und Tao ist ihr Sohn, aber sie könnte Schlimmeres sagen.

»Du wolltest eine Hochzeitszeremonie und eine Feier, doch das ist im Neuen China nicht nötig. Selbst da wolltest du angeben!«

Einer von Taos Brüdern tritt vor. »Manchmal bekommt meine Schwägerin einen Brief. Sie sagt, er ist von ihrer Mutter oder Tante, aber man sieht, dass er verschlüsselt geschrieben ist.« Er spricht vom Alphabet. »Wir müssen uns darauf verlassen, dass es stimmt, was sie uns über den Inhalt erzählt. Sie kommt von unserem ultrarechten imperialistischen Feind. Woher sollen wir wissen, dass sie keine Spionin ist?«

»Was soll es denn hier zu spionieren geben?«, frage ich empört. Dieser Junge hat so oft von mir profitiert – von den Päckchen mit Süßigkeiten, die meine Mutter und meine Tante geschickt haben, bis hin zu dem Essen, das mir aus der Schüssel genommen und in seine gefüllt wurde. Trotzdem muss ich vorsichtig sein. Um eine Scheidung zu bitten, ist eine Sache, aber als Spionin bezeichnet zu werden, das ist etwas ganz anderes.

»Wir schlafen gemeinsam im Hauptraum«, fährt Taos Bruder

fort. »Sie tut nicht genug, um das Baby ruhigzustellen. Ihr hört es ja jetzt.« Samantha untermauert seine Worte mit ihrem Geschrei. »Wir können alle nicht mehr schlafen. Mein armer Bruder ist so müde, dass er keine Kraft mehr hat, um zu malen.«

Ich würde gerne sagen, dass Tao müde ist, weil er Hunger hat, zu schwer auf den Feldern arbeitet und mit zu vielen jungen Frauen herummacht, aber ich lasse das lieber bleiben, denn ich bin froh, dass die Vorwürfe nun weniger gravierend sind, als mir Spionage vorzuwerfen.

Tao setzt sich und stupst Jie Jie mit dem Ellbogen an. Er möchte, dass sie aufsteht und sich auch negativ über mich äußerst. Aber sie schüttelt den Kopf. Es wäre schön, wenn sie den Mut hätte, für mich zu sprechen, doch das tut sie nicht. Dennoch nehme ich ihr Schweigen als kleinen Sieg.

Noch ein paar andere kritisieren mich. Ich hätte bei der Ernte nicht hart genug gearbeitet. Ich hätte den Maiserntewettbewerb nicht für die Ehre der Mannschaft und des Landes gewonnen, sondern um damit prahlen zu können, wie wichtig ich bin. Ich hätte mich von meiner Mutter vor aller Augen umarmen lassen.

Verbittert und wütend stehe ich da. Das ist eine großartige Methode, die Leute von ihrem Hunger und ihrer Erschöpfung abzulenken – man lässt sie den ganzen Tag arbeiten, ohne zu essen, und schickt sie dann abends zu einer öffentlichen Kritik. Da tritt plötzlich jemand gegen das Tischbein. Der Tisch kippt um, und das Baby und ich fallen. Ich drehe den Körper so, dass ich auf dem Rücken lande und Samantha schütze. Als ich aufblicke, sehe ich Kumei. Ich strecke ihr die Hand entgegen, denn ich denke, sie ist gekommen, um mir zu helfen, so wie ich Yong geholfen habe. Stattdessen zeigt Kumei anklagend mit dem Finger auf mich.

»Du hast in der Küche des Hofhauses gebadet – nackt«, sagt sie. Es bricht mir das Herz, dass Kumei das Gefühl hat, gegen mich sprechen zu müssen. Aber ich verstehe das. Sie muss sich, ihren Sohn und Yong schützen. Trotzdem ist diese Information verblüffend – schockierend. Wieder ändert sich die Stimmung, wird hässlich. Ich denke an Yongs öffentliche Kritik. Glücklicherweise hat noch niemand zur Sprache gebracht, wie ich ihr an diesem Tag beigesprungen bin. Zumindest noch nicht. Aber alle haben Hunger, alle sind müde, und es könnte zu Gewaltausbrüchen kommen.

Ich stehe vom Boden auf. Samantha brüllt sich die Seele aus dem Leib, wie meine Tante May sagen würde. Ich sehe Sung-ling unverwandt an. *Bitte hilf mir.* Sung-ling steht auf und hebt die Hand, um für Ruhe zu sorgen. Im Publikum wird es still, doch Samantha schreit umso erbärmlicher. Die Stimme der Funktionärin klingt schneidend und barsch, als sie mich anspricht, nur ihre Augen drücken etwas anderes aus. Freundlichkeit.

»Wir sind uns alle einig, dass du zu weich bist«, sagt sie. »Du klagst zu viel. Aber der Vorsitzende Mao sagt, man soll keine Mühsal fürchten. Man soll den Tod nicht fürchten.«

Ich fürchte keine Mühsal, den Tod jedoch fürchte ich schon. Wer öffentlich kritisiert wird, dem bleiben nur wenige Möglichkeiten: seinen Prinzipien treu bleiben und weitere Strafen riskieren, seine Schuld eingestehen und die Strafe akzeptieren, seine Schuld eingestehen, sich bei allen anderen Genossen für die Hilfe bedanken und auf Nachsicht hoffen. Plötzlich habe ich ganz deutlich meinen Vater Sam vor Augen. Es ist fast, als würde er neben mir stehen, mir die Hand auf die Schulter legen und mich nicht nur daran erinnern, was eine Mutter oder ein Vater tun sollte, sondern auch, wie er es anders hätte machen können. Ich drehe mich um und blicke meinen Anklägern ins Gesicht.

»Ich bin dankbar für eure Kritik, denn ich weiß, ihr hättet sie nicht geäußert, wenn sie nicht wahr wäre«, sage ich. »Ich nehme sie mir zu Herzen und werde mich bessern. Ich danke meinen Genossen.«

»Gut!«, sagt Sung-ling. »Das Gericht wird sich ein paar Minuten zurückziehen, um den Fall zu diskutieren. Bleibt alle sitzen. Wir sind gleich zurück.«

Brigadeführer Lai, Parteisekretär Feng und Sung-ling gehen

durch den Mittelgang und zur Tür hinaus. Ich setze mich auf die Bank, den Blick starr nach vorn gerichtet, und bin mir der Unruhe hinter mir bewusst. Ich knöpfe meine Bluse auf, und Samanthas Mund schließt sich um meine Brustwarze. Meine Schultern entspannen sich. Alle um mich herum beruhigen sich, als es plötzlich still ist. Tao kommt und setzt sich neben mich. Er sieht mich nicht an und schaut auch nicht nach, wie es Samantha geht. Warum ist er so schwierig? Warum lässt er mich nicht einfach gehen? Er liebt mich nicht. Er mag mich nicht einmal. Habe ich ihn irgendwie verletzt? Will er etwas von mir? Das Einzige, was mir einfällt, ist genau das, was Z. G. gesagt hat. Tao möchte, dass ich ihm helfe, von hier wegzukommen. Wie oft hat er mich gebeten, Z. G. wegen einer Reisegenehmigung zu schreiben? Unzählige Male. Und doch war genau das eine von Taos größten Klagen über mich.

Das Gericht kehrt zurück.

»Ihr hattet geringfügige Meinungsverschiedenheiten«, sagt Brigadeführer Lai. »Genossin Joy, du wirst nicht die weiße Schleife zum Zeichen der Denunziation tragen müssen, aber du musst dein kapitalistisches Gedankengut loslassen und dafür sorgen, dass dein Ehemann seine Vorrechte bekommt. Genosse Tao, denk daran, dass Kinder – ob Söhne oder Töchter – nicht dir gehören. Deine Tochter gehört dem Vorsitzenden Mao.« Er hält inne, um die größtmögliche Wirkung zu erzielen, dann verkündet er: »Die Scheidung wird nicht gewährt.«

Das Unterhaltungsprogramm ist beendet, die Leute stehen auf und gehen. Mein Blick fällt auf Kumei, die sich beschämt abwendet. Meine Schwiegermutter, Jie Jie und die anderen Kinder scharen sich zusammen und warten. Tao schnippt mit dem Finger und bedeutet mir, ihm zu folgen. Ich kann sonst nirgendwohin und habe derzeit keine anderen Möglichkeiten, aber sobald ich zu Hause bin, hole ich Stift und Papier heraus. Ich schreibe einen Brief an Z. G., in dem ich ihn um Reisegenehmigungen anflehe. Tao beobachtet mich die ganze Zeit.

Am nächsten Tag komme ich von der Arbeit nach Hause, stille die Kleine und lasse sie bei Jie Jie. Dann bringe ich meinen Brief zum Teich und warte auf den Postboten. Nach dem westlichen Kalender ist es Anfang Januar. Wieder habe ich Weihnachten und Silvester verpasst. Es ist kalt und trostlos. Als der Postbote nicht kommt, laufe ich auf den Hügel, der aus dem Dorf hinausführt. Von hier aus kann ich weit über die öden Felder blicken. In der Ferne sehe ich einen Mann, der mit dem Fahrrad auf mich zukommt. Es ist nicht der übliche Postbote, das heißt wohl, er ist tot. Ist der neue zuverlässig? Ich kann ihm nur vertrauen und hoffen, aber ich bin mir zunehmend sicher, dass mein Brief nie ankommen wird. Brigadeführer Lai wird meine Bitte um Reisegenehmigungen lesen, und damit ist die Sache erledigt. Was hier geschieht, darf nicht nach außen dringen. Die einzige Möglichkeit, mich von Tao zu befreien, besteht darin, ihm zu helfen, das Dorf zu verlassen, und die einzige Möglichkeit, die mir einfällt, um das zu bewerkstelligen, wird scheitern.

Nachdem ich dem Postboten meinen Brief gegeben habe, gehe ich zurück ins Gründrachendorf. Ein neues Begrüßungsschild wurde am Wegrand aufgestellt:

1. ALLE TOTEN MÜSSEN BEGRABEN WERDEN.
2. ALLE LEICHEN MÜSSEN MINDESTENS EINEN METER TIEF VERGRABEN WERDEN, UND DARÜBER IST GETREIDE ZU PFLANZEN. ABERGLÄUBISCHE TRADITIONEN WERDEN NICHT GEDULDET.
3. NIEMAND DARF WEINEN ODER JAMMERN.
4. NIEMAND DARF BETTELN, HORTEN ODER STEHLEN.
5. ALLE VERLETZUNGEN DIESER REGELN WERDEN DURCH SCHLÄGE BESTRAFT, DURCH VERLUST DES PRIVILEGS, IN DER KANTINE ZU ESSEN, ODER MIT SOFORTIGER UMERZIEHUNG DURCH ARBEIT.

Pearl

Ein tapferes Herz

Wo wurdest du geboren, Genossin?«, fragt Inspektor Wu wieder.

»Im Dorf Yin Bo in der Provinz Kwangtung«, antworte ich.

»Leben dort noch Verwandte? Wie heißen sie?«

»Ich bin mit jedem im Dorf verwandt, aber als ich von dort fortkam, war ich drei Jahre alt. Ich erinnere mich an niemanden.«

Nachdem wir uns neunundzwanzig Monate lang immer wieder getroffen haben, würde ich zwar nicht behaupten, dass Inspektor Wu und ich Freunde sind, doch wir kommen ganz gut miteinander aus.

»Sind diese Verwandten Arbeiter, Bauern oder Soldaten?«

»Ich vermute, Bauern, aber ich weiß es wirklich nicht.«

»Kommen wir auf deine Tochter zu sprechen. Ist sie immer noch in der Volkskommune Löwenzahn Nummer acht?«

»Ja. Wie du weißt, habe ich mittlerweile von ihr gehört. Ich habe jetzt eine Enkeltochter. Sie ist zehn Wochen alt. Ich würde sie gerne besuchen …«

»Erzähl mir von deiner Familie in Amerika.«

»Ich habe eine Schwester. Ich hoffe, dass wir uns eines Tages wiedersehen.«

Und so geht es weiter. Exakt dieselben Fragen.

Nach zwei Stunden darf ich gehen. Die Februarluft ist schneidend kalt. Ich ziehe meine Mütze herunter und den Schal hoch. Als ich nach Hause komme, ist Gezänk aus der Küche zu hören. Ich werfe einen Blick in den Salon. Dun sitzt dort und liest ein Buch. Er trägt einen kaffeebraunen Pullover und eine weite braune Hose. Er hat abgenommen; das haben wir alle. Als er mich sieht, lächelt er.

»Ich habe etwas für dich«, sagt er.

Ich sehe mich um, vergewissere mich, dass mich niemand bemerkt, dann schlüpfe ich in den Salon. Dun langt hinunter auf die andere Seite seines Sessels und holt einen rosafarbenen Blumenstrauß hervor.

Ich knie mich neben seinen Sessel und küsse ihn auf die Wange. »Danke, aber wo hast du die denn her?«

Mittlerweile ist es gesetzlich verboten, etwas privat zu verkaufen. Nicht autorisierte Händler kommen ins Gefängnis. All das Singen und Trillern der Straßenhändler, das ich sonst immer hörte, ist verstummt.

»Es gibt durchaus Möglichkeiten, etwas zu kaufen«, sagt er, »wenn man weiß, wo man suchen muss.«

»Ich möchte nicht, dass du in Schwierigkeiten kommst.«

»Keine Sorge«, sagt Dun. »Freu dich einfach daran.«

Aber ich mache mir trotzdem Sorgen.

»Besuchen wir heute Abend Madame Hu?«, fragt Dun. »Ich habe auch für sie Blumen gekauft. Es sind die ersten im Jahr.«

»Das wird ihr gefallen«, sage ich.

Wie kann es sein, dass ich eine so herzliche Zuneigung für Dun empfinde, weil er etwas Nettes für eine alte Frau tut? Seine Rücksichtnahme und Freundlichkeit gegenüber der engsten Freundin meiner Mutter bedeuten mir mehr als all seine zärtlichen Liebkosungen. Ich erröte und senke den Blick. Dun schiebt mir den Finger unter das Kinn und hebt mein Gesicht an. Er sieht mir in die Augen. Irgendwie versteht er, was ich fühle und denke. Seine Hand legt sich auf meine Wange, und ich lasse sie dort einen Moment ruhen, lasse mich von seiner Zärtlichkeit umfangen.

Auf dem Weg in die Küche, wo ich eine Vase für die Blumen holen will, bleibe ich stehe, um ein Bild gerade zu rücken – ich habe es letzte Woche von einer Frau in der alten Französischen Konzession gekauft. Viele Leute verkaufen derzeit ihre Schätze, Familienerbstücke oder Porzellan in kleinen Gässchen hinter den Häusern oder aus dem Küchenfenster heraus. Der Hunger anderer Menschen hat es mir ermöglicht, mein Haus langsam wieder in seinen früheren Zustand zu versetzen. Natürlich darf niemand privat etwas verkaufen – oder kaufen –, aber in einem gewissen Maß tun wir das alle.

Wenn man die Küche betritt, meint man, in einen Taifun zu geraten. Das Gezänk hört nie auf. Heute gibt es Reis zum Abendessen, welken Kohl und zwei zwölf Zentimeter lange Fische, in etwas Sojasauce gedämpft. Unser Essen muss zwischen sechs Menschen, die seit über zwanzig Jahren zusammenleben, aber keine Familie sind, und mir geteilt werden. Die größten Auseinandersetzungen drehen sich um das Hauptnahrungsmittel – Reis –, und dessen Knappheit ist etwas völlig Neues in einem Land, das die Herzen der Menschen mit dem Versprechen einer eisernen Reisschüssel gewonnen hat, also der Garantie auf lebenslang ausreichende Ernährung. Ansonsten liefert uns noch Mehl aus Süßkartoffeln, Sorghum und Mais zusätzliche Kohlehydrate. Fleisch und Eier sind unmöglich zu bekommen. Es hieß, die Frau von Premierminister Chou En-lai würde ihren Gästen Tee aus abgefallenen Blättern servieren, um während dieser »Schlechtwetterjahre« Solidarität mit dem Volk zu zeigen. Andere Führer wollen Gemüsegärten anlegen, sobald es wärmer wird. Sogar der Große Steuermann sagt, er wird seine Blumenbeete in einen Gemüsegarten verwandeln – zumindest wurde das so berichtet. Diese Nachrichten und unser ständiger Hunger machen uns fahrig und reizbar. Was kommt als Nächstes?

»Du gibst weniger als deinen Anteil in den Kochtopf«, beschwert sich eine der ehemaligen Tänzerinnen beim Schuster. Vor zwei Wochen hat sie ihn dabei erwischt, wie er mitten in der Nacht heimlich Reis genommen hat, und seither wird sie ihr Misstrauen gegen ihn nicht los.

Der Schuster tut die Anschuldigung achselzuckend ab. »Ihr verteilt die Portionen nicht gerecht.«

Koch, der treueste Rote unter uns, kann jeden von uns dem Blockkomitee melden. Er mag das Gezänk nicht. »Hört auf zu streiten. Ich bin zu alt, um mir diesen ganzen Lärm anzuhören«, befiehlt er und versucht, die gleiche Autorität aufzubringen wie früher, als ich noch ein kleines Mädchen war. »Ich habe euch doch schon gesagt, dass ihr die Waage benutzen sollt, damit auch jeder die gleiche Menge bekommt.« Das ist eine gute Idee, aber Koch hat leider schlechte Augen, sodass es nur noch mehr Kabbeleien gibt.

Ansonsten geht das Leben weiter. Ich sammle weiterhin Papier, Dun lehrt an der Universität, die Tänzerinnen gehen in ihre Fabrik, der Schuster arbeitet an seinem Stand, die Witwe holt ihre Witwenrente ab und strickt für ihre Enkelkinder, und Koch verschläft den Großteil des Tages. Jeden Morgen und jeden Abend – aus Gewohnheit und Wunschdenken – gehe ich noch am Bund entlang und überlege mir, wie ich China verlassen könnte. Ich bin zu dem Schluss gekommen, dass eine Flucht über den Whangpoo und aufs Meer hinaus unmöglich wäre. Über tausend Schiffe legen jeden Tag in Shanghai an und ab, und überall sind Kontrollboote. Das Kontrollboot Nummer fünf hat letztes Jahr einen »Vorbildspreis« gewonnen, weil es die meisten blinden Passagiere erwischt hat, die das Festland verlassen wollten. Laut der Lokalzeitung hat die Besatzung geschworen, diese Zahlen in diesem Jahr zu übertreffen. Der Fluss und das Meer sind einfach zu riskant.

Allerdings verlassen Menschen die Stadt, wenn auch nicht freiwillig. Shanghai ist nicht mehr so voll wie bei meiner Ankunft. Der Polizei ist es gelungen, Landbewohner von der Stadt fernzuhalten. Wer es vor zwei Jahren, als die neuen Fabriken aufmachten, in die Stadt geschafft hat, wurde nach Hause geschickt, und die Arbeit wurde der lokalen Bevölkerung überlassen. Unruhestifter wurden in Arbeitslager gesteckt. Gleichzeitig hat die Volksregierung, die unbedingt den Handel mit Hongkong ausweiten möchte, ein paar Ausreisegenehmigungen für Leute ausgestellt, die dort Verwandte haben. Wer das Glück hatte, so eine Genehmigung zu bekommen, durfte umgerechnet fünf Dollar auf die Reise mitnehmen, gerade genug Geld, um die Familienangehörigen zu besuchen und dann wieder nach Hause zu fahren. Wenn Joy bei mir wäre, würde ich jeden Tag auf die Polizeiwache gehen und Inspektor Wu um Genehmigungen bitten. May würde in Hongkong auf uns warten, mit genügend Geld, um uns alle wieder nach Los Angeles zu bringen. Wie sagt man noch? Die Hoffnung stirbt zuletzt.

Um fünf Uhr ruft Koch alle zum Abendessen. Als Zeichen unserer Solidarität mit den Massen in den Kommunen – eigentlich aber, um sicherzugehen, dass niemand mehr zu essen bekommt, als er oder sie verdient – essen wir gemeinsam im Esszimmer. Wir alle haben abgenommen. Wir alle sind bleich. Wir haben einfach nicht genug zu essen.

Als die Mahlzeit zehn Minuten später zu Ende ist, verschwinden die anderen auf ihren Zimmern, zu schwach für sonstige Unternehmungen. Ich gehe nach oben und wähle ein Kleid aus, das angemessener für einen Besuch bei Tante Hu ist. Unten treffe ich Dun; wir ziehen Jacken, Stiefel, Mützen und Handschuhe an und treten hinaus in die eiskalte Luft. Mit dem Bus fahren wir durch die Stadt zum Haus der Hus. Normalerweise sind die Fenster vorne hell erleuchtet, aber heute Abend flackert nur ein einziges Licht in einem Hinterzimmer. Dun hält seinen Blumenstrauß hoch. Ich klingle und warte. Ich versuche, durch ein Fenster zu gucken, aber ich sehe niemanden. Ich drücke wieder auf die Klingel und klopfe ein paarmal. Schließlich kommt jemand durch den dunklen Gang. Das ist nicht Tante Hu. Ihren schwankenden Liliengang würde ich erkennen. Es ist auch keines der Dienstmädchen.

Ein großer, griesgrämiger Mann öffnet die Tür. »Was wollt ihr?«

»Ich suche Madame Hu«, sage ich.

»Hier wohnt niemand, der so heißt. Geht wieder.«

Ich werfe Dun einen Blick zu. Haben wir etwa das falsche Haus erwischt? Dann spähe ich durch den Gang. Da steht Tante Hus Lieblingsvase aus geätztem Glas mit bereits verblühten Blumen, da sind ihre Möbel und die Bilder an der Wand. Nein, es ist das richtige Haus. Ich wende mich zu Dun um. Seine Miene wird eiskalt und starr.

»Madame Hu wohnt hier«, sagt Dun streng. Er drängt sich an dem Mann vorbei ins Haus. Ich folge Dun und rufe nach ihr. Aus den abgedunkelten Zimmern kommen Leute, manche mit Öllampen, manche mit Kerzen. Irgendwie sind sogenannte Nägel – Hausbesetzer – in dieses Haus gekommen. Ich erhasche einen Blick auf eines von Tante Hus Dienstmädchen, das hinter einem Türpfosten hervorlugt.

»Du da! Komm her!« In diesem Ton habe ich nicht mehr gesprochen, seit ich selbst Bedienstete hatte. Das Mädchen kommt aus seinem Versteck und hat immerhin so viel Schamgefühl, den Blick zu senken. »Wo ist sie?« Das ist weniger eine Frage als ein Befehl.

Das Mädchen saugt die Lippen zwischen die Zähne, als ließe sich dadurch verhindern, dass ich eine Antwort bekomme. Sie kann nicht ahnen, wie viele Menschen ich schon verloren habe. Drohend hebe ich die Hand.

»Wo ist sie?«

»Sie ist vor fünf Tagen fort«, fiepst das Mädchen. »Sie ist nicht wiedergekommen.«

»Hat sie eine Ausreisegenehmigung bekommen?«, fragt Dun. »Besucht sie ihre Schwester?«

Das Mädchen schüttelt den Kopf. »Madame Hu hat mir gar nichts gesagt. Aber am nächsten Tag waren Gas und Strom abgestellt.«

Der griesgrämige Mann, der die Tür geöffnet hat, bohrt mir den Finger in die Schulter. »Ihr habt hier nichts zu suchen. Raus mit euch!«

Dun geht einen Schritt auf ihn zu, aber ich lege ihm die Hand auf den Arm.

»Gehen wir. Hier können wir nichts ausrichten.«

Wir treten wieder hinaus in die eiskalte Nacht. Wir gehen fast bis zum Ende des Blocks, bevor ich mich von Dun in die Arme nehmen lasse. Ich vergrabe das Gesicht in seiner wattierten Jacke und kämpfe gegen die Tränen an.

»Tante Hu wäre nicht gegangen, ohne es mir zu sagen.«

»Doch, wenn sie nicht vorhatte zurückzukommen oder wenn sie keine Ausreisegenehmigung hatte. Sie hätte nicht gewollt, dass du in Schwierigkeiten kommst.«

»Aber sie hat noch Blumen dagelassen ...«

»Bestimmt ein Täuschungsmanöver, meinst du nicht, um dich und ihre Dienstmädchen zu schützen? Du kannst der Polizei erzählen, dass du keinen Verdacht hattest.«

Das kann doch nicht sein. »Glaubst du wirklich, sie hat zu fliehen versucht? Sie ist eine alte Frau.«

»Sie ist erst sechzig, ein bisschen älter oder jünger vielleicht.«

»Aber wenn sie erwischt wird, kommt sie für lange Zeit ins Gefängnis. Das würde sie nicht überleben.«

»Sie hat ein tapferes Herz, genau wie du, Pearl. Wir müssen beten, dass sie in Sicherheit ist und über die Grenze kommt.«

Ein tapferes Herz? In meiner Brust fühlt es sich an wie ein geschwollenes, schmerzendes Etwas.

»Lass uns Tee trinken«, sagt Dun. »Dann geht es dir gleich besser.«

Er führt mich in ein von der Regierung geführtes Teehaus. Wir setzen uns so nahe wie möglich an das Kohlebecken, aber selbst hier pfeift die kalte Luft durch die Ritzen und weht uns um die Füße. Schweigend trinken wir unseren Tee. Ich starre in meine Tasse, merke jedoch, dass Dun mich ansieht. Die Tiefe meiner Traurigkeit überrascht mich. Meine Mutter und mein Vater sind beide tot. Meine Schwester ist weit weg. Meine Tochter und meine Enkeltochter sind zwar physisch in meiner Nähe, aber sie könnten genauso gut eine Million Meilen entfernt sein, denn sie dürfen nicht nach Shanghai, und ich darf nicht in die Kommune. Tante Hu war eine der wenigen Verbindungen zu meiner Vergangenheit, und nun ist sie nicht mehr da.

»Pearl.« Ich blicke auf und sehe Besorgnis in Duns Augen. Ich könnte weinen bei seinem Gesichtsausdruck. »Wir wissen nicht, was im Leben passiert. Deshalb ist es wichtig für uns, dass wir uns vorwärtsbewegen, leben, Blumen kaufen …«

»Was redest du?«

»Sieh dir Tante Hu an. Sie hat alle Menschen verloren, die ihr wichtig waren, aber sie hat gehandelt. Wo auch immer sie ist, sie versucht, ein besseres Leben zu finden.« Er hält inne, damit ich darüber nachdenken kann. Dann rutscht er von seinem Hocker auf ein Knie. Der Betreiber des Teehauses kommt besorgt zu unserem Tisch, doch Dun winkt ihn weg. »Wir sind nicht mehr sehr jung, du und ich, und es wird nicht immer alles leicht sein, aber würdest du mir die Ehre erweisen, mich zu heiraten?«

Die Tränen, gegen die ich angekämpft habe, kommen nun doch, aber die Tropfen, die mir über die Wangen laufen, enthalten keine Traurigkeit, sondern große Freude.

»Sehr gerne«, sage ich.

Dun bezahlt unseren Tee, dann sind wir wieder auf der Straße. Wir sind zu glücklich, um direkt nach Hause zu gehen, wo wir nicht für uns sein können. Der beste Weg, um allein zu sein, ist genau hier, zwischen Hunderten von Menschen an der Huaihai-Straße. Wir sind noch nicht weit gegangen, als direkt vor uns eine Limousine anhält. Die Tür öffnet sich, und Z. G. steigt aus.

»Ich habe euch gerade gesehen und musste euch begrüßen.«

Dun legt mir die Hand ins Kreuz – eine Geste der Beruhigung oder der Besitznahme? Z. G. lächelt uns amüsiert an.

»Ich bin auf dem Weg zu einem Dinner«, fährt er fort. »Sie zeigen auch einen Film. Wollt ihr nicht mitkommen? Genau solche Leute wie euch wollen sie dabeihaben, wahrscheinlich eher als mich.«

»Wir haben schon gegessen«, sage ich, auch wenn es nur wenig war.

»Und wir sind auf dem Heimweg«, fügt Dun hinzu.

»Kommt gar nicht in Frage.« Z. G. tritt zwischen uns, hängt sich bei uns ein – genau wie er es vor Jahren mit May und mir gemacht hat, wenn wir zusammen durch die Straßen gingen – und führt uns zur Limousine. »Los, kommt. Steigt ein.«

Z. G. hatte schon immer die Fähigkeit, andere mitzureißen, und bald fahren wir im Eiltempo durch die Straßen, während der Fahrer Fußgänger und Fahrradfahrer anhupt.

»Wo fahren wir hin? Was ist der Anlass?«, frage ich.

»Eine Delegation aus Hongkong ist hier«, erwidert Z. G. »Wir sollen ihnen zeigen, dass es China gut geht, dass niemand Hunger leidet und sie mehr Geschäfte mit uns machen sollen.«

»Eine Delegation aus Hongkong?«, fragt Dun verblüfft. »Das ist doch eine britische Kolonie.«

»Ich weiß«, entgegnet Z. G. resigniert. »Es wird eine dieser Veranstaltungen, die im Neuen China so paradox sind. Einerseits gilt England als ultraimperialistisches Land, denn es war die erste fremde Macht, die nach China eingedrungen ist, und es hält Hongkong immer noch besetzt. Andererseits ist England eines der wenigen Länder, die die Volksrepublik China anerkennen … obwohl es immer noch gemeinsam mit den Vereinigten Staaten – dem ultraimperialistischsten aller Länder – Chinas Mitgliedschaft bei den Vereinten Nationen verhindern will. Wir müssen tun, was wir können, um die wenigen Kapitalisten, die wir haben, für uns zu gewinnen. So, wir sind da.«

Das Auto hält auf der Anlage des Garden Hotel, des früheren French Club. Die hell erleuchtete Fassade und der ummauerte Garten bringen Erinnerungen an Partys zurück, die ich hier mit meiner Schwester besucht habe. Es ist ein komisches Gefühl, die Stufen hinaufzugehen und das Foyer mit den Kristalllüstern, der mächtigen Treppe und den Marmorwänden und -böden zu betreten. Die ehemalige Pracht des Art déco wirkt heruntergekommen und muffig, aber junge Männer und Frauen in alten Hoteluniformen nehmen uns die Jacken ab, führen uns durch das Foyer und dann nach oben in einen der Festsäle. Die Leute dort teilen sich in drei Gruppen auf: Einige tragen die üblichen grauen Anzüge der Elite des kommunistischen China, andere haben bunte *cheongsams* aus Hongkong an, und manche – so wie Dun und ich – tragen zwanzig Jahre alte Kleidung im westlichen Stil.

Dun und ich nehmen zwei Gläser französischen Champagner entgegen. Während Z. G. sich im Raum nach wichtigen Leuten umschaut, stoßen Dun und ich leise an. Er lächelt. Ich lächle. Nun haben wir doch noch die Möglichkeit, unsere Verlobung zu feiern.

Wir setzen uns zu einem aufwendigen Festmahl. Es gibt mehr zu essen, als ich seit meiner Ankunft in China gesehen habe, und es ist fantastisch: ganze geröstete Stubenküken mit frischen Zitronenscheibchen und kleinen Schälchen mit Salz zum Eintunken, süßer Klebreis, in die Löcher von Lotuswurzeln gefüllt und dann gedünstet, damit er so zuckrig wie möglich schmeckt, dünne Tofuscheibchen, frisch und zart wie Eiercreme, mit frischen Jakobsmuscheln, ganze Krebse mit gehackten Frühlingszwiebeln, frischem Koriander und Chili bestreut, Schweinebauch in Honig, weich gekochte Eier mit Kaviar, garniert mit dünnen Scheibchen eingelegtem Gemüse, frittiertes Blattgemüse, überzogen von süßem Sirup, und ein ganzer gedämpfter Fisch. Unser Gastgeber erzählt den Gästen aus Hongkong, es gebe in China so viel zu essen, dass es nicht nötig sei, Reis zu servieren. »Das wäre überflüssig«, sagt er, und die Gäste lachen zustimmend.

Dun und ich essen sämtliche Delikatessen, mit denen »unsere Freunde aus Hongkong« beeindruckt werden sollen, und wir genießen jeden Bissen. Ich spreche in meinem besten britischen Englisch mit einem Herrn, der eine Textilfabrik in Kowloon besitzt. Er möchte eine Fabrik auf dem Festland aufmachen. Ich höre Dun zu, wie er mit einer Frau zu seiner Linken sein Englisch übt. Er ist gewandt und humorvoll. Ab und an werfe ich einen Blick zu Z. G. hinüber. Er sieht gut aus. Er hat nicht abgenommen, und nun verstehe ich auch, warum, wenn er öfter zu Festessen wie diesem eingeladen wird.

Nach dem Essen gehen wir in einen angrenzenden Raum mit einer kleinen Bühne, auf der uns Tänze und Lieder aus der Provinz vorgeführt werden. Dann wird eine Leinwand heruntergelassen, die Lichter werden gedämpft, und ein Projektor beginnt zu surren. Ich rechne mit einer Nachrichtensendung über den Großen Sprung nach vorn. Stattdessen gibt es einen Kurzfilm von Laurel und Hardy, gefolgt von *Ich tanz mich in dein Herz hinein* mit Fred Astaire und Ginger Rogers. Ein Jahr bevor wir Shanghai verließen, habe ich diesen Film mit May im Metropole gesehen. Nach dem Film kommen die Leute von unserem Tisch zu uns und stellen Fragen.

»Fahren alle Amerikaner Auto?«

»Haben alle ein eigenes Flugzeug?«

»Leben alle Leute in solchen Häusern?«

Keiner von ihnen kommt aus Hongkong.

Joy

Eine gute Mutter

An einem Sonntagmorgen im März bemerke ich beim Aufwachen die unnatürliche Stille. Die Hähne und Hennen im Gründrachendorf sind längst verspeist. Die Ochsen, Wasserbüffel und Dorfhunde landeten ebenfalls in den Kochtöpfen. Ich höre keine Mäuse oder Ratten in den Dachsparren und Wänden mehr kratzen, denn auch sie dienten uns als Nahrung. In den Bäumen gibt es keine Vögel mehr, zwischen den Häusern spielen keine Kinder, niemand geht seinen täglichen Arbeiten nach.

Taos Brüder und Schwestern schlafen noch um uns herum. Sie sind erschöpft. Gestern Nacht haben sie sich hinausgeschlichen, um die flaumigen Weizenähren zu stehlen, zwischen den Fingern zu reiben, damit sich das Korn von den Spelzen trennte, und dann die noch grünen Körnchen zu essen. Das verstößt absolut gegen die Regeln, und man wird unverzüglich hart bestraft, wenn man von den Nachtpatrouillen erwischt wird. Man hat schon Leute an den Pagodenbaum auf dem Platz gefesselt und ihnen die Ohren, die Nase oder die Kopfhaut abgeschnitten oder ihnen das Haar im Gesicht, auf dem Kopf oder an den Geschlechtsteilen abgebrannt. Bei anderen wurden die ältesten Söhne getötet, um die Familienwurzeln zu kappen, oder sie bekamen nichts mehr zu essen, bis ihnen nur noch die Baumwollfüllung ihrer wattierten Jacken blieb, sodass sie zwar satt, aber nackt starben.

Ich war sieben Jahre alt, als der Zweite Weltkrieg endete. Später in der Schule diskutierten wir oft darüber, warum sich die

Deutschen nicht gegen ihren Führer aufgelehnt und warum die Juden ihr Leben nicht energischer verteidigt hatten. Jetzt verstehe ich, wie das passieren konnte, denn auch hier gab es keine Aufstände, Proteste oder Erhebungen. Dafür sind wir zu schwach, zu müde und zu ängstlich. Durch den Hunger hat man uns einer Gehirnwäsche unterzogen, und die Leute glauben immer noch an den Vorsitzenden Mao und die Kommunistische Partei.

Niemand darf ohne schriftliche Erlaubnis die Kommune verlassen. Doch selbst wenn wir wegliefen, wohin sollten wir uns wenden? Es ist ja nicht so, dass es hier überall Cafés, Restaurants oder die Anwesen wohlhabender Familien gäbe. Zu betteln hätte gar keinen Sinn. Wir leben in ständiger Angst und haben ständig Hunger. Wir sitzen in der Falle des Schicksals, und unsere Zukunft ist trostlos. Trotzdem versuchen wir optimistisch zu sein, wandeln zynisch ein altes Sprichwort ab. Statt »Es dauert länger als einen kalten Tag, bis ein Fluss drei Fuß tief zufriert« sagen wir uns, dass es länger als fünf Monate dauert, bis man verhungert. Ob das stimmt, wissen wir nicht.

Über den Familienverband in Hongkong habe ich Pakete von meiner Tante bekommen, und auch welche von meiner Mutter aus Shanghai. Sobald die Beamten in der Führungshalle die Briefmarken sehen, öffnen sie die Päckchen und hoffen, darin behördlich zugelassene Nahrungssendungen zu finden. Sie konfiszieren sämtliche Lebensmittel – bis auf die Babynahrung, die sowieso keiner kennt und haben will. Trotzdem durchsuchen die Männer von Brigadeführer Lai immer wieder unser Haus – und auch andere in der gesamten Kommune – nach Lebensmitteln. Jeder, bei dem versteckte Lebensmittel gefunden werden, wird zur Umerziehung durch Arbeit geschickt. Das bedeutet den sicheren Tod, aber es kann auch noch schlimmer kommen.

Die ängstlichen Gesichter der Kinder verraten alles. Sie sind nicht taub oder blind. Sie haben gehört – oder vielleicht sogar gesehen –, wie unsere Nachbarn sich nachts hinausschleichen, um von den Toten Fleisch herauszuschneiden oder die Gliedmaßen von Babys abzureißen, die zum Sterben nach draußen gelegt wurden. Sie haben von Kindern gehört, die in anderen Dörfern der Kommune bei lebendigem Leib gekocht wurden. Sie haben von Schulkameraden gehört, die von ihren Müttern erwürgt wurden, bevor sie zerteilt im Kochtopf landeten. Sie haben von Vätern gehört, die ihre Frauen überreden wollten, ihre Kinder zu essen: »Wir sind noch jung. Wir können noch mehr Kinder bekommen.« Diese Schrecklichkeiten dringen jedoch kaum zu mir durch – so abgestumpft bin ich durch den Hunger. Ich rede mir ein, in unserem Haus könnte so etwas niemals passieren. Fu-shee ist eine gute Mutter, und sie liebt ihre Kinder zu sehr.

Samantha schläft in meiner Armbeuge. Ich ziehe die Decke von ihrem Gesicht weg. Mit Mund und Zunge macht sie saugende Bewegungen. Selbst im Schlaf hat sie Hunger. Sie ist fünf Monate alt, sieht aber eher aus, als wäre sie erst zwei. Ich habe keine Milch mehr, aber ich kann ihr wenigstens die Babynahrung geben. Das ist mehr, als Taos Brüder und Schwestern haben. Als die Kleineren gestern Abend vor Hunger weinten, gab ihnen Fu-shee heißes Wasser zu trinken und sagte, sie sollten auf dem Bauch schlafen, damit sie sich satt fühlten. Aber sie konnten nicht einschlafen. Ihre Mägen gewöhnen sich einfach nicht an die grünen Körner, die verfaulten Knollen, die getrockneten Süßkartoffelblätter oder an aufgesammeltes Laub, Rinde und Wurzeln, und ein Kind nach dem anderen rannte zum Abortkübel. Der Gestank im Hauptzimmer war widerlich.

Ich bekam auch nicht viel Schlaf. Tao und ich haben gestern Nacht getan, was Eheleute tun. Wir haben miteinander geschlafen, um zu bekräftigen, dass alles gut werden wird, und weil es uns daran erinnert hat, dass wir noch am Leben sind. Doch sobald es vorbei war, ekelte ich mich vor mir selbst.

Ich möchte Kumei und Yong besuchen, um mich von meinem Hunger abzulenken und davon, was ich mit Tao getan habe. Ich lege das Baby neben Jie Jie. Ich werde nur ein paar Minuten weg sein. Wahrscheinlich schlafen sie noch, wenn ich zurückkomme.

Ich lasse sie aneinandergekuschelt auf dem Boden liegen, schleiche mich auf Zehenspitzen hinaus und gehe den Hügel hinunter durch das Dorf zum Hofhaus.

Viele der Häuser und anderen Gebäude verfallen, denn entweder wurde das Metall, das sie zusammenhielt, entfernt, um Stahl daraus zu machen, oder man hat mit dem Holz die Schmelzöfen befeuert. Selbst eine Wand in der alten Ahnenhalle, wo Z. G. vor zweieinhalb Jahren seinen Malunterricht gegeben hat, ist eingestürzt. Die Leute, die dort zur Strafe wohnen sollten, sind tot. Vom Pagodenbaum, der einst so stolz in der Mitte des Hauptplatzes stand, haben die Leute alle Rinde und Blätter abgerissen. Der Boden darunter ist blutig. Die Weiden sind kahl wie im Winter. Die Ulmen, die früher am Pfad aus dem Dorf hinaus für Schatten sorgten, sind ebenfalls nur noch Skelette. Die Menschen? Wir schleppen uns von einem Ort zum anderen, mit leeren Augen, denken unablässig ans Essen, und Beine, Bäuche und Stirn sind seltsam aufgebläht.

Vor einer Woche gab es eine neue Durchsage von Brigadeführer Lai: »In der Kantine werden keine Mahlzeiten mehr ausgegeben. Die Massen dürfen sich jetzt das Essen aus der Kantine abholen und mit nach Hause nehmen. Ihr habt euch beklagt, dass euch die gemeinsamen Mahlzeiten zu Hause fehlen. Jetzt könnt ihr wieder mit euren Familien zusammen essen.«

Damit war gemeint, dass er nicht hören will, wenn die Leute über Essen reden, denn das ist gefährlicher geworden, als über Politik zu diskutieren. Er wollte auch nicht mehr mit ansehen, wie Menschen vor Hunger zusammenbrechen und auf dem Boden der Kantine sterben, oder – und das ist noch erschütternder – Verwandten zusehen, wie sie die Toten beweinen. Nun schicken wir immer ein Familienmitglied los, um in der Führungshalle unsere tägliche Ration von einem Viertel *jin* Reis oder anderen Kohlehydraten – weniger als ein Viertel dessen, was man zum Überleben braucht – abzuholen und nach Hause zu bringen. So muss niemand zusätzlich Kraft aufwenden, um zur Kantine zu gehen, und wir können mit unseren Familien sterben, ohne dass andere eine weitere Todesszene mit ansehen müssen.

Es ist anders als letztes Jahr, als nur ein paar ältere Menschen und Babys starben. Jetzt sterben viele. Vor zwei Wochen erfuhren wir, dass mein Schwiegervater an einem Fieber gestorben ist, nachdem er weit von hier entfernt bei einem Bewässerungsprojekt in eiskaltem Wasser gearbeitet hat. Brigadeführer Lai möchte nicht, dass man weiß, wie viele Nachbarn schon umgekommen sind, deshalb dürfen wir kein gelbes Papier vor das Haus hängen, um den Tod meines Schwiegervaters zu verkünden. Uns wurde verboten, öffentlich um ihn zu trauern. Wir durften keine Opfergaben darbringen, um ihm auf seinem Weg ins Jenseits zu helfen. Weit von zu Hause entfernt begraben, fristet er daher nun sein Dasein als hungriger Geist auf ewigen Irrwegen. Und im Buddhismus oder Daoismus können wir auch keinen Trost suchen, aus Angst, als reaktionär zu gelten.

Jeden Tag schwärmen Fu-shee, die kleineren Kinder und ich in die Hügel rund um das Gründrachendorf aus, um Rinde und Blätter von Bäumen abzuziehen, Wurzeln auszugraben und Wildgräser zu suchen. Wir würden alles essen und haben das bereits getan. Aber einen Ledergürtel kann man nicht essen, als wäre er eine knackige Gurke. Man weicht ihn ein, kocht ihn und kaut tagelang darauf herum. Einmal versuchten wir, Kwan-Yin-Erde zu essen – nach der Göttin der Barmherzigkeit benannt. Man nimmt Erde, mischt getrocknetes Gras unter, kocht diese Mischung und isst sie. Das schmeckt unvorstellbar, und keiner von uns hat viel davon gegessen. Das erwies sich letztlich als unser Glück, denn eine Familie oben auf dem Hügel aß das drei Tage hintereinander. Der Lehm wurde in ihren Mägen hart, und sie starben einen qualvollen Tod.

Ich weiß, ich sollte eigentlich wie gelähmt sein, weil ich so viel Entsetzliches mit ansehen musste, doch der Hunger überdeckt alle Gefühle. Ich kann an nichts anderes mehr denken. Der Hunger ist wie eine Schlange, die sich durch mein Gehirn windet, hinunter in den Magen, durch die Finger, die Beine hinunter und dann wieder hinauf zum Gehirn. Ein ewiger Kreislauf.

Im Hofhaus gehe ich direkt in die Küche, denn ich weiß, dass ich Kumei dort finde. Wir sprechen in kurzen Sätzen, um Kraft zu sparen.

»Yong ist tot«, verkündet sie.

»Was machst du jetzt?«, frage ich.

»Sie verstecken. Hoffen, dass niemand sie findet.«

»Aber der Brigadeführer wohnt hier.«

»Er ist vor ein paar Tagen aus dem Hofhaus ausgezogen. Er wohnt jetzt in der Führungshalle.« So viel habe ich Kumei schon lange nicht mehr reden hören, und ich sehe ihr an, wie sie das mitnimmt. »Er sagt, er muss den restlichen Getreidevorrat der Kommune schützen.«

Ich glaube, er hatte einen anderen Grund. Im Hofhaus gibt es neunundzwanzig Zimmer, aber in der Führungshalle ist er ganz allein. Für etwas zu essen tun die Leute alles. Viele Frauen in der Kommune sind zum Hofhaus gelaufen oder gekrochen, um sich dem Brigadeführer für ein einziges Teigbällchen anzubieten. Jetzt werden sie zur Führungshalle gehen, wo sich Brigadeführer Lai nicht beobachtet fühlen muss. Ich frage mich, wie viele Frauen auf dem Hin- oder Rückweg wohl sterben werden.

»Im Hofhaus gibt es viele Verstecke für eine Leiche«, fährt Kumei fort. »Yong ist zu ausgedörrt, um zu stinken. Ich hoffe, ich schaffe es, sie immer wieder zu bewegen und ihre Essenszuteilung zu bekommen.«

Viele Familien tun das. Sie verstecken die Leiche von Mutter, Vater, Bruder, Schwester, Ehefrau, Ehemann, Großmutter oder Großvater im Haus, damit sie in der Kantine jeden Tag eine zusätzliche Ration abholen können.

Ich beiße mir auf die Unterlippe und denke an die alte Frau. Sie hat in den letzten zehn Jahren ihres Lebens so viele Erniedrigungen hinnehmen müssen. Ich schlucke, dann sage ich: »Ich helfe dir, sie zu tragen, wenn du willst.«

Hunger zu leiden ist grausig, aber Kumei nickt dankbar.

»Ta-ming ist sehr schwach«, erzählt sie mir. »Er ist schon zwei Tage nicht von seiner Matte aufgestanden.«

»Hast du denn nichts, was du ihm geben kannst?«

Sie antwortet nicht. Wir kennen die Antwort beide: Nein. Und jetzt, nachdem der Brigadeführer ausgezogen ist, kann sie ihrem Sohn nicht einmal mehr geben, was Lai übrig gelassen hat.

Kumei nimmt mich mit zu Yong, die eingerollt daliegt wie ein Baby. Selbst im Tode trägt sie die weiße Schleife der Denunziation. Kumei und ich setzen uns auf den Bettrand. Ich lege die Hand auf Yongs Knöchel und erzähle meinen beiden Freundinnen, dass ich mit Tao geschlafen habe. Yong antwortet natürlich nicht. Kumei versucht, teilnahmsvoll zu schauen, aber ich weiß, was sie denkt: *Ich brauche etwas zu essen.*

Wir sind in den Klauen des Hungers gefangen, und diese Vorstellung quält uns. So hungrig und schwach wir auch sein mögen, wir wissen, dass wir morgen und die nächsten sechs Tage, bis zum nächsten Sonntag, arbeiten müssen. Wir müssen Pflüge ziehen, Brunnen graben, pflanzen und Unkraut jäten, von sechs Uhr morgens bis sechs Uhr abends. Danach folgt eine politische Versammlung oder eine öffentliche Kritik, und Kraft gibt uns dabei lediglich eine Schale Spiegelsuppe – so dünn, dass man sich darin spiegelt.

Flüchtig betrachte ich mich in Yongs Spiegel. Mein Körper ist dünn wie eine Ginsengwurzel. Meine Hände sind knochig wie getrocknete Zweige. Meine Haut ist durchscheinend. Die Haare hängen leblos herab. Meine Lippen, die weich und voll waren, sind so sehr geschrumpft, dass fast nichts von ihnen übrig ist. Am zwanzigsten dieses Monates werde ich zweiundzwanzig, aber der Hunger hat mich in eine alte Frau verwandelt, die dem Tode nahe ist. Ich denke an meine Freunde Hazel und Leon in Chinatown. Hazel ist wahrscheinlich verheiratet, und Leon hat mittlerweile wohl sein Examen in Yale gemacht. Wenn ich zu Hause geblieben wäre… Was wäre passiert? Vielleicht hätte ich Arbeit, eine eigene Wohnung, mein erstes Auto…

Später gehe ich langsam den Hügel hinauf zu meinem Haus. Auf der Terrasse rührt sich noch immer nichts, aber ich sehe, dass meine Schwiegermutter draußen auf dem Herd einen Topf Wasser aufgesetzt hat: Frühstück.

Tao, Fu-shee, Jie Jie und ein paar der Kinder sind wach und angezogen, bemerke ich beim Eintreten. Sie sitzen auf Hockern und Kisten um den Tisch. Sie sprechen nicht und geben auch sonst keine Geräusche von sich. Sie zappeln nicht und schubsen sich nicht. Sie sind völlig auf etwas in der Mitte des Tisches konzentriert. Sie warten und beobachten es. Irgendwie leuchten ihre Augen wie die von Tieren, und doch sind sie glanzlos wie Erde.

Ich gucke ihnen über die Schulter, um zu sehen, was sie da anschauen. Es ist etwas Kleines, das in eine Decke gehüllt ist.

»Samantha!«, schreie ich.

Ist es möglich, dass sie in den wenigen Minuten, die ich weg war, gestorben ist? Das Bündel bewegt sich. Als ich die Arme ausstrecke, um mein Baby zu nehmen, höre ich ein seltsames bellendes Geräusch. Ich ziehe die Hände zurück. Das ist nicht Sam. Ich weiß, wie sie schreit.

Die ganze Zeit über hat sich mein Mann nicht gerührt. Seine Augen sind wie Kohle – tot und undurchsichtig. Ich zittere am ganzen Körper, als ich über eines der Kinder greife und das Bündel nehme. Ich schlage die Decke zurück. Es ist Sung-lings Baby, das aussieht, als wäre es Stunden, vielleicht sogar Minuten, vom Tod entfernt.

»Wo ist Sam?«, frage ich.

Sie sehen mich an, hungrig, verzweifelt, als hielte ich ihre letzte Mahlzeit im Arm. Entsetzt trete ich einen Schritt zurück. Ich halte tatsächlich ihre letzte Mahlzeit im Arm! Hinter vorgehaltener Hand wurde über etwas geflüstert, was die Bewohner des Schwarzbrückendorfs getan haben. Man nennt es *I Tzu, Erh Shih* – Kind tauschen, Essen kochen: Die Mütter tauschen die Säuglinge, lassen sie sterben und geben sie dann ihren Familien zu essen.

»Wo ist Sam?«, kreische ich entsetzt, aber niemand antwortet.

Ich drücke Sung-lings Tochter an die Brust und renne zum Haus ihrer Eltern. Ich dränge mich durch die Tür und habe eine ähnliche Szene vor Augen wie diejenige, die ich gerade verlassen habe. Parteisekretär Feng Jin und Sung-ling – die früher beide beleibt waren, nun aber abgemagert sind und wächsern aussehen – starren Sam an. Zumindest haben sie so viel Anstand, dabei zu weinen.

Ich reiche Sung-ling ihren Säugling und nehme meine Tochter. Ich drücke sie so fest an mich, dass sie weint. Ich glaube, kein Geräusch hat mich je glücklicher gemacht. Rückwärts gehe ich aus dem Haus.

»Bitte denunziere uns nicht«, sagt Feng Jin schwach. »Sonst werden wir zur Umerziehung durch Arbeit geschickt.«

»Was macht das schon?«, frage ich. »Ihr werdet sowieso sterben.«

Das ist ein Fluch, aber gleichzeitig auch die Wahrheit. Mein Herz rast. Ich bin schwächer und verängstigter, als ich es je für möglich gehalten hätte, aber es gelingt mir, wieder hinaus in die Morgenluft zu gehen. Es ist Frühling. Der Tag wird schön. Wir sollten draußen auf den Feldern sein und die Saat ausbringen, aber wir sterben und verwandeln uns dabei in Tiere. Ich habe vielleicht als Tochter versagt, doch als Mutter kann ich nicht versagen. Meine Mutter hat mir immer gesagt, dass der Himmel nicht alle Türen verschließen kann. Es muss einen Ausweg geben. Ich kehre zu Taos Hütte zurück. Fu-shee und die Kinder liegen wieder auf den Matten auf dem Boden. Die Kinder haben sich zu kleinen Kugeln zusammengerollt und drücken sich an ihre Mutter, wo sie auf den Tod warten. Mir ist das egal. Tao sitzt immer noch am Tisch, die Beine gespreizt, ein Arm hängt herunter, der Mund steht ihm offen.

Ich hole ein Stück Stoff und binde mir Samantha um. Ich lasse sie nicht mehr von mir weg. Ich steige über die anderen, die auf dem Boden liegen, oder gehe um sie herum. Sie blicken zu mir auf wie Geschöpfe aus dem Ozean. Ich packe die letzte Babynahrung, mein amerikanisches Geld und ein paar Anziehsachen für Sam und mich zusammen. Draußen schütte ich etwas von dem kochenden Wasser in Flaschen. Ohne mich umzudrehen, gehe ich den Hügel hinunter, am Hofhaus vorbei, den nächsten Hügel hinauf und wieder hinunter. Ich habe keine schriftliche Erlaubnis zu gehen, aber niemand hält mich auf. Schließlich erreiche ich die Hauptstraße. Von dort aus laufe ich nach Tun-hsi. Es ist keine große Stadt, aber bestimmt finde ich dort jemanden, der verzweifelt oder dumm genug ist, ein paar meiner amerikanischen Dollar in *yuan* zu tauschen. Dann will ich mit dem Boot weiter nach Shanghai und zu meiner Mutter fahren.

Während der letzten paar Wochen habe ich mich häufig gefragt, ob nur die Volkskommune Löwenzahn Nummer acht leiden musste und ob unsere Nahrungsmittelknappheit lediglich eine Frage der schlechten Führung war. Ich muss nicht sehr weit gehen, bevor ich Antworten bekomme. Ich dachte, ich hätte das Schlimmste gerade hinter mir gelassen, aber an der Straße bieten sich mir viele weitere Bilder des Grauens. Ein Mann bietet mir »Kaninchenfleisch« zum Kauf an. Seine Frau sitzt wenige Meter entfernt, die Augen ausdruckslos, auf ihrer Bluse zwei große, nasse Flecken von der Milch, die ihr aus der Brust tropft. Andere schleppen sich die Straße entlang, durch die Felder und um Leichen herum. Suchen sie Nahrung? Wollen sie fliehen? Sind sie so verwirrt und schwach vom Hunger, dass sie nicht wissen, was sie tun? Warum sind hier draußen überhaupt Tote und Sterbende? Man hat uns doch gesagt, dass Flüchtige eingefangen und zur Umerziehung geschickt werden. Vielleicht ist die Zahl der Menschen, die gegen den schneidenden Hunger kämpfen, zu groß, als dass die örtlichen Behörden etwas dagegen unternehmen könnten. Vielleicht herrscht im ganzen Land Hungersnot. Wenn dem so ist, dann müssen Millionen Menschen tot sein oder sterben.

Als ich nicht mehr weiterkann, lege ich mich zum Schlafen an den Straßenrand. Sam habe ich mir eng an den Körper gebunden. Am Morgen setze ich meinen Weg nach Tun-hsi fort, wo ich direkt zur Anlegestelle am Fluss gehe, um eine Schiffsfahrkarte nach Shanghai zu kaufen. An einem Kontrollpunkt werde ich von einem Wachmann abgewiesen, der mir sagt, die Fahrpläne seien um die Hälfte reduziert worden, weil es keinen Treibstoff gebe. Aber selbst wenn ein Boot fahren würde, dürfe ich nicht an Bord gehen.

»Du bist eine Frau vom Land«, sagt er schroff. »Du hast keinen Inlandspass und keine Reisegenehmigung. Du darfst in keine Stadt fahren. Vergiss das mit Shanghai. Geh nach Hause.«

Das werde ich nicht tun. Ich miete eine Rikscha und lasse mich zum Busbahnhof bringen, wo ich wieder nicht durch die Kontrolle am Eingang darf. Mit einer weiteren Rikscha fahre ich zum Bahnhof. Mit dem Zug zu fahren, ist nicht die einfachste oder schnellste Weise, nach Shanghai zu kommen, aber es ist meine letzte Möglichkeit. Auch hier wurde ein Kontrollpunkt eingerichtet, aber ich warte, bis die Wachmänner von einer ganzen hungernden Familie abgelenkt werden, die Unruhe stiftet. Ich schleiche mich an ihnen vorbei. Im Bahnhof heißt es wieder, dass die Züge nur eingeschränkt fahren, doch diesmal habe ich Glück. Ich muss nur drei Stunden auf den Zug warten. Ich kaufe noch heißes Wasser und mische Babynahrung für Samantha. Nachdem ich eingestiegen bin, halte ich mir die Kleine an die Brust, decke sie zu und gebe ihr immer wieder die Flasche. Ich bin noch Stunden von Shanghai entfernt, aber ich fühle mich jetzt schon unglaublich erleichtert. Warum habe ich das bloß nicht schon früher gemacht?

Doch noch bevor wir losfahren, steigen uniformierte Wachmänner in den Wagen und verlangen von jedem die Papiere. Um die Wahrheit zu sagen, man sieht eigentlich sofort, wer nicht im Zug sitzen dürfte. Wir sind diejenigen, die Lumpen tragen, unsere Körper sind unnatürlich aufgebläht, Arme, Beine und Gesichter sind nur Haut auf Knochen. Trotzdem folgen die Wachen den

Vorschriften, sie gehen von einem zum anderen und überprüfen Dokumente und Ausweise. Ich sehe mich um. Gibt es irgendwo ein Versteck? Nein. Kann ich irgendetwas tun, um nicht aus dem Zug geworfen zu werden? Vielleicht kann ich Geld anbieten, aber das Risiko ist groß. Ich könnte festgenommen werden.

Der älteste der Wachmänner kommt auf mich zu.

»Bitte«, sage ich und schlage die Decke zurück, damit er Samanthas Gesicht sieht.

»Du bist davongelaufen. Du musst aussteigen«, sagt der Wachmann, nicht ohne Mitleid. »Du musst zurück in dein Dorf.«

Ich ziehe einen Hundert-Dollar-Schein hervor und hoffe, er ist alt genug, das amerikanische Geld zu erkennen. Er schaut, wie nahe die anderen Wachmänner sind.

»Steck das weg, bevor sie dich sehen«, flüstert er. »Außerdem nützt es nichts. Die Behörden wollen nicht, dass jemand erfährt, wie schlimm es auf dem Land zugeht. Selbst wenn ich dich jetzt im Zug lasse, schicken sie dich später zurück. Und diese Wachleute sind dann vielleicht nicht so verständnisvoll.«

Ich fange an zu weinen, als er mich am Ellbogen nimmt und mich zum Ausstieg führt. Nachdem er mir hinunter auf den Bahnsteig geholfen hat, öffnet er einen Beutel, den er um die Schulter trägt, nimmt zwei Weizenteigbällchen heraus und steckt sie zwischen mich und das Baby in die Decke.

»Geh nach Hause«, sagt er. »Das ist das Beste.«

Noch nie war ich so verzweifelt. Ich verlasse den Bahnhof, setze mich auf die Treppe und esse ein halbes Bällchen. Es schmeckt köstlich, und ich habe großen Hunger, aber ich muss vorsichtig sein. Nachdem ich so lange gehungert habe, ist mein Magen geschrumpft. Von all den Ersatzstoffen ist außerdem meine Verdauung ruiniert. Ich weiß nicht, wie viel Nahrung mein Magen bei sich behält oder wie viel mein Darm verkraftet, aber dieses kleine bisschen verleiht mir – körperlich und geistig – schon mehr Kraft, als ich seit Wochen hatte. Ich gehe durch die Gassen und suche nach einem sicheren Platz zum Übernachten.

Am nächsten Morgen fülle ich Sams Flaschen in einem Laden, der heißes Wasser verkauft, wieder auf, füttere sie und esse die andere Hälfte meines ersten Teigbällchens. Ich achte darauf, dass mir kein Krümel verloren geht. Ich überlege, ob ich die Kraft habe, nach Shanghai zu laufen. Unmöglich. Ich habe noch Geld, aber das lässt sich kaum ausgeben. Ich habe nicht die erforderlichen Gutscheine, und ein Laden nach dem anderen, ein Café nach dem anderen weist mich ab. Schließlich gelingt es mir, etwas Mehl aus getrockneten Süßkartoffeln zu kaufen. Wenn ich zurück ins Gründrachendorf komme, will ich es mit Wasser vermischen und kleine Küchlein aus dem Teig braten. Wenn ich das mit meinem Mann und seiner Familie teile, überstehen wir vielleicht noch ein paar Tage mehr.

Auf dem Rückweg ins Gründrachendorf schlafe ich wieder am Straßenrand. Es sind nur drei Nächte vergangen, aber es liegen noch mehr Tote da, auch der Mann und die Frau, die versucht haben, ihr totes Baby als Kaninchenfleisch zu verkaufen. Niedergeschmettert betrete ich das Gründrachendorf. Immer wenn ich denke, dass es nicht schlimmer werden kann, passiert noch etwas. Ich betrete das Haus. Tao sitzt allein da, fast genau so, wie ich ihn vor vier Tagen verlassen habe. Im Haus herrscht eine unheimliche Stille. Die Kinder sind weg. Taos Mutter ist weg.

»Du hättest nicht zurückkommen sollen«, sagt er.

»Ich kann sonst nirgendwohin.« Ich setze mich auf den Boden, halte mir Samantha an die Schulter und klopfe ihr leicht auf den Rücken. »Wo sind die anderen?«

»Nachdem du gegangen bist, war ich zur Arbeit auf den Feldern.« Er schließt die Augen. »Als ich nach Hause kam, waren die Männer von Brigadeführer Lai dabei, sie zu begraben …« Er öffnet die Augen und starrt mich an.

Zum ersten Mal seit Wochen knurrt mein Magen nicht, verspüre ich keinen entsetzlichen Hunger, aber ich bekomme ein flaues Gefühl. »Was ist passiert?«

»Sie haben ein Loch gegraben. Sie haben meine Mutter und die kleinen Kinder hineingesteckt. Dann haben sie Erde auf sie geworfen. Sie haben sie bei lebendigem Leib begraben.«

Das ist furchtbar und widerwärtig, aber ich denke bei mir, vielleicht können sie sich glücklich schätzen. Sie müssen nicht mehr leiden.

»Du sagtest, die kleinen Kinder. Was ist mit Jie Jie und deinen älteren Geschwistern?«

»Briagdeführer Lai hat sie mit Parteisekretär Feng Jin und Sung-ling aus dem Dorf vertrieben.«

»Wohin?«

Tao schüttelt den Kopf. »Das will mir niemand sagen.«

»Und was ist mit dir?«

Ich fand immer, dass er ein schönes Lächeln hat. Nun verzerrt sich sein Gesicht zu der Totenmaske, wie ich sie bei so vielen Leichen gesehen habe – ausgezehrte, zurückgezogene Lippen, die zu viel Zahnfleisch entblößen, und Zähne, die aussehen wie getrocknete Knochen.

»Ich stelle eine Lektion für die anderen im Dorf dar.«

Ich sollte fragen, wie der Brigadeführer von dem »Kind-tauschen-Essen-kochen«-Plan von Taos Familie erfahren hat, aber eigentlich ist es mir egal. Ich möchte um die Kinder weinen, doch ich habe keine Tränen mehr. Für die anderen sollte ich vielleicht mehr Mitleid empfinden, aber ich tue es nicht. Diese Leute wollten mein Baby eintauschen, um essen zu können. Darüber hinaus rechne ich bereits aus, wie lange mein Süßkartoffelmehl vorhalten wird, wenn nur zwei Menschen statt elf davon leben müssen. Denn aufgeben werde ich nicht. *Der Himmel verschließt nie alle Türen.* Daran muss ich fest glauben.

Ich zwinge mich aufzustehen. Ich hole alle meine Habseligkeiten hervor. Fast alles davon hat mir meine Mutter oder meine Tante geschenkt oder geschickt: Damenbinden, aber ich bin so schwach, dass ich seit Samanthas Geburt keine Periode mehr hatte, das Beutelchen mit den drei Sesamkörnern, drei Mungobohnen und drei Kupfermünzen, das mich schützen sollte, aber vielleicht zu meiner letzten Mahlzeit wird, die hübschen Babysachen von Bullock's Wilshire, die Sam wahrscheinlich nie tragen wird, weil sie nicht lange genug lebt, und die Kamera meiner Mutter. Sie hat sie zusammen mit dem Film dagelassen, damit ich Bilder von meinem neuen Leben mache, doch bis zu diesem Augenblick kam mir der Apparat nutzlos vor.

Ich schmiede einen letzten, verzweifelten Plan, nehme ein Stück Papier und schreibe meiner Mutter einen Brief. Ich muss meine Worte so formulieren, dass Brigadeführer Lai den Brief durchgehen lässt und meine Mutter trotzdem versteht, was ich ihr sagen will. Ich lese den Brief noch einmal durch und stecke ihn in einen wattierten, aus einem Stück Stoff genähten Umschlag. Dann binde ich mir Samantha auf die Brust, nehme die Kamera und den unverschlossenen Brief und verlasse das Haus.

Ich gehe am Hofhaus vorbei und weiter über den Pfad am Bach entlang. An der Abzweigung zum Pavillon der Wohltätigkeit bleibe ich stehen. Das war schon immer ein wenig begangener Weg, deshalb konnten Tao und ich ihn so leicht einschlagen, ohne von anderen beobachtet zu werden. Ich setze mich auf einen Stein, nehme das andere Teigbällchen heraus, das mir der Wachmann im Zug geschenkt hat, und esse es. Ich muss klar und schnell denken können. Ich trinke aus dem Bach, dann gehe ich weiter zur Führungshalle. Ich umrunde das Gebäude und hoffe inständig, das zu finden, was ich brauche. Gleich vor der Tür der privaten Küche des Brigadeführers entdecke ich ein paar Hühnerfedern. Seit Monaten hat keiner von uns ein Ei gesehen, ganz zu schweigen von einem Bissen Hühnerfleisch, aber dem Brigadeführer wurden eigens lebende Hühner gebracht, die für seine Mahlzeiten geschlachtet wurden. Ich nehme ein paar Federn und stecke sie sorgfältig ganz unten in meinen Stoffumschlag. Ich glaube nicht, dass meine Mutter wissen wird, was sie bedeuten, aber ich hoffe, sie fragt jemanden. Dann gehe ich zur Vorderseite des Gebäudes, klopfe an und bitte darum, den Brigadeführer sprechen zu dürfen. Im Gang riecht es nach gekochtem Essen, als ich zu seinem Büro geführt werde. Brigadeführer Lai ist der Einzige in der gesamten Volkskommune Löwenzahn Nummer acht, der nicht abgenommen hat. Auf seinem Schreibtisch liegt deutlich sichtbar eine Pistole. Die Leute sind zu schwach zum Rebellieren, liegt sie also da, um den bettelnden Menschen seine Überlegenheit zu demonstrieren?

»Genossin«, sagt er, »was kann ich für dich tun?«

Ich erhebe die Stimme, damit meine volle Begeisterung für den Großen Sprung nach vorn durchklingt (er soll nicht etwa glauben, ich wollte ihn verführen!). »Meine Mutter und mein Vater müssen das Wandbild sehen, das unsere Kommune gemalt hat.«

»Du möchtest sie hierher einladen?« Sein Gesichtsausdruck sagt mir, dass ich mir das gleich aus dem Kopf schlagen kann.

»Ich lade sie nicht ein, hierher zurückzukehren.« *(Aber, o Gott, bitte mach, dass sie verstehen, wie dringend sie herkommen müssen.)* »Ich möchte, dass mein Vater unser Wandbild den Obrigkeiten der Künstlervereinigung zeigt. Ich bin mir sicher, diese Organisation, die wichtigste für Künstler im ganzen Land, wird in Tao einen vorbildlichen Genossen erkennen …«

»Das möchtest du trotz allem, was er und seine Familie gerade getan haben?«

»Bitte lass mich ausreden. Ich möchte, dass die Künstlervereinigung die Volkskommune Löwenzahn Nummer acht als Modellkommune anerkennt. Und sie muss natürlich auch unserem weitsichtigen Brigadeführer Anerkennung zollen«, füge ich ehrerbietig hinzu. »Ohne deine Führung hätten wir das Wandbild nie schaffen können.«

Er klopft mit einem Fingernagel auf seinen Schreibtisch und überlegt. Dann sagt er genau das, womit ich gerechnet habe.

»Dein Mann hat gesagt, der Inhalt des Wandbilds sei schwarz.«

»Das hat er nur gesagt, weil er böse auf mich war. Mit meiner

Bitte um Scheidung habe ich ihn blamiert. Aber wenn ich ihm jetzt helfe, als vorbildlicher Künstler anerkannt zu werden, wird er mir verzeihen, so wie auch wir beide ihm verzeihen sollten. Er hat fast seine gesamte Familie verloren. Nur noch das Baby und ich sind übrig. Außerdem wird dir deine Milde zu großer Ehre gereichen. Du siehst doch selbst, dass das Wandbild sehr patriotisch ist. Hast du nicht die Raumschiffe gesehen, die gewaltigen Rettiche, die … Du wirst viel Beifall bekommen!«

Dem Brigadeführer gefallen meine Ausführungen, vor allem weil er so viel dadurch gewinnen kann. Trotzdem will er auf keinen Fall, dass jemand von außerhalb in die Volkskommune Löwenzahn Nummer acht kommt. Er täuscht Gleichgültigkeit vor, obwohl es ziemlich offensichtlich ist, was er will.

»Du hast gesagt, du möchtest, dass dein Vater das Wandbild sieht. Wie soll das gehen, wenn er nicht persönlich kommt?«

Ich hole die Kamera meiner Mutter hervor. »Wenn du mir dabei hilfst, ein paar Fotos zu machen, schicke ich den Film nach Shanghai. Noch einmal: Alles Lob gebührt dir und der Kommune. Es wird viele Ehrungen gaben. Niemand wird hierherkommen, aber die Massen werden deinen Namen über Lautsprecher in Häusern und Kommunen im ganzen Land hören.« Ich mache eine Pause, damit er sich dieses Bild vorstellen kann. »Wie du weißt, braucht man dafür nur Beziehungen, und mein Vater …«

»Hat gute *guan-hsi*«, beendet er den Satz für mich. Er schiebt seinen Stuhl vom Schreibtisch weg. »Komm. Erledigen wir es sofort.«

Wir gehen nach draußen. Ich mache ein paar Aufnahmen, um Brigadeführer Lai zu zeigen, wie er mit der Kamera umgehen muss.

»Du kannst das allein. Du brauchst meine Hilfe nicht«, sagt er, womit er natürlich recht hat.

»Ich muss auf ein paar Bildern zu sehen sein«, antworte ich. »Woher sollen meine Eltern sonst wissen, dass das Wandbild aus unserer Kommune ist? Jeder könnte den Film schicken. Du möchtest doch nicht, dass die falsche Kommune das Lob dafür einheimst?«

»Völlig richtig«, stimmt er mir zu.

Ich mache ein paar Schritte rückwärts und stelle mich zu einem Teil des Wandbilds, das Hühner zeigt, die neben Nestern mit fußballgroßen Eiern am Boden picken. Knips. Knips. Nach und nach umrunden wir das Gebäude, bis wir zu der in den Ästen und der Rinde des Baums versteckten Jesusfigur kommen. Knips. Knips.

»Verzeihung, Brigadeführer, könntest du eine Sekunde warten? Ich muss etwas machen.«

Er senkt die Kamera. Ich schäle mich aus meiner Jacke, nehme Sam aus ihrer Schlaufe und halte sie hoch.

»Meine Eltern haben mein Baby noch nicht gesehen«, sage ich. »Bestimmt würden sie gerne ihre Enkeltochter sehen. Das wird die Verbindung zu unserer Kommune noch vertiefen.«

Der Brigadeführer nickt wieder und hält die Kamera hoch.

»Ach, bitte, Brigadeführer, komm doch ein bisschen näher. Ja, noch ein bisschen.«

Ich bin erschöpft vor lauter Angst und Konzentration, aber für die Kamera lächle ich. Ich weiß genau, welche Botschaft diese Aufnahme übermittelt. *Samantha und ich verhungern. Wir sind vielleicht nur Tage vom Tod entfernt. Bitte, helft uns, wenn euch das erreicht. Wenn ihr zu spät kommt, habt ihr zumindest eure Enkeltochter gesehen.* Falls Brigadeführer Lai den Film nicht abschickt, kann ich nichts mehr tun.

Der Brigadeführer reicht mir die Kamera. Ich folge ihm wieder in die Führungshalle. Er setzt sich an seinen Schreibtisch. Ich bleibe stehen, während ich den Film aus der Kamera nehme. Dann will ich die Rolle in den Umschlag mit meinem Brief und den Hühnerfedern stecken.

»Was ist das?«, fragt er.

»Der Film muss doch in einem Umschlag verschickt werden, oder nicht?«

Der Brigadeführer kneift die Augen zusammen. »Was ist da sonst noch drin? Versuchst du, mit außerhalb zu kommunizieren? Das verstößt gegen die Regeln.«

»Ich kann den Film nicht ohne Brief schicken«, sage ich.

»Du darfst keinen Brief schicken.«

»Na gut.« Ich nehme den Film heraus, stecke ihn mir in die Tasche und wende mich zum Gehen.

»Warte! Was steht in deinem Brief?«

Ich ziehe das Blatt Papier heraus und passe auf, dabei nicht die Federn zu erwischen. Ich reiche ihm den Brief. Rasch überfliegt er die Zeilen mit dem überschwänglichen Lob für Brigadeführer Lai wegen seiner Weitsicht und Führung sowie einer Erklärung, was auf dem Film zu sehen ist. Ich habe geschrieben, dass das Wandbild sicherlich das beste im ganzen Bezirk ist, dass es von Tao und anderen Genossen gemalt wurde und eine Botschaft an die Massen sendet, die im Sinne des Großen Sprungs nach vorn ist. Am Ende habe ich noch hinzugefügt, wir würden jeden Abend Huhn essen und ich hoffte, meine Mutter würde mehr von ihren Süßigkeiten schicken. (Ich habe sie darum gebeten, denn ich weiß, dass der Brigadeführer die schon öfter konfisziert hat.) Doch das sind alles nur Worte. Die eigentliche Botschaft liegt in dem Film und den Hühnerfedern. Als der Brigadeführer fertig gelesen hat, blickt er auf. Ich bin recht zuversichtlich, dass er den Brief abschickt, aber um sicherzugehen, halte ich ihm die Kamera hin.

»Die kannst du behalten«, sage ich.

Er reicht mir den Brief, während ich ihm die Kamera gebe. Den Brief und den Film stecke ich in den Stoffumschlag. Der Brigadeführer sieht zu, wie ich den Umschlag zunähe, und passt auf, dass ich nichts hineinstecke oder herausnehme. Als ich fertig bin, gebe ich ihm den Brief.

»Je früher sie das bekommen, desto früher erhältst du dein Lob«, sage ich, verbeuge mich und gehe rückwärts aus seinem Büro, als wäre ich ein einfaches Dienstmädchen aus der Zeit des Feudalismus.

Ich gehe nach Hause, wühle wieder meine Sachen durch und hole den kleinen Beutel heraus, den mir meine Tante geschenkt hat. Ich lege Sam auf eine der Schlafmatten, ziehe ihr die Schnur des Beutelchens über den Kopf und schiebe sie ihr dann wie einen Gürtel über den aufgetriebenen Bauch, damit sie sich nicht erdrosseln kann. Dann lege ich mich neben sie. Ich weiß nicht, wie schnell mein Päckchen das Dorf verlässt oder was damit passiert, wenn es durch die Hände der Zensoren in Shanghai geht. Wird meine Mutter die Post von mir in ein paar Tagen, in einer Woche oder nie erhalten? Ich habe getan, was ich konnte, aber das Ende naht. Von der Babynahrung ist nur noch ein bisschen übrig. Wenn ich die kleinen Schnipsel von meiner Mutter und meiner Tante abnehme, die ich über das Fenster geklebt habe, und sie auskoche, gewinne ich vielleicht genügend Reispaste daraus, um eine dünne Milch zu machen, mit der ich Sam noch eine Weile am Leben halten kann. Doch jetzt saugt sie an meiner leeren Brust, zu schwach zum Klagen. *Das Schwein leidet immer schweigend.*

Ich schließe die Augen. Im Wind und in meinem Herzschlag höre ich die Stimmen der Vergangenheit. Meine beiden Mütter, meine beiden Väter und mein lieber Onkel versuchten alle, mir begreiflich zu machen, dass ich eine völlig falsche Vorstellung von der Volksrepublik China hatte. Am Anfang, damals an der Universität von Chicago, dachte ich, Sozialismus und Kommunismus wären etwas Gutes, alle Menschen sollten alles teilen, und ich fand es ungerecht, dass meine Familie in Amerika gelitten hatte, während andere schicke Autos fuhren, in großen Häusern lebten und in Beverly Hills einkauften. Ich lief weg und kam hierher, in der Hoffnung, eine ideale Welt vorzufinden, meinen leiblichen Vater zu suchen, meiner Mutter und meiner Tante aus dem Weg zu gehen und meine Schuldgefühle zu bekämpfen. Nichts davon funktionierte so, wie ich es erwartet hatte. Die ideale Welt war voller Scheinheiligkeit und Menschen wie Z. G., die auf Partys gingen, während die Massen litten. Dadurch, dass ich meinen leiblichen Vater fand, wurde ich nur daran erinnert, wie wunderbar mein Vater Sam war. Er liebte mich bedingungslos, während Z. G. mich als Muse wollte, als hübsche Tochter, mit der er angeben konnte, als physische Manifestation seiner Liebe zu Tante May, als Künstlerin, die widerspiegeln würde, was für ein großer Künstler er ist. Ich dachte, ich könnte meine inneren Konflikte durch Idealismus lösen, doch durch das Lösen meiner inneren Konflikte zerstörte ich meinen Idealismus.

Während ich meiner Tochter ins Gesicht blicke, wird alles ganz klar. Meine Mutter und meine Tante liebten mich, standen mir zur Seite und unterstützten mich, egal, was war. Sie waren beide gute Mütter. Mein größter Kummer und Schmerz ist, dass ich selbst keine gute Mutter bin und meine Tochter nicht retten kann. Ich bete, dass Samantha in unseren letzten Tagen und Stunden wissen wird, wie sehr ich sie liebe.

Teil vier

Der Drache erhebt sich

Pearl

Durch einen Faden getrennt

Als ich Anfang April eines Tages vom Papiersammeln nach Hause komme, finde ich ein Päckchen von Joy vor. Endlich! Ich eile nach oben in mein Zimmer und schließe die Tür. Das Päckchen ist völlig unversehrt, das heißt, niemand hat es geöffnet oder gelesen, was es enthält. Ich bin so aufgeregt, dass ich mich ganz ungeschickt anstelle, als ich mit der Schere den von Hand zugenähten Umschlag aufschneide. Eine Filmrolle und ein paar Federn fallen auf das Bett. Ich nehme eine der Federn in die Hand und betrachte sie genau. Warum schickt mir Joy Federn? Ich schiebe sie beiseite. Doch wie sehr freue ich mich über den Film! Endlich bekomme ich meine Enkeltochter zu sehen. Der Brief, der das Datum von vor zwei Wochen trägt, enthält Informationen, die mich froh stimmen: »Siehst du den Überfluss, in dem wir hier leben? Jeden Abend essen wir Huhn.« (Das erklärt vielleicht die Hühnerfedern.) Sie schreibt von ihrem Baby. Sie beschreibt den Wandbild-Sputnik, den die Kommune geschaffen hat, und überschlägt sich in Dankesbezeugungen gegenüber Brigadeführer Lai für seine Rolle bei der Fertigstellung des Projekts. Der Brief endet mit der Bitte um weitere Süßigkeiten. Es ist genau, wie ich zu hoffen wagte. Auf dem Land ist alles besser. Ich bin erleichtert und sehr froh, dass es ihr so gut geht.

Ich gehe zum Wintergarten und klopfe an Duns Tür. Ich lese ihm den Brief vor und zeige ihm den Film.

»War sonst noch etwas dabei?«, fragt er.

»Das war alles. Warum fragst du?«

»Sie wirkt so optimistisch. Aber die Zeiten sind eigentlich alles andere als rosig.«

»Sie hat ein Baby und einen Ehemann. Sie ist dort, wo sie sein möchte.«

Er nickt bedächtig und denkt darüber nach.

»In dem Päckchen waren auch ein paar Hühnerfedern«, füge ich hinzu. »Ich dachte nicht ...«

»Zeig sie mir.«

Wir gehen zurück in mein Zimmer, und ich zeige ihm die Federn. Dun betrachtet sie ernst.

»Pearl, vielleicht bedeutet es ja nichts, und ich möchte dich auch nicht beunruhigen, aber da, woher meine Familie kommt, war eine Hühnerfeder ein dringendes Zeichen für eine Notsituation.«

Ich kenne mich mit den Sitten und Gebräuchen auf dem Land überhaupt nicht aus, aber Joy hat sie nun wohl gelernt. Sofort ändert sich meine Stimmung, und ich bekomme Angst.

Ich halte den Film hoch. »Vielleicht hat sie hiermit auch eine Botschaft geschickt. Und wenn es eine Botschaft ist, dann gibt das Fotostudio die Abzüge vielleicht nicht heraus.« Meine Stimme zittert. Ich darf keine Angst haben. Als ich weiterspreche, höre ich die Kraft eines Drachen. »Gehen wir zu Z. G. Er ist Künstler. Er wird einen Fotografen kennen, der den Film entwickeln kann.«

Als wir bei Z. G. ankommen, ist es sieben Uhr. Die Dienstmädchen lassen uns herein. Z. G. ist natürlich nicht da.

»Der Herr ist bei einem Bankett«, erzählt uns das Mädchen mit der Bob-Frisur.

Das ältere Dienstmädchen seufzt. Sie wird ihren Untergebenen nie etwas beibringen können, dennoch wird uns umgehend Tee serviert, und die Mädchen ziehen sich zurück. Dun setzt sich in einen Sessel, ich gehe ungeduldig auf und ab. Es ist schon nach elf, als Z. G. nach Hause kommt. Ganz Mann von Welt – wie ein Filmstar –, zeigt er keinerlei Überraschung, dass Dun und ich so spät am Abend hier sind.

»Haben euch meine Mädchen gut versorgt?«, fragt er. »Habt ihr schon gegessen? Dürfen sie euch noch Tee bringen?«

Ich stehe völlig verzweifelt hier, und er denkt an Benimmregeln.

»Wir glauben, Joy ist in Schwierigkeiten. Sie hat einen Film geschickt. Kennst du jemanden, der ihn entwickeln kann?«

Dun erklärt das mit den Hühnerfedern. Auch Z. G. kennt ihre Bedeutung, aus einem Märchen, das ihm seine Großmutter erzählt hat. Die sorgenvolle Miene der beiden Männer macht mir Angst, aber ich versuche ruhig zu bleiben. Mit einer Handbewegung bedeutet uns Z. G., ihm nach draußen zu folgen. Wir eilen durch die verlassenen Straßen. Es ist kurz vor Mitternacht. Im Neuen China gibt es keine nächtlichen Spaziergänger, Leute auf dem Weg in Nachtclubs oder Teehäuser, um ein letztes Glas zu trinken, keine Prostituierten, die darauf warten, ihre Liebesdienste an den Mann zu bringen. Nur wir drei laufen durch Gasse um Gasse. Dann biegen wir in einen Hof ein und steigen vier Treppen hinauf. Z. G. hämmert an eine Tür. Ein Mann in grauem Unterhemd und ausgeleierten Hosen macht auf.

»Hallo, Z. G., lange nicht gesehen. Aber es ist spät. Was machst du hier?« Er reibt sich den Schlaf aus den Augen.

»Alter Freund, du musst mir einen Gefallen tun«, sagt Z. G. und schiebt den Mann zurück in die Wohnung.

Innerhalb weniger Minuten stehen wir vier gedrängt in einer winzigen Dunkelkammer, nur erleuchtet vom Schein einer nackten roten Glühbirne, die an einem Kabel von der Decke hängt. Der Fotograf mischt Chemikalien zusammen und entwickelt den Film. Er hängt die Negative an einer Schnur auf, und wir warten ungeduldig, bis sie getrocknet sind. Dann macht er Kontaktabzüge, die in eine Schale mit einer Lösung gelegt werden. Das erste Bild, das in der Flüssigkeit zu sehen ist, zeigt eine Eule, die auf eine Seite der Führungshalle gemalt wurde. Der Fotograf saugt Luft zwischen den Zähnen ein. »Nicht gut«, murmelt er. Die beiden anderen Männer nicken finster.

»Was ist los?«, frage ich.

»Eulen versteht man immer als Kritik«, erklärt Dun. »Und dazu noch die Hühnerfedern.«

Z. G.s Freund hängt den ersten Abzug an die Schnur und vergrößert dann noch weitere Aufnahmen von den Wandbildern auf allen Seiten der Führungshalle, dazu einige Details in Großaufnahme. Raumschiffe, gigantische Maiskolben und noch mehr Hühner. Die Bilder meiner Tochter lassen sich mühelos von denen Taos oder der anderen, die mitgeholfen haben müssen, unterscheiden. Dann kommen Aufnahmen von Joy, die vor dem Wandbild steht, mit hagerem Gesicht, gekleidet in mehrere Schichten wattierter Sachen. Sie hält Samantha im Arm, die ebenso vermummt ist.

»Warum zeigt sie denn das Baby nicht her?«, frage ich. »Ich bin die Großmutter. Ich möchte es sehen.«

Trotz meiner Ungeduld hängt Z. G.s Freund in aller Ruhe einen Abzug nach dem anderen an die Schnur. Auf dem nächsten Bild sieht man Joy, die vor einer Gestalt steht, die für mich wie Jesus am Kreuz aussieht, aber vielleicht bilde ich mir das nur ein. Wieder schüttelt der Fotograf den Kopf. Macht er sich Sorgen um die Sicherheit meiner Tochter oder um seine eigene? Dann legt er die letzte Aufnahme in das Entwicklerbad. Mit einer Zange schüttelt er die Flüssigkeit vom Papier ab. Das Bild, das nun entsteht, werde ich mein Leben lang nicht vergessen. Joy hat die Jacke ausgezogen und das Baby ausgewickelt. Derjenige, der die Aufnahme gemacht hat, ist näher herangekommen, und ich kann meine Tochter und meine Enkeltochter besser erkennen. Wenn ich nicht wüsste, dass das Joy ist, würde ich sie nicht erkennen. Sie sieht eher aus wie ein Geist als ein Mensch. Lange stehen wir schweigend da und versuchen zu begreifen, was das bedeutet. Dun spricht als Erster.

»Wir müssen sie holen. Wir müssen sie jetzt sofort holen.«

»Er hat recht«, sagt Z. G. »Wir müssen dorthin. Wir müssen sie holen.«

»Aber wie?«, frage ich.

»Wir könnten Reisegenehmigungen beantragen, aber …« Dun zögert, will das Offensichtliche nicht aussprechen. Selbst wenn wir Reisegenehmigungen beantragen würden, gäbe es keine Garantie, dass wir sie auch bekämen. Und wenn wir sie bekämen, wäre es wahrscheinlich zu spät.

»Wir könnten laufen«, schlage ich vor.

»Es ist zu weit«, sagt Z. G. »Fast vierhundert Kilometer.«

Das lasse ich nicht gelten. »Meine Mutter, meine Schwester und ich haben Shanghai auch zu Fuß verlassen.« Ich höre die Panik in meiner Stimme. Aber selbst wenn wir die vierhundert Kilometer laufen könnten, würden wir niemals rechtzeitig ankommen. Ich betrachte die Bilder, und Verzweiflung überkommt mich. Da fällt es mir schlagartig ein. »Sie hat auch einen Hinweis darauf geschickt, wie wir sie offiziell holen können.«

Die anderen sehen mich fragend an.

Ich zeige auf die Fotos vom Wandbild. »Joy hat geschrieben, es sei ein ›Vorbildprojekt von einer Vorbildkommune‹.«

Z. G. knetet sein Kinn und nickt bedächtig und nachdenklich. »Wir bekommen die Erlaubnis«, sagt er schließlich. »Wir gehen zur Künstlervereinigung, sobald sie aufmacht. Wir überzeugen die Zuständigen davon, uns hinzuschicken.«

Das halte ich für unwahrscheinlich, aber ich muss Z. G. vertrauen, sonst werde ich noch verrückt. Er nimmt die Aufnahmen von der Schnur ab und reicht sie mir.

»Geh nach Hause. Hol dir etwas zum Anziehen und …«

»… zu essen«, beende ich den Satz für ihn.

»Wir haben noch etwas Reis«, sagt Dun.

»Und ich besorge noch mehr«, füge ich hinzu. Dun runzelt die Stirn. Er weiß von den Sondergutscheinen, die ich von der Kommission für Belange von Überseechinesen bekomme, aber ich habe ihm nicht erzählt, wie viel amerikanisches Geld ich habe oder dass ich damit Nahrungsmittel auf dem Schwarzmarkt kaufe. »May hat auch Lebensmittel geschickt. Die bringe ich mit, und was ich aufgespart habe – braunen Zucker und …«

»Du bist eine Mutter«, unterbricht mich Z. G. »Du weißt, was Joy und das Baby brauchen werden.« Stirnrunzelnd sieht er auf die Uhr. »Jetzt ist es eins.«

Das bedeutet, es fahren keine Busse mehr. Wir stehen bereits vor dem ersten Hindernis.

»Wir gehen jetzt zurück zu dir nach Hause«, sage ich. »Um fünf, wenn die ersten Busse fahren, brechen wir auf, packen unsere Sachen, und um acht sind wir wieder bei dir.«

Wir danken dem Fotografen und gehen auf demselben Weg zurück zu Z. G. Wir sollten schlafen, aber das können wir nicht. Als Dun und ich ein paar Stunden später in mein Wohnviertel fahren, herrscht schon frühmorgendlicher Betrieb. Wir kaufen zu essen, was wir bekommen können. Wenn wir näher am Gründrachendorf sind, wollen wir noch Ingwer und Sojamilch besorgen.

Die anderen Mieter sind natürlich misstrauisch.

»Warum nimmst du Reis aus dem Behälter?«, fragt die Witwe. »Das darfst du nicht.«

»Lauft ihr zusammen weg?«, fragt Koch. »So etwas wird im Neuen China nicht geduldet ...«

»Ihr werdet uns alle in Schwierigkeiten bringen«, klagt eine der Tänzerinnen.

Ich kann und will ihnen nicht zuhören.

Um acht sind wir wieder bei Z. G. Wir lassen unsere Sachen im Eingang stehen und gehen zu dritt zur Künstlervereinigung. Als sie öffnet, bittet Z. G. darum, den Direktor sprechen zu dürfen, und wir werden in sein Büro geführt. Als ich zum ersten Mal hier war, um Joy und Z. G. zu suchen, war der Mann pummelig; nun ist er ausgemergelt und grau. Z. G. legt ihm die Aufnahmen vom Wandbild – ohne die Fotos von der Eule, dem Christus und Joy und dem Baby – auf den Schreibtisch. Ich lese Joys Brief vor, in dem sie die Kommune lobt, insbesondere die Rolle ihres Ehemanns, der diesen besonderen Sputnik gestartet hat.

Als ich fertig vorgelesen habe, sagt Z. G.: »Du solltest Feng Tao und seine Frau nach Shanghai holen.«

»Aus welchem Grund sollte ich das tun?«, fragt der Direktor skeptisch.

»Weil der Junge zu den Lieblingen des Vorsitzenden Mao gehört«, antwortet Z. G. »Vor zwei Jahren wurde seine Arbeit beim Neujahrsplakatwettbewerb eingereicht.«

»Der Wettbewerb, den du gewonnen hast«, bemerkt der Direktor.

»Ja, aber Feng Tao war mein Schüler, und das ist ein Vorbildprojekt von einem vorbildlichen Bauern«, fährt Z. G. fort. »Wenn du ihn nach Shanghai holst, wird unserer Niederlassung der Künstlervereinigung die Ehre dafür zuteil, denn was sie geleistet hat, ist eine Folge deiner Klugheit.«

»Deiner Bestrafung, meinst du«, bemerkt der Direktor trocken und gibt keinen Zentimeter nach.

»Ich werde noch mehr Zeit auf dem Land verbringen, um die Massen zu unterrichten«, bietet Z. G. an, »wenn es sein muss.«

Ich habe eine andere Idee. Ich öffne meine Tasche und halte ihm amerikanische Dollars hin. Der Direktor nimmt sie, genau wie beim letzten Mal.

»Du und die Frau, ihr fahrt aufs Land, um die gute Nachricht zu überbringen, dass das Wandbild unter der Schirmherrschaft der Shanghaier Künstlervereinigung an Peking gemeldet wird«, verkündet der Direktor. »Bringt den Jungen und seine Familie hierher. Ich werde die Kader in der Kommune vorab informieren, damit sie wissen, dass ihr kommt. Aber ich stelle nur vier Reisegenehmigungen aus. Der da« – er zeigt auf Dun – »hat keinen Grund mitzufahren.

Ich will, dass Dun mitkommt, ich brauche ihn bei mir, aber der Direktor lässt sich nicht überreden.

Zum Gründrachendorf zu kommen, wird nicht einfach sein. Der gesamte Schiffs- und Zugverkehr wurde eingeschränkt. Z. G. hat ein Auto, aber er kann nicht fahren, und wir können uns nicht vom Chauffeur hinbringen lassen, weil der keine Reisegenehmigung hat. Nach einigen Diskussionen ziehen mir Z. G.s Dienstmädchen eine ihrer Uniformen an, damit ich mehr wie ein Fahrer aussehe und man sich nicht an unserem Äußeren stört. Mittags ist Z. G.s Limousine »Rote Fahne« gepackt, und wir sind startbereit.

»Pass auf dich auf«, sagt Dun. »Komm zurück zu mir.«

»Ganz bestimmt«, antworte ich. Als wir uns umarmen, flüstere ich ihm ins Ohr: »Ich liebe dich.«

Dann reicht mir Z. G.s Chauffeur die Autoschlüssel. Ich öffne Z. G. die hintere Tür. Als er eingestiegen ist und die blauen Vorhänge zugezogen sind, gehe ich um das Auto herum zur Fahrerseite, steige ein, lasse den Motor an und setze den Fuß auf das Gaspedal. An der Ecke werfe ich einen Blick in den Rückspiegel, um Dun ein letztes Mal zu sehen.

Am Stadtrand von Shanghai kommen wir an einem Auffanglager für Bauern vorbei, die dabei erwischt wurden, illegal in die Stadt einzudringen. Von hier aus geht es nur sehr langsam voran. Die Straßen sind in einem schrecklichen Zustand – manchmal sind sie vor lauter Schlamm und Spurrinnen beinahe unpassierbar –, doch unser größtes Problem sind die Straßensperren. Alle paar Meilen halten wir an, weil unsere Papiere überprüft werden. Wir fahren gegen den Strom. Die Straßensperren sollen verhindern, dass noch mehr Bauern ihre Dörfer verlassen, um in die Stadt zu kommen – und wir sehen viele Leute, die abgewiesen und nach Hause geschickt wurden. Obwohl wir in die entgegengesetzte Richtung fahren, habe ich bei jeder Kontrolle schweißnasse Hände, und mein Herz rast.

Gegen Mitternacht erreichen wir Tun-hsi. Wir nehmen Zimmer in einem Gästehaus, aber wie könnten wir schlafen? Am nächsten Morgen gehen wir nach unten, um zu frühstücken. Es ist ein frischer Frühlingsmorgen, und wir sitzen draußen an einem Tisch unter einem Baum. Der Wirt will unsere Reisbezugsscheine aus der Stadt nicht einlösen, deshalb gibt es für uns keinen Reisbrei. Stattdessen bekommen wir eine Suppe aus Wasser und Blattgemüse. Dann erleben wir eine Szene wie aus einem der Gruselfilme, die Joy so gerne im Fernsehen angeschaut hat. Menschen – wandelnde Skelette, Zombies – tauchen aus allen Ecken, Gassen und Häusern auf. Sie starren uns an, während wir essen. Kaum sind wir aufgestanden, lösen sich ein paar aus der Menge, schnappen sich unsere Schalen und lecken sie aus.

Ein paar Meilen außerhalb von Tun-hsi tut sich vor uns eine Landschaft wie aus einem Albtraum auf. In Lumpen gekleidete Menschen kriechen an der Straße entlang. Tote liegen auf den Feldern und der Straße. Eigentlich müsste es ganz grauenhaft stinken, aber an den Leichen ist kein Blut oder Fleisch mehr, das noch verrotten könnte. Sie gleichen Mumien – grau und ausgemergelt. Wilde Hundemeuten laben sich an den Toten. Ich fahre langsam, steuere immer wieder von einer Seite zur anderen, um den schauerlichen Hindernissen auszuweichen. Z. G. sitzt hinter mir. Es könnte immer noch passieren, dass wir angehalten werden, und der Herr würde nie neben dem Fahrer sitzen. Ich schaue immer wieder in den Rückspiegel. Z. G.s Augen sind vor Entsetzen geweitet. Wir haben beide fürchterliche Angst um Joy.

Nach einer Kurve trete ich mit voller Kraft auf die Bremse. Mitten auf der Straße liegen ein Mann und eine Frau. Ich kann nicht um sie herumfahren. Wir sitzen im Auto, der Motor läuft leer.

»Was machen wir jetzt?« Ich halte das Lenkrad fest umklammert.

»Geben wir ihnen etwas zu essen. Vielleicht können wir sie so von der Straße wegbewegen.«

Ich möchte nicht aus dem Auto aussteigen, aber ich überwinde mich. Z. G. und ich holen ein paar Kräcker aus dem Kofferraum. Zögerlich gehen wir damit auf die beiden zu, die Arme ausgestreckt. Der Mann hebt die Hand, um nach Z. G.s Kräcker zu greifen, und bricht tot zusammen. Die Frau nimmt den Kräcker entgegen, drückt ihn an die Brust und rollt sich zu einer kleinen Kugel ein, um ihn zu schützen.

»Du solltest versuchen, ihn zu essen«, sage ich sanft. Die Frau starrt ihren toten Gefährten an, mit leerem Blick schützt sie ihren Schatz. Fast kommt es mir vor, als hätte ich ihr das wertvollste aller Weihnachtsgeschenke gegeben, etwas, das aufbewahrt und in Ehren gehalten werden muss – damit es nie kaputtgeht, geschweige denn gegessen wird.

Z. G. beweist Mut, den ich ihm nie zugetraut hätte, packt den Toten an den Fersen und schleift ihn an den Straßenrand. Dann helfe ich ihm, die Frau zu tragen. Als wir fertig sind, sagt er schroff: »Komm schon. Wir müssen weiter.«

Wir müssen noch mehrere Male anhalten, um Tote oder Sterbende aus dem Weg zu räumen. Die Sonne steht strahlend am Himmel. Jedes Mal, wenn ich aus dem Auto steige, rechne ich mit vollkommener Stille – kein Gesang, keine Geräusche von Feldarbeit, keine Tierlaute, kein Vogelgezwitscher –, aber die Zikaden, denen die Sorgen der Menschheit einerlei sind, zirpen unablässig. Dann hören wir beim Anhalten über dem Zirpen der Zikaden plötzlich das Wimmern, Heulen und Weinen von Kindern und Babys – es bohrt sich mir direkt ins Herz. Z. G. und ich suchen die Felder nach dem Ursprung dieser Laute ab, die aus allen Richtungen zu kommen scheinen.

Vor uns, nicht weit vom Straßenrand, bewegt sich etwas – ein wütendes Hüpfen von Kopf und Schultern eines kleinen Mädchens. Die Eltern haben ein Loch gegraben, so tief, dass das Mädchen nicht mehr herauskann, und ihre Tochter dort zurückgelassen. Sie mussten gehofft haben, dass jemand haltmacht und sie mit nach Hause nimmt. Ich mache ein paar Schritte auf das Loch zu, damit ich hineinschauen kann. Das Mädchen ist nackt. Ihre Haut hängt herunter wie runzlige Tofuhaut, der Bauch ist aufgetrieben und lila. Da packt mich Z. G. an den Schultern.

»Schau.« Er zeigt auf andere Stellen auf dem Feld.

Auch dort wurden Kinder und Babys in Löchern zurückgelassen. Sie sind überall. Ich glaube, mir wird schlecht.

»Das ist furchtbar, aber wir müssen weiter«, sagt Z. G.

»Aber …« Ich deute auf das Feld.

»Wir können ihnen nicht helfen. Wir müssen Joy und ihr Baby holen.«

Ich bin völlig verzweifelt. Wenn ich auch nur eines dieser Kinder rette, ist es vielleicht zu spät für mein eigenes Fleisch und Blut. Ich verschließe die Ohren und mein Herz, steige wieder ins Auto ein und fahre weiter.

Schließlich kommen wir bei der alten Ausstiegsstelle zum Gründrachendorf an. Da der Direktor der Künstlervereinigung bereits Bescheid gesagt hat, rechne ich mit einer Empfangsabordnung, so wie beim letzten Mal. Stattdessen ist die Straße unheilverkündend leer und ruhig, während der Fußweg, den wir sonst ins Gründrachendorf genommen haben, mit Sägeböcken und anderem Unrat versperrt wurde. Ein Schild mit einem Pfeil zur Volkskommune Löwenzahn Nummer acht weist auf eine neue Straße, die durch die Felder und um die Hügel herumführt, die das Gründrachendorf umgeben. Die Kader der Kommune hätten das nicht gemacht, wenn sie nicht wollten, dass wir Joy und das Baby dort sehen – an dem Ort, wo sich das Wandbild befindet.

Ich nehme die Straße ins Zentrum der Kommune. Hier sind der Glücksgarten für die Alten, der Kinderhort und die Klinik. Die aus Maisstauden bestehenden Wände der Kantine sind jedoch auseinandergebrochen, und das Dach ist eingefallen. Und da steht die Führungshalle, genau wie auf den Fotos, die Joy geschickt hat, mit dem kritischen, jedoch erstaunlich bunten Wandbild. Neben der Halle springen kleine Kinder herum und spielen auf Haufen von offensichtlich frischem Heu. Sie klatschen in die Hände und rufen: »Willkommen! Willkommen!« Sie führen ein Theater auf, als würde ihr Leben davon abhängen, und vielleicht tut es das auch, denn ihre Bäuche sind vom Hunger aufgetrieben, und den Ausdruck in ihren Augen sollte niemand zu sehen bekommen. Eine Gruppe Erwachsener, sauber, aber abartig dünn, hält Schilder mit huldvollen Begrüßungsworten in der Hand und singt Lieder zum Lob des Großen Sprungs nach vorn, doch auch ihre Begeisterung – oder ihre Energie – ist nicht ehrlich.

Brigadeführer Lai tritt vor. Er sieht noch genauso aus wie beim letzten Mal. Er begrüßt uns und bedeutet uns, das Gebäude zu betreten. Ich gehe rasch hinein, denn ich erwarte, Joy dort zu sehen. Immerhin hat sie den Brief geschrieben. Der Brigadeführer musste davon wissen, sonst wäre der Brief nicht angekommen. Wenn ich es mir jetzt überlege, war er wahrscheinlich sogar derjenige, der die Aufnahmen von ihr und dem Baby gemacht hat. Ein runder Tisch ist für ein Festessen gedeckt.

»Wir haben für unsere ehrenwerte Gäste ein Festmahl mit zwanzig Gängen vorbereitet«, verkündet Brigadeführer Lai.

Der Tisch ist für drei gedeckt.

»Wo ist meine Tochter?«, frage ich.

»Sie ist mit dem Künstler zu Hause. Es besteht kein Grund, sie zu besuchen. Greift zu! Greift zu!« Er klatscht erwartungsvoll in die Hände. »Nach dem Essen kann Li Zhi-ge seine Auszeichnung überreichen.« Er verneigt sich unterwürfig. »Ich hoffe, ich bin nicht voreilig und habe zu viel erwartet …«

Ich laufe nach draußen. Die Männer, Frauen und Kinder, die noch vor wenigen Augenblicken herumsprangen, winkten und sangen, sitzen in der Hocke und schieben sich kleine Reisbällchen – wahrscheinlich eine Belohnung für ihre Aufführung – in den Mund, während ein Wachmann zusieht. Zu Fuß bin ich in etwa zehn Minuten im Gründrachendorf. Wenn ich zurück zur Kreuzung fahre und von dort aus laufe, sind es mehrere Meilen.

Z. G. nimmt mich am Arm. »Gehen wir.«

Wir eilen den Pfad entlang, der neben dem Bach verläuft. Nach wenigen Minuten überqueren wir die kleine Steinbrücke und betreten das Gründrachendorf. Überall liegen Tote. Auf der Straße war der Geruch nicht so schlimm, aber hier stinkt es widerlich nach Tod und Verwesung. Ich schaue den Hügel hoch zum Haus von Taos Familie. Ich sehe keine Lebenszeichen, aber im ganzen Dorf herrscht Totenstille.

Z. G. rennt den Hügel hinauf. Ich folge ihm nach. Die Haustür steht offen. Die Küche vor dem Haus sieht aus, als wäre sie längere Zeit nicht benutzt worden. Drei rostige Schubkarren lehnen an der Wand. Dieselbe kaputte Leiter liegt immer noch abgeknickt herum. Niemand hat sie repariert, seit ich zum ersten Mal hier war.

Z. G. starrt mich an. Seine Tochter, meine Tochter – sie ist drinnen. Ich hole Luft, um mein Herz zu beruhigen und mich auf das Schlimmste gefasst zu machen, was sich eine Mutter nur vorstellen kann.

Wir betreten das Haus. Der Raum ist dunkel, kalt und feucht. Papierfetzen hängen an den Fenstern. Auf dem Boden liegen Schlafmatten, aber niemand liegt darauf. In einer Ecke nehme ich eine leichte Bewegung wahr. Tao. Er sieht schlimm aus.

»Wo ist Joy?«, frage ich.

Ich folge der Richtung seines Blicks und sehe einen Haufen wattierter Kleidungsstücke in einer anderen Ecke. Ich renne durch das Zimmer und knie mich neben den Haufen. Ich ziehe sanft daran, und er kippt nach vorne. Joy. Ihre Haut sieht aus wie altes Pergament. Ihre Wangen sind eingefallen, und ihre Lippen haben eine bläuliche Färbung. Ich schnappe nach Luft, bin mir sicher, dass wir zu spät gekommen sind, aber bei dem Geräusch schlägt sie die Augen auf. Sie leuchten hell – starren mich fiebrig und leer an. Sie bewegt den Mund, aber es kommt kein Ton heraus. »Mama.«

Ich schlucke mein Entsetzen und meine Angst herunter. Es kann nicht zu spät sein.

»Setz Wasser auf, Z. G. Beeil dich.«

Als er wieder hinausgeht, ziehe ich Joys Kleider noch mehr zurück, und da, an ihrer nackten, aber geschrumpften Brust ist meine Enkeltochter. Auch sie ist am Leben. Ich öffne meine Tasche, hole das Päckchen braunen Zucker heraus und lasse ein paar Kristalle in Joys Mund fallen. Das Gleiche mache ich bei dem Baby.

Z. G. kehrt mit einem Topf heißem Wasser zurück. Ich brühe einen leichten Tee aus braunem Zucker und ein paar Scheibchen frischem Ingwer auf. Während Z. G. ihn umrührt, suche ich ein Messer. Ich schneide mir in den Arm und lasse das Blut in einen Becher tropfen. Jahrtausendelang haben das Schwiegertöchter in Zeiten des Hungers für ihre Schwiegermütter gemacht, aus Ehrfurcht und Respekt. Ich tue es, weil ich meine Tochter liebe. Z. G. gießt wortlos Tee auf das Blut. Ich löffle Joy ein bisschen in den Mund, während Z. G. einen anderen Löffel für das Baby anbläst, um ihn zu kühlen. Unsere Blicke treffen sich. *Und jetzt?*

Ich bin hin- und hergerissen. Sollen wir hierbleiben, bis sie wieder bei Kräften sind, oder sollen wir versuchen, sie so schnell wie möglich nach Shanghai zu bringen? Was wird passieren, wenn der Brigadeführer merkt, dass wir zurück nach Shanghai wollen? Es steht fest, dass er Lebensmittel gehortet hat, während gleichzeitig Menschen in der Kommune starben. Welche Strafe würde ihn dafür erwarten, und was würde der Brigadeführer alles tun, um seine Schandtaten nicht ans Licht kommen zu lassen? Wir müssen hier weg, und zwar schnell.

Ich habe wenig Hoffnung. Z. G. ist bloß Künstler, und dazu noch ein Hasenkünstler. Mit einer Notsituation kann er nicht gut umgehen, aber dann wird mir urplötzlich klar, dass ich das genauso wenig kann. Meine Schwester hat immer alle Schwierigkeiten für uns gelöst. Was würde May tun? Nachdem ich vergewaltigt worden und meine Mutter gestorben war, legte mich May in einen Schubkarren und brachte mich in Sicherheit.

»Kannst du einen Schubkarren schieben?«, frage ich Z. G.

Wir schnappen uns ein paar Steppdecken und polstern damit zwei der Schubkarren aus. Dann trägt Z. G. Joy und das Baby nach draußen und legt sie auf die Decken. Während er zurückgeht, um Tao zu holen, gebe ich Joy noch mehr von dem Bluttee und einen halben Kräcker, den ich vorgekaut habe. Z. G. kommt wieder aus dem Haus. Er stützt Tao, der gerade noch genug Kraft hat, um zu laufen. Als Joy ihn sieht, murmelt sie etwas und schüttelt den Kopf. »Nein, nein, nein.« Sie muss im Delirium sein.

Ich streiche ihr die Haare aus der Stirn. »Jetzt wird alles gut.«

Joy wendet den Kopf ab und schließt die Augen. Z. G. und ich heben unsere Schubkarren an und gehen los. Der erste Teil ist einfach. Joy wiegt fast nichts, und es geht bergab. Beim Hofhaus biegen wir rechts ab. Vor dem Eingangstor bleibe ich stehen.

»Warte!«, rufe ich Z. G. zu und renne schnell ins Haus. Kumei, Yong und Ta-ming sind nicht in der Küche. Ich eile durch die Höfe in Kumeis Schlafzimmer. Sie liegt auf dem Bett. Ta-ming sitzt im Schneidersitz neben ihr. In seinen Mundwinkeln und Augen krabbeln Fliegen. Er ist nur ein Haufen spitzer Knochen. Sein Blick ist leer.

»Ta-ming«, sage ich leise.

Er starrt weiter seine Mutter an, offenbar unfähig, genügend Kraft aufzubringen, den Kopf zu wenden. Ich nähere mich ihm langsam, damit er nicht erschrickt. Aber in Wahrheit ist er vielleicht schon darüber hinaus, erschreckt werden zu können. Ich versuche Kumei zu wecken, ich rufe ihren Namen und schüttle sie. Sie schlägt die Augen nicht auf, und ihr Körper bleibt schlaff. Es ist zu spät, etwas für sie zu tun, doch ich kann Ta-ming nicht hierlassen – nicht, nachdem ich all die anderen Kinder und Babys in den Löchern am Straßenrand zurückgelassen habe. Und Yong, nein, sie kann nicht mehr am Leben sein. Ich nehme Ta-ming an der Hand, und er blickt zu mir auf.

»Kannst du laufen?«, frage ich.

Er bewegt sich wie ein Greis – schwankend, bedächtig und langsam. Ich gehe zu der Truhe in der Ecke, nehme ein paar Kleider, die Geige des Jungen – so ungefähr alles, was vom Erbe seines Vaters noch übrig ist – und ein paar Zeichnungen, die Kumei im Unterricht bei Z. G. gemacht hat. Dann gehen wir durch die Stille der Höfe und Gänge des Hofhauses zurück. Sobald er und seine weltlichen Besitztümer in dem Schubkarren neben Joy untergebracht sind, packe ich wieder die Griffe, und wir kehren ins Zentrum der Kommune zurück.

Ich habe entsetzliche Angst davor, was passieren wird, wenn wir das Auto erreichen. Wie durch ein Wunder sind der Brigadeführer und seine Wachleute nirgends zu sehen. Wir haben keine Zeit, uns zu fragen, wo sie sind oder was sie planen. Z. G. und ich schieben die vier beinahe leblosen Körper auf den Rücksitz. Z. G. kommt zu mir nach vorne, ich lasse den Motor aufheulen, und wir beginnen unsere lange und grausige Fahrt durch die Straßen des Todes in Richtung Shanghai.

Am liebsten würde ich direkt aus dem Land hinausfahren. Nach Norden in die Sowjetunion? Das könnte schlimmer sein als unsere jetzige Situation. Nach Kanton im Süden, wo wir hoffen könnten, über die Grenze zu kommen? Das wäre eine überaus anstrengende und lange Reise, bei der wir wochenlang auf unbefestigten Straßen fahren und zahlreiche Kontrollposten passieren müssten. Joy und die anderen würden das nicht schaffen. Wir müssen zurück nach Shanghai, damit sie wieder Kraft schöpfen können (wenn sie überleben), Geld und Essen sammeln (wenn es mir gelingt) und einen Fluchtplan schmieden (wenn wir so lange durchhalten).

Wo sich die Möglichkeit bietet, halten wir an, um ein bisschen Essen zu kaufen, und wir verteilen es an Joy, Tao und Ta-ming. Wir geben ihnen immer nur ein, zwei Bissen auf einmal, damit ihre Mägen sich daran gewöhnen und die Nahrung bei sich behalten. Das Baby bekommt Fläschchen mit verdünnter Sojamilch, denn wir wollen seinen geschwächten Körper nicht überfordern. Der Junge hat bisher keinen Ton von sich gegeben, und die Schreie des Babys sind schwach. Weder Joy noch Tao sagen viel. Reden ist zu anstrengend. Nachts parke ich weit vom Straßenrand entfernt. Z. G. hilft Joy auf den Vordersitz, wo sie mit dem Kopf auf meinem Schoß schläft. Ich bin erschöpft, aber ich bleibe wach und sehe zu, wie sich der Brustkorb meiner Tochter mit jedem Atemzug hebt und senkt.

Als wir uns den Straßensperren nähern, mit denen die Massen daran gehindert werden, Städte wie Hangchow und Soochow zu betreten, setzt sich Z. G. wieder auf den Rücksitz und zieht die Vorhänge zu. Zu meiner großen Erleichterung passieren wir die meisten Kontrollen ohne Schwierigkeiten. Wir sind erst vor ein paar Tagen hier durchgefahren, und die jungen Männer mit ihren Maschinengewehren erinnern sich noch an die Limousine mit den blauen Vorhängen. Zusätzliche Fragen sind nicht nötig.

Wir brauchen fünf Tage, bis wir den Stadtrand von Shanghai erreichen. Ein wenig zu essen, genügend Wasser, Tee und Sojamilch haben unsere Gruppe deutlich belebt. Im Rückspiegel sehe ich Joy, die aus dem Fenster blickt, während Tao sich zur anderen Seite lehnt und dort hinausschaut. Ta-ming sitzt zwischen ihnen, den Blick geradeaus gerichtet, ohne etwas wahrzunehmen.

Ich erinnere mich noch an den letzten großen Kontrollpunkt mit dem Lager für die Leute, die versucht haben, illegal in die Stadt zu kommen, und biege deshalb von der Hauptstraße ab und fahre in eine abgelegene Gegend. Z. G. und ich bemühen uns nach Kräften, Joy und Tao vorzeigbar zu machen. Ich bürste Joy die Haare und stecke sie ihr zu einem Knoten im Nacken zusammen. Z. G. zieht Tao eines seiner Hemden an und knöpft es zu. Wir haben nur vier Reisegenehmigungen. Die Wachposten am Stadtrand von Shanghai werden neugieriger sein als die auf dem Land. Das Baby kann man leicht unter Joys Bluse verbergen, aber was machen wir mit Ta-ming? Ich führe ihn zur Rückseite des Autos und öffne den Kofferraum. Er hält meine Hand ganz fest.

Ich knie mich hin, um auf Augenhöhe mit ihm zu sein, halte ihn an den Schultern fest und spreche ganz offen mit ihm. »Du musst hier hinein. Es wird ganz dunkel und sehr unheimlich sein. Du darfst keinen Laut von dir geben. Aber es dauert nicht lang, das verspreche ich dir.«

Ich verstaue ihn im Kofferraum, lege ihm zum Trost seinen Geigenkasten in die Arme, schließe den Deckel und fahre zurück auf die Hauptstraße. Aus dieser Richtung kommend, kann man in das Lager hineinsehen. Die Leichen hat man in eine große Grube geworfen. Bei der letzten Straßensperre bremse ich und reiche dem Wachmann vier Sätze Papiere. Misstrauisch blättert er sie durch. Als er mir über die Schulter auf den Rücksitz guckt, schnauzt Z. G. ihn an. »Wir sind in einer wichtigen Angelegenheit unterwegs. Geh zur Seite, und lass uns durch, sonst zeige ich dich an!« Das klingt streng, und der Wachmann gehorcht. Ich bin die Einzige, die die Furcht aus Z. G.s Stimme heraushört. Sobald wir in die Innenstadt kommen, fahre ich in eine Gasse hinein und hole Ta-ming aus dem Kofferraum.

»Du bist ein braver Junge. Ein tapferer Junge.«

Er reagiert nicht auf mich. Ich habe Verständnis dafür, dass er so unzugänglich ist. Ich habe das selbst durchgemacht, als ich vor dreiundzwanzig Jahren aus Shanghai geflohen bin.

Zwei Stunden später sitzen Z. G. und ich an seinem Esszimmertisch. Joy und Tao ruhen auf zwei Sofas im Salon, wo wir sie sehen können. Sie sind zu schwach, um nach oben in die Schlafzimmer zu gehen. Z. G.s Dienstmädchen haben eine klare Brühe gekocht. Ich möchte Joy und Tao immer noch nicht erlauben, selbstständig zu essen. Die Versuchung, alles in sich hineinzuschlingen, wäre für sie zu groß. Glücklicherweise haben sie nicht die Kraft, sich zu widersetzen, und bleiben gehorsam liegen, während ihnen die beiden Dienstmädchen Brühe in den Mund löffeln. Ta-ming, jung, aber doch bemerkenswert widerstandsfähig, sitzt mit Z. G. und mir am Tisch. Das dritte Dienstmädchen bringt ein Tablett mit Schalen, Essstäbchen, Servietten, einer Teekanne und Teetassen. Auf dem Tablett ist gerade genug Platz für eine kleine Schüssel Reis, die den Raum mit einem anheimelnden und Sicherheit vermittelnden Duft erfüllt. Sie stellt die Schüssel vor Ta-ming hin, bevor sie in die Küche geht, um die restlichen Speisen zu holen. Der Junge starrt den Reis an. Dann sehen Z. G. und ich erstaunt zu, wie er die Reiskörner einzeln verteilt – eines für Z. G., eines für mich, eines für ihn – und auf dem Tisch drei kleine Haufen daraus macht, was zeigt, wie sehr sie hungern mussten. Leben und Tod sind nur durch einen dünnen Faden voneinander getrennt, beziehungsweise heute durch ein paar Reiskörner.

JOY

Wahre Freude

Der Drachen stößt herab und wirbelt herum. Ta-ming hat die Schnüre in der Hand, aber der Wind zerrt so stark an dem Drachen, dass sich Z.G. hinter den Jungen stellt und ihm die Schultern hält. Das ist nicht nur ein Drachen am Ende einer Schnur, Z.G. und Ta-ming haben einen ganzen Schwarm Goldfische gebastelt, jeder mit eigenen Flossen und Schwanz. Als Nächstes könnte es ein Schwarm Schmetterlinge mit flatternden Flügeln sein oder ein Schwarm Kraniche, der vor dem frischen Herbsthimmel im Wind aufsteigt und herabsinkt.

Es ist Anfang November und sieben Monate her, seit meine Mutter und Z.G. uns gerettet haben. Wir sind Geister, die von den Toten auferstanden sind, und heute bekommen wir eine Ahnung dessen vermittelt, wie das Leben aussehen kann. Wir müssen vergessen, und wenn es nur für ein paar Stunden ist. Wenn ich China verlasse – falls es uns gelingt, hinauszukommen –, werde ich mich hauptsächlich an die Sonntage erinnern, an den einen Tag in der Woche, an dem wir mehr oder weniger tun und lassen können, was wir wollen. Wir sind zur Lunghua-Pagode gefahren. Die anderen haben mir erzählt, dass Z.G., meine Mutter und meine Tante hier vor Jahren immer Drachen steigen ließen. Damals stand die Pagode auf unbebautem Land, das von jungen chinesischen Soldaten besetzt worden war, die auf den Kampf warteten. Später hatten die Japaner hier ein Gefangenenlager für britische Staatsbürger eingerichtet. Jetzt ist es ein Park. Ulmen, Gingko und

Kampferbäume – grün und üppig – atmen Leben. Händler bieten kleine Spielzeuge an – Papierlöwen als Glücksbringer, Drachen auf Stöckchen, die tanzen und sich winden. Ein Musiker spielt auf einer *erhu*, Volkslieder werden gesungen, Jongleure, Akrobaten und Zauberer bringen uns mit ihren geheimnisvollen Künsten zum Staunen. Alte Männer schlurfen daher, die Hände auf dem Rücken. Alte Frauen sitzen breitbeinig auf Steinbänken, die Hände auf den Knien. Wenn man genug Geld hat, und das haben wir, kann man sich etwas zum Naschen kaufen – einen Karamellbonbon, einen Schokoriegel oder einen Eislutscher. Der Große Sprung nach vorn geht anderswo weiter. Unmengen von Menschen sterben, aber wir sind glücklich … und gesund.

Ich werfe meiner Mutter, die neben mir steht, einen Blick zu. Sie schirmt die Augen ab, während sie zu Z. G.s Drachen hinaufschaut. Dann sieht sie mich an und lächelt.

»All das Leid hat mir den Geschmack daran verdorben, über die Vergangenheit zu grübeln«, sagt sie. »Schau dir an, was ich hier auf Erden habe. Meine Tochter, meine Enkelin, Z. G., Dun und Ta-ming sind alle hier bei mir. Wir sind eine Familie. Darüber hinaus sind wir vielleicht die Familie …« Sie lacht. »Wir sind vielleicht die *Familien*, die wir schon die ganze Zeit über sein sollten.«

Sie streckt die Arme aus, als wollte sie die Welt umarmen. Ihre Worte zeigen mir, wie amerikanisch sie geworden – und es auch hier in China geblieben ist. Sie drückt ihre Gefühle nicht nur in Worten und Körpersprache aus, sondern sie strebt nach Glück, als wäre das ihr Recht. »Das ist die wahre Freude, und ich möchte so lange wie möglich daran festhalten.«

Auch ich will das.

Tao, Ta-ming, Samantha und mich wieder gesund zu pflegen und aufzupäppeln, muss für meine Mutter ein entsetzlich langsamer, quälender Prozess gewesen sein. Ta-ming war der Erste, der wieder zu Kräften kam, allerdings spricht er immer noch nicht viel, und seine Knochen sind durch die Unterernährung krumm und schwach geworden. Vielleicht wird das so bleiben, ich hoffe jedoch nicht. Die Kleine hat schnell auf die Fläschchen mit Babynahrung und frischer Sojamilch angesprochen, nur wissen wir alle nicht, welche Folgen die Mangelernährung langfristig für sie hat. Falls sie Probleme hat, nun, dann … Mein Onkel Vern hatte auch Probleme, und wir haben ihn alle geliebt. Ich selbst war die Patientin, die allen die größten Sorgen bereitete. Ich aß wenig und sprach wenig. Das Baby wollte ich niemandem außer meiner Mutter überlassen. Wie sollte ich auch, wenn Tao in der Nähe war? Z. G. und meine Mutter dachten, sie hätten richtig gehandelt, als sie Tao mit nach Shanghai nahmen, und eine Weile war ich noch zu schwach, um sie eines Besseren zu belehren. Trotzdem bat ich meine Mutter mehrfach, mich in das Haus ihrer Familie zu bringen.

»Aber hier ist doch viel mehr Platz«, antwortete sie immer. »Wenn es dir gut genug geht, wieder Treppen zu steigen, kannst du mit Tao und dem Baby in deinem Zimmer wohnen. Hier hast du Dienstmädchen. Das ist bequemer für dich.«

Dieses Gesprächs führten wir mehrfach in unterschiedlichen Varianten, doch sie verstand meine Anspielungen nie, und ich wollte vor Tao und aus Angst vor dem, was er tun könnte, nichts sagen. Erst als Tao von seinem Sofa in Z. G.s Wohnzimmer aufstand und anbot, den Reis für das Abendessen zu waschen – was meine Mutter, Z. G. und Dun als wichtigen Wendepunkt in seiner Genesung betrachteten –, bekam ich meine Chance. Als mein Mann den Raum verließ, bedeutete ich meiner Mutter, zu mir zu kommen. In diesem Moment rief Tao um Hilfe. Dun, Z. G. und meine Mutter folgten Taos Stimme und fanden ihn im Badezimmer.

»Ich komme mit dem Reiswäscher nicht klar«, sagte er.

In der Tat. Er wusch den Reis in der Toilette! Keiner konnte sich mehr halten vor Lachen. Als meine Mutter in den Salon zurückkam und es den Männern überließ, die Toilette sauber zu machen, erzählte ich ihr von Kind-Tauschen, Essen-Kochen. Innerhalb von einer Stunde hatte Mom das Baby, Ta-ming und mich aus Z. G.s Haus in ihr ehemaliges Kinderzimmer gebracht.

»Soll sich Z. G. mit Tao abgeben!«, tobte sie. »Aber morgen, da …«

Ich konnte sie nur mit Mühe davon abhalten, Tao bei der Polizei anzuzeigen. Da erzählte ich ihr, was ich wirklich wollte.

»Vergiss ihn«, sagte ich. »Lass uns nach Hause gehen.«

In dieser Nacht, in dem Zimmer, das meine Mutter einst mit meiner Tante geteilt hatte, begannen wir, einen Plan zu schmieden. Als Erstes mussten wir Tante May kontaktieren.

»Ich habe lange damit gewartet, diesen Brief zu schreiben«, sagte Mom, als sie Stift und Papier zur Hand nahm. »Joy und das Baby sind nach Shanghai zurückgekehrt«, las sie mir vor, während sie schrieb. »Es wäre sehr schön, wenn wir uns zu einem Familientreffen in unserem alten Zuhause in Hongkong wiedersehen könnten.« Sie blickte auf und erklärte: »Sie wird wissen, dass ich das Hotel meine, in dem wir vor dreiundzwanzig Jahren gewohnt haben.«

Ich musste dem Urteil meiner Mutter vertrauen, denn für mich war das überhaupt nicht klar. Allerdings haben meine Mutter und meine Tante immer auf eine Art und Weise kommuniziert, die ich nie ganz nachvollziehen konnte.

»Schick uns bitte von unserem Zuhause in Hongkong eine offizielle Einladung zu einem Familientreffen«, fuhr Mom fort. »Bitte um einen Vierundzwanzig-Stunden-Besuch. Sobald ich die Einladung habe, bringe ich sie zur Polizei und ins Amt für auswärtige Angelegenheiten und beantrage Reisegenehmigungen. Und noch etwas …«

Meine Mutter setzte den Stift ab, faltete die Hände und legte sie auf eine so förmliche, schickliche Art in den Schoß, dass ich versucht war zu lachen.

»Ich werde meine Schwester bitten, in ihre Einladung auch Dun einzuschließen. Er hat mich gebeten, ihn zu heiraten, und ich habe den Antrag angenommen.«

»Mom!« Ich war völlig überrascht.

»Ohne ihn möchte ich nicht von hier fort.«

Ich hätte mich darüber aufregen können – warum bewies sie nicht mehr Loyalität gegenüber meinem Vater? –, aber ihr Gesicht zeigte ein so glückliches Strahlen, wie ich es noch nie zuvor gesehen hatte, und das wiederum bereitete mir eine ungeheure Freude. Der erste Teil unseres Fluchtplans musste deshalb darin bestehen, dass meine Mutter und Dun, den ich erst ein paarmal getroffen hatte, die notwendigen Unterlagen für eine Heiratsgenehmigung einreichten – ein Prozedere, das in der Stadt viel schwieriger ist als auf dem Land.

»Was ist mit Z. G.?«, fragte ich. »Wird er nicht auch mitwollen?«

Bei der Vorstellung, dass May und Z. G. wieder zusammenkommen könnten, zuckte meine Mutter nicht einmal, so sehr liebte sie Dun.

»Fragen wir Z. G.«, antwortete sie. »Aber ich glaube kaum, dass er uns begleiten will. Du etwa?«

Auch ich fand, das sei kaum anzunehmen, in Anbetracht seiner Berühmtheit hier. In Amerika würde er ganz von unten anfangen müssen. Vielleicht würde meine Mom ihn als Tellerwäscher im Café anstellen. Das konnte ich mir gar nicht vorstellen. Und auch wenn er May eindeutig noch liebt, ein Hase kämpft nie für das, was er will. Er sucht sich jedes Mal den einfachsten, bequemsten und vertrautesten Weg. Und genauso machte es Z. G.

»Es ist besser, wenn ich euch bei eurem Plan helfe«, sagte er.

Er sollte sogar eine entscheidende Rolle spielen, aber das wussten wir damals noch nicht, und meine Mom, die dabei war, den Brief zu schreiben, sagte: »Erwähnen wir das May gegenüber noch nicht. Ich möchte nicht, dass sie enttäuscht ist.«

Als sie mit dem Brief fertig war, steckte meine Mutter das Baby und mich in Tante Mays Bett. Ich hätte mir früher nie vorstellen können, wie sie uns in diesem Moment anschaute. Sie strahlte vor Liebe und Glück. Ich hätte mir auch nie vorstellen können, dass sie Ta-ming erlaubte, sich in ihrem Einzelbett an sie zu kuscheln. Ich sah, dass meine Mutter – endlich – in körperlicher Zuwendung Trost und Ermutigung gefunden hatte, ob sie mich nun umarmte, das Baby tröstete, Ta-ming vor der Dunkelheit schützte oder sich auf ihr neues Leben mit ihrem Professor freute.

Glück aus dem Grauen heraus, so empfand ich das. Als ich versuchte, meiner Mutter das zu erklären, sagte sie von ihrem Bett aus: »Wenn ich dich anschaue, sehe ich eine doppelte Rose – zwei schöne Farben, eine in hellem Gelb, die andere leuchtend rosa. Du bist zur Hälfte May und zur Hälfte ich, und das macht mich sehr glücklich.« Wieder sah sie mich mit ihrem überraschend offenen und zärtlichen, liebevollen Blick an. »Was kann eine Frau sonst noch glücklich machen?«

»Ein Ehemann, der sie liebt, sie unterstützt und sie ermutigt, ein ganzer Mensch zu sein – wie du ihn mit Dad hattest«, antwortete ich. »Und wie du ihn auch in Dun bekommen wirst.«

Meine Mutter hat zwei Männer gefunden, die sie liebten, während ich …

»Es tut mir wirklich leid, dass deine Ehe gescheitert ist«, sagte sie teilnahmsvoll. »Du konntest nicht wissen, was Tao für ein Mensch war.«

Die Antwort darauf sollte lauten: *Aber du und Z. G., ihr wusstet es!*

Vor meiner Heirat hatte Z. G. mich gewarnt, Tao würde mich nur dazu benutzen, dem Dorfleben zu entfliehen, während Taos Mutter mir oft unterstellte, ich würde ihn ihr wegnehmen und nach Shanghai mitnehmen wollen. Wir wissen jetzt, wer recht hatte. Taos Wunsch ging in Erfüllung: Er ist in Shanghai. Und es lief alles sehr gut für ihn. Nachdem wir wieder etwas bei Kräften waren, hielt die Künstlervereinigung eine Zeremonie ab, um Tao eine Auszeichnung als Vorbildkünstler zu überreichen. Z. G. und meine Mutter sagten mir, ich müsse unbedingt auch daran teilnehmen, denn die Künstlervereinigung habe auch meine Rückkehr in die Stadt unterstützt, und ich würde Taos Geschichte noch interessanter machen. Tao und ich gaben ein jämmerliches Paar ab. Die Kleidung hing schlaff an uns herab. Unsere Augen waren noch dunkle Höhlen. Aber jetzt ist mein Mann so eine Art Berühmtheit. Er erzählt uns und allen, die es hören wollen, dass er die Idee zu dem Wandbild hatte und es dann mit »ein wenig Hilfe« einiger Mitglieder der Kommune gemalt hat. Glücklicherweise ist er oft nicht in der Stadt, weil er als Vorbild-Bauernkünstler durch das Land reist. Im Juli und August besuchte er den Dritten Nationalkongress für Literatur- und Kunstarbeiter in Peking. »Ich war einer von zweitausenddreihundert Kulturdelegierten«, prahlte er bei seiner Rückkehr. »Das Leben der Menschen ist vielfältig. Das sollte sich in der Kunst widerspiegeln. Wir stehen vor einer neuen Blüte!« Das ist kein Grund zur Begeisterung, denn die letzte Blütezeit endete mit der Anti-Rechts-Bewegung. Aber so ist mein Ehemann: ein kleiner Rettich, der denkt, er kenne sich aus.

Doch lange bevor dies alles geschah, sagte meine Mutter einmal zu mir, als wir zusammen in ihrem Zimmer waren: »Denk daran, Joy, du hast noch dein ganzes Leben vor dir. Du bist erst zweiundzwanzig. Du wirst einen guten Mann finden. Oder er dich. Vielleicht kennt ihr euch ja schon. Ich bin mir sicher, dass Violets Sohn noch auf dich wartet …«

»Leon?« Ich kicherte. Meine Mutter und ihre Freundin Violet versuchten seit einer Ewigkeit, ein Paar aus uns zu machen.

»Wieso denn nicht?«, fragte sie ganz unschuldig. »Glück, auf mehr kommt es nicht an, Joy.« Sie hielt inne, um den Satz wirken zu lassen. »Und was eine Frau außerdem glücklich macht, ist Arbeit, die ihr Leben bereichert – ob du nun so wie May deine Nachbarn als Komparsen für Filme engagierst oder an der Seite deines Mannes arbeitest, wie ich es mit Sam im Café getan habe. Für dich wird das die Malerei sein, denke ich.«

Die Erinnerungen an Tao, das Wandbild und die Kommune hatten mir die Malerei vergällt. »Ich möchte nicht mehr malen«, antwortete ich, und das meinte ich ernst.

»Das sagst du jetzt, aber die Dinge ändern sich.«

Natürlich hatte meine Mutter auch damit recht.

Es dauerte fast einen Monat, bis die Antwort von May eintraf. Wir bekamen einen Brief und ein Päckchen, beides auf dem üblichen Weg von Großvater Louies Familie im Dorf Wah Hong. Der Brief war Mays förmliche Einladung an uns, die wir zur Polizei bringen mussten. In dem Päckchen waren etwas getrocknetes Brot und Puffreis – sehr willkommen – und ein Rüschenkleidchen für Samantha, mit rosa Smokarbeit, einem passenden Häubchen und einer Pluderhose, die über die Windel passt. Bevor ich eingreifen konnte, hatte meine Mutter das Häubchen zerrissen.

»May versteckt immer etwas für mich in Kopfbedeckungen«, erklärte sie.

Ich dachte mir nur: *Diese beiden Schwestern!* Aber flach unter dem Hutband für den Schirm des Häubchens steckte noch ein zusätzlicher Brief von Tante May:

Ich bin in Hongkong angekommen. Onkel Charley kümmert sich um das Café. Mariko sorgt dafür, dass mein Betrieb weiterläuft. Den Filmproduzenten habe ich gesagt, was ich vorhabe. Sie meinten, ich sei nicht mehr ganz bei Trost, aber alle Schauspieler haben zusammengelegt und mir 1000 Dollar geschenkt. Sucht in diesem und in anderen Paketen danach. Ihr müsst euch beeilen, aber ihr müsst auch vorsichtig sein. Der Mann vom Familienverband hat mir gesagt, dass viele Menschen China verlassen. Die Behörden hier und in den Vereinigten Staaten glauben die Geschichten nicht, die die Flüchtlinge über die Hungersnot erzählen. Gleichzeitig fordert die VRC in Hongkong lebende Chinesen auf, Nahrungsmittel und Geld an ihre Verwandten auf dem Festland zu schicken. An den Postämtern bilden sich unglaublich lange Schlangen. Wer großzügig ist, wird mit einem Bankett belohnt. Begreifen sie denn nicht, wie paradox das ist?

Ich glaube, dass die chinesische Regierung nur selten begreift, wie paradox etwas ist.

> Ich bin jetzt ganz nahe bei euch. Bitte sagt mir, was ich noch tun kann.

Weitere Briefe wurden gewechselt, und wir fanden all das versteckte Geld, aber die Einzelheiten unseres Plans legten wir wohlweislich nicht offen, um ihn nicht zu gefährden.

»Bleib einfach in unserem alten Zuhause«, antwortete meine Mutter ihr. Sie meinte das Hotel. »Eines Tages sind wir da.«

Und so stehe ich Monate später nun hier und lasse an einem stürmischen Nachmittag mit dieser improvisierten Familie Drachen steigen. In meinem tiefsten Inneren bin ich frei von Angst und Schuldgefühlen. Ist es möglich, in der Volksrepublik China glücklich zu sein? Auf jeden Fall, denn in diesem Moment bin ich es.

Unser Fluchtplan ist sehr einfach geraten und besteht nur aus zwei Teilen. Erstens: Reisegenehmigungen. Z. G., der in den letzten Jahren Anfang November immer die Chinesische Exportwarenmesse in Kanton besuchte, hat eine Genehmigung beantragt und erhalten. Er darf Tao mitbringen (einen Vorbildkünstler), um gemeinsam mit ihm vor Publikum zu malen – sie sollen die alten und neuen Kunststile in China demonstrieren. Sie werden von einem Baby, dessen Amah (meiner Mutter) und mir (der Frau des Künstlers) begleitet. Zweitens: Ausreisegenehmigungen und Pässe. Meine Mutter und Dun werden morgen heiraten. Danach gehen wir zur Polizei und zum Amt für auswärtige Angelegenheiten, um die Pässe für diejenigen von uns abzuholen, die sie benötigen, sowie Genehmigungen für die Reise nach Kanton für Dun und Ta-ming, und Ausreisegenehmigungen für meine Mutter, Dun, Ta-ming, Samantha und mich zu einem Familientreffen in Hongkong. (Wir waren sechs Monate lang regelmäßig vorstellig geworden und hatten dringend gebeten, die Sachen rechtzeitig zu unserem Abreisetermin fertig zu haben. Morgen haben wir noch die letzten Termine. Wenn wir unsere Papiere nicht bekommen, funktioniert überhaupt nichts.) Sobald wir in Kanton sind, wird Z. G. Tao auf der Messe beschäftigen, damit wir anderen uns heimlich davonmachen und den Zug nach Hongkong nehmen können. Wenn wir dort ankommen, gehen wir zu Mays Hotel.

Das hört sich einfach an, aber es müssen noch viele Hindernisse überwunden werden. Was, wenn jemand Verdacht schöpft – in der Arbeitseinheit meiner Mutter, bei der Künstlervereinigung, in unserem Haus oder bei Z. G.? Deshalb müssen wir konzentriert bleiben, uns nicht von Angst überwältigen lassen und weitermachen.

Während die anderen Z. G. helfen, seine Drachen einzuholen, pflücke ich noch Blätter von den Ulmen und sammle ein bisschen Gras. Das wird eine hübsche Zutat für die Mahlzeiten morgen.

Joy

Der Herzschlag der Künstlerin

Montagmorgen, der Hochzeitstag meiner Mutter. Meine Mutter und Dun helfen mir, das Frühstück für unseren Haushalt zuzubereiten. Die Mieter sitzen um den Küchentisch, diskutieren und tauschen den neuesten Klatsch aus. Meine Stellung hier im Haus hat sich seit meinem Einzug verändert. Anfänglich hatte meine Anwesenheit die Mieter in Angst versetzt. Ich hatte keine Aufenthaltserlaubnis, keine Arbeitseinheit, keine Lebensmittelbezugsscheine. Ich war halb tot und hatte noch zwei zusätzliche Mäuler dabei, die gestopft werden mussten. Man brachte mir weder Mitleid noch Freundlichkeit entgegen, bis auf Koch, der meine Mutter eindeutig liebt und deshalb auch ihre Tochter und ihre Enkelin. Glücklicherweise war er der Einzige, auf den es wirklich ankam, denn er hatte das Sagen im Haushalt und erstattete dem Blockkomitee Bericht, das die Information an das Nachbarschaftskomitee weiterreichte und es wiederum an höhere Stelle übermittelte. Jetzt hält er Samantha im Arm und gibt ihr die Flasche. Bald wird er sie jemand anderem am Tisch übergeben. In ein paar Wochen hat sie ihren ersten Geburtstag, aber sie ist immer noch beängstigend klein – eine ständige Erinnerung daran, dass in diesem Land etwas nicht stimmt.

Die Mehrheit der Stadtbewohner begreift nicht in vollem Umfang, was auf dem Land los ist. Sie haben Gerüchte gehört, können sie aber nicht in Einklang bringen mit den Geschichten über Kommunen, in denen das Getreide bis zum Himmel wächst, mit offiziellen Regierungsberichten über die sogenannten Jahre des schlechten Wetters, die die Felder des Überflusses zerstört haben, und dem, was sie auf den Straßen von Shanghai sehen, wo es sich nicht verheimlichen lässt, wie die Leute aussehen, die in langen Schlangen anstehen, um für ihre Bezugsscheine Lebensmittel zu bekommen. Sie bewegen sich gerade vom ersten Stadium der Unterernährung – dem Gewichtsverlust – zum zweiten Stadium, den Ödemen. Sie bekommen Schwellungen am Hals und im Gesicht. Wenn sich die Leute begrüßen, drücken sie einander den Daumen in die Stirn, um zu sehen, wie tief die Delle ist und wie lange sie bleibt. Alle laufen in einem teilnahmslosen Dämmerzustand herum. Trotzdem beklagt sich keiner, niemand revoltiert. Nur wenn die Menschen wirklich Hunger leiden, kann man sie sich unterwerfen.

Doch die Bewohner dieses Hauses haben mit eigenen Augen die Auswirkungen der Unterernährung gesehen. Jetzt sind sie froh, dass ich da bin, denn mir ist klar, was auf uns zukommt, und ich weiß, wie man überlebt. Genau wie meine Mutter. Ihr Geld und ihre Sondergutscheine für Überseechinesen haben uns geschützt, und wir konnten zu völlig überhöhten Preisen Vorräte besorgen. In Shanghai, wo traditionell süß gegessen wird, ist Zucker wertvoll. Fleisch gibt es kaum, und es ist sehr teuer. Für ein Viertel eines Schweinekoteletts muss meine Mutter fünfzig *yuan* oder fünfundzwanzig Dollar bezahlen. Lebensmittel, die früher zwei oder drei *yuan* gekostet haben, kosten derzeit umgerechnet fünfunddreißig Dollar. Sie besorgt verwelkte Kohlköpfe und anderes minderwertiges Gemüse von Bauern, die sich irgendwie an den Kontrollen vorbeigemogelt haben und ihre Waren in dunklen Gassen verkaufen. Einmal zahlte sie einen lächerlich hohen Preis für ein Huhn und meinte: »Du musst kräftig sein, wenn unser Plan funktionieren soll.« Aber all das genügt nicht, um die zehn Menschen, die jetzt in dem Haus wohnen, satt zu machen.

Ich stehe am Herd und mache »Bitterkuchen« aus dem Gras, das ich gestern bei der Lunghua-Pagode gepflückt habe. Später, wenn alle bei der Arbeit sind, werde ich die Ulmenblätter in Wasser einweichen, damit sie nicht mehr so sauer schmecken und ich heute Abend Blätterpfannkuchen daraus machen kann. Ich kann aus fast nichts noch ein Essen zubereiten, und dafür wird meine Anwesenheit von allen nicht nur geduldet, sondern sogar geschätzt.

»Erst sagen sie uns, wir sollen Spatzen töten, und jetzt gibt es eine Kampagne gegen Wanzen«, beschwert sich eine der Tänzerinnen. »Wir haben keine Wanzen, aber wie sollen wir dann beweisen, dass wir unseren Teil beitragen?«

»Wir schieben den Mangel an Wanzen auf den Großen Bruder«, scherzt der Schuster schlau. »Wir sagen einfach, sie haben die Wanzen mit nach Hause genommen.«

Im Juli haben die sowjetischen Fachkräfte China verlassen und ihre Maschinen, ihre Ausrüstung und das technologische Fachwissen mitgenommen. Seither hat die Regierung dem Großen Bruder die Schuld für alles zugeschoben.

»Ja, ja, ja! Das habe ich schon gehört«, fällt die Witwe ein. »Wir behaupten, das sei der Grund dafür, dass wir keine Wanzen haben.«

»Jetzt haben wir zwei Feinde«, fährt der Schuster fort und streckt die Arme aus, damit er nun das Baby halten kann. »Wir müssen sowohl gegen den sowjetischen Revisionismus kämpfen als auch gleichzeitig gegen den amerikanischen Imperialismus.«

Diese Argumentation ist aus vielen Gründen unlogisch. Zum Beispiel hat man uns schon weisgemacht, dass die Sowjets Wanzen mitgebracht und das Ungeziefer dagelassen haben, um uns zu quälen. Aber derzeit ergibt kaum noch etwas Sinn. Der Radiosprecher erzählt uns vieles: dass die UdSSR sich bei den Vereinten Nationen vielleicht mit den USA verbünden werden, um die VRC weiter auszugrenzen und zu schwächen. (Ich wurde in den USA geboren und habe neunzehn Jahre dort gelebt. Meine Familie litt unter der Taktik der Roten Angst. Ich kann mir überhaupt nicht vorstellen, dass irgendetwas von dem, was man uns erzählt hat, wirklich geschehen könnte.) In der Zwischenzeit passieren noch andere Dinge. Auch Ausländer aus anderen Ländern als der UdSSR wurden nach Hause geschickt. Seit Jahrhunderten haben sich nicht mehr so wenige Ausländer in China aufgehalten. Keine Publikation – bis auf zwei Propagandazeitungen – darf mehr das Land verlassen. Mit anderen Worten, China hat sich vom Rest der Welt abgeschottet. Was an Informationen über die Grenzen dringt, glaubt niemand, wie May in ihrem Brief erklärte. Die Menschen, die innerhalb von China leben, auch diejenigen, die hier am Frühstückstisch sitzen, hinterfragen, was man uns erzählt. Sie wollen die Wahrheit herausfinden. Gerade dreht sich der Klatsch um Mao Zedong, der vor Kurzem seine Position als Staatspräsident der Volksrepublik China an Liu Shao-ch'i abgegeben hat.

»Es heißt, dass Mao vor einer Versammlung von siebentausend Parteifunktionären Selbstkritik geübt hat«, flüstert eine der Tänzerinnen verschwörerisch.

»Vielleicht hat er seinen Platz frei gemacht, damit ihm niemand die Schuld für den Großen Sprung nach vorn geben kann«, entgegnet der Schuster.

Samantha fängt an zu zappeln, und er reicht sie weiter an die Witwe. Als Mutter von zwei Töchtern weiß sie genau, wie man ein Baby beruhigt. Sie legt sich Samantha an die Schulter, wiegt sie und klopft ihr sanft auf den Rücken. Ich stelle einen Teller mit Bitterkuchen auf den Tisch, und die Mieter greifen rasch danach, während sie die ganze Zeit dabei schwatzen.

»Ist es nicht egal, ob Mao als Staatsoberhaupt zurückgetreten ist?«, fragt die Witwe. »Er hat immer noch das oberste Kommando. Nichts hat sich geändert.«

»Außer dass wir hungern.« Das kommt von Koch.

Den Mietern ist nach wie vor nicht ganz bewusst, wie glücklich sie sich eigentlich noch schätzen können.

»Wer hätte gedacht, dass die Ratten aus Shanghai verschwinden?« Die Tänzerin beugt sich vor, und alle rücken näher, um besser hören zu können, als sie schaudernd sagt: »Die Leute haben sie gegessen!« Dann wendet sie sich an die Witwe. »Jetzt bin ich dran. Gib mir das Baby.« Sie hält Samantha unter den Armen, damit sie das Stehen üben kann. Samantha ist immer noch schwach, aber überraschend hartnäckig und ausdauernd. Ihre kleinen Beinchen wackeln, aber sie rudert aufgeregt mit den Armen, ein breites Lächeln im Gesicht. Die Tänzerin hält Samantha im Gleichgewicht und richtet sich dann an mich. »Beim nächsten Mal begleiten wir dich zur Lunghua-Pagode, um Blätter zu sammeln, wenn du möchtest.«

»Sehr gerne.« (Nur werde ich dann schon weg sein.)

Dun und meine Mutter verlassen als Erste die Küche und nehmen Ta-ming mit. Die Tänzerin reicht mir das Baby. Beim Hinausgehen tätscheln die anderen Samantha am Kinn oder zwicken sie zärtlich. Alle lassen mir ihr Geschirr zum Abspülen da. Ich gieße Koch noch eine Tasse Tee ein.

»Du solltest dich ein bisschen hinlegen«, rate ich ihm. »Das kleine Fräulein möchte nicht, dass du für deine Pflichten später am Tag zu müde bist.«

Er nickt, nimmt seine Tasse und schlurft zur Treppe. Ich laufe rasch an ihm vorbei in das Zimmer, das ich mit meiner Mutter teile. Sie steht vor dem Spiegel und mustert sich kritisch. Sie trägt ihre Arbeitshose und eine gebügelte weiße Bluse. Die Haare hat sie sich gebürstet und hinter die Ohren gesteckt.

»Schön siehst du aus«, sage ich. »Eine perfekte Braut.«

»In meinem Leben lief nur wenig so, wie ich es mir vorgestellt habe«, sagt sie, als sie sich zu mir umwendet. Das sind jedoch keine Worte des Bedauerns, die ein beständiger Teil der Persönlichkeit meiner Mutter waren. Sie hat sich zwar immer eine große Hochzeit mit Brautkleid und Festmahl gewünscht – zuerst für sich selbst und dann für mich. Das bekommt sie nun zwar auch diesmal nicht, aber sie lächelt und ist glücklich. Das Leben ist, wie es ist, und sie lebt es, wie ein Drache es leben sollte – Niederlagen akzeptiert sie nie.

Während sie ihre Papiersammlerjacke anzieht, gehe ich zum Fenster, öffne es und hole die Schachtel herein, die wir aufs Fensterbrett gestellt haben, um den Inhalt zu kühlen und sicher aufzubewahren. Ich setze mich auf Mays Bett und hebe vorsichtig den Deckel. Die Schachtel enthält zwölf Eier, die uns Z. G. geschenkt hat. Heute wird meine Mutter zu ihrer Arbeitseinheit gehen und ihrem Vorsteher mitteilen, dass sie einen Professor heiraten will. Sie wird ihm ein Dutzend frische Eier versprechen, wenn er sie um ein Uhr zum Regierungsbüro begleitet, wo sie Dun treffen wollen, der von seinem Vormittagsunterricht kommt. Ihr Vorsteher muss die Heirat bewilligen: Er muss bestätigen, dass sie an keiner Krankheit leidet, ein nützliches Mitglied des Proletariats und mit Dun bis zum dritten Grad nicht blutsverwandt ist. Der Beamte wird meine Mutter und Dun Papiere unterzeichnen lassen, und dann erhalten sie eine Heiratsurkunde. Meine Mutter wird die Eier aber erst herausrücken, wenn ihr der Vorsteher den Nachmittag freigibt. Wir sind sicher, dass er diese Bestechung annimmt, denn wir haben alle seit Monaten keine Eier mehr gesehen, und das Eiweiß ist ein guter Schutz gegen die Schwellkrankheit.

Ich drehe die Eier so, dass sie perfekt aussehen, setze den Deckel wieder darauf und reiche die Schachtel meiner Mutter. Ich gebe ihr einen Kuss und umarme sie. »Ich wäre gerne bei dir.«

»Das wäre schön, aber alles muss so normal und nüchtern wie möglich ablaufen. Das habe ich von Tante Hu gelernt«, erzählt sie mir.

Dann geht sie mit ihrem Dutzend Eiern davon.

Es ist wichtig, dass wir an unserem üblichen Zeitplan festhalten. Um neun mache ich Ta-ming und das Baby fertig, und wir fahren mit dem Bus zu Z. G., so wie jeden Tag in den vergangenen zwei Monaten. Tao wohnt immer noch bei Z. G. Ich wünsche mir mehr als alles andere, Tao nicht sehen zu müssen, denn ich hasse ihn, und nichts ist gefährlicher als ein ungebildeter Bauer – jemand, der behaupten kann, rot zu denken, während er die Leute, die ihm geholfen haben, anschwärzt. Aber ich muss zu ihm, damit unser Verhalten normal wirkt. »Du musst ihn einfach noch eine Weile ertragen«, ermahnt mich meine Mutter immer wieder. Das tue ich, aber es fällt mir nicht leicht.

Eines der Dienstmädchen lässt mich ein, und ich gehe direkt nach oben in das Zimmer, das Z. G. vor Kurzem in ein Atelier umgewandelt hat. Durch die Fenster fällt Licht. Im ganzen Zimmer verteilt stehen Staffeleien mit Leinwänden oder unfertigen Aquarellen von Tao, Z. G. und mir, denn wir wollen das natürliche Licht ausnutzen. Tao ist schon hier. Er sieht immer noch gut aus, kein Zweifel, aber er lächelt nicht, um mir seine schönen Zähne zu zeigen, und er wendet sich nicht einmal zu mir um. Er wartet, bis ich Samantha in eine Holzkiste gesetzt habe, in der sie sich bewegen, aus der sie aber nicht herauskrabbeln kann, dann geht er zu seiner Ah Fu und tätschelt ihr den Kopf.

Ta ming nimmt den Platz am Fenster ein, wo er auf die Straße hinunterschauen kann. Der arme Junge ist nicht mehr das glückliche Kind, das ich im Gründrachendorf kennengelernt habe. Er spricht nicht über seine Mutter, das Hofhaus, den Hunger oder das schreckliche Erlebnis, ganz allein im dunklen Kofferraum von Z. G.s Auto eingesperrt zu sein. Er lächelt kaum einmal, aber das war wohl zu erwarten. Dun bat einen Freund, der an der Universität westliche Musik unterrichtet, dem Jungen ein paar einfache Geigenstunden zu geben. Er sagt, die Geige des Landbesitzers sei recht alt und von einigem Wert. Was Ta-ming nun glücklich macht, sind die Geigenstunden und die Zeit, die er abends in unserem Zimmer üben darf. Ansonsten ist er still und nachdenklich.

Z. G. betritt den Raum. »Guten Morgen« sagt er. »Seid ihr bereit zu malen?« Er geht hinüber zu Tao, und sie sprechen über seine Arbeit. »Es gefällt mir, wie rau und kalt die Felder aussehen …«

Die Zeit, die wir zusammen verbringen, erinnert mich in vielerlei Hinsicht an den Privatunterricht, den Tao und ich im Hofhaus bekommen haben, allerdings ohne unsere verrückte Liebe. Z. G. behandelt Tao und mich immer noch unterschiedlich. Er bewundert Taos Werke und lobt ihn als den Vorbildkünstler, zu dem er nun geworden ist. Mit diesem Theater soll die überhöhte Selbsteinschätzung meines Mannes nur noch mehr aufgebaut werden. Z. G. bringt mir die Technik bei, mit der er früher die Kalendermädchenplakate von meiner Mutter und meiner Tante gemalt hat – man reibt Kohlepulver über ein Bild und malt dann mit Aquarellfarbe darüber, um bei den Wangen, dem Stoff, den Haaren, Möbeln und dem Himmel mehr Wärme und Tiefe zu erzielen.

Bei meiner Arbeit versuchte ich zu erreichen, was Z. G. als den Kern des Strebens der chinesischen Kunst bezeichnete, als ich damals zu ihm kam: die innere Welt des Herzens und des Denkens abzubilden. Meine Mutter und Z. G. haben mich körperlich gerettet, aber in meinem hoffnungslosesten Moment habe ich meine wahre Stimme gefunden, die mir Herz und Seele gerettet hat. Kunst um der Kunst willen, das motiviert mich nicht. Politik ist gewiss auch nicht mehr das, was mich motiviert. Mich motivieren Emotionen. Die stärkste dieser Emotionen ist die Liebe – die Liebe zu meinen beiden Müttern, meinen beiden Vätern und meinem Baby. Während meiner Genesung begann ich etwas zu *sehen*. Augenblicke aus meiner Kindheit fielen mir ein: Wie ich mit meiner Großmutter Erbsenschoten putze, wie ich mit meinem Großvater durch China City gehe, wie ich mich an einem Filmset zusammen mit meiner Tante umkleide. Und natürlich alles, was meine Mutter mit mir gemacht hat: Wie sie mir ein Trägerkleid anprobiert, das sie genäht hat, wie sie mir hilft, die Namen aller Kinder in meiner Klasse auf den Karten für den Valentinstag zu buchstabieren, wie sie mich mit in die Kirche nimmt, an den Strand, in die chinesische Schule, all die Dinge, die mich zu dem Menschen gemacht haben, der ich nun bin.

Das Neujahrsplakat – das damals wie heute schöne Mädchen zeigt – ist zu meiner Kunstform geworden und zu meinem Weg, meine Vision zu realisieren. Das Bild, an dem ich arbeite, zeigt meine zwei Mütter – die Mutter, die mich geboren hat, und die Mutter, der ich so wichtig war, dass sie mir sogar bis hierher gefolgt ist. Ich bin zwischen ihnen – die Verbindung, das Geheimnis, diejenige, die geliebt wurde. Gemeinsam betrachten wir ein kleines Mädchen, Samantha, das gerade gelernt hat, ohne Hilfe zu sitzen. Wir sind drei Generationen von Frauen, die gelitten und gelacht, gekämpft und triumphiert haben. Mein Neujahrsplakat ist das Dankeschön meines Herzens für das Geschenk des Lebens. Dass ich es in dem Stil gemalt habe, den Z. G. während der Zeit der Kalendermädchen perfektioniert hat, macht mich glücklich. Meine beiden Mütter haben einen cremefarbenen Teint, rote Lippen, Augenbrauen wie Weidenblätter – noch nicht berührt von den Spuren der Zeit, von Sorgen oder vom sozialistischen Realismus. Sie sind, wie sie sein sollen – für alle Zeit schön.

Mein Aquarell wird dieses Haus nie verlassen. Wir haben beschlossen, dass es zusammen mit meinen anderen Arbeiten hierbleiben muss, als Beweis für die Behörden, dass Z. G. und Tao nie den Verdacht hatten, ich wollte fliehen. Wenn andere es sehen, werde ich wahrscheinlich beschuldigt, Ausländisches zu verherrlichen, reaktionär zu sein – bezogen auf die Vereinigten Staaten –, oder revisionistisch, bezogen auf die Sowjetunion. Aber das ist egal, denn dann bin ich weg, weg, weg.

Z. G. kommt zu mir. »Im Westen heißt es, die Schönheit liegt im Auge des Betrachters«, sagt er. »Hier in China wird Schönheit durch Politik und Realismus definiert. Aber was ist das Schönste, das ich kenne? Es sind die Gefühle des Herzens – die Liebe, die du für Samantha empfindest, die Liebe, die du für Pearl und May empfindest. Diese Dinge sind rein, wahr und unveränderlich.«

Seine Worte dringen in mich ein. Ich habe meinen Vater Sam geliebt, und das wird sich nie ändern, aber Z. G. ist ebenfalls mein Vater. Die Zeit, die Geduld, die Technik und das Gespür für Farbe, die er mir geschenkt hat, haben mein Leben in einer Weise verändert, die ich noch nicht einmal ansatzweise begriffen habe.

»Ich habe immer geglaubt, *ai kuo* – die Liebe zu China und unserem Volk – sei das Wichtigste im Leben«, sage ich. »Dann dachte ich, jemanden *ai jen* – Geliebter – nennen zu dürfen, sei das Wichtigste.« Ich werfe einen Blick zu Tao hinüber. Als er meine Worte hört, versteift sich sein Rücken, aber er dreht sich nicht zu mir um. »Jetzt begreife ich, dass die Liebe etwas Größeres ist. *Kung ai* – allumfassende Liebe – ist das Allerwichtigste.«

»Das hast du auf deinem Bild gezeigt«, bemerkt Z. G. »Die Kunst ist der Herzschlag des Künstlers, und du hast deinen Herzschlag gefunden.«

Mein Vater lobt mich noch mehr und meint, das Bild sei das Beste, was er seit Jahren gesehen habe. Nachdem er das Atelier verlassen hat, arbeiten Tao und ich schweigend weiter. Um halb zwei sammle ich das Baby und Ta-ming ein. Tao beginnt damit, seine und Z. G.s Bilder für die Messe einzupacken. An der Tür drehe ich mich ein letztes Mal zu meinem Bild um. Ja, meinen Herzschlag spüre ich ganz deutlich.

Um halb drei treffen wir uns wieder bei meiner Mutter. Wir suchen die diversen Dokumente, Fotografien und andere Papiere zusammen, die wir ausfüllen mussten. Mit dem Bus fahren wir zum Amt für auswärtige Angelegenheiten, um unsere Pässe zu holen. Am Schalterfenster werden wir von Genossin Yikai begrüßt, einer drahtigen und überraschend freundlichen Frau, die uns seit beinahe sechs Monaten jede Woche empfangen hat. Wir zeigen ihr unsere Unterlagen, die sie schon zig Male gesehen hat, aber nun hat sie auch das letzte Dokument, das noch erforderlich war, in Händen. Sie strahlt, als sie die Heiratsurkunde von Dun und meiner Mutter sieht. »Endlich!«, ruft sie. »Alles Gute!« Sie blättert die anderen Papiere durch, wobei sie auf Ta-mings und Samanthas erst vor Kurzem ausgestellte Geburtsurkunden kaum einen Blick wirft. Wo wir die herhaben? Ich konnte wahrheitsgemäß behaupten, dass ich von der Volkskommune Löwenzahn Nummer acht nie Papiere für Samantha bekommen habe.

Meine Mutter hat gelogen. Sie erzählte, sie habe Ta-ming adoptiert, nachdem sie ihn verlassen in einer Grube am Straßenrand gefunden habe.

»Du bist eine gute Genossin, dass du dem Kind geholfen hast«, lobt Genossin Yikai meine Mutter, wie jedes Mal, wenn wir herkommen. »Außerdem sollte jede Frau einen Sohn haben.« Eine Frage allerdings quält sie noch. »China ist das beste Land auf der ganzen Welt. Warum wollt ihr denn von hier weg, und sei es nur für einen Besuch?«

»Du hast völlig recht, Genossin Yikai«, stimmt meine Mutter ihr zu. »Der Vorsitzende Mao ist unsere Mutter und unser Vater, aber findest du nicht, es ist auch wichtig, dass sich Blutsverwandte sehen? Ich möchte, dass meine Schwester – die wir vor langer Zeit an den kapitalistischen Westen verloren haben – unsere gute Familie sehen kann.« Sie deutet auf Dun, Ta-ming, das Baby und mich. »Wenn sie das sieht, will sie bestimmt in ihr Vaterland zurückkehren.«

Genossin Yikai nickt gemessen. Sie stempelt die fünf Pässe ab und schiebt sie unter dem Fenster durch.

»Euer ganzer Block wird stolz sein, wenn ihr deine Schwester zurückbringt«, sagt sie. »Gute Reise.«

Wie geplant kehren wir zum Haus zurück, um Koch zu holen, denn Inspektor Wu hat verlangt, dass jemand für uns bürgt. Gemeinsam machen wir uns auf den Weg zur Polizei, wo wir an der Schlange von Leuten vorbeigehen, die auf Reise- und Ausreisegenehmigungen hoffen. Wir werden direkt zu Inspektor Wu vorgelassen, der meine Mutter seit ihrer Ankunft in Shanghai befragt hat. Er behandelt Direktor Koch respektvoll und bietet ihm einen Stuhl und Tee an. Dann kommt er gleich zur Sache.

»Wir behandeln diesen Antrag auf Reisegenehmigung seit mehreren Monaten. Wir haben nur noch ein paar Fragen, die du sicherlich beantworten kannst.« Er nickt Koch zu, der seinerseits mit einem Nicken antwortet, denn er versteht den Ernst der Lage. »Würdest du sagen, Genossin Pearl hat sich in die Reihen der Arbeiter, Soldaten und Bauern eingegliedert, um eine bessere Gesellschaft aufzubauen?«

»Sie hat ihren Abortkübel selbst gesäubert und ihre Wäsche selbst gemacht«, antwortet Koch mit altersschwacher, zittriger Stimme.

Es war ein Wagnis, Koch herzubringen. Niemand wusste genau, was er sagen würde, aber es läuft perfekt. Ich könnte den alten Mann küssen, doch das wäre unschicklich.

Inspektor Wu wendet sich an meine Mutter. »Ich war dir gegenüber lange misstrauisch. Du hast bei allen Treffen dieselben Antworten auf meine Fragen gegeben. Wie kann das sein?, habe ich mich gefragt. Du bist dem Aufruf gefolgt, ins Vaterland zurückzukehren, aber du hattest nichts zu bieten, denn du warst keine Wissenschaftlerin oder Ingenieurin. Ich habe den Vorgesetzten gesagt, wir sollten keine amerikanischen Imperialisten wie dich durchfüttern, unterbringen oder hier dulden, aber du hast mich Lügen gestraft. Nun fragen mich meine Oberen, ob du diese Gelegenheit nutzen wirst, um nach Amerika zurückzukehren.«

»Ich würde niemals dorthin zurückgehen«, sagt meine Mutter.

»Genau das habe ich meinen Vorgesetzten auch gesagt.« Inspektor Wu strahlt. »Ich habe ihnen gesagt, du bist zu schlau dafür. Die Amerikaner würden dich niemals einreisen lassen. Sie würden dich aussondern und erschießen.«

Derartiges haben wir in den vergangenen Monaten zur Genüge gehört. Das ist genau die gleiche Propaganda, die man meiner Mutter und mir erzählt hat, bevor wir nach China kamen.

»Eine Tagesreise nach Hongkong?« Der Polizist grinst spöttisch und fügt streng hinzu: »In ein paar Jahren wird Hongkong wieder an China zurückfallen. Wir müssen nur wissen, dass ihr dort willkommen seid. Wir möchten unserem kleinen Cousin keine Last aufbürden.«

Wie bereits seit sechs Monaten reicht ihm meine Mutter noch einmal Tante Mays Einladungsschreiben. Dann zeigt sie ihm ihre neue Heiratsurkunde und die Pässe.

»Was ist das mit der Heirat?«, fragt Inspektor Wu, obwohl er schon eine Weile wusste, dass das ansteht.

»Damit war zu rechnen«, meldet sich Koch zu Wort. »Die beiden sind im gleichen Alter, sie leben unter einem Dach. Sie kennen sich seit mehr als zwanzig Jahren. Die Mutter des Mädchens mochte den Professor recht gerne. Ich würde sagen, es war an der Zeit.«

Inspektor Wu betrachtet die Heiratsurkunde amüsiert. »Ein Junggeselle, der eine Witwe heiratet.« Er kichert, bevor er sich an Koch wendet. »Die Witwe wird ihm schon zeigen, was Sache ist.«

Koch nimmt eine drohende Haltung ein. Ich befürchte, dass er nun vielleicht den Ruf des kleinen Fräuleins mit irgendwelchen Bemerkungen schützen will, und setze ihm schnell Samantha auf den Schoß, um ihn abzulenken.

Als niemand in das traditionelle Hochzeitsgeplänkel einfällt, schüttelt Inspektor Wu enttäuscht den Kopf. »Es ist alles in Ordnung«, sagt er. Er schiebt fünf Ausreisegenehmigungen über den Schreibtisch, fährt Ta-ming durch die Haare und reißt spontan ein paar Zoten über das Hochzeitspaar und darüber, was Dun heute Nacht womöglich erwartet. Als wir sein Büro verlassen, ruft er meiner Mutter nach: »Wir sehen uns nächsten Monat um die übliche Zeit!«

Der schwierigste und gefährlichste Teil unserer Reise liegt nun hinter uns. Als wir auf den Eingangsstufen stehen, sind wir außer uns vor Begeisterung, aber wir zeigen das tunlichst nicht. Trotzdem betrachten uns die Leute, die in der Schlange warten, voller Neid. Wir haben es zumindest durch die Tür geschafft.

Als wir zu Hause sind, bleibt meine Mutter wie immer im Garten stehen. Wenn alles gut geht, ist es nun das letzte Mal, dass sie im Garten ihrer Familie welke Blüten abzupft, wilde Triebe abschneidet oder die Blumentöpfe zurechtrückt.

Der Schuster kommt durch das Tor. »Pflückst du die Blumen für uns zum Essen oder für eine deiner Vasen?«, fragt er.

»Ich möchte die letzten Blumen vor dem ersten Frost hereinholen«, antwortet Mom unbekümmert. »Die hier würden im Salon doch hübsch aussehen, meinst du nicht?«

Der Schuster antwortet nicht, aber ich weiß, was meiner Mutter dabei durch den Kopf geht. Sie hat erzählt, wie sie ihre Freundin zu Hause besuchen wollte und dort die welken Blumen in einer Vase auf dem Tisch gesehen hat. Deshalb dachte sie, Madame Hu würde zurückkommen. Mom hofft, was sie da tut, wird nun die anderen glauben lassen, wir seien nur ein paar Tage weg. Wir wollen, dass weder Z. G. noch sonst jemand Schwierigkeiten bekommt, wenn wir weg sind. Wenn die Polizei die Mieter verhört, werden sie wahrheitsgemäß antworten können, dass sie nicht den geringsten Verdacht hegten. Als Beweis werden sie auf die Blumen meiner Mutter zeigen.

Ich mache Abendessen. Alle sitzen um den Tisch im Esszimmer. Wir hören uns den Klatsch des Tages an. Eine der ehemaligen Tänzerinnen wurde in der Textilfabrik befördert. Das ärgert ihre Mitbewohnerin. Die beiden zanken sich, wie es nur zwei Frauen können, die sich seit dreiundzwanzig Jahren dasselbe kleine Zimmer teilen. Ja, alles ist genauso, wie es sein sollte. Selbst als Koch die Heirat des kleinen Fräuleins und des Professors verkündet, wirkt niemand sonderlich überrascht.

»In diesem Haus gibt es keine Geheimnisse«, sagt der Schuster und hebt seine Tasse mit heißem Wasser, um auf ihr Wohl zu trinken.

Meine Mutter blickt von einem Gesicht zum anderen. Sie betrachtet die ausgebleichte Tapete und die Art-déco-Wandleuchter, die sie in einem Leihhaus gekauft hat. Mit den Fingern streicht sie über die Tischplatte, prägt sie sich ein. Ich sehe, dass sie mit den Tränen kämpft. Kurz fürchte ich, dass sie alles verrät, doch dann blinzelt sie, räuspert sich und nimmt ihre Essstäbchen zur Hand.

Pearl

Ein Ort der Erinnerung

Ich verlasse das Heim meiner Familie fast genauso, wie ich gekommen bin. Die Mieter drängen sich im Gang um mich und geben mir gute Ratschläge. Als Koch hereinkommt, machen sie Platz. Das Wissen darum, dass ich ihn nie mehr wiedersehen werde, brennt mir in der Brust, aber ich sage nur: »Kümmere dich bis zum nächsten Dienstag um alles.« Dann wende ich mich an alle. »Vergesst nicht die Reinlichkeitskampagne. Wenn ich wiederkomme, will ich keine …«

»Wir wissen schon, wir wissen schon«, antworten die anderen im Chor. Dann nehme ich die Reisetasche, mit der ich nach China gekommen bin, gehe zur Tür hinaus und die Stufen in den Garten hinunter. Joy trägt das Baby. Dun nimmt Ta-ming an die Hand. Ich halte den anderen das Tor auf. Ich werfe keinen Blick zurück. Dann gehen wir gemeinsam zur Ecke und steigen in den ersten von mehreren Bussen, die uns zum Flughafen bringen.

Als Papiersammlerin habe ich viel Zeit auf dem Bund verbracht, habe den Schiffen zugesehen, die flussaufwärts und -abwärts fuhren, und mir überlegt, ob es eine Möglichkeit gibt, Shanghai auf dem Whangpoo zu verlassen. Noch bis vor Kurzem war ich davon ausgegangen, dass wir mit dem Boot oder dem Zug nach Kanton fahren, aber Z. G.s Vorgesetzte bei der Künstlervereinigung haben darauf bestanden, dass er mit Tao, Joy, dem Baby und der Amah nach Kanton fliegt. Flugtickets seien zwar teuer, sagten sie zu Z. G., doch wir wären dann nicht so lange fort, und sie müssten uns nicht mit so vielen Bezugsscheinen für Reis ausstatten. Von meinem eigenen Geld habe ich noch die Tickets für Dun und Ta-ming gekauft.

Wir warten sechs Stunden im Terminal. Einige von uns wechseln besorgte Blicke. Z. G. und Tao sollen ihre Bilder gleich morgen früh bei der Eröffnung der Messe zeigen. Was ist, wenn das Flugzeug heute nicht startet? Wenn wir es bis zum Morgen nicht nach Kanton schaffen, gibt es keinen Grund mehr für Z. G. und Tao – und deshalb auch nicht für uns andere –, nach Kanton zu fahren. Wir warten und warten. Babys greinen, Kinder quengeln. Die Menschen drängen sich zusammen, einpackt in dicke Schichten wattierter Kleidung – sie haben zusätzliche Sachen dabei, ohne dass es auffallen soll, aber es fällt auf. Der ätzende Geruch von feuchten Menschen, schmutzigen Windeln, Zigarettenrauch und eingelegten Rüben klebt mir in der Kehle. Auf dem Linoleumboden pappt Spucke, nikotinversetzer Schleim, liegen Taschen, Körbe und Beutel. Soldaten patrouillieren in den Gängen und bleiben gelegentlich stehen, um Papiere und Lichtbildausweise zu überprüfen. Das Warten, die Angst, die Sorge bei jedem Mal, wenn die bewaffneten Soldaten vorbeikommen, ist nervenaufreibend. Dennoch haben Hoffnungsfunken in fahlen Gesichtern die leeren Blicke ersetzt. Vielleicht wird es im Süden besser.

Schließlich ist das Flugzeug startbereit, aber ein Flug in einer chinesischen Propellermaschine ist eine völlig andere Geschichte als mein Flug mit Pan Am über den Pazifik. Samantha brüllt die ganze Strecke. Ta-ming hält den Geigenkasten seines Vaters auf dem Schoß. Er drückt ihn mir gerade noch rechtzeitig in die Hände, bevor er sich zur Seite beugt und sich in den Mittelgang übergibt. Tao und Z. G. rauchen ohne Unterlass, wie die meisten anderen Passagiere auch. Es ist ein langer Flug mit vielen Turbulenzen. Ich schaue aus dem Fenster und sehe zu, wie Festlandchina unter mir vorbeizieht.

Als wir in Kanton aus dem Flugzeug steigen, fällt mir als Erstes auf, wie viel wärmer es hier ist als in Shanghai. Es fühlt sich an wie Los Angeles, und das liebe ich. Dann höre ich Kantonesisch. Ich sehe Joy an. Das ist der Klang von Chinatown. Wir sind noch in China, nähern uns aber der Heimat. Wir strahlen, aber genauso schnell bringen wir unsere Gesichtszüge wieder unter Kontrolle, denn wir dürfen nicht den Anschein erwecken, als hätten wir einen besonderen Grund, glücklich zu sein.

Mit zweisitzigen Fahrradrikschas fahren wir zum Hotel. Die Straßen sind voll von Flüchtlingen mit ihren Bündeln, Kindern und allem, was ihnen wichtig ist. Alle wollen heraus. Das Hotel ist genau so, wie ich es in Erinnerung habe, und ich muss daran denken, was ich hier mit Z. G. gemacht habe. Als sich unsere Blicke treffen, weiß ich, dass auch er sich erinnert. Betreten schaue ich weg und rücke etwas näher zu Dun. Wir bekommen drei Zimmer: eines für Z. G., eines für Tao und Joy (das arme Ding) und eines für die Kinder, Dun und mich, da ich als Amah dabei bin.

Tao scheint kaum beeindruckt vom Hotelfoyer. Seit der Geschichte mit dem Reiswaschen in der Toilette hat er es weit gebracht. Doch zum ersten Mal entdecke ich eine Spur Nervosität an ihm. Hier sprechen alle Kantonesisch. Er beherrscht den Shanghaier Dialekt mittlerweile zwar relativ gut, aber Kantonesisch ist völlig anders als Mandarin, der Wu-Dialekt von Shanghai oder der Dialekt seiner Heimat im Gründrachendorf. Wir müssen uns alle immer wieder ins Gedächtnis rufen, dass Tao keinen Verdacht schöpfen darf, doch ich kann gar nicht sagen, wie aufregend es ist, nur hundert Meilen von Hongkong entfernt zu sein.

Am Morgen kommt Joy in unser Zimmer, und wir gehen gemeinsam mit Dun ein letztes Mal unseren Plan durch. Wir werden uns für die Eröffnungsfeierlichkeiten angemessen kleiden. Joy – die Ehefrau des Vorbild-Bauernkünstlers – zieht die einfache Baumwollbluse und die Hose an, die sie trug, als ich sie in einem Schubkarren aus dem Gründrachendorf geschoben habe, Dun einen schlecht sitzenden dunklen Anzug im westlichen Stil, der den Eindruck erwecken soll, dass er als Hongkongchinese die

Messe besucht; die Kinder stecken wir in Schwarz, damit man sieht, dass sie vom Land kommen, und ich ziehe das an, was ich trug, als ich China verließ, es wieder betrat und worin ich es hoffentlich später am heutigen Tag wieder verlassen werde – die Bauernkleidung, die May vor vielen Jahren für mich gekauft hat.

»Ich trage die Kleine«, wiederholt Joy.

»Ich bin verantwortlich für Ta-ming und habe unser Geld in der Hose«, sage ich.

»Ich habe unsere Papiere hier.« Dun klopft auf seine Jacke. »Um neun müssen wir zur Eröffnung der Kunstausstellung da sein.«

Wir waren uns einig, dass das notwendig ist, aber es wird uns schwerfallen, weil wir so ungeduldig sind und endlich fliehen wollen. Aber Tao würde sich wundern, wenn wir nicht auftauchen würden, und die Organisatoren der Messe noch viel mehr, denn immerhin haben sie Tao, seine Frau und ihre kleine Tochter zu diesem besonderen Ereignis eingeladen.

»Sobald die Vorführung von Z. G. und Tao beginnt, schleichen wir uns aus dem Saal und gehen zum Bahnhof«, fährt nun Joy fort. Wir sprechen über ein äußerst gefährliches Vorhaben, aber sie klingt ruhig und entschlossen. Meine Tigertochter springt wieder.

»Und dann sind es nur zwei Stunden bis Hongkong«, sage ich, ermutigt durch Joy.

Wir gehen hinunter in den Speisesaal und setzen uns zu Z. G. und Tao. Z. G. trägt einen seiner elegantesten Mao-Anzüge, passend zu seiner Stellung. Tao trägt ebenfalls einen Mao-Anzug, aber Stoff und Schnitt sind von minderer Qualität. Im Gegensatz zu Joy, die immer noch aussehen muss wie die Frau eines Bauern, zeigt Tao der Welt, dass er Z. G.s Schützling ist. Er geht stolz und aufrecht und lächelt breit.

Die Messe ist international, und das sieht man auch am Buffet: hart gekochte Eier, Joghurt und pikante Fladenbrote für Besucher aus Indien und Pakistan, geschmorte Tomaten, Würstchen, schlaffer Speck und Toast mit Butter und Marmelade für die Engländer, Reisbrei, sauer Eingelegtes und Berge gefüllter Teigtaschen für die Chinesen. Für die Regierung ist es wichtig, nach außen den Eindruck zu vermitteln, dass es keine Probleme im Land gibt; der Große Sprung nach vorn ist großartig! Ta-ming lädt sich den Teller mit mehr Essen voll, als er je verdrücken könnte, aber das tun wir alle.

Kurz vor neun gehen wir zum Messeeingang, wo wir vom Organisator begrüßt werden, einem beflissenen Mann mit einem glänzenden, runden Gesicht. Er führt uns in die große Halle. Auf der Bühne vorne stehen mehrere mit roter Seide verhüllte Staffeleien.

»Geich nach dem Einlass stellen wir euch dem Publikum vor, und dann werden eure Bilder enthüllt«, erklärt der Organisator auf Mandarin mit einer Zigarette zwischen den Lippen. Er hält inne und runzelt besorgt die Stirn. »Mitglieder der Künstlervereinigung von Kanton kündigen euch an, dann beginnt ihr mit der Vorführung. Aber bitte macht das zügig. Die Leute sind hergekommen, um unsere Produkte zu kaufen, und sie werden schnell weiter in die Ausstellungsräume gehen wollen.«

Hunderte Besucher werden eingelassen. Tao hält sich an den Organisator, wahrscheinlich hofft er, Beziehungen knüpfen zu können, während wir anderen darauf warten, dass das Programm beginnt. Natürlich ist es doch aufwendiger, als man uns gesagt hat. Ein Drachentanz mit scheppernden Zimbeln, lauten Trommeln und bunten Kostümen sorgt für eine festliche Stimmung. Dann betritt der Organisator das Podium. Tao klebt immer noch an seiner Seite – und nicht zum ersten Mal denke ich mir, was für ein gieriger, törichter Mensch mein Schwiegersohn doch ist.

»Ich heiße alle Gäste der Exportwarenmesse der Volksrepublik China willkommen«, beginnt der Organisator auf Kantonesisch. Er wiederholt die Begrüßung auf Mandarin und spricht auch auf Mandarin, der chinesischen Amtssprache, weiter. »Dieses Jahr gibt es noch mehr unserer wunderbaren Traktoren, Textilmaschinen, Wecker und Taschenlampen als sonst zu sehen und natürlich auch zu kaufen. Wir stellen die besten und billigsten

Waren der Welt her. Es gibt nichts, was die Volksmassen nicht könnten!«

Das Publikum applaudiert. Der Organisator bittet mit erhobenen Händen um Ruhe.

»Ich weiß, jeder möchte so schnell wie möglich hinein, aber zuerst haben wir noch etwas Besonderes vorbereitet. Wir eröffnen die Messe heute mit einer bedeutenden Kunstausstellung«, fährt er fort. »Sie wird von hier aus nach Peking reisen, zum alljährlich stattfindenden Neujahrsplakatwettbewerb. Danach wird sie in Großstädten im ganzen Land gezeigt. Wer schon einmal hier war, kennt Li Zhi-ge, einen der besten Künstler unserer Nation. Er ist wieder hier, und gleich hole ich ihn auf die Bühne, aber zuerst möchte ich noch Feng Tao vorstellen.«

Wieder wird applaudiert, während Tao winkt, lächelt und sich mehrmals verbeugt. Das hat er bei anderen Veranstaltungen nach seiner Genesung gelernt.

»Feng Tao ist durch und durch rot«, fährt der Organisator fort. »Aber er ist mehr als das! Er ist gleichzeitig rot und Experte, so bezeichnen wir das.« Ein größeres Kompliment gibt es dieser Tage nicht, und es bezieht sich auf Bauern wie Tao, die »rot« sind wegen ihres jahrtausendelangen Leidens und »Experten« wegen ihrer Unwissenheit. »Er ist hier, um der Welt zu zeigen, dass jeder ein Künstler werden kann. Sicherlich wird er in Peking die Auszeichnung für das beste Neujahrsplakat bekommen.«

Ich werfe einen kurzen Blick zu Z. G. hinüber, um zu sehen, wie er das aufnimmt. Wie schwer muss es in den vergangenen Monaten gewesen sein, ständig diesen Unsinn zu hören, aber seine Miene bleibt ausdruckslos. Neben mir tritt Joy nervös von einem Bein aufs andere. Sie weiß, dass sie gleich dort hinaufgerufen wird, um als Taos Vorbildgenossen-Ehefrau vorgeführt zu werden, die aus dem imperialistischen Amerika ins Vaterland heimgekehrt ist.

Der Organisator bittet die Delegation der Künstlervereinigung von Kanton zu sich auf die Bühne. Sie ziehen von jeder Staffelei die rote Seide herunter und enthüllen einige von Z. G.s neuesten Werken – strahlende, rundgesichtige Frauen, die Traktor fahren, stämmige Frauen, die rote Fahnen schwenken und lächelnd eine Kolonne Panzer betrachten, die zum zehnten Jahrestag der Volksrepublik China über den Chang'an-Boulevard rollen, und den Vorsitzenden Mao, der durch das Land schreitet und dabei größer wirkt als die Berge und gewaltiger als das Meer. Taos Bilder sind völlig anders. Mit sauberen, aber einfachen Strichen und in leuchtenden Farben hat er das Dorf gemalt.

Die Leute applaudieren anerkennend. Dann zieht einer der Männer von der Künstlervereinigung wieder ein rotes Tuch von einer Staffelei. Joy schnappt nach Luft. Ich schaue zwischen den Köpfen hindurch nach dem Grund für ihre Aufregung und sehe auf der Bühne etwas, das so schön ist, dass ich es gar nicht sofort in voller Gänze erfassen kann. Es ist ein Aquarell, das meine Schwester, Joy, Samantha und mich in dem altmodischen Kalendermädchenstil zeigt. Mein erster Gedanke ist, dass Z. G. es gemalt hat.

»Das ist von mir!«, sagt Joy so laut, dass einige Leute den Kopf nach ihr umwenden und sie anschauen. Z. G. legt ihr beruhigend die Hand auf den Arm. Sie blickt zu ihm auf, das Gesicht wutrot. »Er hat mein Bild gestohlen. Auch dafür will er den Ruhm einheimsen.«

Die Besucher aus anderen Ländern, die um uns herumstehen, wirken nicht sonderlich beeindruckt von den bisherigen Geschehnissen, und man sieht ihnen an, dass sie resigniert haben – wir sind hier in China und müssen die Grußworte, die Proklamationen und die Vorführung erdulden, bevor wir in die Messehalle können. Die Chinesen wiederum lauschen dem Wortwechsel mit großem Interesse, rücken näher und lenken die Aufmerksamkeit auf uns.

»Er hat es wahrscheinlich mit den anderen Bildern eingepackt, als ich gerade nicht hingeschaut habe«, sagt Z. G. ruhig. »Aber das darf dich jetzt nicht kümmern.«

Womit er recht hat, denn wir müssen uns mit etwas viel Schlimmerem beschäftigen. Auf der Bühne hat sich eine hitzige Diskussion unter den Mitgliedern der Künstlervereinigung entfacht. Sie zeigen wütend auf den Organisator und auf Tao. Mir ist auch klar, warum: Joys Bild lässt die Schönheit der Vergangenheit und die tief empfundene Mutterliebe in einem Stil wiederaufleben, der als reaktionär und ultrarechts gilt – doch ich bin sehr stolz auf Joy. Und ich fühle mich geehrt und bin glücklich. Sie wird ihre Gefühle vielleicht nie in Worte fassen können, aber durch ihre Pinselstriche hat sie mir eindeutig bewiesen, dass sie meiner Schwester und mir verziehen hat.

Der Organisator tritt wieder vor das Mikrofon. Er ist durcheinander und versucht nun, das Beste aus einer katastrophalen Situation zu machen. »Wir bedauern es, dass euch dieses Beispiel für schwarze Kunst vorgesetzt worden ist. In der Neuen Gesellschaft bekommen aber glücklicherweise selbst die schlimmsten Verbrecher Gelegenheit, zu gestehen.« Er winkt Tao zu sich. »Bitte, tritt vor und erkläre dich unseren Gästen. Zeige ihnen, wie unser großartiges Land daran arbeitet, den Sozialismus und den Kommunismus aufzubauen.«

Als Tao zum Podium schlendert, ist mir klar, was er vorhat. Es wird anders laufen als bei dem Wandbild, wo er die Ehre für Joys Werk für sich beansprucht hat. Stattdessen wird er den Künstler benennen und Joy – und vielleicht auch Z. G. – beschuldigen, dass sie ihn auf einen schwarzen Pfad führen wollten. Indem er sie ins Visier nimmt, verbessert er bei der Regierung seinen Status als Vorbildkünstler, der rot und gleichzeitig Experte ist und der reinen Herzens und tapfer gegen Unruhestifter vorgeht, die bestraft werden müssen.

»Wir müssen los«, sage ich. »Wir müssen auf der Stelle weg!«

Als ich die anderen in Richtung Tür schiebe, höre ich Taos Stimme. »Ich habe diese widerwärtige Scheußlichkeit nicht gemalt, aber ich habe gesehen, wie sie entstanden ist. Meine Frau wurde in unserer Kommune als rechtsgerichtete Opportunistin kritisiert. Mein Schwiegervater hat eine dekadente Vergangenheit. Sie sind die Schuldigen …«

»Schnell!«, rufe ich.

»Wo bist du? Wer hat das Bild wirklich gemalt?«, ruft Tao. »Tritt vor! Stelle dich der Kritik!«

Vom ersten Moment an war mir Tao unsympathisch. Ich habe ihn gehasst, seit mir Joy vom »Kind-Tauschen, Essen-Kochen« erzählt hat. Er ist ein Bauerntölpel, und obwohl ich Christin bin, wünsche ich mir von ganzem Herzen, er würde einfach tot umfallen.

»Wo ist der Künstler?«, fragt Tao wieder.

»Hier«, ruft Z. G. Wir sind schon ganz nahe an der Tür, aber wir bleiben entsetzt stehen. »Ihr erkennt das an meiner Technik von früher.«

»Dad!« Dieses überraschende Wort kommt aus dem Mund meiner Tochter. »Du kannst doch nicht …«

Aber Tao auf der Bühne korrigiert ihn nicht.

»Mein Schwiegervater hat mir beigebracht, dass Kunst den Arbeitern, Bauern und Soldaten dienen soll, doch man sieht, dass er sich eigentlich nur mit schönen Frauen beschäftigt«, schwadroniert Tao, der seine Rolle als Ankläger genießt.

Jetzt verstehe ich es: Taos Ziel ist viel mehr Z. G. als Joy. Wenn er Z. G. diskreditiert, wird er mehr als nur ein Vorbild-Bauernkünstler. Er wird Z. G.s Platz einnehmen.

»Es ist nicht zu spät für dich, um deine vielen Vergehen zu gestehen«, verkündet Tao. »Du bist ein giftiges Unkraut. Tritt vor! Zeige dein Gesicht!«

Vorne ruft jemand: »Wo ist dieser rekationäre Schurke?«

»Da ist er.« Tao deutet auf unsere Gruppe.

Dun wendet sich an mich. »Du musst die Kinder retten. Geh!«

»Was sagst du da?«, frage ich.

In dem Chaos um uns herum kommen chinesische Gesichter auf uns zu.

»Wo ist der Verräter?«, ruft eine andere Stimme.

Da schiebt mich Dun plötzlich Z. G. in die Arme.

»Geht jetzt!«, bittet uns Dun dringend. Ich blicke zu Z. G.s Gesicht hoch und sehe, wie er reagiert, als mein Mann, der hinter mir steht, ruft: »Hier bin ich. Ich habe das Bild gemalt.«

Als Z. G. mich aus dem Raum zieht, drehe ich mich um, Die Leute scharen sich um Dun und umringen ihn. Ich kann ihn unmöglich allein lassen. Mit aller Kraft kämpfe ich gegen Z. G. an, aber er schiebt mich durch die Tür und in das Foyer des Messegeländes. Joy ist schon da, hält ihr Kind an sich gedrückt, Entsetzen im Gesicht. Ta-ming steht bleich neben ihr.

»Komm schon!«, sagt Z. G.

Wieder versuche ich mich loszureißen. »Ich gehe nicht weg!«

Z. G. wirft Joy einen Blick zu. Sie nickt und nimmt mich am anderen Arm. Gemeinsam zerren sie mich durch das Foyer, zur Tür hinaus und in einen Wagen von russischem Fabrikat, der in ein Taxi umgewandelt wurde, um Ausländer zur Messe zu bringen.

»Fahr los!«, befiehlt Z. G. auf Mandarin.

Der Fahrer starrt uns im Rückspiegel an. Er scheint nicht verstanden zu haben, was Z. G. gesagt hat, und außerdem hat er drei atemlose Erwachsene, ein Baby und einen verängstigten kleinen Jungen auf dem Rücksitz.

Joy, die mit Kantonesisch aufgewachsen ist, weist ihn an: »Fahr uns zum Bahnhof.« Das Auto rollt vom Bordstein weg und reiht sich in den Fahrradverkehr ein. Joy wendet sich an mich. »Mom, wir müssen weg«, sagt sie nun auf Mandarin, damit der Fahrer sie nicht versteht. »Wenn wir jetzt nicht losfahren, kommen wir hier nie raus.«

»Was ist mit Dun?«, frage ich.

»Wir können nicht mehr zurück«, antwortet Joy. »Das weißt du. Er hat uns gerettet. Begreifst du denn nicht?«

»Sie werden ihm nichts antun«, verspricht Z. G.

»Dein Versprechen bedeutet gar nichts, wenn wir weggehen«, sage ich. »Und das weißt du!«

»Sie haben wahrscheinlich schon herausgefunden, dass er der

Falsche ist«, entgegnet Z. G. »Das bedeutet, sie suchen bereits nach uns. Die Behörden wollen mich, und Tao will Samantha.«

»Tao will das Baby nicht«, sagt Joy. »Sie ist ein Mädchen. Tao mag sie nicht mal. Er nennt sie Ah Fu.«

»Er ist ihr Vater, natürlich will er sie«, antwortet Z. G.

»Nie ist etwas wertvoller als in dem Moment, in dem man es verlieren könnte«, füge ich hinzu.

Ich beuge mich vor und vergrabe das Gesicht in den Händen. Die anderen werden tun, was ich sage, daher stehe ich vor einer entsetzlichen Entscheidung. Mein Ehemann oder meine Tochter, meine Enkelin und der kleine Junge, den ich gerade adoptiert habe? Dun hat gesagt, ich muss die Kinder retten, und das tue ich. Ich drücke meine Gefühle zu einer kleinen Kugel zusammen, dann setze ich mich wieder aufrecht hin.

»Dun hat unsere Papiere«, gebe ich den anderen zu bedenken. »Wir können nicht mehr mit dem Zug fahren.«

Joy hat das in all der Aufregung offenbar vergessen, und nun wird ihr Körper ganz schlaff. »Was machen wir dann?«, fragt sie panisch.

Ich lege ihr die Hand auf den Arm, um sie zu beruhigen, während ich mit dem Fahrer rede. »Bitte bring uns ins Dorf Wah Hong.«

Er sieht mich verächtlich im Rückspiegel an: Weißt du nicht, was du willst? Ich beschreibe ihm den Weg, so gut ich ihn noch von meinem Besuch vor drei Jahren in Erinnerung habe. Der Fahrer nickt, macht eine Kehrtwendung und fährt weiter durch den Verkehr.

»Ich habe Tao erzählt, dass Wah Hong das Heimatdorf von Großvater Louie war«, sagt Joy nervös auf Mandarin. »Dort werden sie zuerst nach uns suchen.«

»Ja«, stimme ich ihr zu. »Aber sie werden eine Weile brauchen, um an diese Information zu kommen. Tao spricht kein Kantonesisch. Deshalb wird die Polizei zwar irgendwann in Wah Hong auftauchen, aber da werden wir schon weg sein.«

»Was wollen wir …«

»Wir machen ganz kurz in Wah Hong halt, um ein paar Vorräte zu besorgen und eine falsche Spur zu legen«, erkläre ich, bevor sie ihre Frage fertig formulieren kann. »Danach gibt es nur einen Ort, wo wir hinkönnen – nach Yin Bo, dem Heimatdorf meiner Familie. Hoffentlich wird uns dort jemand helfen können. Inspektor Wu kennt den Namen meines Heimatdorfs, weil ich ihn ihm jahrelang jeden Monat genannt habe, aber die Behörden werden eine Weile brauchen, bis sie das herausgefunden haben. Zu dem Zeitpunkt sind wir schon außer Landes.« Ich bemühe mich, zuversichtlich zu klingen.

Ich ziehe Ta-ming zu mir auf den Schoß und schließe ihn fest in die Arme.

In Erinnerung an die Fahrt mit Z. G. ins Gründrachendorf habe ich Angst vor dem Anblick, der sich uns bieten könnte, wenn wir von der großen Landstraße abbiegen. Aber weder auf der Straße noch auf den Feldern sehen wir Tote oder Sterbende, während wir holpernd über die unbefestigte Piste fahren. Wir sehen keine Kinder, die in Gruben zurückgelassen wurden. Ja, es ist November, und so weit im Süden ist das Klima wärmer, doch die Provinz Kwangtung liegt auch weiter von der Hauptstadt entfernt. Sie scheint von den Maßnahmen des Großen Sprungs nach vorn nicht so arg in Mitleidenschaft gezogen worden zu sein. Wie lautet der alte Spruch? »Die Berge sind hoch, der Kaiser ist weit.« Das bedeutet, je weiter man von der Hauptstadt und den Anordnungen des Kaisers entfernt ist, desto einfacher ist es, sein eigenes Leben zu führen.

Der Fahrer lässt uns kurz vor Wah Hong aussteigen, denn das Dorf wurde vor Jahrhunderten erbaut und ist nicht für Automobile geschaffen. Rasch eilen wir zum Haus des Cousins. Er ist überrascht, uns zu sehen, heißt uns jedoch willkommen, bietet Tee an und bedankt sich.

»Wenn deine Schwester uns nicht das Geld schicken würde«, sagt er, »hätten wir hungern müssen.«

»Bald bist du vielleicht nicht mehr so dankbar«, gestehe ich ihm. Als ich ihm unsere Situation erkläre, verfinstert sich sein Blick. »Wir brauchen Kleidung für Z.G., alle Nahrungsmittel, die ihr entbehren könnt, und Wasser. Sobald wir weg sind, musst du das Geld, das May ins Dorf geschickt hat, vergraben. Lüg die Polizei nicht an, wenn sie kommen. Sag ihnen, du hättest uns gesehen und weggejagt.«

»Und was soll ich sagen, wo ihr hingegangen seid?«

»Nach Macao.«

Da wollen wir gar nicht hin, aber für die Verwandten der Familie Louie ist es besser, wenn sie die Wahrheit nicht kennen. Das Wichtigste ist jedoch, dass sie die Polizei in die falsche Richtung schicken.

Wir bleiben weniger als eine Stunde in Wah Hong. Z.G. tauscht seinen eleganten Mao-Anzug gegen ein paar schmutzige Bauernkleider. Ich erinnere mich an meine Flucht aus China vor vielen Jahren. Damals erkannten die Banditen, die an Bord unseres Schiffs kamen, ein wohlhabendes Mädchen an ihren Schuhen. Ich bringe Z.G. dazu, seine Shanghaier Straßenschuhe gegen ein Paar Sandalen einzutauschen. Dem Cousin gebe ich fünf Zwanzig-Dollar-Scheine. Er fällt auf die Knie und drückt mir aus Dankbarkeit die Stirn auf die Füße. Dann verlassen wir Wah Hong zu Fuß. Ich halte Ta-ming an der Hand, Joy hat das Baby in der Schlinge, und Z.G. trägt mehrere Wasserbehälter und einen Korb mit Reisbällchen. Er sieht immer noch völlig fehl am Platz aus – wie eine Ziege ohne Fell.

Nun geht es weiter nach Yin Bo, dem Heimatdorf meiner Familie, ein Ort, der stets in meinem Gedächtnis blieb und den ich verließ, als ich drei Jahre alt war. Deshalb weiß ich nicht, wie man hinkommt. Wir sollten nicht als Gruppe unterwegs sein, aber wir haben Angst, uns zu trennen. Wenn wir jemanden auf uns zukommen sehen – einen Händler oder einen Bauern, der seine Ware zum Markt bringt –, verlassen ein paar von uns die Gruppe, gehen in ein Feld und tun so, als sie würden arbeiten. Oder sie gehen ein Stück nach vorne oder lassen sich zurückfallen, während einer von uns nach dem Weg nach Yin Bo fragt. Offenbar müssen wir etwa zehn Meilen auf unbefestigten Straßen oder den erhöhten Pfaden laufen, die die Reisfelder voneinander trennen. Keine Sekunde vergeht, in der ich nicht an Dun denke. Ich habe Angst und mache mir Sorgen um ihn, aber ich setze einen Fuß vor den anderen.

Nach zwei Stunden kommt uns ein Auto entgegen. Am liebsten würden wir wegrennen. Ich verlangsame meinen Schritt, Joy geht schneller, und Z. G. und Ta-ming – die nicht Kantonesisch sprechen – verschwinden in den Feldern. Das Auto hält neben Joy. Nachdem sie sich hinuntergebeugt und mit dem Fahrer gesprochen hat, zeigt sie nach links. Das Auto kommt zu mir und hält an.

»Wir suchen Unruhestifter«, sagt der Fahrer. »Hast du sie gesehen?«

»Es sind viele Leute unterwegs«, antworte ich. »Woher soll ich wissen, welche davon Unruhestifter sind?«

»Der Mann war gut gekleidet, wie ein Drei-Stift-Kader.«

»Drei-Stift-Kader? Von so jemandem habe ich noch nie gehört. Aber wenn du damit meinst, einer der Männer sehe aus wie unser großer Vorsitzender, nur dünner, dann habe ich ihn und die anderen schon gesehen. Sie sind in diese Richtung gegangen.« Ich zeige nach rechts – in eine völlig andere Richtung als Joy – und hoffe, dass meine zitternde Hand und mein nervöser Schweiß nicht allzu auffällig sind.

Am frühen Abend erreichen wir Yin Bo. Für mich sieht es aus wie jedes andere kleine Dorf – es besteht aus niedrigen, grauen Ziegelhäusern mit Fensteröffnungen ohne Scheiben, und durch die Gassen laufen Schweine, Enten und Hühner. Hier leben vielleicht dreihundert Menschen, womöglich auch weniger. Eine junge Mutter mit einem Baby auf der Hüfte kommt aus ihrer Hütte und starrt uns an. Bald bleiben auch andere – ein paar Kinder, ein junges Mädchen, zwei Bauern mit Heubündeln auf dem Rücken – stehen und beäugen uns.

»Entschuldigung«, sage ich. »Könnt ihr uns helfen? Wir brauchen etwas zu essen und einen Schlafplatz. Mein Name ist Zhen Long – Perldrache. Ich wurde hier geboren. Mein Mädchenname ist Chin. Ihr seid auch Chins. Ich gehöre zu eurer Familie. Wir sind alle miteinander verwandt.« Aber diese Leute sind zu jung, um sich an mich zu erinnern. »Gibt es eine Großmutter oder einen Großvater, mit dem ich reden könnte?«

Mit offenem Mund sehen sie mich an. Niemand möchte das Risiko eingehen, etwas Falsches zu tun.

»Ihr seid Chins. Ich bin eine Chin«, wiederhole ich. »Mein Vater wurde hier geboren. Ich wurde hier geboren. Das sind meine Tochter und meine Enkelin. Ich habe vielleicht noch Onkel oder Tanten, die hier wohnen, die Brüder meines Vaters und ihre Ehefrauen. Ich muss sie sehen.« Als sich niemand rührt, zeige ich auf das junge Mädchen. »Geh zum Dorfvorsteher. Auf der Stelle!«

Dann stehen wir da und warten, während das Mädchen barfuß eine Gasse entlangläuft. Ein paar Minuten später kehrt sie nicht mit einem Mann, sondern mit mehreren Männern zurück – sie sind alle schon älter und drängeln sich nach vorne. Das ist das Heimatdorf meines Vaters, deshalb überrascht es mich nicht, dass die Männer – schließlich sind sie alle Chins – ihm ähnlich sehen. Sie haben seinen etwas krummbeinigen Gang, das fliehende Kinn und die hängenden Schultern.

Als sie näher kommen, eilt einer der Männer voraus. Er ist älter, wahrscheinlich der Dorfvorsteher. Er streckt die Arme aus und ruft: »Pearl?«

Ich schüttle den Kopf, um Erinnerungen loszuwerden, für die im Moment kein Platz ist.

»Pearl, Pearl.«

Der Mann bleibt wenige Meter vor mir stehen. Er ist kleiner als ich. Tränen laufen ihm über das Gesicht. Er ist auf dem Land gealtert – die Haut ist verwittert und sonnengebräunt –, aber er ist zweifellos mein Vater.

Pearl

Des Schicksals Lauf bringt Glück im Überfluss

Baba?«, frage ich fassungslos. Der Mann vor mir kann doch unmöglich mein Vater sein. Das geht nicht. Aber er ist es. »Ich dachte, du seist tot.«

»Pearl.«

Als Mädchen hat mich mein Vater niemals umarmt, doch jetzt schließt er mich in die Arme und drückt mich fest. Dieses Wiedersehen hätte ich mir in zehntausend Jahren nicht vorstellen können, nicht jetzt, niemals. Es gibt so vieles zu sagen, so viele Fragen, die ich ihm stellen möchte, aber die anderen sind bei mir, und wir befinden uns auf einer verzweifelten Flucht. Widerstrebend löse ich mich von ihm.

»Baba, ich möchte dir jemanden vorstellen. Das ist deine Enkelin Joy. Das Baby ist deine Urenkelin. Und an Z. G. erinnerst du dich bestimmt.«

Mein Vater blickt von einem Gesicht zum anderen. Der Strom seiner Tränen versiegt nicht. Nun weinen auch andere um uns herum. Der Sinn eines Familientreffens besteht nicht darin, Formulare auszufüllen und Genehmigungen zu bekommen. Er besteht hierin. Vier Generationen sind vereint, nach zu vielen verlorenen Jahren.

»Wo ist May?«, fragt Baba.

Seine Frage tut mir weh. May war immer sein Liebling.

»May und ich haben es nach Los Angeles geschafft …«

»*Haolaiwu*«, sagt er und nickt. So hatte er das für uns geplant.

Dann scheint er langsam zu begreifen. »Aber warum seid ihr hier?«

»Das ist eine lange Geschichte, und wir haben nicht viel Zeit. Wichtig ist nur, dass May in Hongkong auf uns wartet und wir eine Möglichkeit brauchen, zu ihr zu kommen. Kannst du uns helfen?«

»Vielleicht«, sagt er. »Kommt mit.«

Wir folgen ihm durch eine Gasse. Die Schaulustigen begleiten uns. Das sollte mich eigentlich beunruhigen. Ich möchte nicht, dass diese Leute alles erzählen, wenn die Polizei kommt. Andererseits ist dies das Dorf meiner Ahnen. Würden sie wirklich eine der Ihren verraten?

Wir betreten das Haus meines Vaters. Ein paar der Dorfbewohner kommen mit hinein. Nach und nach tauchen immer mehr auf, um ihre Verwandten anzuglotzen und ihnen zuzuhören. Mir war die Armut auf dem Land immer zuwider, doch hier entdecke ich nichts davon. Das Haus ist klein, hat aber richtige Fenster. Die Möbel sind hübsch. In den Schränken stehen Gläser, Dosen und Tüten mit Nahrungsmitteln. Ich war nicht mehr in diesem Dorf, seit ich drei war, merke jedoch, wie Bruchstücke von Erinnerungen hochkommen. Ich erinnere mich an den Korb, der an der Decke hing. Auf dieser Stufe bin ich hingefallen und habe mir das Knie aufgeschürft. Ich saß gerne auf der Fußbank neben dem geschnitzten Stuhl, auf die meine Großmutter die Füße legte.

Jemand schenkt Tee ein. Joy mischt ein Fläschchen Babymilch für Sam. Mein Vater schenkt Ta-ming eine Orange. Eine Orange! Ein unglaublicher Anblick nach all den entbehrungsreichen Monaten. Mein Vater geht in die Hocke und fängt an zu reden. Er mag ja nun in einem Dorf leben, doch einst war er ein Shanghaier Geschäftsmann.

»Angeblich überqueren jeden Tag hundert Leute illegal die Grenze«, beginnt er. »Aber wenn man mit einem Wachmann oder Polizisten redet, dann erzählt er einem, dass sie jeden Tag noch mehr Leute erwischen. Und noch mehr sterben bei ihrem

Fluchtversuch.« Er hält inne, um seine Worte auf uns wirken zu lassen. »Wie viel Geld habt ihr?«

Mir kommen Zweifel an den Motiven meines Vaters. Kann man ihm vertrauen?

»Wenn ihr Geld habt«, fährt er fort, »könntet ihr mit dem Zug fahren und die Wachmänner bestechen.«

»Das habe ich schon versucht«, sagt Joy. »Es hat nicht funktioniert.«

»Hier unten läuft das vermutlich anders«, antwortet Baba. »Die Banden organisieren die Flucht im Zug, aber sie lassen sich das bezahlen …«

»Ach, Ba, erzähl mir bitte nicht, dass du schon wieder mit einer Bande zu tun hast.«

Er übergeht meine Bemerkung einfach. »Ihr könntet einen Sampan oder ein Fischerboot mieten und über den Perlfluss nach Macao oder Hongkong fahren«, schlägt er vor, »nur wird der Schiffsverkehr ebenfalls von Banden kontrolliert.«

»Der Perlfluss«, wiederholt Joy. »Das ist bestimmt ein gutes Vorzeichen.«

Meine Tochter will so dringend von hier weg, dass sie nicht klar denkt.

»Wir stünden vor den gleichen Schwierigkeiten wie in Shanghai«, erinnere ich sie. »Wisst ihr, zu welchen Zeiten die Kontrollboote fahren?«, frage ich meinen Vater.

Er ignoriert meine Frage und schlägt etwas anderes vor. »Ihr könntet als blinde Passagiere auf einem Schiff mitfahren, aber weil ihr so viele seid, kommt das wohl kaum infrage. Manche möchten lieber in einem Reifenschlauch oder auf einem Stück Treibholz den Fluss entlangtreiben …«

»Du scheinst dich gut damit auszukennen«, wirft Z. G. ein. Ein typischer Hase – vorsichtig und reserviert.

Mein Vater reckt das Kinn unsicher vor. Das hat er schon früher immer gemacht, wenn er mit meiner Mutter nicht über etwas Unangenehmes diskutieren wollte.

»Aber wie willst du dich mit einem Baby und einem kleinen Jungen auf dem Fluss treiben lassen?«, fährt mein Vater nach einer kurzen Pause fort. »Außerdem ist es um diese Jahreszeit trocken, der Wasserstand ist niedrig. Und ihr könntet trotzdem noch von den Kontrollbooten erwischt werden.«

Ich lasse die Schultern hängen. Wir sind so weit gekommen. Was passiert, wenn wir erwischt werden?

»Es gibt noch eine andere Möglichkeit«, sagt mein Vater. »Unser Dorf gehört zu einer Kommune, die aus zwanzig Dörfern besteht. Unsere Dörfer haben jahrhundertealte Verbindungen mit Hongkong und Macao. Diese Verbindungen wurden nicht gekappt, nur weil die Kommunisten die Macht übernommen haben.« Er hört sich an wie der Mann vom Familienverband in Hongkong, und das lässt mich wieder Hoffnung schöpfen. »Immer noch müssen Waren über die Grenze. Jeden Tag fahren Leute aus unserer Kommune in die Neuen Territorien Hongkongs, um unsere Produkte zu verkaufen und andere Lebensmittel zurückzubringen.«

»Eure Produkte?«, fragt Joy zweifelnd, denn die Volkskommune Löwenzahn Nummer acht produzierte nichts zum Verkauf.

»Wir verarbeiten und stellen Zutaten für chinesische Kräutermedizin her«, antwortet mein Vater.

»Chinesische Kräutermedizin?«, wiederholt Joy misstrauisch.

»Hat deine Mutter dir keine traditionelle Medizin gegeben, als du klein warst?«, fragt Baba. Dann richtet er sich an mich. »Deine Mutter wäre enttäuscht zu hören, dass du deine Tochter nicht richtig aufgezogen hast.«

Ich werde rot vor Wut. Dieser Mann hat uns verlassen. Seine Spielsucht führte dazu, dass May und ich arrangierte Ehen eingehen und zusammen mit unserer Mutter aus Shanghai fliehen mussten, dass meine Mutter starb und ich vergewaltigt wurde, dass May und ich unser Heimatland verlassen mussten …

»Natürlich hat mir Mama Kräuter und Stärkungsmittel gegeben«, fällt Joy ein, um mich zu verteidigen und ihn vor meiner Wut zu schützen. »Aber ich fand das alles scheußlich.«

»Wie, glaubst du, sind die Zutaten dafür wohl nach *Haolaiwu* gekommen?«, fragt Baba.

Er hat recht. Selbst nachdem die Grenzen Chinas geschlossen wurden, kauften die Menschen in Chinatown noch Ginseng, gemahlenes Hirschgeweih oder andere scheußlich schmeckende Mittelchen, um Husten, Magenverstimmungen oder Probleme im Ehebett zu kurieren.

»Wir bauen Heilpflanzen an und stellen traditionelle Arzneimittel her«, fährt er fort. »Unsere Produkte verkaufen wir auf dem Großmarkt in Hongkong. Wir verkaufen dort auch Schweine, Hühner, Enten ... Unsere Kommune besitzt mehrere Lastwagen, und wir überqueren die Grenze an der Lo-Wu-Brücke fast täglich. Peking will und braucht den Devisenhandel mit Hongkong. Wir gehören zu den Leuten, die das möglich machen.«

»Was sagst du da? Wir können einfach nach Hongkong fahren?«, fragt Z. G., der sich noch skeptischer anhört als Joy.

»Mehr oder weniger«, antwortet Baba. »Die Grenze liegt etwa achtzig westliche Meilen von hier entfernt. Ich denke, wir können euch über die Grenze und in die Neuen Territorien bringen. Von dort aus solltet ihr die letzten zwanzig Meilen ins Stadtgebiet von Hongkong mit dem Bus zurücklegen können.«

»Wieso hast du das nicht gleich gesagt?«, fragt Joy entrüstet.

Mein Vater wirft mir einen Blick zu. *Hast du meiner Enkelin keine Manieren beigebracht?*

Aber Z. G. stimmt Joy zu. »Sie hat recht. Warum hast du uns das nicht gesagt? Ich meine, wenn das so einfach ist, warum hast du denn China nicht verlassen?«

Baba sieht mich an, während er Z. G.s letzte Frage beantwortet. »Ich bin fortgegangen und habe meine Familie einem ungewissen Schicksal überlassen. Ich war ein Taugenichts.« (Dem widerspreche ich nicht.) »Ich lebe hier, weil das die Heimat meiner Vorfahren ist. Die abgefallenen Blätter kehren zu ihren Wurzeln zurück. Ich habe ein Haus. Ich bekomme keine Schwierigkeiten. Ich verrichte meine Arbeit ...«

»Baba, die Polizei ist hinter uns her«, unterbreche ich ihn. »Sie werden kommen – wenn nicht heute Nacht, dann am Morgen.«

»Dann sollten wir euch verstecken«, sagt er, »denn es ist zu spät, um heute noch aufzubrechen.«

Er packt etwas zu essen ein, gibt uns einige Steppdecken und führt uns weit hinaus auf ein Feld. »Hier könnt ihr heute Nacht schlafen. Haltet das Baby so lange wie möglich wach. Bei der Grenzüberquerung muss die Kleine schlafen. Ich hole euch morgen früh ab.«

»Kannst du nicht bleiben, Baba? Möchtest du dich nicht noch unterhalten?«

»Geschichten und Erinnerungen haben die Eigenschaft, möglicherweise unvollständig zu sein«, antwortet er. »Außerdem ist es sicherer, wenn ihr hier draußen seid. Wenn die Polizei kommt, machen wir Lärm, um euch zu warnen. Falls es dazu kommt, geht weiter Richtung Süden und hofft auf das Beste. In der Zwischenzeit werde ich mit den anderen Familienmitgliedern alles vorbereiten.«

Mit diesen Worten macht er sich auf den Rückweg ins Dorf. Wir breiten die Steppdecken aus. Es ist kalt, aber auszuhalten. Joy geht mit der Kleinen auf und ab und schaukelt sie, um sie wach zu halten. Ich lege die Arme um Ta-ming. »Versuch, ein bisschen zu schlafen«, sage ich. »Mach die Augen zu.«

Ich betrachte die Sterne. Mein Vater lebt, aber kann man ihm vertrauen?

Kurz vor Sonnenaufgang wache ich mit vor Angst klopfendem Herzen auf. Ich bleibe noch ein paar Minuten ruhig liegen, bis sich mein Herzschlag beruhigt hat. Ich fürchte mich vor dem, was heute passieren wird, und natürlich mache ich mir entsetzliche Sorgen um meinen Mann. Ich muss alle Kraft zusammennehmen, um diese Gefühle zu unterdrücken, denn heute muss ich stark sein.

Z. G. ist bereits auf. Er steht ein Stück von den Decken entfernt und blickt Richtung Süden. Ich stehe auf und gehe zu ihm hinüber.

»Z. G.?«

»Weiter kann ich nicht mitkommen«, sagt er ruhig.

Das ist nicht der richtige Moment, um sich aufzuregen, aber ich bin entrüstet. »Du willst nicht mitkommen? Das kann ja wohl nicht dein Ernst sein! Dun hat sich für dich geopfert, damit die Blutsverwandten der Familie nicht getrennt werden, und du willst jetzt nach Hause? Außerdem kannst du gar nicht zurück. Sie werden dir die Schuld an Joys Bild geben und dir vorwerfen, dass du uns bei der Flucht geholfen hast.«

»Ich weiß, aber ich habe darüber nachgedacht, was dein Vater gestern Abend gesagt hat. Vielleicht ist es nicht das Beste, China zu verlassen. Hier ist meine Heimat.«

Als ich sage: »Wir beide haben nie richtig über May gesprochen«, wendet er mir den Rücken zu. Ich drehe ihn um, damit er mich wieder ansieht. »Du kannst dich nicht hinstellen und mir erzählen, dass du sie nicht liebst. Das stimmt einfach nicht.« Er streitet es nicht ab. »May ist nur wenige Meilen von hier entfernt. Egal, in welche Richtung du gehst, die Zukunft ist unsicher, aber auf einem dieser Wege ist May.«

»Und wenn sie mich nicht will? Ich war so schlecht wie dein Vater …«

»Sei nicht albern!« Das kam wieder ein wenig lauter und barscher heraus, als ich beabsichtigt hatte. Ich gehe zuerst auf seinen zweiten Punkt ein. »Du bist nicht wie mein Vater. Du hast deine Familie nicht verlassen. Du bist in den Krieg gezogen, im Glauben an die Sache. Und du wusstest nicht, dass May schwanger war, oder?« Er nickt. »Und natürlich will sie dich. Sie hat dich immer gewollt, genau wie du sie immer wolltest. Am Anfang konnte ich ja noch verstehen, warum du nicht mitkommen wolltest, aber ich sage es noch einmal: Du kannst auf keinen Fall zurück. Du musst weg von hier.«

Damit drehe ich mich um und gehe zu den anderen zurück, um sie zu wecken.

Als die Sonne aufgeht, rollen in der Ferne zwei Lastwagen über die Straße. Sie halten an. Wir ducken uns, damit uns niemand sieht. Da höre ich die Stimme meines Vaters: »Wir sind es. Es ist so weit.« Er hat einen Mann mitgebracht – Hop-li, einen Cousin. Wir bekommen etwas zu essen. Mein Vater reicht Joy eine Flüssigkeit, die sie in Sams Fläschchen geben soll, damit sie besser schläft.

»So geht das nicht«, sagt Hop-li zu Z. G. »Du siehst komisch aus.«

Das tut er tatsächlich, mit den zu kurzen Hosen, den weißen Knöcheln über den Sandalen, den weichen, blassen Händen und der Brille mit dem Drahtgestell.

»Komm, lass mich mal.« Hop-li nimmt eine Handvoll Erde und reibt damit alle sichtbaren Körperstellen von Z. G. ein – Gesicht, Hals, Hände, Knöchel und Füße. Hop-li tritt einen Schritt zurück, um sein Werk zu begutachten – ein Künstler, der einen Künstler bearbeitet. Er schüttelt den Kopf, tritt noch einmal vor, nimmt Z. G. die Brille ab und wirft sie auf das Feld. Dann reibt er Z. G. Erde um die Augen. Gestern dachte ich bei mir, Z. G. sieht aus wie eine kahle Ziege. Nun sieht er aus wie eine blinde und kahle Ziege.

»Viel besser!«, ruft Hop-li.

»Ich kann nichts sehen«, beschwert sich Z. G.

»So siehst du meinem Bruder aber viel ähnlicher«, sagt Hop-li.

»In unserer Kommune fahren nur Männer Lastwagen«, erklärt mein Vater. »Deine beiden Cousins fahren überall gemeinsam hin. Der jüngere Cousin …«

»… begleitet mich auf jeder Fahrt, und die Grenzposten kennen ihn. Sie glauben, er ist so fahrig, weil er schlecht sieht. Jetzt kann dir seine Nervosität als Tarnung dienen.«

Der Cousin gibt Z. G. einen Ausweis. Als ich ihn mir anschaue, wird mir klar, warum der Cousin solchen Wert darauf gelegt hat,

Z. G. herzurichten. Sie sehen sich äußerlich nicht besonders ähnlich. Aber ich denke an die Papiere, die Sam bei seiner Einreise nach Amerika hatte. Sam ähnelte dem Jungen auf jenem Foto auch nicht sonderlich. Die amerikanischen Inspektoren bemerkten den Unterschied erst viele Jahre später, als das Foto dazu benutzt wurde, zu beweisen, dass Sam ein Papiersohn war und sich nur illegal in Amerika aufhielt.

»Und wir?«, frage ich.

»Ihr fahrt hinten auf dem Laster mit. Wir verstecken euch, wenn wir näher an der Grenze sind.«

»Funktioniert das?«

Mein Vater zwinkert. »Vielleicht. Ich hoffe es.«

Wir gehen über das Feld zu den Lastwagen. Beide haben offene Ladeflächen mit Holzlatten an den Seiten. Ein Wagen ist mit Schweinen beladen, die auf Stroh gepolstert sind, und mit einzelnen Körben, in denen sich Ferkel befinden. Auf dem anderen sind Fässer, Krüge und dicke Jutesäcke gestapelt. Wir klettern hinten auf den zweiten Laster. Mein Vater und Hop-li fahren. Ich mache mir Sorgen wegen Ta-mings Magen, aber es scheint ihm gut zu gehen. Er schaut zwischen den Holzlatten hindurch und betrachtet die vorüberziehende Landschaft. Bald schon biegen wir auf eine befestigte Straße ein. Die Sonne bleibt auf der linken Seite, während wir Richtung Süden fahren. Ich wünschte, Dun wäre bei uns, und ich bete, dass es ihm gut geht. Angst und Sorgen haben mich erbarmungslos im Griff. Ich nehme Joys Hand, und wir halten einander fest.

Je näher wir der Grenze kommen, desto mehr Verkehr herrscht – Schubkarren, Handwagen, von Eseln, Maultieren und Wasserbüffeln gezogene Karren, hoch mit Waren beladene Fahrräder, Lastwagen jeder Größe und Menschen mit Körben voll Obst oder Gemüse auf dem Rücken, an Tragestangen über den Schultern oder auf dem Kopf. Unsere beiden Lastwagen biegen von der Hauptstraße ab, fahren in eine Gasse und halten an.

Mein Vater kommt zur Rückseite des Wagens, und wir springen alle hinunter. Die Männer ziehen eines der Fässer von der Ladefläche. Mein Vater stemmt den Deckel auf. Es ist mit getrockneten Seepferdchen gefüllt. Er nimmt die oberste Schicht heraus, darunter kommt ein verborgener Hohlraum zum Vorschein. Dann beugt er sich hinunter zu Ta-ming. »Du musst in das Fass steigen und dich ganz still halten.«

Ta-ming sieht zu mir hoch und beginnt zu zittern. Er hat seine tröstende Geige nicht dabei, so wie damals, als er sich im Kofferraum von Z. G.s Auto verstecken musste. Aber das ist nicht unser einziges Problem. Samantha soll in einen Korb mit mehreren Ferkeln gesteckt werden und die Grenze in dem Schweinelaster überqueren.

Joy schüttelt den Kopf. »*Mein* Baby stecke ich nicht in einen Korb mit Ferkeln.«

»Das muss aber sein, wenn du sie hinüberbringen willst«, sagt mein Vater, der genauso starrsinnig ist wie meine Tochter.

»Dann bleiben wir eben da«, blafft ihn Joy an.

Ich lege ihr die Hand auf den Arm. »Als Mütter müssen wir manchmal Dinge tun, die uns hart ankommen«, sage ich ihr.

»Ich stecke mein Baby da nicht rein«, wiederholt Joy.

»Die Grenzposten überprüfen lebende Tiere nicht gerne, besonders wenn sie schmutzig sind und stinken. Und wenn die Kleine anfängt zu weinen, ist es besser, sie ist bei den Schweinen, damit man sie nicht hört«, erklärt mein Vater, der nur behilflich sein will, aber etwas Schlimmeres hätte er kaum sagen können.

Ich habe schon einmal mit angehört, wie sich Joy und Z. G. auf eine Art und Weise unterhielten, die ich nicht verstand. Ich wende mich ihm hilfesuchend zu.

»Joy, weißt du noch, wie wir vor ein paar Tagen im Atelier über die Unterschiede zwischen der Liebe zu einem Land, der Liebe zu einem Menschen und der allumfassenden Liebe gesprochen haben?«, fragt er.

Joy nickt, doch sie ist so verdammt stur, dass sie ihm wahrscheinlich gar nicht richtig zuhört.

»Aber was ist mit der Liebe, die du für dich selbst und für dein Kind empfindest?«, fragt er. »Schuldest du es nicht deiner Tochter, ihr eine glückliche Zukunft zu ermöglichen?«

Wir betrachten Joys Miene, während sie darüber nachdenkt. Sie ist an dem Punkt, an dem ich gestern im Taxi war. Ich wollte Dun nicht zurücklassen, aber ich musste es.

»Darf ich wenigstens mit ihr auf dem Laster fahren?«, fragt sie schließlich.

»Bist du bereit, in einen Korb zu steigen?« Der Cousin sieht sie an, als wäre sie völlig verrückt.

»Wir haben nicht viel Zeit«, erwidert Joy schroff. »Wir müssen unbedingt raus.«

Joy legt ihr schlafendes Baby zu den Ferkeln in einen Korb. Durch die Seitenöffnungen lugen kleine Schnauzen.

Ta-ming ist weiß wie ein Blatt Papier. Mir fällt nichts zu sagen oder zu tun ein, um ihn aufzumuntern. Plötzlich muss ich an meine Mutter denken. Ich nehme das Beutelchen mit den drei Sesamkörnern, den drei Mungobohnen und den drei Münzen von meinem Hals und hänge es Ta-ming um.

»Das beschützt dich«, sage ich. »Du bist nur kurz da drinnen. Ich spreche während der ganzen Fahrt mit dir, aber du musst dich ganz still verhalten.«

Dieser Junge hat so viel durchgemacht, und doch steigt er gehorsam in das Fass und schlingt die Arme um die Beine. Der Tarndeckel wird aufgelegt, die Seepferdchen kommen wieder darauf, und das Fass wird verschlossen.

Joy klettert in einen größeren Schweinekorb und wird auf die Mitte der Ladefläche gehoben. Der Korb mit Samantha und den Ferkeln wird neben sie gestellt, und dann werden die anderen Körbe um sie herum und auf sie geschichtet. Ich klettere auf den Laster mit Ta-mings Fass und steige in einen Jutesack. Hunderte kleiner Schlangen, die zu ordentlichen Spiralen getrocknet sind, werden über mich geschüttet, dann wird der Sack zugebunden. Ich höre, wie drei Türen zugeworfen werden, dann werden die Motoren angelassen. Der Laster mit Joy, Samantha und Z. G. fährt zuerst los, danach startet auch der Laster, auf dem ich sitze, ruckartig.

Ich bin von völliger Dunkelheit umgeben, bedeckt von getrockneten Schlangen, starr vor Angst. Ich spreche mit Ta-ming, in der Hoffnung, dass er mich hören kann. Ich sehe nichts und kann nur durch das, was ich spüre und höre, erahnen, was geschieht. Der Laster kommt zum Stehen, wartet, rollt ein Stückchen weiter, bremst wieder. Ich höre Wasser. Dass muss der Sham-Chun-Fluss sein, die Grenze zwischen Festlandchina und Hongkongs Neuen Territorien, das heißt also, wir sind schon auf der Lo-Wu-Brücke. Mein Vater hatte recht. Die Grenzüberquerung ist relativ einfach; die Wagenkolonne bewegt sich ziemlich schnell.

Ein Mann, wahrscheinlich ein Grenzposten, sagt: »Bitte gebt uns eure Reisedokumente.« Ich habe Angst, aber ich lächle dennoch. Der Laster mit Joy und dem Baby war vor uns. Was immer nun geschehen mag, meine Tochter und meine Enkelin sind draußen. Z. G. auch.

»Dich habe ich ja eine ganze Weile nicht gesehen, Genosse Chin«, sagt der Grenzposten zu meinem Vater.

»Wir hatten in der Kommune viel zu tun«, erwidert mein Vater.

»Was bringst du heute über die Grenze?«

Meine Brust krampft sich zusammen, mein Magen drückt gegen die Lunge, und mein Herz schlägt so fest, dass ich es hören kann.

»Das Übliche. Wir sind auf dem Weg zum Arzneimittelgroßmarkt.«

»Ah, ja. Na gut, wir sehen uns später auf dem Rückweg wieder.«

Knirschend wird der Gang eingelegt, und wir rollen über die Brücke. Der Laster biegt ein paarmal links ab und dann noch einmal rechts. Schließlich bleiben wir stehen. Die Tür des Lasters wird geöffnet. Gleich darauf bindet jemand meinen Sack auf. Ich stehe auf und wische mir die getrockneten Schlangen vom Körper. Dann öffne ich Ta-mings Fass und ziehe ihn heraus. Er ist weiß wie ein Gespenst und zittert. Ich umarme ihn. »Wir haben es geschafft«, sage ich zu ihm.

Ich helfe Ta-ming vom Laster herunter. Mir zittern die Knie vor Angst und wegen der zusammengekauerten Haltung im Jutesack. Vor uns sind Z. G. und der Cousin noch immer damit beschäftigt, die Schweinekörbe auseinanderzurücken. Rasch eile ich zu ihnen, um ihnen zu helfen. Innerhalb weniger Minuten steht Joy mit dem Baby – ein bisschen zerschrammt, aber immer noch sanft schlummernd – bei uns auf der Straße. Wir sind emotional und körperlich so erschöpft, dass wir weder jubeln noch uns umarmen. Erleichterung verspüre ich trotzdem, als drei Jahre Kummer und Sorge von mir abfallen. Wir sind alle ein wenig benommen, und es wird lange dauern, bis alles so richtig in unser Bewusstsein gedrungen ist, aber wir sind *draußen*. Wir könnten rechtzeitig zum Mittagessen in Mays Hotel sein – was vor ein paar Stunden noch undenkbar gewesen wäre.

»Hier«, sagt mein Vater. Er drückt mir einen Beutel in die Hand. »Das ist für dich und May. Es sind Fotos und ein paar Dinge, die ich aufgeschrieben habe, über eure Mutter, was damals geschehen ist … alles.«

»Schade, dass wir nicht mehr Zeit haben«, sage ich.

»Ja, das finde ich auch«, meint mein Vater. »Vielleicht können wir eines Tages alle zusammen sein. Vielleicht kannst du eines Tages mit May herkommen, und wir können uns treffen. Meinst du, ihre beide hättet Lust dazu?«

Ich nicke. Ich kann meine Gefühle nicht mit Worten ausdrücken.

Zu dem Cousin sagt er: »Wir müssen uns beeilen. Je früher wir auf dem Markt sind, desto bessere Preise bekommen wir.« Er wirft mir einen letzten Blick zu, bevor er wieder in seinen Laster steigt. »Geht weiter auf der Straße, nach links. Bald seht ihr eine Bushaltestelle. Der Bus bringt euch nach Kowloon. Von dort aus könnt ihr mit der Fähre auf die Hongkonger Seite der Bucht fahren.«

Als wir das Zentrum von Hongkong erreichen, lassen das rege Treiben im internationalen Hafen, die in leuchtenden Farben gekleideten Frauen, die weißen Gebäude vor den smaragdgrünen Hängen und sogar der offene Himmel alles strahlender, leichter, freier erscheinen. Wir gehen den Hügel hinauf und dann durch die Hollywood Road, vorbei an kleinen Antiquitätenständen, wo selbst jetzt noch alte Kalendermädchenplakate von May und mir im Wind flattern und darauf warten, dass Touristen sie kaufen und mit nach Hause nehmen. Die Inhaberin des Hotels erkennt mich nicht wieder, aber sie nennt uns trotzdem Mays Zimmernummer. Wir steigen ein paar Treppen hinauf, durch einen düsteren Korridor und klopfen an die Tür. Niemand macht auf.

Ich klopfe noch einmal und rufe: »May, ich bin es, Pearl.«

Als die Tür aufgeht, tritt unsere kleine Gruppe fast gleichzeitig einen Schritt zurück. Aber es ist nicht meine Schwester. Es ist Dun.

Ta-ming reagiert als Erster. Er rennt auf ihn zu, kreischt »Baba!« – das hat er bisher noch nie gesagt – und wird von Dun hochgehoben. Dann drängen wir alle nach vorne, schieben Dun zurück ins Zimmer, umarmen ihn, berühren ihn, denn wir können immer noch nicht glauben, dass er da ist. Ich kann eigentlich keine Gefühle mehr in mir haben, und doch sind sie so groß, dass sie grenzenlos scheinen. Ich schließe ihn in die Arme und halte ihn ganz fest, will ihn nie wieder loslassen. Freudentränen steigen mir in die Augen.

»Und wie?«, gelingt es mir schließlich zu fragen.

»Ich hatte alle Papiere, die ich brauchte. Ich habe mich ausgewiesen und angegeben, dass ich nach Hongkong zu einer Familienzusammenführung reisen möchte. Wisst ihr, was sie an der Grenze zu mir gesagt haben? Nun sei es einer weniger, der durchgefüttert werden muss.«

»Und Tao?«, fragt Joy.

Dun lächelt boshaft. »Er war wütend, aber er konnte rein gar nichts tun.« Er wendet sich an Z. G. »Wie gut, dass du auch herausgekommen bist.« Zu Ta-ming, den Dun in Augenhöhe hat, weil er ihn auf dem Arm hält, sagt er: »Ich habe dir etwas mitgebracht. Schau mal.« Und da auf dem Tisch, neben dem Telefon, liegt Ta-mings Geige. »Ich habe alles mitgebracht, auch wenn wir es jetzt nicht brauchen. Aber, Joy, für dich habe ich etwas, das du vielleicht haben möchtest.« Er geht zu einer Ecke und nimmt eine Papprolle zur Hand. »Das ist dein Bild. Sie haben gesagt, für dein bourgeoises Gedankengut gibt es keinen Platz in China.«

Joy nimmt ihm die Rolle ab und schüttelt den Kopf… ungläubig? Verwundert? Dankbar?

»Wo ist May?«, frage ich.

»Sie ist in der amerikanischen Botschaft. Schließlich brauchen wir alle Papiere. Sie dachte, sie fängt gleich einmal damit an. Wirklich beeindruckend, deine Schwester.«

Wir gehen wieder nach draußen, um dort auf May zu warten. Vielleicht hätten wir erst unter die Dusche gehen sollen, denn wir sehen alle zerlumpt und schmutzig aus, wie die ärmsten Flüchtlinge. So wie wir gekleidet sind, wird sie nicht nach uns Ausschau halten, aber keiner von uns will das Treffen verpassen. Wir setzen uns auf die Treppe vor dem Hotel und plaudern fröhlich. Z. G. kann nicht sehr weit sehen, doch ich merke ihm an, wie nervös er ist.

Ich entdecke May als Erste. Sie kommt mit gesenktem Blick den Hügel hinauf, denn sie passt auf, wo sie mit ihren unglaublich hohen Pfennigabsätzen hintritt. Sie trägt ein Kleid mit weitem Rock und einem schmalen Gürtel um die Taille, dazu ein kurzes Jäckchen mit dreiviertellangen Ärmeln aus dem gleichen Stoff. Auf ihrem Kopf sitzt ein ulkiger runder Hut. In ihren rosa behandschuhten Händen trägt sie fröhlich bunte Einkaufstüten.

Ich stehe auf. Die anderen blicken zu mir hoch und dann die Straße hinunter. Sie lassen mich vorausgehen. May hebt den Kopf und sieht mich. Meine Schwester. Ich dachte, ich würde sie nie wiedersehen. Wir laufen aufeinander zu und umarmen uns. Ich möchte ihr so vieles sagen, aber irgendwie gelingt es mir nur, den Arm nach Joy und dem Baby auszustrecken, als sie auf uns zukommen. Ist das ein Wiedersehen mit einer Lieblingstante oder einer Lieblingsmutter? Als Joy meiner Schwester Samantha zeigt, weiß ich, dass ich mir über solche Sachen keine Sorgen mehr machen muss. Meine Tochter wird in dem Wissen nach Los Angeles zurückkehren, dass sie zwei Mütter hat, die sie lieben.

Und dann ist da noch Z. G. Joy wirft mir einen Blick zu. Zwischen Schwestern gibt es eine stille Kommunikation, aber zwischen Müttern und Töchtern ist sie noch stärker. Joy löst sich von mir, und ich berühre May am Ellbogen.

»Wir haben noch jemanden dabei«, sage ich.

Meine Schwester folgt meinem Blick. Sie sieht Dun – einen Mann in einem schlecht sitzenden Anzug im westlichen Stil, die Hände schützend auf die Schultern eines dünnen, aber goldigen kleinen Jungen gelegt, der seltsamerweise einen Geigenkasten im Arm trägt. Neben ihm steht ein großer, schlanker Mann in schäbiger Kleidung mit zu kurzen Hosen. Ein wenig sieht er aus wie ein vom Licht geblendeter Maulwurf. Mays Knie geben nach, doch ich halte sie am Ellbogen fest, um sie zu stützen. Ich gehe mit ihr die kurze Strecke den Hügel hinauf, übergebe sie an Z. G. und trete einen Schritt zurück. Das wird interessant werden.

Als ich vor drei Jahren nach China aufbrach, fiel mir etwas ein, was meine Schwester einmal zu mir gesagt hatte: Alles kehrt immer zu seinem Anfang zurück. Ich kehrte nach Hause zu meinen Wurzeln zurück, an den Ort, wo ich als Frau so zerstört worden war, wo ich aber den Menschen wiederentdeckte, der ich eigentlich sein sollte – ein Drache, der große Stärke besitzt und verzeihen kann. Ich fand meine Tochter und brachte sie allein durch Willenskraft – durch das Ungestüm des Drachen, vor dem meine Mutter mich immer gewarnt hat – aus China heraus. Ich fand Joy, meine große Freude – und Freude mit Dun und Ta-ming. Jetzt werde ich dorthin zurückkehren, wo mein wahres Zuhause liegt, wie ich glaube: Amerika. Wunder geschehen überall, und als ich sehe, wie meine Schwester – für immer schön, für immer meine kleine Schwester – dem einen Mann in die Augen blickt, den sie je geliebt hat, da weiß ich, dass wirklich alles zu seinem Anfang zurückkehrt. Die Welt öffnet sich wieder, und ich sehe ein glückliches Leben ohne Angst vor mir. Ich betrachte meine Familie – so kompliziert sie auch sein mag – und weiß, dass das Schicksal auf uns herablächelt.

Dank

Dieser Roman hätte aus vielerlei Gründen nicht geschrieben werden können, wären nicht Amy Tan und ihr wunderbarer Mann Lou DeMattei gewesen, die mich eingeladen hatten, gemeinsam mit ihnen in das Dorf Huangcun in der Provinz Anwei zu fahren. Dort wohnten wir in einem Hofhaus aus dem siebzehnten Jahrhundert, das den Namen Zhong Xian Di trägt. Die beiden wiederum waren von Nancy Berliner eingeladen worden, der Kuratorin für chinesische Kunst am Peabody Essex Museum in Salem, Massachusetts. Sie hatte Yin Yu Tang, ein weiteres Hofhaus aus Huangcun, Stein für Stein in das Museum transportiert. Ms. Berliner beantwortete per E-Mail und persönlich zahlreiche Fragen über das Leben in Huangcun und das Hofhaus – in der heutigen Zeit wie während des Großen Sprungs nach vorn. Amys Schwester Tina Eng kam ebenfalls nach Huangcun. Ihre Erzählungen über den Großen Sprung nach vorn, das Leben auf dem Land, die Sehnsucht nach ihrer Mutter und ihre aufschlussreiche Erklärung von *hsin yan* – Herz Auge – prägten *Tochter des Glücks* mit. Cecilia Ding, die für das Village-China-Projekt arbeitet, war eine wunderbare Übersetzerin, Informationsquelle und Reisegefährtin. Auch wenn Huangcun vor solchen Tragödien wie in diesem Roman verschont blieb, möchte ich den vielen Menschen dort danken, die uns ihre Geschichten erzählten, uns zeigten, wie sie täglich leben, und uns köstliche Mahlzeiten servierten, von denen viele Eingang in diese Seiten fanden. Ich habe den Ort Huangcun zwar stark verändert, um das Gründrachendorf zu schaffen, aber Besucher werden den Ahnentempel, die Steinbrücken, das Hofhaus und die Schönheit der Landschaft unschwer erkennen.

1960 lebten etwa zehn Millionen Angehörige von Überseechinesen und heimgekehrte Überseechinesen in China. Während der dreijährigen Hungersnot versuchten zehntausende Chinesen das Land zu verlassen. Viele wurden erwischt und kamen ins Gefängnis oder starben. 1962 gestattete die chinesische Regierung dann 250 000 Menschen, China zu verlassen und nach Hongkong auszureisen. Es gibt Schätzungen, dass sich weitere 700 000 Menschen in der Hoffnung, fliehen zu können, nach Guangzhou durchgeschlagen haben. Es gibt keine zuverlässigen Angaben darüber, wie vielen es gelungen ist. Ich möchte Xinran, die ich in England getroffen habe, für die Informationen über die Damenhygiene in China, Geisterstädte und darüber, wie Menschen noch bis zum heutigen Tag aus China fliehen, danken. Jeffrey Wasserstrom danke ich für Informationen über Shanghai und dass er mich Menschen vorgestellt hat, die entweder während des Großen Sprungs nach vorn in China gelebt haben oder damals geflohen sind. Judy Fong Bates gebührt mein Dank, weil sie mir erklärt hat, wie Familien Geld und Briefe nach China schickten, als die Grenzen geschlossen waren. Andere – in China und in den Vereinigten Staaten – erzählten mir von ihren Erlebnissen während des Großen Sprungs nach vorn, wie sie mit Verwandten kommunizierten, als die VRC abgeriegelt war, und wie sie oder ihre Eltern China damals auf den unterschiedlichsten Wegen verließen. Auch wenn sie lieber anonym bleiben wollen, möchte ich sie wissen lassen, wie dankbar ich ihnen bin, dass sie mir ihre Geschichten erzählt haben.

Ich bin Pan Ling, Hanchao Lu und Simon Winchester für ihre Texte über Shanghai zu Dank verpflichtet. Mein besonderer Dank gilt Spencer Dodington, einem Architekten, der in Shanghai lebt und Art-déco-Gebäude restauriert, und Eric Zhang, der viel über Hongkew und Sehenswürdigkeiten abseits ausgetretener Pfade weiß. Sie beide führten mich in der Stadt herum. Zur Geschichte chinesischer Propagandaplakate waren die Arbeiten von Melissa Chiu, Reed Darmon, Duo Duo, Stefan Landsberger, Ellen Johnston Liang, Anchee Min, Michael Wolf und Zhen Shentian sehr hilfreich, aber kunstgeschichtlich war die wichtigste Quelle für mich Maria Galikowskis Buch *Art and Politics in China*. Ich danke Ye Xiaoqing für ihre Forschungsarbeit zu der Zeitschrift *Dianshizhai Pictorial* und dem Stadtleben von Shanghai. Derek Bodde, Edward John Hardy, George Ernest Morrison, Reverend H. V. Noyes und Richard Joseph Smith danke ich für ihre schriftlichen Ausführungen über die Achtung vor beschriftetem Papier, Theodora Lau für ihr enzyklopädisches Wissen über die chinesischen Tierkreiszeichen, Patricia Buckley Ebrey, deren Quellensammlung *Chinese Civilization and Society* mir Einblick in den korrekten Umgang mit Liebe, Heirat und familiären Problemen in den frühen Jahren der Volksrepublik China gewährt hat, Liz Rawlings, die mich zum Tee mit Generalkonsulin Bea Camp im amerikanischen Konsulat in Shanghai eingeladen hat, und Mike Hearn, Kurator in der Abteilung für asiatische Kunst im Metropolitan Museum of Art, für seine grandiose Privatführung durch die Sammlung (wieder mit Amy Tan). Aufmerksamen Lesern wird aufgefallen sein, dass Madame Garnett in *Töchter aus Shanghai* nur ein *t* im Namen trug, während sie in diesem Roman zwei hat. Ich möchte Trish Stuebing, Eleanora Garnetts Schwiegertochter, danken, die den Fehler bemerkte und mir seither viele wunderbare Geschichten über diese russische Gräfin, Tänzerin, Schneiderin und insgesamt beeindruckende Frau hat zukommen lassen.

Es überrascht keineswegs, dass so wenig über den Großen Sprung nach vorn geschrieben wurde. Die Menschen auf dem Land, die unter den schlimmsten Auswirkungen des Hungers litten, starben entweder oder blieben isoliert in ihren Dörfern. Doch es gibt ein paar Wissenschaftler, die beträchtliche Forschungen zu dem Thema angestellt haben. Besonders herausheben möchte ich Jasper Becker *(Hungry Ghosts)*, Frederick C. Teiwes *(China's Road to Disaster)*, Ralph A. Thaxton jr. *(Catastrophe and Contention in Rural China)* und Frank Dikötter (*Mao's Great*

Famine, das gerade erschien, als ich *Tochter des Glücks* fertigstellte). Es gibt einige Memoiren, Chroniken oder Biografien, in denen die Jahre des Großen Sprungs nach vorn vorkommen oder das Leben in China beschrieben wird, als es »geschlossen« war oder gerade wieder geöffnet wurde. Insbesondere möchte ich Peter Brigg erwähnen, Nien Cheng, He Liyi (mit Claire Anne Chik), Li Mo (mit einem besonderen Dank für unsere Korrespondenz), Sidney Rittenberg (und Amanda Bennett), Peter J. Seybolt und Ningkun Wu (in Zusammenarbeit mit Yikai Li). Chou En-lai *Bericht über die Neujustierung der hauptsächlichen Planziele des Volkswirtschaftsplans 1959 und die Weiterentwicklung der Bewegung zur Steigerung der Produktion und der praktizierten Sparsamkeit* gewährte mir einen gewissen Einblick in den Standpunkt der Regierung bezüglich der damaligen Geschehnisse. Helen Ward, ein Fan, hat mir sehr geholfen, was die Einzelheiten des Alltags in Shanghai betraf. Sie beantwortete mir zahlreiche Fragen über ihre Erfahrungen, als sie im August 1951 nach Shanghai zurückkehrte, um wieder bei ihren Eltern zu leben. Viele Details in diesem Roman – was bei der Einreise in die VRC passierte, was man tun musste, um Toast mit Butter zuzubereiten, und welche Kosmetika es in den Läden gab – finden sich nur aufgrund ihres erstaunlichen Gedächtnisses hier wieder.

Man weiß nie, was man findet – und ich hatte das Glück, auf *China Leaps Forward, 1958* zu stoßen. Dieser beachtliche Dokumentarfilm wurde von der CIA produziert und von den National Archives verbreitet. Er enthält Filmmaterial aus Kommunen, von Messen und von Straßen in China vor dreiundfünfzig Jahren. In der Forschungsbibliothek der UCLA stieß ich auf eine Serie namens *Communist China*, Teil der »Communist China Problem Research Series«, herausgegeben vom Union Research Institute in Hongkong. Die jährlich erschienenen Bände enthalten maschinengeschriebene Essays über Chinas Beziehungen zu sogenannten imperialistischen Ländern, über Landwirtschaft, Stahl, Kunst, »Naturkatastrophen auf dem Festland« sowie Themen, die heimgekehrte Überseechinesen betrafen – für mich allesamt von unschätzbarem Wert. (In der UCLA fand ich auch *Chinese Stories from the Fifties, Chinese Women Liberated, Chinese Women in the Great Leap Forward* und *Women of China*. Diese Bücher und Broschüren enthielten wertvolle Details und alltägliche Geschichten über das Leben von Frauen im China der damaligen Zeit.) Im Internet stieß ich auf Joseph Rupps Webseite zu seinem Projekt über gebundene Füße. Er fuhr 1985 in China aufs Land, um dort Frauen mit gebundenen Füßen zu interviewen und zu fotografieren. Deren Schilderungen, besonders die der Frauen, die gezwungen wurden, ihre Füße wieder aufzubinden, nachdem Mao an die Macht kam, sind herzzerreißend und inspirierten mich zu der Geschichte von Yong.

Bob Loomis, mein Lektor bei Random House, ist freundlich, klug, hilfreich und auch lustig. Ich möchte ebenfalls allen anderen von Random House danken, insbesondere Gina Centrello und Susan Kamil für ihre wohlüberlegten Fragen und Vorschläge. Meine Agentin Sandy Dijkstra und die großartigen Frauen in ihrem Büro haben meinetwegen wieder unermüdlich gearbeitet. Larry Sells, Vivian Craig und Meiling Moore halfen mir auf vielerlei überraschende und interessante Weise. Millie Saltsman und ich erlebten in diesem Jahr einige interessante Augenblicke. Ich danke ihr für ihre weisen Worte, von denen viele Eingang in diese Seiten gefunden haben. Sasha Stone betreut souverän und guten Mutes meine Webseite, während Pattie Williams die allerbesten Fotos macht.

Es ist mir nicht entgangen, dass meine Bücher oft von Menschen bevölkert werden, die nicht miteinander auskommen und sich gegenseitig in vielerlei Weise enttäuschen. Mir kommt das recht seltsam vor, denn mein eigenes Familienleben ist sehr fröhlich. Ohne den Zuspruch meiner Familie könnte ich nicht die Bücher schreiben, die ich schreibe. Meine Mutter Carolyn See inspiriert mich ständig. Meine Schwester Clara Sturak leiht mir voller Liebe und Zartgefühl ihr kritisches Auge. Meine Söhne Christopher und Alexander sind immer liebenswert. Meine hübsche und kluge Schwiegertochter Elisabeth hat mich zur glücklichsten Schwiegermutter auf der Erde gemacht. Und mein Mann Richard Kendall schließlich sorgt dafür, dass ich ruhig und ausgeglichen bleibe, während er mich ermuntert, nie aufzugeben oder an meiner Vision zu zweifeln. Ihr alle seid die Besten, und ich liebe euch von ganzem Herzen.

Bemerkung der Autorin

Im Jahr 1958 entwickelte ein Regierungsausschuss der Volksrepublik China die Pinyin-Umschrift für das Chinesische. Es dauerte jedoch einige Jahre, bis sich Pinyin in Festlandchina durchsetzte, und die ISO, die Internationale Organisation für Normung, erkannte Pinyin erst 1982 an. Aus diesem Grund habe ich mich entsprechend den damaligen Gepflogenheiten sowie Pearls Vorgeschichte und Werdegang dafür entschieden, das Wade-Giles-System zu verwenden. Wer *Töchter aus Shanghai* gelesen hat, wird sich erinnern, dass Pearl eine Kombination aus Kantonesisch und Mandarin spricht.

Der Große Sprung nach vorn dauerte von 1958 bis 1962. Die Zahl der Menschen, die in der daraus resultierenden Hungersnot umkamen, wird nie ganz bekannt werden, aber vor Kurzem von der chinesischen Regierung veröffentlichtes Archivmaterial sowie wissenschaftliche Forschungen und Recherchen von Journalisten lassen auf 45 Millionen Tote schließen.

Die Originalausgabe erschien 2011 unter dem Titel
»Dreams of Joy« bei Random House, New York.

MIX
Papier aus verantwortungsvollen Quellen
FSC® C083411
FSC
www.fsc.org

Verlagsgruppe Random House FSC® N001967
Das für dieses Buch verwendete FSC®-zertifizierte
Papier *Lux Cream* liefert Stora Enso, Finnland.

1. Auflage
Genehmigte Taschenbuchausgabe Februar 2015,
btb Verlag in der Verlagsgruppe Random House GmbH, München

Dieses Werk wurde vermittelt durch The Dijkstra Literary Agency
Umschlaggestaltung: semper smile, München
Umschlagmotiv: © Trevillion Images / Susan Fox
Druck und Einband: CPI – Clausen & Bosse, Leck
LW · Herstellung: sc
Printed in Germany
ISBN 978-3-442-74893-8

www.btb-verlag.de
www.facebook.com/btbverlag
Besuchen Sie auch unseren LiteraturBlog www.transatlantik.de

Lisa See exklusiv im eBook

Der Seidenfächer

Roman, eBook, ISBN 978-3-641-03070-4

Töchter aus Shanghai

Roman, eBook, ISBN 978-3-641-03423-8

Eine himmlische Liebe

Roman, eBook, ISBN 978-3-641-04057-4

»Lisa See bringt uns nicht nur die Menschen nahe, sondern eine ganze Kultur.«

Arthur Golden, Autor von »Die Geisha«